Bisher sind folgende Taschenbücher
im BASTEI-LÜBBE-Programm erschienen:

13 397 Das Beste von Dracula
13 443 Das Beste von Frankenstein

BYRON PREISS (Hg.)
DAS BESTE VOM
Werwolf

BASTEI-LÜBBE-TASCHENBUCH
Band 13 484

Erste Auflage:
Oktober 1993

© Copyright 1991
by Byron Preiss Visual
Publikations, Inc.
All rights reserved
Deutsche Lizenzausgabe 1993
Bastei-Verlag Gustav H. Lübbe
GmbH & Co., Bergisch Gladbach
Originaltitel:
The Ultimate Werwolf
Copyrightvermerk der einzelnen
Geschichten am Ende
des Taschenbuchs
Übersetzernachweise am Ende der
jeweiligen Geschichten
Lektorat: Karl Heinz Prieß/
Dr. Edgar Bracht
Titelillustration: Hasan Koçbay
Umschlaggestaltung:
Quadro Grafik, Bensberg
Satz: KCS GmbH,
Buchholz/Hamburg
Druck und Verarbeitung:
Cox & Wyman
Printed in Great Britain

ISBN 3-404-13484-2

Der Preis dieses Bandes
versteht sich einschließlich der
gesetzlichen Mehrwertsteuer.

Inhalt

Harlan Ellison
Einleitung 7

Harlan Ellison
Hilflos Wind und Wellen ausgeliefert 17

Philip José Farmer
Der Lykanthrop 63

Kathe Koja
Der Mond des Engels 79

Nini Kiriki Hoffman
Entfesselt 93

Kim Antieau
Das Zeichen des Bösen 113

Jerome Charyn
Kampf dem Wolfsmenschen 131

Craig Shaw Gardner
Tag des Wolfes 145

Mel Gilden
Mondlicht auf dem Pavillon 163

Nancy A. Collins
Raymond 181

Larry Niven
Da ist ein Wolf in meiner Zeitmaschine! 201

Pat Murphy
Südlich von Oregon City 225

Kevin J. Anderson
Besondere Schminke 253

A. C. Crispin und Kathleen O'Malley
Reines Silber 271

Brad Linaweaver
Gründliche Rasur 297

Robert J. Randisi
Partner 313

Bill Pronzini
Das uralte Böse 329

Brad Strickland
Und der Mond scheint hell und klar 345

Stuart M. Kaminsky
Vollmond über Moskau 369

Robert E. Weinberg
Wolfswache 387

Robert Silverberg
Das Werwolf-Gambit 403

Filmographie des Wolfsmenschen 413

Copyrightverzeichnis 426

Einleitung
Harlan Ellison
Wolfsgeheul

1941, das war ganz sicher ein seltsames Jahr! Das Leben auf diesem Planeten wurde radikal verändert, für alle Zeiten, für jedes menschliche Wesen, und das auf eine Weise, die viel zu obskur und schrecklich war, als daß man sie hätte voraussagen können. Wir begannen uns zu verwandeln — wir änderten unsere Gestalt und setzten uns andere Ziele —, um Lebewesen einer ganz neuen Art zu werden, Wesen, wie sie die Erde nie zuvor gesehen hatte.

Ein Blick in den Spiegel verrät nichts über diese Verwandlung. Wir sehen in etwa so aus wie vorher. Aber das liegt nur daran, daß der Vollmond noch nicht scheint. Vielleicht hilft ein Blick ins Fernsehen, in die Werbung, in Zeitungen, in Kriminalstatistiken; oder ein Blick aus dem Fenster auf die Farbe des Himmels, den Müll auf den Straßen, die Graffiti an den Wänden. Alles begann im Jahre 1941.

In diesem Jahr wurden einige mächtige, bestimmende Elemente wie mit Draht in unsere Gesellschaft hineingeflochten. Wir marschierten in einen Krieg, der an Heftigkeit und Brutalität alles überbot, was die Menschheit seit 1237 erlebt hatte. 1237 war das Jahr, in dem die Mongolen ihren Feldzug gegen die zivilisierte Welt starteten. 1941 war das Jahr, in dem der Überraschungsangriff auf Pearl Harbor stattfand, was den aktiven Eintritt der USA in den Zweiten Weltkrieg zur Folge hatte. Präsident Franklin Delano

Roosevelt rief an meinem achten Geburtstag – dem 27. Mai – den Nationalen Ausnahmezustand aus; 1941 war das Jahr, in dem die menschliche Rasse Öl ins Feuer goß, ein Feuer, das sie vier Jahre später nur noch mehr schürte: mit der Atombombe.

Und auch die Welt der Phantastischen Literatur wurde in diesem Jahr für immer verändert. Doch anfangs schien das niemand zu bemerken.

Die hypnotische Kraft, mit der Kinofilme das amerikanische Publikum in ihren Bann schlagen, war damals am stärksten. Wir hatten die Zeit der Depression gerade hinter uns gelassen. Millionen saßen noch immer auf der Straße und verkauften Bleistifte, verdienten sich ihr Gehalt als ›KULIS‹ – wie sie sich nannten. Und das Radio, die Pulp-Magazine und die Filme waren die einzigen billigen Vergnügen, die man sich leisten konnte. Es war alles ganz anders, als es das falsche Durchhaltegesäusel von Shirley Temple und das plumpe Zuversichtlichkeitsgerede von Busby Berkeley – ›Mit uns, da geht es aufwärts!‹ – vermuten läßt: Es war für die meisten Amerikaner ein hartes Stück Arbeit, sich das Geld zusammenzukratzen, das sie für den Kauf einer Eintrittskarte zu einer Samstagnachmittagsvorstellung brauchten.

Aber, mein Gott, wie stark sind wir alle angezogen worden, hinein in diese umwerfenden Traumpaläste. 1941 war für die Filmindustrie möglicherweise das beste und einträglichste Jahr aller Zeiten. In diesen zwölf Monaten, bevor die Welt sich kopfüber in die Dunkelheit stürzte, entstanden in Hollywood mehr als vierhundert Filme. Und was für welche!

THE MALTESE FALCON
CITIZEN KANE
DUMBO
SERGEANT YORK
MAJOR BARBARA
HOW GREEN WAS MY VALLEY
THE LADY EVE
HERE COMES MISTER JORDAN
THE STARS LOOK DOWN
SUSPICION
THE LITTLE FOXES

MEET JOHN DOE
BALL OF FIRE

Leonard Maltin zeichnet sieben dieser Filme mit vier Sternen und den Rest mit dreieinhalb aus. Was für eine Liste! Filme, die so einflußreich wurden, daß selbst heute noch mindestens drei von ihnen auf jeder Kritiker-Bestenliste auftauchen.

Aber da gab es noch jenen einen Film, der unbemerkt blieb, der die Welt der Phantastischen Literatur so klar und so positiv verändern sollte, wie Hitler die Welt auf schmerzhafte und negative Weise veränderte. War es vielleicht die unter der Regie von Victor Fleming entstandene Verfilmung des Robert-Louis-Stevenson-Klassikers *Dr. Jekyll and Mister Hyde*, mit Spencer Tracy, Ingrid Bergmann, Lana Turner und Sir C. Aubrey Smith in den Hauptrollen? Ein Film, für den MGM, das angesehenste Filmstudio der damaligen Zeit, freizügig Hunderttausende von Dollar ausgab? In der Tat: Der war es nicht!

Es war einer jener sogenannten ›B-PICTURES‹, die nur zufällig Aufmerksamkeit erregten, und die als Zugabe zu den Hauptfilmen liefen. Er kam aus einem Studio, das bisher nicht gerade bekannt dafür war, einflußreiche Filme zu produzieren. Das Budget war knauserig, und obwohl er sich mit einigen großen Namen schmückte, Namen wie Claude Rains, Ralph Bellamy, Warren William und Bela Lugosi (in einer Cameo-Rolle), war dies bei weitem kein ›großer‹ Film oder auch nur ein Film, für den Universal viel Reklame machte. Man hatte ihn gedreht, um ihn in einigen Kinos zu zeigen und dann wieder von der Leinwand zu nehmen, nachdem man ein paar Dollar an ihm verdient hatte. Und man hatte ihn natürlich gedreht, um das Loch in der Samstagnachmittagsvorstellung zu füllen, das sich unmittelbar nach Charles Starretts Western *Durango Kid* auftat.

Es ist jetzt fünfzig Jahre her, daß dieses in voller Absicht als Wegwerfprodukt entstandene Machwerk aus Zelluloid auf die Leinwände Amerikas geworfen wurde, wie ein ungewolltes Kind, das man, eingewickelt in Zeitungspapier, in einen Müllcontainer wirft. Und wenn man sich die Mühe macht und in irgendeinem umfangreichen Nachschlagewerk nachsieht (z. B. in ACADEMY AWARDS: *The Ungar Reference Index*), wird man feststellen, daß der Film in keiner einzigen Kategorie auch nur eine Nominierung für einen OSCAR erhalten hat.

Dennoch: Wo bekommt man sie heute noch zu sehen, Streifen wie *Dive Bomber, Aloma of the South Seas, Son of Monte Cristo* oder *Las Vegas Nights* ..., alles Filme, die in der einen oder anderen Kategorie einen Oscar erhalten haben? Es gibt sie — trotz eines riesigen Angebots — weder auf Videocassetten noch werden sie irgendwo aufgeführt: nicht in den Nachtprogrammen der Kabelfernsehanstalten, selbst nicht bei Spezialsendern wie AFC (American Film Classics), nicht in den leider immer weniger werdenden ›Revival‹-Filmhäusern, nicht in den Filmschulen und nicht in den Filmmuseen.

Aber ich verwette mein letztes Hemd darauf, daß sich irgendwo im weiten Rund dieser ›Verseichten‹ Staaten von Amerika, heute, heute nacht, oder morgen ein hingerissenes Publikum die Vorstellung von Lon Chaney jr. als *DER WOLFSMENSCH* ansieht. Ein Film, vor fünfzig Jahren als Wegwerfartikel produziert, nach einem exzellenten Drehbuch von Curt Siodmak gedreht und von George Waggner inszeniert. Ein Horrorfilm, stimmungsvoll in Szene gesetzt im Stil eines ›Film Noir‹, ein Film, der sogar den Sprachschatz der Amerikaner erweitert hat. Wer kennt sie nicht, die zeitlosen Worte von Madame Maria Ouspenskaya:

Even the man who is pure in heart
And says his prayers by night
May become a wolf
When the wolfbane blooms
and the moon is pure and bright.

(Selbst ein Mann, der reinen Herzens ist,
und der bei Nacht seine Gebete sagt,
kann in einen Wolf sich wandeln,
wenn der Wolfstrapp voll in Blüte steht,
und der Mond in reinem Glanz erstrahlt.)

Bevor der einundsiebzig Minuten lange Film *DER WOLFSMENSCH* auf ganze Generationen von jungen Zuschauern losgelassen wurde, denen eine Gänsehaut den Rücken hinunterlief und denen die Haare zu Berge standen, wenn sie beobachteten, wie sich das tragische Schicksal des Lawrence Talbot erfüllte und er sich in eine bluthungrige Bestie verwandelte –, vorher hatte man das Thema Werwolf als kaum geeignet angesehen für das Genre des Phantastischen Films. Natürlich gab es Vorläufer: 1913 einen Stummfilm mit dem Titel *The Werewolf* und zwei oder drei französische Filme über Lykanthropie, nicht zu vergessen den exzellenten *Werewolf of London* mit Henry Hull aus dem Jahre 1935, aber das war es dann auch schon. Das Schundwerk, von dem niemand annahm, daß es auch nur länger als ein paar Wochen laufen würde, hat die Zeit nicht nur überdauert, es hat die Phantastische Literatur ein halbes Jahrhundert lang beeinflußt und ihr als Vorbild gedient. Mehr noch: *DER WOLFSMENSCH* hat nicht nur mehr als jede andere Bearbeitung des Werwolfmythos Einfluß ausgeübt, er hat ein ganzes Genre erst erschaffen.

Ich verzichte an dieser Stelle darauf, die ganze klassische Literatur aufzuzählen, in der das Werwolf-Thema zu finden ist: Es soll hier nicht die Rede sein von Alexandre Dumas' *Le Meneur de loups* aus dem Jahre 1857 oder von Captain Marryats *The White Wolf of the Hartz Mountains* aus dem Jahre 1839, noch vom ersten Auftauchen eines Werwolfes in der englischen Literatur in Marie de Frances Romanze *Lay of the Bisclavaret* aus dem 12. Jahrhundert. Ich verzichte ebenfalls darauf, näher auf das Werwolf-Bild in der phänomenologisch-wissenschaftlichen Literatur einzugehen (obwohl es nichts schaden kann, wenn man einmal einen Blick in Freuds *Aus der Geschichte einer infantilen Neurose* aus dem Jahre 1914 wirft, in dem der Vater der modernen Psychoanalyse den Fall eines reichen, jungen Russen beschreibt, dessen Geschichte man heutzutage allgemein als die des ›Wolfsmannes‹ bezeichnet).

Alle die, die eine unwiderlegbare Dokumentation über die Langlebigkeit, die Fruchtbarkeit und die Berechtigung des Werwolf-Motives in der Literatur haben wollen, verweise ich auf drei ausgezeichnete Essays: Da wären einmal die beiden Aufsätze von Brian J. Frost, die sehr ausführlich und so glänzend geschrieben sind, daß es einem beim Lesen die Sprache verschlägt. Erhältlich sind sie in Frosts immer wieder einmal neu aufgelegten Anthologie *Book of the Werewolf* (Sphere Books Ltd.); und als drittes empfehle ich ein Essay von Bill Pronzini aus dem Jahre 1978, abgedruckt in seiner Anthologie *Werewolf!*

Ich gehe hier absichtlich auch nicht näher auf die Arbeiten von

Sabine Baring Gould, Montague Sommers und Guy Endore ein (letzterer eine geradezu unbeschreibliche Persönlichkeit, und ich darf mich glücklich schätzen, seine Bekanntschaft gemacht zu haben) und behaupte einfach, daß trotz der Fülle an Material und der unleugbaren Verdienste der Vorgänger die Geschichte vom Menschen, der sich in einen Wolf verwandelt, erstmals mit Lon Chaney jr. zur vollen Blüte reifte, als er in der Rolle des Lawrence Talbot brillierte ...

... und da ich gerade dabei bin, von einer perfekt besetzten Rolle zu sprechen: Wußten Sie, was *Erstaunliches* passierte, als Lon Chaney jr. geboren wurde?

Creighton Tull Chaney kam am 10. Februar 1906 auf die Welt, eine *Totgeburt*. Sein Vater packte ihn, lief hinaus in die frostige Oklahoma-Nacht, brach das Eis des Belle Isle Lake mit einem kleinen Beil auf und senkte seinen Sohn in das eisige Wasser hinab. Er erweckte ihn tatsächlich zum Leben. Dieser Mann war im wahrsten Sinne des Wortes dazu *geboren*, eine solche Rolle zu spielen.

Und der junge Chaney war auch angemessen stolz auf seine Darstellung des Wolfsmenschen. Man hat ihn in seinen Rollen in *High Noon* und *The Defiant Ones* hochgelobt, und man wird ihn wohl immer als Lenny neben Burgess Merediths Darstellung des George in der Verfilmung von John Steinbecks *Von Mäusen und Menschen* in Erinnerung behalten. Aber Chaney wies immer wieder darauf hin, wie gut er den Lawrence Talbot verkörpert hatte. Er betonte gerne, daß andere Schauspieler Modell gestanden hätten für die Mumie, für Frankenstein und Dracula ... aber er, er hatte das Bild des Wolfsmenschen erschaffen, für alle Zeiten, und für alle, die nach ihm kamen.

Und es ist dieser Film aus dem Jahre 1941, der, wie ich zugeben muß, auch den Anstoß dazu gab, die vorliegende Anthologie zusammenzustellen. Egal wie viele Werwolfgeschichten geschrieben und veröffentlicht worden sind, bevor die Lichter in den Filmpalästen ausgingen und zum ersten Male der Vorspann des *WOLFSMENSCHEN* auf einer Leinwand abzurollen begann, danach konnte jedenfalls niemand mehr etwas über Werwölfe sagen, ohne das gequälte Gesicht des Lawrence Talbot vor sich zu sehen (und ich glaube seit langem, daß der Moment des letzten nicht-filmischen Einflusses zu diesem Thema gekommen war, als sich Jack Williams 1939 hinsetzte und *Darker Than You Think* für das Magazin *UNKNOWN* schrieb. Diese Erzählung wurde 1940 veröffentlicht und erschien 1948 in erweiterter Form als Buch auf dem Markt).

Es war ein Film, den die Welt der Phantastischen Literatur gänzlich in sich aufsog, und das kurz vor jenem schmerzhaften Moment menschlicher Existenz, in dem wir uns vollkommen der bestialischen Natur in uns hingaben, deren Auswirkungen wir heute überall um uns herum wahrnehmen können. DER WOLFS-MENSCH ist zu einer Ikone geworden, und fast niemand hat bemerkt (oder etwas darüber geschrieben), daß nur ein einziges Element der Werwolfsage, ohne die heute keine Geschichte über Lykanthropie mehr auskommt, *vor* diesem Film geschaffen wurde: und das ist die Sache mit dem Vollmond.

Das Pentagramm, das in der Hand des nächsten Opfers zu erkennen ist, das Silber, das alleine zu töten vermag, die Kombination halb Mensch/halb Wolf ... all das wurde erfunden und genial miteinander verbunden von Curt Siodmak.

So ist es also nur gerecht, daß an diesem mehr oder weniger fünfzigsten Jahrestag der ersten Verwandlung des Lawrence Talbot in jene reißende, erschreckende Kreatur, die die ganze Welt heutzutage als den WOLFSMENSCHEN identifiziert, das vorliegende Buch seine Verbeugung macht vor einem ›kleinen Schundfilm‹, der seine Saat der Unterhaltung in so erfreulich ruchloser Weise ausgesät hat.

Denn die Idee zu diesem Buch wurde geboren im Jahre 1906, in jener Nacht, am Ufer eines Sees in Oklahoma, als ein zukünftiger großer Schauspieler eingetaucht wurde in das Wasser des Lebens. Lon Chaney jr. verwandelte sich 1941 für uns, und wir haben uns seitdem ständig gewandelt.

Die Wölfe sind mitten unter uns, doch die Frage bleibt bis heute unbeantwortet: Wer ist eigentlich die *wahre* Bestie?

Originaltitel: CRYING ›WOLF!‹
Ins Deutsche übertragen von Stefan Bauer

Harlan Ellison
Hilflos Wind und Wellen ausgeliefert

Vor der Küste der Langerhansschen Inseln:
38° 54' Nördlicher Breite
77° 00' 13" Westlicher Länge

Als Moby Dick eines Morgens aus unruhigem Schlaf aufwachte, fand er sich in seinem Bett aus Seetang verwandelt in einen monströsen Ahab.

Langsam, ganz langsam befreite er sich aus dem feuchten Schoß der Laken, stolperte in die Küche und goß Wasser in einen Teekessel. Seine Augenlider waren noch ganz verklebt. Er hielt seinen Kopf unter den Wasserhahn und ließ das kalte Wasser an seinen Wangen herunterlaufen.

Leere Flaschen machten das Wohnzimmer zu einer Müllhalde. Hundertelf leere Flaschen, die einmal Robitussin und Romilar-CF enthalten hatten. Er bahnte sich mühevoll seinen Weg durch den Abfall und öffnete die Haustür einen Spaltbreit. Sofort griff ihn das Tageslicht an. »Oh, Gott!« murmelte er, schloß seine Augen und tastete nach der Zeitung auf den Stufen.

Zurück im Dämmerlicht öffnete er die Zeitung. Sein Blick fiel auf die Schlagzeile: BOLIVIANISCHER BOTSCHAFTER ERMORDET AUFGEFUNDEN. Gleich die erste Seite lieferte Details über das Auffinden der halbverwesten Leiche in einem Kühlschrank in einer verlassenen Wohnung in Secaucus, New Jersey.

Der Teekessel pfiff.

Nackt schleppte er sich zurück in die Küche. Als er am Aquarium vorbeikam, sah er, daß der schreckliche Fisch immer noch am Leben war und an diesem Morgen sogar lustig wie ein Eichelhäher pfiff. Kleine Perlenketten aus Luftblasen stiegen im Wasser auf, um an der schaumigen Oberfläche zu zerplatzen. Er blieb stehen, schaltete das Licht an und spähte durch die strähnigen Strudel der driftenden Algen hindurch. Der Fisch war einfach nicht totzukriegen. Er hatte jeden anderen Fisch im Aquarium getötet – schönere Fische, freundlichere Fische, lebhaftere Fische, sogar größere und gefährlichere Fische – hatte sie einfach alle getötet, einen nach dem anderen, und ihre Augen aufgefressen. Nun hatte er das ganze Aquarium für sich alleine, war Herrscher eines vollkommen bedeutungslosen Königreiches.

Er hatte versucht, den Fisch umkommen zu lassen, hatte ihn vernachlässigt, hatte alles versucht, außer direktem Mord; aber der bleiche, wurmrosafarbene Teufel hatte nicht nur überlebt, er schien in dem schmutzüberladenen Wasser sogar noch zu gedeihen.

Und jetzt sang der Fisch tatsächlich wie ein Eichelhäher. Er haßte den Fisch mit einer Intensität, die ihn innerlich zu zersprengen drohte.

Er streute Flocken aus einer Plastikdose ins Aquarium, zerrieb sie zwischen Daumen und Zeigefinger, so wie die Experten es ihm empfohlen hatten, und beobachtete, wie die vielfarbigen Körnchen aus Fischmehl, Rogen, Milz, Salzwassershrimps, Eintagsfliegeneiern, Haferflocken und Eigelb eine Weile auf der Wasseroberfläche schwebten, bevor das abscheuliche Fischgesicht nach oben tauchte, sie schnappte und hinuntersaugte. Er drehte sich zur Seite, verfluchte und haßte die Kreatur, die einfach nicht sterben wollte. Genau wie er selbst starb der Fisch einfach nicht!

Als er sich in der Küche über das kochende Wasser beugte, wurde ihm zum ersten Mal die ganze Tragweite seiner Situation bewußt. Noch war er nicht am verrottenden Abgrund des Wahnsinns angelangt, aber der Wind wehte ihm bereits den fauligen Geruch herüber, der davon ausging; und gerade so wie ein wildes Tier, das in einem Reflex seine Augen verdreht, wenn es den Gestank von Aas wahrnimmt, wurde er jeden Tag automatisch näher an diese Grenze getragen, näher heran an den Wahnsinn, nur durch den Gestank.

Er brachte den Teekessel, eine Tasse und zwei Teebeutel zum Küchentisch und setzte sich. Auf einem kleinen Plastikständer, der eigentlich dafür gedacht war, Kochbücher zu halten, während man mit beiden Händen Zutaten mixte, stand noch immer die ungelesene Übersetzung der Maya-Handschrift vom Vorabend. Er goß das Wasser in die Tasse, hängte die Teebeutel hinein und versuchte sich zu konzentrieren. Die Verweise auf Itzamna, den größten der Götter des Maya-Pantheon, und auf die Medizin, die seinen Machtbereich bildete, verschwammen vor seinen Augen. Ixtab, die Göttin des Selbstmordes, erschien ihm für diesen Morgen passender, für diesen fürchterlichen, schrecklichen Morgen. Er versuchte zu lesen, aber die Worte drangen in seinen Schädel, ohne ihm etwas zu sagen. Er nippte an seinem Tee und ertappte sich dabei, wie er an den frostigen Vollmond dachte. Er sah über die Schulter auf die Küchenuhr. 7 Uhr 44.

Er quälte sich aus seinem Stuhl, nahm die halbgeleerte Teetasse mit und ging ins Schlafzimmer. Die Umrisse seines Körpers hatten sich auf dem Bett abgedrückt, dort wo er in qualvollem Schlaf gelegen hatte, und waren noch immer sichtbar. An den Handschellen, die er am Kopfende verankert hatte, klebten ein paar blutverschmierte Haarbüschel. Er rieb die Stellen an seinen Handgelenken, die er sich wundgeschürft hatte. Dabei verschüttete er Tee auf seinen linken Unterarm. Er fragte sich, ob der bolivianische Botschafter auf sein Konto ging. Was hatte er vor einem Monat getrieben?

Seine Armbanduhr lag auf dem Schreibtisch. Er warf einen Blick darauf. 7 Uhr 56. Knapp eineinviertel Stunden bis zu seinem Termin. Er ging ins Badezimmer, griff in die Dusche und drehte an den Armaturen, bis ein nadelfeiner Sprühregen eisigen Wassers gegen die gekachelten Wände der Duschkabine klatschte. Er ließ das Wasser laufen, drehte sich um und griff nach seinem Shampoo im Arzneischrank. Außen auf dem Spiegel klebte ein Heftpflaster, auf dem sorgfältig in Großbuchstaben geschrieben stand:

MEIN SOHN, DER WEG,
DEN DU BESCHREITEST, IST DORNIG,
WENN AUCH NICHT DURCH DEINE SCHULD.

Als er den Schrank öffnete, die Flasche mit dem Kräutershampoo herausnahm und ihm der Duft von freundlichen, dunklen Wäldern in die Nase stieg, da gab Lawrence Talbot nach, fand sich mit der Situation ab und stieg unter die Dusche. Das gnadenlose Eiswasser der Arktis hämmerte gegen sein geschundenes Fleisch.

Suite Nr. 1544 des Tishman Airport Centers war eine Herrentoilette! Er lehnte sich an die Wand gegenüber der Tür mit der Aufschrift ›MÄNNER‹ und kramte in der Innentasche seiner Jacke nach dem Umschlag. Das Papier war von hervorragender Qualität. Der Umschlag knisterte, als er ihn öffnete und das Schreiben herausnahm. Es war die richtige Adresse, das richtige Stockwerk, die richtige Suite. Nichtsdestoweniger: Suite 1544 war eine Herrentoilette.

Talbot machte sich auf den Rückweg. Das war ein bösartiger Scherz. Er konnte keine Spur von Humor darin entdecken, nicht in seiner jetzigen Lage. Er ging einen Schritt auf den Fahrstuhl zu. Die Tür der Herrentoilette verschwamm vor seinen Augen. Sie überzog sich mit einem Dunstschleier, wie eine Windschutzscheibe im Winter, dann nahm sie wieder feste Gestalt an. Das Schild darauf hatte sich verändert. Es lautete jetzt:

INFORMATION ASSOCIATES

In Suite 1544 residierte der Beratungsservice, der Talbot eine Einladung auf Briefpapier in hervorragender Qualität geschrieben hatte, nachdem Talbot auf eine nichtssagende, aber vernünftig klingende Anzeige im *Forbes* geantwortet hatte.

Er öffnete die Tür und trat ein. Eine Empfangsdame saß hinter einem Schreibpult aus Teakholz und lächelte ihm freundlich entgegen. Sein Blick glitt hin und her zwischen den Grübchen, die sich um ihre Mundwinkel bildeten, und ihren Beinen – sehr schöne, lange Beine –, die unter dem Schreibtisch zu erkennen waren.

»Mister Talbot?«

Er nickte. »Lawrence Talbot.«

Sie lächelte erneut. »Mister Demeter wird Sie sofort empfangen. Möchten Sie etwas trinken? Kaffee? Einen Saft?«

Talbot ertappte sich dabei, wie er nach dem Brief tastete, den er in die Innentasche zurückgesteckt hatte. »Nein, danke.«

Sie stand auf und ging auf eine Bürotür zu, als Talbot sie zurückhielt. »Und was tun Sie, wenn jemand versucht, Ihren Schreibtisch abzuspülen?« Er versuchte nicht, originell zu sein. Er war verärgert. Sie drehte sich um und starrte ihn an. In ihrem abschätzenden Blick lag nur Schweigen, sonst nichts.

»Mister Demeter befindet sich direkt nebenan, Sir.«

Sie öffnete die Tür und trat zur Seite. Talbot schritt an ihr vorbei. Der Duft von Mimosen kitzelte seine Nase.

Das Büro war wie der Leseraum eines exklusiven Männerclubs möbliert. Altes Geld. Tiefe Stille. Dunkles, schweres Holz. Die Decke war mit schalldämpfendem Material verkleidet, hinter dem man aller Wahrscheinlichkeit nach die Lüftungsschächte und die elektrischen Leitungen verborgen hatte. Der Flaum des orange- und umbrafarbenen Teppichs schluckte seine Füße bis zu den Knöcheln. Eine ganze Wand bestand aus einem Fenster, durch das man nicht etwa die Stadt sehen konnte, die sich um das Gebäude herum erstreckte, sondern die Hanauma Bay auf Oahu. Strahlend meergrüne Wellen rollten sich schlangengleich heran, richteten sich wie Kobras auf, schäumten weiß, bohrten sich in den Sand, schlugen wie eine Natter in das blendende Gelb des Strandes. Das war kein Fenster. Es gab keine Fenster in diesem Büro. Es war eine Aufnahme. Eine dreidimensionale, realistische Aufnahme, die weder Projektion war noch Hologramm. Das war eine Wand, die einen Ausblick auf eine vollkommen andere Welt bot. Talbot wußte nichts über exotische Flora, aber er war sich sicher, daß die hohen Bäume mit den rasiermesserscharfen Blättern, die den Strand zur Rechten begrenzten, identisch waren mit denen, die er in Bildbänden gesehen hatte, die die Karbonzeit der Erde darstellten, lange noch bevor ein Saurier auf ihr gelebt hatte. Was er hier sah, das war schon eine lange, sehr lange Zeit Vergangenheit.

»Mister Talbot. Schön, daß Sie gekommen sind. John Demeter.«

Er erhob sich aus einem großen Ohrensessel und streckte seine Hand aus. Talbot ergriff sie. Demeters Griff war fest und kühl. »Wollen Sie sich nicht setzen?« fragte er. »Etwas zu trinken? Kaffee vielleicht, oder einen Saft?« Talbot schüttelte den Kopf. Demeter nickte der Empfangsdame zu, ein Zeichen, daß sie gehen konnte. Sie schloß die Tür hinter sich, bestimmt, angenehm, leise.

Talbot musterte Demeter mit einem langen Blick, als er auf einem bequemen Stuhl gegenüber dem Ohrensessel Platz nahm. Demeter war ein Mann in den frühen Fünfzigern. Er besaß noch einen vollen Haarschopf. Dichte, graue Strähnen fielen auf seine Stirn. Seine Augen waren klar und blau, seine Züge gleichmäßig und jovial, sein Mund groß und ehrlich. Eine gepflegte Erscheinung. Er saß entspannt, die Beine übereinandergelegt, zeigte schwarze Strümpfe, die scheinbar bis übers Schienbein reichten. Seine Schuhe waren auf Hochglanz poliert.

»Das ist eine faszinierende Tür, die Sie da als Eingang haben«, sagte Talbot.

»Sind wir hier, um über meine Eingangstür zu reden?« fragte Demeter.

»Nicht, wenn Sie nicht wollen. Deshalb bin ich nicht hierhergekommen.«

»Nein, ich will in der Tat nicht darüber reden. Kommen wir lieber zu Ihrem speziellen Problem.«

»Ihre Anzeige. Ich war einfach gefesselt davon.«

Demeter lächelte ermutigend. »Vier Texter haben sehr lange und sehr sorgfältig an den Formulierungen gearbeitet.«

»Es bringt wohl Kunden.«

»Die richtige Art von Kunden.«

»Sie erweckte eindeutig den Eindruck von Seriosität. Sehr reserviert. Konservative Aktentaschen, wenig Blendwerk, erfolgreiche Geschäftsleute. Weise, alte Eulen.«

Demeter verschränkte die Finger und nickte, ganz wie ein verständnisvoller Onkel. »Ins Schwarze getroffen, Mister Talbot: Weise, alte Eulen.«

»Ich brauche ein paar Informationen. Einige ganz bestimmte, besondere Informationen. Wie verschwiegen ist Ihr Service, Mister Demeter?«

Der freundliche Onkel — die weise, alte Eule, der vertrauenerweckende Geschäftsmann — verstand all die versteckten Implikationen, die sich hinter dieser Frage verbargen. Er nickte mehrere Male. Dann lächelte er erneut und sagte: »Das ist in der Tat eine interessante Tür, die ich da habe, nicht wahr? Sie haben vollkommen recht, Mister Talbot.«

»In gewisser Weise verrät sie einem vieles.«

»Wir hoffen, sie beantwortet unseren Kunden mehr Fragen, als sie aufwirft.«

Talbot lehnte sich zum erstenmal, seit er Demeters Büro betreten hatte, entspannt zurück. »Ich denke, das kann ich akzeptieren.«

»Sehr schön. Warum werden wir also nicht deutlicher. Mister Talbot, Sie haben ein paar Probleme damit, zu sterben. Ist das eine prägnante Beschreibung Ihrer Situation?«

»Immer sachte, Mister Demeter.«

»Immer.«

»Ja, Sie sind nicht weit vom Ziel entfernt.«

»Aber Sie haben einige Probleme, einige ziemlich ungewöhnliche Probleme.«

»Sehr nah dran.«

Demeter erhob sich und begann im Zimmer auf- und abzugehen, berührte hier einen Sternhöhenmesser auf einem Bücherregal, da eine geschliffene Glaskaraffe auf dem Sideboard, dort ein Bündel mit Ausgaben der *London Times*, die von einem hölzernen Stab zusammengehalten wurden. »Wir sind nur auf Informationen spezialisiert, Mister Talbot. Wir können Ihnen sagen, was Sie brauchen, aber es ist Ihre Sache, sich das dann auch zu besorgen.«

»Wenn ich weiß, was ich tun soll, habe ich keine Probleme damit, es auch in die Tat umzusetzen.«

»Sie haben sich ein wenig zur Seite gelegt?«

»Ein wenig.«

»Konservative Aktentasche? Ein wenig Blendwerk, hauptsächlich aber erfolgreicher Geschäftsmann?«

»Volltreffer, Mister Demeter.«

Demeter kam zurück und setzte sich wieder. »Das geht dann also in Ordnung. Wenn Sie sich die Zeit nehmen würden, und uns sehr sorgfältig und sehr präzise aufschreiben, was Sie brauchen — im großen und ganzen konnte ich das schon Ihrem Schreiben entnehmen, aber ich will es für den Kontrakt ganz präzise haben —, dann denke ich, kann ich die nötigen Informationen liefern, die Sie zur Lösung Ihres Problems brauchen.«

»Zu welchem Preis?«

»Lassen Sie uns zuerst einmal sehen, was Sie eigentlich wollen.«
Talbot nickte. Demeter beugte sich nach vorne und drückte einen Knopf auf seinem Schreibtisch. Die Tür öffnete sich. »Susan, würden Sie bitte Mister Talbot ins Studierzimmer geleiten und ihn mit dem nötigen Schreibmaterial versorgen?«
Sie lächelte, trat einen Schritt zur Seite und wartete darauf, daß Talbot ihr folgte. »Und bringen Sie Mister Talbot etwas zu trinken, wenn er möchte . . .. Einen Kaffee, vielleicht? Oder einen Saft?«
Talbot reagierte nicht auf das Angebot.
»Es könnte sein, daß ich etwas Zeit brauche, bis ich die richtigen Formulierungen gefunden habe. Ich werde wohl so sorgfältig wie Ihre Texter arbeiten müssen. Das kann eine Weile dauern. Ich werde nach Hause gehen, und es Ihnen morgen vorbeibringen.«
Demeter blickte ihn besorgt an. »Das ist sehr umständlich. Genau aus diesem Grunde stellen wir Ihnen einen ruhigen Platz zur Verfügung, an dem Sie nachdenken können.«
»Sie ziehen es vor, daß ich bleibe und die Sache jetzt erledige?«
»Nah dran, Mister Talbot.«
»Morgen sind Sie vielleicht schon wieder eine Toilette?«
»Volltreffer.«
»Lassen Sie uns gehen, Susan. Bringen Sie mir ein Glas Orangensaft, falls vorhanden.« Er schritt an ihr vorbei, verließ das Büro und folgte ihr dann einen Korridor hinunter, der sich gegenüber dem Empfangszimmer erstreckte. Vorhin, beim Eintreten, hatte er ihn nicht bemerkt. Sie hielt an einer Tür und öffnete sie für ihn. Der kleine Raum war mit einem Schreibpult und einem bequemen Sitz ausgestattet. Er vernahm seichte, stimulierende Hintergrundmusik. »Ich bringe Ihnen Ihren Orangensaft«, sagte sie.

Er ging hinein und setzte sich. Erst sehr viel später schrieb er sieben Worte auf ein Blatt Papier.

Zwei Monate später, lange nachdem Talbot keine Besuche mehr bekam von stummen Botschaftern, die rohe Entwürfe des Vertrages brachten, damit er sie genau untersuchen konnte, die wiederkamen, um die überarbeiteten Papiere mitzunehmen, die wiederkamen mit Gegenvorschlägen, die wiederkamen, um die überarbeiteten Gegenvorschläge mitzunehmen, die wiederkamen, um − endlich − den von Demeter unterzeichneten endgültigen Vertrag zu bringen, und die warteten, während er noch einmal alles durchlas, mit seinem Stempel versah und mit seinem Namen unterschrieb — zwei Monate später also wurde die Landkarte vom letzten der stummen Botschafter überbracht. Er kümmerte sich noch am gleichen Tag um die letzte Rate an INFORMATION ASSOCIATES. Er hatte schon lange aufgehört, sich zu fragen, was irgend jemand mit fünfzehn Güterwagen voller Mais anfangen konnte — mit Mais, der auf besondere Weise nach Art der Zuñi angebaut worden war.

Zwei Tage später war in der *New York Times* zu lesen, daß fünfzehn Wagenladungen landwirtschaftlicher Erzeugnisse in der Nähe von Albuquerque auf unerklärliche Weise verschwunden waren. Eine offizielle Untersuchung war in die Wege geleitet worden.

Die Karte war sehr genau, sehr detailliert. Sie schien sehr sorgfältig angefertigt worden zu sein.

Er verbrachte mehrere Tage damit, Grays *Anatomy* zu lesen, und als er sich endlich sicher war, daß Demeter und seine Organisation ihr Geld wert gewesen waren, griff er zum Telefon. Die Telefonistin vermittelte ihm das Ferngespräch, nachdem er sie mit allen nötigen Informationen versorgt hatte. Geduldig wartete er darauf, daß die statisch überladene Verbindung zustande kam. Er hatte darauf bestanden, daß man es in Budapest mindestens zwanzigmal läuten ließ, das war doppelt so lange, wie die Telefonistin normalerweise einem Anrufer zugestand. Beim einundzwanzigsten Läuten wurde abgehoben. Die Hintergrundgeräusche verschwanden auf wundersame Weise aus der Leitung, und er konnte Victors Stimme hören, als säße er im Zimmer nebenan.

»Ja, hallo?« Natürlich war er ungeduldig. Wie immer.

»Victor... Hier spricht Larry Talbot.«

»Von wo aus rufst du an?«

»Aus den Staaten. Wie geht's dir?«

»Viel Arbeit. Was willst du?«

»Ich habe einen Auftrag. Ich will dich und dein Labor engagieren.«

»Vergiß es! Ich stehe kurz vor dem Ende eines Projekts und kann jetzt keine Störung vertragen.«

Seiner Stimme war anzuhören, daß er jeden Moment auflegen würde. Talbot sprach schnell weiter. »Wie lange wird's dauern?«

»Was?«
»Bis du wieder Zeit hast.«
»Etwa sechs Monate, wenn alles glatt geht. Andernfalls vielleicht acht oder zehn. Ich sag dir doch: Vergiß es, Larry. Ich bin nicht frei.«
»Laß uns wenigstens darüber reden.«
»Nein.«
»Victor, irre ich mich, oder schuldest du mir noch einen Gefallen?«
»Nach all der langen Zeit treibst du jetzt deine Schulden ein?«
»Sie reifen mit dem Alter.«
Eine lange Pause folgte, in der Talbot es mehrere Male in der Leitung klicken hörte. Einmal dachte er sogar, der andere hätte doch noch aufgelegt. Aber dann meldete sich Victor endlich wieder.
»Okay, Larry. Wir werden darüber reden. Aber du wirst zu mir kommen müssen. Ich bin viel zu beschäftigt, um von einem Flugzeug ins andere zu springen.«
»Das geht in Ordnung. Ich habe eine Menge freie Zeit − das heißt, eigentlich habe ich nichts, außer freier Zeit.«
»Und Larry, *nach* dem Vollmond!« Das kam mit großem Nachdruck.
»Natürlich. Ich werde dich dort treffen, wo wir uns beim letzten Mal getroffen haben, zur selben Zeit, am Dreißigsten dieses Monats. Erinnerst du dich?«
»Ich erinnere mich. Das paßt mir gut.«
»Danke, Victor. Ich rechne dir das hoch an.«
Keine Antwort.
Talbots Stimme wurde sanfter: »Wie geht es deinem Vater?«
»Mach's gut, Larry.«
Victor legte auf.

Sie trafen sich am Dreißigsten des Monats, in einer mondlosen Nacht, auf einem Leichenkahn, der regelmäßig zwischen Buda auf der rechten und Pest auf der linken Uferseite hin und her schipperte. Es war die richtige Nacht für ihr Treffen: Kalter Nebel hing wie ein pulsierender Vorhang über der Donau.
Sie schüttelten sich die Hände im Schutz eines Stapels billiger

Holzsärge, und nach einem Moment verlegenen Zögerns umarmten sie sich wie Brüder. Talbots angespanntes Lächeln war im spärlichen Licht der Signallampen des Kahns kaum sichtbar.

»Na los, sag's schon, damit wir's hinter uns haben.«

Victor grinste und murmelte geheimnisvoll:

Selbst ein Mann, der reinen Herzens ist,
und der bei Nacht seine Gebete sagt,
kann in einen Wolf sich wandeln,
wenn der Wolfstrapp voll in Blüte steht
und der Mond in reinem Glanz erstrahlt.

Talbot verzog das Gesicht: »Und so weiter, und so weiter.«

»Sagst du immer noch deine Gebete zur Nacht?«

»Ich hab' damit aufgehört, als ich merkte, daß das verdammte Ding kein Versmaß hat und sich nicht reimt.«

»He! Riskieren wir hier etwa eine Lungenentzündung, nur um über schlecht zusammengeschusterte Reime zu diskutieren?«

Talbots Gesicht überzog sich mit einem Netz freudloser Sorgenfalten.

»Victor, ich brauche deine Hilfe.«

»Ich werde dir zuhören, Larry. Mehr kann ich nicht versprechen.«

Talbot registrierte die Warnung und erklärte: »Vor drei Monaten habe ich auf eine Anzeige im *Forbes*, dem Wirtschaftsmagazin, geantwortet. INFORMATION ASSOCIATES. Sie war unheimlich clever getextet, sehr zurückhaltend, nur ein kleines Kästchen, ganz unauffällig plaziert. Außer natürlich für die, die wußten, wie man sie zu lesen hatte. Ich will dich nicht mit Details langweilen, aber es passierte in etwa folgendes: Ich antwortete also auf die Anzeige, deutete mein Problem an, so vage es ging, ohne dabei ganz unverständlich zu bleiben. Unbestimmte Worte über eine bestimmte Sache. Aber ich versprach mir einiges davon. Und diesmal hatte ich tatsächlich Glück. Sie schrieben zurück und luden mich zu einem Gespräch ein. Vielleicht wieder nur eine falsche Fährte, dachte ich mir. Es hat ja weiß Gott schon genug davon gegeben.«

Victor zündete sich eine Zigarette der Marke Sobranie Black &

Gold an und ließ ihren beißend scharfen Rauch mit dem Nebel davontreiben. »Aber du bist hingegangen.«

»Ja, ich bin hingegangen. Eigentümliche Büroräume, ein sehr ausgefeiltes Sicherheitssystem. Ich hatte das seltsame Gefühl, daß sie von ... nun, ich bin mir nicht sicher, woher sie kamen, und von wann.«

Das Interesse in Victors Augen begann sofort um einige Kilowatt heller zu strahlen.

»Von *wann* sagst du? Zeitreisende?«

»Keine Ahnung.«

»Ich habe auf so etwas gewartet, weißt du. Es ist einfach unvermeidlich, daß es so etwas gibt. Und ich wußte, daß sie sich irgendwann bemerkbar machen würden.«

Er verfiel in Schweigen und begann nachzudenken. Talbot brachte ihn abrupt in die Gegenwart zurück. »Ich habe keine Ahnung, Victor. Absolut keine Ahnung. Aber im Moment interessiert mich das auch nicht die Bohne.«

»Oh! Na gut. Tut mir leid, Larry. Erzähl weiter. Du hast dich also mit ihnen getroffen...«

»Mit einem Mann namens Demeter. Ich überlegte mir später, ob das vielleicht ein versteckter Hinweis sei. Der Name, meine ich. Ich habe damals nicht daran gedacht. Der Name Demeter. Es gab da mal vor Jahren einen Floristen mit diesem Namen in Cleveland. Aber als ich im Lexikon nachschlug, war da nur ein Verweis auf Demeter, die Göttin der Erde in der griechischen Mythologie ... keine Verbindung also. Zumindest glaube ich, daß es keine Verbindung gibt.

Wir haben also geredet. Er verstand mein Problem und sagte, er würde den Auftrag übernehmen. Aber er wollte ganz genau wissen, was ich von ihm verlangte, wollte es für den Kontrakt — weiß Gott, wie er diesen Kontrakt im Notfall erzwungen hätte, aber ich bin mir sicher, daß es ihm irgendwie gelungen wäre —. Er hatte ein *Fenster*, Victor, mit einer Aussicht auf ...«

Victor klemmte die Zigarette zwischen Daumen und Mittelfinger und schnippte sie in die blutdunkle Donau. »Larry, du beginnst zu faseln.«

Die Worte blieben Talbot im Halse stecken. Victor sagte die Wahrheit. »Ich zähl' auf dich, Victor. Ich fürchte, die ganze Sache hat meine gewohnte Selbstsicherheit ausgeschaltet.«

»Okay, okay, nimm's leicht! Laß mich den Rest der Geschichte hören und wir werden weitersehen. Entspann dich.«

Talbot nickte und fühlte Dankbarkeit in sich aufsteigen. »Ich schrieb meinen Auftrag ganz genau auf. Er bestand aus nur sieben Worten.« Er griff in die Tasche seines Mantels und förderte ein gefaltetes Stück Papier zutage. Er reichte es dem anderen, und im schummrigen Licht der Laterne faltete Victor es auseinander und las:

GEOGRAPHISCHE KOORDINATEN,
UM MEINE SEELE ZU FINDEN

Victor starrte lange auf die beiden Zeilen, nachdem er ihre Botschaft verstanden hatte. Als er Talbot das Papier wieder zurückgab, hatte sich seine Miene aufgeklärt. »Du gibst wohl niemals auf, was Larry?«

»Hat dein Vater jemals aufgegeben?«

»Nein.« Eine tiefe Traurigkeit huschte über das Gesicht des Mannes, den Talbot Victor nannte. »Und«, fügte er nach einem kurzen Moment hinzu, »er liegt seit sechzehn Jahren in einer Katatonie, gerade weil er niemals aufgegeben hat.« Er verfiel in Schweigen. Endlich hörte Larry ihn ganz leise sagen: »Es tut niemals weh, wenn man weiß, wann man aufgeben muß. Niemals. Manchmal muß man den Dingen einfach ihren Lauf lassen.«

Talbot schnaufte leise und verärgert. »Du hast gut reden, alter Freund. Du wirst eines Tages sterben.«

»Das war nicht fair, Larry.«

»Dann hilf mir, verdammt noch mal! Ich bin so nahe dran, aus dieser gottverfluchten Scheiße herauszukommen, wie niemals zuvor. Jetzt brauch' ich dich. Du bist der Fachmann.«

»Hast du's schon bei 3M versucht, oder bei Rand oder sogar bei General Dynamics? Die haben auch gute Leute dort.«

»Idiot!«

»Okay. 'tschuldigung. Laß mich eine Minute nachdenken.«

Der Leichenkahn pflügte durch das unsichtbare Wasser, lautlos, eingehüllt vom Nebel, ganz ohne Charon, ohne Styx, nicht mehr als eine Dienstleistung, ein Mülltransporter voller unbeendeter Sätze, nicht ausgeführter Vorhaben, nicht realisierter Träume. Entscheidungen und Entschuldigungen gab es keine mehr auf diesem Kahn — außer für die beiden Männer, die sich miteinander unterhielten.

Endlich begann Victor, leise zu sprechen. Er redete dabei ebensosehr zu sich selbst wie zu Talbot: »Wir könnten es mit Mikrotelemetrie schaffen. Entweder mit direkter Mikrominiaturisierungstechnik, oder wir verkleinern einen Servomechanismus, der mit allen nötigen Bauelementen ausgerüstet ist: Empfänger, Fernsteuerung, Antrieb etc. Wir verwenden eine Salzlösung, um ihn in die Blutbahn zu injizieren. Geben dir ein Betäubungsmittel und/oder verbinden ihn mit deinen sensorischen Nerven, damit du das Gerät beobachten und kontrollieren kannst, so als wärst du selber dort ... bewußter Perspektiventransfer.«

Talbot schaute ihn erwartungsvoll an.

»Nein. Vergiß es«, sagte Victor. »So geht das nicht.«

Er dachte weiter nach. Talbot griff in die Jackentasche des anderen und zog die Sobranies hervor. Er steckte sich eine der Zigaretten an und verharrte regungslos, abwartend. Das Ganze war typisch Victor. Wie eine Schlange mußte er sich seinen Weg durch ein analytisches Labyrinth winden.

»Vielleicht das biotechnische Äquivalent dazu: ein speziell gezüchteter Mikroorganismus oder Wurm ... injiziert ... mit einer telepathischen Verbindung. Nein, zu viele mögliche Fehlerquellen: beeinträchtigte Wahrnehmung, und es könnte zu einem Konflikt kommen, was die Kontrolle des Ego betrifft. Vielleicht würde es mit einem ganzen Schwarm funktionieren, multiple Wahrnehmung.« Pause. Dann: »Nein. Nicht gut.«

Talbot zog noch einmal an der Zigarette, ließ sich den geheimnisvollen orientalischen Rauch durch seine Lungen kringeln. »Wie wäre es mit ... nehmen wir es nur einmal als Diskussionsgrundlage«, meldete sich Victor wieder, »also sagen wir mal, das Ego/Id existiert bis zu einem gewissen Grad bereits in jedem einzelnen Spermium. Ich weiß, das ist gewagt. Wenn man das Bewußtsein in einer Zelle anregen und es auf eine Mission schicken würde ... vergiß es, vergiß es. Das ist metaphysischer Blödsinn höchsten Grades. Oh, verdammt, verdammt, verdammt ... Das wird eine Menge Zeit und eine Menge Nachdenken kosten, Larry. Verzieh dich, laß mich in Ruhe überlegen. Ich werde mich wieder mit dir in Verbindung setzen.«

Talbot klopfte die Sobranie auf der Reling aus. »Okay, Victor. Ich glaube, ich habe dein Interesse wecken können.«

»Ich bin ein Wissenschaftler, Larry. Das bedeutet, daß ich angebissen habe. Ich wäre ein kompletter Idiot, wenn ich nicht interessiert wäre. Das hier ist genau das, was ... was mein Vater...«

»Ich verstehe. Ich werde dich alleine lassen. Und ich werde auf deinen Anruf warten.«

Sie überquerten die Donau schweigend, der eine über Lösungen nachdenkend, der andere über Probleme. Als sie sich verabschiedeten, umarmten sie sich.

Talbot flog am nächsten Morgen zurück und wartete während der langen Nächte des Vollmonds. Er wußte in der Tat Besseres mit seiner Zeit anzufangen, als zu beten. Beten machte die ganze Sache nur noch komplizierter. Und es verärgerte die Götter.

Als das Telefon läutete und Talbot den Hörer abhob, wußte er, was ihn erwartete. So wie er es in den letzten zwei Monaten jedesmal gewußt hatte. »Mister Talbot? Western Union. Wir haben hier eine Kabeldepesche für Sie aus Moldau in Rumänien.«

»Lesen Sie es mir bitte vor.«

»Es ist sehr kurz, Sir. Sein Inhalt lautet: ›Komm sofort! Ich habe die Witterung aufgenommen.‹ Es ist mit ›Victor‹ unterzeichnet.«

Er verließ das Land weniger als eine Stunde später. Das Flugzeug hatte für ihn bereitgestanden, seit er aus Budapest zurückgekehrt war, die Tanks gefüllt, das Logbuch an Bord. Sein Koffer hatte zweiundsiebzig Tage lang gepackt neben der Haustür gestanden. Ein gültiger Reisepaß mit allen nötigen Visa steckte griffbereit in einer der Außentaschen. Seine Wohnung hallte noch lange, nachdem er sie verlassen hatte, vom Lärm seiner überstürzten Abreise wider.

Der Flug schien sich endlos hinzuziehen. Er *wußte*, daß er länger als nötig dauerte.

Die Zollabfertigung wurde trotz seiner Regierungspapiere (alles Meisterstücke der Fälscherkunst) und trotz der Bestechungsgelder von drei unbedeutenden Beamten mit Schnurrbärten auf geradezu sadistische Weise in die Länge gezogen. Das Trio schwelgte gelassen im Glanz seiner vorübergehenden Machtfülle.

Das Vorankommen auf dem Landwege konnte man nicht mal mehr als langsam bezeichnen. Die Verkehrsmittel glichen dem MELASSE-MANN, der nicht laufen kann, bis er sich aufgewärmt hat, und der, wenn er erst einmal aufgewärmt ist, keine Kraft mehr hat, um zu laufen.

Und wie hätte es auch anders sein können: Gerade als Talbots Mietwagen sich bis auf wenige Meilen seinem Ziel genähert hatte, brach über den Bergen ein fürchterliches Gewitter los, gerade so, als befänden sie sich auf dem spannenden Höhepunkt einer billigen Schauergeschichte. Der Sturm schob sich über einen steilen Bergpaß, stürzte sich – schwarz wie die Nacht – prasselnd aus den Wolken und ergoß sich über die Straße, verdunkelte alles.

Der Fahrer des Wagens, ein wortkarger Mensch, dessen Akzent ihn als Serben auswies, hielt die große Limousine so gut es ging in der Mitte der Straße. Er zeigte dabei die Ausdauer eines Rodeoreiters. Seine Hände lagen auf dem Lenkrad wie zwei Zeiger einer stillstehenden Uhr: Zehn vor Zwei.

»Mister Talbot.«

»Ja?«

»Es wird immer schlimmer. Soll ich umkehren?«

»Wie weit ist es noch?«

»Vielleicht sieben Kilometer.«

Im Scheinwerferlicht sahen sie, wie vor ihnen ein kleiner Baum entwurzelt wurde und sich ihnen gefährlich entgegenneigte. Der Chauffeur drehte am Lenker und beschleunigte. Zweige kratzten hinter ihnen über den Kofferraum, ein Gänsehaut erzeugender Laut – wie das Kratzen von Fingernägeln auf einer Tafel. Talbot merkte, daß er den Atem angehalten hatte. Vor dem Tod brauchte er sich nicht zu fürchten, aber die drohende Gefahr des Augenblicks drängte dieses Wissen stets in den Hintergrund.

»Ich muß dort hinkommen.«

»Dann fahre ich weiter. Bleiben Sie ganz ruhig.«

Talbot setzte sich zurück. Er konnte im Rückspiegel erkennen, daß der Serbe lächelte. Das wiegte ihn in Sicherheit, und er starrte aus dem Fenster. Vielfach verzweigte Blitze zitterten in der Dunkelheit und verliehen der Landschaft ein drohendes, beunruhigendes Aussehen.

Schließlich erreichten sie ihr Ziel.

Das Laboratorium war ein zusammengewürfelter modernistischer Bau, der sich knochenweiß gegen den immer noch düsteren Hintergrund abhob. Er ragte hoch über der ausgefahrenen Straße auf. Sie waren stundenlang ständig bergauf gefahren, und nun türmten sich vor ihnen die Karpaten und wirkten wie Geier, die geduldig auf den günstigsten Moment warten, um sich auf sie herabzustürzen.

Die letzten anderthalb Meilen bewältigte der Fahrer nur unter großen Schwierigkeiten: Ganze Fluten von schwarzem Wasser stürzten ihnen entgegen, die überladen waren mit Schlamm und losgerissenen Ästen.

Victor erwartete ihn schon. Ohne ihn näher zu begrüßen, veranlaßte er, daß ein Helfer sich um Talbots Gepäck kümmerte und führte den Freund in das unterirdisch gelegene große Labor, wo ein halbes Dutzend Techniker emsig wie die Ameisen ihre Arbeiten verrichteten und zwischen enormen Schaltpulten und einer riesigen Glasplatte hin- und herliefen, die mit starken Haltetauen an einer schienenbestückten Decke befestigt war.

Die Atmosphäre knisterte vor gespannter Erwartung. Talbot bemerkte es ganz deutlich: an den kurzen, scharfen Blicken, die man ihm zuwarf, an der Art, wie Victor ihn an seinem Arm zog, an der unheimlich wirkenden Startbereitschaft der seltsam aussehenden Maschinen, um die sich die Männer und Frauen drängten. Und er merkte es Victors Benehmen an, daß hier bald etwas Neues, Wunderbares geschaffen werden würde. Daß vielleicht... endlich... nach so langer, so schrecklich düsterer Zeit..., daß hier, in diesem weißen, gekachelten Raum, der Friede auf ihn wartete.

Victor konnte sich kaum zurückhalten. »Letzte Feinabstimmungen«, sagte er und wies auf zwei Technikerinnen, die an einem Paar gleichaussehender Maschinen arbeiteten, die man an zwei gegenüberliegenden Wänden aufgestellt hatte. Zwischen ihnen hing die gigantische Glasplatte. Für Talbot sahen die Maschinen wie zwei hochkomplizierte Laserprojektoren aus. Die beiden Frauen drehten an Kardanringen und stimmten die Geräte langsam aufeinander ab. Der Vorgang wurde von einem leisen elektrischen Summen begleitet. Victor ließ Talbot lange Zeit zum Beobachten, dann sagte er: »Keine Laser. *GRASER*. Gamma Ray Amplification by Stimulated Emission of Radiation. Wir arbeiten mit Gamma-Strahlen.

Schau dir die Maschinen genau an. Sie stellen mindestens die Hälfte der Lösung deines Problems dar.«

Die Technikerinnen nahmen über den Raum hinweg und durch die Glasplatte hindurch Augenkontakt auf und nickten einander zu. Dann rief die ältere der beiden, eine Frau in den Fünfzigern, in Richtung Victor: »Angeschlossen, Doktor.«

Victor winkte ihr bestätigend zu und wandte sich wieder an Talbot.

»Wir wären früher fertig gewesen, wenn nicht dieser verdammte Sturm gewesen wäre. Das geht jetzt schon seit einer Woche so. Normalerweise läßt uns so was relativ kalt, aber wir hatten einen Blitzeinschlag mitten im Haupttransformator. Für ein paar Tage funktionierte nur das Notstromaggregat, und es hat uns eine Menge Zeit gekostet, die Anlage wieder auf volle Leistung zu bringen.«

In der Wand zur Rechten Talbots öffnete sich eine Tür. Sie öffnete sich langsam, so als fehle es demjenigen, der sie aufdrückte, an der nötigen Kraft. Ein gelbes Emailleschild war an der Tür angebracht. Darauf stand in dicken, schwarzen Buchstaben eine Warnung in französischer Sprache: ›STÄNDIGE GRENZWERTÜBERWACHUNG DES PERSONALS AB HIER ERFORDERLICH!‹ Als die Tür sich endlich ganz geöffnet hatte, konnte Talbot auf ihrer Rückseite ein zweites Warnschild lesen:

VORSICHT STRAHLUNGSZONE

Unter den Worten war ein dreieckiges Symbol angebracht. Unwillkürlich mußte Talbot an die Dreifaltigkeit, den Vater, den Sohn und den Heiligen Geist, denken. Dann fiel sein Blick auf ein weiteres Schild, und er wußte, warum er diese Assoziation gehabt hatte: WENN DIESE TÜR MEHR ALS DREISSIG SEKUNDEN LANG GEÖFFNET BLEIBT, MÜSSEN AUGENBLICKLICH MESSUNGEN UND SICHERHEITSMASSNAHMEN EINGELEITET WERDEN!

Talbots Aufmerksamkeit war zwischen der Tür und dem, was Victor sagte, hin- und hergerisssen.

»Der Sturm macht dir scheinbar Sorgen.«

»Keine Sorgen«, sagte Victor. »Ich bin nur vorsichtig. Ich kann mir nicht vorstellen, daß der Sturm irgendeine Auswirkung auf unser Experiment haben könnte, außer wir werden wieder direkt vom Blitz getroffen, was ich jedoch für sehr unwahrscheinlich halte. Wir haben besondere Vorkehrungen getroffen – aber ich möchte es nicht riskieren, daß uns mitten im Schuß die Energie verlorengeht.«

»Im Schuß?«

»Ich werde dir alles erklären. Tatsächlich *muß* ich dir sogar alles erklären, damit deine Miniatur das gleiche Wissen wie du hat.« Victor lächelte über Talbots Verwirrung. »Mach dir nur keine Sorgen, alter Freund.«

Eine alte Frau in einem Arbeitskittel war aus der Tür gekommen und stand jetzt rechts hinter Talbot. Sie wartete darauf, daß die beiden ihre Unterhaltung beendeten, damit sie mit Victor reden konnte.

Victor drehte sich zu ihr um. »Ja, Nadja?«

Talbot starrte sie an. Sein Magen krümmte sich zusammen, als hätte er Schwefelsäure verschluckt.

»Gestern wurden erhebliche Anstrengungen unternommen, um den Grund für eine Instabilität im Hochspannungsfeld zu entdecken.« Sie sprach leise, ohne Betonung, eine monotone Seite aus einer Checkliste. »Die nachfolgende Strahlenerhöhung verhinderte effiziente Meßwertermittlungen.« Mindestens achtzig Jahre, wenn nicht mehr. Graue Augen, tief verborgen in Wülsten faltigen, leberwurstfarbenen Fleisches. »Am Nachmittag wurde der Akzelerator abgeschaltet, damit einige Reparaturen vorgenommen werden konnten.« Verwelkt, dürr, müde, gebeugt, zu viele Knochen in einer ausgelaugten Hülle. »Im Röhrengleichrichter in C48 mußte eine neue Vakuumkammer eingesetzt werden. Die alte hatte ein Leck.« Talbot wand sich unter extremen Schmerzen. Erinnerungen fielen über ihn her wie plündernde Horden, eine dunkle Woge ameisenhafter Körper, die an allem nagte, was weich und verletzlich in ihm war. »Während der Nachtschicht haben wir zwei Stunden Übertragungszeit verloren, weil in der Übertragungshalle eine Zylinderspule in einer der neuen Vakuumröhren ausfiel.

»Mutter . . . ?« sagte Talbot leise mit rauher Stimme.

Die alte Frau zuckte heftig zusammen. Ihr Kopf fuhr herum, ihre aschgrauen Augen weiteten sich. »Victor«, sagte sie, und in ihrer Stimme klang blankes Entsetzen mit.

Talbot setzte zu einer Bewegung an, aber Victor ergriff ihn am

Arm und hielt ihn zurück. »Danke, Nadja. Geh hinunter zur Zielstation B und überprüfe die Strahlenwerte. Geh am besten sofort.«

Sie schob sich humpelnd an ihnen vorbei und verschwand schnell durch eine andere Tür, die ihr eine jüngere Frau am entgegengesetzten Ende des Raumes aufhielt.

Talbot sah ihr nach. Tränen standen in seinen Augen.

»Oh, mein Gott, Victor. Das war...«

»Nein, Larry, das war sie nicht.«

»Sie war es! So wahr mir Gott helfe, sie *war* es. Aber wie Victor? Erklär mir, *wie!*«

Victor drehte ihn herum und hob mit seiner freien Hand Talbots Kinn an.

»Sieh mich an, Larry. *Verdammt noch mal*, ich sagte: *Sieh mich an!* Sie war es nicht. Du irrst dich!«

Das letzte Mal, daß Talbot geweint hatte, war an jenem Morgen gewesen, als er unter einigen Hortensienbüschen im botanischen Garten des Kunstmuseums in Minneapolis aufgewacht war, mit etwas sehr Stillem und Blutigem neben sich. Unter seinen Fingernägeln hatte er Erde entdeckt, Blut und Fleischreste. Das war zu der Zeit gewesen, als er gelernt hatte, wann er sich mit Handschellen zu fesseln hatte, und wann er sich aus ihnen befreien durfte. Auch jetzt war ihm zum Heulen zumute. Und auch diesmal hatte er allen Grund dazu.

»Warte hier einen Augenblick«, sagte Victor. »Larry? Wirst du hier auf mich warten? Ich bin gleich zurück.«

Talbot nickte, wandte sein Gesicht ab, und Victor entfernte sich. Während er dastand und die schmerzhaften Erinnerungen in ihm auf- und abebbten, öffnete sich eine Tür am anderen Ende des Raumes, und ein weiß bekittelter Techniker steckte seinen Kopf ins Zimmer. Durch den geöffneten Spalt hindurch sah Talbot einige massive Maschinen in einem riesigen Saal. Titanelektroden. Rostfreie Stahlkegel. Er glaubte, einen Cockroft-Walton-Generator zu erkennen.

Victor kam mit einem Glas milchiger Flüssigkeit zurück. Er reichte es Talbot.

»Victor —« rief der Techniker von der Tür aus.

»Trink das«, forderte Victor Talbot auf und wandte sich dann dem Techniker zu.

»Wir sind bereit.«

Victor winkte ihm bestätigend zu. »Gib mir noch etwa zehn Minuten, Karl, dann kannst du die erste Phase einleiten und uns noch einmal Bescheid geben.«

Der Techniker nickte und verschwand. Die Tür schloß sich wieder und verdeckte die Sicht auf den imposanten Maschinenraum. »Und das war die andere Hälfte der mystisch-magischen Lösung deines Problems«, meinte der Physiker und lächelte stolz wie ein Vater.

»Was habe ich da getrunken?«

»Etwas, um dich zu beruhigen. Ich kann dich nicht gebrauchen, wenn du zu halluzinieren anfängst.«

»Das war keine Halluzination. Wie war ihr Name?«

»Nadja. Und du irrst dich; du hast sie nie zuvor in deinem Leben gesehen. Habe ich dich jemals angelogen? Wie lange kennen wir uns jetzt schon? Ich brauche dein Vertrauen, wenn das hier funktionieren soll.«

»Ich bin schon in Ordnung.« Die milchige Flüssigkeit begann bereits zu wirken. Talbots Gesicht verlor seine Röte, seine Hände hörten auf zu zittern.

Victor war plötzlich sehr ernst, ganz ein Wissenschaftler, der keinerlei Zeit für irgendwelche Abschweifungen hatte, galt es doch, Informationen zu vermitteln. »Gut. Für einen Moment fürchtete ich, eine Menge Zeit vergeudet zu haben, als ich den ... na ja, Schwamm drüber.« Er lächelte wieder. »Laß es mich so ausdrücken: Für einen Moment dachte ich, daß niemand zu meiner Party kommen würde.«

Talbot gab ein gezwungenes, kurzes Kichern von sich und folgte Victor in eine Ecke, in der eine Regalwand mit Monitoren aufgebaut war. »Okay. Kommen wir zu deiner Einweisung.« Er schaltete die Geräte ein, eins nach dem anderen, bis alle zwölf in mattem Licht erglühten, jedes mit einem anderen Bild von roh gefertigten, massiven Installationen.

Monitor 1 zeigte einen endlos langen unterirdischen Tunnel, den man eierschalenweiß gestrichen hatte. Während der beiden Monate, in denen Talbot geduldig abgewartet hatte, hatte er die meiste Zeit damit verbracht, zu lesen. Er erkannte den Tunnel als den direkten ›Zugang‹ zum Hauptkomplex. Gewaltige Bogenmagnete in ihren stoßsicheren Betonwiegen glühten schwach im Halbdunkel des Tunnels.

Monitor 2 zeigte den Linearbeschleuniger.

Monitor 3 zeigte die Gleichrichtersäule des Cockroft-Walton-Generators.

Monitor 4 lieferte einen Blick auf den Spannungsverstärker. Monitor 5 zeigte das Innere der Transferhalle. Die Monitore 6 bis 9 bildeten drei experimentelle Zielzonen ab sowie – kleiner in Umfang und Größe – eine interne Zielzone, die die Mesonen-, Neutrino- und Protonenzonen verdeutlichen sollten.

Die verbleibenden drei Schirme zeigten Forschungslabors in dem unterirdischen Gebäudekomplex, der letzte eben jene große Halle, in der Talbot stand und auf die zwölf Bildschirme starrte, auf denen er Talbot sehen konnte, wie er in zwölf Bildschirme starrte...

Victor schaltete die Geräte ab.

»Was hast du gesehen?«

Alles, woran Talbot denken konnte, war die alte Frau mit dem Namen Nadja. Sie *konnte* es nicht sein. »Larry! Was hast du gesehen?«

»Nach dem, was ich gesehen habe«, meinte Talbot, »handelt es sich um einen Teilchenbeschleuniger. Und der sah so gewaltig aus wie das Protonen-Synchrotron von CERN in Genf.«

Victor war beeindruckt. »Du hast deine Hausaufgaben gemacht.«

»Das lag nur in meinem Interesse.«

»Gut, gut. Mal sehen, ob ich dich beeindrucken kann. Der Teilchenbeschleuniger von CERN erreicht Energien bis zu dreiunddreißig Millionen Elektronenvolt. Der Komplex in dem Raum unter uns erreicht Energien bis zu fünfzehn GeV.«

»Und Giga bedeutet Milliarde.«

»Du hast *tatsächlich* viel gelesen, nicht wahr? Fünfzehn *Milliarden* Elektronenvolt. Man kann einfach kein Geheimnis vor dir verborgen halten.«

»Bis auf eines.«

Victor wartete auf eine Erklärung.

»Kannst du es hinkriegen?«

»Ja. Die Wetterfrösche sagen, daß sich das Auge des Sturmes fast über uns befindet. Wir werden mehr als eine Stunde Zeit haben, mehr Zeit, als wir für die gefährlichen Teile des Experimentes brauchen.«

»Aber du *wirst* es hinkriegen?«

»Ja, Larry. Ich mag es nicht, wenn ich mich wiederholen muß.« In seiner Stimme lag kein Zögern, keine Andeutung einer jener ›Ja-aber‹-Formulierungen, die Talbot bisher immer zu hören bekommen hatte. Victor hatte tatsächlich die richtige Spur gefunden.

»Tut mir leid, Victor. Das ist die Angst. Aber wenn alles klar ist, warum muß ich mir dann alles noch erklären lassen?«

Victor grinste schief und begann zu rezitieren: »Als Euer Haus- und Hofzauberer bin ich dabei, mich auf eine gewagte und technisch unerklärbare Reise zu begeben, die mich in die oberen Sphären des Stratos führen wird. Meine Aufgabe ist es, mit meinen Zaubererkollegen zu reden, Gedanken auszutauschen und auf andere Weise zu klönen.«

Talbot warf seine Hände abwehrend in die Höhe. »Das reicht.«

»Also dann. Gib acht! Wenn ich es nicht tun müßte, würde ich es auch nicht tun, glaub mir. Nichts ist langweiliger, als mir selber beim Dozieren zuzuhören. Aber deine Miniatur muß alle Daten haben, die *du* auch hast. Also hör zu! Es folgt die langweilige — aber unglaublich informative — Erklärung.«

Der westeuropäische CERN — Conseil Européen pour la Recherche Nucléaire — hatte sich Genf als Standort für seine Große Maschine ausgesucht. Holland hatte den kürzeren gezogen, weil allgemein bekannt war, daß das Essen in den Niederlanden lausig war. Ein scheinbar winziges Detail, aber ein ausschlaggebendes.

Das osteuropäische Gegenstück von CERN, CEERN — Conseil de l'Europe de l'Est pour la Recherche Nucléaire — war dazu gezwungen worden, sich diesen einsamen Platz in den Weißen Karpaten als Standort zu wählen, anstatt auf nahegelegenere und gastlichere Orte wie Cluj in Rumänien, Budapest in Ungarn und Gdansk in Polen zurückzugreifen, weil Talbots Freund Victor darauf bestanden hatte. CERN hatte Dahl und Wideroë und Goward und Adams und Reich; CEERN hatte Victor. Das glich sich gegenseitig aus. Victor gab den Ton an.

Also hatte man alles sorgfältig nach seinen Richtlinien erbaut, und der Teilchenbeschleuniger von CERN war im Vergleich zu diesem hier ein Zwerg. Selbst der vier Meilen große Komplex des Fermi National Accelerator Laboratoriums in Batavia, Illinois wirkte dagegen wie ein kleines Spielzeug. Es war in der Tat das größte fortschrittlichste Synchrophasotron der Welt.

Nur etwa siebzig Prozent der Experimente, die in dem unterirdischen Labor durchgeführt wurden, gingen auf Rechnung von CEERN. Hundert Prozent des Personals war Victor persönlich ergeben, nicht etwa CEERN oder dem Osten, keinen Philosophien oder Dogmata..., nein, nur dem Menschen Victor. Dreißig Prozent der Experimente, die mit dem sechzehn Meilen durchmessenden Akzeleratorring durchgeführt wurden, waren Victors persönlichen Projekte. Falls CEERN darüber Bescheid wußte – und es wäre sehr schwierig gewesen, so etwas herauszubekommen –, dann schwieg es. Siebzig Prozent der Früchte eines Genies waren besser als null Prozent.

Hätte Talbot früher gewußt, daß Victors Forschungen in die Richtung gingen, neue theoretische Erkenntnisse im Bereich der Elementarphysik in die Praxis umzusetzen, dann hätte er seine Zeit niemals damit vergeudet, sich auf die zahllosen Scheinlösungen und Totgeburten einzulassen, die ihn Jahre seines Lebens gekostet hatten, die am Anfang alles versprochen, und die am Ende absolut nichts gehalten hatten. Aber andererseits hatte er niemals zuvor wirklich Bedarf gehabt an Victors exotischen Fähigkeiten, bis ihn INFORMATION ASSOCIATES auf die richtige Spur gebracht hatte – eine Spur, der er bis dato in jedmöglicher Richtung gefolgt war, außer in diese völlig unerwartete, die Schatten mit Substanz verschmolz und Realität mit Phantastik.

Während CEERN sich in der wohligen Sicherheit sonnte, daß sein hauseigenes Genie im Wettlauf der Super-Akzeleratoren immer eine Nase vorne liegen würde, informierte Victor seinen ältesten Freund darüber, wie er ihm den Frieden des Todes schenken würde; wie Lawrence Talbot seine Seele finden konnte; wie er, im wörtlichsten aller Sinne, in sich gehen würde.

»Die Lösung deines Problems besteht aus zwei Teilen. Als erstes müssen wir ein völlig identisches Abbild von dir schaffen, hunderttausendmal, millionenmal kleiner als du, das Original. Dann müssen wir als zweites dieses Abbild zum Leben erwecken, das Bild in etwas Greifbares, Substantielles, Materielles umwandeln – in etwas, das *existiert*. Ein Miniatur-DU, das genauso real ist wie du, das all deine Erinnerungen, all dein Wissen besitzt.«

Talbot fühlte sich etwas benebelt. Die milchige Flüssigkeit hatte die wogenden Wasser seiner Erinnerung geglättet. Er lächelte. »Ich bin froh, daß es kein schwieriges Problem war.«

Victor blickte trübselig vor sich hin. »Nächste Woche erfinde ich die Dampfmaschine. Etwas mehr Ernst bitte, Larry.«

»Es ist dieser Lethe-Cocktail, den du mir verabreicht hast.«

Victors Mund zog sich zu einem dünnen Strich zusammen, und Talbot wußte, daß er sich zusammenreißen mußte. »Mach weiter, tut mir leid.«

Victor zögerte für einen Moment, versuchte seine Ernsthaftigkeit mit einem Schuß unbegründeter Gewissensbisse aufrechtzuerhalten, dann fuhr er fort: »Den ersten Teil des Problems lösen wir mit Hilfe der Graser, die wir entwickelt haben. Wir stellen ein Hologramm von dir her, und das nicht etwa mit Hilfe der Wellen, die die Elektronen des Atoms erzeugen, sondern mit denen, die sein Kern erzeugt... Wellen, die millionenmal kürzer und um einiges größer in ihrer Auflösung sind als die, die mit Hilfe eines Lasers erzeugt werden.«

Er ging zu der großen Glasplatte, die in der Mitte des Labors hing und auf deren Mitte die Graser ausgerichtet waren. »Komm her.«

Talbot folgte ihm.

»Ist das die holographische Platte?« fragte er. »Das ist doch nur eine Scheibe photographischen Glases, oder etwa nicht?«

»Nicht das hier«, sagte Victor und berührte die drei Meter durchmessende Platte. »*Das* hier!« Er zeigte mit dem Finger auf einen kleinen Fleck im Zentrum der Glaswand, und Talbot beugte sich nach vorne, um besser sehen zu können. Zuerst sah er gar nichts, dann entdeckte er eine winzige Welle im Glas. Als er sein Gesicht so nah wie möglich an diese kleine Unebenheit heranbrachte, glaubte er ein feines, geflammtes Muster wahrzunehmen, ein Muster wie auf einem hauchdünnen Seidenschal. Er drehte sich zu Victor um.

»Mikroholographische Platte«, sagte Victor. »Kleiner als ein

Mikrochip. Da drauf werden wir deinen Geist bannen, millionenfach verkleinert. Ungefähr auf die Größe einer einzigen Zelle reduziert, vielleicht auf die eines roten Korpuskels.«

Talbot kicherte.

»Komm«, meinte Victor müde, »du hast zu viel getrunken, und es ist meine Schuld. Laß uns mit der Show beginnen. Bis wir soweit fertig sind, wirst du nüchtern sein... Ich hoffe nur, daß deine Miniatur keinen Schwips haben wird.«

Sie stellten ihn vollkommen nackt vor die photographische Platte. Die ältere der beiden Technikerinnen richtete den Graser auf ihn aus. Talbot vernahm ein leises Klicken und vermutete, daß es sich dabei um einen Hebel handelte, der in seine Position gerutscht war. Aber dann meldete sich Victor: »Alles klar, Larry. Das war's.«

Er starrte sie entgeistert an, wartete auf mehr.

»Das war's?«

Die Techniker schienen alle sehr zufrieden zu sein und amüsierten sich köstlich über seine Reaktion. »Wir haben's hinter uns«, bestätigte Victor. Es war alles so schnell gegangen. Er hatte nicht einmal den Graserstrahl sein Abbild treffen und festbannen sehen. »*Das* war's?« fragte er erneut. Victor begann zu lachen. Das wirkte ansteckend, und bald lachte das ganze Labor. Die Techniker hielten sich an ihren Geräten fest; Tränen rollten Victors Wangen hinab; jeder schnappte nach Luft; und Talbot stand vor der winzigen Unebenheit im Zentrum des Glases und kam sich wie ein geistig Zurückgebliebener vor.

»Das war's«, wiederholte er hilflos.

Nach einer scheinbaren Ewigkeit trockneten die anderen ihre Tränen, und Victor zog ihn von der großen Glasplatte fort. »Alles erledigt und in Ordnung, Larry. Ist dir kalt?«

Talbots nacktes Fleisch war mit einer Gänsehaut überzogen. Einer der Techniker brachte ihm einen Arbeitskittel zum Überziehen. Talbot stand da und sah sich verwirrt um. Es war offensichtlich, daß er nicht mehr im Mittelpunkt des Interesses stand.

Alle Aufmerksamkeit richtete sich jetzt auf die beiden Graser und die holographische Platte auf dem Glas. Die ausgelassene Stimmung war verschwunden. An ihrer Stelle entdeckte Talbot wieder angespannte Konzentration in den Gesichtern der Laborbelegschaft. Victor trug den Kopfhörer einer Wechselsprechanlage, und Talbot hörte ihn sagen: »Okay, Karl. Volle Energie!«

Augenblicklich war das Labor mit dem Summen anlaufender Generatoren erfüllt. Das Geräusch wurde immer intensiver, bis es die Schmerzgrenze erreicht hatte, und Talbot fühlte, wie seine Zähne begannen, weh zu tun. Endlich erreichte das Winseln eine Frequenz, die das menschliche Ohr nicht mehr wahrnehmen konnte.

Victor winkte der jungen Technikerin, die an dem Graser hinter der Glasplatte stand. Sie beugte sich über die Zielvorrichtung der Maschine, zielte einmal kurz und drückte ab. Talbot sah keinen Lichtblitz, aber er hörte das gleiche einrastende Geräusch wie vorhin, dann ein sanftes Summen, und vor ihm schwebte ein lebensgroßes Hologramm von ihm selbst, nackt wie er vor erst wenigen Minuten. Er schaute fragend zu Victor hinüber. Victor nickte und Talbot näherte sich dem Phantom, fuhr mit seiner Hand durch es hindurch, trat noch näher heran und sah ihm in die klaren braunen Augen, bemerkte das Muster der großen Poren auf seiner Nase, betrachtete sich genauer, als es ihm jemals zuvor in einem Spiegel möglich gewesen war. Ein seltsames Gefühl stellte sich bei ihm ein: so, als ob jemand über sein Grab gelaufen wäre.

Victor sprach mit drei Technikern, und einen Moment später kamen sie näher, um das Hologramm zu untersuchen. Sie schleppten Belichtungsmesser und einige empfindliche Geräte heran, die scheinbar in der Lage waren, die Unverfälschtheit und Klarheit des Geisterbildes zu messen. Talbot beobachtete sie fasziniert und gleichzeitig zutiefst erschreckt. Es sah ganz so aus, als wäre er dabei, sich auf die außergewöhnlichste Reise seines Lebens zu machen; eine Reise mit einem langersehnten Ende: dem Ende seines Lebens.

Einer der Techniker gab Victor ein Zeichen.

»Es ist einwandfrei«, sagte er zu Talbot. Dann wandte er sich wieder an die junge Technikerin hinter dem zweiten Graserprojektor. »Okay, Jana, du kannst das Ding hier wegkarren.« Sie startete einen Motor, und der ganze Projektionsapparat drehte sich auf Gummirädern und rollte aus dem Weg. Als die Technikerin den Projektor abschaltete, begann sich Talbots Abbild – nackt und verletzlich und, wie Talbot meinte, traurig — wie Morgendunst aufzulösen und war wenige Sekunden später ganz verschwunden.

»Okay, Karl«, sagte Victor in diesem Augenblick, »wir bringen jetzt das Podest herein. Verkleinere die Öffnung und warte auf mein Zeichen.« Er wandte sich an Talbot: »Da kommt deine Miniatur, alter Freund.«

Talbot hatte plötzlich das Gefühl, Zeuge einer Auferstehung zu werden — seiner eigenen Auferstehung.

Die ältere Technikerin rollte ein anderthalb Meter hohes Podest aus rostfreiem Stahl in die Mitte des Labors. Sie positionierte es so, daß die winzige, hochpolierte Spindel, die darauf stand, mit ihrer Spitze gerade das untere Ende der leichten Unebenheit im Glas berührte. Es sah ganz so aus, als würde es jetzt tatsächlich ernst werden. Das menschengroße Hologramm war nur eine vorläufige Projektion gewesen, mit dessen Hilfe man die Perfektion des Abbildes überprüft hatte. Nun ging man daran, die lebende Wesenheit zu erschaffen, einen zweiten Lawrence Talbot, nackt und nicht größer als eine einzige Zelle, ein Wesen, das Bewußtsein, Intelligenz, Erinnerungen und Wünsche besaß, die mit denen Talbots identisch waren.

»Bist du bereit, Karl?« fragte Victor.

Talbot hörte keine Antwort, aber Victor nickte mit dem Kopf, als höre er jemandem genau zu. Dann sagte er: »Okay, leite den Lichtkegel um.«

Es geschah alles derartig schnell, daß Talbot die Hälfte davon überhaupt nicht mitbekam. Der mikropionische Strahl setzte sich aus Partikeln zusammen, die millionenmal kleiner waren als ein Proton, kleiner als ein Quark, kleiner als ein Myon und ein Pion. Victor hatte ihnen den Namen Mikropionen gegeben. In der Wand öffnete sich ein Spalt, der Strahl wurde abgelenkt, glitt durch die holographische Platte und wurde abgeschnitten, als der Spalt sich wieder schloß.

Das Ganze hatte nicht länger als eine Millisekunde gedauert.

»Geschafft«, meinte Victor.

»Ich sehe überhaupt nichts«, sagte Talbot, und es wurde ihm bewußt, wie dumm er sich für die Leute hier anhören mußte. *Natürlich* sah er nichts. Es gab nichts zu sehen ... nicht mit bloßem Auge. »Ist er ... ist es da?«

»Du bist da«, sagte Victor. Er winkte einem der Techniker, der an einem Regal stand, in dessen Fächern einige Instrumente sicher verstaut waren. Der Mann kam zu ihnen herüber. In seiner Hand hielt er den schlanken, funkelnden Zylinder eines Mikroskops. Auf irgendeine seltsame Weise, die Talbot nicht ganz durchschaute, klipste er das Mikroskop an die nadelspitze Spindel auf dem Podest. Dann trat er zur Seite, und Victor sagte: »Teil zwei deines Problems ist gelöst, Larry. Geh und schau dich selbst an.«

Lawrence Talbot ging zum Mikroskop, justierte den Fokus, bis er die reflektierende Spitze der Spindel sehen konnte, und sah sich selbst, unendlich verkleinert ...

... wie er zu sich hinaufsah. Er erkannte sich, obwohl alles, was er sehen konnte, ein zyklopenhaftes, braunes Auge war, das von einem glatten Glassatelliten aus, der den ganzen Himmel einnahm, auf ihn hinunterstarrte.

Er winkte. Das Auge blinzelte.

Jetzt geht es tatsächlich los, dachte er.

Lawrence Talbot stand am Rande des riesigen Kraters, den Lawrence Talbots Nabel bildete. Er sah hinab in die bodenlose Tiefe, in der er die verkümmerten Reste seiner Nabelschnur ausmachte, die sich in Schlingen und Höckern, glatt und wogend, in vollkommene Dunkelheit hineinwand. Er balancierte vorsichtig sein Gleichgewicht aus, um hinabzusteigen. Der Geruch, den sein eigener Körper verströmte, schlug ihm mit aller Gewalt entgegen. Da war vor allem Schweiß. Und der Geruch, der von tiefer innen zu ihm heraufdrang. Der Geruch von Penizillin. Es war, als beiße er mit einem schlechten Zahn auf Blattzinn. Der Geruch von Aspirin, der die kleinen Härchen seiner Nase kitzelte wie Kreidestaub, so als schlüge jemand zwei Tafelschwämme zusammen. Der Geruch von verrotteter Nahrung, verdaut, sich in Abfall verwandelnd. All diese Düfte stiegen aus ihm zu ihm empor wie eine wilde Symphonie dunkler Farben.

Er setzte sich auf den abgerundeten Rand seines Nabels und ließ sich vorwärts gleiten.

Er rutschte nach unten, holperte über einen Auswuchs, fiel ein Stück und rutschte dann wieder: eine Schlittenfahrt in die Dunkelheit — die jedoch bald ein Ende hatte. Er wurde von einem weichen und nachgiebigen, leicht federnden Gewebe gestoppt, dort wo sein Nabel abgeschnürt worden war.

Die Dunkelheit am Boden des Kraters löste sich plötzlich auf, als ein gleißendes Licht den Nabel füllte. Talbot legte schützend die Hand über seine Augen und starrte den Schacht hinauf zum Himmel. Dort glühte eine Sonne, heller als tausend Novae. Victor hatte eine Operationsleuchte über das Loch gehalten, um ihm behilflich zu sein — solange er es noch konnte.

Talbot sah den Schatten von etwas Großem hinter dem Licht, und er strengte sich an, zu erkennen, was das war: es erschien ihm wichtig zu wissen, was das war. Und für einen kurzen Moment lang, bevor er seine Augen gegen das grelle Licht schließen mußte, dachte er, er hätte es erkannt. Jemand, der ihn beobachtete, der zu ihm hinunterstarrte, vorbei an der Lampe, die über dem Nabel des nackten, narkotisierten Körpers von Lawrence Talbot hing, der schlafend auf einem Operationstisch lag.

Es war die alte Frau gewesen: Nadja.

Er verharrte für lange Zeit regungslos und dachte über sie nach.

Dann kniete er sich hin und betastete das Gewebe, das den Boden des Nabelschachts bildete.

Er glaubte unter der Oberfläche etwas zu sehen, das sich bewegte, wie Wasser, das unter einer Eisschicht dahinfloß. Er legte sich auf seinen Bauch und hielt die Hände wie Scheuklappen um die Augen, preßte sein Gesicht gegen das tote Fleisch. Es war, als starre er durch eine Scheibe Fischleim. Eine zitternde Membrane, durch die hindurch er das kollabierte Lumen der atretischen Nabelschnur sehen konnte. Es gab keine Öffnung. Er preßte seine Handflächen gegen die gummiartige Oberfläche, und sie gab nach, aber nur ein wenig. Bevor er den Schatz finden konnte, mußte er der Route folgen, die Demeter ihm gegeben hatte. Sie war jetzt unauslöschlich in seiner Erinnerung eingebrannt. Und bevor er dieser Route folgen konnte, mußte er einen Zugang zu seinem eigenen Körper finden.

Aber er hatte nichts zur Hand, mit dem er sich Einlaß erzwingen konnte.

Ausgeschlossen, am Eingang zu seinem eigenen Körper stehend, fühlte Talbot Wut in sich aufsteigen. Sein ganzes Leben hatte aus quälenden Schmerzen, aus Schuld und Grauen bestanden. Sein ganzes Leben war vergeudet, war nichts anderes als die Folge von Ereignissen, über die er niemals die Kontrolle gehabt hatte. Pentagramme und Vollmonde und Blut und niemals auch nur ein Gramm Übergewicht. Seine Diät war reich an Proteinen gewesen, seine Blutsteroide gesünder als die jedes anderen erwachsenen Mannes, seine Triglyzerin- und Cholesterinwerte perfekt ausbalanciert. Und der Tod für immer ein Fremder. Wut schäumte in ihm auf. Er hörte sich einen unartikulierten Schmerzenslaut ausstoßen, fiel nach vorne und begann an der verkümmerten Nabelschnur mit Zähnen zu reißen, die für solch eine Tätigkeit schon oft zuvor benutzt worden waren. Er befand sich in einem Blutrausch und doch war ihm bewußt, daß er seinen eigenen Körper aufbrach. Es erschien ihm genau die richtige Art von Selbstgeißelung zu sein.

Ein Außenseiter; er war sein ganzes Leben als Erwachsener ein Außenseiter gewesen, und sein wilder Zorn würde es ihm nicht erlauben, noch längerhin ausgesperrt zu bleiben. Mit einer dämonischen Unnachgiebigkeit riß er kleine Stücke aus dem Fleisch, bis die Membrane schließlich nachgab und sich eine Spalte vor ihm auftat, die ihm den Weg zu sich selbst freigab ...

Er wurde geblendet von einer Explosion aus Licht, durch einen Sturm, der ihm entgegenwehte, durch etwas, das an ihm vorbeirauschte, das direkt unter der Oberfläche darauf gewartet hatte, sich freizuwinden. Und in dem kurzen Augenblick, bevor er das Bewußtsein verlor, wußte er, daß Castanedas Don Juan die Wahrheit gesagt hatte: ein dickes Bündel weißer, spinnenwebartiger Fäserchen – goldbesprenkelte Fasern aus Licht – schossen aus der aufgetrennten Ader, stiegen den Nabelschacht empor und flatterten dem antiseptischen Himmel entgegen.

Eine metaphysische, ansonsten unsichtbare Bohnenranke, die sich in den Weiten über ihm verlor, nach oben stieg, höher und höher und höher, während ihm die Augen zufielen und er in die Vergessenheit hinabsank.

Er lag auf seinem Bauch, kroch durch das kollabierte Lumen, durch den Hohlraum der Venen, die einmal von der Fruchtblase zum Fötus geführt hatten. Er kämpfte sich vorwärts wie ein Scout der Infanterie, der gefährliches Gelände auskundschaftete, gebrauchte seine Ellbogen und Knie, wand sich wie eine Schlange. Er öffnete den abgeflachten Tunnel mit seinem Kopf gerade weit genug, um hindurchschlüpfen zu können. Es war ziemlich hell: Das Innere der Welt, die Lawrence Talbot genannt wurde, war von goldenem Licht durchflutet.

Seine Karte hatte ihm den genauen Weg gewiesen: durch diesen engen Tunnel der unteren Hohlvene in die rechte obere Herzkammer und von dort durch den rechten Ventrikel, die Pulmonalarterie und durch die Lungenklappen in die Lungen, durch die Pulmonalvenen quer hinüber zur linken Herzseite (linke Herzkammer, linker Ventrikel), durch die Aorta — unter Umgehung der drei Koronararterien oberhalb der Aortenklappen — und schließlich den Aortenbogen hinunter — unter Umgehung der Halsschlagader und anderer Arterien — hin zum Stamm der Zöliaka, wo sich die Schlagadern in einem verwirrenden Schema aufteilen: eine in Richtung Magen, eine zur Leber, eine zur Milz. Und dort, auf der Rückenseite des Zwerchfells würde er hinabgleiten, durch den großen Pankreasgang zur Pankreas selbst. Und dort, zwischen den Langerhansschen Inseln, würde er es finden, genau an den Koordinaten, die ihm von INFORMATION ASSOCIATES geliefert worden waren. Er würde das finden, was ihm in einer schrecklichen Vollmondnacht vor so langer Zeit gestohlen worden war. Und wenn er es gefunden hatte, wenn er sich sicher sein konnte, den ewigen Frieden gefunden zu haben und nicht nur den physischen Tod durch eine Silberkugel, dann würde sein Herz zu schlagen aufhören — wie, das wußte er nicht, aber es würde aufhören — und alles würde vorbei sein für Lawrence Talbot, der zu dem geworden war, was er einst geschaut hatte. Dort, im cauda pancreatis, von der Splenialarterie mit Blut versorgt, lag der Schatz aller Schätze verborgen. Der Schatz, der mehr wert war als Dublonen, mehr als Gewürze und Seide, mehr als alle Öllampen, die von einem gewissen Solomon als Gefängnisse für Dschinns mißbraucht worden waren, der Schatz, der ihm den endgültigen, den langersehnten, süßen ewigen Frieden bringen würde: die Erlösung vom Monsterdasein.

Er drückte die letzten Zentimeter der toten Vene zur Seite, und sein Kopf stieß ins Freie. Er hing kopfüber in einer Höhle aus tieforangenem Felsen.

Talbot wand sich hin und her, bis auch seine Arme frei waren, stützte sie gegen das, was ganz offensichtlich die Höhlendecke war, und zwängte seinen Körper aus dem Tunnel hinaus. Er fiel wie ein Stein nach unten, versuchte sich im letzten Moment zu drehen, um den Sturz mit seinen Schultern abzufangen, und wurde für seine Mühen mit einem schmerzhaften Schlag in den Nacken belohnt.

Er blieb einen Moment lang liegen, bis sein Kopf sich wieder geklärt hatte. Dann stand er auf und wanderte weiter. Die Höhle öffnete sich zu einem Felsenriff. Er trat bis zum Rand vor und starrte auf die Landschaft, die sich vor ihm ausbreitete. Das Skelett von etwas nur entfernt Menschenähnlichem lag zusammengekrümmt wie eine Schlange am Felsrand. Talbot wagte es nicht, näher hinzusehen.

Er ließ seinen Blick über die Welt des toten, orangefarbenen Felsens schweifen, dessen Falten und Wellenkämme vor ihm lagen und der ihn an eine topographische Ansicht eines vorderen Gehirnlappens erinnerte, den man aus seiner Schädelhülle entfernt hatte.

Der Himmel war leicht gelblich, hell und angenehm.

Der Grand Canyon seines Körpers war ein scheinbar endloses Durcheinander abgestorbenen Gesteins, das schon seit Jahrmillionen keinerlei Leben mehr in sich barg. Er suchte sich mit den Augen einen Abstieg, der ihn vom Kliff herunterführen würde, und begann seine lange Reise.

Es gab Wasser, und das erhielt ihn am Leben. Anscheinend regnete es in dieser ausgedörrten und öden Wüste öfter, als man auf den ersten Blick vermutete. Es gab keine Möglichkeit, festzustellen, wie viele Tage oder Monate vergingen, denn es gab hier weder Tag noch Nacht – nur dieses wundervolle goldene Leuchten –, aber Talbot schätzte, daß seine Reise durch die orangefarbenen Berge seiner Wirbelsäule jetzt schon fast sechs Monate dauerte. Nach jedem Platzregen füllten sich Taufbecken mit Wasser, und er fand heraus, daß er mit schier unerschöpflicher Energie weiterwandern konnte, wenn er die Sohlen seiner nackten Füße feucht hielt. Falls er jemals gegessen hatte, so hatte er vergessen, wie oft und welche Art von Nahrung er zu sich genommen hatte.

Er entdeckte nirgendwo Anzeichen von Leben.

Nur ab und zu lag da ein Skelett im Schatten einer Wand aus orangefarbenem Felsen. Oft ohne Schädel.

Er fand schließlich eine Passage durch die Berge und überquerte sie. Er stieg über Vorgebirge in tiefer gelegenes Hügelland. Dann ging es wieder aufwärts, über unbarmherzig enge Pässe, die sich höher und höher wanden, der Gluthitze des Himmels entgegen. Als er den Gipfel erreichte, entdeckte er, daß der Pfad, der auf der anderen Seite hinunterführte, gerade verlief und breit und gut begehbar war. Sein Abstieg dauerte nur kurze Zeit. Er benötigte dafür nicht mehr als ein paar Tage. Zumindest erschien es ihm so.

Als er ins Tal hinabstieg, hörte er das Singen eines Vogels. Er folgte dem Lied. Es führte ihn zu einem Krater aus Vulkangestein, einem ziemlich großen Loch inmitten der grasbewachsenen Anhöhen des Tals. Er stieß ganz unvermutet darauf und schleppte sich mühsam den kurzen Abhang hinauf, um vom Kraterrand hinabzublicken.

Der Kraterboden war von einem See bedeckt. Der Gestank, der zu ihm heraufdrang, raubte ihm fast die Sinne. Ein ekelhafter Gestank, und irgendwie unerträglich traurig. Der Vogel zwitscherte weiterhin sein Lied; doch Talbot konnte das Tier nirgendwo am Himmel ausmachen. Der Gestank des Sees ließ Übelkeit in ihm aufsteigen.

Als er sich auf den Kraterrand niederließ und hinabstarrte, erkannte er, daß der See angefüllt war mit toten Dingen, die bäuchlings in ihm schwammen, violett und blau schimmerten, wie ein erwürgtes Baby; verrottetes Weiß, das sich langsam im leicht gekräuselten, grauen Wasser drehte; es gab keine erkennbaren äußeren Merkmale oder Gliedmaßen. Er ging bis zum tiefsten Vorsprung aus Vulkangestein hinunter und starrte auf die toten Dinge.

Etwas schwamm auf ihn zu. Er wich zurück. Es kam schnell näher, und als es den Rand des Kraters erreicht hatte, stieß es durch die Oberfläche, das Lied eines Eichelhähers trällernd, warf sich seitwärts, um aus einem der treibenden, toten Dinge ein Stück verfaultes Fleisch zu reißen, und verharrte noch eine Weile, als wolle es ganz deutlich machen, daß dies sein Reich war, nicht das von Talbot.

Wie Talbot war auch der Fisch unsterblich.

Talbot blieb lange am Kraterrand sitzen, blickte hinab in die Mulde, in der sich das Wasser gesammelt hatte, und beobachtete, wie die Körper der toten Träume plötzlich an der Oberfläche auftauchten und sich wie madiges Schweinefleisch in einer grauen Suppe um die eigene Achse drehten.

Schließlich stand er auf, drehte dem Krater den Rücken zu und nahm seine Reise wieder auf. Tränen liefen seine Wangen hinunter.

Als er schließlich die Küste des Meeres aus Pankreassaft erreichte, entdeckte er eine Menge Dinge, die er verloren oder weggeben hatte, als er noch ein Kind war. Er fand ein hölzernes Maschinengewehr auf einem olivgrünen Dreifuß, das ein ›Ratatatata‹ von sich gab, wenn man an einer hölzernen Kurbel drehte. Er fand einen Trupp Spielzeugsoldaten, zwei Kompanien, die eine preußisch, die andere französisch, mitten unter ihnen ein Miniatur-Napoleon. Er fand ein komplettes Mikroskopset mit Objektträgern und Petrischalen und einem Gestell mit Chemikalien in netten, kleinen Flaschen, die alle ein gleichförmiges Etikett trugen. Er fand eine Milchflasche, die voller Indianerkopf-Pennies war. Er fand eine Handpuppe mit einem Affenkopf und dem Namen Rosco, den jemand mit Nagellack auf die Stoffhandschuhe geschrieben hatte. Er fand einen Schrittzähler. Er fand das wundervolle Gemälde eines tropischen Vogels, das mit echten Federn modelliert worden war. Er fand eine Pfeife, die aus einem Maiskolben gefertigt war. Er fand eine Schachtel mit Preisen und Prämien: eine Detektivausrüstung aus Pappkarton mit Pulver zur Spurensicherung, unsichtbarer Tinte und eine Liste mit geheimen Codenummern des Polizeifunks; einen Ring, an dem so etwas ähnliches wie eine Bombe angebracht war, und als er die roten Heckflossen der Bombe entfernte und seine Hände um sie legte, konnte er schillernde Lichtfunken darin entdecken, ganz tief drinnen in der Nutzlastsektion; eine Porzellantasse mit einem kleinen Mädchen und einem Hund, die über eine ihrer Seiten liefen; ein Dechiffrierorden mit einer Lupe mitten in der roten Skalenscheibe aus Plastik.

Doch unter all dem Kram in diesem Geheimversteck vermißte er etwas Wichtiges.

Er konnte sich nicht daran erinnern, was es war, aber er wußte, daß es wichtig war. Genauso, wie er gewußt hatte, daß es wichtig gewesen war, den Schatten zu identifizieren, der hinter der Operationslampe über seinem Nabelschacht vorbeigehuscht war, genauso wußte er, daß, was immer auch in diesem Geheimversteck fehlte... nun, daß es sehr, sehr wichtig war.

Er nahm sich das Boot, das an der Küste des pankreatischen Ozeans verankert lag, und deponierte alle Dinge aus dem Versteck in einer wasserdichten Kiste unter einem der Sitze. Er ließ das große kathedralenförmige Radio draußen und stellte es auf die Sitzbank vor die Rudergabeln.

Dann stieß er das Boot vom Ufer ab, watete hinaus in das karmesinrote Wasser, das seine Knöchel, seine Waden, seine Oberschenkel befleckte, stieg an Bord und begann in Richtung Pankreasinseln zu rudern. Was immer auch fehlte, es war wichtig.

Der Wind erstarb, als er die Inseln entfernt am Horizont ausmachen konnte. Talbot starrte über die blutrote See. Er steckte in einer Flaute, 38° 54' nördlicher Breite, 77° 00' 13" westlicher Länge.

Er trank Wasser aus dem Meer, und es wurde ihm übel. Er spielte mit den Spielsachen aus der wasserdichten Kiste. Und er hörte Radio.

Er hörte eine Sendung über einen sehr fetten Mann, der Mordfälle löste, er hörte eine Adoption von *Die Frau im Fenster* mit Edward G. Robinson und Joan Bennett, er hörte eine Geschichte, die auf einem großen Bahnhof begann, er hörte einen Krimi über einen reichen Mann, der sich unsichtbar machte, indem er den Verstand der anderen vernebelte, so daß sie ihn nicht mehr sehen konnten, und er erfreute sich an einem Abenteuerstück, das von einem Mann namens Ernest Chapell erzählt wurde, und in dem eine Gruppe von Leuten in einem Tiefseeboot durch den Schacht einer Mine ins Erdinnere vordrangen und nach fünf Meilen von Pterosauriern angegriffen wurden. Dann hörte er sich die Nachrichten an. Sie wurden verlesen vom unvergeßlichen Graham MacNamee. Die letzte Meldung lautete folgendermaßen:

»Columbus, Ohio, 24. September 1973. Martha Nelson war dreiundneunzig Jahre lang in einer Anstalt für geistig Zurückgebliebene eingesperrt. Sie ist jetzt einhundertundzwei Jahre alt. Am 25. Juni 1875 lieferte man sie zum ersten Mal im *ORIENT STATE INSTITUT* in der Nähe von Orient, Ohio ein. Ihre Krankenblätter wurden irgendwann im Jahre 1883 in einem großen Feuer vernichtet, und niemand weiß mehr genau, warum sie im Heim ist. Zu der Zeit, als sie dort eingeliefert wurde, trug es den Namen *COLUMBUS STATE INSTITUT FÜR DIE SCHWACHSINNIGEN*. ›Sie hatte niemals eine Chance‹, sagt Dr. A. Z. Soforenko, der vor zwei Monaten zum Leiter des Instituts ernannt wurde. Er vermutet, daß sie das Opfer der sogenannten ›Rassenhygiene‹ wurde, die im späten 19. Jahrhundert verstärkt betrieben wurde. Damals glaubten viele, daß die Zurückgebliebenen böser Natur oder gar Kinder des Teufels sein mußten, da Gott doch den Menschen nach seinem Vorbild geschaffen hatte und Behinderte ja keine ›vollständigen‹ menschlichen Wesen waren. ›In dieser Zeit‹, sagt Dr. Soforenko, ›glaubte man daran, daß sich die Gesellschaft von Fehl und Makel reinigen könnte, wenn man diese sogenannten ›Schandflecken‹, die geistig Behinderten, in Anstalten abschob.‹ Und er fügte weiter hinzu: ›Sie ist ganz offensichtlich ein Opfer dieser Vorstellungen geworden. Wir werden nie mit Sicherheit feststellen können, ob sie tatsächlich schwachsinnig war; ihr Leben war reine Vergeudung. Sie ist für ihr Alter noch sehr aufnahmefähig und klar in ihren Gedanken. Es ist nicht bekannt, daß sie eine Familie oder Verwandte hat, und in den letzten achtzig Jahren hatte sie mit niemandem außer dem Pflegepersonal Kontakt.‹«

Talbot saß stumm in seinem kleinen Boot. Das Segel hing wie ein einsames Schmuckstück vom einzigen Mast des Kahns.

»Ich habe mehr geweint als in meinem ganzen Leben, seit ich in dich hineingegangen bin, Talbot«, sagte er, unfähig seinen Tränen Einhalt zu gebieten — oder seinen Gedanken. Gedanken an Martha Nelson, eine Frau, von der er niemals zuvor gehört *hätte*, hätte er nicht durch Zufall diese Sendung gehört. Durch einen Zufall, durch diesen Zufall, hatte er von ihr gehört — zufällig — durch Zufall pfiffen diese Gedanken an sie durch seinen Kopf wie kalte Winde.

Und die kalten Winde erhoben sich, bauschten das Segel, und er trieb nicht länger in einer Flaute, sondern wurde geradewegs auf die nächstgelegene Insel zugeweht. Ganz zufällig.

Er stand an genau der Stelle, an der er laut Demeters Karte seine Seele finden würde. Einen Moment lang verlor er die Kontrolle über sich und kicherte, als er feststellte, daß er so etwas wie ein Malteser Kreuz oder ein Käpt'n-Kidd-Schatzkarten-X vorzufinden erwartet hatte. Aber da war nichts außer grünem Sand, zart wie Puder, der in kleinen Windhosen in Richtung blutrotem Pankreassaft tanzte. Die Stelle lag genau in der Mitte zwischen der Tiefwassermarke der See und dem riesigen Bauwerk, das die Insel beherrschte und Talbot von seiner Struktur her an das *Bethlem Royal Hospital* erinnerte.

Er sah noch einmal zu dieser Festung hinüber, die mitten im Zentrum des mickrigen Stücks Land aufragte, und fühlte sich unwohl. Sie war quadratisch gebaut, scheinbar aus einem einzigen monströsen, schwarzen Felsblock gehauen... vielleicht aus einem Kliff, das während irgendeiner natürlichen Katastrophe aus dem Erdinnern nach oben gestülpt worden war. Es gab keine Fenster, keine Eingänge, die er sehen konnte, obwohl zwei Seiten ihrer erdrückenden Masse in seinem Blickfeld lagen. Sie machte ihn nervös. Sie stand da wie ein düsterer Gott, der über ein leeres Königreich regiert. Er dachte an den Fisch, der nicht sterben konnte, und erinnerte sich an Nietzsches Behauptung, daß Götter dann starben, wenn niemand mehr da war, der zu ihnen betete.

Er ließ sich auf seine Knie nieder, erinnerte sich an jenen Moment vor langen, langen Monaten, als er sich hingekniet hatte, um das Fleisch seiner verkümmerten Nabelschnur zu zerreißen, und begann in dem grünen, puderigen Sand zu graben.

Je mehr er grub, um so schneller floß der Sand in die kleine Vertiefung zurück. Er rutschte in die Mitte der Mulde und begann, den Dreck mit beiden Händen zwischen seinen Beinen hindurchzuschleudern, ganz wie ein menschlicher Hund, der nach einem verbuddelten Knochen sucht.

Als seine Fingerspitzen an den Kanten der Truhe vorbeiratzten, schrie er vor Schmerz auf. Seine Fingernägel brachen.

Er grub die Ränder der Truhe frei und wühlte dann seine blutenden Finger durch den Sand, um einen Halt unter der vergrabenen Schatzkiste zu finden. Er zerrte und riß daran, bis sich genügend Bewegungsspielraum gebildet hatte. Mit angespannten Muskeln zog er sie nach oben und befreite sie aus der Erde.

Er schleppte sie bis an den Rand des Strandes und setzte sich.

Es war nur eine einfache, hölzerne Kiste, einer alten Zigarrenschachtel nicht unähnlich, nur etwas größer. Er drehte und wendete sie und war nicht im geringsten erstaunt darüber, daß er keine geheimnisvollen Hieroglyphen oder okkulten Symbole darauf entdecken konnte. Es handelte sich nicht um eine solche Art von Schatz. Dann drehte er sie mit der richtigen Seite nach oben und brach den Deckel auf. Innen fand er seine Seele. Es war nicht das, was er zu finden erwartet hatte, überhaupt nicht. Aber es war das, was im Geheimversteck gefehlt hatte.

Er hielt es fest in seiner Faust, als er an dem sich rasch wieder mit grünem Sand füllenden Loch vorbei in Richtung Festung ging.

Wir werden nicht aufhören zu suchen
Und das Ende unserer Suche
Wird uns dorthin führen, wo wir begonnen haben
Und zum ersten Mal werden wir wirklich erkennen.
T. S. ELIOT

Nachdem er in die brütende Dunkelheit der Festung eingedrungen war — und es war erschreckend einfach gewesen, den Eingang zu finden — gab es keinen anderen Weg, als den nach unten. Die nassen, schwarzen Steine einer Treppe, die eher einer Berg- und Talbahn glich, führten unerbittlich hinab in die Eingeweide des Gebildes und deutlich unter den Meeresspiegel.

Die Stufen waren steil, und in jeder waren die leichten Dellen zu finden, die das Gewicht von Füßen hineingepreßt hatten, die hier seit Anbeginn der Erinnerung hinabgestiegen waren. Es war dunkel, aber nicht so dunkel, daß Talbot nicht seinen Weg erkennen konnte. Allerdings gab es kein Licht. Er machte sich nicht die Mühe, darüber nachzudenken, wie so etwas möglich war.

Er kam an keinem Zimmer, keinem Raum und keiner Öffnung vorbei, bis er den tiefstgelegenen Keller des Gebäudes erreicht hatte und am entfernten Ende einer riesigen Halle eine Tür entdeckte. Er nahm die letzte Stufe der Treppe und schritt darauf zu. Die Tür bestand aus sich überkreuzenden Gitterstangen, die so schwarz und feucht waren wie die Steine, aus der die Festung erbaut war. Durch die Zwischenräume hindurch sah er etwas Blasses und

Bewegungsloses. Es kauerte in einer Ecke von dem, was gut und gerne eine Gefängniszelle sein konnte.

Die Tür hatte kein Schloß.

Sie schwang auf, als er sie leicht berührte.

Wer immer auch in dieser Zelle lebte, hatte nie versucht, die Tür zu öffnen, oder er hatte es versucht und beschlossen, nicht fortzugehen.

Er schritt in noch tiefere Dunkelheit hinein.

Eine lange Zeit herrschte tiefe Stille. Endlich bückte er sich, um ihr auf die Beine zu helfen. Es war, als hebe er einen Sack verwelkter Blumen auf, der spröde war, zerbrechlich, brüchig und eingehüllt in tote Luft, die noch nicht einmal die Erinnerung an einen Duft in sich trug.

Er nahm sie in seine Arme und trug sie mit sich fort.

»Gleich kommen wir ins Licht. Schließe deine Augen, Martha«, sagte er und machte sich auf den Rückweg, die lange Treppe hinauf zum goldenen Himmel.

Lawrence Talbot setzte sich auf dem Operationstisch auf. Er öffnete seine Augen und schaute Victor an. Er schenkte ihm ein ganz besonders sanftes Lächeln. Zum erstenmal in ihrer langen Freundschaft sah Victor, daß aus Talbots Gesicht alle Anzeichen der Qual verschwunden waren.

»Es hat also funktioniert«, sagte er. Talbot nickte.

Sie grinsten einander an.

»Wie sieht es mit deinen Tieftemperatur-Kapazitäten aus?« fragte Talbot.

Victor hob verwirrt die Augenbrauen. »Du willst, daß ich dich einfriere? Ich dachte, du wolltest etwas Endgültigeres ... etwas aus Silber vielleicht.«

»Nicht nötig.«

Talbot sah sich um. Er entdeckte sie am anderen Ende des Raumes an einem der Graser. Sie starrte ihn mit unverhohlener Furcht an. Er glitt vom Tisch und wickelte das Tuch um sich, auf dem er gelegen hatte. Die behelfsmäßige Toga verlieh ihm ein aristokratisches Aussehen.

Er ging zu ihr hinüber und sah ihr ins greise Gesicht. »Nadja«, sagte er sanft. Erst nach einer ganzen Weile sah sie zu ihm auf. Er lächelte, und einen kurzen Moment lang war sie wieder ein kleines Mädchen. Sie wendete ihren Blick ab. Er nahm sie bei der Hand, und sie folgte ihm zurück zum Tisch, zu Victor.

»Ich wäre dir zutiefst dankbar, wenn du mich auf den neuesten Stand der Dinge bringen würdest, Larry«, meinte der Physiker. Also erzählte ihm Talbot seine Geschichte, die ganze Geschichte.

»Meine Mutter, Nadja, Martha Nelson, sie sind alle gleich«, sagte Talbot, als er sich dem Ende näherte, »alles vergeudete Leben.«

»Und was war in der Truhe?« fragte Victor,

»Wie gut kommst du mit Symbolismus und kosmischer Ironie zurecht, alter Freund?«

»Bis jetzt habe ich keine Probleme mit Freud und Jung gehabt«, erklärte Victor. Er konnte sich nicht helfen: er mußte lächeln. Talbot preßte fest die Hand der alten Technikerin, als er sagte: »Es war ein alter, verrosteter Howdy Doody-Button.«

Victor wendete sich ab.

Als er sich wieder umdrehte, grinste Talbot.

»Das ist keine kosmische Ironie, Larry..., das ist reiner Slapstick«, sagte Victor. Er war wütend. Das war eindeutig. Talbot sagte nichts, ließ ihn einfach in Ruhe darüber nachdenken.

Schließlich meinte Victor: »Was zum Teufel soll *das* symbolisieren? Unschuld?«

Talbot zuckte mit den Schultern. »Ich denke, wenn ich das wüßte, hätte ich ihn gar nicht erst verloren. Er ist genau das, was er war, und genau das, was er immer noch ist. Ein kleiner, metallener Anstecker von etwa drei Zentimeter Durchmesser, mit dem altbekannten schiefen Gesicht darauf, den orangefarbenen Haaren, dem zahnigen Grinsen, der Stupsnase, den Sommersprossen, alles, ganz genau so, wie es immer war.« Er verfiel einen Moment lang in Schweigen und fügte dann hinzu: »Das scheint mir alles seine Richtigkeit zu haben.«

»Und jetzt, wo du es zurück hast, *willst* du nicht mehr sterben?«

»Ich *brauche* nicht mehr zu sterben.«

»Und du willst, daß ich dich tiefkühle.«

»Uns beide.«

Victor starrte ihn ungläubig an. »Um Gottes willen, Larry!«

Nadja stand stumm dabei, als könne sie die beiden nicht verstehen.

»Hör zu, Victor: Martha Nelson ist da drin. Ein vergeudetes Leben. Nadja ist hier draußen. Ich weiß nicht warum oder wie oder was daran Schuld hat... aber... ein vergeudetes Leben. Noch ein vergeudetes Leben. Ich will, daß du ihre Miniatur erschaffst, genauso, wie du meine erschaffen hast, und sie hineinschickst. Er wartet auf sie, und er kann alles in Ordnung bringen, Victor. Endlich alles in Ordnung bringen. Er kann bei ihr sein, wenn sie die Jahre zurückgewinnt, die man ihr gestohlen hat. Er kann – *ich* kann ihr Vater sein, solange sie ein Baby ist, ihr Spielkamerad, wenn sie ein Kind ist, ihr Kumpel, wenn sie größer wird, ihr Freund, wenn sie ein junges Mädchen ist, ihr Kavalier, wenn sie eine junge Frau ist, ihr Geliebter, ihr Ehemann, ihr Gefährte auf dem Weg ins Alter. Laß sie all die Frauen sein, die sie niemals sein durfte, Victor. Stiehl nicht zum zweiten Mal ihr Leben. Und wenn alles vorbei ist, wird er wieder von vorne beginnen...«

»*Wie*, verdammt noch mal, *wie*, in drei Teufelsnamen? Red keinen Unsinn, Larry. Was faselst du da für einen metaphysischen Schund zusammen?«

»Ich weiß nicht, *wie*; es *ist* einfach so! Ich war dort, Victor, ich war monatelang dort, vielleicht sogar jahrelang, und habe mich nicht ein einziges Mal verwandelt, bin nicht ein einziges Mal zu einem Wolf geworden. Es gibt dort keinen Mond... keine Nacht und keinen Tag, nur goldenes Licht und Wärme. Und ich kann versuchen, Wiedergutmachung zu leisten. Ich kann zwei Leben zurückgeben. *Bitte*, Victor!«

Der Physiker starrte ihn an, ohne ein Wort zu sagen. Dann sah er zu der alten Frau hinüber. Sie lächelte, und dann begann sie mit arthritischen Fingern, ihre Kleider auszuziehen.

Als sie sich durch das kollabierte Lumen zwängte, wartete Talbot bereits auf sie. Sie sah sehr müde aus, und er wußte, daß sie sich ausruhen mußte, bevor sie sich auf den Weg über die orangefarbenen Berge machten. Er half ihr von der Decke der Höhle hinunter und bettete sie auf weiches, blaßgelbes Moos, das er auf seiner langen Reise mit Martha Nelson von den Langerhansschen Inseln mitgebracht hatte. Die beiden alten Frauen lagen Seite an Seite auf dem Moos. Nadja fiel fast augenblicklich in Schlaf. Er stand über ihnen, sah in ihre Gesichter.

Sie waren identisch.

Dann ging er zum Felsenriff und sah hinüber zur Wirbelsäule der orangefarbenen Berge. Das Skelett barg nun keine Furcht mehr für ihn. Er spürte einen plötzlichen kalten Luftzug und wußte, daß Victor mit dem Einfrieren begonnen hatte.

Er stand lange Zeit so da. In seiner Hand hielt er den kleinen metallenen Button, auf den das schlaue, unschuldige Gesicht einer mythischen Kreatur gezeichnet war, vierfarbig und strahlend klar. Nach einer Weile hörte er im Innern der Höhle das Schreien eines Babys, eines *einzelnen* Babys. Er drehte sich um und machte sich bereit für die leichteste Reise, die er je in seinem Leben unternommen hatte.

Irgendwo legte in eben diesem Moment ein schrecklicher Teufelsfisch seine Kiemen an, drehte sich langsam mit dem Bauch nach oben und versank in der Dunkelheit.

>Originaltitel: Adrift just off the Islets of Langerhans:
Latitude 38° 54' N, Longitude 77° 00' 13" W.
Ins Deutsche übertragen von Stefan Bauer
(Der Übersetzer dankt Stefanie Hoffmann für ihre ›medizinische‹ Betreuung)

Weniger als MENSCH, mehr als WOLF – er rannte.

Mehr als MENSCH, weniger als WOLF – er rannte mit wildem Geheul durch den Wald.

Er wußte nichts von dem MENSCHEN in sich, wie er nicht von dem WOLF wissen würde, wenn er wieder ein MENSCH war.

Wann immer die Sturmwolken für Momente von dem heulenden Wind aufgerissen wurden, zeigte sich der Vollmond dieser Julinacht. Es schien ihm, wenn auch dumpf, daß sein Heulen die Magie bewirkte, welche die Wolken zerriß. Doch er hatte keinen Begriff von ›Magie‹. Ihm fehlten die Worte und DAS WORT.

Blitze, grell wie Höllenglut, zuckten. Donner dröhnte wie der Todesschrei eines Stiers. Er, der WOLF, dachte nicht an diese Vergleiche. Die Wipfel der Bäume zuckten unter den Peitschenhieben des Windes und schienen ihm lebendig. Er spürte Donner und Blitz wie die Orgasmen der ERDE SELBST, in wilder Vereinigung mit dem Mond, doch sein Fühlen hatte nichts gemein mit menschlichen Gedanken und Vorstellungen. Er, der WOLF, hatte keine Worte, um solche Gefühle auszudrücken. Worte konnten niemals WOLF-Gefühle fassen.

Er rannte und rannte.

Wo ein Mensch Bäume, Büsche und Steine gesehen hätte, sah er Dinge ohne Namen, nicht verbunden oder begrifflich gemacht durch Worte und Gedanken. Für ihn gehörten sie keiner Art oder Gattung an; jedes war ein individuelles Wesen.

Die Pflanzen und die Steine an seinem Weg waren in Bewegung, änderten ihre Gestalt geringfügig bei jedem seiner Sprünge, als hätten sie ihr eigenes Leben und Mobilität. Vielleicht hatten sie das auch. Vielleicht wußte der WOLF, was der MENSCH nicht wissen konnte. Obwohl sie in derselben physikalischen Welt existierten, lebten sie in verschiedenen mental-emotionalen Sphären.

A ist A. Nicht-A ist Nicht-A. Deshalb werden die beiden nie zusammenkommen. Nicht in der Welt der Gefühle, der Gedanken. Aber Werwölfe... was sind sie? A plus Nicht-A macht B?

Er rannte und rannte.

Der Regen kam von nirgendwo; daß er von oben kam, daß wußte der Wolf nicht. Er veränderte sich, wenn er auf den Boden schlug und auf seinen Pelz und in seine Augen und auf seine Nase spritzte. Regentropfen waren etwas anderes geworden, einfach Nässe. Nässe hatte für ihn keinen Namen. Nässe war ein lebendiges Wesen. Sie störte Blick und Witterung. Doch der Wind hatte ihm den Geruch von unwetterverschrecktem Vieh zugetragen, ehe der Regen die vorbeijagenden Geruchsmoleküle absorbierte.

Er flog über einen Drahtzaun und war bei dem Vieh. Er tat ein blutiges Werk. Der halb taube Farmer und seine halb taube Frau und ihre zugedröhnten Söhne hörten nicht die lauten Schreckensschreie des Viehs. Der Donner, die Blitze und das Dröhnen des Fernsehgeräts eliminierten den Lärm von der Weide. Der Wolf fraß ungestört.

»Ich habe noch nie einen Mann so schnell zunehmen und abnehmen sehen«, sagte Sheriff Yeager. »Scheint mir auch in einem Zyklus zu passieren, regelmäßig wie ein Uhrwerk. Sie legen um die zwanzig Pfund im Monat zu. Dann, wenn Vollmond kommt, scheinen Sie alles über Nacht zu verlieren. Wie machen Sie das? Warum?«

»Wenn Fragen Fleisch ansetzen würden, wären Sie fett«, sagte Doctor Varglik.

Während der ganzen Untersuchung waren die blaßblauen, lebhaften Augen des Sheriffs auf das gewaltige Wolfsfell fixiert gewesen, das sich über die gegenüberliegende Wand des Raums breitete. Beine und Kopf fehlten, doch der buschige Schwanz war nicht abgeschnitten worden.

»Scheint nicht natürlich«, sagte Yeager.

»Was? Das Wolfsfell? Es ist nicht künstlich.«

»Nein, ich meine die unglaublich starken Schwankungen Ihres Gewichts. Das ist unnatürlich.«

»Alles in der Natur ist natürlich.«

Der Arzt entfernte die Gummimanschette von Yeagers Arm. »Hundertzwanzig zu achtzig. Sechsunddreißig Jahre alt und Sie haben den Blutdruck eines Teenagers. Sie können jetzt aufstehen. Lassen Sie die Hosen runter.«

Aus einen Spender an der Wand zog Varglik einen Latexhandschuh. Der Sheriff, anders als die meisten Männer während dieser Untersuchung, stöhnte nicht und klagte nicht und zog kein Gesicht. Er war Stoiker.

Vornübergebeugt sagte er: »Doktor, Sie haben immer noch nicht meine Frage beantwortet.«

Der Hurensohn schöpft Verdacht, dachte Varglik. Vielleicht weiß er Bescheid. Doch er muß auch glauben, er ist vom Affen gebissen, wenn er wirklich meint, was er nicht so subtil andeutet.

Er zog den Finger zurück. Er sagte: »Alles in bester Ordnung. Gratuliere. Das County kann für ein weiteres Jahr zufrieden sein.«

»Ich will Ihnen nicht auf die Nerven gehen oder zu persönlich werden«, sagte Sheriff Yeager. »Nehmen Sie es als wissenschaftliche Neugier. Ich fragte Sie...«

»Ich weiß nicht, warum ich so phänomenal schnell abnehme und zunehme«, sagte Varglik. »Habe nie von einem Fall wie meinem bei einem völlig gesunden Menschen gehört.«

Der Wandspiegel reflektierte ihn und Yeager mit seinem Quecksilberlicht. Beide waren sechsunddreißig, einen Meter achtundachtzig groß, hager, gelenkig, hundertdreiundsechzig Pfund schwer. Beide lebten in Wagner (fünftausend Einwohner außerhalb der Touristensaison) am Südufer des Pristine Lake, Reynolds County, Arkansas. Yeager hatte einen Abschluß in Forstwirtschaft, war aber nach ein paar Jahren Polizist geworden und dann Sheriff. Varglik hatte seinen Dr. med. in Yale und seinen Doktor in Biochemie an der Stanford University gemacht. Nach ein paar Jahren Praxis in Manhattan hatte er eine glänzende und lukrative Karriere aufgegeben, um in diese ländliche Gegend zu kommen.

Wie die meisten Leute, die das wußten, wunderte sich Yeager, warum Varglik bloß die Park Avenue verlassen hatte. Der Unterschied zwischen Yeager und den anderen bestand darin, daß er die Vergangenheit des Arztes überprüfen würde — oder sie bereits überprüft hatte.

Trotz ihrer vielen Ähnlichkeiten trennten sie bei einer Sache Welten. Varglik war der Gejagte; Yeager der Jäger. Wenn ich nicht, dachte Varglik, die Situation umkehren kann. Doch wann tauschten A und Nicht-A je die Rollen?

Der Arzt hatte die Handschuhe abgelegt und wusch die Hände. Der Sheriff stand vor dem Wolfsfell und betrachtete es intensiv.

»Das ist wirklich was«, sagte er. Sein Ausdruck war seltsam und unergründlich. »Wo haben Sie ihn geschossen?«

»Ich nicht«, sagte Varglik. »Es ist eine Art Familienerbstück. Kam von meinem schwedischen Großvater. Meine Mutter, eine Finnin, wollte es loswerden, ich weiß nicht, warum, aber mein Vater — er ist in Schweden geboren, aber in New York aufgewachsen — gab ihr nicht nach.«

»Ich hätte gedacht, Sie würden es zu Hause über den Kamin hängen.«

»Dort würden es nicht viele Leute sehen. Hier können es meine Patienten sehen, wenn ich sie untersuche. Gibt ein gutes Gesprächsthema ab.«

Der Sheriff pfiff leise. »Muß über hundertsechzig gewogen haben. Verdammt großer Wolf!«

Der Arzt lächelte. »Etwa so groß wie der Wolf, der das County terrorisiert. Aber was hat ein Wolf in den Ozarks verloren? War keiner mehr hier seit fünfzig Jahren oder mehr.«

Yeager wandte sich langsam um. Er lächelte ziemlich überlegen, ohne jeden Grund. Es sei denn ... Vargliks Herz schlug plötzlich stärker. Er hätte nicht so kühn sein sollen. Warum hatte er den Wolf erwähnt? Warum das Gespräch darauf bringen? Aber, andererseits, warum nicht?

»Es ist ein Wolf, das ist eine Tatsache! Ich weiß nicht, wie zum Teufel er hierher kam, doch es ist kein Hund!«

»Okay«, sagte Varglik. »Aber man erwischt ihn besser bald! Das

Vieh, die Schafe, die Hunde — schlimm genug. Aber diese beiden Kinder!« Er schauderte. »Aufgefressen!«

»Wir kriegen ihn, obwohl er bisher verdammt schlau war!« sagte der Sheriff. »Morgen früh werden fast die gesamte County-Polizei, dreißig Nationalgardisten und zweihundert Freiwillige die Gegend durchkämmen. Wir werden nicht ruhen, bis wir ihn aufgestöbert haben.«

Yeager hielt inne, blickte seitlich auf das Fell und wandte dann den Blick zu Varglik. »Die Jagd wird nicht enden, am Tag oder in der Nacht, ehe wir ihn erwischen!«

»Selbst die Touristen beginnen sich zu fürchten«, sagte Varglik. »Schlecht fürs Geschäft.«

Der Sheriff wandte sich wieder dem Fell zu. »Sind Sie sicher, daß es nicht künstlich ist und Sie mir etwas vormachen?«

»Warum?«

»Ich weiß nicht genau. Als ich vor einer Minute draufsah, schien es plötzlich zu glühen. Ich dachte, ich sehe nicht recht. Da war, da ist noch ein Schimmer, ganz schwach, doch eindeutig ein Glühen. Ich...«

»Aha!«

Yeager zuckte leicht zusammen. »Aha?« sagte er.

Varglik lächelte, als versuchte er etwas zu verbergen. Sein Spiegelbild zeigte das deutlich. Sein Gesicht glättete sich.

»Entschuldigung. Ich dachte an die Resultate eines Experiments, das ich neulich in meinem Laboratorium machte. Ich sah plötzlich die Antwort auf etwas, was mich verwirrte. Verzeihen Sie, daß ich Ihnen nicht meine ganze Aufmerksamkeit zuwandte. Taktlos.«

Yeager hob die Augenbrauen. Wie dem Arzt war ihm klar, daß die Erklärung mächtig hinkte. Doch er sagte nichts. Er setzte seinen Cowboyhut auf und ging zur Tür. Hebe, Vargliks Sprechstundenhilfe, erschien in der Tür. »Telefon für Sie, Sheriff.«

Yeager ging in das Vorzimmer. Varglik folgte ihm zur Tür und lauschte. Offenbar hatte der Wolf gestern nacht Fred Bengers Vieh überfallen, vier Stück getötet und fünf schwer verletzt. Die Bengers hatten nichts gehört, und die Eltern hatten das Gemetzel erst entdeckt, als sie vom Einkaufen aus der Stadt gekommen waren. Aus Yeagers Fragen und Antworten schloß Varglik, daß die beiden Söhne das Vieh abends in den Stall bringen und melken sollten.

Doch sie waren eingeschlafen — weggesackt war eher richtig — ehe der Sturm begann. Die Drohungen des alten Bengers, seine Söhne umzubringen, dröhnten aus dem Telefon. Doch wie jedermann im County wußte er, daß sie drogenabhängig waren und man ihnen nicht trauen konnte.

»Ich komme gleich raus«, sagte der Sheriff. »Aber trampeln Sie nicht auf der Weide herum, machen Sie nicht die Spuren kaputt.«

Er legte auf und hastete aus dem Büro.

»Der Bastard weiß Bescheid«, murmelte Varglik. »Oder er glaubt es jedenfalls. Doch es muß sich in ihm auch eine Menge dagegen sträuben. Er ist höchst rational, kein bißchen abergläubisch. Er kämpft dagegen, es zu glauben. — So sehr, wie ich damals.«

Jahrelang, in seiner Praxis in Manhattan und jetzt hier in den Ozarks, hing das Wolfsfell bei ihm an der Wand, wo es seine Patienten sahen und er ihre Reaktionen beobachten konnte. Yeager war der erste, der das Glühen sah! Jedenfalls der erste, der es ansprach. Nur eine Art von Mensch konnte den Schimmer sehen. Sein Vater hätte eine solche Person *Kvällulf* genannt. ABEND-WOLF. Seine Mutter hätte ihr den Namen *Ihmissusi* gegeben. MENSCH-WOLF.

Er ging zum Empfang, um Hebe zu sagen, daß er in seinem Sprechzimmer essen würde. Hebe war verschwunden. Schlag zwölf Uhr mittags war sie geflüchtet, wie Aschenputtel vorm Ball geflohen, am hellichten Tage. Der Anrufbeantworter war eingeschaltet und er erwartete ihre Rückkehr um ein Uhr. Wenn er hier aß, war es üblich, daß er sich um die Anrufe kümmerte. Heute würde er das Gerät für sich arbeiten lassen.

In seinem Zimmer setzte er sich und öffnete eine Box mit drei Rindfleisch-Sandwiches, zwei Portionen Pommes frites, einer Riesenportion Salat, drei Flaschen Bier und einem Glas Honig. Mit einem gewaltigen Sandwich-Bissen im Mund öffnete er einen braunen Umschlag, der heute mit der Post gekommen war. Hebe war seinen Anweisungen gefolgt und hatte ihn ungeöffnet beiseite gelegt. Sie mußte sich natürlich fragen, was ein solcher Umschlag enthielt, wie er alle vier Monate kam. Dachte vielleicht, es wäre ein ominöses Sex-Magazin, *Hustler* oder *Spicy Onanist Stories* oder *The Necrophile Weekly* mit einer aktuellen Liste leicht zugänglicher Leichenhallen und der ausklappbaren süßesten Toten des Monats.

Das Glanzpapier-Magazin, das er herauszog, war *WAW*, eine Publikation mit sehr begrenzter Verbreitung. Das Organ der Werwölfe der Welt, *Werewolf Association of the World*. Wie hatten seine Herausgeber von ihm erfahren? Seine Anfrage an *WAW* war mit einer rätselhaften Bemerkung beantwortet worden. *Wir haben unsere Möglichkeiten.* Das Magazin, obwohl in englischer Sprache, wurde in Finnland, in Helsinki, publiziert und von dort verschickt. Ein kleiner Teil enthielt Artikel über die Probleme asiatischer Wertiger, afrikanischer Werkrokodile, südamerikanischer Werjaguare und der Werbären und Werberglöwen in Alaska und Kanada. Ein Artikel über das Aussterben des japanischen Werfuchses machte dafür Überbevölkerung und Umweltverschmutzung mit daraus resultierendem Waldsterben verantwortlich. Die letzte Zeile dieses Artikels war bitter. *Die Situation in Japan kann bald die unsere sein.*

Ein anderer Verfasser, mit dem offenkundigen Pseudonym Lon Chaney III, gab die Resultate seiner Untersuchung des Sexualverhaltens von Werwölfen bekannt. Es zeigte sich, daß achtunddreißig Prozent der männlichen und weiblichen Lykanthropen unbewußt von ihren Wolfsphasen beeinflußt wurden. In ihrer Humanphase zogen sie es vor, daß der weibliche Lykanthrop auf allen vieren war und der männliche von hinten eindrang. Sie tendierten ebenfalls dazu, extensiv zu heulen und zu jaulen. Dies hatte bei siebenundzwanzig Prozent der nichtlykanthropischen Partner/-innen zu Traumata geführt.

Einer der interessantesten Artikel postulierte, daß die Gene für Lykanthropie rezessiv seien. Somit mußten die Eltern eines Werwolfs beide rezessive Gene haben. Doch der Sohn oder die Tochter mußten von einem Werwolf gebissen werden, damit sich das Erbe manifestierte. Oder der Abkömmling mußte das Fell eines toten Werwolfs erwerben. Daher kam die extreme Seltenheit von Lykanthropen.

Nachdem Varglik all die feste Nahrung hinuntergeschlungen hatte und sein Magen voll und er trotzdem noch hungrig war, löffelte er den Honig aus dem Glas, während er die Spalten ›Persönliches‹ las.

W-Er, Single, 39, gutaussehend, lebensfroh, gutsituiert. Akademiker, liebt Mozart, alte Filme, lange Abendspaziergänge, sucht junge, reizende akad. gebildete, polymorph-perverse W-Sie. Kinder kein Problem, werde sie nicht fressen. Austausch von Photos erw. Zuschr. c/o *WAW*.

Jane, komm nach Hause. Ich liebe dich. Alles ist vergeben. Du darfst das Katzenklo benutzen. Ernst.

Die Artikel des Magazins waren seriöse wissenschaftliche Abhandlungen. Aber sicher dachten sich die *WAW*-Leute das meiste der Spalten ›Persönliches‹ aus. Vielleicht, um sich das harte Leben etwas zu erleichtern. Immerhin, es war kein Spaß, ein Lykanthrop zu sein. Er mußte es wissen.

Nachdem er das Magazin gelesen hatte, zerkleinerte er es mit dem Reißwolf. Das ging ihm gegen den bibliophilen Strich, doch der Appell der Herausgeber an die Bezieher, ihr Exemplar nach der Lektüre zu zerstören, hatten seinen guten Sinn. Andererseits mochten die Herausgeber einen kleinen Vorrat von jeder Ausgabe unter Verschluß halten, wohl wissend, daß daraus wertvolle Sammlerstücke werden konnten. Sein Verdacht bezüglich ihrer Absichten war wahrscheinlich unbegründet. Doch als Lykanthrop, wie als Bewohner des Big Apple New York, wurde man ausgesprochen paranoid. Er wußte aus doppelter Erfahrung, daß Argwohn besser war als Reue.

Es war auch sehr ratsam, stets auf Sicherheit zu achten. Doch der Lykanthrop ließ jede Vorsicht fahren, wenn es Vollmond gab. Das war gestern gewesen. Egal — zwei Nächte vor und nach Vollmond wirkten fast ebenso stark. Er war so hilflos gegen den ihn beherrschenden Drang — der bald von verheerender Wildheit sein würde — wie der Mond unbeirrbar seine Bahn zog.

Unfähig, die Gewalten der Verwandlung zu bekämpfen, ohne Ahnung, was er überhaupt tun sollte, hatte er einmal versucht, sich für die Metamorphose einzuschließen. Als ihre Zeit nahe kam, hatte er sich in einem fensterlosen Raum seines Hauses in Westchester eingeschlossen, mit einem Stück Fleisch als Kraftspender für die Rückwandlung zum Menschen. Dann hatte er den Schlüssel durch das Schloß gestoßen, so daß er auf ein Papier im Flur direkt vor der Tür fiel. Sobald er spürte, wie die Verwandlung einsetzte, als ihn ein Schauer, süßer und machtvoller noch als geschlechtliche Erregung, durchrann, zerschlug er die Möbel, biß den Türgriff und heulte so gräßlich, daß er die ganze Nachbarschaft alarmiert hätte, wäre sein Haus nicht so isoliert gewesen.

Er erinnerte sich nicht an seine Qualen bei seinen wilden Versuchen, in die Freiheit zu entrinnen. Doch der zerstörte Raum und die Wunden seiner Arme, Beine, Hinterbacken, wo er sich gebissen hatte, waren so eindeutige Beweise, als hätte er das Drama aufgezeichnet. Als er als Mensch wieder zur Besinnung kam, war er so versehrt und schwach vom Blutverlust, daß er kaum noch in der Lage war, das Papier mit dem Schlüssel unter der Tür durchzuziehen.

Irgendwie war er hochgekommen; er schloß die Tür auf, zog seine Kleider an, zerschnitt und zerriß sie über seinen Wunden und rief dann einen befreundeten Arzt in sein Haus, damit dieser sich um seine Wunden kümmere. Der Arzt glaubte offenkundig die Geschichte nicht, er wäre im Wald von einem großen Hund angefallen worden, doch er sagte nichts dazu.

Da die Polizei den Hund nicht finden konnte, mußte Varglik eine Reihe schmerzhafter Tollwutspritzen aushalten.

Dies war sein erster und letzter Versuch gewesen, sich einzusperren.

Da er ein aufmerksamer und erfahrener Detektiv war, hatte der Sheriff sicher von dem angeblichen Angriff erfahren. Ein paar Telefonate oder Briefe nach New York genügten. Er würde auch von den in der Gegend getöteten Hunden und Pferden wissen, obwohl die Orte des Geschehens zwanzig Meilen von Vargliks Haus entfernt waren. Yeager würde von der Ermordung und Verstümmelung von zwei Tramps und einem Liebespaar im Wald erfahren haben. Die Polizei vermutete, der Killer sei ein Mensch, der die vier so zugerichtet hatte, um den Eindruck zu erwecken, Wildhunde hätten sie getötet und teilweise aufgefressen. Yeager würde zu der Annahme sagen, der Killer wäre weder Mensch noch Hund.

»Es muß ihn verrückt machen, das glauben zu müssen«, murmelte Varglik. »Willkommen in der Welt des Wahnsinns, Sheriff.«

Was immer Yeager glaubte oder nicht glaubte, plante oder nicht plante, Varglik konnte nichts tun, was die kommende Modifikation seiner Persönlichkeit betraf. Er wartete in seinem Haus, aß ein gewaltiges Abendessen und knabberte anschließend Kartoffelchips bis 22 Uhr 30. Dann fuhr er in seinem Wagen durch die Stadt, auf einer indirekten Route, während er ab und zu anhielt, um potentielle Verfolger auszuspähen. In kaum dreißig Minuten war er auf dem Kies einer Landstraße tief in der Gegend direkt nördlich des Reynolds County. Zehn Minuten später lenkte er den Wagen in eine Seitenstraße und hielt in der Dunkelheit eines Eichenhains. Die einzigen Geräusche außer denen seines hektischen Atems waren das Schrillen von Heuschrecken und das Quaken von Fröschen in einem nahen Sumpf. Dann das Schwirren von Moskitos, die ihn anvisierten.

Hastig öffnete er den Kofferraum, holte das Fell heraus, zog sich die Kleider aus und warf sie durch das offene Fenster auf den Vordersitz. Sein Atem strömte wild aus seiner Nase. Er keuchte. Sein Körper schien sich zu erwärmen, und so war es wirklich. Das Fieber der Metamorphose näherte sich seinem Höhepunkt.

Das Wolfsfell hing über seinen Schultern, als er aus dem Schatten trat, um im vollen Schein des Mondlichts zu stehen. Obwohl er das Fell nicht festhielt, klammerte es sich wie ein Lebewesen an seinen Rücken.

Die Strahlen des Mondes trafen ihn, blasse katalytische Pfeile. Seine Halsschlagader zuckte wie ein Fuchs in einem Sack. Er taumelte und fiel durch eine silberglitzernde Rauchwolke. Seine Kopf- und Nackenhaare sträubten sich, das gekräuselte Schamhaar wurde glatt. Ein unsagbar wohliges Gefühl durchdrang ihn. Er schwoll an wie der Kehlkopf eines Ochsenfrosches. Seine Nase lief; die Flüssigkeit rann über seine Lippen, die sich nach außen wölbten.

Ohne sein Zutun hoben und strafften sich seine Arme. Seine Beine streckten sich, als wäre Blut durch die Haut geströmt. Sein Darm zog sich zusammen und warf Kot aus, mit einem Geräusch, als fauchte eine Katze. Er leerte seine Blase in einem gewaltigen Bogen. Dann wuchs sein Penis enorm und reckte sich dem Mond entgegen, bis er beinahe seinen Bauch berührte und für seinen schwindenden Sinne schrill zu heulen schien.

Tief aus seiner Kehle heulend, fiel er schwer nach hinten auf die

Erde. Das Wolfsfell hing noch immer an ihm, als wäre es eine gigantische blutsaugende Fledermaus. Er spürte Kräfte durch die Erde schießen und dann auch durch seinen Körper, wie gezackte Oszillographen-Linien, die zuerst chaotisch sind, bevor sie in parallele Schwingungen übergehen. Sie schüttelten seinen Körper, bis er sich mit vorgestreckten Händen tief in den Dreck klammern mußte, um nicht den Kontakt mit dem Planeten zu verlieren.

Er schleuderte seine Samenflüssigkeit von sich, wieder und wieder, als würde er die Mutter Erde selbst begatten. Seine menschlichen Spermen waren versiegt, und seine Drüsen ließen bereits Wolfssäfte durch seinen Körper strömen.

Dann wußte der nichts mehr als MENSCH.

Nur der Mond sah seine Haare und seine Haut schmelzen, bis er wie ein Haufen Sülze mit menschlichen Umrissen aussah. Nach etwa einer Minute begann die Sülze zu beben, und sie bebte einige Zeit weiter. Sie leuchtete fahl, glich einem weichen Zitronenpudding. Oder einer vorzeitlichen Schnecke, die zum Sterben aus der Erde gekrochen war.

Doch das Wesen lebte. Die wilden metabolischen Feuer in dieser Sülze hatten bereits einiges von dem Fett verschlungen, das Varglik so rasch akkumuliert hatte. Das Feuer würde alles davon verzehren und dann etwas von dem normalen Fett attackieren, ehe der Prozeß abgeschlossen war. Als Varglik damals das Bewußtsein dämmerte, welches Erbe über ihn gekommen war, hatte er versucht zu fasten. Fehlte ihm das Fett, so schloß er, würde ihm auch die Energie fehlen, um die Metamorphose zu bewirken. Doch der in ihm lauernde Wolf hatte ihn überwunden. Varglik konnte ebensowenig aufhören, große Mengen zu essen, wie Schweiß abzusondern.

Die Sülze wurde dunkler, während sie die Form veränderte. Arme und Beine schrumpften. Der Kopf wurde lang und schmal, und neu geformte Zähne leuchteten wie Stahlspeere. Das Gesäß schrumpfte, und aus der Wirbelsäule, jetzt noch eine dunkle Linie in der Masse, wuchs ein Wulst. Der würde zum Schwanz werden, glatt zunächst und dann behaart. Weiteres Dunkel — Kopf, Rumpf, Beine, Arme. Ein wilder Wirbel; die Zellen wurden transformiert durch die magnetischen Kräfte des Wolfs in ihm.

Der Wolf wurde sich nicht eher seiner selbst bewußt, bis die

Umwandlung restlos vollzogen war. Das Wolfsfell war ein lebendiger Teil der lebendigen Sülze geworden, dann der Metamorphose. Und nach ihr: Was als Zweibeiner gestürzt war, erhob sich als Vierbeiner. Er schüttelte sich, wie aus dem Wasser gekommen. Er hockte sich auf seine haarigen Hüften und heulte. Dann tappte er herum, schnüffelte an dem Kot und dem Saft. Er prüfte den Wagen, trotz dessen abstoßendem, mächtigem Gestank nach Benzin und Öl.

Einen Moment später rannte er durch den Wald. Er rannte und rannte. Er lief durch eine Welt ohne Zeit. Er sah die Büsche und Bäume und Felsen, an denen er vorbeikam, als Lebewesen, die sich bewegten. Er sah den Mond als rundes Ding, das bisher noch nicht existiert hatte. Er hatte keine Vorstellung von einem beständigen Mond, der am Himmel seine Bahn beschreibt. Er war etwas Neues. Er war mit ihm geboren worden.

Doch der Wolf wußte, was er wollte. Fleisch und Blut. Und, da er Werwolf war, verlangte es ihn vor allem nach menschlichem Fleisch. Doch wie alle Kreaturen, zweibeinig oder vierbeinig, fraß er, was sich bot. So sprang er über einen Zaun, packte die Kehle eines bellenden Wachhundes und schleppte ihn über den Zaun in den Wald, wo er ihn tötete und fraß. Das war nicht genug. Er mußte mehr Beute schlagen, um sich in Ekstase zu versetzen und die Energie zu speichern für die Rückverwandlung in den Menschen. Er rannte weiter, bis er zu einer Weide kam, auf der Pferde grasten oder schliefen. Er tötete eine Stute und weidete sie aus und riß an dem Fleisch, bis die aufgeschreckten Farmer mit Taschenlampen und Gewehren kamen.

Dann kam er bei seiner ausgedehnten Runde durch den Wald über eine mondbeglänzte Wiese, weil der Geruch von Schafen darüber schwebte. Als er dicht zum Waldrand kam, roch er außer den Schafen das Fleisch, nach dem er am meisten gierte. Ein Mann trat aus der Dunkelheit der Bäume, der Mond schien auf den Lauf seines Gewehrs. Er hob es, als der Wolf knurrte und sprang.

Sheriff Yeager hatte sich nicht dem Suchtrupp angeschlossen, der sich direkt nördlich von Bengers Farm versammelte. Statt dessen war er Varglik zu dem Eichenhain gefolgt; er hatte mit größtem

Geschick vermieden, daß der Gejagte seinen Jäger ausmachte. Er war in seinem Wagen unten an der Straße gesessen, bis ihm das Wolfsgeheul verriet, daß das geschehen war, was zu geschehen er erwartet hatte. Nach zehn Minuten war er aus dem Wagen ausgestiegen und hatte sich vorsichtig dem Hain genähert. Als er ankam, sah er den buschigen Schwanz noch eben im dunklen Wald verschwinden.

Mit der Taschenlampe folgte er den Pfotenspuren in der feuchten Erde. Nach einer Weile hörte er ferne Schüsse. Er riet, aus welcher Richtung sie kamen, und nahm eine Abkürzung durch den Wald. Im Augenblick, ehe er die Wiese erreichte, sah er den gewaltigen Wolf über sie eilen.

Er wartete, bis das Tier dicht davor war, in den Wald zu tauchen; dann trat er heraus. Seine Patronentasche enthielt keine Silberkugeln. Das wäre Blödsinn gewesen. Ein bleiernes Hochgeschwindigkeitsgeschoß Kaliber dreißig konnte jedes Tier und jeden Menschen töten, jede Kreatur von hundertdreiundsechzig Pfund. Der Werwolf mochte übernatürlich wirken. Doch er war denselben Gesetzen der Physik und Chemie unterworfen wie jedes andere Tier.

Die Kugel drang in das klaffende Maul, prallte vom Gaumen, schoß durch die Kehle und schlug in die Leber. Der Wolf war tot, und tot war Varglik. Und es gab keine Verwandlung in die menschliche Gestalt, wie sie in so vielen Filmen vorkommt. Die Zellen waren tot, konnten keine Transformation bewirken. Der Wolf blieb WOLF.

Yeager wollte keine Fragen, keine Sensation. Er zog das Fell ab und grub ein Grab und beerdigte den Wolf. Bei der Re-Metamorphose wäre das Fell abgefallen, nahm er an, hätte sich vom Körper und den tieferen Hautschichten getrennt. Doch jetzt blieb alles eins; das Ende des Lebens verhinderte den Prozeß.

Jetzt breitete sich das Fell am Kamin im Haus des Sheriffs aus. Abend für Abend, fand Yeager, leuchtete es stärker. Er erwog, es zu zerstören. Er wußte oder glaubte jedenfalls zu wissen, was er bald tun würde, wenn das Fell seinem Blick oder Griff zugänglich blieb. Er mußte es verbrennen.

Der hungrige Wolf wird versuchen, an das Fleisch zu kommen, selbst wenn er die Falle sieht. Ein Eisenspan weigert sich nicht, zum Magneten zu fliegen. Und die Motte löscht kein Feuer, um dem Verbrennen zu entgehen.

Originaltitel: Wolf, Iron and Moth
Ins Deutsche übertragen von Reinhard Wagner

Kathe Koja
Der Mond des Engels

Er dachte, er könnte ein Engel sein. Engel hatten Verwandlungen, das wußte er ziemlich sicher: von Irdischen zu Überirdischen und wieder zurück, so stand es in der Bibel. *Fürchte dich nicht*, sagten sie, wenn sie sich verwandelten.

Auf dem Rücken, nicht ganz zur Decke starrend, Arme an den Seiten wie ein Kranker auf der Bahre. Seine Haare waren kurz und blond und schmutzig. Er war überall schmutzig, hatte sich seit dem Winter nicht gewaschen; oben kam kein Wasser mehr, und er hatte keine Ahnung, wie er es wieder zum Fließen bringen könnte. Erinnerung an die Verwandlung, kriechen, stammeln, zusammenrollen, wie geschlagen von einer erbärmlich entstellenden Krankheit. Lepra. Bekamen Leute noch Lepra, oder zählte sie zu jenen Leiden, von denen die Welt auf immer befreit war, eine alte Geißel, von der Fackel der medizinischen Wissenschaft zu harmloser Asche verbrannt?

Eines der beiden Fenster war zerbrochen, kleines Rechteck, zertreten zu Splittern und traurigen Stücken. Er hatte versucht, die gesammelten Teile mit Klebeband zu verbinden, dumpfsilbern wie die Oberfläche eines Fünfcentstücks. Der Wind fand noch immer Wege, es war unmöglich, ihn völlig fernzuhalten. Doch die Kälte störte ihn eigentlich nicht. Es gab Schlimmeres als das Wetter.

Prüfendes Kratzen am Kinn; er hatte sich seit der Engels-Verwandlung nicht rasiert, doch sein Bart war überhaupt nicht gewachsen. Die Haare seiner Arme, seiner Brust, seiner Beine und Lenden schienen unverändert, aber das war schließlich schwer zu sagen, darauf achtete man ja eigentlich nicht. Vielleicht waren sie etwas rauher, doch das konnte ebenfalls Einbildung sein. Zuerst hatte er versucht, sich einzureden, daß alles Einbildung war, eine Manifestation seiner inneren Krankheit, ein neuer, unerträglicher Verlust. Erst die Verse, dann die Worte und jetzt die nackte Menschlichkeit, Transzendenz, die einem Individuum aufgezwungen wurde, das bereits derart geschwächt war, daß ihm das bloße Leben ungesunde Überforderung bedeutete. Er erinnerte sich, wie er aufwachte, voll Angst, auf dem Zementboden, wie er zwanghaft seine Zehen und die Finger zählte, als hätte er welche bei der Rückverwandlung verlieren können.

Aber Wölfe hatten auch zehn Zehen; er wußte das aus dem Buch, das er aus der Bücherei geholt hatte. Gestohlen, genau gesagt. Er schämte sich dessen, doch es war so; er hatte keinen Leser-Ausweis und kein Geld, ein solches Buch zu kaufen – und er mußte es haben. Er mußte herausfinden, wie er war, wenn er durch die Engels-Verwandlung fortgerissen wurde, und niemand sagte es ihm, keiner war zu fragen. So stopfte er ängstlich und unbeholfen das Buch vorn in sein Hemd, wo es in arhythmischer Konkurrenz zu seinem Herzschlag rumpelte, als er mit dem Fahrrad nach Hause fuhr. Schnee störte ihn, machte es schwer zu fahren, das Rad sicher zu lenken, steigerte aber nicht seine Hast. Schnee lag auf dem Bett unter dem zerbrochenen Fenster, trieb wie feiner Staub über den glatten grauen Anstrich des Betonbodens. Er mußte das Buch beiseite legen, um das Fenster wieder zu verkleben, aber sobald das getan war, setzte er sich hin und las; er säuberte sich nicht, aß nicht einmal etwas; ihn trieb ein besonderer Hunger.

Sofort merkte er, daß die meisten dieser Worte über seinen Begriff gingen, zu lang waren sie, zu schwer; er schien sich auf einem Pfad voller Dornen zu bewegen, und in seinem Zorn schlug er sich an die Stirn: Verdammter Schwachkopf, er hätte ein Kinderbuch stehlen sollen, etwas Leichtes. Aber wenigstens gab es Bilder. Eine Stunde oder länger studierte er sie, die gelblich kühlen Augen mit den kurzen Wimpern, die gestrafften Flächen ihres Fells.

Unwillkürlich empfand er klamme Freude über ihre Kraft; war er wirklich so, so war er etwas, dessen man stolz sein mußte. Er schlief ein mit dem Buch auf seiner Brust, vergraben unter dem schäbigen Flanell seines Hemds, als wäre es ein lebendiges Wesen, dem man nach bestem Vermögen Wärme geben mußte.

Der Raum maß drei Meter auf drei Meter, eine Abstellkammer im Keller eines verlassenen Gebäudes, dessen frühere Funktion er nicht erraten konnte. Es war kaum als Wohnhaus gebaut, doch auch für ein Geschäftshaus bot es nur sehr begrenzten Platz. Als er hergekommen war, hatte er gleich sauber gemacht, das Chaos der Kisten und Kästen zu einem schönen Stapel in der Ecke geschichtet. Keine der Kisten enthielt irgend etwas, was er brauchen konnte — Plastik-Vierecke in verschiedenen Farben, einige winzige Metallstücke, die wie Mini-Modelle von Maschinen aussahen — doch er wollte sie nicht wegwerfen, falls die Eigentümer eines Tags nach ihnen sehen sollten.

Das Bett war eine Matratze, modergebleicht und nur schwach stinkend, sorgfältig ausbalanciert auf einem Sperrholzrost und vier blauen Milchkästen aus Plastik, die er mit Steinen beschwert hatte. Er hatte drei weitere Milchkästen, welche als Stühle und Tisch dienten und gelegentlich der Vorratshaltung, wenn er genug Lebensmittel hatte, die nach Aufbewahrung verlangten: hart gewordene Salinos, Haferflocken, die er mit den Händen aß, oder, ihm am liebsten, Rosinen, die sich ewig hielten. Er hatte auch ein altes Radio mit einem Lautsprecher und kleinen Batterien; er mußte die Batterien für das Camping-Licht sparen, aber manchmal zweigte er etwas von ihren Kräften ab, um eine köstliche Stunde lang das ›Top-40‹-Programm zu hören; er liebte das herrliche Dröhnen und Kreischen, er konnte die Sprüche des Discjockeys Wort für Wort wiederholen. Er hatte drei Hemden, zwei für den Sommer und eins für den Winter, zwei Paar Socken, die er zusammen trug; wenn er die Hemden nicht anhatte, bewahrte er sie schön zusammengerollt auf; er mochte ihre Formen, wie die kleiner Tiere, die sich zum Schutz gegen die Kälte eingekuschelt hatten. Manchmal wurde es so kalt in seiner Kammer, daß seine Hände steif wurden.

Wenn er jedoch verwandelt war, konnte er jedem Wetter trotzen, störte nichts seine kühne, wilde Sorglosigkeit. Schlimme Winde, geworfene Flaschen, glasscherbenübersäte Gehsteige, das lächerliche Knurren geringerer Hunde: absolut nichts. Schwer war es zuerst, sich zu erinnern, wie die Dinge dann waren, aber es fiel ihm zunehmend leichter; die Engelszeit-Erinnerungen waren sehr hell durch all ihr Grauen. Jedesmal, wenn es geschah, und es war bisher dreimal geschehen seit dem ersten Hauch des Herbstes, kamen die Erinnerungen leichter und wurden fantastischer, wie wenn man aus einem Traum von Königen und Schreckenstaten erwacht und noch schlaftrunken in einer Hand ein Szepter und in der anderen eine blutige Axt findet. Er wußte, daß dies alles ihn hätte mehr schrecken sollen, ihm mehr Grauen als grausige Freude bringen – den Turm seines Selbsthasses weiter in den Himmel wachsen lassen – doch er spürte auch, daß dieser Schrecken bereits abgestumpft war durch anderes, schwärzeres Elend. Ist das Schlimmste einmal geschehen, ändert sich die Perspektive, die neue Realität wird modifiziert, und das Böse, wie der Schmerz, erscheint unbestimmter denn je.

Er saß auf einem Pfosten des Coop-Parkplatzes und schälte die geheimnisvolle süße Hülle von einem Schokoriegel, einem Juwel, das er auf dem Gehsteig vor dem Laden gefunden hatte. Der Duft, der dem Papier entwich, war geradezu überwältigend, strömte mit ganzer Macht in seine Nase. Seit er ein Engel geworden war, fand er seinen Geruchssinn bestürzend rasch erregt, sein Appetit wurde jetzt gereizt von Hamburger-Resten, ameisenbevölkert und von Hunden angeknabbert, wie auch von anderen Leckerbissen des Bürgersteigs, etwa Schokoriegeln. Gestern hatte er den fast unwiderstehlichen Drang verspürt, einen toten Vogel zu verschlingen.

Während er langsam an dem Riegel kaute, ihn zwischen den schmerzenden Zähnen schmelzen ließ, war er sich der Menschen um ihn herum bewußt, wie sie über den Gehsteig eilten, ihre Wagen parkten, vor dem Laden trippelten. Ein trauriges Sammelsurium von Gerüchen: die schalen Ausdünstungen alter Männer, der knatternde Auspuff startender Wagen, Zigarettenrauch, scharf stinkende Schmiere, der unerwartete Duft menstruierender Frauen, ein Sturzbach von Nahrungsmittelaromata, als der Laden wieder öffnete. Junge Frau, rote Schuhe, ein Odeur wie von Unruhe hinter der trügerischen Maske des Parfüms, die nie alles überdeckt. Sie stoppte und wollte an ihm vorbei; er saß auf dem Pfosten neben ihrem Wagen.

»Entschuldigen Sie«, sagte sie mit mechanischer Höflichkeit; doch sie erwiderte sein Lächeln. Sie sah ihn an, wie es Leute selten taten; die Wahnsinnigen oder auch die nur so Wirkenden sind anonym durch ein Wahrnehmungsdefizit, Furcht vor potentieller Gefahr; kein Augenkontakt, er könnte etwas tun! Dennoch hielt das Lächeln beider an, bis etwas, ein Gedanke, unter ihrer Haut sich regte und die Wärme zu Skepsis erkaltete. Langsam begann er den unverzehrten Riegel wieder in seine zerknitterte Hülle zu wickeln, Vorbereitungen zur Flucht.

Sie lächelte jetzt überhaupt nicht mehr.

»Sie sind Ethan Parrish«, sagte sie, und er beugte den Kopf.

Ethan?
Was?
Ethan, es ist wichtig, daß wir das tun.

Stirnrunzeln, Zupfen mit den Fingerspitzen an den Rippen seiner groben, übergroßen Kordsamthose, die Taille umschlungen von der Kette eines Damengürtels, billiger Goldton und funkelnde, fein ziselierte Schnalle. Sie roch seine modrigen Kleider von dort, wo sie saß, mit Bedacht nicht durch den Schreibtisch von ihm distanziert, nicht zu formell, autoritär von ihm getrennt. Statt dessen saß sie auf dem Stuhl nicht direkt neben ihm, die Beine ruhig, die Knöchel zusammen, teure Schuhe. Der Mikro-Recorder, offen auf dem Tisch, störte ihn nicht; er nahm ihn gerne in die Hand und sah ihn an, hypnotisiert lächelnd, als würde das sanfte Gleiten seines Bands in ruhigerer Weise das Mahlen und Wirbeln seiner eigenen Gedanken widerspiegeln.

Wir sprachen – ihre Stimme sanft, ermunternd, ihr Blick auf seinem schmutzigen Haar, den herunterhängenden Socken – wir sprachen darüber, was Sie taten, früher. Sie waren Schriftsteller, nicht wahr?

So starkes Unbehagen, daß er kaum sprechen konnte. Ihr Büro

war so heiß, und all dieses *Rot*: Teppich und Stühle, die Bilder an der Wand, alles so rot wie ein blutendes Herz. Die Tasse Kaffee kauerte, leicht dampfend, unberührt auf dem Schreibtisch vor ihm. Die erste halbe Stunde hatte nur aus Lächeln, Kaffee und Aufgeregtheit bestanden, über ihre Freude, ihn zu treffen, durch einen so außergewöhnlichen Zufall, sie besuchte diesen Teil der Stadt nur selten (das glaubte er gern), doch es war spät geworden – ein Treffen mit einem Klinikdirektor – sie war in den ersten Lebensmittelladen, den sie sah, gegangen, und. Und.

Sie sah ihn an, damit er antwortete; im ersten Augenblick prallte die Frage von ihm ab, dann kehrte sie zurück, mit einem Schauer von Scham.

Ich war ein Dichter.

Ich weiß. Ich las Ihr Werk, es ist brillant. Sie sind ein besonderer, brillanter Mann. Doch Sie hörten auf zu schreiben vo... Ihre Pause wurde zu gedehntem Schweigen, als hätte sie etwas Verletzendes, Ordinäres oder Grausames getan. Sie waren eine Weile in der Klinik, sagte sie endlich. Bridgemore.

Es gefiel mir dort nicht. Ich verlor immer nur Dinge.

Was meinen Sie?

Ich meine, ich verlor, ja, verlor Dinge, konnte sie nicht wiederfinden. Ich verlor all die Worte, und alles, was mir blieb, waren die Bilder. *Bilder*, wissen Sie? Sie waren alles, was ich noch hatte, und so mußte ich mich an sie klammern.

Verließen Sie deshalb die Klinik?

Ja. Stirnrunzeln; hatte die Engels-Verwandlung da begonnen, in der Nacht vollzogen wie eine andere Art der Therapie? Er hatte sich erinnern können; es schien so. Doch sie wartete, erneut, auf eine weitere Antwort. Ja. Sie versuchten es bei mir mit zu vielen Medikamenten. Sie machen das, um einen ruhigzustellen, doch ich war schon ruhig. Also verschwand ich. Es war wirklich nicht so schwer, sie bewachen einen nicht so scharf, wie sie das selber glauben. Und sie glauben, weil man verrückt ist, ist man auch dumm.

Sie sind nicht verrückt, Ethan.

Sein schwaches Achselzucken. Was hat das jetzt zu sagen?

Fest: *Sehr viel*. Für sehr viele Leute. Ich gebe Sie nicht verloren, Ethan. Gleichgültig, was mich das kostet. Zog ihre Karte heraus, schob sie bedeutungsvoll in einen Umschlag und den Umschlag in seine Reichweite. Ich kümmere mich um Sie! Und ihr entschlossenes Nicken, Lächeln, eher Ausdruck ihrer Seelenpein als seiner: süß, schön und waidwund, diese Augen, dieses zarte, wehmütige Lächeln, als er seinen schmutzverschorften Hut aufnahm, sein Buch, ein Biologie-Lehrbuch, die schwierigen Worte sorgsam unterstrichen in dem blassen Grün eines stumpf gewordenen Filzschreibers. Seine Poesie wurde in Graduiertenkursen an der Universität behandelt, von der sie ihren Grad erhalten hatte, und er verstand nicht einmal mehr ein simples Wort wie ›Raubtier‹.

Krallen auf dem Gehsteig, hart an seinen harten Ballen. Haarkaskaden um seine Ohren, zum Mond gereckt, eine Kakophonie von Gerüchen in seinen feinen Nüstern. Er hatte eben einen kleinen Katzenmischling in Fetzen gerissen, ohne Grund, mit jedem Grund. In dieser Welt wurde nicht gesprochen und alles verstanden.

Nur der menschliche Geruch, manchmal innen, tief *drinnen* in seinem eigenen Aroma: *Das* war beunruhigend, doch seiner Art entsprechend scherte er sich nicht weiter darum, kümmerte sich dafür um den Katzenkadaver, ließ ab und beugte den Kopf, leckte Silber von einer vereisten Pfütze. Laute Geräusche in der Gasse, und mit dem breiten leeren Grinsen seiner Art tappte er davon. Seine kräftigen Krallen waren zu kurz, um verräterrisch auf dem Gehsteig zu kratzen, kurz vom Gebrauch, und Gebrauch, und Gebrauch.

In dem Coop-Laden hielt ihn die Frau hinter der Theke an, als er seine Geschenkration abholte, die er unregelmäßig bekam – beschädigte Kartons mit *Hi-Ho*-Crackers, eine zerdrückte Dose mit Cocktail-Erdnüssen, Treibhaustomaten am wollüstigen Rand der Fäulnis. Er wußte nur noch von ihrem Namen, daß er mit *S* begann, doch ihr Geruch hatte die unselige Macht, ihn in empfindlichen Momenten aus dem Laden zu vertreiben.

»He«, sagte sie. »Hier hat Ihnen jemand was geschrieben.«

Erschrocken trat er zurück, seine Füße auf Flucht programmiert, ehe sein Herz anders entscheiden konnte. »Moment«, sagte sie, weil sie die Reaktion mißverstand. »Kann Ihnen vorlesen, wenn Sie wollen.« Über die Theke gelehnt, enthüllte sie die Botschaft — ein schlichtes weißes Blatt, hastige schräge Schrift.

Er war aus der Tür, ehe sie den ersten Satz beendet hatte; er erriet am Geruch, von wem die Nachricht kam. Mitleid und Güte, gewiß gefährliche Verführer, aber letztendlich Versager gegenüber seiner Vorsicht, die aus Notwendigkeit erwachsen war, vielleicht noch feiner entwickelt als sein Geruchssinn. Und hinter allem roch er den Kerker. Wieder. Es begann immer so, fing nett an, warm wie eine Decke, die sich wie ein Fangnetz ausbreitet. Nur zu Ihrem Besten, würden sie sagen, würde *sie* sagen, mit ihren roten Schuhen und ihrem breiten gequälten Lächeln. Sie sind ein brillanter Mann. Halten Sie still.

In dieser Nacht lag er wach, völlig verstört, all seine Kleider über sich gebreitet wie eine Hülle aus Lumpen. Er betete darum, daß die Verwandlung käme, ihn ergriffe und für immer wirksam bliebe, ihn von der Unbill dieses Endes der Welt entfernte und ihn glanzvoll an jenen anderen, kälteren, schlichteren Ort versetzte, wo es eine Alternative gab — heiß oder tot.

Am Morgen, matt, die Beine gekreuzt, eine köstliche Cocktail-Erdnuß nach der anderen kauend, traf er Entscheidungen. Als erstes und als wichtigstes hatte er den Coop-Laden aufzugeben, was bedeutete, daß er seine Nahrung nur noch im Müll suchen mußte. Nun, er war bereit zu Opfern. Falls sie durch einen schrecklichen Zufall seinen Kellerraum aufspüren sollte — und wie schön sah er in diesem Moment aus; Milchkästen und Camping-Licht, Radio und Bett, ein Bild anrührender Melancholie —, mußte er einen neuen Unterschlupf finden, verborgener, weniger zugänglich dem Licht und der Neugier von Fremden, die so verheerend wohlmeinend waren.

Aber. Würden die fehlenden Worte herkommen und für immer entschwinden, wenn er nicht da war? Das wäre schrecklich, unterträglich schlimm; er erstickte den Gedanken mit den kurzen, hektischen Bewegungen eines Mannes, der ein Feuer in seinem Kopf löschte. Sicher waren sie hartnäckiger. Sicher konnten sie ihn finden, wohin er auch ging, wenn sie suchten. Doch sie würden nie in einer Klinik suchen, dessen war er sich auf jeden Fall gewiß.

Und so: Wie von einer Last befreit durch den Beschluß, durch die Akzeptierung eines Aktionsplans, rollte er sich wieder auf dem Bett zusammen, um den Schlaf zu suchen, den ihm die marternden Gedanken der Nacht verwehrt hatten. Er fand ihn sofort und schwelgte in seiner grauen Tiefe, träumte von einer Zeit jenseits der Engels-Zeit, in der Gedanken nicht Worte waren und Worte nicht Pein, ständig schmerzende Stachel in ihrer schrecklichen Ungreifbarkeit, wo sie einst so nahe und konkret gewesen waren, einer Zeit, in der niemand bestrebt war, ihn zu finden, oder auch nur von ihm wußte — nicht einmal er selbst.

Er erwachte zu zartem Bewußtsein, sein Körper war vom Schlaf verwöhnt und erfüllt von einem Wohlbehagen, so ungewöhnlich und geradezu berauschend, daß dies, dachte er, gefeiert werden mußte. Er schob die Batterien in das Radio, drehte es an und auf, so laut, daß der kleine Raum vibrierte. Zur peitschenden Musik tanzte er seinen Plattfuß-Tanz, schlug mit der Hand gegen die Wand, wie es der Rhythmus forderte, immer lauter; und dann, in den Sekunden lächelnden Schweigens zwischen Song und Schlägen, war da ein anderer Laut.

Gebrochene Laute. Die Stimme eines Mannes, der hin und her ging, dabei gegen Plastik stieß. Brüsk: »He!« Und mit dem Echo drehte er erschrocken das Radio ab, ehe er erkannte, daß dies das sicherste Signal von allen war. »He« erneut, sicherer diesmal; und er bückte sich, atemlos, setzte an, alles auf einmal zu packen, bevor er erkannte, daß er nicht beides konnte, rennen und tragen. In einem hemmenden Schwall mächtigeren Schreckens fragte er sich, ob überhaupt Zeit oder Raum war, noch zu rennen. Der Schatten des Netzes war über ihm, und er tanzte blind und töricht darauf zu; kein Wunder, daß er seine Worte verloren hatte, er verdiente keine Worte.

»He, jemand dort unten?« Derb, gleißende Taschenlampe, blaue Uniform: Die Uniform war es letztendlich, die ihn mit leeren Armen die Treppe hochjagen ließ, wahnsinniger als eine ganze Horde von Patienten, die Glieder in Verzweiflung schnellend, vorbei an dem Mann im Arbeitsanzug — doch kein Polizist — und hinaus auf die Straße. Während er rannte und verzweifelt versuchte, durch den offenen Mund zu atmen, aus dem nur in Laute verwandelte Tränen kamen, furchtbare Tränen, mußte ihn endlich schiere Atemnot zu Fall bringen. Er stürzte, lag zusammengekrümmt in einem ausgebrannten Eingang, und er entdeckte, als er genug atmen konnte, um zu denken, Inventur zu machen, daß er nur ein Hemd anhatte, Socken, aber keine Schuhe. Eine Ferse war aufgerissen, durch einen Glassplitter, den er sofort mit zitternden Fingerspitzen entfernte. Er war schweißnaß, seine Haare wildzersaust vom Schlaf und feucht bis in die Wurzeln, komisch gesträubt in einer Karikatur der Angst. Er zitterte in der Eiseskälte unter dreißig Grad und faltete seinen von Adrenalin-Entzug geplagten Körper so weit wie möglich zusammen, im rauhen, kalten Rahmen des Eingang-Rechtecks.

Dumpf rekapitulierte er, was er an Zufluchtsräumen im Gedächtnis hatte und verwarf alle nacheinander als zu risikoträchtig. Es würde in vielleicht drei Stunden dunkel sein. Er konnte sich in der Dunkelheit verbergen. Bis dahin mußte er warten, und das tat er, von schierer Not zur Obskurität eines Orts geführt, den niemand näher betrachten würde, ob er nun suchte oder nicht.

Seine Träume — voller Glut.
Engels-Zeit?
Ich sehe mein Gesicht im Mond.
Und schlagartiges Erwachen unter seinem eiskalten Antlitz, nackt auf dem Parkplatz des Coop-Ladens, bis zur Gefühlslosigkeit in starre Kälte versunken; doch nicht tief genug, um sich darin zu verbergen. Noch immer war da Leben ohne Worte, eine Leere, als läge sein Körper geplündert und ohne Organe da: ohne Leber, Herz, Gehirn, Seele. Er wurde auf die Knie getrieben durch diesen ewig unwiederbringlichen Verlust, so gewaltig, daß er weit über bloßen Kummer hinausreichte. Er war zu schwer für Gram und endlich auch zu schwer für seinen Körper, so daß er auf alle Viere sank, seine Glieder scharrten auf dem Asphalt, sein Mund war nur ein leeres Heulen, atemlos vor Schmerz. Es würde nie mehr so sein wie früher. Sie würden nie wiederkommen, die fehlenden Worte, und mit dem, was ihm blieb, kam er nicht zurecht. Alles dahin, diesmal, nur das Leid blieb und das abgerissene Gespenst des Hungers.

Vor Schmerz und Anstrengung benebelt, mit der Kälte in seinem Körper, versuchte er, sich zu erheben, und fiel natürlich. Der Riß an seiner Ferse blutete erneut: träges, kaltes Blut. Sein Atem war wunderschön im Mondlicht. Eine leere Tortilla-Chip-Tüte wehte gegen ihn, erschreckte ihn so, daß er laut schrie; wieder war die exquisite Atemwolke in der Luft, und wie zur Strafe hörte er Autos, ein aggressives Lachen, und er versuchte, den Mond einzuschätzen: War es wirklich Engels-Zeit? Es war schwer, etwas in der Dunkelheit zu sehen, schwerer, als es sein sollte, aber jedenfalls war da noch Haut, nicht Fell. Die Zeit war noch nicht gekommen. Er hievte sich hoch, langsam wie ein Gelähmter, alle Sinne taub durch die Unterwasser-Kälte, versuchte, sich über die lichtlose Straße zu bewegen, zu der jenseits geahnten Gasse. Und mit der Bewegung erklang das Geräusch eines Motors, er zuckte langsam zusammen, einmal zuviel. Das ferne Lachen wurde zum Bellen, sein Dahintorkeln zum Daliegen im Mondlicht, in ganzer Länge und

o Gott

das gesegnete Sprießen des Fells, *ja*, das Schrumpfen von Beinen und Armen zu Läufen, die über den Boden jagten, *ja*, die eine Körperhülle, unter der er sich für immer verbergen konnte, der Rhythmus der Sicherheit war im Geräusch seiner Krallen, die sich in die Straße gruben, einem plötzlichen Gleißen entgegen, das wie ein Blitz aufzuckte, ein Knurren wie vom größten Wolf der Welt, zu mächtig, sogar für einen abgebrühten Veteranen wie ihn; und nach dem Aufprall erleuchteten die Rücklichter des unbeirrt weiterpreschenden Wagens auf dem versehrten und vereisten Beton die wortlose Hülle, das Rorschach-Blut der Engel.

Originaltitel: Angels' Moon
Ins Deutsche übertragen von Reinhard Wagner

Nina Kiriki Hoffman

Entfesselt

Amelia spürte die herannahende Verwandlung, während Joe, das Baby, noch immer seinen Durst an ihrer Brust stillte, ein erstes Aufkeimen der Begierde nach dem Verbotenen, die zaghafte Andeutung einer unnatürlichen Kraft, den ersten Fingerzeig, daß sie die Gestalt des Wesens annehmen würde, das sie fürchtete und haßte. Sie warf einen Blick hinüber zum Wohnzimmerfenster der Wohnung. Die weißen Vorhänge waren aufgezogen, man konnte erkennen, daß sich die Nacht sanft wie der erste Schnee herabgesenkt hatte. Schatten, die nur an wenigen Flecken unter der gelblichen Wärme der Straßenlaternen zerschmolzen, waren vor die Häuser gekrochen. Jetzt, wo sie ihre Gedanken darauf konzentrierte, konnte sie den Hauch von kühlem Metall fast schmecken, der im Zwielicht der Herbstluft hing. Bald schon würde der Mond über dem Hügel hinter der Stadt hervorkommen. Die erste von drei Vollmondnächten hatte begonnen. In dieser Zeit würde der bleiche Himmelskörper an ihrer Widerstandskraft nagen; eine Weile würde sie die Verwandlung noch hinauszögern können. Nicht aber die ganze Nacht.

Wo blieb die Babysitterin?

Zärtlich beendete sie Joes Mahlzeit, schob ihre Brust zurück hinter den Büstenhalter und knöpfte ihre Bluse zu. Sie erhob sich von ihrem Klappstuhl aus Aluminium und trug das Baby rüber in die

Ankleidekammer, wo sie vor drei Monaten sein Bettchen aufgestellt hatte.

Die Schwangerschaft hatte sie vor der Verwandlung bei Vollmond geschützt, weshalb sie gehofft hatte, daß sich dies auch in der Zeit fortsetzen würde, in der sie das Kind stillte. Sie hatte gebetet, daß die erschreckenden Veränderungen, die die Mutterschaft in ihrem Körper ausgelöst hatte, die andere, noch viel unwillkommenere Veränderung für immer vertrieben hatten. Ein Jahr lang war dies auch so gewesen. Nur als Sicherheitsmaßnahme hatte sie sich seit Joes Geburt eine Babysitterin genommen. Wo sie deren Dienste jetzt aber zum erstenmal wirklich benötigte, war das Mädchen unpünktlich.

Wen konnte sie anrufen? Sie schaute über ihre Schulter zum Telefon. Zuerst die Babysitterin, dann vielleicht den Mann, der vor zwei Wochen die Wohnung unter ihr bezogen hatte. Gewöhnlich bereitete es Amelia Schwierigkeiten, sich mit fremden Leuten zu unterhalten, besonders mit Männern, aber etwas an diesem Mann hatte sie Vertrauen schöpfen lassen, möglicherweise sein leicht modriger Geruch. Diesen strengen Duft nach getrocknetem Schweiß hätte sie als Zeichen von mangelnder Reinlichkeit gewertet, hätte sie sich nicht auf seltsame Weise davon angezogen gefühlt. Dreimal hatte sie sich schon mit ihm unten an den Briefkästen unterhalten. Er hatte Joe sanft über den Kopf gestreichelt und Joe hatte nichts dagegen gehabt.

Was würde wohl Mutter davon halten, daß sie es auch nur in Erwägung zog, einen fremden Mann anzurufen, um ihn zu fragen, ob er auf ihr Kind aufpassen will?

Zum Teufel mit diesem Gedanken. Falls Mutter noch leben und wissen würde, daß Amelia überhaupt ein Kind hatte, würde sie ihre Tochter verstoßen.

Sie legte Joe in sein Bettchen und zog die Spieluhr des Mobiles auf, das darüber hing. Im Licht der Schalenlampe, die nur während der Nacht brannte, begannen sich Kardinalvögel und Rotkehlchen aus Plastik zur Melodie eines Schlaflieds von Brahms zu drehen. Das Baby starrte hoch zu den Vögeln. Amelia strich Joes Decke glatt.

Er war so ein braves Baby. Sanftmütig, ruhig und genügsam. Genauso wie ihr ihre Mutter erzählt hatte, daß sie als Baby gewesen wäre. So wie sie ihre ganzen Mädchenjahre hindurch gewesen war.

Sie küßte Joe auf die Stirn.

Die Verwandlung durchzuckte ihre Brüste und preßte sie flach gegen ihren Leib, ihr gesamter Körper geriet in Wallung, als Gewebe aufgesaugt und umverteilt wurde. Sie taumelte rückwärts aus der Kammer, legte sich in ihrem winzigen Wohnzimmer auf den zerschlissenen Teppich und schloß die Augen. Die Verwandlung hatte endgültig von ihr Besitz ergriffen, und sie wußte, daß es kein Entrinnen gab. Wenn in ihr die Begierde mit aller Macht ausbrach, würde Joe dann noch sicher sein?

Kelly Patterson saß in einem Sessel, auf dessen Armlehnen mehrere schmutzige Wäschestücke hingen, und schaute sich in seiner Wohnung um. In den zwei Wochen, die seit seinem Einzug vergangen waren, hatte er es fertiggebracht, sie in einen ähnlich chaotischen Zustand zu versetzen wie alle anderen, in denen er bisher gewohnt hatte — auf dem Fußboden lagen leere Bierdosen, zerknüllte Kartoffelchipstüten und verdreckte Socken wahllos verstreut umher, ein Sortiment reinigungsbedürftiger Hemden und Jeans verunzierte die Möbel, und auf dem Beistelltisch, auf dessen Holzplatte sich ein Muster aus Ringen von feuchten Getränkedosen abzeichnete, stapelten sich die Plastikreste zahlreicher Fertiggerichte. Dieser Unrat wurde mit Sägemehl angereichert, das er in den Hosenaufschlägen und an den Sohlen seiner schweren Arbeitsstiefel von der Baustelle mit nach Hause schleppte, aber der Geruch nach sauberem Holz kam nicht an gegen den Gestank des Verfalls, der fast greifbar im Raum hing, gewürzt, aber keineswegs abgemildert mit dem Aroma abgestandenen Biers.

Morgen früh würde die Unordnung beseitigt sein und er von vorn beginnen müssen. Egal wie stark er auch das Tier in sich unter Druck setzte, stets hielt es dieser Herausforderung stand und behauptete sich.

Kelly kratzte an seinem unrasierten Kinn. Seit jener Nacht, in der ihn Sonya, die er immer ›die Hastige‹ nannte, gebissen hatte — ihre Bitte, an diesem Abend nicht bei ihr vorbeizukommen, hatte er vergessen gehabt, aber er besaß eine Langspielplatte, von der er meinte, daß sie sie unbedingt anhören müsse — seit dieser Nacht also hatte er sich viele Szenen ausgemalt, darunter aber nicht eine, die den Zuständen entsprach, die jetzt Wirklichkeit geworden waren. Wer würde jemals ahnen, daß sich hinter seiner schlampigen Erscheinung ein Ordnungsfanatiker versteckte?

Vielleicht sollte er aufhören, sich selbst zu necken und die Wohnung nur einmal in aufgeräumtem Zustand verlassen, um abzuwarten, was sein Alter ego tun wird, wenn ihm die Hausarbeit nicht in die Quere kommt. Die plötzliche Verwandlung eines erwachsenen Menschen in einen Werwolf war noch immer ungewohnt und verstörend. Es gab viele Experimente, auf die er sich noch nicht eingelassen hatte. Wie würde er sich beispielsweise im Wald verhalten? Vielleicht sollte er ein paar Decken, einen Korb und einen Futternapf in den Jeep werfen, raus in den Wald fahren und es einfach ausprobieren, wenn nicht heute, dann eben morgen. Aber im Wald hatte er sich noch nie zurechtgefunden. Was wäre, wenn er sich verlaufen würde? Wenn er mit seinen vierzig Jahren nackt in der Dämmerung herumirren würde? Eine gräßliche Vorstellung.

Er seufzte. Dann erhob er sich, ging zum Vorhang, zog ihn weit genug auf, um hinausspähen zu können, wie sich die Nacht entwickelte.

Aus der Wohnung über ihm drang ein dumpfes Geräusch an sein Ohr, dann das Klappern von Absätzen. Was ging bei Amelia vor? Amelia, die ihn an eine Maus erinnerte. Mausgraues Haar, Knopfaugen wie ein Mäuschen und ebenso unscheinbar. War etwa ein Besucher bei ihr, mit dem sie es trieb? Er hatte sich den Mann vorzustellen versucht, der der Vater ihres Kinds sein könnte und es nicht geschafft; Amelia hatte einen dichten Sperrriegel vor sich aufgebaut, auf dem überdeutlich ›Rühr mich nicht an‹ zu lesen stand, der aber ein klein wenig zu zerbröckeln schien, wenn er sich mit ihr über das Baby unterhielt. Wen würde sie an sich heranlassen? Irgend etwas hatte sie schon an sich, das einen Mann reizen konnte...

Erneut drang von oben das Poltern von Absätzen durch die Zimmerdecke, dann ein unterdrückter Schrei, der eher verzweifelt als befriedigt klang. Alle Muskeln in seinem Körper spannten sich, als er hochschaute und sich fragte, ob er etwas für sie tun könne. Wie eine Flamme, die an einer Benzinspur entlangzüngelt, schoß ihm eine Glutwelle geschmolzenen Silbers vom Herz in alle Glieder. Seine Finger krallten sich in den Fenstervorhang. Er atmete tief durch und fachte so das silbrige Feuer weiter an. Er roch jetzt intensiver und hörte genauer; er wußte, daß eine Ratte im Zimmer war, die er bald fangen und genüßlich verspeisen würde. Er konnte hören, wie sie gerade in der Ecke hockte und am Rest einer Pizza knabberte.

Eine Etage von ihm entfernt hörte er Amelia seinen Namen hervorstöhnen. Seinen Vornamen. Etwas mit ihr konnte nicht stimmen; er konnte sich einfach nicht vorstellen, daß sie jemals den Vornamen eines Mannes rief, der älter als sie war, nicht unter normalen Umständen.

Er biß sich auf die Lippe, und der Schmerz hielt die Verwandlung auf, erstickte die silbrigen Flammen. Dies war die erste Nacht, diejenige, in der er der Verwandlung noch einigen Widerstand entgegensetzen konnte; er konnte sich noch gegen sein Alter ego behaupten, jedenfalls eine gewisse Zeit lang. Er umklammerte den Knauf seiner Wohnungstür und hielt ihn einige Augenblicke lang fest. Was, wenn die Verwandlung in Amelias Wohnung über ihn kommen und sie vor Schreck aus der Haut fahren würde? Keine Frage, sie würde ihn in Schwierigkeiten bringen.

»Kelly!« schrie sie.

Er öffnete die Tür und spähte hinaus. Auf der gegenüberliegenden Seite des Flurs lugte Peter, der alte Schnüffler, aus seiner Wohnung. Er runzelte seine Stirn und zog dann die Tür zu. Kelly stöhnte laut auf und rannte zur Treppe.

Amelia hielt ihr Telefon fest umklammert, war aber nicht in der Lage zu wählen, nicht, während die Verwandlung von ihr Besitz ergriff. Jetzt war sowieso alles zu spät. Falls die Babysitterin sich noch nicht auf den Weg gemacht hatte, würde sie nicht mehr rechtzeitig eintreffen.

Bald schon würde Amelia ganz im Banne der Verwandlung stehen und alle ihre normalen Empfindungen abstreifen, ihre Selbstbeherrschung ebenso wie ihr Verantwortungsgefühl und ihre übrigen Sorgen. Sie würde auf Raubzug gehen und nach Opfern

Ausschau halten. Bevor es aber soweit war, mußte sie jemanden finden, der sich um Joe kümmerte.

Ihre untere Körperhälfte richtete sich auf, und zwischen ihren Beinen begann ein kleiner Schweif zum Vorschein zu kommen. Sich auf den Ellbogen abstützend trieb sie ihn mit zusammengeballten Fäusten zurück in ihren Leib.

»Kelly«, schrie sie erneut.

Eine innere Stimme flüsterte ihr zu: Überwinde deine Hemmungen. Laß deinen Impulsen freien Lauf. Geh hinaus in die Nacht, sie gehört dir. Deine Füße sind zum Laufen da. Die Begierde ist dein einziger Herr.

Jemand rüttelte am Türknauf, der langsam herumgedreht wurde.

Sie atmete in flachen, unregelmäßigen Zügen. Sie fühlte, wie sich ihre Hüften zusammenzogen und sich ihre Schultern veränderten. Als ihr auf Brust, Armen, Beinen und Rücken Haare zu sprießen begannen, lief ihr ein heißer Schauer des Entsetzens über den Körper.

Kelly, der schlampige Kelly, schlüpfte zur Tür herein. »Melia?« Er kniete neben ihr nieder.

Sie öffnete eine Faust und packte seinen Arm. »Joe«, sagte sie mit bereits tiefer und durch die Verwandlung rauher Stimme. »Würden Sie auf Joe aufpassen?«

»Wer ... ich?« antwortete er. Sein Gesicht sah komisch aus, und sein Geruch hatte sich verändert, obwohl er immer noch anziehend war. Sie konnte die Hitze, die durch seinen Leib raste, an ihrer Handfläche spüren. »Okay«, sagte er mit einer Stimme, die höher klang als sonst.

Sie schrie auf. Alle ihre Muskeln verkrampften sich und verurteilten sie zur Bewegungsunfähigkeit, während sich der letzte Schritt der Verwandlung vollzog und sie zum Monster wurde.

Es würde geschehen. Zum erstenmal, seit Sonya damals auf ihn eingeredet hatte, würde sich Kelly in der Gegenwart eines anderen Menschen verwandeln. Und diesmal war das auch gar kein Problem, weil ...

Er fragte sich, wer oder was Amelia gebissen hatte.

Das Wesen, in das sie sich verwandelte, schien kein Tier zu sein. Die Umrisse sahen eher menschlich aus.

Sie zitterte, keuchte und schwitzte während sie vor ihm lag, ihr Gesicht verzerrte sich vor Schmerz und Abscheu.

Solche Qualen bereitete ihm die Verwandlung nicht. Für ihn war sie so gut wie Sex.

Amelia krümmte sich. Er hatte das Gefühl, daß es besser wäre, sie zu beobachten, sie irgendwie zu beruhigen, vielleicht mit einem feuchten Handtuch auf der Stirn? Aber was geschah da? Er wurde von seiner eigenen silbrigen Verwandlung gepackt, die in seinem Körper zu pulsieren begann, und er konnte sie nicht länger aufhalten.

Grinsend richtete sich Adam auf. Dann blickte er hinunter auf seinen Schoß und erstarrte. Er verfluchte Amelia, dieses bekloppte Weibsstück. Warum hatte sie nicht die Sachen angezogen, die ihm gehörten? Wie konnte sie es zulassen, daß er in einem Kleid aufwachte? Kümmerte es sie denn überhaupt nicht, wie er sich fühlte? Er vergrub beide Hände im Stoff des Kleides und riß es sich vom Leib, genoß dabei die Kraft in seinen Armen. Und die Bluse, so betont weiblich, zartrosa, weich und widerstandslos wie die Schlampe selbst, die mußte natürlich auch weg.

Hinter ihm befand sich irgend etwas Warmes. Er kniff die Augen zusammen. Was war seit seinem letzten Besuch geschehen? Er drehte sich um und entdeckte einen riesigen, schwarzen Hund, der mit aufgerichteten Ohren dastand und ihn aus gelblichen Augen anstarrte. Etwas an seinen Pfoten wirkte sonderbar – sie waren zu groß – aber bevor er sie sich genauer anschauen konnte, kam der Hund auf ihn zugetrottet. Als er seine schwarze Schnauze bleckte, trat ein Eckzahn hervor. Er gab keinen Laut von sich.

»Pschscht«, sagte Adam. Seine Stimme klang unsicher. Der Hund kam näher.

Als er sich erhob, fielen Adam die Fetzen des Kleides vor die Füße. Er streifte die Bluse ab und ließ sie ebenfalls fallen, dann schälte er sich aus Amelias Baumwollunterhose.

»Wußte gar nicht, daß sie einen Hund hat«, sagte er zu dem Tier. Er war sich keineswegs sicher, wie sich der Hund ihm gegenüber

verhalten würde. Roch er noch stark genug nach ihr, um ihn zu verwirren? Er streckte dem Hund eine Hand entgegen, der daran schnupperte und dann zurückwich. »Ich werde gleich verschwinden«, sagte er. »Ich muß mir nur erst was zum Anziehen holen.«
Der Hund setzte sich und beobachtete ihn weiter.

Er ging zu seiner Schrankkammer, wo sie widerwillig ein paar Kleidungsstücke für ihn aufbewahrte. Aber seine Kleider waren verschwunden. Spielzeugvögel, die sich über einem oben offenen Drahtverschlag drehten, sangen ein Kinderlied, und eine orangenfarbene Lichtquelle erhellte die Kammer vom Boden her nur spärlich. Es roch nach Milch, Talkumpuder und Urin. »Gütiger Gott«. In dem Drahtverschlag lag ein Baby, ein sehr kleines Baby, das mit großen Augen zu ihm aufblickte. Wie konnte sie ein Baby haben? Ein Baby, das in seinem Schrank lag. Ein Baby und einen Hund. Er würde ihr wohl mal kräftig die Meinung geigen müssen. Sie konnte nicht ständig ihre Kleider mit seinen vertauschen, während er schlief. Das war nicht fair.

Er ging einen Schritt näher an den Drahtverschlag heran, worauf der Hund aus tiefer Kehle zu knurren begann. Adam drehte sich zu ihm um. Das Fell auf dem Rücken des Tieres sträubte sich. Adam quittierte dies mit einem Schulterzucken und ging ins Schlafzimmer hinüber, wo er seine Kleider in der hintersten Ecke ihres Schrankes fand. Die dumme Kuh hatte sein Lieblingshemd zerknittert. Er schlug sich vor Wut auf den Oberschenkel und fragte sich, ob sie es wohl spüren könnte. Es tat ihm zu weh, um den Versuch zu wiederholen.

Der Hund beobachtete ihn von der Tür des Schlafzimmers aus und ließ wieder seinen spitzen Eckzahn aufblitzen. Adam beeilte sich mit dem Anziehen. »Schon gut, schon gut«, sagte er. »Ich gehe ja schon. Nur einen Augenblick noch.« Seine schwarzen Socken fand er in der Schublade, in der sie ihre Unterwäsche aufbewahrte und seine Slipper (die sie schon seit mehr als einem Monat nicht mehr poliert hatte, wie konnte er sich das nur gefallen lassen?) inmitten eines Haufens ihrer Schuhe auf dem Schrankboden. Der Hund knurrte erneut, als er ihre Geldbörse durchstöberte. »Wenn ich gehen soll, brauche ich Geld, oder nicht?« bemerkte er. Das Knurren wurde leiser, verstummte aber nicht ganz. Adam schenkte ihm keine Beachtung mehr. Amelia hatte sechsundzwanzig Dollar in ihrem Portemonnaie, außerdem einen abgegriffenen Führerschein, auf dessen Foto sie eine Kurzhaarfrisur trug. Wenn er damit angehalten wurde, pflegte er zu sagen, er trete als Männerdarsteller auf. Er sah ihr ähnlich genug, um damit durchzukommen, was nicht gerade ein angenehmer Gedanke war. Sie war ja so unattraktiv. Aber zum größten Teil lag das an ihrem Verhalten, vor allem und jedem schreckte sie zurück und immer lief sie mit gesenktem Blick umher; alle ihre Kleider hatten dunkle oder neutrale Farben.

Er nahm ihre Schlüssel an sich. Als er an dem knurrenden Hund vorbeiging, trat er nach ihm, ohne ihn zu treffen. Das Knurren schwoll zu einem Bellen an. Der Hund schnappte nach seinem Bein, wich dann aber zurück und folgte ihm mit sicherem Abstand zur Wohnungstür.

»Gute Nacht, du Mistvieh«, sagte er, als er die Tür von außen abschloß. »Ich hoffe, du hast ein paar Liter Wasser getrunken.«

Wie immer spähte der kleine, dunkelhaarige Mann mit Brille aus seiner Wohnung im Untergeschoß. Adam warf ihm einen Kuß zu. Wenn Adam auf die Balz ging, war ihm jede Beute recht, je ekelhafter und abstoßender, desto besser. Der kleine Mann verdrückte sich in seine Wohnung und warf die Tür zu. Er lächelte.

Amelia lag mit geschlossenen Augen bewegungslos da. Seine verhaßten Kleider spannten sich um ihre Hüften und über ihre Brust, an Adams Hemd roch sie Alkohol und mindestens zwei verschiedene Parfüms; vom Kragen, der sich an ihrer Wange rieb, stieg ihr der Kastoröldust eines Lippenstifts in die Nase. Sie spürte, wie Übelkeit ihren Magen in Aufruhr versetzte, daß sie kurz davor stand, ins Badezimmer zu stürzen, um alles auszuspeien: ihr Wissen darüber, was das Monster in der vergangenen Nacht angerichtet hatte (genau konnte sie sich nicht mehr erinnern, ahnte aber, daß es etwas Schreckliches gewesen war) und die Überreste von dem, was sie gegessen und getrunken hatte.

Sie würgte zweimal.

Ihr wurde bewußt, daß ein seltsames Geräusch den Raum erfüllte.

Atmen.

Vor Angst wagte sie kaum Luft zu holen, ihr Herz schien stillzustehen. Mit beiden Händen krallte sie sich am Bettlaken fest.

Das Atmen war unvermindert deutlich zu vernehmen.

Er hatte es also getan. Er hatte seine Beute mit nach Hause gebracht. Einen schrecklichen Augenblick lang fragte sie sich, was sich neben herkömmlicher Nahrung noch in ihrem Magen befinden könnte.

Der Brechreiz wurde schlimmer. Sie konnte ihn nicht länger unterdrücken. Sie sprang auf, schloß sich im Badezimmer ein und beugte sich gerade noch rechtzeitig über die Toilettenschüssel.

Nachdem sie sich übergeben hatte, öffnete sie diejenigen Knöpfe an Adams Kleidern, von denen sie sich am stärksten eingezwängt fühlte und wusch sich das Gesicht. Irgend etwas beunruhigte sie. Ihr war, als ob sie etwas vergessen hätte, brachte es aber nicht fertig, ihre Gedanken zu konzentrieren, nicht, solange ein Fremder in ihrem Schlafzimmer war. Sie nahm ihren weitgeschnittenen Frotteebademantel vom Haken an der Badezimmertür, zog ihn über die aufgeknöpften Kleider und lugte vorsichtig zur Tür hinaus.

In ihrem Bett schlief in zusammengekrümmter Stellung ein Mann, ein nackter Mann. Eines seiner langen, hageren Beine ruhte angewinkelt auf der Steppdecke, einen Arm hatte er sich um den dunklen Haarschopf geschlungen; die übrigen Glieder hatte er eng an den Rumpf herangezogen. Er atmete sanft und schnarchte auch nicht, wie sie es von allen Männern vermutete.

Was sollte sie tun?

Sich ein paar von ihren eigenen Sachen holen, diese anziehen, ohne Lärm zu machen, ihre Geldbörse schnappen und schnell die Wohnung verlassen. Wenn sie dann lange genug wartete, wäre der Mann vielleicht verschwunden, und sie könnte unbehelligt zurückkehren und absperren. Aber er wußte ja, wo sie wohnte...

Und was wäre mit...

Was wäre mit Joe?

Genau in diesem Augenblick setzte das morgendliche Hungergeschrei des Babies ein. Amelia sah mit ungläubigen Augen, wie sich der Mann in ihrem Bett gähnend streckte und dann zu ihr herüberschaute.

Es war Kelly, Mister Patterson aus der Wohnung unter ihr. Er weiß über mich Bescheid, war ihr erster entsetzter Gedanke.

Joe, der es gewohnt war, daß man sich sofort um ihn kümmerte, wenn er einen Ton von sich gab, schrie jetzt lauter.

Mister Patterson setzte sich auf und hielt sich den Handrücken vor den Mund, während er erneut gähnte. »Wahrscheinlich hat er Hunger«, sagte er. »Ich habe vergangene Nacht nichts gefunden, womit ich ihn hätte füttern können.«

»Was machen ... was machen ...« Sie hielt sich den Ärmel des Bademantels vor die Augen.

»'tschuldige mich kurz mal«, sagte Mister Patterson und fuhr nach einer kurzen Pause fort: »Du kannst jetzt die Augen wieder aufmachen. Ich habe mir ein Laken umgewickelt.«

Über Amelias Wangen liefen heiße Tränen. Sie linste vorsichtig zu ihm hinüber, um festzustellen, ob er sie auch nicht angelogen hatte, was aber nicht der Fall war. Er hatte sich tatsächlich ein Laken um die Taille geschlungen, damit sie nicht sehen konnte, daß er zum Teil ein Monster war. »Warum haben Sie nichts an?« fragte sie mit unschuldiger Kleinmädchenstimme.

»Kannst du dich denn nicht mehr an letzte Nacht erinnern?«

Mit tränenverschleierten Augen schüttelte sie den Kopf.

»Warte, du darfst mich nicht falsch verstehen. Zwischen uns ist in der vergangenen Nacht nichts geschehen, Amelia. Außer, daß du jemanden gebraucht hast, der in der Nacht der Verwandlung auf dein Baby aufpaßt, und ich glaube, ich war der einzige, den du darum bitten konntest.«

»Nacht der Verwandlung?« flüsterte sie.

»Manche nennen sie auch Nacht des Mondes.«

»Nacht des Fluches.« Sie leckte sich eine Träne von den Lippen und starrte ihn durch den salzigen Schleier vor ihren Augen an. »Was wissen Sie von der Nacht des Fluches?« Er duftete wie ein leckeres Frühstück, auf das sie jetzt Heißhunger verspürte, und dieser Gedanke verwirrte sie zusätzlich.

»Ich verwandele mich auch.«

Joe plärrte jetzt noch lauter. Amelia biß in den Ärmel des Bademantels. Welcher Art von Monster hatte sie in der vergangenen Nacht ihr Baby anvertraut? Sie eilte durchs Wohnzimmer hinüber in Joes Kammer. Sein Gesichtchen war rot angelaufen, aber als sie ihn hochhob, beruhigte er sich sofort. Er roch nicht einmal nach verschmutzten Windeln. Sie ging zum Klappstuhl, setzte sich, nahm Joe auf den Schoß und gab ihm die Brust. Er saugte, als ob er am Verhungern wäre.

Das Laken wie eine Toga tragend, ging Mister Patterson aus dem Schlafzimmer. Er warf ihr einen kurzen Blick zu, während sie Joe stillte, verdeckte dann aber mit der Hand die Augen und begann, einige Kleidungsstücke aufzulesen, die zusammengefaltet auf dem Teppich lagen. »Was hat dich gebissen?« fragte er, ohne sie dabei anzusehen.

»Ich weiß es nicht.« Augenblicklich war sie sich der Verzweiflung bewußt, die in ihrer Stimme lag, und sie wünschte sich, es nicht gesagt zu haben. Ihre Mutter hatte sie gelehrt, niemals einen Mann ihre Verzweiflung spüren zu lassen.

»Wie lange verwandelst du dich schon?«

»Seit ich zwölf bin.« Sie zögerte. »Während ich schwanger war, hat es aufgehört.«

»Wie alt bist du jetzt?«

»Einundzwanzig.«

»Weißt du, in was du dich verwandelst?«

Sie begann zu zittern. »In ein Monster«, sagte sie mit flüsternder Stimme. »In ihn.«

»Erinnerst du dich daran, Er zu sein? Ich kann mich an mein anderes Ich erinnern. Auf bestimmte Art sind wir beide uns sehr ähnlich.«

»An die Dinge, die er tut, kann ich mich nicht erinnern. Ich weiß nur, daß sie ekelhaft sind.«

»Oh«, sagte Mister Patterson. Dann schwieg er eine Weile. »Ich gehe ins Badezimmer und ziehe mich an, einverstanden? Ich denke, je weniger es gibt, worüber sich Peter der Schnüffler das Maul zerreißen kann, desto besser.«

Als er draußen war, holte sie eine frische Windel und bedeckte damit ihre Brust, während sie Joe stillte. Ihre Verzweiflung war so groß, daß sie sich dabei recht ungeschickt verhielt und Joe weh tat.

Nach einigen Minuten kam Mister Patterson zurück. Jetzt, wo er bekleidet war und auch sie ihre Blöße bedeckt hatte, konnte sie ihn wieder anschauen. »Mister Patterson«, sagte sie mit gesenkter Stimme. Die Sorge um Joe verlieh ihr den Mut, es auszusprechen.

»Ja, Amelia?«

»In was verwandeln Sie sich?«

»In einen Wolf. Eine Art Wolf jedenfalls. Ich könnte mir vorstellen, daß das viel normaler ist als deine Verwandlung.«

»Ich habe mein Baby mit einem Wolf allein gelassen?« Joes warmer Körper, der sich an ihren Leib schmiegte, und sein heißer Mund an ihrer Brust gaben ihr wieder Sicherheit. »Wie konnte ich nur?«

Er hob die Augenbrauen, antwortete aber nicht.

Natürlich war das Monster, in das sie sich verwandelte, zu allem fähig.

»Wie haben Sie ihm denn die Windeln gewechselt?«

»Das war ganz schön schwierig«, sagte Kelly. Er schaute zur Uhr, die über dem Kartentisch hing, wo sie alle Mahlzeiten zu sich nahm. »Ich muß zur Baustelle, Amelia. Ich brauche noch ein paar Sachen aus meiner Wohnung, bevor ich zur Arbeit gehe. Gegen fünf bin ich zurück, ungefähr drei Stunden, bevor der Mond aufgeht. Dann können wir uns unterhalten.« Er griff nach dem Türknauf.

Joe lag warm und trocken in ihren Armen. »Danke, Mister Patterson«, sagte Amelia mit gesenktem Blick.

Nachdem er gegangen war, verschloß sie die Tür und schob den Riegel vor, unschlüssig, ob sie noch jemals mit ihm zu tun haben wollte. Er hatte den schlimmsten Teil von ihr gesehen, falls es wirklich ein Teil von ihr war und nicht eine fremde Kreatur, die sich drei Nächte jedes Monats ihrer bemächtigte. Das war die Erklärung, die sie sich selbst gab, um damit leben zu können.

Wenn sie sich beeilte, könnte sie vielleicht alles, was sie zum Leben wirklich benötigte, in ihren VW-Käfer laden und verschwinden, irgendwohin ganz weit weg. Vom Erbe ihrer Mutter war immer noch etwas übrig, genug für Kaution, ein weiteres halbes Jahr niedrige Miete und die übrigen Lebenshaltungskosten. Dann würde Joe alt genug sein, um ihn in eine Babygruppe zu geben, und sie könnte wieder anfangen, als Aushilfssekretärin zu arbeiten.

Zunächst aber stellte sich ihr das Problem, einen Babysitter zu finden, der in der kommenden Nacht auf Joe aufpaßte.

Joe schlief an ihrer Brust. Sie legte ihn vorsichtig in sein Bettchen, zog die Tür der Kammer bis auf einen Spalt zu und ging dann zum Telefon.

Was war eigentlich mit dem Mädchen, das letzte Nacht hätte kommen sollen? Amelia hatte Joe früher schon öfters in ihrer Obhut gelassen, wenn sie einkaufen ging und ihn nicht mitnehmen konnte. Sie hatte die Telefonnummer des Mädchens am Anschlagbrett eines Waschcenters entdeckt, und es hatte sich schnell herausgestellt, daß das Mädchen zuverlässig und pünktlich war und auch nichts dagegen hatte, über Nacht bei Joe zu bleiben, falls es notwendig war. Die Abende, an denen Patty dagewesen und die Verwandlung nicht über Amelia gekommen war, hatte diese zunächst im Kino verbracht, dann war sie nach Hause zurückgekehrt und hatte Patty früher freigegeben.

Sie suchte in einem Notizbuch herum, das neben dem Telefon lag, und wählte dann die Nummer. »Patty?« fragte sie, als sich am anderen Ende der Leitung eine junge Stimme meldete.

»Patty ist nicht hier«, sagte die Stimme, die außer Atem klang. »Sie hatte einen Unfall.«

»Um Gottes Willen, ist sie verletzt?«

»Ja, ziemlich schwer. Sie ist gestern mit dem Fahrrad von einem Auto angefahren worden. Sie hat eine Gehirnerschütterung und mußte ins Krankenhaus.«

»Das tut mir sehr leid. Wird sie bald wieder in Ordnung sein?«

»Wir glauben schon«, sagte die Stimme, die sich jetzt ziemlich unsicher anhörte.

»Es tut mir leid«, wiederholte Amelia. Es schien ihr nicht der richtige Zeitpunkt zu sein, um die Stimme zu fragen, ob sie ihr einen anderen Babysitter empfehlen könne. »Es tut mir leid«, sagte sie noch einmal. »Auf Wiederhören.«

»Auf Wiederhören«, sagte die Stimme.

Sie konnte Joe niemandem anvertrauen, den sie nicht kannte, und das galt auch für ... ihn. Adam.

Gerne hätte sie die Telefonnummer der Firma gewußt, für die Mister Patterson arbeitete. Sie schaute zur Kammer hinüber, wo Joe schlief, dann ließ sie sich auf den Boden sinken, stützte ihre Ellbogen auf die Sitzfläche eines Stuhls und legte den Kopf in beide Hände. Sie mußte nachdenken.

Kelly hatte eine Tüte mit Essen aus einem chinesischen Restaurant dabei, als er nach der Arbeit an Amelias Tür klopfte. Die Tür wurde einen Spaltbreit geöffnet, und Amelia spähte heraus, dann gab sie gerade soviel Platz frei, daß Kelly hereinschlüpfen konnte.

Während sie hinter ihm verriegelte, sah er sie an und erschrak. Sie hatte irgend etwas mit ihrem langen, braunen Haar gemacht, es hochgesteckt, als wollte sie ihrer Erscheinung eine raffinierte Note verleihen. Sie hatte auch Make-up aufgelegt – viel zuviel – und ein Nachthemd angezogen. Ein Nachthemd aus Flanell, dessen Saum weit oberhalb des Knies abgetrennt worden war. Die Ärmel hatte sie bis etwa zur Mitte der Unterarme hochgekrempelt, und die oberen Knöpfe standen offen.

In seiner Magengrube breitete sich ein flaues Gefühl aus.

Sie sah ihm in die Augen und ließ ihren Blick dann nach unten wandern. Ihre hellrosa geschminkte Unterlippe zitterte. »Ich hatte Angst, daß...« sagte sie.

Er ging zum Tisch und packte den Inhalt seiner Tüte aus: mehrere weiße Pappschachteln, Papierservietten und zwei Paar Eßstäbchen. »Hast du schon gegessen?«

»Nein, Mister Patterson.«

»Dann komm her und setz dich. Und nenne mich Kelly. Letzte Nacht hast du es auch getan.«

»Letzte Nacht war ich verzweifelt.«

»Jetzt siehst du auch ziemlich verzweifelt aus.«

Sie nahm am Tisch Platz, wich aber seinem Blick aus. »Ich habe eine gute Idee gehabt«, sagte sie mit leiser Stimme, »als sich aber herausgestellt hat, daß meine Babysitterin einen Verkehrsunfall gehabt hat, dachte ich...«

Er reichte ihr ihre Stäbchen und eine Schale mit gedünstetem Garnelenreis. Aus der geöffneten Schachtel stieg appetitlicher Dampf empor. Sie stellte das Schnellgericht auf den Tisch und starrte auf die Stäbchen, die noch in ihrer roten Schutzhülle aus Papier steckten. »Was ich sagen will, ist, daß ich dich natürlich fragen könnte, ob du wieder auf Joe aufpassen willst, aber wahrscheinlich hast du mit deiner Zeit etwas anderes vor. Deshalb dachte ich...«

Er öffnete ein paar andere Schachteln und wartete darauf, daß sie weitersprach.

»Ich weiß, wie man Adam loswerden könnte«, sagte sie.

»Wie?«

»Ich müßte schwanger werden.« Einen Moment lang suchte sie seinen Blick, dann schaute sie wieder zur Seite. Nachdem sie einige

Zeit geschwiegen hatte, sagte sie: »Ich weiß nicht, wie es damals passiert ist. Oder wer es war. Aber ich dachte...«

Kelly mußte schlucken. Er ließ eine Minute verstreichen. »Dir ist doch klar, daß das auf lange Sicht keine Lösung ist. Du willst doch nicht den Rest deines Lebens schwanger sein, oder?« Ihr Duft war äußerst verlockend, er war ihm bisher jedesmal aufgefallen, wenn er in ihrer Nähe gewesen war. Das sprach ihn an, auch wenn alles andere an ihr ›Bis hierher und nicht weiter‹ zu signalisieren schien. Folglich war klar, daß das Anliegen, welches sie gerade an ihn herangetragen hatte, kein Ding der Unmöglichkeit sein mußte, auch wenn die Ausführung für beide von ihnen eine verdammt ungemütliche Angelegenheit zu werden versprach.

»Eine Schwangerschaft kann man außerdem nicht einfach so planen. Manchmal braucht es dafür viel Zeit und Arbeit.«

Ihre Augen schlossen sich. Die Lider hatte sie silbern, die Wimpern schwarz geschminkt. Von beiden Farben hatte sie eindeutig zuviel aufgetragen, zumindest aber mit sicherer und nicht ungeschickter Hand gearbeitet.

»Kannst du denn zwei Kinder ernähren?«

Sie atmete tief durch und sah dabei wie ein kleines Mädchen aus, das Mutter spielt. Sie öffnete die Augen und starrte ihn an wie ein Waldgeist. »Ich weiß nicht«, sagte sie. »Es gibt ja auch noch die Wohlfahrt, oder etwa nicht?«

»Aber sieh doch mal«, sagte er und lehnte sich über das immer noch dampfende Essen zu ihr herüber, »du kannst doch nicht dein ganzes Leben aus den Fugen geraten lassen, nur weil du... weil du diesen einen Teil davon ausmerzen willst. Drei Nächte von dreißig und tagsüber bist du doch frei. Wieviel macht das? Fünf Prozent des Monats, mehr nicht. Damit kann man doch leben.« Diese Rechtfertigung war ihm selbst schon einmal von der hastigen Sonya vorgetragen worden. Das schien ihm jetzt unendlich lange her zu sein. Er fragte sich, warum er sich über die Angelegenheit so hatte aufregen können. Solange er sich während der Verwandlung auf den Gedanken konzentrierte, daß es am wichtigsten war, seine Wohnung zu bewachen und sich um sie zu kümmern, kam er ganz gut zurecht. Bisher war er kaum zu irgendwelchen Erkundungen aufgebrochen, dafür glaubte er in Zukunft noch Zeit genug zu haben.

»Du weißt nicht, was er macht«, sagte sie mit verweinten Augen.
»Wird sich wohl wie ein Arschloch aufführen«, sagte Kelly.
»Viel schlimmer als das.«
»Woher weißt du das?«
Sie kniff die Lippen zusammen und wich seinem Blick aus.
»Du kannst dich also erinnern?«
»Ich wasche seine Wäsche.«
Er beugte sich noch weiter vor und nahm ihre Hand. »Amelia, erinnerst du dich?«
»Nein«, sagte sie mit angespanntem Gesicht, um gleich darauf zu flüstern: »Vielleicht doch.« Dann wurde sie lauter. »Alles, was er tut, tut er nur, um mich zu quälen. Er kennt alle Dinge, die ich hasse, und er tut sie mir alle an. Dinge, an die ich nicht einmal zu denken wage. Dinge, bei denen ich mich übergeben muß. Dinge, über die mir meine Mutter gesagt hat, daß Gott mich auf der Stelle tot umfallen lassen wird, wenn ich sie tue.«
Ihre Mutter? Was hatte ihre Mutter damit zu tun? »Es sind aber trotzdem nur drei Nächte von ungefähr neunundzwanzig Tagen.«
»Würdest du auch so daherreden, wenn du wüßtest, daß ich in den Nächten des Fluches Menschen umbringe? Nur drei Menschen in jedem Monat?«
»Oh ... nein, nein. Ich glaube, du hast recht.«
Sie schaute zum Fenster hin. Draußen war es noch hell. Unten auf der Straße spielten Kinder ein Spiel, bei dem viel geschrien, herumgerannt und ein Ball gegen eine Hauswand geworfen wurde.
»Mister ... Kelly, wirst du mir helfen?«
»Amelia, ich glaube noch immer nicht, daß du mir alles gesagt hast.«
»Vielleicht finde ich noch eine andere Antwort, wenn ich nur ... mehr Platz zum Atmen habe.«

Seite an Seite saßen sie nackt auf dem Wohnzimmerteppich und warteten auf den Mondaufgang, unsicher, wie die Verwandlung sie überraschen würde. Joe war gestillt, frisch gewickelt und zu Bett gebracht worden, über ihm drehten die Vögel ihre Kreise. Aus der Kammer hinter ihnen war leise die Melodie des Schlafliedes zu hören. »Ich weiß nicht«, sagte Amelia. Sie hatte die Knie angezogen und ihr Haar wieder geöffnet, das nun ihre Blöße wie ein Badeanzug bedeckte, obwohl er fast alle Stellen ihres Körpers schon gesehen und berührt hatte. »Wenn ich mich mehr so verhalten würde wie... wie er, vielleicht kommt er dann nicht mehr. Wenn ich Gefallen daran finden würde, was er getan hat, vielleicht läßt er es dann bleiben, weil er mir so keine Schmerzen mehr zufügen kann.«

»Glaubst du, das wäre möglich? Daß es dir gefallen könnte?«

Sie sah ihn von der Seite an. »Du riechst so gut«, sagte sie. Schweigen. »Es gefiel mir ja fast«, sagte sie. »Das darf es aber nicht. Ich weiß, daß es das nicht darf. Mutter hat gesagt... Aber ich glaube...«

Silberfarbene Feuerstrahlen loderten in seinem Körper. Es war die zweite Nacht, die Nacht, in der es keine Verweigerung gab. Nur einen kurzen Moment lang versuchte er sich zu widersetzen, aber der Widerstand bereitete Schmerzen. Er entspannte und fügte sich.

Durchs offene Fenster ergoß sich das Licht des Mondes ins Zimmer. Wolf und Frau starrten sich an. Sie hob die Hand, und er schnupperte daran. Dann streichelte sie seinen Kopf. »Ich glaube, ich kann es lernen«, sagte sie.

Originaltitel: Unleashed
Ins Deutsche übertragen von Ulrich vom Berg

Kim Antieau
Das Zeichen des Bösen

Büsche und Dornen hielten mich fest, als ich durch den Wald hastete, in den weder Mond noch Sterne einen Lichtschein warfen. Monsieur Garnier hatte mich davor gewarnt, erst nach Einbruch der Dunkelheit zum Schloß zurückzukehren — und trotzdem hatte ich wie ein Dummkopf bis zum Einbruch der Nacht gejagt und war nun verloren. Ich hielt inne, um Atem zu holen und schulterte Muskete und Jagdtasche. Wenn die Nacht anbricht, so hatte Garnier gesagt, kommen die Bestien hervor.

In der Entfernung heulte ein Wolf, ein einsamer Schrei, der mir bis ins Mark drang. Ich lief wieder weiter. Die mich umgebende Nacht drang in mich ein. Ich fühlte mich wie ein Kind, ohne jeden Halt und allein in der Finsternis, in der mich bösartige Schatten belauerten. Wie ein Kind fühlte ich mich, und nicht wie ein Mann, war ich doch aus meinem Elternhaus hergeschickt worden, um die Melancholie abzuschütteln, die seit so vielen Monaten von mir Besitz ergriffen hatte. Jetzt aber war ich weit entfernt von der Welt, wie sie die meisten Menschen kannten. Der Wald flüsterte mir in einer Sprache zu, die ich nicht verstehen konnte. Ein wildes Tier lauerte in jedem Schatten. Mir schauderte.

»Niemals finde ich hier zurück«, sagte ich laut zu mir.

Meine Stimme hatte eine Eule aufgeschreckt, die in einer alten Eiche gesessen hatte und die Luft beim Davonfliegen mit ihren riesigen Flügeln peitschte.

In meiner Nähe knackten Zweige. Büsche bewegten sich. Was nur würde mich in dieser Finsternis erwarten? Mein Herz schlug in der Kehle.

Plötzlich wurde meine Hand von einer kleinen Hand ergriffen. »Hier entlang«, flüsterte eine Frau. Sie führte mich durch die Finsternis, und dankbar nahm ich die Hilfe an. Als sie vor mir herging, teilte sich der Wald auseinander wie die See, die vom Bug eines Schiffes durchschnitten wird. Blätter und Farne streiften meine Arme und beruhigten mein rasendes Herz. Eine Viertelstunde lang hielt die Frau meine Hand, der Wald wurde mir vertrauter, wie der Wald, der mein eigenes fernes Heim umgab.

Dann zog die Frau plötzlich ihre Hand aus der meinen und war schon verschwunden. Ich trat auf den Rasen am Schloß hinaus.

»Jean-Jacques? Sind Sie das?« Louis Garniers Schatten wurde im Eingang sichtbar, umgeben vom goldenen Licht eines drinnen brennenden Feuers.

»Endlich! Ich befürchtete schon, daß die Bestien Sie erwischt hätten. Mein alter Freund Rieux hätte es mir niemals verziehen, wenn ich zugelassen hätte, daß seinem einzigen Sohn ein Leid geschehen wäre!« Garnier winkte mich hinein. »Kommen Sie«, sagte er, als ich eintrat, »zeigen Sie mir, was Sie heute erjagt haben.«

Der nächste Morgen war schön und kühl. Nachdem ich mich im einfallenden warmen Sonnenlicht angekleidet hatte, ging ich nach unten, um mit Garnier zusammen das Frühstück einzunehmen.

»Haben Sie sich von den Abenteuern der letzten Nacht erholt?« fragte er.

»Ja«, antwortete ich, ihm gegenüber sitzend. »Es war eigenartig. Ich habe meine ganzen dreißig Jahre in der Auvergne verbracht und habe mich dort niemals verirrt.« Ich nahm mir ein Wachtelbrüstchen von der Platte und begann zu essen.

»Das braucht Sie nicht zu beunruhigen«, meinte Garnier. »Der Wald von Apcon ist nicht wie andere. Nicht viele wagen sich so weit hinein. Selbst unser guter König Francis kommt nicht sehr oft her.« Er lachte aus voller Kehle. Dann schweifte sein Blick hinter mich, und das Lachen erstarb.

»Guten Morgen«, sagte eine bekannte Stimme leise. Meine Retterin aus dem Wald! Ich wandte mich um. Eigentlich wollte ich ihr jetzt und hier danken, aber etwas in ihrem schüchternen Blick ließ mich schweigen.

»Marie«, forderte Garnier sie auf. »Komm bitte, setz dich zu uns. Jean-Jacques Rieux, dies ist meine Gattin, Marie. Als Sie gestern ankamen, ruhte sie gerade.«

Ich erhob mich und verbeugte mich leicht. Marie erwiderte die Begrüßung und setzte sich dann neben ihren Mann. Sie war klein, mit aus dem Gesicht genommenem goldenen Haar, das in Locken über ihren Rücken fiel, wie ich es nie bei einer anderen Frau gesehen hatte. Sie war mehr Mädchen als Frau, vielleicht achtzehn. Ich blickte auf Louis Garnier. Er hätte ihr Vater sein können.

»Ihre Eltern sind getötet worden, als sie noch ein Kind war«, erklärte Garnier. »Es waren entfernte Verwandte von mir. So nahm ich Marie zu mir, als sie starben.«

»Mein Gatte ist ein edler Mensch«, sagte Marie. Garnier warf ihr einen Blick zu und schaute dann wieder auf sein Essen. Mit ihrer Kinderhand griff Marie nach ihrem Pokal und nippte langsam am Wasser.

»Wie lange können Sie bei uns bleiben?« fragte mich Garnier.

»Eine Woche, wenn es Ihnen und Madame Garnier recht ist«, meinte ich. »Ich möchte eine Weile dem Treiben der Welt fern sein.«

Marie drehte am herzförmigen Ring an ihrem kleinen Finger. Sie schaute keinen von uns an, doch ich spürte, daß unser Gespräch sie sehr interessierte.

»Es ist uns recht«, erwiderte Garnier mit fröhlicher Stimme. »Es wird gut für Marie sein, jemand um sich zu haben, der eher ihrem Alter entspricht. An diesem gottverlassenen Ort hat sie nur mich und ihre gräßliche Zigeunerin zur Gesellschaft.«

Marie blickte Garnier an und lächelte. »Ja, es wird schön sein, Monsieur Rieux hier zu haben.« Sie streckte ihre Hand aus, um den Arm ihres Mannes zu berühren, der ihn aber schnell aus ihrer Reichweite zog.

»Beeile dich und iß, meine Liebe«, forderte Garnier sie auf. »Du hast Unterricht. Ich muß heute ins Dorf, aber ich möchte mir gern nach der Rückkehr dein Gelerntes anhören.«

»Ich bin fertig«, sagte Marie. Sie hatte überhaupt nichts gegessen. »Wenn Sie mich entschuldigen?« Ich nickte. Marie verließ leise den Raum.

»Armes Kind«, bemerkte Garnier.

»Warum?«

»Können Sie das nicht verstehen?« fragte er. »Sie trägt das Zeichen des Bösen.«

»Ich befürchte, ich verstehe nicht.« Ich hatte kein Mal an ihr bemerkt. Kein Mal des Teufels.

»Ihre Eltern sind in diesem gottlosen Wald getötet worden«, erklärte er, »durch eine Kreatur, halb Mensch, halb Tier. Fast wäre Marie auch gestorben. Die Bestie hatte sie angefallen.«

»Wollen Sie damit sagen, daß ihre Eltern durch einen Werwolf getötet wurden?«

Garnier schob sich vom Tisch fort. »Ja, solche gibt es hier in den Wäldern. Erst letzte Woche haben wir einen Mann wegen der Verbrechen verurteilt, die er in der Gestalt eines Wolfes beging. Heute gehe ich zu seiner Hinrichtung in die Stadt.«

Ich hatte Geschichten von Werwölfen gehört, die ich aber nur als Geschwätz betrachtet hatte — einen Weg, den guten Ruf eines Mannes zu ruinieren.

»Wir leben in unsicheren Zeiten«, sagte Garnier mit erhobener Stimme. »Vor zehn Jahren hatte die Pest unser Dorf heimgesucht. Wir versuchten, alles wieder aufzubauen, aber wir erlebten einen moralischen Verfall, dem Einhalt geboten werden muß. Der Mann, den wir hängen werden, hat ein junges Mädchen geschändet und getötet! Das Seil wird ihm den Teufel austreiben. Es wird der Bestie das Genick brechen.«

»Was hat das mit Ihrer Frau zu tun, Monsieur Garnier?«

»Meine Frau ist ein gefühlvolles, ... sinnliches Mädchen. Sie muß auf der Hut sein, oder die Bestie, die in ihr wohnt, wird entfesselt.« Er schaute aus dem Fenster auf den Wald hinaus. »Ich habe sie geheiratet, damit es kein anderer tut.«

Ich starrte ihn an, ohne zu verstehen, wie er so von seiner Frau sprechen konnte.

Er seufzte und schlug auf den Tisch. »Nun, machen Sie sich einen schönen Tag. Ich komme vor Dunkelheit zurück.«

Als Garnier den Raum verließ, erblickte ich draußen Marie. Eine ältere Frau mit glänzendem schwarzem Haar folgte ihr. Leise unterhielten sie sich freundschaftlich. Marie lachte und berührte ihre Gefährtin öfters. Als sie sich hinabbeugte, um an einer Rose zu riechen, merkte sie, daß ich sie beobachtete. Sie verbeugte sich leicht. Ich nickte ihr zu. Vielleicht würde sich später eine Gelegenheit finden, mit ihr zu sprechen.

Bald nachdem Garnier weggeritten war, hüllten Wolken das Schloß ein. Es fiel dichter Regen, und ich war nicht in der Stimmung zu jagen. Statt dessen erforschte ich das Schloß. Eine Zeitlang lief ich herum und bewunderte die Schnitzereien und die Gemälde. Dann wurde ich hungrig und wollte dahin zurückkehren, von wo ich gekommen war. Bald merkte ich jedoch, daß ich mich verlaufen hatte. Ich lief einen langen leeren Korridor entlang und verfluchte meine Unaufmerksamkeit. Zuerst der Wald und nun das Schloß.

Da hörte ich vom Ende des Flures Lachen und ging dem Geräusch nach.

»Raynie! Das ist kalt!« Maries Stimme.

Am Eingang zum Raum blieb ich stehen. Die zwei Frauen wandten mir den Rücken zu. In einem riesigen steinernen Kamin brannte ein Feuer. Nahe dem Feuer saß Marie auf dem polierten Steinboden, nackt, ihre Knie bis an die Brust hinaufgezogen. Sie hatte ihre Augen geschlossen, während die alte Frau ihren Rücken mit einem feuchten Tuch abrieb. Kleine Wasserpfützen unter ihrem Gesäß und beiden Füßen spiegelten das Feuer und ihre weiße Haut wider. Ich verhielt mich still — ganz benommen von der Schönheit der Szene. Ich beobachtete, wie das Tuch hinauf und hinunter glitt. Mit der anderen Hand streichelte die alte Frau Maries Haar.

»Das erinnert mich an meine Kindheit«, lachte Marie. »Als du mich mit zum Fluß genommen hast. Weißt du noch?«

Die alte Frau nickte. Sie beugte sich vor. Ihre Hand glitt über Maries Schulter, bis das Tuch und ihre Finger Maries kleine Brust liebkosten.

Mir blieb fast der Atem stehen. Maries Mund öffnete sich leicht. Die Befriedigung auf ihren Zügen war so offensichtlich, daß mir fast übel wurde. Garnier hatte recht gehabt. Das Feuer beleuchtete ihre wollüstigen Züge. Sie war tatsächlich ein sinnliches Geschöpf.

Die Hand der Frau glitt weiter. Marie kicherte.

»Das kitzelt!«

Ich starrte Marie an. Sie war nur eine junge Frau, die die unschuldige Liebkosung ihrer Dienerin genoß.

Ich trat zurück und lehnte mich an die Wand. Ich selbst war es, der wollüstig war, ich, der ich zu sehen meinte, was nicht da war, ich, der ich eines anderen Mannes Frau beim Bade beobachtet hatte!

»Ich kann Louis' Kälte nicht ertragen«, flüsterte Marie. »Er glaubt, ich wäre eine Art Ungeheuer.«

»Psch, Kind, du bist kein Ungeheuer.«

»Ich möchte berührt werden. Und geliebt. Ist das falsch?« Ihre Stimme zitterte. »Ich erinnere mich daran, als uns deine Leute noch einmal im Jahr besuchten.« Ihre Stimme bekam wieder einen frohen Unterton. »Wie wir tanzten. Jeder hielt mich einen Augenblick lang in den Armen, bevor er mich weiterwirbelte. Ich bin traurig, daß Louis sie nicht mehr auf sein Land läßt.«

»Bald einmal werden wir uns davonstehlen, um sie zu treffen«, tröstete sie Raynie. »Habe ich dir erzählt, daß sie gerade angekommen sind?« Raynies Stimme war liebevoll und zärtlich, sie streichelte die Verzweiflung ihrer Herrin fort.

Ich eilte weg von den Frauen, die Korridore und Treppen hinunter und fand irgendwie meinen Weg in mein Zimmer zurück.

Garnier kam spät nach Hause. Wir aßen allein. Ich war sowohl enttäuscht als auch erleichtert, daß Marie nicht bei uns saß.

»Er rief um Gnade«, beschrieb Garnier die Hinrichtung. »Wir sagten ihm, er möge den Allmächtigen Gott um Vergebung bitten.«

»Sagen Sie«, begann ich und beobachtete die Reflektion der Kerzenflamme in meinem Pokal, »wie merkten Sie, daß der Mann ein Werwolf war?«

»Er gab es zu.«

»Ach so.«

»Ja, so ist es einfacher«, setzte er hinzu. »Einmal fingen wir einen Werwolf in seiner Wolfsgestalt. Jemand erschoß ihn, und sofort verwandelte er sich wieder in einen Menschen. Manchmal verwandelt eine Verletzung sie zurück, der Tod macht sie jedoch immer wieder zu dem, was sie wirklich sind — Menschen, die zum Sünder wurden.«

Einige Minuten aßen wir schweigend. Dann bemerkte Garnier:

»Jetzt muß ich mich entschuldigen, ich möchte Maries Vortrag von Bibelversen abhören. Morgen gehen wir auf die Jagd.«

»Ja, ich freue mich darauf.«

In der Dämmerung saß ich da und nippte an meinem Wein. Die Visionen des Gehängten versuchte ich zu verdrängen und dachte statt dessen an Marie vor dem Feuer. Wie konnte Garnier nur das Zeichen des Bösen an ihr sehen? Sie schien so unschuldig zu sein. Nur ein Kind.

Plötzlich hörte ich Schreie. Einen Augenblick später drang unterdrücktes Schluchzen an mein Ohr. Raynie rannte am Speisezimmer vorbei. Ich folgte ihr durch den Korridor. Sie stand in der Nähe der geschlossenen Türflügel, die Hände an den Kopf gepreßt. Garniers Schreien wurde lauter. Raynie schaute zu mir auf.

»Tut er ihr weh?« fragte ich.

»Meinen Sie, daß er sie schlägt? Nein, er rührt sie nicht an.« Mit plötzlicher Vertrautheit kam sie auf mich zu. Ich trat zurück. »Er greift sie niemals auch nur an. Er gibt vor, ohne Begierden zu sein, und doch läßt er sie einige Nächte in der Woche wegen seiner Huren allein. Wenn er dann zurückkommt, ist er brutaler denn je, da sie ihn nicht befriedigen konnten.« Ihre Augen waren eindringlich. »Sie haben sie gesehen. Sie wissen, daß die einzige Bestie in ihr die ist, die er hervorbringen wird!«

Ich wich an die Wand zurück. Wußte diese Frau, daß ich sie beobachtet hatte? Wußte sie, daß ich ihre nackte Herrin gesehen hatte? Ich fühlte, wie ich beschämt errötete.

»Er bedrängt sie, wie es nur ein Ungeheuer tun würde«, stieß sie hervor. Die Türflügel flogen auf. Raynie verschwand um die nächste Ecke. Garnier eilte mit großen Schritten an mir vorbei. Als der Klang seiner Schritte verklungen war, ging ich ins Zimmer. Marie lag vor dem Kamin. Zuerst dachte ich, sie hätte sich vor den Flammen ausgestreckt, wie eine Katze in der Wärme. Dann bemerkte ich, daß sie schluchzte. Ich kniete neben ihr nieder. Ohne mich anzuschauen, rückte sie an mich heran. Ich streckte die Hand aus, um sie zu berühren.

Da kam Raynie herein. Ich ließ die ausgestreckte Hand sinken und trat zur Seite, als sie Marie in die Arme nahm. Schnell verließ ich den Raum und ging nach oben. Schlaflos lag ich im Bett und überlegte, was ich tun könnte, um Madame Garnier zu helfen.

Am nächsten Morgen, als ich hinunterkam, fand ich Garnier hinter dem Schloß, wo er seine Rosen betrachtete.

»Da sind Sie ja«, rief er mir zu, als ich über den Rasen auf ihn zuging. »Haben Sie schon gegessen? Ich muß mich für den letzten Abend entschuldigen. Marie ist leider kein sehr folgsames Mädchen, aber mit einem Gast im Hause hätten wir nicht streiten sollen. Das ist der Einfluß dieser alten Zigeunerin.« Er beugte sich leicht nieder und brach eine Rosenblüte vom Strauch. »Sie hat nicht ganz den richtigen Rotton.« Er warf die Blume fort. »Deshalb habe ich die Frau zu ihren Zigeunern zurückgeschickt. Sie ging heute morgen weg, bevor Marie aufwachte. Ich glaube, daß es so einfacher wäre.«

Ein Schrei unterbrach unser Gespräch. Der Schrei wurde zum Wehklagen.

»Entschuldigen Sie mich«, bat Garnier. »Meine Frau ist erwacht und hat den Verlust bemerkt.« Er ging aufs Schloß zu.

Ich hob die Rosenblüte, die er weggeworfen hatte, auf und steckte sie ein. Einige Minuten wartete ich, um zu sehen, ob mein Gastgeber zurückkehren würde. Eigentlich verlangte ich verzweifelt danach, hineinzulaufen, um zu sehen, ob es Marie gut ginge. Anstelle dessen lauschte ich in den uns umgebenden Wald hinein. Die Stimmen der Vögel und der Insekten schienen sich zu einem eigenartig beruhigenden Lied zu vermischen. Nach einer Weile bemerkte ich, daß die Geräusche der Tierwelt von den zarten Tönen eines Cembalos begleitet wurden. Ich folgte den Tönen ums Schloß herum und zur Vordertür hinein. Den Korridor lief ich hinunter, bis ich zum Zimmer kam, wo Marie und Garnier am vergangenen Abend gestritten hatten. Jetzt saß Garnier mit einem eigenartigen Lächeln auf einem Stuhl nahe dem Kamin. Am Fenster saß Marie am Cembalo. Ohne jeden Ausdruck starrte sie zum Fenster hinaus, und doch fühlte ich, daß sie Seelenqualen erlitt. Jede Note trieb ihr eine Träne in die Augen, die über ihre Wangen rann, das Gesicht hinunter, bis sie aufs Instrument fiel. Einen Augenblick lang war ich mir sicher, daß ihre Tränen das Lied hervorbrachten, nicht ihre Hände.

»Ist das nicht nett?« fragte Garnier. »Bitte setzen Sie sich doch zu uns.«

Widerstrebend setzte ich mich auf einen Stuhl bei der Tür. Wie ich so Marie beobachtete und jedem der Töne lauschte, wurde ich an meine Nacht im Wald erinnert und an den Schrei des einsamen Wolfs, der den mondlosen Himmel anheulte. Ich verlangte danach, Marie in meine Arme zu nehmen, ihr schönes Haar zu streicheln und ihre Qualen zu lindern. Irgend etwas mußte ich unternehmen — ich konnte nicht einfach länger dabeistehen und zuschauen, wie diese Unschuld so grausam behandelt wurde. Ich stand auf.

»Das reicht, Marie«, unterbrach Garnier plötzlich. »Es war sehr schön.« Sein Ton war versöhnlich. »Rieux und ich gehen jetzt zur Jagd. Wirst du später mit uns zu Abend essen?«

Marie lächelte, ihre Tränen waren getrocknet. »Natürlich«, sagte sie. »Ich wünsche euch einen schönen Nachmittag.«

»Kommen Sie, junger Mann«, forderte Garnier mich auf. Ich warf einen Blick zu Marie hinüber. Sie lächelte immer noch. Vielleicht hatte ich mir die Tränen nur eingebildet.

Bis zur Mittagszeit hatten wir einige Wachteln und Fasanen in der Tasche. Nun machten wir Rast an einem Fluß, um das mitgebrachte Brot und den Käse zu essen. Garnier war sehr nett, und doch fand ich es immer schwieriger, meine Zunge wegen der Behandlung seiner Frau im Zaum zu halten.

Ganz unvermutet fing er an: »Sie glauben, ich sei grausam. Nun, Sie verstehen nicht viel von Frauen.« Er lachte. »Oder vielleicht doch? Sie waren niemals verheiratet?«

Ich schüttelte den Kopf.

»Marie ... es gibt da etwas an ihr, von dem Sie nichts wissen. Gewisse Gefühle, die sie bei anderen hervorruft.« Er riß ein Stück Brot vom Laib ab. »Sie sind der Sohn meines Freundes, also werde ich Sie warnen. Ich merke, daß sie Ihre Gedanken beschäftigt. Passen Sie auf, daß Sie nicht mit ihr allein bleiben. Sie wird versuchen, Sie zu verführen.«

»Monsieur Garnier!« rief ich. »Sie ist Ihre Ehefrau. Wie können Sie so von ihr sprechen? Wie können Sie annehmen, daß ich es mir erlauben würde, verführt zu werden?« Ich sprang auf und schritt erregt am Flußufer hin und her. »Vielleicht habe ich einen ungünstigen Zeitpunkt für meinen Besuch gewählt. Ich reise morgen ab.«

»Meinem Freund Rieux würde es nicht gefallen, wenn Sie mit

einem solchen Eindruck von mir scheiden«, warf Garnier ein. »Ich wünschte, Sie blieben noch etwas länger.«

Ich wollte den Freund meines Vaters nicht beleidigen, obwohl ich mir sicher war, daß Garniers Verhalten meinen Vater empört hätte. Ich seufzte. »Ich werde noch einen Tag und eine Nacht bleiben und dann muß ich wirklich nach Hause zurückkehren«, beschloß ich. »Wollen wir jetzt weitergehen?«

Bis zum Nachmittag blieben wir im Wald und kehrten dann zum Schloß zurück, erhitzt und ermüdet von unserem Ausflug. Unsere Jagdtaschen übergaben wir dem Küchenpersonal und gingen dann auseinander, um uns auszuruhen. Ich legte mich in der kühlen Dunkelheit meines Zimmers nieder und wünschte mir, ich wüßte Garnier etwas zu sagen, was seine Haltung gegenüber Marie ändern würde. Vielleicht hatte er recht, dachte ich, als ich meine Augen schloß. Vielleicht wurde ich nur von einem jungen Mädchen betört, das versuchte, mich zu verführen. Nein, ich drehte mich auf den Bauch, Marie versuchte bloß, sich vor einem lieblosen Mann zu retten.

Ich fiel in Schlaf. Da träumte mir, daß Marie in mein Zimmer käme. Sie legte ihre kleine Hand auf meine. Ich küßte den winzigen herzförmigen Ring an ihrem kleinen Finger.

»Du kannst mich retten«, flüsterte sie mir zu. Sie legte sich neben mich aufs Bett, ganz nackt bis auf ein durchsichtiges Gewand, das ihren ganzen Körper bedeckte.

»Rette mich«, flüsterte sie.

Ich streckte die Arme nach ihr aus.

Da rüttelte Garnier mich munter. Ich setzte mich schnell auf und schaute mich um. Marie war nicht da. Ich seufzte erleichtert.

»Draußen vorm Dorf wurde ein Mann in Stücke gerissen«, keuchte Garnier. »Sie sind sich sicher, daß es ein Werwolf war. Wir wollen ihn jagen.«

Ich lief mit Garnier die Treppen hinunter. Draußen, es war fast Nacht, warteten einige Männer mit hochgereckten Fackeln. Schon dunkel? Allem Anschein nach hatte ich einige Stunden geschlafen.

»Bleibt immer zu zweit beieinander«, rief Garnier. »Versucht, ihn zu töten!«

Ich blickte zum Haus zurück, als wir auf den Wald zugingen. Marie stand im Musikzimmer und schaute uns nach. Ich fühlte ihre

Hand wieder auf meinem Arm, hörte ihr Flehen. »Rette mich.« Ich trat in den Wald und folgte dem Lichtschein von Garniers Fackel.

Die Männer unterhielten sich laut. Garniers Gesicht glühte vor Freude am Abenteuer oder vor Lust am Töten. Nur zu gut erinnerte ich mich an die Stunden, die ich allein in diesem Wald umherwanderte. Vom Gedanken, einem Wolf, einem Werwolf oder einer anderen Bestie gegenüberzustehen, war ich nicht begeistert. Als wir dann weiter in den Wald eingedrungen waren, teilten wir uns in Zweiergruppen auf. Garnier und ich gingen schweigend weiter. Einmal hörte ich aus großer Entfernung das Heulen eines Wolfs. Eine Eule rief uns nach, als wir an ihr vorübergingen. Der Vollmond stieg am Himmel empor. Und immer noch liefen wir weiter.

Plötzlich – uns umgab im Wald völlige Stille, so daß ich nur das Atmen meines Gefährten hören konnte – sprang etwas Riesiges und Schwarzes aus der Dunkelheit und heulte auf, als es Garnier niederstreckte. Garnier schrie. Ich hörte das Knirschen von Knochen, als ob man ein Hühnerbein knacken ließe, als die Bestie ihre Kiefer um Garniers Arm schloß. Ich sprang zu dem Tier hin und versuchte, es von Garnier wegzuziehen. Es schüttelte mich ohne Schwierigkeiten ab, aber durch meine Bemühungen ließ es von Garnier ab. Dann wandte es sich zu mir um. Mit seinem Atem schlug mir der Geruch von Blut entgegen. Garnier versuchte, seine Muskete zu erreichen. Mit seinem riesigen schwarzen Kopf stieß mich die Bestie gegen einen Baum. Dann griff sie wieder Garnier an, wie es schien, rasend vor Wut. Ich sah, wie Stahl im Mondlicht aufblitzte. Das Tier schrie vor Schmerz auf und war schon verschwunden, verschluckt von der Dunkelheit.

Ich ließ mich neben Garnier auf den Boden fallen.

»Sind Sie verletzt?« fragte ich. Ich roch immer noch Blut.

»Ja, mein Arm ist gebrochen. Aber ich habe eine Trophäe!« Er hielt etwas in der Dunkelheit hoch, was ich nicht recht erkennen konnte. »Ich habe ein Stück seiner Teufelspfote abgeschnitten.« Er ließ das Ding in seine Jagdtasche fallen.

»Ich bringe Sie ins Schloß zurück«, schlug ich ihm vor. »Kann sich dort jemand um Ihre Wunden kümmern?«

»Ja«, antwortete er, stoßweise atmend.

Ich hob die schwelende Fackel auf, die Musketen und die Jagdtaschen.

»Kommen Sie. Stützen Sie sich auf mich.«

Es dauerte lange, bis wir zum Schloß zurückkamen. Garnier war kaum in der Lage, den Weg zu weisen. Wir trafen keine anderen Männer, obwohl wir in der Ferne mehrere Schüsse hörten. Jeder Laut im Wald erschien mir wie eine Warnung vor der Rückkehr der Bestie. Ich sehnte mich nach Maries führender Hand.

Endlich standen wir auf dem mondbeschienenen Rasen vor dem Schloß. Garnier brach zusammen. Ich rannte zum Haus und machte die Diener munter. In ein paar Minuten hatten sie ihren Herrn in seine Gemächer gebracht und kümmerten sich um seine Verletzungen. Ich hob die Jagdtaschen und die Musketen auf und brachte sie ins Haus.

Der Gestank des Blutes auf meinen Kleidern verursachte mir Übelkeit, deshalb ging ich in mein Schlafzimmer, um mir etwas Frisches zum Anziehen zu holen. Die besudelten Kleidungsstücke warf ich in eine Ecke und zog frische an. Dann setzte ich mich aufs Bett und öffnete die Jagdtasche, um mir die abgeschnittene Pfote des Ungeheuers, das uns angegriffen hatte, anzuschauen.

Ich neigte die Tasche dem Licht zu. In einer Pfütze dunklen Blutes lag aber nicht die Pfote einer unbekannten Bestie, sondern — zwei Finger einer menschlichen Hand! Ich stieß die Tasche von mir und wich zurück. Zwei kleine Finger, der eine davon trug einen winzigen herzförmigen Ring.

Mir war übel. »Rette mich«, hatte sie mich in meinen Träumen angefleht. »Die einzige Bestie in ihr ist die, die Garnier hervorbringen wird«, hatte Raynie gesagt.

Ich hob die Tasche auf und ging aus dem Zimmer. Leise schlich ich ein paar Treppen hoch und den Korridor entlang, bis ich Maries Zimmer wiederfand. Sie lag mit geschlossenen Augen auf ihrem Bett, ihr Gesicht war kalkweiß. Ihre linke Hand trug einen Verband. An ihrer Seite stand Raynie.

Ich hielt Raynie die Tasche hin. Sie kam auf mich zu und warf einen Blick hinein. Dann schüttelte sie den Kopf.

»Sie weiß nicht, was geschehen ist«, sagte Raynie leise. »Es ist noch niemals passiert, aber ich hatte Angst, daß es geschehen würde. Deshalb kam ich zurück.«

»Ich glaube dir nicht!« rief ich. »Garnier sagte, daß heute schon ein Mann von einem Werwolf getötet wurde.«

»Sie war es nicht«, wimmerte Raynie. »Wirklich, er hat sie dazu getrieben! Er heiratete sie und liebte sie nicht. Es war grausam.«

»Er hatte die ganze Zeit recht«, entgegnete ich. »Sie trägt wirklich das Zeichen des Bösen!«

»Und das Böse ist Monsieur Garnier!« rief sie. Marie stöhnte. Raynie ging zu ihr und streichelte ihren Arm. »Sie dürfen es niemandem erzählen«, beschwor sie mich. »Sie bringen sie um. Erst werden sie sie foltern und dann töten! Bitte, Sie dürfen nichts sagen!«

»Garnier wird es herausfinden. Er wird den Ring sehen. Und er wird ihre Hand sehen.«

»Raynie?« flüsterte Marie. »Es tut weh.«

»Ich weiß, Kind«, tröstete sie. »Psch...« Sie kam wieder von dem Mädchen zu mir herüber und berührte meinen Arm. »Sie hat große Schmerzen. Ich muß zu den anderen zurück und eine Medizin für sie holen. Können Sie bei ihr bleiben?«

Ich hörte das Grollen der Bestie und roch wieder das Blut. Ich schaute auf Marie. Wie konnten sie ein und dasselbe sein?

»Ich bleibe bei ihr«, entschloß ich mich.

Raynie ging zu Marie zurück und beugte sich über sie. »Monsieur Rieux wird bei dir bleiben, während ich fort bin. Ich komme vor dem Morgengrauen zurück.«

Sie küßte das Mädchen auf die Stirn und ging. Ich setzte mich auf einen Stuhl neben das Bett.

Mit geschlossenen Augen griff Marie nach mir. Ihre Finger schlossen sich um meine. »Rette mich«, flüsterte sie. »Bitte!«

»Sei ruhig. Du bist in Sicherheit.«

Die Kerze brannte nieder, und der Mond zog über den Himmel. Mit Maries Hand in der meinen wartete ich auf Raynie. Als die Nacht fast vorüber war, schlief ich ein. Beim Erwachen sah ich Garnier, der sich über seine Jagdtasche beugte. Sein rechter Arm war verbunden und in eine Binde gelegt. Mit einem selbstzufriedenen Lächeln blickte er mich an.

Leise zog ich Maries Finger aus meiner Hand.

»Es war also Marie, die versuchte, mich zu töten«, stellte Garnier fest.

»Seien Sie ruhig.« Ich trat auf ihn zu. »Sie werden sie wecken. Sollten Sie nicht im Bett sein?« Ich legte meine Hand auf seinen

Arm, um ihn fortzuführen. Er schüttelte mich ab und trat näher ans Bett heran. Ich stellte mich davor.

»Das hier geht Sie nichts an«, sagte er und schaute an mir vorbei.

»Sie haben dafür gesorgt, daß es mich etwas angeht!«

»Morgen werde ich zum Rat gehen. Sie wird hingerichtet.«

»Und diese Gewißheit stört Sie nicht?« fragte ich.

Er schaute mich an. »Nein. Mit ihren lüsternen Begierden hat sie meinen Schlaf gestört, und am Tage hat sie mich mit ihren lüsternen Blicken verfolgt. Sie hätte in jenem Wald mit ihren Eltern umkommen sollen. Es.wäre einfacher gewesen.«

»Einfacher für wen? Sie wollte nur Ihre Zuneigung«, entgegnete ich. »Sie sind doch ihr Ehemann!«

»Hierfür wird sie sterben.« Er wandte sich um und ging mit langen Schritten aus dem Raum. Ich eilte ihm nach.

»Garnier«, rief ich. »Warten Sie bitte!« Ich holte ihn an der Treppe ein. »Sie dürfen es nicht tun! Fühlen Sie denn gar nichts für sie?«

»Ich fühle nur ihre Zähne in meinem Arm«, sagte er schroff. »Jetzt lassen Sie mich in Ruhe.« Er wandte sich um. Ich ergriff seinen Arm. Als er sich zu befreien suchte, verlor er das Gleichgewicht. Ich versuchte, ihn zu halten, aber er fiel und stürzte die Treppe hinunter. Einen Augenblick später lag er am Fuß der Treppe, sein Kopf seitwärts verknickt, die Arme lagen seltsam verdreht neben ihm. Ich rannte zu ihm hinunter. Als ich neben ihm niederkniete, seufzte er auf und verstummte dann.

»Louis?«

Ich blickte auf. Oben an der Treppe stand Marie. Ich rannte zu ihr hoch und legte meinen Arm um sie.

»Schau nicht hin«, bat ich. »Es war ein Unfall.«

»Ist er tot?« fragte sie.

»Ja.« Sie fiel gegen mich. Wie ein Kind lag sie in meinen Armen.

»Alles wird gut«, beruhigte ich sie.

Plötzlich schrie jemand. Ich wandte mich dem Geräusch zu. Am Fuße der Treppe stand eine der Bediensteten. Beim Anblick ihres Herrn preßte sie die Faust gegen den Mund. Ich rang um Atem. Wo Garnier gelegen hatte, lag jetzt der riesige zerschlagene Körper eines Untiers, das einem Wolf ähnelte.

»Mein Gott«, entfuhr es mir.

Raynie war an meiner Seite und führte Marie fort.

»Im Tode werden wir alle zu dem, was wir wirklich sind«, sagte sie. »Er hat sie nicht geliebt.«

Raynie mußte Marie stützen, als sie zu ihrem Zimmer zurückgingen. »Ich habe etwas mitgebracht, was deine Schmerzen lindern wird«, flüsterte Raynie ihr zu.

Ich vergrub den Wolf, Maries zwei Finger und den herzförmigen Ring noch vor Sonnenaufgang in einer Grube. Mir war klar, daß Garniers Verwandte sich auf Marie und das Schloß stürzen würden, sobald sie von seinem Tode erfuhren. Marie sagte, sie wolle mit Raynie davongehen.

Ich gab ihnen mein Pferd, damit man sie nicht des Diebstahls beschuldigen konnte. Im Morgengrauen sagten Marie und ich uns Lebewohl. Ich nahm ihre verwundete Kinderhand in meine und küßte sie.

»Es tut mir so leid«, flüsterte ich.

Sie drückte meine Hand. »Danke für alles«, sagte sie. Sie ließ meine Hand los und die beiden Frauen ritten davon, um sich den Zigeunern anzuschließen. Das war das letzte Mal, daß ich Marie sah. Später erzählte man sich, daß Monsieur Garnier von einem Werwolf getötet wurde, durch den Kampf war er blutüberströmt, mit gebrochenen Gliedern und ganz verändert zurückgeblieben; Madame Garnier aber war zu ihren Leuten zurückgekehrt.

Ich reiste zum Hause meines Vaters zurück.

Monate später traf ich eine Frau, die Joy hieß, mich an schöne Tage und freudiges Lachen erinnerte und meine Sorgen vergessen ließ. Wir heirateten. Als wir Kinder bekamen, drückte ich sie an mich, streichelte ihr schönes goldenes Haar und sagte ihnen, sie wären Schmuckstücke von unschätzbarem Wert. Oft träumte ich von Marie und Garnier. Dann erwachte ich in kalten Schweiß gebadet, voller Furcht vor der Dunkelheit und den darin verborgenen Ungeheuern. Eines Nachts, als ich wieder voller Angst aufgeschreckt war, erzählte ich meiner Frau von meinen Träumen. Sie küßte mich und zog mich aus dem Bett. »Tanze mit den Bestien«, forderte sie mich auf. »Laß dich von ihnen nicht erschrecken.« Wir lachten und tanzten zusammen in einem Strahl silbrigen Mondlichts, der auf den Boden fiel.

Wenn ich von nun an an Marie dachte, stellte ich sie mir immer tanzend vor, gehalten von den starken Armen eines Mannes, der es versteht, die Bestie zu umarmen und zu lieben.

Originaltitel: The Mark of the Beast
Ins Deutsche übertragen von Andrea Sachs

Jerome Charyn

Kampf dem Wolfsmenschen

Die Bürgermeisterin wurde fast verrückt. Sie konnte keine neue Wolfsmensch-Hysterie gebrauchen. Der Tourismus war bereits um dreizehn Prozent zurückgegangen. Um Mitternacht wurde Manhattan zur Geisterstadt. Wenn *dieser* Wolfsmensch weiterhin mit so alarmierender Regelmäßigkeit zuschlug, würde der ehrenwerten Bürgermeisterin nichts anderes übrig bleiben, als einen wehklagenden Abgesang auf New York anzustimmen. Der erste Wolfsmensch hatte der Stadt einen munteren Anstrich verliehen. Er war ein hungernder Schauspieler mit einer verrückten Maske gewesen und biß Frauen in den Nacken, ohne die geringste Spur von Blut zu hinterlassen. Er kam und ging mit der Feriensaison. Doch der neue Wolfsmensch hatte seinen eigenen Rhythmus. Er hatte Klauen und große, gelbe Zähne und machte sich mit riesigen Stücken Fleisch davon. Wenn der Wolfsmensch zugeschlagen hatte, mußten Chirurgen die Leute wieder zusammenflicken. Welche Zeugen man auch befragte, alle sagten, er hätte die klarsten blauen Augen unter einem Wust Fell, eine Art Backenbart, der sich bis zur Stirn hinzog wie seltsames Blattwerk. Die blauen Augen waren intelligent. Doch der Wolfsmensch schlug ohne Erbarmen zu. Seinetwegen lagen neunzehn Männer und Frauen im Krankenhaus. Die Hälfte lag in Lebenserhaltungssystemen und schwebte zwischen Leben und Tod, die Augen gelb, die Gesichter wie wächserne Masken.

Becky Karp gab Isaac Sidel die Schuld für die ganze Angelegenheit. Er war ihr Polizeipräsident, und er hatte den Weg des Wolfsmenschen durch Manhattan nicht aufhalten können.

»Isaac, tu endlich was, oder meine gesamte Regierung wird untergehen.«

»Ich tue, was ich kann. Ich habe Tag und Nacht alle meine Leute draußen auf den Straßen.«

»Das reicht nicht!« schrie sie Isaac an, der aussah wie ein molliger Bär mit Koteletten. »Ich will eine besondere Werwolf-Truppe, mit einem erstklassigen Psychologen, der sich auskennt mit ... wie war das Wort noch?«

»Lykanthropie«, antwortete Isaac.

»Genau, Lykanthropie. Wir brauchen einen Sprecher, Isaac. Jemand, der die Öffentlichkeit beruhigen kann, der die richtigen Antworten weiß, eine wissenschaftliche Erklärung geben kann. Nicht einen Polizisten wie dich. Du bis zu naiv, Isaac. Ich will einen Wissenschaftler für diesen Fall. Entweder suchst du einen aus, oder ich werde es tun.«

»Dann werde ich zurücktreten«, sagte Isaac.

»Du wirst nicht zurücktreten. Du hast zuviel Interesse an dem Wolfsmenschen ... es heißt ›friß oder stirb‹, Isaac. Beschaff mir einen Spezialisten!«

Isaac marschierte aus dem Rathaus, und die Reporter hingen wie kleine Vampire an ihm. Was sollte er sagen? Er hatte Harvey Montaigne, den anderen Wolfsmenschen, geschnappt, weil Isaac seinen modus operandi geknackt hatte. An all den Spuren, die Montaigne hinterließ, war etwas Theatralisches: er tat so, als würde er Menschen verletzen, als sei er in einem immer wiederkehrenden Halloween gefangen. Er wartete schon auf Isaac, der ihn einige Tage nach Weihnachten zufällig in einem Hotel fand, einsam und deprimiert.

»Wie haben Sie mich gefunden?« hatte Harvey Montaigne gefragt.

»Durch Zufall.«

»Ich habe Sie in der U-Bahn gesehen. Ihre Koteletten sind zu lang. Wie haben Sie mich gefunden?«

Aber Isaac gab sein Geheimnis nicht preis. Während seine eigenen Leute die Stadt auf der Suche nach irgendeinem Verrückten mit

Maske durchkämmten, hatte Isaac Hunderte von Theaterkarten durchgesehen, bis er zufällig auf eine Karte stieß, die zu einer kleinen Theatertruppe in Queens gehörte, den Corona Players, die ein Stück namens ›Stunde der Ungeheuer, ein Musical von vielen Schöpfern‹ spielten. Es lag nicht nur daran, daß die Corona Players einen Wolfsmenschen in ihrem Ensemble hatten. Es gab bei ihnen ebenso Frankenstein und Dracula. Und diese Monster wurden von vielen verschiedenen Leuten gespielt; das störte Isaac. Der Gedanke von Ungeheuern, die in irgendeiner dunklen Ecke von Queens tanzten, hatte etwas Trauriges an sich. So hatte Isaac die Anonymität der Corona Players durchbrochen, Harveys Mutter aufgespürt, die dort Chefkassiererin war, und den Fall gelöst.

Er wurde der beste Detektiv der Welt genannt, Sidel, der außerhalb seines eigenen Reviers agierte, um Harvey Montaigne zu fassen. Und nun erwartete die Öffentlichkeit von ihm, daß er seinem eigenen Ruf gerecht wurde und einen weiteren Erfolg vorwies. Aber dieser Wolfsmensch trug keine Maske. Er biß riesige Stücke aus den Kehlen seiner Opfer und verschlang ihr Fleisch. Er beschränkte sich auf Manhattan, aber das konnte ihm vielleicht bald nicht mehr ausreichen. Der Wolfsmensch könnte sich jederzeit entscheiden, eines Nachmittags eine Brücke zu überqueren und ein ganz neues Leben zu beginnen.

Und Isaac wurde von Reportern gejagt, von einheimischen und fremden, denn der Wolfsmensch war international eine Nachricht wert, ein Totem unserer Zeit, das Biest im Bauch des Biestes. Isaac gab keine Interviews. Aber er konnte sich nicht zwischen Polizeipräsidium und Rathaus bewegen, ohne bemerkt zu werden.

»Isaac, handelt es sich hier um einen neuen Harvey Montaigne?«

»Kein Kommentar.«

Und er zog sich in das rote Labyrinth der One Police Plaza zurück. Aber Becky hatte bereits einen Wissenschaftler für ihre eigene Werwolf-Patrouille gefunden. Er war ein Professor der Psychologie am Brooklyn College, der sich auf Lykanthropie und andere Arten von Kannibalismus spezialisiert hatte. Er war viel jünger als Isaac, ein Mulatte aus Los Angeles, der nach Bedford-Stuy übergesiedelt war. Er sah aus wie ein Engel. Sein Name war Walter Gunn.

»Lassen Sie uns eine Sache klarstellen, Professor Gunn.«

»Nennen Sie mich Walter«, sagte der Engel. »Ich mag diese Formalitäten nicht, wenn ich im Dienst bin.«

»Sie haben schon für andere Abteilungen gearbeitet?«

»Als Berater, ja. Sie glauben nicht, daß Ihr Wolfsmensch der einzige ist, nicht wahr, Commissioner?«

»Nennen Sie mich Isaac.«

»Dann verschaukeln Sie mich nicht. Ich habe nicht um diesen Job gebeten.«

»Sie sind Zivilist«, stellte Isaac fest.

»Sie auch.«

»Aber ich trage immer eine Dienstmarke und eine Waffe. Lassen Sie Becky Karp ihre politischen Spielchen spielen. Hier gebe ich die Befehle. Wenn Sie ihr Spion sind, Walter, sagen Sie es mir. Ich werde das respektieren. Sie können auf dem Teppich vor meinem Bett Wache halten und ihr Honorar verdienen. Aber lassen Sie mich in Ruhe.«

»Yeah, Sie sind der Bursche, der Harvey Montaigne aufgespürt hat. Aber dieser Typ ist nicht wie Harvey. Er ißt Menschenfleisch.«

»Ich glaube nicht an Werwölfe, Walter. Und wenn dieses Miststück ein Kannibale ist, wird er sein blaues Wunder erleben.«

»Er ißt Menschenfleisch, Isaac. Die Opfer werden an Blutvergiftung oder bösartiger Anämie sterben, und Sie werden mehr als nur eine Kuriosität am Hals haben. Sie haben da einen Killer, was oder wer immer er auch sein mag. Sie brauchen mich, Isaac, oder Sie werden ihn nie finden.«

»Also, was glauben Sie?«

»Der Wolf aus Bangor. Er kam von Kanada hier runter und hat seitdem verheerenden Schaden angerichtet.«

»Ist er irgendein Trapper, der im Wald Wahnvorstellungen bekommen hat?«

»Alles was ich weiß, ist: er ist ein Werwolf.«

»Barthaare und solche Spielereien. Hat man Speicheltests bei den Opfern dieses Herzchens gemacht?«

»Ja. Man fand menschlichen Speichel und menschliches Blut. Aber dieser Wolf ist menschlich, Isaac. Das ist der entscheidende Punkt. Er hat nur einige wenige Merkmale eines Wolfes.«

»Machen Sie den Mond dafür verantwortlich«, sagte Isaac.

»Oder eine schwere Psychose. Das spielt doch keine Rolle. Der

Wolf aus Bangor hat Fell in seinem Gesicht und unheilige, blaue Augen. Er kommt aus den Wäldern im Norden, sage ich Ihnen. Und er hat sich in Manhattan häuslich eingerichtet.«

»Warum haben Sie diese Information nicht schon längst an uns weitergegeben?«

»Habe ich ja. Aber Ihre Leute haben mir nicht geglaubt.«

»Also gingen Sie zu Becky Karp.«

»Nein, die ehrenwerte Bürgermeisterin kam zu mir.«

»Großartig!« sagte Isaac und imitierte dabei seine irischen Vorfahren beim NYPD. »Hat sich in Manhattan eingenistet. Aber ich dachte, er würde die Wälder vorziehen.«

»Tut er auch. Ich würde sagen, er lebt im Central Park.«

»Und sein Nest wird er kaum beschmutzen. Also macht er sich auf in die Nebenstraßen, wann immer ihm nach einem Mahl zumute ist. Aber er scheint Lower Manhattan vorzuziehen. Neun seiner Angriffe fanden unterhalb der Vierzehnten Straße statt. Was macht er, Walter? Fährt er mit dem Taxi? Oder rennt er nach Mitternacht herum und stiehlt Klamotten aus den teuersten Boutiquen?«

»Nein. Er benutzt das Untergrundsystem.«

»Aha, ein Pendler, wie?«

»Ein Mensch kann sich in diesen Tunnels unglaublich schnell vorwärts bewegen, Isaac. Manche Linien sind stillgelegt, mit allem, was dazugehört. Er brauchte nur einen langen Mantel zu tragen und dann den Schienen zu folgen.«

Isaac sah den Engel jetzt an. »Sie haben Ihre Hausaufgaben gemacht. Ich hätte nicht so barsch sein sollen.«

»Sie sind der Polizeipräsident. Sie müssen argwöhnisch sein.«

»Machen Sie mir keine Komplimente, Walter. Ich bin ein Idiot.«

An der Kreuzung Madison und 29ste Straße streckte der Wolfsmensch eine Witwe nieder und riß die Hälfte ihres Nackens weg. Aber die Frau starb nicht. Sie schwebte wie die anderen zwischen Leben und Tod. Isaac hatte das Gefühl, er lebte in derselben Halbwelt zwischen den Toten und den Lebenden. Barthaare. Blaue Augen. Homo lupus, der Wolf, der aufrecht geht.

Isaac ging den müde blickenden Polizisten vom Central Park

Revier aus dem Weg. Die sollten ihren eigenen Fall verfolgen. Er brachte einen Trupp von Männern mit, die aussahen wie Soldaten der Nationalgarde. Sie durchforschten das Gras. Sie drangen in verlassene Höhlen im Norden des Parks ein. Sie stöberten in Harlem Meer herum und schreckten Cracksüchtige auf. Isaac arbeitete nach einer riesigen Karte. Er war wie ein Pirat, der nach dem geheimen Schatz des Wolfsmenschen suchte. Es gab keine Anzeichen für die Behausung des Wolfsmenschen. Isaac zerschlug einen kleinen Schmugglerring, der aus einem alten, aufgegebenen Fort heraus arbeitete. Er verhaftete ein halbes Dutzend Crack-Dealer und einen Vergewaltiger. Doch Isaac wollte den Wolfsmenschen.

Er stieg zusammen mit zwei Ingenieuren der Städtischen Verkehrsbetriebe in das Innere Manhattans hinab und fuhr in einem kleinen, elektrischen Wagen. Dort war es wie ein unterirdisches Coney Island. Einer der Ingenieure schlug dauernd mit einer Schaufel nach den Köpfen von Ratten. Sie betraten eine Untergrundlinie, die 1926 geschlossen worden war. Isaac mußte den kleinen Wagen verlassen, da es auf dieser Strecke keinen Strom gab. Er bekam ein Paar Stiefel und eine Bergarbeiterlampe, die er auf seinem Kopf trug. Die alte Untergrundstation war unversehrt. Und Isaac staunte über die verschiedenfarbigen Kacheln, die in dieser Phantomstation die Namen Beaver Street und Cherry Street als Mosaik zeigten. Isaac war ein wenig eifersüchtig. Seine eigenen, nun toten Vorfahren könnten vor siebzig Jahren unter den Passagieren gewesen sein. Ein Stück seiner eigenen Geschichte war Isaac, dem Experten für Manhattan, entgangen.

Er vollzog dreißig Festnahmen. Er schnappte eine Gruppe von Taschendieben, die die Cherry Street Station als ihren privaten Zufluchtsort benutzt hatten. Es gab keine Hinweise auf den Wolfsmenschen. Isaac fühlte sich immer deprimierter.

Er besuchte Harvey Montaigne, der in einer Art Gästehaus der Vereinigung Jüdischer Menschenfreunde lebte. Er war sich nicht sicher, was dieser frühere Wolfsmensch für ihn tun konnte, aber Isaac hatte das Gefühl, Harvey irgendwie zu brauchen.

»Haben Sie wieder eine Stellung als Schauspieler?«
»Nein. Ich kann wohl nicht mehr Fuß fassen.«
»Ich könnte mit einigen Produzenten reden.«

»Yeah, und ich könnte den Rest meines Lebens den Wolfsmenschen spielen.«

»Sie hätten nicht herumlaufen sollen und Leute beißen. Ich hatte keine Wahl. Jemand hätte getötet werden können. Ein Streifenpolizist hätte Sie in Ihrer Maske sehen und Sie abknallen können... Harvey, ich brauche Ihre Hilfe.«

»Daß ich nicht lache«, sagte der Wolfsmensch.

»Ich spaße nicht. Was ist Ihre Meinung über diesen Wolfsmenschen?«

»Ich habe keine Meinung.«

»Aber Sie müssen doch irgend etwas fühlen. Ich meine, es muß Sie doch irgendwo berühren. Noch ein Wolfsmensch!«

»Er ist mir völlig unbekannt.«

»Aber wer, denken Sie, ist er?«

»Noch ein Schauspieler, Mister Isaac, in einer verdammten Welt voller Schauspieler.«

Der Wolfsmensch schlug erneut zu. Er lebte in seiner eigenen Welt. Der Mond über ihm konnte aufgehen und wieder untergehen. Er war immer draußen in den Straßen mit diesem behaarten Kopf und den bodenlosen, blauen Augen. Und Isaac begann sich zu fragen, ob der Wolfsmensch eine Heimsuchung der Stadt war, eine Fleischwerdung aller Abscheulichkeiten Manhattans.

Aber er hatte keine Zeit, lange darüber nachzudenken. Beckys Wissenschaftler war von einem Bus angefahren worden. Isaac brachte ihm Blumen ins Mount Sinai Krankenhaus. Walter Gunns Lippen waren völlig blau. Er lag wie ein ausrangierter Mensch auf der Intensivstation. Isaac mußte all seine Beziehungen spielen lassen, um in Walters winziges Zimmer vorgelassen zu werden.

»Ich habe den Wolfsmenschen gesehen«, sagte Walter und atmete schwer durch seinen blauen Lippen.

»Warum haben Sie ihn ganz allein verfolgt?«

»Weil Sie nicht glauben wollten, daß er im Central Park seinen Winterschlaf hält.«

»Bären halten Winterschlaf«, sagte Isaac. »Wölfe nicht.«

»Unser Mann hält immer dann Winterschlaf, wenn er Lust dazu hat.«

»Und er steht regelmäßig auf, um etwas Menschenfleisch zu essen... Walter, wir haben den Central Park durchkämmt. Wir haben in jeder Höhle gesucht. Wir haben sein verdammtes Lager nicht gefunden.«

»Aber ich habe gesehen, wie er aus dem Central Park kam.«

»Wie wollen Sie so genau wissen, daß es der Bangor-Wolf war?«

»Die Barthaare, Isaac, und die blauen Augen.«

»Trug er Kleider?«

»Eine schmutzige Marinejacke, dunkle Hosen, Schuhe ohne Socken.«

»Keine Socken? Sind Sie sicher?«

»Seine Hosen waren hochgerollt. Er hatte keine Schnürsenkel. Er hatte keine Socken an. Er huschte an mir vorbei. Ich versuchte, ihm zu folgen und...«

Walter schloß seine Augen für immer. Er war das erste Todesopfer im Kampf gegen den Wolfsmenschen.

Isaac kehrte mit einem ganzen Bataillon von Polizisten und Spürhunden in den Central Park zurück. Die Hunde scheuchten Kaninchen im Norden des Parks auf. Die Polizisten krempelten jeden Zentimeter um. Isaac blies die Suche ab. Er saß in seinem Büro in der One Police Plaza wie ein Schwermütiger. Er nahm keine Anrufe von Becky Karp entgegen. Er stellte sein Taschen-Schachspiel auf und spielte die Eröffnungspartien von Bobby Fischer nach, dem früheren Weltmeister, der in seinen eigenen nördlichen Wäldern Winterschlaf hielt.

Er ließ nur einen Besucher zu sich vor, Harvey Montaigne, der in einem Paar Slippers und einem Flanellanzug aus seinem Gästehaus gekrochen war.

»Mister Isaac, es tut mir leid, daß ich so leichtfertig geantwortet habe. Ich möchte Ihnen helfen.«

»Es ist zu spät.«

»Ich möchte helfen.«

Harvey Montaigne stieg mit seinem Flanellanzug in Isaacs Limousine. Die Leute hielten ihn für ein Medium, das Isaac angeheuert hatte. Sie vergaßen, daß er der frühere Wolfsmensch gewesen war. Isaac besuchte mit Harvey Montaigne die Katakomben der alten, geschlossenen Untergrundstationen. Sie hörten das Rauschen von Wasser über ihren Köpfen. Sie entdeckten mehr und mehr Stationen, bis Isaac klar wurde, daß es dort unten ein ganzes New York gab, von dem er keine Ahnung hatte. Er existierte nur an der Oberfläche der Dinge. Das Innere hatte nie zu seinem Leben gehört.

Harvey holte sich eine Erkältung. Isaac gab ihm eine Tablette und brachte ihn nach Hause in sein Gästehaus. Er ließ seine Leute nach weiteren Hinweisen auf den Bangor-Wolf forschen. Es gab keine. Er faxte alle Polizeichefs in Maine an. Niemand konnte davon berichten, kürzlich des Bangor-Wolfs ansichtig geworden zu sein.

Der Mond wurde weiß wie Marmor, und der Himmel aß ihn langsam auf. Isaac schlief in seinem Büro. Auf seinem Gesicht wuchsen Haare. Noch ein Mann im Winterschlaf. Er erhielt einen Anruf vom Central Park. Man hatte den Wolfsmenschen gesehen. Isaac erhob sich nicht einmal von seinem Stuhl. Fünfzig Streifenwagen jagten zum Central Park. Scharfschützen von der taktischen Einheit kamen an. Die Hunde aus den Zwingern der Polizeischule wurden geholt. Und Isaac blieb sitzen.

Er betrachtete sein eigenes, behaartes Gesicht im Spiegel und verließ One Police Plaza. Er betrat die Katakomben durch eine Tür in der Nähe von Beckys Station beim Rathaus. Isaac ging eine halbe Meile unter der Erde und erreichte die Station Cherry Street an der alten Kings County Linie. Er hatte eine Taschenlampe bei sich und eine kleine, zusammenklappbare Schaufel mit sehr scharfem Blatt. »Unser Mann bevorzugt die direkte Linie von Norden nach Süden, er weicht kaum davon ab«, murmelte Isaac zu sich selbst. Er wußte, Bangor würde den Scharfschützen und den Hunden entkommen.

Isaac pfiff vor sich hin und wartete.

Er hörte das Geräusch von Füßen auf den Schienen.

Isaac schaltete die Taschenlampe aus und klappte die Schaufel auseinander. Ah, sagte er. Ich hätte meinen Baseball-Schläger mitbringen sollen. Aber die Schaufel war ihm doch bequemer erschienen.

Er sah das tiefe Blau der Augen, hörte den schweren Atem. Er konnte nicht sagen, ob der Wolfsmensch verletzt war oder nicht.

Isaac würde sich auf das Überraschungsmoment verlassen müssen. Sein Herz hämmerte.

Ich muß warten, bis ich seine Barthaare spüre.

Er hielt die Schaufel in der hohen, klassischen Haltung des Joe DiMaggio und zog sie dem Wolfsmenschen über den Schädel.

Der Wolfsmensch ging ohne einen Laut zu Boden. Isaac blendete ihn mit der Taschenlampe. Der Wolfsmensch schien völlig aus Barthaaren zu bestehen. Er wirkte kleiner als Isaac. Ohne seine Socken sah er aus wie ein kleiner Junge. Seine Zähne waren nicht gelb. Er hatte lange Fingernägel, aber keine Klauen.

Isaac selbst brachte ihn aus den Katakomben heraus und zum Polizeirevier in der Elizabeth Street, und während der Wolfsmensch immer noch benommen war, las Isaac ihm seine Rechte vor. Das war Isaacs letzter friedlicher Moment. Überall waren Reporter. Becky Karp ließ sich von ihrem Chauffeur in ihrer Limousine vorfahren. Auf den Stufen des Polizeireviers hielt sie eine Pressekonferenz ab. »Ist er nicht der Beste?« sagte sie und zeigte auf Isaac, der vor dem Käfig stand, in dem der von oben bis unten behaarte Wolfsmensch saß.

»In New York wird niemand einfach so zum Wolfsmenschen, ohne daß Isaac Sidel ihn schnappt.«

Und Isaac fühlte sich von Minute zu Minute schuldiger. Vielleicht hätte er keine Schaufel benutzen sollen. Aber falls Beamte der taktischen Einheit in der Nähe gewesen wären, hätten sie dem Wolfsmenschen die Zähne aus dem Kopf geschossen. Niemand, nicht einmal ein Wolfsmensch, sollte solchen Bedingungen ausgesetzt werden: in einen Käfig gesperrt wie eine Zirkusmonstrosität, während wütende Gesichter ihn beäugten.

Die ehrenwerte Bürgermeisterin betrat das Revier. Sie war immer noch sauer auf Isaac, weil er nicht mehr mit ihr ins Bett ging. Isaac war verliebt in Margaret Tolstoy, eine Geheimagentin für das FBI *und* den KGB.

»Ist er das?« fragte Becky und knurrte in Richtung Käfig. Der Wolfsmensch blinzelte.

»Becky«, sagte Isaac, »laß den Burschen in Frieden.«

»Burschen? Das ist ein verdammtes Monster, kein Bursche.«

»Yeah, aber wenn du ihn irgendwie beeinflußt, wird irgendein Richter ihn wieder auf freien Fuß setzen.«

»Nur über meine Leiche... Isaac, laß uns essen gehen.«

»Kann nicht«, antwortete Isaac.

»Aha, es ist diese rumänische Schlampe, Madame Tolstoya. Sie spielt doch nur mit dir. Sie hat hundert Geliebte.«

»Becky, mußt du mein Privatleben in der Öffentlichkeit diskutieren?«

»Du hast kein Privatleben. Du bist mein Polizeipräsident.«

Dann verschwand sie.

Isaac holte den Wolfsmenschen aus dem Käfig und brachte ihn in den Vernehmungsraum. Es war die letzte Gelegenheit für Isaac, mit dem Wolfsmenschen zu sprechen, der weder eine Sozialversicherungskarte noch einen Führerschein in der Tasche hatte, noch Personalpapiere. Der Blick der blauen Augen schien irgendwo hinter Isaacs beschränktem Horizont zu verschwinden.

»Ich kann Ihnen helfen«, sagte Isaac.

Wenn erst einmal Anklage erhoben worden war, würde der Wolfsmensch den Gerichten gehören.

»Ich kann Ihnen helfen.«

Der Wolfsmensch nahm weder Zigaretten noch ein Sandwich von Isaac an.

»Falls der Bezirksstaatsanwalt unsanft mit Ihnen umspringt, lassen Sie es mich wissen, Tag oder Nacht«, sagte Isaac und steckte seine Karte in die Hemdtasche des Wolfsmenschen.

Der Wolfsmensch wurde den Gerichten überantwortet. Er saß in einer Einzelzelle im Bellevue-Gefängnis. Niemand konnte seinen Namen herausfinden. Abgesehen von der Geschichte seiner Überfälle schien er keine Vergangenheit zu haben. Schließlich erschien eine Frau und identifizierte ihn als ihren Sohn, Monroe Tapler, der als schwer erziehbar in Jersey City aufgewachsen war, im Alter von zweiundzwanzig nach Manhattan gegangen war und seitdem in den Straßen lebte. In psychologischen Zeitschriften erschienen Artikel über Monroe Tapler als Soziopath ›in unserer kalten, neuen Zeit‹.

Isaac schrieb dem Herausgeber einer dieser Zeitungen einen Brief:

Sehr geehrte Damen und Herren,
zu Ihrem Artikel ›Pathologie der Lykanthropie‹ in Ihrer November-Ausgabe möchte ich doch feststellen, daß Ihr Autor sich hier auf sehr dünnem Eis bewegt. Monroe Tapler mag mit neun oder zehn Jahren die Leute gebissen haben, doch macht ihn das noch lange nicht zu einem Wolfsmenschen. Ich fürchte, Ihr Autor sollte sich lieber der Mythologie statt der Psychologie zuwenden. Der Wolfsmensch läßt sich eher unserem kollektiven Unbewußten zuordnen als irgendeiner soziopathischen Erklärung.
Mit freundlichen Grüßen
Isaac Sidel

Der Brief beschwor eine Kontroverse herauf. Aber Isaac war die ganze Angelegenheit leid. Seine Barthaare wurden länger und länger. Er begann wie der Wolfsmensch auszusehen. Und eines Nachts, er war in seinem winzigen Appartement auf der Lower East Side, besuchte ihn Margaret Tolstoy, die mit Mafiabossen aus ganz Amerika schlief, während sie für das FBI ganze Banden auffliegen ließ. Sie war über fünfzig, in Isaacs Alter. Aber er konnte nicht von ihr lassen. Als neueste Verkleidung trug sie eine blonde Perücke. Ihre Wangen waren gerötet. Ihre Augen schienen wie riesige grüne Murmeln. Ohne ein Wort holte sie eine Schere aus ihrer Handtasche und schnitt Isaacs Barthaare ab.

»Jetzt bist du ein Mensch«, sagte sie.

Isaac starrte in den Spiegel. Im ganzen Gesicht hatte er weiße Stoppeln.

»Komm ins Bett«, lockte sie ihn. Er ließ sich neben Margaret Tolstoy nieder. Sie rieb den Pelz auf seiner Brust.

»Mein kleiner Wolfsmensch«, sagte sie, und sie liebten sich, bis seine Melancholie fast verschwunden war.

Originaltitel: At War with the Wolf Man
Ins Deutsche übertragen von Anneli Könemann

Die Tiere wußten es.

In der Stadt brauchte er sich darum nicht zu kümmern. Katzen, Vögel, Nagetiere: alle mieden sie ihn. Manchmal wurden Hunde verrückt, wenn er in ihre Nähe kam; besonders, wenn bald Vollmond war. Andere Hunde jedoch, kleine, nervöse Dinger, die nach allem schnappten, was sich bewegte, waren schon so domestiziert, daß sie fast genauso blind waren wie ihre Herren.

In der Stadt konnte er einer von diesen gesichtlosen Millionen sein. Niemand brauchte zu wissen, wie er hieß oder was er tat. Und niemand würde auf ihn kommen, wenn es plötzlich etwas mehr Gewalt auf den Straßen gab als gewöhnlich. In diesen Zeiten war es für einen seiner Art leichter zu überleben.

Aber die Gewalt wurde so furchtbar, daß sogar die gleichgültigen Stadtbewohner aufmerksam werden mußten. Es gab zu viele Tote, die auf merkwürdige Art und Weise gestorben waren, zu viele Körper mit Spuren von Klauen und Zähnen wurden gefunden. Sogar diejenigen merkten auf, die auf Drogenkriege und Schüsse, die aus fahrenden Autos abgegeben wurden, bereits gelangweilt reagierten. Und als sie erst einmal Notiz genommen hatten, begannen sie, Fragen zu stellen.

Er hatte gewußt, daß er die Stadt früher oder später würde verlassen müssen. Kein Ort war für immer sicher. Aber er hatte schon zu lange zwischen den Wolkenkratzern gelebt.

Die Tiere hatte er vergessen.

Er lebte nun unter dem Namen Sam. Nicht, daß ihn etwa irgendwer nach seinem Namen gefragt hätte.

Eine Schußwaffe zeigte direkt auf ihn. Der Lauf schimmerte in der frühen Morgensonne. Der Mond, immer noch sichtbar am Horizont, war rund und voll. Die erste von drei Nächten, dachte er. Noch zwei Nächte. Wenn es doch nur schon dunkel wäre, und alles anders würde.

Schweiß lief ihm übers Gesicht. Vor Erschöpfung atmete er schwer durch seinen geöffneten Mund. Auf der Zunge konnte er den salzigen Geschmack eines Schweißtropfens spüren. Sie hatten ihn umzingelt und gegen die hintere Begrenzung eines Nachbargartens gedrängt. Es waren vielleicht ein Dutzend, in einem Halbkreis standen sie um ihn herum. Es gab keinen Ausweg. Er glaubte, die Waffe als .44er zu erkennen.

»Warten Sie einen Moment«, sagte einer der gutgekleideten Männer. Allein sein Jagdrock mußte Hunderte von Dollars gekostet haben. »Sie können ihn nicht erschießen.«

Der Mann mit der Waffe wurde ungeduldig. »Was soll das heißen, ich kann ihn nicht erschießen? Jenny ist tot!«

»Sie können ihn nicht töten«, sagte der erste Mann, immer noch mit ruhiger Stimme. »Nicht damit.«

Doch der Mann mit der Waffe wurde mit jedem weiterem Wort immer ungeduldiger. »Ihre Kehle war herausgerissen! Sie war erst zwölf Jahre alt, verdammt noch mal. Das Ding da drüben sieht nur aus, als wäre es ein Mensch.« Dann blickte er hinunter auf den Revolver, als könne er selbst nicht glauben, daß er ihn in der Hand hielt. Für einen Augenblick wurde seine Stimme leiser, fast resigniert. »Es muß sterben.«

»Ich will nicht mit Ihnen streiten, John«, sagte der erste Mann. »Das Ding muß sterben. Aber wenn es das ist, wofür wir es halten, dann können ihm normale Kugeln nichts anhaben.«

In der Menge lachte jemand nervös. Und aus der Art, wie John den Mann ansah, wußte Sam, daß er ihm das Argument nicht abkaufte.

»Zur Hölle mit Ihren silbernen Kugeln!« schrie John, und seine Stimme überschlug sich in ein emotionsgeladenes Falsetto. Die Waffe zitterte vor Zorn in seiner Hand. »Ich werde ihm seinen verdammten Schädel wegblasen!«

Er schrie auf, als er den Abzug drückte, als käme die Kugel nicht aus dem Lauf, sondern aus seinem tiefsten Inneren.

Sam zuckte zusammen, als die erste Kugel in die Bäume über seinem Kopf flog.

Wenn er vorsichtig war, würde er niemanden verletzen müssen.

Das war die erste Lüge.

Seit er dieses Ding geworden war, hatte er so sehr versucht, daran zu glauben. Er hatte sich so verzweifelt danach gesehnt, die Dinge unter Kontrolle zu bekommen, trotz der Ereignisse, die er vor sich sah, trotz all des Blutes und Todes.

Aber so sehr er es auch versucht hatte, es kamen andere Menschen, die er berührte. Und noch mehr Menschen starben. So viele, daß man sie nicht mehr zählen konnte.

Nur die zweite Lüge machte es noch schlimmer. Wie die erste, hätte er die zweite Lüge nur sich selbst erzählt: daß er jederzeit aufhören könnte.

Die zwei Male, die er versucht hatte, sich selbst zu töten, hatte er eine Lektion gelernt. Es spielte keine Rolle, ob er sich die Pulsadern aufschnitt oder ein Loch durch den Schädel schoß. Er konnte stundenlang bluten oder sich tagelang halb bewußtlos im Todeskampf winden, dieses Ding in ihm würde es immer wieder schaffen, ihn auf die Beine zu bringen.

Nicht, daß es ihm dann gut ging. Es würde ihm nie wieder gut gehen, nach allem, was geschehen war. Aber so stark die Schmerzen in ihm auch waren, er würde nicht sterben.

So lebte er und versuchte, sich am Rande der Gesellschaft zu bewegen, dort, wo ihm niemand in die Augen sah, und er hoffte und betete, daß ihm nie wieder jemand so nahe kam, daß er ihn gefährden könnte.

Aber da war wieder die erste Lüge.

Nach dem Schuß war es lange still; es war die Art von Stille, die man in der Stadt sonst nicht findet. Es schien, als hätte die Explosion jeden in Schock gefrieren lassen. Sam hatte das schon einmal erlebt. Er konnte sich vorstellen, was nun in all diesen normalen

Köpfen vorging. Vor dem Schuß hatte vermutlich jeder in der Menge sich selbst als eine gute Seele, einen guten Nachbarn gesehen. Was taten sie hier? Was taten sie einem anderen menschlichen Wesen an?

Die Stimme einer Frau durchbrach die Stille. »Arnie? Joe? Carl? Mr. Reinbeck? Was geht hier vor? Was ist los?«

Ein Teil der Menge kam in Bewegung. Einige Männer wandten ihren Kopf, um die Frau zu beobachten, die über den Rasen auf sie zulief. Andere, sahen weg.

»Debbie«, rief einer der Männer aus der Menge. »Ich dachte, ich hätte dir gesagt, du sollst zu Hause bleiben.«

»Du kannst mir viel erzählen, Arnie«, antwortete Debbie trotzig. »Aber wenn die Leute hier anfangen, in der Gegend herumzuballern, möchte ich gerne wissen, was in meiner Nachbarschaft vor sich geht.«

»Deine Nachbarschaft!« explodierte Arnie. »Du lebst wie ein Schmarotzer in meinem Haus und nennst das hier deine Nachbarschaft?« Seine Augen huschten zurück zu Sam, der Ausdruck in seinem Gesicht war halb ärgerlich, halb geschockt, daß er vor lauter Ärger vielleicht vergessen könnte, warum er hier war.

»Arnie, das ist der Nachbarschaft egal«, unterbrach ihn ein anderer Mann. »Sie hat recht.« Es war derselbe Mann, der John aufgefordert hatte, nicht auf Sam zu schießen. »Es ist nicht unsere Sache, das zu erledigen. Lassen Sie uns den Sheriff holen.«

»Den Sheriff?« fragte John. »Er wird nie glauben, was passiert ist!« Er fuchtelte wieder mit der Waffe in Richtung auf sein Ziel. »Er hat meine Jenny getötet! Er hat Stücke von ihr gefressen, um Himmels Willen. Wie viele wollt ihr ihn denn noch töten lassen?«

Die Waffe ging erneut los. Sam spürte einen feurigen Schlag, dann klaren, kalten Schmerz, als die Kugel in das weiche Fleisch seines Oberarmes eindrang.

Die Frau schrie und lief an seine Seite. Er bemerkte, daß er sein Gleichgewicht verloren hatte und sie ihr Gewicht gegen ihn drückte, damit er auf seinen Füßen stehenblieb.

»Debbie!« schrie Arnie, sein Gesicht war fast so rot wie das Blut, das aus Sams Arm heraustrat. »Wenn du noch einmal dazwischen kommst, schwöre ich —«

»Was wirst du dann tun, Arnie?« Sie schrie die Menge an: »Was werdet ihr alle dann tun? Ihr seid alle Tiere!«

Er konnte sich nicht beherrschen. Er begann zu lachen.

Es waren immer die Tiere.

Er lief davon, bevor sie ihn fangen konnten. Es machte nichts aus, daß sie eigentlich nie genau wußten, wonach sie suchen sollten. Es gab immer die Möglichkeit, daß sie ihm zufällig über den Weg liefen. Immer zog er weiter, wenn er sie kommen spürte, wie ein Tier, das den Wetterumschwung fühlt. In all den Jahren, seit diese Sache begonnen hatte, hatte er sich verändert. Ganz besonders hatte er gelernt, zu überleben.

Und nach einer gewissen Zeit hatte er gelernt, sein neues Leben zu genießen. Es war ihm gelungen, über die Jahre hinweg einige Investitionen zu tätigen — einige finanzielle, einige persönliche, einige legal, andere nicht ganz legal — aber alle halfen ihm, ohne Sorgen zu leben. Nach einiger Zeit hatte er begonnen, sein einsames Dasein zu schätzen, wie er die Welt da draußen beobachtete, so nahe den anderen, doch gleichzeitig so fern von jedem einzelnen. Er hatte begonnen, Sammlungen anzulegen, von Dingen aus seiner Kindheit, die so lange zurücklag, und Dingen, die seinen Fluch dokumentierten. Und er hatte begonnen, die Welt um ihn herum ein wenig zu verändern.

Eine Zeitlang achtete er darauf, nur die anzugreifen, die es seiner Meinung nach verdient hatten. Drogenhändler und Zuhälter und ähnliche Typen. Einmal, er fühlte sich besonders tollkühn, hatte er eine außergewöhnlich widerlichen Schmalspurpolitiker überfallen. Er selbst würde vielleicht ewig leben — seit die Sache vor ungefähr fünfzig Jahren begonnen hatte, war er nicht gealtert — aber er hielt den Tod in seinen Händen.

Doch die Welt veränderte sich weiter, und auch die Stadt wurde gefährlich. So gefährlich, daß die Menschen begannen, wachsamer durch die Straßen zu gehen, um zu überleben, und die Polizei anfing, die Leichen zu zählen. Aber wohin konnte er als nächstes gehen?

In den ersten Jahren, die er draußen in der Wildnis verbrachte, weit jenseits der Zivilisation, war er schnell erschöpft. Und jetzt schien sich selbst das Tempo der Innenstadt zu verlangsamen. Beide Extreme machten ihn unruhig. Es war Zeit für einen Mittelweg, einen Ort, der nie zuvor jemanden wie ihn gesehen hatte. Weder ein Ort in den Bergen, noch auf dem Land; denn dort war man auf wilde Tiere vorbereitet und es würde Menschen geben, die wüßten, wie man mit dem Unerwarteten umgehen mußte.

Aber welche Orte gab es noch? Vielleicht hatten ihn die Jahre seines Überlebenskampfes leichtsinnig gemacht, aber er wußte, wohin er gehen wollte.

Also nahm er vor dem nächsten Vollmond sein ›Kleines Tagebuch vom Großen Bösen Wolf‹ — ein Stützpfeiler seiner beiden Sammlungen —, einen Koffer voller Kleidung und seine Bankbücher, und machte sich auf in eine der Schlafstädte vor der Stadt.

Niemand erwartete jemanden wie ihn in der Vorstadt.

Die Gegenwart der Frau veränderte die Stimmung im Hof, aber die Gewalt hielt sie nicht auf. Sam hatte vor Schmerz aufgeschrien. Einige hatten den Ton vielleicht als Knurren mißverstanden.

Die anderen stürmten vorwärts. Er fühlte ein Dutzend Hände nach ihm greifen. Einige schlugen auf ihn ein, schlugen in Sams Bauch, auf sein Kinn, seine Leiste. Einige versuchten, ihren Nachbarn wegzustoßen. Debbie schrie auf sie ein, sie sollten ihn loslassen.

Er war nicht länger wütend genug, um zurückzuschlagen und hatte auch nicht mehr genügend Energie, sie um Gnade anzuflehen. Bei dem Versuch, ihnen zu entkommen, hatte er alle Kraft verbraucht. Jetzt war er zu müde, und er konnte nur noch darauf warten, daß sein letztes Drama zu Ende ging.

»Hört, es gibt einen Weg, herauszufinden, ob dieses Ding echt ist!« rief einer der Männer mit erhobener Stimme. »Heute abend ist immer noch Vollmond. Wenn es stimmt, was John sagt, werden wir es bald wissen, stimmt's?«

»Yeah, richtig«, stimmten die anderen Stimmen nacheinander zu. »Sperrt ihn ein. In Reinbecks Geräteschuppen. Heute nacht werden wir es wissen.«

John hatte sich im Hintergrund der Menge gehalten. »Vielleicht habt ihr recht«, sagte er jetzt und kam nach vorne. »Ich bin kein

Mörder. Aber ich werde vor dem Schuppen Wache halten, bis wir es wissen.« Er faßte Sams Kinn und hob seinen Kopf, so daß er ihm direkt in die Augen blicken konnte. »Und ich werde mein Gewehr bereithalten.«

Sie schubsten Sam in den dunklen Schuppen, als die Sommersonne über dem Viertel aufging, und schlugen die Tür hinter ihm zu. Er hörte, wie auf der anderen Seite etwas schwer gegen die Tür schlug, vermutlich ein Vorhängeschloß. Er entschloß sich, zu schlafen. Es gab nichts, was er tun konnte, nichts, was den heutigen Abend ändern würde.

Er wachte auf, als er einen Schlüssel im Vorhängeschloß hörte.

Die Tür ging auf, und Debbie kam herein. Die Tür wurde hinter ihr von unsichtbaren Händen zugeworfen.

»Ich dachte mir, Sie möchten vielleicht etwas essen«, sagte Debbie und hielt dem auf dem Bauch liegenden Sam einen Picknickkorb hin. Ein Picknickkorb? Genau wie Rotkäppchen. Er fragte sich, ob sie das Komische der Situation erkannte. Er hätte laut gelacht, wenn er sich nicht so lausig gefühlt hätte. »Außerdem sollte sich jemand um Ihren Arm kümmern.« In der anderen Hand hielt sie einen feuchten Schwamm und einen Erste-Hilfe-Koffer.

Diese Debbie kümmerte sich also tatsächlich darum, was mit einem Fremden geschah. Er sah zu ihr hoch. Sie war einfach gekleidet, mit einer abgetragenen Jeans und einer Bluse mit verwaschenem Blumenmuster. Ihre Kleidung zeugte nicht von Geld, so wie die Garderobe der anderen Frauen, die er in der Nachbarschaft gesehen hatte.

Sie lächelte beruhigend. Sie wußte nicht, was geschehen würde.

Sie verdiente es nicht, wie die anderen hier zu sein. Doch wer war er, selbst in diesem Moment, zu beurteilen, was andere Menschen verdienten?

Einmal hatte er sich in eine Frau verliebt, kurz nachdem er sich verändert hatte. Das hatte ihm das wahre Ausmaß seiner Verwandlung vor Augen geführt, und es war der größte Fehler gewesen, den er je begangen hatte.

Und die Frau? Sie müßte noch am Leben sein, wenn man es so nennen könnte. Sie war nicht fähig gewesen, mit dem, was passiert war, umzugehen. Irgendwie hatte er jedoch aus der ganzen Sache gelernt und überlebt.

Es gelang ihm, sich aufrecht hinzusetzen. »Sie hätten mich nicht berühren sollen«, sagte er.

»Nun, jetzt ist es zu spät, nicht wahr?« sagte sie und nahm seinen blutigen Arm. »Jemand mußte sich gegen diese Männer auflehnen.« Sie entfernte den zerrissenen Stoff von seiner Wunde und wusch mit dem Schwamm das geronnene Blut ab. »Ich weiß nicht, was in die gefahren ist. Sie denken bestimmt, wir wären ins Mittelalter zurückgefallen.«

Sie hielt inne und besah sich eingehend seinen Arm, den sie gerade gereinigt hatte. »Die Wunde ist nicht so schlimm, wie ich gedacht hatte.«

Das waren sie noch nie, erwiderte er im stillen. Er hatte nicht die Kraft für eine Erklärung, oder vielleicht war es auch nur sein Gefühl.

»Es sieht nur wie ein Kratzer aus.« Sie sah zu ihm auf. Ihr Gesicht war dem seinen sehr nahe. Sie war jung, vielleicht in den Zwanzigern. Natürlich sah für ihn jeder jung aus. Und sie war auch nicht gerade häßlich. Wie lange war es her, daß er eine Frau geküßt hatte?

»Jetzt fühle ich mich etwas besser«, fuhr sie fort. »Ich könnte es nicht ertragen, daß sie Sie hier einsperren, ohne einen Arzt zu rufen.«

Zu seiner eigenen Überraschung fühlte er das Bedürfnis, zu lächeln. »Solche Dinge passieren«, antwortete er. »Ich scheine so etwas bei den Menschen zu provozieren.«

Sie starrte weiter in seine Augen. »Sind Sie das, was die Leute von Ihnen sagen?«

»Nein, nicht ganz«, antwortete er, so ehrlich er konnte. »Und was ist mit Ihnen? Was hat Sie in diese nette Gemeinschaft verschlagen?«

Bei dieser Frage errötete sie. Ja, sie schien sehr jung zu sein.

»Meine Lebensgeschichte ist viel zu langweilig. Eine schlechte Ehe, ein verlorener Job dank der Rezession. Und so bin ich hier, gefangen in der Vorstadt, und lebe bei meinem Bruder Arnie. Ich hätte nie hierher ziehen sollen. Er behandelt mich wie ein Kind oder seine persönliche Dienerin! Sie sind das erste Interessante, das hier in den sechs Monaten seit meinem Einzug passiert ist.« Sie verzog ihr Gesicht zu einem breiten Lächeln, bei dem sie ihre Zähne zeigte.

Sie sah sich also selbst als Außenseiterin; aber sie kannte nicht die wahre Bedeutung dieses Wortes. Er schüttelte den Kopf. »Ich fürchte, Sie sind ein wenig zu vertrauensselig.«

Sie lachte sanft. »Wovor sollte ich Angst haben? Selbst wenn die ganze Welt kopfstehen würde und Sie wirklich sind, was man von Ihnen behauptet, es würde erst heute abend bei Vollmond passieren.«

Er war irgend etwas in ihren Augen und die Art, wie sie unbeirrt lächelte, das ihn seit langer Zeit zum ersten Mal den Wunsch verspüren ließ, sie in alles einzuweihen. »Nein, Sie verstehen nicht. Es ist zu spät. Alles ist schon . . .«

Er hielt inne. Wie konnte er es erklären? Er fand nicht die richtigen Worte.

Er sah ihr tiefer in die Augen und erinnerte sich an Lorraine.

Sie waren die ›Befreier‹, ein hochtrabender Name für eine Handvoll verängstigter Kinder, die als Soldaten durch Frankreich streiften, um die letzten Überreste des Dritten Reiches zu jagen.

Es war ein großer patriotischer Marsch gewesen; und es war die Hölle. Wenn sie nicht verwundet waren, waren sie müde. Und wenn sie nichts von beidem waren, waren sie tot. Sie hatten die Hälfte ihres Truppenverbandes in namenlosen Dörfern überall im ganzen zerstörten Land verloren. Und an jenem Tag, an jenem verfluchten Tag, war Stuart Samson müde und verwundet und der mageren Rationen müde. Aber er war auch geil wie ein Bastard.

Und an jenem Tag hatten sie ein Bordell befreit.

Die meisten Huren waren während der Kämpfe geflohen. Die Anwohner erzählten, sie seien gute französische Mädchen von den umliegenden Farmen gewesen, die von den deutschen Besatzern gezwungen worden waren, als Hure zu arbeiten. Stu und einige andere Jungs hatten über die geflüchteten Mädchen Witze gemacht und sich gefragt, warum sie nicht geblieben waren, um ihre Dankbarkeit zu zeigen. Sogar der Lieutenant hatte in das Gelächter mit eingestimmt.

Und dann hatte Stu die Zelle im Keller gefunden. Und in dieser Zelle fand er Lorraine.

Was hatte ihn dazu gebracht? Was hatte er damals gefühlt? Sam erinnerte sich sogar jetzt daran. Er war nicht wütend gewesen. Oder erschreckt. Oder glücklich. Oder traurig. Nichts. Das hatten diese endlosen Wochen und Monate und Jahre ihm angetan: Sie hatten seine Gefühle getötet. Zumindest hatte er das damals geglaubt. Er hatte seit langer Zeit nichts gefühlt oder gewollt, bis er Lorraine traf.

Und Stuart Samson wußte, was er mit ihr tun wollte.

Die anderen Jungs hatte andere Dinge im Haus zu tun gefunden, sogar der Lieutenant hatte die Zigarre aus seinem Mund genommen und gesagt: »Jungs sind nun mal so.« Dann war auch er gegangen.

Dann war Stuart Samson allein hineingegangen und hatte die Tür hinter sich abgeschlossen. Ein Held brauchte ein wenig Spaß, nicht wahr?

Sie schrie ihn auf deutsch an. Verdammt, er verstand kein Deutsch. Er wettete, auch sein Lieutenant verstand es nicht.

Sie hatte etwas Ursprüngliches an sich — er hatte in all den vergangenen Jahren oft darüber nachgedacht. Wenn er noch irgendwelche Zweifel gehabt hatte, als er zu ihr hineinging, nun, wo er so nahe war, waren sie verflogen.

Sam erinnerte sich sogar jetzt daran. In jenem Moment hatte er erkannt, daß all der Zorn, all seine Angst, all die Hunderte von Gefühlen, die er verloren zu haben glaubte, nur tief in ihm verschüttet waren und auf den richtigen Moment warteten, um wieder hervorzubrechen. Dieser Moment war gekommen. Vielleicht hätte der plötzliche Gefühlsausbruch ihn zurückschrecken lassen sollen, aber irgendwie bewirkte er nur eine Verstärkung seiner Lust.

Er mußte sie haben.

Er öffnete hastig seinen Gürtel und seinen Hosenschlitz.

Sie sollte verdammt dankbar sein. Es war ja nicht so, als sei sie nicht daran gewöhnt. Und dieses würde das letzte Mal sein, daß sie je wieder so etwas tun müßte. Aber jetzt mußte der Befreier etwas zwischen seinen Beinen befreien.

Zuerst wehrte sie sich. Aber dann begann sie zu lachen. Zuerst dachte er, die Nutte hätte Spaß an der Sache.

Später erkannte er, daß sie über das lachte, was Stuart sich selbst damit angetan hatte.

Sie küßte ihn.

Das erschreckte ihn. Er hatte nicht gemerkt, wie sehr er sich in seinen Erinnerungen verloren hatte.

»Nein«, sagte er. Er fühlte sich jetzt anders.

»Keine Widerrede!« bestand Debbie. »Ich sehe doch, daß Sie es wollen!«

Er bemerkte, daß er ihren Kuß erwiderte. Warum sollte er sich jetzt von ihr zurückziehen? Es war zu spät für sie, zu spät für diesen ganzen Ort. Warum sollte er es nicht einfach genießen?

Er dachte wieder an Lorraine.

Er stieß sich von Debbie fort. »Es gibt da Dinge, die Sie nicht verstehen«, begann er, »etwas, das mit dieser Stadt passieren wird —«

Sie lachte hart. »Glauben Sie wirklich, daß ich für diese ganze verdammte Stadt einen Pfennig gebe? Eine Handvoll aufgeblasener Männer, die meinen, sie hätten es geschafft, weil sie in dieser Scheißstadt leben? Und ihre Frauen sind um nichts besser, das sage ich Ihnen, mit ihrer ›Ich-bin-besser-als-du‹-Haltung gegenüber den Frauen, die ihre Männer nicht halten konnten.« Sie kicherte; ein unschuldiger Ton, wie das Lachen eines kleinen Mädchens. »Lassen Sie es uns tun, nur um sie zu ärgern.«

Also küßte er sie. Wenn sie es so wollte. Sie waren die zwei Außenseiter. Sie küßten sich immer heftiger, und dann liebten sie sich auf dem staubigen Boden des Schuppens.

Es war fast fünfzig Jahre her, seit er zum letzten Mal eine Frau geliebt hatte. Fünfzig Jahre, seit er entdeckt hatte, wer er wirklich war und was mit denen geschah, die ihm zu nahe kamen.

Danach erinnerte er sich an Lorraines Lachen. Aber jetzt gab es nichts, über das er lachen wollte.

Warum hatte er es geschehen lassen?

Debbie und er waren beide Außenseiter. Sicher, das war eine einfache Entschuldigung. Aber er hatte dafür gesorgt, daß sie es immer bleiben würden. Dies war der einzige Unterschied zu den anderen.

Er seufzte. Wieder waren Gefühle gekommen und gegangen, hatten ihn nur müde zurückgelassen.

Er hatte versucht, es aufzuhalten, es nicht noch einmal geschehen zu lassen.

Er war unauffällig in sein neues Heim in der Vorstadt eingezogen. Der Grundstücksmakler hatte ein wenig merkwürdig geguckt, weil er ihm nicht die Hand geben wollte, aber Sam hatte was von ›Hautproblemen‹ erzählt und sich damit rausgeredet. Er konnte schließlich im Sommer keine Handschuhe tragen, besonders, wenn er so normal wie möglich erscheinen wollte. In einigen Teilen der Stadt konnte man ja anziehen, was man wollte. Aber dieser neue Ort hatte auch seine Vorteile. Hier in der Vorstadt, so dachte er, kannst du unsichtbar bleiben, solange du nur deinen Rasen mähst.

So war er an diesen neuen Ort gezogen, ohne jemanden von Haut zu Haut zu berühren. Und er würde hoffentlich für viele Jahre anonym in jenem Haus am Ende der Straße leben können.

Der Junge und das Mädchen hatten am Abend zuvor in seinem Hinterhof gespielt, aber sie waren dabei so leise gewesen, daß er sie nicht bemerkt hatte, bis er die Schreie hörte. Hohe, durchdringende tierische Laute. Ohne nachzudenken war er hinausgestürmt, um zu sehen, was los war.

Die zwei Kinder hatten einen Waschbären in die Enge getrieben, und das Tier, daß die beiden mit seiner Maske so niedlich fanden, hatte ihnen Klauen und Zähne gezeigt. Also schrien die beiden vor Angst, und der Junge rannte direkt in Sam hinein.

Ihm war sofort klar, was geschehen war. Er konnte seine Berührung nicht mehr zurücknehmen. Vielleicht konnte er den Tod fernhalten, wenn es ihm gelang, den Jungen ins Haus zu bringen.

Aber er war zu erschreckt. Er redete nicht mit den Kindern, sondern griff einfach nach ihnen. Der Junge und das Mädchen, durch den Waschbären schon durcheinandergebracht, bekamen Panik vor dem, was ihnen wie der Schwarze Mann erscheinen mußte. Sie rannten in die Wälder, die an Sams Hof angrenzten. Er war ihnen nachgelaufen, hatte sie gerufen, aber die Nacht war schnell hereingebrochen, und er hatte sie zwischen den Bäumen verloren.

Eine halbe Stunde später war der Vollmond am Himmel aufgegangen. Und er wußte, damit hatte das kleine Mädchen — Jenny war ihr Name — keine Chance.

Er verfluchte sich selbst. Er verlor jedes Zeitgefühl, während der Mond über den Himmel wanderte, dem Morgen entgegen. Der Wald um ihn herum war still. Die Tiere hielten sich fern. Der Lärm, den er schließlich hörte, kam von dem Suchtrupp, der Jennys Leiche fand. Danach verwandelte sich der Trupp in einen wilden Mob.

Es klopfte an der Tür.

»Debbie!«

Die Stimme riß sie aus ihrer Schläfrigkeit.

»Ich bin in einer Minute da, Arnie!«, rief Debbie durch die Tür, als sie schnell in ihre Jeans schlüpfte.

»Was geht da drinnen vor?« fragte die ärgerliche Stimme. »Tut er dir irgendwas an?«

»Mein Bruder!« flüsterte sie und blickte zum Himmel. »Der Mann hier drinnen ist verletzt!« antwortete sie mit lauterer Stimme. »Was könnte er mir tun?«

Sie sah zu Sam hinüber, als sie ihre Bluse zuknöpfte.

»Was wird mit uns geschehen?« fragte sie. »Besonders, wenn du dich wieder in einen Wolf verwandelst?«

»Ich werde mich nicht in einen Wolf verwandeln«, antwortete er. »Und du auch nicht.«

Sie küßte ihn sanft ein letztes Mal und schlug gegen ihre Seite der Tür. »Was ist los, Arnie? Warum öffnest du nicht?«

Arnie tat, was seine Schwester verlangte. Sam sah kurz einen Strahl Tageslicht, dann schlug die Tür wieder zu, als würde schon ein Blick auf ihn die anderen draußen verderben.

Und was war mit Debbie? Es könnte die zweitdümmste Tat seines ganzen Lebens gewesen sein. Aber sie hatte ihn berührt. Und nun war sie sicher. Sicher und verwandelt.

Dennoch bezweifelte er irgendwie, daß sie ihm dafür dankbar sein würde.

Es war dunkel geworden in der Vorstadt, und bald würde man den Mond sehen können.

Die Tür öffnete sich, und im trüben Licht konnte er drei Männer im Türrahmen stehen sehen. Einer der drei hielt eine Laterne. Durch dieses Licht konnte er sehen, daß die beiden anderen Männer Waffen trugen.

John lächelte über seiner 44er. »Wir sind bereit für dich, was immer du sein magst.« Er winkte dem Mann auf der anderen Seite der Laterne. Sam erkannte ihn als den Mann, der an diesem Morgen zur Vernunft gemahnt hatte. »Mark hier konnte einige Silberkugeln herstellen.«

»Drei Stück«, stimmte Mark zu. »Habe einige alte Schmuckstücke eingeschmolzen, unter anderem auch zwei Kruzifixe. Und ich bin mir dabei verdammt blöde vorgekommen.«

»Jetzt müssen wir nur noch warten«, sagte der Mann mit der Laterne, den Sam als Arnie erkannte. »Falls du dich in irgendein Monster verwandelst, wird es das letzte Mal sein.«

Er fragte sich, ob er es ihnen sagen sollte. Aber sie würden ihm nicht zuhören, so wenig wie er es getan hatte, vor fünfzig Jahren.

»Was ist das?« John schüttelte seinen Kopf. »Verdammte Fliegen.«

»Fliegen?« fragte Mark. »Wo?«

»Jetzt höre ich sie«, pflichtete Arnie bei. »Mein Gott! Was für ein Lärm. Es juckt am ganzen Körper.«

Der Mond ging auf.

John begann krampfhaft zu zucken. Arnie ließ seine Laterne fallen.

»Was ist los?« rief Mark. Aber weder John noch Arnie konnten in zusammenhängenden Sätzen reden.

Bald begannen sie zu knurren und sich zu verwandeln.

Mark schrie sie an, sie sollten ihm fernbleiben. Es hatte keinen Sinn, das wußte Sam. Die Verwandlung machte die neuen Wölfe immer sehr hungrig. Mark erschoß beide und verbrauchte alle drei Kugeln.

Er starrte noch einmal mit offenem Mund auf Sam, der unverändert war. Dann rannte er davon.

Einen Moment später schrie er auf, als neues Knurren anhob. Mark hätte wesentlich mehr als nur drei Kugeln benötigt, um all die Wölfe aufzuhalten.

Für Sam war es Zeit zu gehen. Er würde bei seinem Haus halten und die wichtigsten Dinge zusammenpacken.

Die Umgebung draußen war so schlimm, wie alle anderen, die er je gesehen hatte, ob in der Stadt oder auf dem Land. Diejenigen, die er berührt hatte, töteten die, die er nicht berührt hatte, rissen ihre Nachbarn mit Klauen und Zähnen in Stücke und fraßen ihre Gedärme. Ein Wolfsjunges, dasselbe, das in der Nacht zuvor Jenny getötet hatte, knurrte, während es auf dem Bein eines toten Mannes herumkaute.

Stuart Samson ging davon. Er bat nicht mehr um Vergebung, er suchte nicht mehr die Schuld bei sich. Er überlebte nur.

Debbie stand inmitten all des Grauens und betrachtete geschockt das Gemetzel. Aber die Wölfe würden ihr nichts tun, denn er hatte sie geliebt und ihr sein Geschenk gereicht, so wie es Lorraine ihm vor all diesen Jahren gegeben hatte.

Zwei Wölfe sahen von ihrem Mahl auf, als er davonging. Beide schrien vor Angst und rannten so schnell ihre neuen Pfoten sie trugen davon, die Schwänze eingeklemmt zwischen ihren Hinterbeinen.

Die Tiere wußten es immer.

Originaltitel: Day of the Wolf
Ins Deutsche übertragen von Anneli Könemann

Es war eine wunderschöne Nacht für eine Hinrichtung, warm und erfüllt vom Duft der Sommerblumen. Obwohl Cornelius Miller in seinem zottigen braunen Bademantel ein bißchen aussah, als hätte seine *Transformation* tatsächlich bereits begonnen, würde der Vollmond erst in knapp zwanzig Minuten leuchten. Außerdem hatte die *Transformation* tatsächlich bereits begonnen, hätte Miller jetzt nicht vor dem Pavillon mit dem Gemeindeoberhaupt und dessen Gemahlin gescherzt, Mayor und Mrs. Grimes. Hochgeachtete Gemeindemitglieder promenierten an ihnen vorbei und nickten zum Gruß. Die Männer tippten an ihre flachen Strohhüte. Unweit stand ein uniformierter Beamter in zwangloser Haltung neben einem der beiden Eingänge des Pavillons.

Das natürliche Amphitheater, mit dem Pavillon als der zentralen, großen Attraktion, wurde von Fackeln erleuchtet, Hunderte, von den Leuten kreuz und quer in die Erde gerammt. Licht und Schatten schwankten und überfluteten die Szene mit einer Unruhe, die sie ohnedies besessen hätte.

Oben auf der Höhe des natürlichen Amphitheaters, direkt hinter der äußeren Sitzreihe, drehte eine dunkle, fremdländisch aussehende Gestalt in einer für guten Geschmack zu farbigen Kleidung unentwegt die Kurbel eines Leierkastens; lautstark intonierte er ›The Man On the Flying Trapeze‹, in einer Art monotonen Singsangs. *Der Mann am Trapez*... Ein Affe an einer Leine erbettelte Münzen von der Menge.

Ein Mann in Weiß trug einen kleinen Eiskasten an einer Schlinge um den Hals und bellte ›Eis!‹ Er wand sich durch die festlich gekleidete Menge, bemüht, nicht von Kindern umgerannt zu werden, denen man bei diesem Ereignis erlaubte, etwas milder zu sein, als man das gewöhnlich für schicklich fand.

Mayor Grimes stoppte den Mann in Weiß und sagte: »Ein Eis, Mister Miller? Wie wär's, Mrs. Grimes?«

Miller lächelte scheu und schüttelte den Kopf, aber Mrs. Grimes sagte, sie wäre entzückt. Wie ihr Gatte war sie eine starke, stattliche Person. Ein Feuerwerk purpurroter Straußenfedern vervollständigte die Schönheit ihres großen purpurnen Huts und ihres purpurroten Seidenkleids. Mayor Grimes war gänzlich in Perlgrau gewandet. Miller war dünn und hager. Er hätte im Frühstadium einer schrecklichen auszehrenden Krankheit sein können, doch das war nicht der Fall.

Während Mrs. Grimes mit einem Holzlöffelchen geziemende Häufchen Eis in sich hineinschaufelte, winkte Miller Allegra Idaho zu, einer zarten Frau in der ersten Reihe, die sich in blassestem Blau präsentierte, von ihrem breitkrempigen Strohhut bis zu ihren Satinschuhen. Allegra senkte für einen Moment den Blick und winkte dann zurück, ihre Hand wie die Schwinge eines Vogels.

Als die Zeit näherkam, sammelten die Eltern ihre Kinder um sich, und alle fanden einen Platz. Ein massiger Mann und seine sechs Kinder vertrieben lautstark sieben Leute, die seit Beginn des Abends in der ersten Reihe gesessen hatten.

»Schöne Nacht, Mister Tivley«, sagte ein junger Mann, der eifrig einem kleinen blonden Tivley-Mädchen Platz machte.

Mister Tivley sagte, während er sich niederließ: »Jede Nacht, in der Gerechtigkeit geschieht, ist eine schöne Nacht.«

Allegra Idaho beäugte die spät Gekommenen und schüttelte den Kopf.

»Wir fangen bald an«, sagte Mayor Grimes, die Menge überblickend. Er ließ seine große plumpe Taschenuhr aufspringen und nickte.

Miller blickte auf den klaren Sommerhimmel und gab einen

zustimmenden Laut von sich. Er blickte auf Allegra Idaho, und sie nickte ermutigend.

Mrs. Grimes wünschte ihm Glück, und der Mayor drückte ihm die traditionelle Goldmünze in die Hand. Mister und Mrs. Grimes setzten sich auf die für sie reservierten Plätze, und Mister Grimes und Mister Tivley tauschten einen Händedruck. Cornelius Miller stand an seinem Eingang, allein in der Gegenwart eines einzigen uniformierten Polizisten. Miller ließ die Münze in eine Tasche des Bademantels gleiten.

Der Polizist tat ernsthaft seine Pflicht. Als er die äußere Gittertür öffnete und Miller eintrat, sah er ihn kaum an. Die äußere Tür fiel klickend ins Schloß. Miller hatte jetzt eine versperrte Tür hinter sich und eine vor sich.

Die Menge zischte und buhte, als Chief O'Hara vor einem Karren daherschritt, in dem ein völlig verstörter Mann in gestreifter Gefängniskleidung kauerte. Der Karren wurde von drei Männern des Polizeichefs geschoben. Die Augen des Gefangenen, starr nach vorn gerichtet, waren rot umrandet. Er bot das verblüffte, unglückliche und benommene Bild eines Mannes, der von einem Baseballschläger in den Nacken getroffen worden ist. Niemand hatte daran gedacht, sein Haar zu kämmen, das lang war und golden im Fackellicht schimmerte.

Chief O'Hara schloß die äußere Tür eines kleinen Käfigs auf, direkt gegenüber dem kleinen Käfig, in dem Miller stand. Zwei Polizisten packten den Gefangenen, während der dritte das Band um seinen Hals aufschloß. Als sie den Gefangenen in den kleinen Käfig schoben, sträubte er sich etwas, aber ohne Energie und Hoffnung, wie sich eine kranke Katze auf dem Weg zu einem unvermeidlichen Bad sträuben mochte.

Die Tür wurde zugeschlagen und versperrt, und die Menge verstummte. Der Leierkasten brach mitten in der Melodie ab. Ein ganz kleines Kind fragte ein Elternteil, was los war. Das Elternteil zischte, und das Kind gab Ruhe. Der Polizist trat von dem Käfig zurück. Der Gefangene begann zu winseln und zu stöhnen.

Zwei Männer standen sich gegenüber. Der eine in dem zottigen braunen Bademantel, ruhig; der andere mit den Streifen, winselnd, an die Stäbe der Tür geklammert, durch die er eben gekommen war, seine Knie leicht gebeugt, als hätten seine Beine Mühe, sein

Gewicht zu tragen. Ein schwacher Wind ließ die Blätter beben, mit einem Geräusch wie Korn, das durch eine Rinne rieselt.

Das Warten setzte sich lange Zeit fort, dehnte sich wie ein Gummiband. Als das Gummiband zum Äußersten gestrafft war und zu reißen drohte, blitzte eine weiße Scheibe durch die Zweige der Bäume. Dann hob sie sich langsam über die Bäume, wie ein silbernes Serviertablett.

Während der Vollmond höher strebte, streifte Cornelius Miller seinen Bademantel ab. Er fiel ihm zu Füßen, und er stand völlig nackt da, wirkte aber nicht anstößiger als eine Statue im Park. Seine *Transformation* begann langsam. Dann kam ein Atemzug vom Publikum, wie durch eine Kehle. Die Menge saß erstarrt, Bewegung nur bei einzelnen, die sich dahin oder dorthin reckten, um einen besseren Blick zu bekommen.

Millers rötlichbraunes Haar wucherte in Wogen über seinen Körper, während seine Glieder sich verwandelten. Sein Mund wurde zu einem Maul. Seine Ohren bildeten dämonische Spitzen. Das Knurren in dem einen Käfig dämmte bald die Schreckenslaute aus dem anderen zu einem kaum hörbaren Säuseln.

An beiden Käfigen ein Polizist, der die innere Tür auf Schienen aufgleiten ließ. *Miller-der-Wolf* trottete vor und erstarrte, seine Ohren aufgerichtet, seine Nase zitternd. Der Gefangene sah hastig über seine Schulter, dann versuchte er, seine Außentür zu überwinden, schien sich in Rauch auflösen und sich so durch die Stäbe schieben zu wollen. Er schrie um Hilfe.

Miller-der-Wolf knurrte und machte noch einen Schritt. Der Gefangene erkannte, daß sein Körper fester war als Rauch, und drehte sich um. Er schrie erneut um Hilfe, einen Speichelstreifen über sein Stoppelkinn sprühend. Er flehte um Gnade, um Hilfe, um Freiheit.

Miller-der-Wolf sprang, während der Gefangene schrie. *Miller-der-Wolf* riß den Hals des Gefangenen auf, und Blut schoß hervor. Bald kämpfte der Gefangene nicht mehr, und *Miller-der-Wolf* schleppte den Kadaver in die Mitte des Pavillons, wo er sich niederließ, um das Fleisch von den Knochen zu reißen. Er beachtete weder den höflichen Beifall noch das Heulen von Kindern.

Viel später kehrte Cornelius Miller in seine menschliche Gestalt zurück und brach neben den zerfledderten Überresten des Gefangenen zusammen. Ein Experte schien nicht vonnöten, um sicherzugehen, daß der Gefangene tot war, doch Doc Kellys Unterschrift auf einem Papier machte den Fakt offiziell. Doc hatte keine Haare unter seinem Bowler-Hut, und er lächelte die meiste Zeit, als erschiene ihm seine Arbeit angenehm. Das Lächeln vergnügte manche und verstimmte andere. Er und Mayor Grimes überwachten, wie Chief O'Hara und seine Männer Miller auf eine Bahre hoben. Doc breitete den braunen Bademantel über ihn. In Millers Hotel stellte Doc sicher, daß er ordentlich ins Bett gebracht wurde.

Der Rest der Nacht, ein ganzer Tag und ein Gutteil des folgenden Morgens waren verstrichen, als Miller erwachte. Er regte sich langsam unter der Decke, dann öffnete er die Augen. Nach einer Weile verließ er das Bett; er bewegte sich vorsichtig. Er nahm den Krug vom Nachttisch und goß ein Glas Wasser ein, spülte seinen Mund und spuckte das Wasser in eine Schüssel. Das wiederholte er mehrere Male, und dann setzte er sich einfach auf das Bett, das halbvolle Glas in seiner Hand.

Miller zog sich an und ging hinunter, mit Gliedern wie aus Holz. In der Lobby fand er Doc Kelly, der in einem großen Ohrensessel auf ihn wartete. Rauch stieg von einer Zigarre in einem silbernen Ständer neben ihm.

Miller setzte sich in einen Ohrensessel an der Seite und sagte zu ihm: »Hello, Doc.«

»Hello, Cornelius. Gerechtigkeit ist geschehen.«

Miller nickte und sagte: »Gott sei Dank. Nach zu vielen Monaten ohne eine Hinrichtung hätte ich aus der Haut fahren können wie eine Schlange.« Er tippte auf die Lehnen seines Sessels. »Ich geh' zum Dinner. Wollen Sie mit?«

»Liebend gerne«, sagte Doc und lächelte auf eine Art, die vielleicht gar nichts bedeutete. Er sagte: »Du hast das hier nicht gesehen« und warf Miller die Morgenausgabe des Mill River *Rambler* auf den Schoß.

Die Schlagzeile lautete ALLEGRA IDAHO IN HAFT.

»Was soll das?« fragte Miller, verblüfft und erschrocken.

»Lies die Story.«

»Erzählen Sie«, sagte Miller. »Mein Kopf ist voll Stroh«

»Allegra wurde gestern verhaftet; soll ein Vergehen begangen haben.«

»Wie das?« fragte Miller hitzig.

»Manor Tivleys Hühnerhaus ist niedergebrannt. Sie sagen, sie ist schuld.«

»Sie würde das nicht tun.«

»Vielleicht nicht mit Absicht. Deswegen nennen Sie es nur ein ›Vergehen‹.«

Miller stand auf, offenbar zu schnell, denn er schwankte leicht und berührte die Sessellehne. »Ich gehe zu ihr.«

»Ich habe Sprechstunde. Komm vorbei, wenn du essen gehen willst.«

Nach einem kurzen Nicken zu Doc Kelly marschierte Miller aus dem Hotel und durchmaß die weite Vorhalle. Der Tag war heiß, wie stets im Sommer. »Gerechtigkeit ist geschehen«, sagte ein dicker Mann, der im tiefen Schatten schaukelte. »Danke«, sagte Miller und strebte weiter. Er strauchelte fast, als er die Stufen hinab in die Sonne rannte.

Kaum jemand war auf der Straße, außer ein paar Kindern im Unterzeug, zu aufgeregt über die Sommerferien, um aus der Sonne zu bleiben. Von den Vorbauten großer Holzhäuser, die sich auf ihren weiten Rasen wie selbstzufriedene weiße Katzen rekelten, nickten ihm Leute zu. Manche boten ihm Limonade an. Er winkte und gab sich höflich, doch er eilte weiter.

Die City Hall war ein dreistöckiges Backsteingebäude am Stadtplatz. Er galoppierte die Treppe hoch und trabte durch die kühle, düstere Eingangshalle bis zu ihrem Ende, wo er das Büro des Polizeichefs betrat.

Miller ging zum Pult und sagte: »Hello, Casey« zu dem jungen Mann in Uniform, der hinter einem Schreibtisch saß.

»Gerechtigkeit ist geschehen«, sagte Casey mit verlegenem Blick.

»Ich würde gern Allegra sehen.«

Eine dicke braune Tür mit einem Milchglasfenster öffnete sich, und Chief O'Mara stand da. »Hier, um Allegra zu sehen?« sagte er. Er war ernst.

Miller nickte und sagte: »Wollen Sie mich durchsuchen?«

O'Mara blickte auf den Boden und verzog die Lippen. »Ich glaube nicht, daß das nötig sein wird.«

Casey führte Miller durch eine weitere Tür und einen Gang, weit düsterer und kühler als die Eingangshalle. Ev Dinks, der Stadtsäufer, schlief geräuschvoll in einer Zelle. Casey und Miller blieben vor einer anderen stehen. In ihr saß Allegra Idaho auf ihrer Koje und las ein Buch. Sie trug ein leichtes Sommerkleid mit einem Blumenmuster, ein Gewand, das sie gewiß von zu Hause hatte. Ihr sonst schon schmales Gesicht war noch schmaler geworden, und bei dem Licht hier wirkte es wie eine Totenmaske. Sie blickte hoch und lächelte, wie unter Schmerzen.

»Hab' Ihnen Besuch gebracht«, sagte Casey und stand da wie ein Jüngling in seiner ersten Tanzstunde.

»Sehe ich«, sagte Allegra.

»Kann ich allein mit ihr sprechen?«

»Sicher«, sagte Casey erleichtert. »Ich bin draußen, falls Sie etwas wollen.«

Als Casey gegangen war und in dem Trakt allein das Schnarchen von Ev Dinks die Stille störte, warf Allegra Idaho ihr Buch zur Seite und kam in ihrer Zelle nach vorne, wo sie Miller umarmte, so gut das bei den Stäben zwischen ihnen möglich war. Die Umarmung wurde kein großer Erfolg, und bald traten sowohl sie als auch Miller zurück.

»Was ist los?« fragte Miller.

»Manor Tivley hat behauptet, ich hätte sein Hühnerhaus niedergebrannt.«

»Was passierte wirklich?«

»Sein Hühnerhaus brannte wirklich nieder.«

»Kannst du keine Minute ernst sein?«

Allegra setzte sich auf ihre Koje und sagte: »Manors Sohn Irvin hatte eine schreckliche Erkältung. Hausmittel halfen nicht, und Doc Kelly konnte nicht viel für ihn tun, also schickten sie nach mir. Nun, was Irvin passiert war... Offenkundig war irgendwo ein verflixtes Teufelchen in ihn gefahren —«

»Überrascht mich nicht. Mit diesem Irvin wird es noch ein böses Ende nehmen.«

»Böses Ende. Hast du nicht alles im *Rambler* gelesen?«

»Nein. Doc hat mir ein bißchen erzählt. Ich möchte die Geschichte von dir hören.«

Sie sah auf das Gitterfenster oben in der Wand. Jemand ging vorbei und pfiff das Lied vom Mann am Trapez, ›The Man On the Flying Trapeze‹. Ohne sich zu Miller zu wenden, sagte sie: »Ich machte meinen Exorzismus. Der kleine Teufel verließ Irvin und kam in das Hühnerhaus.«

»Nahm er nicht Silbernägel, als er es baute?«

»Manor behauptet, ich hätte ihm nie geraten, silberne statt eiserne zu nehmen.«

Miller knurrte ›Geizhals‹ und lehnte sich an die Wand, Allegras weiteren Bericht erwartend. Sie sagte: »So ließ dieser Teufel die Hühner Eier legen, die explodierten, als Manors Jüngste, Edwina, sie einsammeln wollte.«

»Sie ist okay?«

»Leichte Verbrennungen. Hat ihr einen schönen Schrecken eingejagt.«

»Also behauptet Manor, der Verlust des Hühnerhauses sei dein Fehler.« Allegra nickte.

»Niemand glaubt das.«

Allegra zuckte die Schultern. »Ich bin hier. Also glaubt es doch jemand. Und das reicht. Manor kontrolliert die Hälfte des Besitzes dieser Stadt.«

Miller schüttelte den Kopf und sagte: »Gräßlich, eine Kunstfehler-Geschichte. Wann ist der Prozeß?«

»Nächste Woche.«

»Wir besorgen dir einen guten Anwalt.«

»Ich sprach mit Art Simms.«

»Gut. Laß mich wissen, wenn ich irgend etwas für dich tun kann.«

Miller ging aus der City Hall und sackte plötzlich zusammen. Doch er stürzte nicht hart zu Boden, sondern sank auf eine Stufe; dort blieb er ein paar Minuten sitzen und wischte sich mit seinem Taschentuch den Nacken.

Er ging mit Doc Kelly in den Cornhusker Room zum Dinner. Nicht einmal Doc redete viel, und keiner von beiden aß mit großem Appetit.

Drei Tage später verbrannte Manor Tivleys Jüngste, Edwina, in einem Feuer, das allein sie und ihr Bett verzehrte. Die Tragödie war offenkundig das Werk höllischer Mächte. Manor behauptete, sie wäre das Werk desselben Teufels, den Allegra Idaho exorziert hatte; deshalb wäre der Tod seines kleinen Mädchens die Schuld von Allegra, obwohl sie die ganze Zeit im Gefängnis war und absolut kein Motiv hatte, der Kleinen etwas anzutun.

Allegras Kunstfehler-Prozeß wurde zum Mord-Prozeß. Wie jedes andere ungewohnte Ereignis irgendeines Sommers wurde Allegra Idahos Prozeß als öffentliche Unterhaltung aufgenommen.

Als Cornelius Miller erfuhr, was geschehen war, traf ihn sein erster Gedanke wie ein Blitz, und er rannte zu Doc Kellys Praxis, um seine Erkenntnis mit ihm zu beraten. Doc saß in seinem Wartezimmer, auf der Ledercouch mit Knöpfen, und las ein eselsohriges Heft des Magazins *Liberty*.

»Setz dich«, sagte Doc. »Du siehst aus wie kurz vor einem Schlaganfall. Ich hol' dir etwas Wasser.«

Miller hielt Doc die Zeitung ins Gesicht und stöhnte: »Mein Gott! Wenn sie Allegra wegen Mordes verurteilen, werde ich, ja ich, das Instrument ihrer Hinrichtung sein.«

Doc las in der Zeitung, während Miller vor ihm auf und ab ging. Doc blickte auf und sagte: »Du kannst dich weigern.«

»Ja«, sagte Miller langsam. »Aber meiner Verantwortung aus dem Weg zu gehen, würde die Dinge nur noch schlimmer machen. Wenn ich mich weigere, mit Allegra in der Nacht des Vollmonds in den Pavillon zu gehen, wird Mayor Grimes jemand anderen verpflichten, um die Hinrichtung zu vollziehen.«

»Wenn er jemanden findet.«

»Er wird keine Mühe haben, einen dieser streunenden Werwölfe zu finden, die immer bereit sind, am Ruf der Justiz einen Batzen zu verdienen.« Miller schüttelte den Kopf und ließ sich auf die Couch fallen. »Wenn ich nur daran denke, daß ich fast schon genug Mut gesammelt hatte, um sie zu bitten, mich zu heiraten!«

»Also, jetzt kannst du sie nicht heiraten. Wäre skandalös.« Doc Kelly beäugte Miller unter hochgezogenen Brauen.

»Sie kennen mich doch besser. Ich bin Allegras Beau seit zwei Jahren. Ein Skandal bedeutete mir nichts, wenn es um sie geht.«

Doc Kelly lächelte. »Ja, ich kenne dich besser.« Er klopfte Miller auf den Rücken und sagte: »Deine einzige Hoffnung und auch die von Allegra ist, daß die Gerechtigkeit den Sieg davonträgt.«

Miller legte seinen Kopf auf die Armlehne und sagte: »Wir haben die Chance einer Mücke in der Milch.«

Es schien, als hätte Miller recht. Obwohl Art Simms sein Bestes gab, lief es für Allegra von Anfang an schlecht. Alle akzeptierten anstandslos die Fakten. Nur ihre Interpretation war strittig. Eisen- und nicht Silbernägel waren für das Hühnerhaus verwendet worden; hatte Allegra Idaho Manor Tivley sachgemäß beraten oder nicht? Edwina Tivley war im infernalen Feuer umgekommen; war dies das Werk des gleichen kleinen Teufels, den Allegra aus Irvin getrieben hatte? Und wenn ja, machte das Allegra schuldig an Edwinas Tod? Die Fäden waren verworren, keine Frage. Die Tatsache, daß Manor Tivley ein mächtiger Mann in dieser Stadt war, schadete seiner Sache nicht gerade. Allegra Idaho war nur eine schlichte Hexe, eine von vielen im Land.

Cornelius Miller und Doc Kelly verbrachten den Morgen in dem heißen Gerichtssaal; dann, wie auch viele andere Personen aus dem Publikum, gingen sie in den Cornhusker Room zum Dinner.

Die Debatte über das Schicksal von Allegra Idaho setzte sich fort. Die Männer gaben ihren Argumenten mit Messern und Gabeln plastische Konturen, während ihr Frauenvolk zusah, entweder mit Mißbilligung oder mit dünnen zynischem Lächeln oder mit Bewunderung, wie es seine Gewohnheit war. Gelegentlich äußerten sich resolute Frauen, und ihre Kommentare erfuhren ähnliche Reaktionen von den Männern, wenn auch die häufigste Reaktion von heiter-hämischem Sarkasmus geprägt war.

Miller schüttelte den Kopf über seinem unberührten Steak und sagte zum hundertsten Mal, seit sie hier saßen: »Wir müssen etwas tun.«

Doc Kelly nickte kauend. Er war einer der seltenen Menschen, die gleichzeitig kauen und lächeln konnten, ohne lächerlich zu wirken. Er schluckte und sagte: »Sprich mit Manor. Vielleicht kannst du ihn dazu bringen, die Anklage fallenzulassen.«

»Schlechter Scherz, Doc.«

»Hast wohl recht.« Selbst jetzt schwand das Lächeln nicht völlig von Docs Lippen. »Manor ist nicht gerade bekannt dafür, seine Gnade hemmungslos zu verschwenden.«

Obwohl Miller bereits dreimal von seinem Steak abgeschnitten hatte, tat er dies noch ein weiteres Mal. Er wedelte das Stück auf seiner Gabel durch die Luft, während er sagte: »An allem ist mein Vater schuld.«

»Wie?« fragte Doc.

»Ich wollte Jurist werden, doch mein Vater zweifelte an meinen intellektuellen Fähigkeiten. Nun, er war ein praktisch veranlagter Mann – vielleicht zu praktisch – und er wollte sicherstellen, daß ich mir stets meinen Lebensunterhalt verdienen konnte. Als ich dreizehn war, brachte er mich zu George Sewell, dem Werwolf am Ort, und bezahlte ihn dafür, daß er mich biß. Es ging ganz schnell und tat nicht sehr weh, und beim nächsten Vollmond wurde ich zu einem Wolf.«

»Wie war das?«

»Entsetzlich. Der Mensch, der ich war, landete in der hintersten Ecke meines Gehirns, und meine animalischen Instinkte und Gelüste beherrschten mich. Ich war ein lebendes Beispiel für Stevensons Ideen in dieser Jekyll-und-Hyde-Geschichte.«

»Du kannst deinen Vater nicht für Allegras Problem mit Tivley verantwortlich machen.«

»Das wohl nicht.« Miller aß tatsächlich etwas und nippte an seinem Eistee. Eine Weile sprach keiner von beiden.

Dann sagte Doc Kelly: »Wie ist es jetzt mit der *Transformation?*«

Miller schreckte auf, als hätte er vergessen, daß Doc Kelly da war, dann starrte er ihn durchdringend an. Er sagte: »Es ist nicht so schlimm, wenn man weiß, was zu erwarten ist. Natürlich, bei Vollmond, wenn es keine Hinrichtung gibt, ist man den größten Teil der Nacht eingesperrt.« Er schüttelte den Kopf. »Eine Kuh oder eine Ziege oder ein Haufen Hühner stillen den Hunger eines Werwolfs nur zum Teil.« Er warf sein Silbergeschirr hin, was Leute an nahen Tischen aufblicken ließ. Er sagte: »Wir müssen etwas tun wegen Allegra.«

»Art Simms tut sein Bestes.«

»Ja. Und wenn das nicht gut genug ist, werde ich beim nächsten Vollmond die Frau zerreißen, die ich liebe.«

Allegra Idaho wurde des Mordes schuldig befunden; gegen die Bürgerin entschied eine Jury aus freien Bürgern. »Ja«, sagte Miller zu Doc, »freie Bürger, die Manor Tivley Geld schulden.« Miller erwog flüchtig, Tivley zu ermorden; aber seine heiße Wut kühlte bald ab, und er versank in einer Art von schwarzem, angsterfülltem Brüten. Er sprach mit niemandem.

Er besuchte Allegra einmal. Sie sahen sich mit bleichen, verschwollenen Gesichtern durch die Stäbe an. Sie sagte: »Lebewohl, Cornelius. Ich will dich nie mehr sehen.«

»Heirate mich, Allegra.«

Allegra gelang ein dünnes Lächeln, und sie sagte: »Man könnte über dein schlechtes Timing reden, Cornelius.«

»Aber ich liebe dich.«

»Ja. Und ich liebe dich. Aber wenn ich dich ansehe, muß ich daran denken, wie ich sterben werde.«

»Wäre es dir lieber, jemand anders —«

»Nein. Ich will nicht, das ein Fremder an mir herumknabbert.«

Miller ging in sein Hotelzimmer und blieb dort. Er aß nicht, öffnete nicht, wenn es klopfte. Mayor Grimes kam vor die Tür und machte ihm durch sie hindurch das Angebot, einen anderen Werwolf zu verpflichten. Miller sagte nur ›Nein, danke‹. Der Mayor wartete auf weiteres und ging nach einer Weile weg. Manchmal kam Doc Kelly ohne Einladung zu ihm herein und aß mit ihm zusammen. Millers ewige Leier war: »Wir müssen etwas tun.« Docs ewige Frage war: »Was?«

Als Doc Kelly drei Tage vor der Hinrichtung »Was?« fragte, hoben sich Millers Augenbrauen. Er sah Doc Kelly an und lächelte auf eine Art, die eher einem Wolf entsprach als einem Menschen. Er sprang auf die Beine, rief ›Ja. Ja, natürlich‹ und rannte aus dem Zimmer.

Doc saß auf Millers Bett und rauchte eine Zigarre nach der anderen. Der Rauch sammelte sich zu Wolken dicht unter der Decke und trieb oben durch das offene Fenster hinaus. Miller kam eine halbe Stunde später wieder, händereibend und grinsend. »Es ist perfekt«, sagte er. »Perfekt.«

»Was?«

»Gehen wir in den Cornhusker Room. Ich bin halb verhungert.«

»Was hast du gemacht?«

»Gehen wir essen«, sagte Miller.

Bei einem knusprig gebratenen Hühnchen sagte Miller: »Ich kann Ihnen nicht sagen, was ich gemacht habe, weil ich nicht will, daß Sie ein Mitschuldiger oder etwas in der Art werden. Sie werden wissen, was ich getan habe, wenn Sie sehen, was passiert. Aber wollen Sie mir einen Gefallen tun?«

»Natürlich.«

»Wenn es passiert, tun Sie alles, um Verwirrung zu stiften.«

»Wie werde ich wissen —«

»Sie werden es wissen. Glauben sie mir.«

Der Abend war noch fast so warm, wie es der Tag gewesen war. Cornelius Miller stand in seinem braunen Bademantel allein direkt vor dem kleinen Käfig an seinem Ende des Pavillons. Er blickte wieder und wieder auf den klaren Himmel. Die Menge um den Pavillon war groß, und viele Leute hatten früh ihren Platz eingenommen, einschließlich Manor Tivley und seiner Familie; sie saßen in der ersten Reihe, in ihre besten Kleider gehüllt, grimmige Rachsucht auf ihren Gesichtern. Spät Gekommene hatten Decken am Rand des Amphitheaters ausgebreitet.

Der Mayor blickte auf seine plumpe Taschenuhr und schritt zu Miller. Er gab Miller die traditionelle Goldmünze und beobachtete, wie er den Käfig betrat. Miller hielt sich an der äußeren Tür fest, als er über die Menge blickte. Er nickte Doc Kelly zu, und Doc nickte zurück. Dann wandte sich Miller zu der Arena des Pavillons.

Chief O'Mara und drei seiner Männer brachten Allegra Idaho auf dem Karren. Sie war in Fesseln, stand jedoch aufrecht, einer Königin gleich, die das Unglück hatte, der falschen Familie anzugehören. Statt zu zischen, verstummte die Menge, und das Ächzen der Karrenräder wurde hörbar. O'Mara eskortierte Allegra in den Käfig und verschloß die Tür hinter ihr. Allegra stand in der Ecke des Pavillons, Cornelius Miller gegenüber. Beide ließen in keiner Weise erkennen, daß sie von der Gegenwart des Gegenübers wußten.

Der Mond, ein silbernes Gespenst, spähte durch die Zweige eines Baumes. Er stieg, und Miller ließ den Bademantel fallen. Die Polizisten öffneten die inneren Türen der beiden Käfige. Miller und Allegra Idaho traten vor und blickten sich über den schäbigen Boden an.

Millers *Transformation* begann langsam. Anstatt zurückzuschrecken, riß Allegra Idaho ihr Kleid von sich, rötlichbraune Haare enthüllend, die in Wellen über ihren Körper wogten. Laute des Protestes und Erstaunens schwollen in der Menge. Durch ängstliches Kreischen schrie Manor Tivley: »Eine schamlose Mißachtung des Gesetzes!« Andere brüllten Zustimmung.

Mayor Grimes wies Chief O'Mara an, die weitere *Transformation* Allegra Idahos zu unterbinden. O'Mara schüttelte den Kopf und griente bedauernd. »Sie brauchen einen Zauberer, Sir, keinen Polizeichef. Doch ich garantiere Ihnen, daß sie nie aus dem Pavillon kommen.« Der Mayor wollte eine weitere Forderung von sich schleudern, doch jetzt bannte ihn wie alle andern das, was hinter den Stäben geschah.

Allegra Idahos Ohren wurden länger, ihre Glieder veränderten sich. Ihr gegenüber durchlief Cornelius Miller dieselbe *Transformation*. Als sie beide ganz Wolf waren, umkreisten die sich, *Miller-der-Wolf* und *Allegra-die-Wölfin*. Sie beschnüffelten gegenseitig ihre Genitalien. Sie umtänzelten sich, und *Miller-der-Wolf* trottete zu seinem kleinen Käfig, *Allegra-die-Wölfin* dicht dahinter. Er sprang gegen die Außentür, und sie schwang auf, wobei die Goldmünze herausfiel, die ihren festen Verschluß verhindert hatte.

Der Mayor schrie »Faßt sie! Sie sind jetzt *beide* Kriminelle!«

Die heftigen, doch heillos konfusen Bemühungen von Manor Tivley und seinen kühnsten Gefolgsleuten konnten nicht verhindern, daß Wolf und Wölfin in den Wald liefen und verschwanden. Der Großteil der Menge zerstreute sich; Erwachsene zogen Kinder fort, die mehr Neugier als Verstand besaßen.

O'Mara versuchte, den Trupp seiner Uniformierten zu organisieren, während Doc Kelly seinen Arm in eine Richtung schleuderte, welche das Wolfspaar offenkundig nicht genommen hatte, und lauthals behauptete: »Dort sind sie hin!« Die Polizeibeamten machten hastig Jagd auf das Wolfspaar; manche tauchten dort zwischen die Bäume, wo die beiden verschwunden waren, andere folgten Docs täuschenden Angaben.

Chief O'Mara musterte Doc Kelly mit Verachtung und erklärte: »Sie werden meinen trainierten Männern nie entkommen.«

»Vielleicht doch«, sagte Kelly. »Das Land ist groß, und zwei neue Werwölfe in einer Stadt werden kaum Aufsehen erregen.«

Chief O'Mara ließ Doc stehen und sprach eine Gruppe von Männern der Bürgerwehr an, die sich zwischen den umgeklappten Sitzen herumtrieb.

Ein Geräusch ließ jedermann erstarren. Sie lauschten angestrengt, aber sie hörten nur das Rauschen der Bäume im Wind. Dann, aus der Ferne, kam das Geräusch wieder, das die Starre ausgelöst, die Zeit angehalten hatte: das Heulen eines Wolfs. Einen Moment später antwortete ein weiteres Heulen. Die Menschen standen eine lange Zeit still und warteten. Doch in dieser Nacht wurde kein Heulen mehr vernommen.

Originaltitel: Moonlight on the Gazebo
Ins Deutsche übertragen von Reinhard Wagner

Ich weiß noch, wie es war, als ich Raymond Fleuris das erste Mal sah.

Wir Siebtklässler hatten gerade bei Mrs. Harper Unterricht; ich starrte aus dem Fenster auf den Parkplatz gegenüber der Schule. Dort passierte zwar nicht das Geringste, aber es schien noch immer viel interessanter als die alte Mrs. Harper, die dabei war, uns das schriftliche Dividieren einzutrichtern. Und dann sah ich diesen Laster.

Zusammengebastelte alte Laster sind nicht gerade ungewöhnlich in Choctaw County, aber dies war sogar für Seven Devils in Arkansas *das* wirklich fürchterlichste Ding, was als motorgetriebenes Fahrzeug getarnt die Straßen unsicher machte. Die Ladefläche quoll über von Gerümpel, Farbeimern und Rollen rostigen Hühnerdrahts. Das Fahrgestell war mit abblätterndem Rost überzogen. Der Wagen hing dicht über dem Boden und schlug bei jedem Schlagloch kräftig auf. Die vordere Stoßstange war offenbar mit einem Stück Draht, Spucke und einem Gebet mit dem Kotflügel verbunden.

Ich beobachtete, wie sich der Wagen neben den Sedan des Rektors quälte und der Fahrer hinter dem Steuer hervorkroch.

Mein erster Eindruck war der eines Berges, der einen Overall trug. Er war gewaltig. Überall an seinem Körper wabbelte Fett.

Dicke Wülste hingen um seine Taille und spannten sein Hemd bis knapp zum Zerbersten. Die schweren Wangen, die sein Gesicht umrahmten, ließen ihn wie eine schlechtgelaunte Bulldogge aussehen. Er war groß und fett, aber es war *gemeines* Fett; niemand mit gesundem Menschenverstand hätte je den Fehler begangen, ihn als fröhlichen Menschen einzuschätzen.

Der Fahrer trampelte vorn um den Laster herum und machte eine Pause, um sich die Stirn mit einem schmutzigen Halstuch, das er hinten aus seiner Hosentasche zog, abzuwischen. Gereizt machte er jemandem auf dem Beifahrersitz Zeichen und riß dann die Tür auf. Ich war überrascht, daß er sie dabei nicht ganz aus den Angeln riß. Sein Gesicht wurde rot, als er die Person auf dem Beifahrersitz anschrie.

Langsam und zögernd stieg ein Junge aus dem Laster und stand dann neben dem rotgesichtigen Fleischberg.

Normalerweise hätte ich der Familie Fleuris keinen zweiten Blick gegönnt, außer daß Raymonds Kopf mit einem Turban aus sterilem Verband und Pflaster umwickelt war und daß seine Hände in alten Stoffhandschuhen festgeschnürt waren.

Das war mal was Interessantes.

Raymond war schmal und hatte starkes Untergewicht. Unter den Augen hatte er grau-gelbe Striemen, die den Eindruck erweckten, daß er sich ständig von einem Veilchen erholen würde. Er war blaß, und seine Gesichtsfarbe erinnerte mich an das Wachspapier, mit dem meine Mutter mir die Sandwiches einpackte.

Irgend jemand, vermutlich seine Mutter, hatte den Versuch unternommen, seine Latzhose und sein wohl einziges Hemd zu bügeln. Es konnte keinen Zweifel daran geben, daß sie gehofft hatte, daß Raymond an seinem ersten Schultag einen guten Eindruck machen würde. Aber weit daneben. Er sah in seinen Klamotten fürchterlich aus.

Als es zur Mittagspause läutete, wußte schon jeder von dem Neuen. Gerüchte machen in der Junior High-School schnell die Runde, und am Ende der Pause waren schon ein halbes Dutzend Versionen über die Herkunft von Raymond Fleuris im Umlauf.

Einige sagten, er hätte einen Autounfall hinter sich, bei dem er durch die Windschutzscheibe geschleudert worden sei. Andere sagten, daß die Ärzte drüben im State Hospital ihn behandelt hätten, um ihn von seinen Tobsuchtsanfällen zu heilen. Und Chucky Donothan spekulierte, daß die ihm eine Art Irren-Tumor rausgeschnitten hätten. Was auch immer der Grund für den Kopfverband und die Handschuhe war, es machte Raymond Fleuris zum Exoten und hob ihn von den anderen ab, zumindest für ein paar Tage. Und das bedeutet nichts als Ärger, wenn du zur Junior High School gehst.

Schließlich wurde Raymond in meine Klasse gesteckt. Normalerweise setzte Mrs. Harper uns in alphabetischer Reihenfolge hin; aber in Raymonds Fall wies sie ihm einen Tisch in der hintersten Reihe des Klassenzimmers zu. Nicht, daß es irgendeinen Unterschied für Raymond gemacht hätte. Er gab nie Hausaufgaben ab, und er mußte auch keine Tests mitschreiben. Er saß nur da und kritzelte in seinem Notizbuch mit diesen großen Stiften, die sie im Kindergarten haben.

Raymond brachte sein Mittagessen immer in einer alten Papiertüte mit, die, nach den Fettflecken zu urteilen, schon sehr oft benutzt worden war. Einmal lief ich ihm zufällig über den Weg, als er sein Mittagessen hinter dem Naturwissenschaftstrakt aß. Seine Mahlzeit bestand aus einem einzigen Butterbrot aus billigem gekauftem Weißbrot, das mit einer Scheibe Olivenhackbraten belegt war. Nachdem Raymond seine Mahlzeit beendet hatte, glättete er sorgfältig die Papiertüte, legte sie zusammen und steckte sie in seine Hosentasche hinten in seinem Overall.

Es war ein komisches Gefühl, dazustehen und Raymond bei seinem kleinen nachmittäglichen Ritual zu beobachten. Ich wußte wohl, daß meine Familie nicht reich war, aber zumindest konnten wir uns Papiertüten leisten. Jedenfalls lag darin vielleicht der Grund für das, was ich am nächsten Tag tat, als ich sah, wie Chucky Donothan sich an Raymond ranmachte.

Wir hatten gerade Pause, und ich hing mit meinem besten Freund Rafe Mercer rum. Wir unterhielten uns über den Jahrmarkt, der im nächsten Monat in unsere Stadt kommen würde. Es war überhaupt nicht so eine große Sache oder so was Besonderes wie der Bezirksjahrmarkt oben in Little Rock; aber wenn du so hinterm Mond wohnst wie in Seven Devils, dann nimmst du alles, was du bekommen kannst.

»Darryl, glaubst du, daß es wieder diese Ringkämpfe gibt?« Rafe hatte mir diese Frage wohl schon hundertmal gestellt. Aber es machte mir nichts aus, denn ich fragte mich das auch. Im letzten Jahr hatte es Rafes älterer Bruder Calvin wegen seines schon vorhandenen spärlichen Bartwuchses und seiner Figur eines Football-Spielers geschafft, reinzukommen. Von dem Dollar, den es ihn gekostet hatte, ganz zu schweigen.

»Warum denn nicht? Die Show gab's doch bislang jedes Jahr.«

»Stimmt, du hast recht.« Rafe hatte Angst, daß er die High-School abschließen würde, ohne auch nur einmal die Chance gehabt zu haben, eine Frau in BH und Höschen zu sehen. Er sah sich die Bilder in den Bestellkatalogen seiner Mutter an, aber das war nicht das gleiche, wie eine richtig lebendige halbnackte Frau zu sehen. Ich konnte seine Sorgen verstehen.

Und dann kam Kitty Killigrew vorbeigerannt. Wir beide standen auf sie, nicht, daß wir ihr das gestanden hätten – uns selbst gestanden wir es ja auch nicht – diese Art der körperlichen Qual. Sie war ein hübsches Mädchen mit langem kupferrotem Haar, das ihr bis zur Taille ging, und kornblumenblauen Augen. Rafe hat sie sechs Jahre später geheiratet. Das Arschloch.

»He, Kitty! Was ist los?« rief Rafe hinter ihr her.

Kitty hielt gerade lange genug an, um das Wort ›Kampf!‹ hervorzustoßen.

Mehr Erklärung brauchten wir nicht. Schulhofkämpfe ziehen Schüler an wie Scheiße die Fliegen. Rafe und ich rannten schnell hinter ihr her. Als wir um eine Hausecke kamen, konnte ich eine Traube Schüler in der Nähe des Naturwissenschaftstracktes sehen.

Ich drängelte mich durch meine Mitschüler hindurch und kam gerade noch rechtzeitig, um zu sehen, wie Chucky Donothan Raymond Fleuris die Füße unterm Körper wegtrat. Raymond plumpste mit dem Hintern in den Dreck und blieb dort liegen. Es war offensichtlich, daß der Kampf, wenn man es überhaupt so nennen konnte, ziemlich einseitig war. Ich konnte mir nicht vorstellen, was Raymond getan haben konnte, wodurch der größere Junge so stocksauer auf ihn wurde; aber so wie ich Chucky kannte, war es schon Beleidigung genug, daß Raymond atmete und überhaupt existierte.

»Steh auf und kämpfe, du zurückgebliebener Dummkopf!« brüllte Chucky.

Als Raymond wieder auf die Füße kam, waren seine Augen voller Schmerz und Verwirrung. Sein Turban aus Bandagen war dreckig. Mit seinen übergroßen Stoffhandschuhen und seinem Hosenscheißer-Overall sah Raymond wie eine mitleiderregende Karikatur von Mickey Mouse aus. Alle fingen an zu lachen.

»Was ist mit den Handschuhen, du zurückgebliebener Dummkopf?« höhnte Chucky. »Was ist los damit? Holst du dir so oft einen runter, daß du an deinen Händen schon Haare hast?«

Einige Mädchen fingen an, über diese clevere Vermutung zu kichern, und deshalb griff Chucky weiter an. »Ist das dein großes Geheimnis, Fleuris? Bist du einer, der es sich selbst macht? Na, komm schon. Ist es das? Warum ziehst du deine Handschuhe nicht aus, damit wir es sehen können, na?«

Raymond schüttelte den Kopf. »Pa sagt, ich darf sie nicht abtun. Pa sagt, ich soll sie die ganze Zeit dranlassen.« Es ist eins der wenigen Male, wo ich Raymond je laut etwas sagen hörte. Seine Stimme war dünn und brüchig wie bei einer Klarinette.

Die Menge verfiel in Schweigen, als sich Chuckys normalerweise schon rotes Gesicht noch mehr rötete.

»Du zurückgebliebener Dummkopf wagst es, *nein* zu sagen?«

Raymond blinzelte. Es war ganz offensichtlich, daß er nicht verstand, was vorging. Es dämmerte mir, daß Raymond da stehen und es zulassen würde, daß Chucky ihn noch platter als seinen Pausenbrotbeutel machen würde, ohne auch nur einen Finger zu seiner eigenen Verteidigung zu krümmen. Plötzlich wollte ich dabei nicht mehr zusehen.

»Chucky, laß es gut sein, siehst du nicht, daß er *einfältig* ist?«

»Halt dich da raus, Freundchen! Oder willst du auch eine Ladung?«

Ich sah rüber zu Rafe. Der schüttelte mit dem Kopf. »Teufel auch, Darryl, ich laß mich doch nicht für Raymond Fleuris zusammenschlagen!«

Ich sah weg.

Zufrieden damit, daß er alle Opposition im Keim erstickt hatte, packte Chucky den linken Arm von Raymond und riß an dem locker sitzenden Handschuh. »Wenn du es uns nicht freiwillig zeigst, werde ich dabei *nachhelfen!*«

Und dann war die Kacke am Dampfen.

Im einen Moment war Raymond der Trottel, der mit offenem Mund dastand, und im nächsten Moment schrie er auf und klammerte sich an Chucky fest, wie der Tasmanische Beutelaffe in diesen alten Bugs Bunny Cartoons. Sein Gesicht schien zu *explodieren*, als ob die Muskeln in alle Richtungen gleichzeitig zuckten. Ich weiß, daß sich das komisch anhört, aber ich kann es nur so beschreiben.

Raymond ging auf ihn los wie der Teufel und schlug ihn zu Boden. Wir standen alle da und sahen ungläubig mit offenem Mund zu, wie sie sich im Dreck prügelten. Plötzlich fing Chucky an, diese ganz hohen Schreie auszustoßen, und dann sah ich auch das Blut.

Chucky hatte es gerade geschafft, sich von Raymond zu befreien, als Trainer Jenkins mit einem Paddel in der Hand über das Spielfeld gehastet kam. Chucky rollte sich hin und her und weinte wie ein kleines Kind. Blut lief aus einer Wunde am Oberarm, wo ein Stück Muskelfleisch rausgerissen war. Raymond saß im Dreck und starrte den anderen Jungen an, als ob er vom Mars wäre. An Raymonds Mund war Blut, aber nicht sein eigenes. Die Bandage hatte sich bei der Schlägerei gelockert, und jeder konnte deutlich die ungefähr acht Zentimeter lange Narbe an seiner rechten Schläfe sehen.

»Was ver... – zum Teufel ist hier los?« Trainer Jenkins hatte immer Probleme damit, nicht vor den Schülern zu fluchen und in diesem Augenblick machte er den Eindruck, daß er kurz vor dem kritischen Punkt stand. »Donothan! Junge, steh auf!«

»Er hat mich *gebissen!*« heulte Chucky, und sein Gesicht war dabei voller Rotz und Tränen.

Trainer Jenkins warf einen überraschten Blick auf Raymond, der noch immer im Dreck saß. »Stimmt das, Fleuris? Hast du Donothan gebissen?«

Raymond starrte zu ihm rauf und blinzelte.

Am Hals von Trainer Jenkins pulsierte eine Ader, und er sah sich die Runde von Gesichtern an, auf denen inzwischen Schuldgefühle zu lesen waren. »Okay, wer hat angefangen?«

»Donothan war's, Sir.« Ich war überrascht, daß diese Worte aus meinem Mund kamen. »Er hat Raymond geärgert.«

Trainer Jenkins schob den Schirm seiner Baseballmütze nach hinten und versuchte, die Ader an seinem Hals unter Kontrolle zu bekommen, damit sie nicht noch stärker pulsierte. »Hat irgend jemand versucht, es zu stoppen?«

Schweigen.

»Nun gut. Los, Donothan. Steh auf. Und du auch, Fleuris. Wir gehen zum Büro des Rektors.«

»Aber ich *blute!*«

»Die Krankenschwester wird sich um dich kümmern, aber du gehst *trotzdem* zum Rektor!« Jenkins packte Chucky an seinem unverletzten Arm und zog ihn auf die Füße. »Du solltest dich was schämen, Donothan!« Er atmete zischend. »Dich an einem Krüppel zu vergreifen!«

Ich ging nach vorn, um Raymond zu helfen. Und dabei bemerkte ich, daß er beim Kampf einen seiner Handschuhe verloren hatte.

»Hier, du hast das verloren.«

Raymond riß den Handschuh an sich und zog ihn schnell über seine bloße Hand. Aber ich konnte noch sehen, daß sein Ringfinger länger als die anderen Finger war.

Während meiner Kindheit war Choctaw County fast noch genau so wie zu der Zeit, als mein Vater ein Kind gewesen war. Wenn nicht noch schlimmer. Klar, wir hatten damals Sachen wie Fernsehen und eine öffentliche Bücherei, aber als ich zwölf war, wurde das alte Malco Theater dicht gemacht: wieder ein Opfer der Eisenbahn.

Eines der aufregendsten Ereignisse des Jahres war es, zum Jahrmarkt zu gehen. Für fünf Tage gegen Ende Oktober übersäten einzelne freistehende Hütten aus Aluminium das, was mal die Kuhweide vom alten Ferguson gewesen war, und wurde so zu einem knalligen Neon-Wunderland.

Wenn du jeden Abend auf dem Jahrmarkt warst, hattest du am Ende die gesamte Bevölkerung von Choctaw County gesehen. Es war eine der wenigen Gelegenheiten, bei der sich die verschiedenen Bevölkerungsgruppen und religiösen Gemeinschaften am gleichen

Ort versammelten, obwohl man dabei kaum von ›vermischen‹ sprechen konnte. Die Schwarzen hielten sich an die Schwarzen und die Weißen hielten sich an die Weißen. Und es gab auch kaum Kontakte zwischen Baptisten, Methodisten und den Anhängern der Pfingstbewegung. Familien kamen in ganzen Schüben auf Lastern, alle im Sonntagsstaat. Ich wußte gar nicht, daß es so viele Leute bei uns im Bezirk gab.

Rafe und ich gingen in der Budenstraße an den einzelnen Ständen entlang und waren dabei auf der Suche nach der Show mit den Ringkämpfen. Rafe hatte sich drei Wochen lang nicht rasiert und hoffte, inzwischen genug Bart zu haben, um als Sechzehnjähriger durchzugehen.

Wir stießen auf Kitty, die an einem Stück Zuckerwatte kaute und sich nachdenklich ein Plakat ansah, auf dem ein Zwerg war, der mit seiner Zunge auf einem Spieß einen Eimer voller Sand balancierte.

»Hallo, Kitty. Seit wann bist du denn schon da?« fragte ich, darum bemüht, so alltäglich wie möglich zu klingen.

»Hallo, Darryl. Hallo, Rafe. Ich bin vor einer halben Stunde mit Veronica gekommen. Seid ihr auch gerade erst gekommen?« In einem Winkel ihres perfekten Mundes hing ein Stückchen rosa Zuckerwatte, und ich schaute in stiller Bewunderung zu, wie sie versuchte, es mit der Spitze ihrer Zunge zu entfernen.

Rafe zuckte mit den Schultern. »So ungefähr.«

»Habt ihr schon das ›Kleinste Pferd der Welt‹ gesehen?«

»Nein.«

»Lohnt sich auch nicht. Da schröpfen sie dich nur; bloß irgend so ein altes Shetland Pony, das in einer Mulde in der Erde steht.« Sie hielt mir ihre halbaufgegessene Zuckerwatte vor die Nase. »Möchtest du den Rest, Darryl? Ich kann nicht mehr. Wie heißt es noch gleich: Gib dem Süßen was Süßes.«

»Äh, nein danke, Kitty.« Die Leute sagen das immer zu mir wegen meines Nachnamens, nämlich Sweetman. Ich hasse das, aber da ich nicht alle meine Mitmenschen umbringen kann, gibt es leider keine Methode, wie ich das verhindern kann. Und dann glaubt mir auch noch keiner, wenn ich sage, daß ich Zucker nicht ausstehen kann.

»Ich nehme es, Kitty.« Rafe war schon damals ein Lackaffe.

Habe ich schon gesagt, daß sie schließlich am Ende der HighSchool geheiratet haben? Habe ich schon gesagt, daß ich seitdem nicht mehr mit ihm geredet habe?

Kitty runzelte die Stirn und zeigte über meine Schulter.« Ist das nicht Raymond Fleuris?«

Rafe und ich drehten uns um und schauten in die Richtung, in die sie zeigte. Klar, da stand Raymond Fleuris vor dem Entenspiel und sah sich an, wie die leuchtend bunten Plastikenten in ihrem Mini-Mühlbach entlangwippten. Seine Hände steckten zwar noch immer in den Handschuhen, er trug aber keinen Kopfverband mehr, und sein dunkles Haar stand borstig ab wie die Stacheln eines Stachelschweins.

Rafe zuckte mit den Schultern. »Ich hab' gesehen, wie sein Vater die Scheune ausgemistet hat; die Jahrmarktleute lassen Familienangehörige von ihren Aushilfsarbeitern umsonst fahren.«

Kitty sah noch immer rüber zu Raymond. »Wißt ihr, gestern habe ich ihn während der Pause gefragt, warum er eine Gehirnoperation hatte.«

Ich fand als erster meine Sprache wieder. »Das hast du ihn *wirklich* gefragt?«

»Klar, hab' ich.«

»Und, was hat er gesagt?«

Kitty verzog die Stirn. »Weiß nicht. Als ich ihn das gefragt habe, machte er ein Gesicht, als ob er *ganz angestrengt* versuchen würde, sich an etwas zu erinnern. Dann hat er sein Goofy-Grinsen aufgesetzt und ›Hühner‹ gesagt.«

»Hühner?«

»Sieh mich nicht so ganz, als ob *ich* blöd wäre, Rafe Mercer! Ich erzähle Dir doch bloß, was er gesagt hat! Aber *wirklich* merkwürdig war, wie er es gesagt hat! Als ob er sich gerade an einen Trip nach Disneyland oder irgendwie so was erinnert!«

»Dann ist Raymond Fleuris also nicht ganz richtig im Kopf. Tolle Sache. Los, komm schon, ich möchte zu dem Kerl, der ein Mädchen mit einer Kettensäge in zwei Hälften säbelt. Kommst du mit uns mit, Kitty?« Rafe tat so, als ob er an einer Schnur zog, machte brummende Geräusche und wedelte dabei mit der Zuckerwatte, als ob es eine tödliche Waffe wäre.

Kitty kicherte hinter vorgehaltener Hand. »Du bist *blöd!«*

Mehr konnte ich nicht ertragen. Wenn ich noch fünf Minuten länger mit den beiden hätte zusammensein müssen, dann wäre mir entweder übel geworden oder ich hätte Rafe einen auf die Nase gegeben. »Ich treff' dich später, Rafe. Okay? Rafe?«

»Jaaa?« Rafe wandte seinen Blick gerade lange genug von Kitty ab, um mir schnell zerstreut zuzunicken. »In Ordnung. Klar doch. Später, Mann.«

Ich stieß mit angehaltenem Atem eine Verwünschung aus und stolzierte weg, die Hände hatte ich dabei in den Taschen zu Fäusten geballt. Plötzlich erschien mir der Jahrmarkt gar nicht mehr so interessant wie noch vor zehn Minuten. Sogar die festlichen Düfte von heißem Popkorn, Zuckerwatte und Maiskolben konnten mir meine gute Laune von vorhin nicht wiederbringen.

Ich fand wieder zu mir, als ich auf ein verblichenes Stofftransparent starrte, auf dem in schwungvoller Schrift stand: Colonel Reynards Miniatur-Dschungel.

Darunter sah man eine einfache Zeichnung von einem rothaarigen jungen Mann, der wie Frank Buck gekleidet war und mit einem gefleckten Leoparden im Clinch lag.

In der Kasse vor dem Zelt war ein großer Mann in einem kurzärmligen Khakihemd voller Schweißflecken und in Reithosen. Seine Haare waren nicht mehr leuchtend rot, und sein Gesicht sah älter aus, aber ohne Zweifel war das Colonel Reynard: der Große Weiße Jäger. Während ich ihm zusah, holte er ein Mikrofon raus, das noch aus der Zeit des Zweiten Weltkriegs stammte, und fing mit seiner Vorstellung an. Seine Stimme kam laut krächzend aus dem Lautsprecher und mischte sich mit den Geräuschen aus dem Lärm der Budenstraße.

»Her-reinspaziert! Her-reinspaziert! Her-reinspaziert! Hier sehen Sie die ex-otischsten und ge-fährlichsten Tiere diesseits von Af-rika! Sehen Sie – den edlen Tim-berwolf! König des Arktischen Waldes! Den wilden Ja-guar! Rück-sichtsloser Herrscher des Ama-zo-nas-Urwalds! Sehen Sie – den behaarten Orang-Utan! Borne-os ur-sprünglichen wilden Mann des Waldes! Sehen Sie den ge-fürchteten Grizzley! Der König des ei-sigen Nordens! Sehen Sie diese Wunder und noch mehr! Schnell her-reinspaziert, Leute! Her-reinspaziert! Her-reinspaziert!«

Eine Handvoll Leute blieb stehen und hörte dem Colonel zu.

Einer davon war Raymond Fleuris. Ein Pärchen ging mit Geld in der Hand zur Kasse. Raymond stand bloß da und starrte auf den rothaarigen Mann. Ich dachte, daß es der Colonel wie W.C. Fields machen würde, aber statt dessen winkte er Raymond rein ins Zelt. *Was ging da vor?*

Eigentlich hatte ich keine Lust, eine Menge halbverhungerter Tiere in ihren Käfigen zu sehen. Aber da war etwas an der Art und Weise, wie Colonel Reynard Raymond angesehen hatte. Als ob er ihn wiedererkannt hätte, und das kam mir sonderbar vor. Zuerst dachte ich, daß er ja auf Jungen steht, aber mir gönnte der Große Weiße Jäger keinen zweiten Blick, als ich meine Eintrittskarte bezahlte und zu den anderen ins Zelt ging.

Der ›Miniatur-Dschungel‹ stank nach Sägespänen und Pisse. Rings im Zelt waren etwas erhöhte Plateaus, auf denen die Käfige standen, die noch mit Planen zugedeckt waren. Schließlich kam Colonel Reynard zu uns ins Zelt und ging auf seinen Platz. Dabei erzählte er uns, wie er nun Leib und Leben riskieren würde, und zählte die Lebewesen auf, die wir sehen würden. Während er sprach, ging er von Käfig zu Käfig und schlug die Planen zurück, so daß wir die Tiere sehen konnten, die in ihnen gefangen saßen.

Ich hatte nichts Besonderes erwartet, und deshalb war ich auch nicht enttäuscht. Der ›Jaguar‹ war ein spindeldürrer Ozelot; der ›Timberwolf‹ ein gelbäugiger Kojote, der am Rand seines Käfigs wie verrückt hin- und herlief; der ›Grizzly‹ war ein ganz normaler Braunbär mit einem so weißen Maul, daß man denken konnte, er sei mit Puderzucker überzogen. Nur der Orang-Utan war wie angekündigt.

Der Affe war groß und hatte das Gesicht eines alten Mannes mit vielen tiefen Falten. Er saß in einem Käfig, der nur etwas größer war als er selbst, die handähnlichen Füße hatte er vor seinem kollossalen Bauch gefaltet. Mit seinem Hängebusen und seinem riesigen Umfang sah er wie ein runtergekommener Buddha aus.

Gerade als der Colonel mit seiner Vorstellung anfangen wollte, schob sich Raymond von hinten durch die Zuschauermenge und stand dann bewegungslos und mit offenem Mund vor dem ›Timberwolf‹.

Der Kojote hörte mit dem ruhelosen Herumlaufen auf und entblößte die Fänge. Er gab ein tiefes, ängstliches Knurren von sich, als er die Nackenhaare sträubte. Der Colonel hörte mitten im Satz auf und starrte zuerst auf den Kojoten und dann auf Raymond.

Wie auf ein Stichwort begann der Ozelot zu spucken und zu fauchen und legte die Ohren an den geschmeidigen Kopf. Der Bär stieß eine Reihe tiefer Grunzer aus, während der Orang-Utan sein Gesicht bedeckte und sich mit dem Rücken zu den Zuschauern drehte.

Raymond ging zurück und schüttelte mit dem Kopf, als ob er etwas im Ohr hätte. Seine Gesichtsmuskeln verzerrten sich wieder, und ich bildete mir ein, daß ich das Blut und den Staub riechen konnte und wieder Chucky Donothan hörte, der wie ein Mädchen kreischte. Raymond taumelte rückwärts und bedeckte seine Augen mit seinen Handschuhen. Ich hörte jemanden in der Menge lachen; es hörte sich an wie ein kurzes, scharfes, häßliches Bellen.

Colonel Reynard schnippte einmal mit den Fingern und sagte mit scharfer Stimme »Kusch!« Die Tiere waren sofort ruhig. Und dann ging er zu Raymond. »Mein Sohn...«

Raymond machte ein Geräusch, das sich wie ein Mittelding zwischen Aufschluchzen und Aufschrei anhörte und rannte aus dem Zelt raus, hinein in die Menschenmenge und den Lärm der Budenstraße. Colonel Reynard lief hinter ihm her, und ich lief hinter dem Colonel her.

Raymond lief zu den Alu-Hütten, die als Ausstellungsräume dienten. Der Colonel sah nicht, wie Raymond zwischen der ›Scheune des Handwerks‹ und der Traktor-Ausstellung verschwand, aber ich sah es. Ich rannte hinter ihm her und ließ dabei die Lichter und die Betriebsamkeit des Jahrmarktes hinter mir. Ganz schwach konnte ich Raymond ein paar Meter vor mir erkennen.

Ich erstarrte, als ein großer, dünner Schatten sich Raymond direkt in den Weg stellte und ihn zu Boden stieß. Ich drückte mich an die Aluminiumwand der Scheune und betete, daß keiner bemerkte, daß ich in der dunklen ›Gasse‹ herumlungerte.

»Bist du in Ordnung, mein Sohn?« Ich erkannte die Stimme von Colonel Reynard, obwohl ich sein Gesicht nicht sehen konnte.

Raymond zitterte am ganzen Leib, als er gleichzeitig versuchte, wieder zu Atem zu kommen und mit Weinen aufzuhören.

Der Schausteller half Raymond wieder auf die Füße. »Ist ja gut,

mein Sohn... Das ist nichts, wofür man sich schämen muß.«
Seine Stimme war so sanft und beruhigend wie bei einem Mann, der zu einem unruhigen Pferd spricht. »Ich tu' dir nichts, mein Junge. Ganz im Gegenteil.«

Raymond stand ruhig da und ließ sich von Colonel Reynard mit einem Taschentuch die Tränen, den Dreck und den Rotz aus dem Gesicht wischen.

»Zeig mir mal deine Hände, mein Sohn.«

Raymond schreckte vor dem Fremden zurück und verschränkte die behandschuhten Hände vor seinem Herzen. »Pa hat gesagt, daß ich eine Abreibung kriege, wenn ich sie abmache. Ich soll sie nie wieder abmachen.«

»Tja, und ich sage, daß es schon in Ordnung ist, wenn du sie abmachst. Und wenn das deinem Daddy nicht gefällt, muß er zuerst mir eine Abreibung verpassen.« Der Schausteller schnürte schnell beide Handschuhe auf und ließ sie zu Boden fallen. Raymonds weiße Hände blendeten richtig im Vergleich zu seinem schmutzigen Gesicht und den Unterarmen. Colonel Reynard ging in die Hocke und nahm Raymonds Hände in seine Hände. Er besah sich die Finger voller Interesse. Dann drehte er Raymonds Kopf zur Seite. Ich konnte sehen, daß er sich die Narbe ansah.

»Was haben sie mit dir gemacht?« Die Stimme des Colonels hörte sich sowohl ärgerlich als auch traurig an. »Du armes Kind... Was haben sie bloß mit dir *gemacht?*«

»Was ist denn hier los! Was machen Sie da mit meinem Jungen?«

Es war Mister Fleuris. Er kam mit nur ein paar Zentimeter Abstand an mir vorbei; doch selbst wenn er meine Gegenwart bemerkte, an seinem Gesicht konnte man es nicht erkennen. Ich fragte mich, ob sich so die ersten Säugetiere in ihrem Versteck im Unterholz gefühlt hatten, als sie die Dinosaurier beobachteten, die an ihnen vorbeitrampelten. Der fette große Mann stank nach Dung und frischem Stroh.

Raymond schreckte zurück, als sein Vater auf ihn zukam.

»Raymond, wo zum Teufel sind deine Handschuhe, Junge? Du weißt doch, was ich dir gesagt habe!« Mister Fleuris hob einen fleischigen Arm, und seine Wurstfinger ballten sich zu einer Faust.

Raymond wimmerte in Erwartung des Schlages, der jetzt ganz sicher in seinem nach oben gerichteten Gesicht landen würde.

Aber bevor Horace Fleuris noch eine Chance hatte, seinen Sohn zu schlagen, packte Colonel Reynard das Handgelenk des fetten Mannes. Im schwachen Licht sah es so aus, als ob der Ringfinger des Colonel länger als seine anderen Finger wäre. Ich hörte, wie Mister Fleuris überrascht grunzte und sah, wie seine erhobene Faust zitterte.

»Sie werden das Kind nicht anfassen, verstanden?«

»Verdammt noch mal, loslassen!« Fleuris' Stimme hörte sich gepreßt an, als ob er sowohl Schmerzen hatte als auch ängstlich war.

»Ich sagte ›verstanden‹?«

»Ich hab's schon das erstemal gehört, verdammt!«

Der Colonel ließ Fleuris' Arm fallen. »Sind Sie der Vater von diesem Kind?«

Fleuris nickte verdrießlich und massierte dabei sein Handgelenk.

»Ich sollte sie umbringen für das, was Sie getan haben.«

»Jetzt ist's aber gut! Geben Sie nicht mir die Schuld dafür!« tobte Fleuris. »Das haben die Ärzte oben im State Hospital gemacht! Sie haben gesagt, daß es ihn heilen würde! Ich habe versucht, ihnen zu sagen, was das Problem des Jungen war, aber sie lassen sich nicht reinreden und hören auf niemanden! Aber was konnte ich tun? Wir waren es leid, jedes Mal umzuziehen, wenn der Junge mal wieder in den Hühnerstall eines Nachbarn eingebrochen war...«

»Und jetzt wird er *nie* lernen, wie er es kontrollieren kann!« Reynard strich Raymond über den Kopf. »Er ist zwischen seinen beiden Ichs gefangen und kann sich nicht in Ihre Welt einfügen... und auch nicht in unsere. In den Augen der Schöpfung ist er eine Abscheulichkeit. Und sogar die Tiere merken, daß er keinen Platz in ihrer Ordnung hat!«

»Sie mögen den Jungen, nicht wahr?« Etwas daran, wie Fleuris diese Frage stellte, drehte mir den Magen um. »Ich bin ein vernünftiger Mann. Wenn es ums Geschäft geht.«

Ich konnte kaum glauben, was ich hörte. Mister Fleuris stand da und redete darüber, seinen Sohn einem total Fremden zu *verkaufen*, als ob er ein preisgekrönter Hütehund wäre!

»Hauen Sie ab.«

»Moment mal bitte! Ich tue nichts Ungesetzliches, das wissen Sie! Ich bin der Vater des Jungen und ich schätze, das gibt mir ein

gewisses Recht auf eine Entschädigung, besonders wenn man in Betracht zieht, daß er mein einziger männlicher Nachkomme...«
- »*Es reicht!*« Die Stimme von Colonel Reynard hörte sich wie ein Knurren an.

Horace Fleuris drehte sich um und floh, und dabei war sein fleischiges Gesicht vor Furcht verzerrt. Ich hätte nie gedacht, daß ein Mann seiner Größe sich so schnell bewegen kann.

Ich schaute rüber zu Reynard, der eine Hand auf Raymonds Schulter gelegt hatte. Colonel Reynards Gesicht sah nicht länger menschlich aus, und sein Mund war zu einem trügerischen Lächeln verzogen. Er fixierte mich mit seinen mörderisch grünen Augen und verzog seine Schnauze. »Das gilt auch für dich, Menschenjunges.«

Noch heute frage ich mich, warum er mich so gehen ließ, ohne mir was zu tun. Ich schätze, er tat es deshalb, weil niemand einem Hosenscheißer glauben würde, der irgendwelche verrückten Geschichten über Männer mit einem Fuchskopf erzählt. Niemand wollte so einen Mist glauben. Nicht einmal der Hosenscheißer selbst.

Ich brauche wohl nicht extra zu betonen, daß ich so schnell wie ein Kaninchen abhaute, dem ein Hund auf der Fährte ist. Später wurde ich von immer wiederkehrenden Alpträumen heimgesucht, in denen ein Tierbändiger in Reithosen mit einem Fuchskopf vorkam, der seinen Kopf in den Mund eines Menschen steckte, und dann kam noch ein riesiger Orang-Utan in einem Overall darin vor, der sah aus wie Mister Fleuris.

Als dann die Weihnachtsferien kamen, hatte jeder das Interesse an Raymonds Verschwinden verloren. Die Familie Fleuris war im Laufe der letzten Oktobernacht unbekannt verzogen. Niemand vermißte sie. Es war, als ob Raymond Fleuris niemals existiert hätte.

Ich verbrachte ziemlich viel Zeit damit, nicht daran zu denken, was ich da gesehen und gehört hatte. Für mich gab es andere Dinge, die mich interessierten, wie zum Beispiel Kitty Killigrew, die jetzt fest mit Rafe ging.

Es vergingen einige Jahre, bis ich wieder einmal zum Jahrmarkt in Choctaw County ging. Da war ich bereits drüben in Drew County als Erstsemestler an der Arkansas Universität in Monticello. Ich hatte ein Stipendium ergattert und verbrachte die Wochentage damit, in einem kärglich eingerichteten, ungemütlichen Zimmer im Wohnheim zu büffeln und am Wochenende nach Hause zu kommen, um meinem Vater auf der Farm zu helfen. Schon lange hatte ich mich selbst davon überzeugt, daß das, was ich in der Nacht gesehen hatte, einem besonders lebendigen Alptraum entsprungen war, den ich wegen eines verdorbenen Maiskolbens hatte. Und nichts weiter.

In der Budenstraße gab es in diesem Jahr keine Ringkampf-Show, aber ich hörte Gerüchte, daß es etwas geben sollte, was sogar noch besser war. Oder schlechter, hing ganz davon ab, wie man die Sache betrachtet.

Wenn man sich auf die Mundpropaganda verließ, konnte man sich diesmal ein düsteres menschliches Monster ansehen. Da ja nun solche Zurschaustellungen, technisch gesehen, illegal sind und ohne Umschweife als unmoralisch, entwürdigend und sündig verdammt werden, war es nur natürlich, daß sich ständig eine große Menschenmenge davor versammelte.

Der Ausrufer zwängte so viele Leute wie möglich in ein überfülltes, stinkendes Zelt, das hinter der Ausstellung mit den Mißgeburten aufgebaut war. Mitten im Zelt war eine Grube mit einer Plane, und dort unten saß zusammengekauert das menschliche Monster.

Es war dürr und beharrt wie ein Affe. Das Haar auf seinem Kopf war lang und strähnig, und es hing ihm weit über die Hüften, genauso wie sein ungepflegter Bart. Seine langen Unterarme und krummen Beine waren genauso zottig. Sie waren voller dunkler Haare, die aussahen wie das Fell einer wilden Ziege. Man konnte es schwer beurteilen, aber ich war sicher, daß er völlig nackt war. Irgend etwas war mit den Fingern des Monsters nicht in Ordnung, aber dieser Eindruck konnte auch wegen seiner zentimeterlangen Fingernägel entstehen.

Als der Ausrufer mit seinem Geschwätz loslegte, daß dieses menschliche Monster der letzte Überlebende einer seltenen Rasse von Wilden aus dem Dschungel von Borneo wäre, mußte ich immerfort auf die knurrende, ruhelose Kreatur starren. Ich konnte das Gefühl nicht loswerden, daß da irgendwas an diesem Monster war, was mir *vertraut* vorkam.

Der Ausrufer hörte mit dem Gerede auf und holte ein lebendes Huhn aus einem Jutesack. Das Monster hob den Kopf und schnüffelte. Seine Nasenlöcher weiteten sich, als es den Geruch des Vogels witterte. Ein idiotisches Grinsen teilte sein haariges Gesicht, und ein langer Speichelfaden rann aus dem offenen Mund. Seine Zähne waren überraschend weiß und kräftig.

Der Ausrufer schleuderte das Huhn in die Grube. Es flatterte abwärts und gackerte, während es die Luft verzweifelt mit den Flügeln peitschte. Das Monster kicherte wie in entzücktes Kind und warf sich auf den glücklosen Vogel, mit geschmeidigen, sicheren Bewegungen. Es biß dem strampelnden Huhn den Kopf ab und genoß offensichtlich jede einzelne Minute.

Als die Menge voller Ekel aufstöhnte und sich von dem Geschehen in der Grube abwandte, schaute ich weiter zu, obwohl sich mein Magen schier umdrehte.

Warum? Weil ich die blasse Spur des Narbengewebes entdeckt hatte, welches die rechte Schläfe des Wesens kreuzte.

Ich stand dort oben und starrte auf Raymond Fleuris herunter, der am Boden der Schaugrube hockte, das grinsende Gesicht in Blut und Federn getaucht.

Am Ende hatte er doch noch sein Glück gefunden.

Originaltitel: Raymond
Ins Deutsche übertragen von Inka Danzig

Larry Niven
Da ist ein Wolf in meiner Zeitmaschine!

Die Instrumente in dem alten Chronolog-Transformator waren nicht gerade sensibel, aber das spielte auch kaum eine Rolle. Es war deswegen nicht wichtig, weil Svetz nicht auf der Jagd nach einem besonderen Tier einer ausgestorbenen Rasse war. Ra Chen hatte ihm gesagt, er solle gleich das erste schnappen, das ihm in die Quere käme.

Svetz steuerte den Transformator zurück ins vorindustrielle Amerika, irgendwo in der Mitte des Kontinents, ungefähr tausend Jahre vor dem atomaren Zeitalter. Wenig Menschen, viele Tiere. Vielleicht würde er einen Bison fangen.

Er zog sich zum Fenster und schaute hinaus. Draußen war eine weiße, weite Landschaft.

Svetz hatte nicht vorgehabt, mitten im Winter anzukommen.

Einen Moment erwägte er, wieder in den Zeitstrom zurückzukehren, indem er die Interrupter-Schleife benutzte. Probier es in einer anderen Zeit, versuch dein Glück noch mal. Aber die Interrupter-Schleife war eine neue Entwicklung, noch nicht erprobt, und Svetz dachte gar nicht daran, der erste zu sein, der diesen Stromkreis benutzte.

Außerdem kostete eine Reise in die Vergangenheit über eine Million Commercials. Der Einsatz der Interrupter-Schleife würde diese Summe fast verdoppeln. Ra Chen hätte dafür kein Verständnis.

Im selben Moment, als Svetz die Tür öffnete, verwandelte er sich fast zu einem Eisklumpen. Auch der Blick durch die Tür eröffnete keine neue Perspektive, der Himmel war genauso weiß wie die flache Ebene. Weit draußen bewegte sich ein weißer Schatten.

Svetz schoß sofort. Die Kugel bestand aus einem kristallinen Betäubungsmittel, das sich beim Eintritt unmittelbar verflüssigte.

Er stieg auf die Flugscheibe und suchte nach seiner Beute. Jetzt, wo es sich nicht mehr bewegte, war das Tier kaum zu erkennen. Sein Fell hatte genau die gleiche Farbe wie der Schnee, aber der rote Schimmer seines geöffneten Mauls und die schwarzen Ballen seiner Pfoten verrieten den Ort, an dem es zusammengebrochen war. Svetz klassifizierte es vorläufig als arktischen Wolf.

Der Wolf wäre bestimmt eine Bereicherung für das Vivarium. Svetz hätte sich mit allem zufrieden gegeben, um diese eisige Wildnis so schnell wie möglich wieder verlassen zu können. Er war mit sich mehr als zufrieden. Ein schneller, leichter Erfolg.

Wieder zurück im Chronolog-Transformator, rollte er das schlafende Tier in eine Hülle, die wie eine durchsichtige Plastikfolie aussah, und verschweißte sie. An einer der gekrümmten Wände des Transformators schnallte er den Wolf fest. Er begab sich zu den Kontrollen an der gegenüberliegenden Wand und entspannte sich. Dann drückte er auf den Startknopf. Der Transformator stürzte in eine Richtung senkrecht zu allen anderen Dimensionen.

Auf eigenartige Weise verlagerte sich die Schwerkraft.

Svetz' Kopf steckte in einer durchsichtigen Plastikkugel. Die Ränder der Folie waren auf der Haut seines Halses festgeklebt. Jetzt zog Svetz sie ab und legte sie beiseite. Das Luftversorgungs-System war aktiviert, also würde er keinen Atemfilter mehr benötigen.

Aber der Wolf brauchte ihn. Er konnte nicht die Luft des Industriezeitalters atmen. Ohne die Plastikfolie, die die Gifte herausfilterte, würde der Wolf ersticken. In der Zeit, aus der Svetz stammte, waren Wölfe längst ausgestorben.

Außerhalb raste die Zeit mit einer unvorstellbaren Geschwindigkeit vorbei. Innerhalb des Transformators schleppte sie sich langsam voran. Svetz hatte sich in einer der runden Ecken des kugelförmigen Chronolog-Transformators zusammengerollt und starrte hinauf zu dem Wolf, der nun an der sich wölbenden Decke zu hängen schien.

Svetz hatte niemals zuvor einen lebenden Wolf gesehen. In Kinderbüchern hatte er mal ein paar Bilder gefunden – doch auch die Kinderbücher waren aus der Vergangenheit gestohlen worden. Warum wirkte der Anblick des Wolfes nur so vertraut?

Der Wolf war groß, eine Bestie, vielleicht genauso groß wie er. Hanville Svetz war sehr schlank, mit schmalen Schultern. Der Brustkorb des Wolfes hob sich in regelmäßigen Atemzügen. Er hatte eine lange, rote Zunge und weiße, scharfe Zähne.

Wie bei Hunden, fiel Svetz ein. Die Hunde in dem Vivarium, in dem gläsernen Zwinger mit dem Schild:

HUND
Gegenwart

Die Hunde waren die einzigen Tiere in dem Vivarium, die es eigentlich nicht nötig hatten, in versiegelten Glaskäfigen zu leben. Die anderen Tiere konnten die Luft außerhalb davon nicht atmen. Die Hunde schon.

Ihr Überleben war einzig und allein das Werk eines Mannes. Lawrence Wash Porter hatte ziemlich am Ende der industriellen Periode gelebt, zwischen dem fünfzigsten und hundertsten Jahr nach dem atomaren Zeitalter, als Milliarden von Menschen an Lungenkrankheiten dahinstarben und sich nur wenige Millionen anpassen konnten. Porter hatte beschlossen, die Hunde zu retten.

Warum ausgerechnet die Hunde? Seine Motive blieben im Dunkeln, aber seine Methoden waren geradezu genial. Er verwendete Exemplare aus jeder Hunderasse, die es gab und kreuzte sie über viele Generationen, fast sein ganzes Leben lang.

Nie mehr würde es mehr als eine Hunderasse auf der Welt geben. Nicht ein einziger reinrassiger Hund war übriggeblieben. Aber die dynamische Lebenskraft seiner Kreuzungen erzeugte eine völlig neue Rasse. Dieser ulitmative Mischling konnte die Luft des Industriezeitalters atmen, die zum größten Teil aus Nitrogen- und Kohlenoxiden bestand, angereichert mit reinem Benzin und Schwefelsäure.

Die Hunde befanden sich hinter Glas, weil die Leute Angst vor ihnen hatten. Zu viele Arten waren ausgestorben. Die Menschen im zwölften Jahrhundert des Nachatomaren Zeitalters waren nicht gewöhnt, Tiere zu sehen.

Wölfe und Hunde... konnte einer der Vorfahr des anderen sein?

Svetz schaute zu dem schlafenden Wolf hinauf. Verwundert stellte er fest, daß er den Hunden sehr ähnlich war, aber sich andererseits ganz deutlich von ihnen unterschied. Durch das Glas hatten die Hunde immer einen freundlichen, harmlosen Eindruck gemacht und mit dem Schwanz gewedelt, wenn die Kinder ihnen zuwinkten. Aber dieser Wolf, selbst im Schlaf...

Svetz erschauderte. Von allen Dingen, die er an seinem Beruf haßte, war das hier das Schlimmste, die Reise nach Hause in einem Raum mit einer unbekannten, gefährlichen Tierart, ausgestorben und vergessen. Bei seiner ersten Reise hatte das Pferd, das er gefangen hatte, die Kontrolltafel ernsthaft beschädigt. Bei seinem letzten Einsatz hatte er von einem Strauß einen kräftigen Tritt bekommen, der ihm drei Rippen gebrochen hatte.

Der Wolf zuckte unruhig hin und her — und irgend etwas an ihm hatte sich verändert.

Irgendeine Veränderung war gerade im Gange. War die Schnauze des Tieres jetzt nicht kürzer? Seine Vorderfüße waren auf seltsame Weise verlängert; seine Pfoten schienen sich zu weiten und zu wachsen.

Svetz schnappte nach Luft und vergaß den Wolf augenblicklich. Svetz fühlte, daß er erstickte, sterben würde. Er riß seinen Atemfilter hoch, zog die Folie über seinen Kopf und stürzte sich auf die Kontrolltafel.

Svetz stolperte aus dem Chronolog-Transformator, tat zwei, drei Schritte und brach zusammen. Hinter ihm strömten unsichtbare Giftgase durch die Tür ins Freie.

Am Horizont türmten sich Wolkenbänke, orange gefärbt von der untergehenden Sonne.

Würgend blieb Svetz liegen, wo er hingefallen war und japste nach Luft. Unter ihm befand sich eine Art Freiluft-Teppich, grün und feucht. Er roch pflanzlich. Svetz erkannte den Geruch nicht, begriff nicht gleich, daß dieser Teppich lebender Organismus war. Darum machte er sich überhaupt keine Gedanken. Das einzige, woran er denken konnte, war die Vorstellung, daß das Luftversorgungssystem des Transformators versucht hatte, ihn zu töten. So wie er sich im Augenblick fühlte, wäre es fast erfolgreich gewesen.

Es war knapp gewesen. Er hatte gerade das dreißigste Jahr des Nachatomaren Zeitalters hinter sich gelassen, als die Luft sich verschlechterte. Er erinnerte sich, den Hebel für die Interrupter-Schleife ergriffen zu haben. Dann warten, warten. Seine Nase füllte sich mit dem Gestank der fauligen Luft, die in seinen Hals drang und in seinen Kehlkopf schnitt. Er wartete zwanzig Jahre ab, von denen er jede Sekunde zu spüren glaubte. Im fünfzigsten Jahr des Nachatomaren Zeitalters zog er an dem Hebel und flüchtete, dem Ersticken nahe, aus dem Transformator.

Fünfzig Jahre n. A. Wenigstens war er im Industriezeitalter gelandet. Diese Luft konnte er atmen.

Das Pferd ist es gewesen, dachte er ohne Überraschung. Vor drei Jahren hatte das Pferd sein bösartiges, spitzen Horn direkt durch die Kontrolltafel gebohrt. Die Wartungsmannschaft hätte es doch repariert haben müssen. Sie *hatten* es repariert.

Irgendwo mußte was durchgebrannt sein.

Es war die Art, wie es mich jedesmal angesehen hat, wenn ich an seinem Käfig vorbeiging. Ich hab immer gewußt, daß es mich erwischen würde, dachte Svetz.

Da bemerkte er, daß er den Atemfilter immer noch in der Hand hielt. Bloß nicht noch mal – blitzschnell erhob er sich.

Um ihn herum war alles grün. Der feuchte, grüne Teppich unter seinen Füßen lebte, er wuchs auf einer schwarzen Erde. Ein verrenktes Gewächs mit einer rauhen, unregelmäßigen Oberfläche ragte wie eine Säule aus dem Boden hervor. Weiter oben verästelte es sich und schien in rote und gelbe Blätter, brüchig wie Glas, zu zerfließen. Am Fuße der Säule lag noch mehr von diesem bunten, verknitterten Papier. Etwas, das mit Sicherheit kein Flugzeug war, bewegte sich in unvorhersehbaren Bahnen über seinem Kopf, ein winziges kleines Ding, das flatterte und trällerte. Alles hier lebte. Eine vorindustrielle Wildnis.

Svetz zog den Atemfilter über den Kopf und beeilte sich, die Ränder der Folie an seinem Hals festzudrücken, um ihn so zu versiegeln. Reine Glückssache, daß er bis jetzt nicht in Ohnmacht gefallen war. Er wartete darauf, daß sich die Folie zu einer

Kugel um seinen Kopf aufblies. Sie war eine Membran mit selektiver Durchlässigkeit, welche die für ihn verträglichen Luftbestandteile so lange filtern würde, bis die Zusammenstellung einwand...

Seine Augen tränten unter dem Plastik, und er bekam keine Luft mehr.

Schluchzend knüllte er die Folie zusammen und warf sie weg. Zuerst die Klimaanlage, jetzt der Atemfilter! Ist beides von jemandem beschädigt worden? Genauso das interne Chronometer; es war mindestens hundert Jahre vor dem fünfzigsten Jahr des Nachatomaren Zeitalters gelandet.

Irgend jemand hatte versucht, ihn zu ermorden.

Hastig schaute Svetz sich um. Über dem weiten, grünen Teppich sah er auf einer Anhöhe ein rechteckiges Gebilde mit senkrechten Wänden, in unterschiedlichen Grünschattierungen gestrichen. Das konnte keinen natürlichen Ursprung haben. Hier müßte es also Menschen geben. Er könnte –

Nein, er konnte nicht mal um Hilfe bitten. Wer würde ihm schon glauben? Wie konnten sie ihm überhaupt helfen? Seine einzige Hoffnung war der Chronolog-Transformator. Und er konnte nicht mehr viel Zeit haben!

Der Chronolog-Transformator stand nur ein paar Meter weit weg, die Tür ein schwarzes Loch auf der runden Fläche. Das andere Ende der Kugel schien sich irgendwo im Nichts aufzulösen. Sie war immer noch mit dem anderen Teil der Zeitmaschine verbunden, im Jahre 1103 n. A., entlang einer Achse, der das Auge nicht folgen konnte.

Svetz zögerte neben dem Eingang. Die einzige Hoffnung bestand darin, die Klimaanlage außer Betrieb zu setzen. Die Luft anhalten, dann...

Der Geruch nach giftigen Gasen hatte sich verflüchtigt.

Svetz schnupperte nach Luft. Tatsächlich, weg. Die Klimaanlage hatte sich selbst erschöpft und die giftigen Stoffe in die freie Luft abgegeben. Kein Grund mehr, sie zu zerstören. Svetz wurde ganz flau vor Erleichterung.

Er stieg ein.

Sein Blick fiel auf eine Filterfolie, leer und zerfetzt. Da fiel ihm wieder der Wolf ein. Plötzlich sah er den Eindringling über sich emporragen: Derbes, dichtes Haar, gelbe Augen, die ihn anfunkelten, klauenbewehrte Hände, die sich weit öffneten, um zu töten.

Es herrschte Dunkelheit. Fern im Osten zeigten sich ein paar Sterne, während der westliche Himmel immer noch in tiefes Rot getaucht war. Ein milder Hauch der unterschiedlichsten Gerüche lag in der Luft. Der Mond schien in seiner ganzen Fülle.

Svetz stakste hügelaufwärts. Er blutete.

Das Haus auf dem Hügel war groß und alt. So groß wie ein ganzer Häuserblock und zwei Stockwerke hoch. Die Anbauten wucherten in alle Richtungen, als wäre ein verrückter Architekt seinen sprunghaften Eingebungen gefolgt und hätte seine Entwürfe von einen Augenblick auf den anderen immer wieder geändert. In den Fenstern der unteren Etage waren schmiedeeiserne Gitter angebracht und die Fensterläden in beiden Etagen waren mit ebensolchen schmiedeeisernen Beschlägen versehen, alles in einer staubgrünen Farbschattierung gestrichen. Die Fensterläden waren aus Holz, mit einem anderen Grünton bemalt. Sie waren vor jedem Fenster verschlossen. Kein Lichtschimmer drang irgendwo hervor.

Die Tür war für jemanden gebaut, der durchaus drei Meter und sechzig groß sein könnte. Der Türknauf war riesig. Svetz umfaßte ihn mit beiden Händen und versuchte, ihn mit aller Kraft zu bewegen, aber er drehte sich kein bißchen. Er stöhnte. Er suchte nach dem Objektiv einer Überwachungskamera, aber er konnte nichts entdecken. Wie konnte jemand erfahren, daß er vor der Tür stand?

Eine Türklingel konnte er auch nicht finden.

Möglicherweise stand das Haus ja auch leer. Er hatte keine Vorstellung, wozu dieses Gebäude dienen könnte. Für ein Einfamilien-Haus war es viel zu groß und für ein Hotel oder Apartment-Haus viel zu unübersichtlich. Konnte es vielleicht ein Lagerhaus sein oder ein Fabrikgebäude? Doch was wurde hier gelagert oder produziert?

Svetz schaute zurück zu dem Chronolog-Transformator. Schwach nahm er das Glimmen der Innenbeleuchtung wahr. Außerdem konnte er erkennen, daß sich auf dem seltsamen Grün, das wie ein Teppich den Hügel bedeckte, irgend etwas bewegte.

Blasse Konturen, mehrere.

Kamen sie auf ihn zu?

Mit bloßen Fäusten hämmerte Svetz gegen die Tür. Nichts. Da bemerkte er, oben an der Tür ein metallisches Ding, golden und reich verziert. Er berührte es, hob es an, ließ es wieder los. Ein klirrendes Geräusch ertönte.

Er griff mit beiden Händen zu und schlug den Knauf immer wieder in seine Halterung. Das Klirren wurde zu einem rhythmischen Geräusch. Irgend jemand mußte es hören.

Etwas sauste an seinem Ohr vorbei und schlug hart gegen die Tür. Mit weit aufgerissenen Augen wirbelte Svetz herum und konnte dadurch einem Felsbrocken ausweichen, so groß wie seine Faust.

Die bleichen Schatten waren näher gekommen. Zweibeiner, mit gebücktem Gang.

Sie sahen menschlich aus — aber nicht menschlich genug.

Die Tür öffnete sich.

Sie war jung, vielleicht sechzehn. Ihre Haut war sehr blaß und ihre Haare und auch ihre Augenbrauen waren schlohweiß. Ihr Gewand reichte vom Hals bis zu den Fußgelenken, doch die Arme waren frei gelassen. Sie war schön. Sie schien verschlafen und aufgebracht, als sie die Tür aufzog, mit einer Hand, und die Tür war solide und schwer. Dann fiel ihr Blick auf Svetz.

»Helfen Sie mir«, sagte Svetz.

Ihre Augen weiteten sich. Ihre Ohren bewegten sich ebenfalls. Sie sagte etwas, das Svetz nicht gleich verstehen konnte. Es war altertümliches Englisch.

»Was *sind* sie?«

Svetz konnte ihr keine Vorwürfe machen. Selbst in heilem Zustand hätte seine Kleidung nicht in diese Epoche gepaßt. Aber seine Bluse war bis zum Bauchnabel aufgeschlitzt, genau wie seine Haut. Vier senkrechte, parallele, blutverkrustete Striemen zogen sich über sein Gesicht und seine Brust.

Zeera hatte ihn sorgfältig in Englisch unterrichtet. Er suchte sorgfältig nach den richtigen Ausdrücken. »Ich bin ein Reisender. Ein Tier, ein Ungeheuer, hat mir mein Fahrzeug weggenommen.«

Offensichtlich verstand sie die Bedeutung seiner Worte. »Sie armer Mann! Was war das für ein Tier?«

»Es sah aus wie ein Mensch, aber am ganzen Körper mit Fell

bedeckt, mit einem schrecklichen Gesicht — und Klauen — Klauen —«

»Ich sehe die Wunden, die sie geschlagen haben.«

»Ich hab' keine Ahnung, wie es hereingekommen ist. Ich...« Svetz erschauderte. Nein, daß konnte er ihr nicht sagen. Das war krank, völlig verrückt, doch er war fast überzeugt, daß sich sein Wolf in ein blutrünstiges, menschenähnliches Ungeheuer verwandelt hatte.

»Er hat mich bloß einmal getroffen. Im Gesicht. Mit einer Waffe könnte ich ihn bestimmt vertreiben. Haben Sie eine Panzerfaust?«

»Was für ein lustiger Ausdruck. Ich glaube nicht. Kommen Sie herein. Haben die Trolle Sie belästigt?« Sie faßte ihn am Arm, zog ihn herein und schloß die Tür.

»Trolle?«

»Sie sind eine seltsame Person, so fremd«, sagte das Mädchen und betrachtete ihn dabei von oben bis unten. »Sie sehen fremd aus. Sie riechen fremd und Sie bewegen sich so merkwürdig. Ich wußte gar nicht, daß es solche Wesen wie Sie überhaupt gibt auf der Welt. Sie müssen von sehr weit her kommen.«

»Sehr«, sagte Svetz. Er war kurz davor zusammenzubrechen. Endlich war er in Sicherheit, in der Sicherheit dieses Gebäudes. Aber warum sträubten sich ihm immer noch alle Nackenhaare?

Er sagte: »Ich heiße Svetz. Wie ist Ihr Name?«

»Wrona.« Sie lachte zu ihm hoch, kein bißchen ängstlich trotz seines befremdlichen Aussehens — und er mußte eigentümlich auf sie wirken, denn umgekehrt wirkte sie mehr als eigentümlich auf Hanville Svetz. Ihre Haut war kalkweiß und ihr dichtes, weißes Haar würde besser zu einem Methusalem passen. Ihre Nase war sehr breit und flach und hätte bei jedem normalen Mädchen entstellend ausgesehen. Aber irgendwie stand sie ihr, obwohl ihr Gesicht schon sehr seltsam war. Ihre Ohren waren viel zu groß, fast spitz, und ihre Augen standen viel zu weit auseinander, und ihr Grinsen zog sich irgendwie nach *hinten* — aber Svetz gefiel es. Ihr Lächeln zeigte Neugier und Freude, und es war kein bißchen zu breit. Der feste Druck ihrer Hand war freundlich und vertrauenserweckend. Obwohl ihre Fingernägel unangenehm lang waren, und scharf. »Sie sollten sich ausruhen«, stellte Wrona fest.

»Es wird mindestens noch eine Stunde dauern, bis meine Eltern aufstehen werden. Dann können sie darüber entscheiden, wie man Ihnen helfen kann. Folgen Sie mir. Ich bringe Sie zu einem unserer Gästezimmer.«

Er folgte ihr durch einen Raum, der von einem großen, rechteckigen Tisch beherrscht wurde. Um den Tisch stand eine Doppelreihe Stühle mit hohen Rückenlehnen. An dem einen Ende war ein großer Mikrowellenherd, und neben ihm stand ein Tablett mit... roten Gegenständen. Sie waren annähernd kegelförmig, jeder von der Größe eines kräftigen Männeroberarms, jeder mit einem weißen Fleck in der Mitte des oberen Endes. Svetz hatte keine Idee, was das wohl sein mochte, aber die Farbe gefiel ihm nicht. Es sah aus wie frisches Blut.

»Oh!« rief Wrona. »Das hätte ich doch fragen müssen. Haben Sie Hunger?«

Plötzlich spürte Svetz seinen leeren Magen. »Haben Sie Hefekonzentrat?«

»Bitte? Dieses Wort kenne ich nicht. Ist das da Hefekonzentrat? Das ist alles, was wir haben.«

»Das vergessen wir besser.« Allein bei der Vorstellung, etwas von diesem Aussehen zu essen, wollte sich ihm schon den Magen umdrehen. Selbst wenn sich herausstellen würde, daß das pflanzlich sei.

Als sie endlich das Gästezimmer erreicht hatten, wurde er von Wrona schon fast getragen. Es war rechteckig und von verschwenderische Größe. Das Bett war groß genug, aber es befand sich gerade mal zehn Zentimeter über dem Fußboden. Und es gab keine Decken.

Sie half ihm, sich hinzulegen. »Hinter dieser Tür dort befindet sich ein Waschbecken, wenn Sie wieder zu Kräften gekommen sind. Am besten schlafen Sie erst mal. In zwei Stunden etwa werde ich Sie wecken.« Svetz legte sich zurück und entspannte sich. Der Raum schien sich um ihn zu drehen. Er hörte, wie sie das Zimmer verließ.

Wie seltsam sie war. Wie merkwürdig mußte er für sie aussehen. Ganz gut, daß sie niemanden gerufen hatte, der ihn genauer untersuchte. Ein Arzt hätte die Unterschiede sofort bemerkt.

Svetz hätte sich niemals träumen lassen, daß seine primitiven Vorfahren sich so deutlich von seiner gegenwärtigen Erscheinungsform unterscheiden würden. In den tausend Jahren zwischen hier und der Gegenwart mußte es drastische Einschnitte in dem Anpassungsprozeß an die Veränderungen in der Luft und im Wasser gegeben haben, durch DDT und andere Chemikalien in den Lebensmitteln, durch das Aussterben der eßbaren Pflanzen und fleischliefernden Tiere, bis nur noch Hefekonzentrat übriggeblieben war, durch den erhöhten Lärmpegel, durch immer weniger Wohnraum und Platz um Sport zu treiben und durch eine immer größere Abhängigkeit von der medizinischen Versorgung... Alles in allem, warum sollten sie sich nicht so deutlich unterscheiden? Es war ja überhaupt ein Wunder, daß die Menschheit überlebt hatte.

Seine Fremdheit hatte Wrona keine Angst gemacht. Und sie war auch nicht vor den Kratzern auf seinem Gesicht und seiner Brust zurückgeschreckt. Sie war bestenfalls amüsiert und neugierig. Sie hatte ihm geholfen, ohne viele Fragen zu stellen. Das machte sie ihm sympathisch.

Er schlummerte ein.

Seine von Schweiß und Blut verklebte Kleidung und die Schmerzen in seinen tiefen Kratzwunden ließen ihn keinen ruhigen Schlaf finden. Er hatte Alpträume. Etwas Großes, Schattenhaftes, halb Mensch, halb Bestie, holte weit aus, um sein Gesicht zu zerfetzen. Wieder und wieder. Plötzlich, zu einem unbestimmbaren Zeitpunkt, war er wieder hellwach. Sogleich roch er den moschusartigen, unvertrauten Duft, versuchte ihn zu erkennen. Sinnlos. Er schaute sich um. Ein fremder Raum, der aus dieser Perspektive, vom Bett aus, noch seltsamer aussah. Diese hohe Decke. Eine Kugel aus Milchglas gab ein schwaches Licht ab, nicht mehr als in einer Vollmondnacht. Der Raum blieb dämmrig. Schmiedeeiserne Gitter vor den Fenstern, dahinter tiefschwarze Nacht.

Ein Wunder, daß er überhaupt wieder wach geworden war. Die Luft dieser vorindustriellen Epoche hätte ihn schon vor Stunden töten müssen.

Ein Scheiß-Tag ist das gewesen, dachte er. Er scheute sich vor dem Gedanken, daß dieses Ding in dem Chronolog-Transformator auf ihn wartete. Das zähnefletschende Gesicht, die spitzen Ohren, diese zwei Reihen spitzer, weißer Zähne. Die krallenbewehrte Hand, wie sie ausholte und zuschlug. Diese alptraumhafte Vorstellung, daß sich der Wolf in *so etwas* verwandelt hätte.

Das konnte nicht sein. So eine Verwandlung konnte es bei keinem Tier geben. Es mußte eingedrungen sein, als Svetz noch um Atem rang. Dann hatte es den Wolf verjagt oder getötet.

Aber hatte er davon nicht schon in Legenden und Märchen gehört? Zwei-, dreitausend Jahre alte Überlieferungen, überall in der Welt gab es diese Geschichten von Menschen, die sich in Tiere verwandeln konnten und umgekehrt.

Svetz setzte sich auf. Ein heftiger Schmerz stach in seine Brust, dann ließ es nach. Vorsichtig erhob er sich und ging langsam zu dem Waschraum.

Es war nicht schwer, die Hähne aufzudrehen. Svetz tauchte seine Lappen in das warme Wasser. Er beobachtete im Spiegel, wie er langsam unter den verschwindenden Blutkrusten wieder erkennbar wurde.

Ein blasser, schlanker, junger Mann mit dünnem, blondem Haar — und einer absonderlichen Verzerrung des Kinns und der Stirn. Das muß am Spiegel liegen, beschloß er. Primitive Handarbeit. Er konnte nichts taugen. Waren die ersten Spiegel nicht zweidimensional?

Ein schriller Pfiff erklang vor der Tür. Svetz schaute nach. Draußen stand Wrona. »Gut, Sie sind schon auf«, sagte sie. »Mein Vater und mein Onkel Wrocky möchten sich gerne mit Ihnen unterhalten.«

Svetz trat in den Korridor und bemerkte wieder diesen undefinierbaren, moschusartigen Geruch. Er folgte Wrona durch den dunklen Flur. Wie sein Zimmer wurde auch der Flur nur von einem einzigen Globus aus milchigen Glas erhellt. Warum bevorzugten Wrona und ihre Familie diese schummrige Beleuchtung? Sie verfügten doch über Elektrizität.

Und warum schliefen sie alle bis zum Sonnenuntergang? Und das Frühstück lag schon bereit und wartete auf sie...

Wrona öffnete eine Tür und gab ihm mit einer Geste zu verstehen, daß er eintreten sollte.

Hastig trat Svetz über die Türschwelle. Der Raum war genauso dunkel wie der Korridor. Der Geruch nach Moschus war noch intensiver. Er zuckte zusammen, als sich eine Hand um seinen Oberarm legte — sie fühlte sich fremd an; auf ihrer Innenseite waren Haare; die spitzen Nägel verursachten kleine, rote Druckstellen — und eine hohlklingende, männliche Stimme dröhnte: »Treten Sie ein, Herr Svetz. Meine Tochter hat mir berichtet, Sie wären ein Reisender, der dringende Hilfe braucht.«

In dem schwachen Licht konnte Svetz einen Mann und eine Frau ausmachen, die auf Stühlen ohne Lehne saßen. Das Haar der beiden war genauso weiß wie das von Wrona, aber durch das Haar der Frau verlief ein breiter, schwarzer Streifen. Ein zweiter Mann nötigte Svetz, auf einem weiteren Stuhl ohne Lehne Platz zu nehmen. Auch er hatte schwarze Einfärbungen: eine einzelne, schwarze Augenbraue, einen schwarzen Halbmond um ein Ohr.

Und Wrona stand direkt hinter ihm. Svetz betrachtete sie alle ausgiebig und ihm fiel auf, wie sehr sie sich ähnelten und wie sehr sie sich von Hanville Svetz unterschieden.

Wie Magma stieg die Angst in ihm empor, breitete sich aus, verbrannte ihn. Svetz hatte immer schon Furcht vor Fremden gehabt. Sie sahen sich alle ähnlich. Dichtes, weißes Haar und Augenbrauen, schwarze Einfärbungen. Schmale, schwarze Fingernägel. Die breiten, flachen Nasen und dieser große, große Mund, die weißen, scharfen, spitz zulaufenden Zähne, die langen, spitzen Ohren, die sie verstellen konnten, die gelben Augen, die behaarten Handflächen.

Svetz plumpste schwer auf den gepolsterten Stuhl.

Das fiel einem der männlichen Wesen auf, dem größeren, der immer noch stand. »Das muß an der größeren Schwerkraft liegen«, vermutete er. »Das ist doch die Wahrheit, nicht wahr, Svetz? Sie sind von einem anderen Stern. Es ist offensichtlich, daß Sie kein richtiger Mensch sind. Sie haben Wrona erzählt, sie wären ein Reisender, aber nicht, von woher und wie weit weg.«

»Sehr weit«, antwortete Svetz schwach. »Aus der Zukunft.«

Der kleinere Mann machte einen Ruck. »Aus der Zukunft? Sie sind ein Zeitreisender?« Seine Stimme überschlug sich. »Wollen Sie damit sagen, wir werden uns zu so etwas wie Sie entwickeln?«

Svetz schreckte zurück. »Nein. Nicht wirklich.«

»Das will ich auch schwer hoffen. Also, wie dann?«

»Ich vermute, ich bin seitlich auf einen anderen Zeitstrahl geraten. Sie stammen von Wölfen ab, stimmt's? Nicht von Affen? Von Wölfen?«

»Ja, selbstverständlich.«

Der sitzende Mann betrachtete ihn von oben bis unten. »Jetzt, wo er es anspricht, sieht er viel mehr nach einem Troll aus, als ein Mensch eigentlich aussehen sollte. Ohne Sie beleidigen zu wollen, Svetz.«

Umgeben von Wolfmenschen, versuchte Svetz, sich zu entspannen. Es gelang ihm nicht. »Was ist ein Troll?« Wrona rutschte auf die Kante ihres Stuhls. »Sie müssen sie doch auf der Wiese gesehen haben. Wir halten hier ungefähr dreißig Stück.«

»Flachlandaffen«, ergänzte der kleinere Mann.

»Aus Afrika eingeführt, irgendwann im letzten Jahrhundert. Sie eignen sich ebenso als Wachtiere wie als Fleischlieferanten. Aber Sie müssen sich vor ihnen in acht nehmen. Sie werfen mit Gegenständen.«

»Wir sollten uns endlich bekanntmachen«, sagte plötzlich der andere. »Entschuldigen Sie bitte unsere Manieren, Svetz. Ich heiße Flakee Wrocky. Das ist mein Bruder Flakee Worrel und Brenda, seine Frau. Meine Nichte kennen Sie ja schon.«

»Erfreut, Sie kennenzulernen«, gab Svetz mit hohler Stimme zurück.

»Sie sind also seitlich in der Zeit vom Weg abgekommen?«

»Das glaube ich. Und es war außerdem ein verdammt langer Weg, fügte Svetz hinzu. »Schiffbrüchig. Gott schütze mich. Es muß das Pferd gewesen sein...«

Wrocky unterbrach ihn. »Pferd?«

»Ja, das Pferd. Es ist drei Jahre her, da hat dieses Pferd meinen Chronolog-Transformator beschädigt. Es hätte eigentlich repariert sein müssen. Ich vermute, die erneuerten Kabel sind total durchgebrannt und der Transformator ist seitlich durch die Zeit gereist anstatt nach vorne. In eine Welt, wo sich an Stelle des *Homo habilis* der Wolf weiterentwickelt hat. Gott weiß, wo ich rauskommen würde, wenn ich versuchen würde, zurückzukehren.«

Dann fiel es ihm wieder ein. »Aber wenigstens können Sie mir hier behilflich sein. Irgendeine Art Ungeheuer hat sich in meinem Chronolog-Transformator breitgemacht.«

»Chronolog-Transformator?«

»Das ist der Teil der Zeitmaschine, der durch die Zeit reist. Werden Sie mir helfen, das Monster zu vertreiben?«

»Natürlich«, rief Worrel, doch zur gleichen Zeit sagte der andere:

»Das glaube ich nicht. Hab bitte einen Moment Geduld, Worrel. Wir würden Ihnen einen schlechten Dienst erweisen, Svetz, wenn wir Ihnen helfen würden, das Ungeheuer aus Ihrem Chronolog-Transformator zu verjagen. Sie würden doch versuchen, wieder in Ihre eigene Zeit zurückzukehren?«

»Verdammt, ja!

»Aber Sie würden sich nur immer weiter in der Zeit verirren. In unserer Welt können Sie wenigstens die Nahrung essen und die Luft atmen. Ja, wir bauen Futterpflanzen für die Trolle an, Sie werden schnell herausfinden, wie man sie genießbar macht.«

»Sie verstehen das nicht. Ich kann nicht hier bleiben. Ich bin xenophob!«

Wrocky runzelte die Stirn. Fragend stellten sich seine Ohren nach vorne. »Sie sind was?«

»Ich habe panische Angst vor intelligenten, menschlichen Wesen, die nicht menschlich sind! Ich kann nichts dagegen tun. Es steckt in meinen Genen.«

»Oh, ich bin sicher, Sie werden sich an uns gewöhnen, Svetz.«

Svetz schaute von einem zum anderen. Es war klar, wer hier das Sagen hatte. Wrockys Stimme klang viel lauter und tiefer als Worrels; er war größer als der andere, und sein weißes Fell fiel ihm in den Nacken wie die Mähne eines Löwen. Worrel unternahm nicht mal den Versuch, sich durchzusetzen. Und von den Frauen hatte keine auch nur ein Wort gesagt, seitdem er den Raum betreten hatte.

Wrocky war der Chef hier. Das stellte ganz offensichtlich niemand in Frage. Und Wrocky wollte Svetz nicht gehen lassen.

»Sie verstehen immer noch nicht«, sagte Svetz verzweifelt. »Die Luft ...« Er brach ab.

»Was ist mit der Luft?«

»Sie hätte mich schon längst umgebracht haben müssen. Schon ein Dutzend Male. Warum passiert das nicht?« Dabei war es schon merkwürdig genug, daß er es die ganze Zeit akzeptiert hatte. »Ich muß mich angepaßt haben«, sagte Svetz zu sich selbst. »Das ist es. Der Transformator ist zu tief in diese Zeit eingedrungen. Mein genetischer Code hat sich verändert. Meine Lungen haben sich der vorindustriellen Luft angepaßt. Verdammt! Hätte ich doch bloß nicht die Interrupter-Schleife eingeschaltet. Dann hätten sich meine Lungen der nachatomaren Atmosphäre wieder angeglichen!«

»Dann können Sie also unsere Luft atmen«, stellte Wrocky fest.
»Ich verstehe es immer noch nicht. Haben Sie denn irgendwelche Industrie?«
»Natürlich«, antwortete Worrel überrascht.
»Fahrzeuge mit Verbrennungsmotoren und Flugzeuge? Diesellaster und Schiffe? Chemische Düngemittel, Insektenvernichtungsmittel?«
»Nein, nichts davon. Chemische Düngemittel sickern ins Erdreich und verseuchen das Grundwasser. Das einzige Insektenvernichtungsmittel, von dem ich gehört habe, muß fürchterlich gestunken haben. Sie sind niemals über das experimentelle Stadium hinausgekommen. Die meisten unserer Fahrzeuge werden mit Batteriestrom angetrieben.«
»Es gab einmal so was wie eine Vorliebe für Fahrzeuge mit Verbrennungsmotoren«, erinnerte sich Wrocky. »Sie waren nicht sehr verbreitet. Sie stanken. Den Leuten im Fahrzeuginneren war das egal, sie ließen ja den Gestank hinter sich. Der Spleen erreichte seinen Höchststand, als über zweihundert dieser Fahrzeuge in der Gegend von Detroit durch die Landschaft zockelten und die Luft verpesteten. Dann, eines Nachts, rotteten sich die Bürger zusammen und schlugen alle Autos in Stücke. Deren Besitzer natürlich gleich mit.«
Worrel kommentierte: »Ich hab' schon immer gedacht, daß Menschen empfindlichere Nasen haben als Trolle.«
»Wrona hat meinen Geruch wahrgenommen, lange bevor ich sie gerochen hatte. Wrocky, das führt zu nichts. Ich *muß* wieder nach Hause zurück. Gut, ich habe mich anscheinend der Luft angepaßt, aber da gibt es noch andere Sachen. Die Ernährung zum Beispiel. Ich habe mein ganzes Leben lang niemals etwas anderes gegessen als Hefekonzentrat; alles andere ist schon vor langer Zeit ausgestorben. Außer Bakterien.«
Wrocky schüttelte seinen Kopf. »Egal, wohin Sie gehen, Svetz, Ihre defekte Zeitmaschine wird Sie in immer unbekanntere Welten bringen. Es muß doch Tausende von Variationen geben, wie sich die Welt entwickelt und wo sie endet. Stellen Sie sich vor, Sie landen in einer von letzteren. Oder Sie kommen ihr einfach nur zu nahe?«
»Aber...«

»Auf der anderen Pfote betrachtet, sind Sie hier ein mit allen Ehren behandelter Gast. Denken Sie doch nur an all die Dinge, die Sie uns beibringen können! Sie, der Sie in einer Kultur-Epoche großgeworden sind, in der Zeitmaschinen gebaut werden!«

Das war es also. »O nein! Was ich weiß, wird Ihnen nichts nützen«, sagte Svetz. »Ich bin kein Ingenieur. Ich kann Ihnen nicht erklären, wie das alles funktioniert. Außerdem würden Sie die Nebeneffekte nicht ertragen können. In unseren vorausgegangenen Epochen wurde fast alles auf der Basis von petrochemischen Produkten hergestellt. Und Kunststoffe. Durch die Verbrennung von Kunststoffen entstehen einige der giftigsten...«

»Aber selbst die größten und reichsten Ölvorkommen können nicht für immer ausgereicht haben. Sie müssen in Ihrer Zeit noch andere Energiequellen entwickelt haben.« Wrocky schien ihn mit seinen gelben Augen zu durchbohren. »Beherrscht ihr nicht die Kernverschmelzung von Wasserstoff?«

»Aber ich weiß doch nicht, wie das gemacht wird!« rief Svetz verzweifelt. »Ich hab doch keine Ahnung von Plasma-Physik!«

»Plasma-Physik? Was ist Plasma-Physik?«

»Durch die Verwendung von elektromagnetischen Feldern verändert man ionisierte Gase. Sie müssen davon gehört haben.«

»Nein, aber ich bin sicher. Sie können uns ein paar wertvolle Hinweise dazu geben. Atombomben haben wir schon. Und die Europäer auch... aber darüber können wir uns später noch ausführlich unterhalten.« Wrocky erhob sich. Seine schwarzen Nägel erzeugten Druckpunkte auf Svetz' Arm. »Denken Sie darüber nach, Svetz. Oh, und fühlen Sie sich hier ganz wie zu Hause, aber gehen Sie nicht ohne Begleitung nach draußen. Die Trolle, Sie verstehen.«

Svetz verließ den Raum. Seine Gedanken wirbelten in seinem Kopf. Die Wölfe würden ihn nicht gehen lassen. »Svetz, ich freue mich, daß Sie hierbleiben«, schwatzte Wrona. »Ich mag Sie. Ich bin sicher, daß es Ihnen hier gefallen wird. Bitte, lassen Sie sich von mir im Haus herumführen.«

Unter der langen Decke des Korridors hing ein milchiger Globus und verbreitete seinen schwachen Glanz in der Dunkelheit, als hätte jemand den Vollmond gepflückt und hier drinnen aufgehängt. Nachtaktiv, sie waren nachtaktiv!

Wölfe.

»Ich bin total xenophob«, sagte er. »Ich kann nicht dagegen an. Ich bin schon so geboren worden.«

»Oh, Sie werden uns schon mögen lernen. Mich mögen Sie doch schon ein bißchen, oder, Svetz!« Sie langte hinter sein Ohr und kratzte ihn dort. Ein Schauder der Erregung durchlief ihn, unerwartet intensiv. Er schloß halb seine Augen.

»Hier lang«, forderte sie ihn auf.

»Wohin gehen wir?«

»Ich dachte, ich sollte Ihnen ein paar Trolle zeigen. Svetz, stammen Sie wirklich von Trollen ab? Ich kann es nicht glauben!«

»Ich sag' es ihnen, wenn ich welche gesehen habe«, sagte Svetz. Er erinnerte sich an den *Homo Habilis* im Vivarium. Das war mal ein Mensch gewesen, ein Ratgeber, bis der Generalsekretär befohlen hatte, daß er zurückentwickelt werden sollte.

Sie gingen durch das Speisezimmer und Svetz konnte jetzt die abgenagten Knochen auf den Tellern eindeutig zuordnen. Er erschauderte. Seine Vorfahren hatten ebenfalls Fleisch gegessen, und die Trolle waren hier nichts weiter als wilde Tiere, was immer sie auch in Svetz' Welt für eine Rolle spielten — aber ihm schauderte dennoch. Ihm schwoll der Kopf an, das Denken fiel ihm schwer. Er mußte hier weg.

»Falls Sie denken, Onkel Wrocky ist zu hart, dann müßten Sie erst mal dem europäischen Botschafter begegnen«, sagte Wrona. »Vielleicht werden Sie das sogar.«

»Kommt er hierher?«

»Manchmal.« In Wronas Hals war ein leises Grollen zu hören. »Ich kann ihn nicht leiden. Er ist von einer anderen Art, Svetz. Hier waren es die Wölfe, aus denen sich die Menschen entwickelt haben; wenigstens haben uns das unsere Lehrer beigebracht. In Europa war es etwas anderes.«

»Ich glaube nicht, daß Onkel Wrocky es zuläßt, daß ich ihn treffe. Oder ihm überhaupt von mir erzählt.« Svetz rieb an seinen Augen.

»Dann haben Sie Glück. Herr Dracula lächelt viel und sagt mit der höflichsten Stimme die widerlichsten Sachen. Sie brauchen eine Minute, um — Svetz! Was ist mit Ihnen?«

Svetz stöhnte wie ein Mann in Todesangst. »Meine Augen!« Er fühlte höher. »Meine Stirn! Ich hab' keine Stirn mehr!«

»Ich verstehe nicht.«

Mit seinen Fingerkuppen tastete Svetz sein Gesicht ab. Seine Augenbrauen waren ein dichtes Büschel Haare auf einer vorstehenden, soliden Knochenwulst. Von dieser Knochenwulst wich seine Stirn im Winkel von fünfundvierzig Grad zurück. Und sein Kinn, sein Kinn war ebenfalls verschwunden. Es gab nur noch eine sanfte Kurve seines Unterkiefers, der in den Hals überging. »Ich entwickle mich zurück. Ich verwandle mich in einen Troll«, stellte Svetz fest. »Wrona, wenn ich ein Troll geworden bin, werden sie mich dann aufessen?«

»Ich weiß nicht. Ich werde sie daran hindern, Svetz!«

»Nein. Begleiten Sie mich zu meinem Chronolog-Transformator. Wenn Sie nicht mitkommen, werden mich die Trolle töten.«

»Einverstanden. Aber, Svetz, was ist mit dem Ungeheuer?«

»Jetzt wird man bestimmt einfacher mit ihm klarkommen. Es wird alles gutgehen. Bringen Sie mich nur dorthin. Bitte.«

»Ja gut, Svetz.« Sie ergriff seine Hand und übernahm die Führung.

Der Spiegel hatte ihn also nicht getäuscht. Er war dabei gewesen, sich zu verändern, als er hineingeschaut hatte. Er paßte sich der geschichtlichen Entwicklung dieses Zeitstrahlers an. Als erstes hatten sich seine Lungen an die normale Luft angepaßt. Hier hatte es kein industrielles Zeitalter gegeben. Aber hier gab es ja auch keinen *Homo sapiens*...

Wrona öffnete die Tür. Svetz schnupperte die Nachtluft. Sein Geruchssinn hatte sich auf übernatürliche Weise gesteigert. Er roch die Trolle, lange bevor er sie sehen konnte, wie sie langsam den Hügel hochkamen, auf ihn zu, über den lebenden, grünen Teppich. Svetz' Finger verkrampften sich. Hätte er doch eine Waffe!

Es waren drei. Sie bildeten einen Ring um Wrona und Svetz. Einer von ihnen trug einen langen, weißen Knochen. Sie alle liefen aufrecht auf ihren zwei Hinterbeinen, aber sie gingen, als würden ihnen die Füße weh tun. Sie waren so haarlos wie Menschen. Aber der Schädel eines Affen thronte auf dem menschlichen Körper.

Homo Habilis, Affen, die auf dem flachen Land jagten. Der Urahn des Menschen.

»Beachten Sie sie gar nicht«, sagte Wrona unbefangen. »Sie werden uns nichts tun.« Sie ging den Hügel hinab. Svetz hielt sich dicht hinter ihr.

»Der sollte wirklich nicht den Knochen haben«, rief sie ihm zu. »Wir versuchen möglichst, daß sie nicht an solche Knochen drankommen können. Sie benutzen sie als Waffen. Manchmal verletzen sie sich damit gegenseitig. Einmal gelang es einem von denen, die eiserne Schlauchspitze des Gartenschlauchs abzureißen. Er hat damit einen Gärtner getötet.«

»Ich habe nicht vor, ihm den Knochen wegzunehmen.«

»Das glimmernde Licht da, ist das Ihr Chronolog-Transformator?«

»Ja.«

»Ich weiß nicht, Svetz.« Sie blieb plötzlich stehen. »Onkel Wrocky hat bestimmt recht. Sie werden sich nur noch mehr verirren. Hier wird man sich wenigstens um Sie gekümmert.«

»Nein. Onkel Wrocky irrt sich. Schauen Sie sich die dunkle Seite des Transformators an, wie sie im Nichts verschwindet. Er ist immer noch mit dem Hauptteil der Zeitmaschine verbunden. Ich werde mich selbst wieder einholen.«

»Oh.«

»Keine Ahnung, wie lange ich schon zwischen den einzelnen Zeitstrahlen hin und her springe. Vielleicht schon ab dem Zeitpunkt, wo dieses verfluchte Pferd sein verfluchtes Horn durch meine Kontrolltafel gejagt habe. Niemand hat es bis jetzt gemerkt. Warum sollten sie auch? Bisher hat ja auch niemals jemand eine Zeitmaschine auf halbem Weg angehalten.«

»Svetz, Pferde haben doch keine Hörner.«

»Meins hatte eins.«

Hinter sich hörten sie Lärm. Wrona blickte zurück durch eine Dunkelheit, die Svetz' Augen nicht durchdringen konnten. »Jemand muß uns gesehen haben! Weiter, Svetz!«

Sie zog ihn in Richtung des beleuchteten Transformators. Vor der Tür hielten sie an.

»Mein Kopf fühlt sich so schwer an«, murmelte Svetz.

»Meine Zunge auch.«

»Was werden wir wegen des Ungeheuers unternehmen? Ich kann nichts hören...«

»Es gibt kein Ungeheuer. Nicht mehr. Nur noch einen Mann ohne Gedächtnis. Er war nur während der Anpassungsphase gefährlich.«

Sie schaute hinein. »Tatsächlich, Sie haben recht! Würde es Ihnen etwas ausmachen, mein Herr — Svetz, er scheint mich nicht zu verstehen.«

»Ganz sicher nicht. Wie sollte er auch? Er denkt, er ist ein Schneewolf.«

Svetz trat ein. Der weißhaarige Wolfsmensch hatte sich in eine Ecke verkrochen und beobachtete sie argwöhnisch. Er sah Wrona sehr ähnlich.

Svetz wurde gewahr, daß er einen hölzernen Knüppel in der Hand hielt. Er mußte den Ast aufgehoben haben, ohne daß es in sein Bewußtsein gedrungen war. Er drehte sich um und hielt die Waffe bereit. Eine unerklärliche Wut ergriff mehr und mehr von ihm Besitz. Der Eindringling! Dieser Kerl hatte hier in Svetz' Territorium nichts zu suchen.

Der Wolfsmensch wich zurück. In seinen schräg stehenden Augen zeigte sich eine verrückte Angst. Plötzlich huschte er durch die Tür und rannte davon, die Trolle dicht hinter ihm.

»Ihr Vater kann ihm alles beibringen«, sagte Svetz. »Vielleicht.«
Wrona studierte die Kontrolltafel. »Wie funktioniert das?«
»Laß mich nachdenken. Ich bin mir nicht sicher, ob ich mich erinnern kann.« Svetz rieb sich an seiner drastisch flacher gewordenen Stirn. »Dieser Knopf dort schließt die Tür...«
Wrona drückte darauf. Die Tür ging zu.
»Sollten Sie nicht besser draußen bleiben?«
»Ich möchte mit dir kommen«, sagte Wrona.
»Oh.« Das Denken fiel ihm so höllisch schwer. Svetz schaute über die Kontrolltasten. Eene, meene — muh?
Svetz drückte den ausgezählten Knopf.
Freier Fall. Wrona kreischte. Die Schwerkraft setzte ein, in strahlenförmigen Vektoren von der Mitte des Transformators ausgehend. Es zog sie an die Wände. »Wenn sich meine Lungen wieder normalisiert haben, werde ich wahrscheinlich schlafen gehen«, sagte Svetz. »Mach dir keine Sorgen.« War da nicht noch etwas gewesen, das er Wrona sagen müßte? Er versuchte krampfhaft, sich zu erinnern.

Ah, ja. »Du kannst nicht mehr nach Hause zurück«, teilte Svetz mit. »Diesen Zeitstrahl werden wir nie mehr wiederfinden.«

»Ich will bei dir bleiben«, antwortete Wrona.

»Gut.«

Im tiefsten Winkel im Hauptteil der Zeitmaschine formte sich ein dichter Nebel. Schlagartig verfestigte er sich — und Svetz' Chronolog-Transformator war wieder zurück, ein paar Stunden zu spät. Geräuschvoll öffnete sich die Tür, automatisch. Aber Svetz kam nicht heraus.

Sie mußten ihn, unter den Achseln gestützt, heraustragen. Die Luft im Inneren roch nach wildem Tier und Honigbeere.

»In einer Minute wird er wieder in Ordnung sein. Zieht einen Atemfilter über das andere Wesen!« befahl Ra Chen. Er stand mit verschränkten Armen über Svetz und wartete.

Svetz begann zu atmen.

Er öffnete die Augen.

»In Ordnung«, sagte Ra Chen. »Was ist passiert?«

Svetz setzte sich auf. »Laß mich nachdenken. Ich ging zurück ins vorindustrielle Amerika. Da war alles eingeschneit. Ich ... habe einen Wolf erlegt.«

»Den haben wir in einem Zelt. Und weiter?«

»Nein! Der Wolf ist abgehauen! Wir jagten ihn raus.« Svetz' Augen weiteten sich. »Wrona!«

Wrona lag auf der Seite, im Filterzelt. Ihr Körper war dicht und prächtig, weiß mit schwarzen Flecken. Ihr Körperbau ähnelte dem eines Wolfes, doch sie wirkte kompakter, mit einem großen Kopf, einer kurzen Schnauze und einem straff zusammengefalteten Schweif. Ihre Augen waren geschlossen. Sie schien nicht zu atmen.

Svetz kniete sich neben sie.

»Helft mir, sie da herauszuholen! Kennt ihr denn nicht den Unterschied zwischen einem Wolf und einem Hund?«

Originaltitel: There's A Wolf In My Time Machin
Ins Deutsche übertragen von Rüdiger Jenter

Pat Murphy
Südlich von Oregon City

Reynal reichte Jem die Flasche, und der nahm einen kräftigen Schluck. Die Wärme des Whiskys verscheuchte die Kälte dieses Septemberabends. Die beiden Männer lehnten an der Holzumzäunung des Korrals, knapp außerhalb des Lichtkreises, wo im Schein der Fackeln der Geiger aufspielte und die Farmer auf der festgestampften Erde der Straße tanzten.

»Ganz hübsch, die Kleine dort«, sagte Reynal und beobachtete eine junge Frau, die in den Armen eines Burschen vorbeiwirbelte. Sie hatte blondes, lockiges Haar und trug ein blaues Band aus Satin um den Hals. Ihr Gesicht leuchtete im Schein der Fackeln und war blasser als das aller anderen in der Stadt. »Ja-ah, eine richtige Schönheit.« Als sie vorbeitanzte, spürte Jem den Duft von Nelken und Zimt. Gewürze, die die Frauen an Stelle von Parfüm benutzten.

Jem verstand diese weißen Frauen nicht. Das Schrammeln der Geige wurde übertönt von Frauenlachen — vom Kichern junger Mädchen, die mit ihren Familien hierherkamen, um das neue Land zu besiedeln —, und Jem erstarrte; er fürchtete dieses unbekannte Terrain, so wie andere Männer die Stromschnellen des Columbia River fürchten mochten. Jem nahm noch einen kräftigen Zug aus der Whiskyflasche und gab sie dann Reynal zurück.

Jems Vater war Fallensteller in Fort Vancouver gewesen. Seine

Mutter war vom Stamm der Cayuse – eine Häuptlingstochter, wie sein Vater zu erzählen pflegte. Doch der Vater war ein Lügner gewesen, und Jem hatte nicht viel auf sein Gerede gegeben. Als Jem fünf Jahre alt war, starb seine Mutter an Masern, und so war er schon früh auf sich allein gestellt; die Fallensteller von Fort Vancouver teilten ihr Essen mit ihm, und ihre indianischen Frauen bemutterten ihn ein bißchen.

1848 war Jems Vater umgekommen – in einem der zahlreichen Scharmützel mit den Cayuse hatte ihn ein Pfeil zwischen den Schulterblättern erwischt. Das tat Jem leid – sein Vater war immer gut zu ihm gewesen –, doch zu diesem Zeitpunkt war Jem bereits ein Mann, siebzehn Jahre alt und in der Lage, sein eigenes Leben zu leben. Ein paar Jahre verbrachte er damit, Biber zu fangen und ihre Pelze an die Hudson's Bay Company zu verkaufen wie zuvor sein Vater.

Im Jahre 1851 beschloß Jem, seßhaft zu werden. In einem schönen Tal drei Tagesritte südlich von Oregon City baute er eine Hütte. Er hatte ein paar Rinder, und es gab jagdbares Wild im Überfluß. Er war in die Stadt gekommen, um mal wieder unter Menschen zu sein, und war wegen des Tanzfestes geblieben. Doch nach einem Tag in Gesellschaft von Reynal und den anderen Fallenstellern war er geneigt, sich wieder in die Einsamkeit seiner Hütte zu flüchten.

»Sieh mal«, sagte Reynal und deutete mit seiner zitternden Hand, die die Flasche hielt, hinüber. »Dort steht sie. Ich hab' von ihr gehört.«

Jem blickte flüchtig in die von Reynal angedeutete Richtung. Auf der anderen Seite des Korrals lehnte ein schlanker junger Mann mit einem breitkrempigen Hut am Gatter. »Wovon sprichst du?«

Reynal beugte sich zu ihm hinüber und flüsterte betrunken: »Das ist eine Frau. Sie kleidet sich wie ein Mann.« Reynal schüttelte entrüstet den Kopf. Seine Augen waren blutunterlaufen, und er stank nach Whisky. »Sie kam gestern auf einem Indianerpony in die Stadt geritten und behauptete, sie hätte ganz allein die Prärie durchquert.«

Jem musterte die Frau. Während er sie betrachtete, wandte sie ihm den Kopf zu, und er sah für einen Augenblick das Gesicht unter dem Hut. Im Schein der Fackeln konnte er die sonnengebräunte Haut und die Gesichtszüge einer jungen Frau erkennen.

Doch weiße Frauen trugen keine Männerkleidung. Weiße Frauen waren nicht allein in der Wildnis unterwegs. Unterdessen wandte sie sich ab, und die breite Krempe ihres Hutes verdeckte ihr Gesicht. Sie ging die Straße hinunter auf Rudd's Hotel zu, wo Mister Rudd Whisky verkaufte.

»Ich glaub', ich geh' mal und seh' sie mir ein bißchen aus der Nähe an«, sagte Reynal und lief um den Korral herum hinter ihr her. Er war unsicher auf den Beinen und mußte sich ab und zu mit einer Hand am Zaun festhalten. Jem sah, wie er schwankte, als er das Gatter losließ, wie er sich zusammenriß, einen schlauen Blick zurück über die Schulter warf und der schlanken Gestalt in die Dunkelheit nacheilte.

Jem folgte ihm bis zum General Store, der Gemischtwarenhandlung, wo er sich auf eine Holzbank setzte und wartete. Die Straße war dunkel, nur durch das schwache Licht des zunehmenden Mondes erhellt. Links von ihm hörte er Stimmengemurmel — den rhythmischen Singsang des Französischen. Ein Handgemenge — Stiefelscharren auf festgestampfter Erde, das Klirren und Überschwappen einer herunterfallenden Flasche. Ein schriller Schrei — dem Klang nach zu urteilen von Reynal — und dann Reynal, der auf französisch fluchte.

Reynal humpelte, als er zurückkam. Er umklammerte seine rechte Hand mit der Linken, und Jem sah Blut zwischen seinen Fingern hervorquellen. »Sie hat mich gebissen«, sagte er mit gekränkter Verwunderung in der Stimme.

Jem konnte ein Grinsen nicht unterdrücken. Reynal starrte ihn an und ging an ihm vorbei zurück zum Tanzplatz.

Ein paar Minuten später tauchte die Frau aus der Dunkelheit auf. In der Hand trug sie Reynals Flasche. Sie blieb stehen, als sie Jem erblickte. »Warten Sie auf etwas?«

Das Mondlicht schien ihr ins Gesicht. Ihr Kinn war zu stark und ihr Mund zu breit, um es schön zu nennen. Er schätzte sie auf etwa achtzehn Jahre.

»Ich wollte nur sehen, was für ein wildes Tier Reynal so zugerichtet hat«, antwortete Jem.

Sie lächelte schmallippig. »Jetzt haben Sie's gesehen.«

Er nickte. »Ich hoffe, Sie haben sich den Mund gespült. Er ist ein giftiges Exemplar.«

Sie bewegte sich nicht. »Sind Sie ein Freund von ihm?«

Jem zuckte die Schultern. »Ich würde ihm nicht so weit trauen, wie Sie ihn wegschleudern könnten, deshalb würde ich ihn nicht wirklich als Freund bezeichnen.« Er saß einen Augenblick da und beobachtete sie. Die Frauen auf dem Tanzfest sprachen eine Sprache, die er nicht verstand — irgendwie höher und süßer und fröhlicher trällernd als Männer. Jem sah sie an und fand keine Worte. Doch diese Frau war anders. »Setzen Sie sich ruhig, wenn Sie wollen. Ich werde Ihnen keinen Grund geben, mich zu beißen.«

Sie setzte sich an die Schmalseite der Veranda, eine Armeslänge von ihm entfernt. Ihre Bewegungen gefielen ihm: schnell und anmutig und ein wenig nervös, wie die eines reizbaren Pferdes.

»Wohin wollen Sie von hier aus?«

»Nach Süden«, antwortete sie.

»Sich ansiedeln?«

»Vielleicht.«

Er streckte seine Beine aus und sah hinauf zu den Sternen. »Die Leute sagen, ich sei nicht sehr gesprächig. Aber Sie reden noch weniger.«

Sie schwieg.

»Rauchen Sie?« fragte er und bot ihr seinen Tabaksbeutel an.

Sie schüttelte den Kopf.

»Ich nehme an, durch das Alleinereisen haben Sie sich das Sprechen abgewöhnt. Vielleicht waren Sie auch schon vorher nicht sehr redselig.« Als er einen schnellen Blick auf sie warf, sah sie weg. »Ich vermute, Sie mögen die Menschen nicht sehr. Das kann ich verstehen. Ich mag sie meistens auch nicht besonders gern. Aber hin und wieder fühle ich mich einsam. Dort draußen, wo ich lebe, ist es einsam. Ein schönes kleines Tal, aber einsam.« Er sah wieder kurz zu ihr hinüber, und diesmal hielt sie seinem Blick stand. Er redete mit ihr wie mit einem verschreckten Pferd, beschwichtigend, beruhigend, ohne viel auf seine Worte zu achten. »Sie müssen sich auch einsam gefühlt haben, als Sie so ganz allein die Prärie durchquerten, sich vor den Indianern fürchteten und dem Heulen der Wölfe lauschten.«

»Ich komme mit den Indianern gut aus«, sagte sie schließlich. »Und die Wölfe beunruhigen mich nicht.«

Er hielt einen Augenblick inne, überrascht, daß sie endlich auch etwas sagte. »Tja, dann«, sagte er bedächtig, »könnte es Ihnen dort draußen gefallen, wo ich lebe. Am Ende des Tales gibt es ein Rudel Wölfe. Bei Mondschein singen sie für mich wie ein Kirchenchor am Sonntag.«

»Sie sehen nicht aus wie ein Farmer. Die Farmer, die hier rauskommen, sind stumpfsinnig. Wie ihre Ochsen.«

»Ich war Fallensteller. Hab's aufgegeben. Hab' mich im letzten Frühjahr niedergelassen. Es schien an der Zeit. Ich würde gern eine Familie gründen, aber die meisten Frauen hier suchen einen gebildeten Mann. Ein verweichlichter Haufen.« Er zögerte. Die Geige in der Ferne verstummte. »Ich suche eine Frau mit Zähnen.«

Sie lachte, ein überraschend musikalischer Klang. »Mit Zähnen?« Sie erhob sich. »Vielleicht bekommen Sie mehr, als Ihnen lieb ist.«

Sie wandte sich am Eingang des Hotels zu. »Warten Sie«, rief er. »Wie heißen Sie? Ich bin Jem Lowell.«

»Nadya«, antwortete sie und zeigte ihre Zähne, als sie unerwartet lächelte. »Die Pawnee nennen mich Crazy Wolf.« Sie ging die Straße hinunter, zurück zum Tanz, und Jem blieb allein und blickte hinauf zu den Sternen.

Für den überhöhten Preis von einem Dollar pro Nacht konnte ein Reisender in Rudd's Hotel ein hartes Holzbrett mit Strohmatratze mieten, das durch einen Musselinvorhang vom Nachbarn getrennt war. Die Wanzen gab es umsonst dazu, doch die Kälte vertrieb die meisten aus dem Zimmer.

In dieser Nacht blieb Jem lieber im Hotel, als ins Fort zurückzukehren. Schlaflos lag er auf seiner Strohmatratze und lauschte dem Stöhnen und Schnarchen seines Bettnachbarn.

Noch vor Sonnenaufgang, als der Nebel vom Fluß hochstieg, verließ er das Hotel und pflückte einen Strauß der leuchtendbunten Blumen, die wild am Flußufer wuchsen. Er hatte gehört, daß Frauen Blumen liebten. Das schien ihm ein ebenso guter Anfang wie jeder andere.

Als er durch die Straßen der Stadt lief und dabei den Blumenstrauß umklammerte, kam er sich vor wie ein Idiot. Er fand sie im Stall, als sie gerade ihr Pony versorgte. Sie trug dieselbe Kleidung wie am Abend zuvor: ein rotes Fanellhemd, Männerhosen aus Baumwolldrillich, einen breitkempigen, staubigen und zerschlissenen Hut.

Als er hereinkam, untersuchte sie gerade den linken Hinterhuf des Ponys, und im Licht des frühen Morgens sah sie einen Augenblick lang schön aus. Er blieb im Eingang stehen. Sie sah auf, und das Licht auf ihrem Gesicht veränderte sich. Ein Durchschnittsgesicht, weiter nichts. Er drückte ihr die Blumen in die Hand. »Die sind für Sie.«

Sie nahm sie und runzelte verwundert ihre dunklen Augenbrauen. Ihre Hand, die die Blumen hielt, war schmutzig vom Staub des Pferdehufs, und ihre Fingernägel waren abgebrochen.

Er steckte seine Hände in die Hosentaschen und wußte nicht recht, was er als nächstes tun sollte. Das Pony drehte den Kopf, um an den Blumen zu schnuppern, und Nadya hielt sie, noch immer stirnrunzelnd, außer Reichweite des Tieres.

»Probleme mit den Hufen?«

»Gestern hinkte sie. Ich nehme an, eine Prellung durch einen Stein«, sagte Nadya. »Sie braucht Erholung.«

»Ich hab' für solche Fälle ein Mittel zum Einreiben«, sagte er und holte es heraus. Sie legte die Blumen auf den Stallboden und verarztete die Prellung damit. Er trat beiseite. Er wußte nicht, was er mit seinen Händen anfangen sollte, also schob er sie wieder in seine Taschen. Sie war fertig und wischte sich die Hände an einem großen, bunten, weißgefleckten Taschentuch ab. Sie warf einen raschen Blick auf die Blumen, hob sie auf und hielt sie übertrieben vorsichtig.

»Geh'n wir ein bißchen spazieren?« schlug Jem unbeholfen vor. Sie musterte ihn über den zottigen Blumenstrauß hinweg. »Wo?«

»Am Fluß.«

»Gut, geh'n wir«, sagte sie.

Sie gingen die Hauptstraße von Oregon City hinunter, an Rudd's Hotel vorbei. Zwei Frauen aus der Stadt in knöchellangen Röcken aus bedrucktem Kattun mit dazu passenden Hauben kamen ihnen entgegen. Einen halben Häuserblock von ihnen entfernt wechselten die beiden Frauen die Straßenseite. Jem hörte, wie Nadya leise etwas auf französisch vor sich hin murmelte. Er verstand den Ausdruck ›mangeurs de lard‹, Schweinefresser, ein Schimpfwort der Gebirgsbewohner für das verweichlichte Volk in den Städten.

»Nehmen Sie's nicht persönlich«, sagte Jem. »Wahrscheinlich hat es gar nichts mit Ihnen zu tun.«

»Wieso nicht?«

»Sie machen das auch meinetwegen.« Er blieb stehen und drehte sich um. Die Frauen waren noch in Sichtweite. Sie hatten die Straßenseite wieder gewechselt. »Aufgepaßt.« Er holte tief Luft und stieß einen Schrei aus – einen wilden, gellenden Kriegsschrei. Die Frauen machten einen Satz und hielten sich krampfhaft aneinander fest. Sie warfen einen kurzen Blick zurück auf Jem, beschleunigten dann ihre Schritte und betraten eilends einen Laden.

Nadya lachte. Sie schlug den Blumenstrauß gegen ihr Bein und streute dabei leuchtende Blütenblätter auf die Erde.

»Sie versuchen nur, ihre Skalps zu retten«, sagte Jem. »Ich bin ein halber Cayuse. Man kann nie wissen, wann ich durchdrehe und wild werde.«

Nadya blickte zu ihm auf; zum ersten Mal grinste sie. Sie gingen einen Weg am Flußufer entlang. Er war sich bewußt, daß sie neben ihm ging und noch immer den Blumenstrauß mitschleppte. Sie ließ ihn jetzt einfach herunterhängen, schlug mit ihm gegen ihr Bein und verstreute Blütenblätter.

»Zu viele Leute hier oben«, sagte er schließlich. »Zu viele neue Siedler.«

Sie nickte zustimmend.

»Meine Hütte liegt drei Tagesritte südlich von hier. Jenseits der Chalpooeys, in der Nähe des Umpqua River. Keine Städte dort. Der Wald wächst direkt bis vor meine Haustür.«

»Als du noch Fallensteller warst, was hast du da gefangen?« Als er zu ihr hinübersah, beobachtete sie sein Gesicht.

Erstaunt über die plötzliche Wendung ihres Gesprächs zuckte er die Schultern. »Hauptsächlich Biber. Dafür gab's das meiste Geld.«

»Manchmal auch was anderes?«

»Manchmal. Hin und wieder einen Rotluchs. Ein oder zwei Dachse.«

Eine Weile gingen sie schweigend weiter. Als der Weg an einer Stelle schlammig wurde, bot er ihr seine Hand, um ihr hinüberzuhelfen. Sie stieg ohne seine Hilfe darüber hinweg; dann nahm sie seine Hand. Sie gingen Hand in Hand.

»Da vorne, Rehe«, bemerkte sie leise und blieb mitten auf dem

Weg stehen. Drei Rehe mit weißem Hinterteil hoben ihre Köpfe und verschwanden mit einem Sprung zwischen den Bäumen.

»Gute Augen«, sagte er.

»Mein Vater war ein guter Jäger. Ich schlage ihm nach.«

Die Rehe flohen weiter, doch Jem blieb ruhig auf dem Weg stehen und hielt ihre Hand fest umschlossen. Sie war keine große Frau, etwa einen Kopf kleiner als er; um ihn anzusehen, mußte sie ihren Kopf nach hinten neigen.

»Es muß schwer gewesen sein, die Prärie allein zu durchqueren.«

Sie zuckte die Schultern. »Nicht schwerer als für einen Mann.«

Er nickte. »Das ist schwer genug.«

Sie musterte sein Gesicht. »Es war schwer«, gab sie zu.

»Allein ein Stück Land zu bewirtschaften ist auch schwer«, sagte er. »Einsam.«

»Ich werd's schon schaffen«, erwiderte sie.

Er blickte zu ihr hinunter und betrachtete ihr Gesicht. »Warum bist du in die Stadt gekommen?« fragte er sie. »Mir scheint, du hättest auch einfach nach Süden weiterreiten können, ohne hier anzuhalten.«

Sie sah ihn finster an, mit verstocktem Gesichtsausdruck. »Ich brauchte ein paar Vorräte.«

»Vielleicht auch ein bißchen Gesellschaft.« Sie antwortete nicht. Seine Hand schloß sich fester um ihre. »Auf meinem Grundstück habe ich eine nette Hütte. Ich hab ein bißchen Vieh. Ich könnte dir ein guter Mann sein.«

»Ach«, sagte sie und blickte ihm prüfend ins Gesicht. »Aber könnte ich dir eine gute Frau sein?«

Er sah hinunter in ihr kleines, dunkles Gesicht, ihre eigensinnigen Augen. Er wußte, daß sie wild waren, aber er liebte das Wilde. Da war vieles, was er sagen wollte, doch er wußte nicht, wie. »Komm mit und heirate mich«, sagte er. »Ich werde für dich sorgen.«

»Ach, Jem«, erwiderte sie. »Aber wer wird für dich sorgen?«

»Ich werde für mich selbst sorgen. Das habe ich immer getan«, sagte er. »Er legte ihr eine Hand auf die Schulter und zog sie zu sich heran. Sie lehnte sich an ihn und legte ihre Arme um ihn. Er fühlte die Wärme ihres Körpers an seinem.

»Wie du willst«, sagte sie. »Ich komme mit dir.«

Sie sagte, sie bräuchte keinen Priester. Am nächsten Tag, als der Fuß ihres Ponys soweit geheilt war, daß sie aufbrechen konnten, ritten sie den Willamette River entlang Richtung Süden; sie folgten dem ausgetretenen Pfad der Siedler, die die Südroute nahmen und dann nach Norden abbogen, Richtung Oregon City.

Das Tal des Willamette verengte sich, und die dicken, hohen Tannen um sie herum ließen das spätsommerliche Sonnenlicht kaum durchsickern. Sie bogen um eine Kurve, und wie eine himmlische Segnung schien ein Sonnenstrahl auf den Weg vor ihnen.

Der Pfad führte sie aus dem Tal heraus, hinauf auf die felsigen Abhänge der Bergkette, die man die Calapooeys nannte. Als sie um eine Wegbiegung kamen, flog unter den Hufen von Nadyas Pony ein Waldhuhn auf; schneller als Jem war sie mit dem Revolver bei der Hand und holte es mit einem einzigen Schuß herunter.

»Abendessen«, sagte sie zu Jem und kletterte den felsigen Abhang hinunter, um den Vogel zu holen.

Nachdem sie die besiedelten Gebiete hinter sich gelassen hatten, begann Nadya zu singen, während sie dahinritten; sie trällerte fröhliche Melodien, die Jem an französische Volkslieder erinnerten. Die Worte konnte er nicht verstehen. Als er sie danach fragte, antwortete sie, die Lieder hätte sie von ihrem Vater gelernt. Sie wollte den Text nicht übersetzen. »Vielleicht später«, sagte sie. »Vielleicht später.«

In dieser Nacht schlugen sie ihr Lager an der windgeschützten Seite eines felsigen Bergkammes auf, wo eine Quelle aus der Erde sprudelte und ein Becken mit klarem, kaltem Wasser bildete. Jem schnitt Zweige von den Zedern und legte eine Decke darüber, um eine wohlriechende Schlafunterlage herzurichten. Er schichtete heruntergefallene Äste für das Feuer auf. Nadya rupfte den Vogel, nahm ihn aus und spießte ihn dann zum Rösten auf grüne Stöcke, die sie mit ihrem Bowiemesser geschnitten hatte.

Als sie am Feuer saßen, ging der Mond auf: Er war fast dreiviertel voll und schief über dem Kamm des Gebirges. In der Ferne bellte ein Wolf und begann dann zu heulen. Ein ganzer Chor fiel klagend in das Geheul der ersten Stimmen ein. Nadya lauschte.

Jem berührte ihre Schulter und fühlte ihre Wärme durch den Flanell ihres Hemdes hindurch. »Komm zu Bett«, sagte er unbeholfen.

Auf dem Lager aus Zedernzweigen legte Jem seine Arme um sie.

Sie drängte sich an ihn; ihre Bereitwilligkeit überraschte ihn. Sie knöpfte sein Hemd auf, und er fühlte ihre kleinen, kalten Hände auf seiner Haut. In der Ferne bellten und heulten die Wölfe. Schaudernd preßte sie sich noch stärker an ihn.

»Schon gut.« Plötzlich war er zärtlich; er wußte, daß ihr Gerede zum Teil nur gespielte Tapferkeit war: Sie war nicht so furchtlos, wie es anfangs schien. »Bei mir bist du sicher. Hab keine Angst.«

Für einen Augenblick sah er ihr Gesicht im Mondlicht: Ein Aufblitzen ihrer Zähne, ein Funkeln ihrer dunklen Augen, in denen sich das Licht des Mondes spiegelte. »Ich hab' keine Angst«, sagte sie. »Überhaupt keine Angst.«

Ihr Körper preßte sich sich gegen seinen, und die Spannung in ihm konzentrierte sich jetzt. Als sie sich bewegte, konnte er fühlen, wie der Stoff seiner Hose gegen seinen Penis rieb. Durch ihr Hemd hindurch fühlte er die Wärme ihrer Brüste.

Seine Finger suchten tastend nach den Knöpfen ihres Hemdes. Ein leises Wimmern entfuhr ihr, das mit dem fernen Heulen der Wölfe verschmolz. Er fühlte rauhe Wolle auf seiner Haut, warme Brüste unter seinen Händen, den Duft von Zedern und Holzrauch, das Heulen der Wölfe in der Ferne. Das Wolfsgeheul verschmolz mit Nadyas atemlosen Schreien, als er in sie eindrang und sich in sie ergoß. Er hielt sie in seinen Armen und schlief ein.

Als er am Morgen erwachte, war sie aufgestanden, ohne daß er es bemerkt hatte. Sie stand neben dem niedergebrannten Feuer und neigte den Kopf zur Seite, als würde sie jemandem zuhören. Jem vernahm keinen Laut. Im Dämmerlicht sah sie so unwirklich aus wie der weiße Nebel, der zwischen den Bäumen hing. Ein Windhauch könnte sie wegblasen, dachte er; sie könnte sich bei Sonnenaufgang einfach auflösen. »Nadya«, sagte er, und ihn packte plötzlich Angst, sie würde verschwinden.

Unverwandt vor sich hin starrend, wandte sie ihm ihren Blick zu.

»Was hörst du?« fragte er.

»Den Wald.«

»Komm wieder ins Bett und wärm dich auf.«

Sie kam zu ihm zurück. Als er sie küßte, zog sie sein Ohr zwischen ihre Zähne und knurrte leise.

»Crazy Wolf«, sagte er. »Sei vorsichtig mit meinem Ohr.«

Sie biß jäh hinein und brach dann in ein Lachen aus, das von den Bäumen widerhallte.

Seine Hütte bestand aus einem einzigen Raum und war aus gelbem Fichtenholz gebaut. Die Lücken zwischen den Stämmen hatte er sorgfältig mit Lehm aus dem nahegelegenen Fluß ausgefüllt und den Lehm festgedrückt, damit im nächsten Winter kein Windstoß hereinkäme. Ein Schindeldach hielt den Regen ab. Der Fußboden bestand aus festgestampfter Erde.

Die Fenster waren mit hölzernen Fensterläden verschlossen, und er öffnete sie rasch, um Licht und Luft reinzulassen. Es gab einen Herd aus Steinen und einen Kamin, damit der Rauch abziehen konnte. Sein Mobiliar bestand aus einem einzigen Stuhl aus grob zurechtgehauenem Fichtenholz und einem schmalen Bettgestell mit einem Stapel Decken aus Büffelfell obenauf.

Mit einem Blick auf die kärgliche Einrichtung der Hütte sagte Jem schnell: »Zuerst baue ich dir einen Tisch. Und noch einen Stuhl. Und ein Bett – wir brauchen ein richtiges Bett.«

Er warf einen raschen Blick auf Nadyas Gesicht, doch ihre Augen waren gar nicht in das Dunkel der Hütte gerichtet. Sie stand am Fenster und sah hinaus in die Bäume. »Genau wie du gesagt hast«, sagte sie. »Es ist schön hier.«

Innerhalb einer Woche hatte er einen Tisch gebaut sowie eine Bank, zwei Stühle und ein Bett aus Zedernholz. Nadya arbeitete Seite an Seite mit ihm. Gemeinsam ernteten sie den Mais, den er im vergangenen Frühjahr gepflanzt hatte, und lagerten ihn für den Winter.

Am dritten Tag ging sie morgens mit ihrem Gewehr los und kehrte mit drei Waldhühnern zurück, die während des Sommers schön fett geworden waren. Hätte sie ihn gefragt, so hätte er gesagt, sie solle nicht jagen gehen. Doch sie fragte nicht. Und als er vorsichtig andeutete, daß es vielleicht besser wäre, wenn er jagen ginge, warf sie ihm einen langen, nachdenklichen Blick zu.

»Das sehe ich nicht so«, entgegnete sie kühl. Ihre Augen waren grüner als vorher, oder vielleicht spiegelten sich darin auch nur die immergrünen Zweige über ihren Köpfen wider. Er sah ihr prüfend ins Gesicht, dachte an die Waldhühner und beschloß, das Thema auf sich beruhen zu lassen.

Sie lebten seit knapp einer Woche in der Hütte, als er in ihrem neuen Bett erwachte — allein. Die Holztür der Hütte war unverschlossen, und im Nachtwind hatte sie sich ein Stück geöffnet. Der Mond schien durch die Öffnung und tauchte den Hüttenboden in silbriges Licht. Die Decken neben ihm waren kalt, keine Spur von Wärme, wo Nadya gelegen hatte.

Er wartete einen Augenblick. Vielleicht war sie hinausgegangen, um sich im Wald zu erleichtern, weil sie ihn nicht wecken wollte. Er schlug die Decken zurück und ging zum Eingang. Der Vollmond würde gleich untergehen, das erste Licht der Dämmerung färbte den Himmel im Osten rötlich. Die Bäume waren in gespenstische Nebelschwaden eingehüllt, die der Morgenwind vor sich hertrieb. »Nadya«, rief er. »Nadya.« Im Korral richteten die Pferde ihre Ohren auf und beobachteten ihn.

Die Nachtluft ließ ihn erschauern, und er zog eine Decke vom Bett und wickelte sich schlaftrunken hinein. Einen Augenblick lang überlegte er, ob sie nicht von Anfang an nur ein Traum gewesen war. Dann fiel sei Blick auf ihr Hemd und ihre Hose, die ordentlich am Kleiderhaken neben der Tür hingen. Das war kein Traum.

Der Mond ging unter, und in der Wiese sah er das erste Glitzern des Sonnenlichts im Gras. Wieder rief er nach ihr; seine Stimme hallte durch das Tal. Einen Herzschlag lang lauschte er in den Wald hinein und wartete.

Nackt und barfuß kam sie aus dem Schutz der Bäume herausgelaufen, lachend und außer Atem. Er streckte ihr seine Hände entgegen, umarmte sie und wickelte sie in die Decke.

»Wo warst du?« fragte er. »Wo bist du gewesen?«

»Der Ruf der Wildnis.« Ihre Augen blitzten vergnügt. »Oh, was für ein wunderschöner Morgen!« Sie preßte sich an ihn, und er umarmte sie automatisch. Ihre Haut unter seinen Händen war kalt.

»Du mußt gehört haben, wie ich dich rief. Warum bist du nicht zurückgekommen? Du bist so kalt.«

Sie schüttelte den Kopf und sah ihm dabei ins Gesicht. »Ich hab' nichts gehört.« Sie befeuchtete ihre Lippen und blickte zu ihm auf. »Ich kenne da ein Mittel, um wieder warm zu werden.«

Sie geleitete ihn zurück zum Bett, wo sie sich gegenseitig wärmten. Er konnte ihr nicht lange böse sein.

Als er später am Morgen wieder erwachte, kümmerte sie sich um das Feuer und um heißes Wasser für den Kaffee. Ihr Haar war wieder ordentlich geflochten; es hing nicht mehr aufgelöst herunter wie in der vergangenen Nacht.

An diesem Tag hackte er Holz für den Winter. Er fühlte die Axt in seiner Hand, der glatte, hölzerne Stiel lag fest in seiner Handfläche. Das, dachte er, ist die Wirklichkeit. Der scharfe Klang, wenn Metall gegen Holz schlägt. Das Echo, das vom anderen Ende des Tales zurückgeworfen wird. Das ist wirklich. Der Nebel und die Dunkelheit der Nacht – das ist nicht wirklich. Das sollte man einfach vergessen.

Er beobachtete Nadya an diesem Tag und am nächsten Tag und am Tag darauf. Jeden Abend, kurz bevor es dämmerte, pflegte sie mitten in ihrer täglichen Arbeit innezuhalten. Sie setzte den Wassereimer ab, unterbrach das Rühren im Kessel, ließ das Feuer herunterbrennen. Eine ganze Weile stand sie dann am Rand des Hofes, dort, wo das Wiesenland den hohen Bäumen Platz machte, und starrte in die zunehmende Dunkelheit hinaus. Dann nahm sie wortlos ihre Arbeit wieder auf.

Manchmal lauschte auch er und bemühte sich, zu hören, was ihre Aufmerksamkeit erregt hatte. Doch er vernahm keinen ungewöhnlichen Laut. Einmal fragte er sie, was sie höre. Sie hatte gelächelt und war achselzuckend über die Frage hinweggegangen. »Nichts. Ich hör' nur den Vögeln zu.«

Abends saß Nadya am Feuer. Manchmal schrieb sie in ein kleines, in Leder gebundenes Büchlein. Sie sagte, es sei ein Geschenk ihrer Mutter. Jem sah ihr beim Schreiben zu, sah das Gekritzel von dunkler Tinte auf weißem Papier. Er hatte nie Lesen gelernt; diese Fähigkeit war im Fort nicht besonders nützlich gewesen. Aber während er ihr nun zusah, wünschte er, er könnte lesen. Er sah, wie ihre Feder über die Seite glitt, und er wußte, daß sie Geheimnisse aufschrieb. Wenn er sie danach fragte, schüttelte sie den Kopf. »Nichts Wichtiges.«

Nach ein paar Wochen stellte Jem fest, daß Nadya unruhig wurde. Immer, wenn das Wolfsrudel, das in der Gegend umherstreifte, heulte, ging sie ans Fenster und lauschte. Sie schlief sehr unruhig und murmelte in einer Sprache vor sich hin, die er nicht verstand. Wenn er sie fragte, was sie beunruhigte, schüttelte sie den Kopf und antwortete nicht.

Der Spätsommer war in den Herbst übergegangen, als er wieder einmal in einem leeren Bett erwachte. Er warf die Decken von sich und ging zur Tür, wo er in der kalten, klaren Nachtluft stehenblieb. In der Nacht war der erste Schnee gefallen; der Boden war mit einer dünnen, weißen Puderschicht bedeckt. Im Licht des Vollmonds sah er Nadyas Fußspuren im Schnee: die Spuren nackter Füße, die über den Hof und in den Wald hineinführten. Er rief nach ihr, doch es kam keine Antwort.

Rasch zog er sich an, nahm sein Gewehr und eine Laterne und folgte der Fährte ihrer Fußspuren. Genau dort, wo die Spuren in den schützenden Wald hineinführten, veränderten sie sich. Die zierlichen Abdrücke von Nadyas nackten Füßen verschwanden. Die Fährte führte ohne Unterbrechung weiter, doch nun waren es die Abdrücke eines Wolfes.

Jem kniete im Schnee und untersuchte die Abdrücke. Frau. Dann Wolf. Bestürzt und erschauernd schüttelte er den Kopf. Er hielt die Laterne hoch; sie warf einen gelben Lichtkreis in den Schnee.

Er folgte der Fährte des Wolfes in den schützenden Wald hinein, wo der Schnee den Boden nur stellenweise bedeckte. Die Fichten ließen kein Mondlicht durch. Er hielt seine Laterne hoch, und ein gelber Lichtkreis erleuchtete den Waldboden. Er suchte nach der verlorenen Fährte; jede schneebedeckte Stelle überprüfte er auf Fußspuren. Er fand ein paar zerwühlte Stellen, wo der Wolf die Fichtennadeln beiseite geschart hatte, um unter einem umgestürzten Baumstamm den Bau eines Nagetiers zu beschnüffeln. Dann, nur ein paar hundert Meter weiter, verlor er die Fährte. Im diffusen Licht der Laterne und des Mondes gelang es ihm nicht, die Spur zu verfolgen.

»Nadya!« rief er. »Nadya!« Die Bäume verschluckten seine Stimme und gaben keine Antwort.

Er kehrte zur Hütte zurück, um zu warten. Er machte Feuer und setzte sich auf die Holzbank, auf der er und Nadya manchmal zusammen beim Feuer saßen. Er starrte in die Flammen und hörte, wie der Wind durch die Ritzen in der Holzwand der Hütte flüsterte. Er verstand nicht, was der Wind ihm zu sagen versuchte.

Als er draußen Nadyas Schritte hörte, drang bereits das erste Licht der Dämmerung durch die Risse an der Tür. Im Eingang zögerte sie und sah ihn abwartend an. Ihr schwarzes Haar war weiß vor Schnee.

»Dir ist sicher kalt«, sagte er nach einem Augenblick. »Komm ans Feuer und wärm dich.« Er gab ihr die Decke von seinem Schoß, und sie wickelte sie um ihre Schultern, während sie am Feuer stand und ihn noch immer aufmerksam betrachtete.

Mit dem Licht änderte sich auch die Farbe ihrer Augen. Jetzt, im Licht der Flammen, blitzten sie golden wie die Augen eines Tieres. Er schaute weg und lehnte sich nach vorn, um im Feuer herumzustochern, damit es heller brannte.

»Vielleicht ist es besser, wenn ich gehe«, sagte sie. Er sah vom Feuer auf, und sie schaute weg und starrte in die Flammen. In diesem Augenblick wirkte sie sehr jung. Der Feuerschein fiel auf die straff gespannte Haut über ihren Backenknochen, und sie war von eigenartiger Schönheit, aber nicht ganz menschlich. So, als wären die Knochen unter ihrer Haut anders geformt als Menschenknochen.

»Wohin würdest du gehen?«

Sie zuckte die Achseln, eine schnelle Reflexbewegung ihrer nackten Schultern unter der Decke. »Ich werde allein leben. Das wäre besser.«

»Wieso denn?«

Sie wandte ihm ihr Gesicht zu, und ihre Schönheit verschwand mit der Drehung ihres Kopfes. Ihr Gesicht schien glanzlos und gewöhnlich. »Du hast die Spuren gesehen«, sagte sie. Dann wandte sie sich wieder dem Feuer zu.

»Die Indianer berichten von Medizinmännern, die sich in Tiere verwandeln. Vögel. Wölfe.« Seine Stimme blieb ruhig und gleichmäßig, so, als spräche er über das Wetter. »Ich habe davon gehört. Ein Medizinmann hüllt sich in einen Wolfpelz, tanzt wie ein Wolf. Und wird selbst zum Wolf.« Er blickte vom Feuer auf, um ihr in die Augen zu sehen. »Sie sehen darin nichts Unrechtes. Es ist ein Zeichen großer Macht.«

»Wo mein Vater herkommt, erzählt man sich von Menschen, die sich in Wölfe verwandeln.« Ihre Stimme paßte zu seiner — sanft und gleichförmig. Sie übertönte kaum das Knistern des Feuers. »Sie brauchen dazu keinen Pelz. In bestimmten Mondphasen kommt der Wolf zu ihnen, und sie werden selbst zum Wolf. Sie können sich das nicht aussuchen. Es geschieht, ob sie wollen oder nicht.« Sie beobachtete ihn jetzt, ohne seinem Blick auszuweichen. »Ich schlage meinem Vater nach.« Unauffällig befeuchtete sie ihre Lippen wie ein nervöser Jagdhund. Der schmelzende Schnee glitzerte auf Haar und Wangen.

»Was geschah mit deinem Vater?«

»Er wurde von einem Jäger getötet.«

»Und deine Mutter?«

»Sie verfing sich in einer Falle und wurde von dem Fallensteller getötet, der seine Reihe vor der Morgendämmerung kontrollierte. Seit damals bin ich allein unterwegs.« Sie zog die Decke enger um sich und starrte weiter ins Feuer. »Du warst einsam, und ich war auch einsam.« Wieder zuckte sie mit den Schultern.

Jem nickte. Er rieb seine Hände gegeneinander und versuchte, sie zu wärmen.

»Ich gehe heute«, sagte sie.

»Setz dich hin und wärm dich auf«, sagte er.

»Ich hab' dich gewarnt, Jem. Du hast mehr bekommen, als dir lieb ist.«

»Ich hab' bekommen, was ich wollte«, erwiderte er. Er streckte ihr eine Hand entgegen. »Setz dich hin und wärm dich.«

Sie nahm seine Hand und setzte sich neben ihn auf die Bank. Er rieb ihre Hände, um sie zu wärmen, und legte noch ein Holzscheit aufs Feuer.

Der Winter kam, und die Nächte waren lang. Der erste Schnee schmolz, das Vieh graste auf den Weiden. Als es wieder zu schneien begann, brachten sie den Tieren Futter. Sie lebten von Mais und von dem, was sie bei der Jagd erbeuteten. An kalten, klaren Tagen spaltete Jem Querhölzer für die Zäune. Nadya half beim Bau der Gatter. Für ihre Größe war sie erstaunlich kräftig. Zusammen bauten sie einen Unterstand für die Milchkuh und das Kalb, das sie, wie Jem hoffte, im Frühjahr gebären würde.

Dann war wieder Vollmond, und er erwachte, als Nadya aus dem Bett schlüpfte und in der Dunkelheit verschwand. Er hörte das Rascheln ihrer Kleider, das leise Tappen ihrer nackten Füße auf dem festgestampften Boden. Die Holztür knarrte beim Öffnen, und der kalte Wind, der hereinwehte, wirbelte Schneeflocken vor sich her, die im Mondlicht tanzten. Als sie die Tür hinter sich zuzog, knarrte sie wieder. Er lag wach im Dunkeln und lauschte dem Heulen der Wölfe in der Ferne. Am Morgen kam sie nach Hause.

Jeden Monat bei zunehmendem Mond wurde Nadya unruhig. Für gewöhnlich ging sie dann tagsüber fort und erzählte Jem, sie ginge jagen. Am Spätnachmittag, kurz vor Sonnenuntergang, kam sie mit einem Hasen zurück, den sie gerade getötet hatte, und klagte darüber, daß kaum etwas Jagdbares zu finden sei.

In der Nacht vor dem Vollmond im Januar kamen die Wölfe näher an die Hütte heran als je zuvor. Nadya saß am Feuer, ihr Buch im Schoß, und lauschte dem Heulen. »Ich seh' besser mal nach dem Vieh«, sagte Jem.

»Ich mach' das«, erwiderte Nadya schnell, zog ihren Mantel an und schlüpfte aus der Tür. Jem stand im Eingang und beobachtete, wie sie über den Hof zum Viehstall ging. Leise fielen die Schneeflocken und fingen das Mondlicht ein. In der Mitte des Hofes hielt Nadya inne und horchte auf etwas, das Jem nicht hören konnte. Sie warf einen raschen Blick zurück und gestikulierte ungeduldig. »Mach dir Tür zu, Jem. Bleib im Warmen. Ich bin gleich wieder da.« Ein paar Minuten später kam sie zurück; Schneeflocken schmolzen auf ihrer Jacke und ihrem Haar. Ihre Wangen glänzten, und sie drückte sich wärmesuchend an ihn. Sie liebten sich in dem großen Bett, das nach Zedernholz duftete.

Am nächsten Morgen, als er zum Viehstall hinausging, fand er Wolfsspuren. Ein einzelner Wolf. Den Abdrücken nach zu urteilen war es stattliches männliches Tier. Nadyas Fußspuren waren vom fallenden Schnee zugedeckt, doch die Abdrücke des Wolfes waren frisch. Das Tier war noch in der Nähe geblieben, als es schon aufgehört hatte zu schneien. Im Schutz eines Busches, nicht weit vom Korral, fand er die Stelle, wo sich der Wolf ausgestreckt hatte: niedergedrücktes Gras und ein paar weiße Pelzbüschel, die sich im Gezweig verfangen hatten.

Er erzählte Nadya nichts davon. Den Tag verbrachte er damit, Querhölzer für den Zaun zu spalten, anstrengende körperliche Arbeit, die ihm wenig Zeit zum Nachdenken ließ. An diesem Abend stand Nadya bei Sonnenuntergang im Eingang der Hütte und starrte hinaus in den Wald.

»Suchst du was?« fragte er.

Sie schüttelte den Kopf. »Bin nur unruhig.«

In der Nacht weckte ihn das Knarren der offenen Tür im Wind. Das Schloß war nicht eingeschnappt. Vor Kälte zitternd, schlüpfte Jem aus dem Bett. Er zog sich rasch an, stieg in die Hosen und schnürte mit klammen Fingern die steifen Lederstiefel.

Im Mondlicht hob sich der Holzzaun als graue Zickzacklinie gegen den weißen Schnee ab wie ein Bleistiftstrich auf weißem Papier. Die Douglasfichten standen schwarz vor dem mondhellen Himmel. Unter den Bäumen fand er ihre Spuren und folgte ihnen. Sein Atem bildete silberne Wolken im Mondlicht. Nach etwa hundert Metern im Wald gesellten sich zu Nadyas Pfotenabdrücken die Spuren eines größeren Wolfes. Die Spuren liefen wirr durcheinander, wo der große Wolf sich genähert hatte und Nadya zurückgewichen war, wo sie sich gegenseitig umkreist hatten. Dann führten die beiden Spurenpaare weiter, der Wolf voran, Nadya hinterher.

Im Mondlicht war die Fährte deutlich zu sehen. Jem folgte ihr. Er dachte nicht daran, sie zu verfolgen. Er versuchte, überhaupt nicht zu denken. Sein Verstand war so kalt und durchsichtig wie die Eiszapfen, die von den Bäumen hingen, das Mondlicht einfingen und es in glitzernde, bedeutungslose Muster brachen. Sein Kopf war voller glitzernder, bedeutungsloser Muster.

Etwa eine Meile von der Hütte entfernt drehte die Fährte plötzlich Richtung Westen ab. Der Abstand zwischen den Pfotenabdrücken veränderte sich: die Wölfe hatten ihr Tempo verlangsamt und schlichen auf ein dichtes Fichtengehölz zu. Etwa dreißig Meter weiter änderte sich der Abstand zwischen den Pfotenabdrücken wieder: An dieser Stelle waren die beiden Wölfe losgerannt.

Nicht weit davon entfernt fand er Anzeichen für Wild: Hufabdrücke im Schnee, Tierdung, eine plattgedrückte Stelle, wo ein Tier gelegen hatte. Allem Anschein nach waren es drei Rehe: zwei waren nach Westen geflohen, das dritte hatte sich von ihnen getrennt und war, von beiden Wölfen verfolgt, Richtung Nordwesten gerannt.

Jem sah einen Blutfleck im Schnee. Etwas weiter noch ein Blutfleck. Er konnte sich vorstellen, wie der große Wolf die Flanken des Tieres zerfleischte, wie er ihm den Bauch aufriß. Er versuchte, sich einen zweiten, kleineren Wolf vorzustellen, der das gleiche tat — doch immer wieder drängte sich Nadyas Gesicht dazwischen.

Noch mehr Blut und ein Gewirr von Abdrücken, wo das Reh versucht hatte, sich zu wehren und sich herumdrehte, um dem einen Wolf die Stirn zu bieten, während der andere es von hinten ansprang. Dann war es wieder losgerannt und hinterließ blutige Hufabdrücke im Schnee.

Auf einer Lichtung war das Tier schließlich gestürzt. Im Schutz der Bäume am Rande der Lichtung blieb Jem stehen. Die Wölfe hatten seine Witterung aufgenommen und ihre Mahlzeit unterbrochen. Der Bauch des Rehes war aufgerissen; Blut dampfte in der kalten Luft.

Die beiden Wölfe standen bei dem Kadaver und beobachteten Jem mit goldenen Augen: ein großer, weißer Wolf und eine blaßgraue Wölfin. Die Wölfin war groß, fast genauso stattlich wie der Wolf. Ihr Kopf und Maul waren mit frischem Blut bespritzt.

Jem hielt sein Gewehr bereit und beobachtete die beiden. Er konnte nicht klar denken. Immer wieder erinnerte er sich an einen Fallensteller, der seine indianische Frau mit einem anderen Mann im Bett erwischt hatte.

Der Wolf senkte den Kopf und knurrte, sein Nackenhaar sträubte sich. Jem fühlte den Abzug an seinem Finger, bevor er merkte, daß er das Gewehr angehoben hatte und auf den großen Wolf zielte. Die Wölfin – er konnte sie sich nicht als Nadya vorstellen – wimmerte aus tiefster Kehle, ein komplizierter, fast menschlich klingender Laut. Sie blickte rasch zu dem Wolf hin und dann wieder zu Jem. Sie bellte einmal, ein hohes Kläffen, dann wimmerte sie wieder.

Langsam ging sie auf Jem zu und warf immer wieder einen flüchtigen Blick zurück zu dem Wolf. Jem schwenkte sein Gewehr herum, so daß es jetzt auf die Wölfin gerichtet war. Sie kam stetig näher, aus tiefster Kehle kläffend und wimmernd. Während sie sich bewegte, folgte er ihr mit dem Gewehr. Doch er schoß nicht. Ihm gefror der Finger auf dem Abzug; in seinem Kopf hatte sich ein Bild festgesetzt: Nadya, die über den Hof auf ihn zulief.

Als sie fast bis auf einen Meter herangekommen war, ließ er das Gewehr sinken und hockte sich im Schnee nieder. Sie kam zu ihm und rieb ihr Maul an seiner Hand; auf seiner Haut hinterließ sie eine blutige Spur. Er strich ihr über den Kopf und Körper. Ihr Pelz war warm und dick, darunter fühlte er die harten Muskeln. »Nadya«, sagte er zu ihr, und sie wimmerte aus tiefster Kehle.

Nach einem kurzen Augenblick drehte sie sich um und kehrte zum Kadaver zurück. Der Wolf hatte wieder zu fressen begonnen, doch seine Augen waren noch immer auf Jem gerichtet. Nadya stand neben dem toten Reh und beobachtete ihn ebenfalls. Schließlich wandte Jem sich um und folgte seinen Spuren zurück zur Hütte.

In der Hütte wickelte er sich in eine Decke und setzte sich ans Feuer. Der Fallensteller, der seine Frau mit einem anderen Mann im Bett erwischt hatte, hatte drei Schüsse über ihre Köpfe hinweg gefeuert und dann angefangen, sich zu betrinken. In der dritten Saufnacht hatte Jem mit ihm zusammengesessen und seinem Redeschwall zugehört. »Ich konnte sie nicht töten«, hatte er gesagt. »Ich konnte einfach nicht. Wenn ich nicht zu Hause bin, fühlt sie sich einsam. Sie braucht jemanden, der sich um sie kümmert. Und manchmal bin ich nicht da.« Er nahm noch einen kräftigen Schluck Whisky. »Dagegen kann ich nichts sagen.«

Jem schlief am Feuer ein und erwachte durch das platschende Geräusch von Wasser, das in eine Schüssel gegossen wurde. Vor der Tür wusch Nadya sich Hände und Gesicht in warmem Wasser aus dem Kessel vom Herd. Das Wasser in der Schüssel war rot gefärbt.

Er ging zu ihr hinaus, nahm sie in seine Arme und blickte auf sie hinunter. Das fahle Licht der frühen Morgensonne schien ihr voll ins Gesicht. Am Tag nach einem Vollmond sah sie immer gesund aus – stark und kräftig. Wilde Nächte bekamen ihr gut.

Er wollte nicht daran denken. »Das ist wirklich«, sagte er zu ihr. »Dieser Augenblick, in dem ich mit dir in der Sonne stehe. Das ist wirklich.« Er fühlte ihren Herzschlag an seiner Haut, die Wärme ihres Körpers an seinem. Die Nacht war vorüber, und er ließ sie entschwinden.

Ein Monat verging, und der Schnee des Winters begann zu schmelzen. Wieder war Vollmond. Als sie hinausging, lag er im Bett und beachtete das leise Rascheln ihrer Kleider und das Knarren der Tür nicht. In dieser Nacht lag er wach und lauschte dem Heulen der Wölfe.

Eines Morgens, als der Wind die erste Frühlingswärme herantrug, erzählte sie ihm, daß sie ein Kind erwarte. Er war dabeigewesen, Querhölzer für den Zaun zu spalten, und er hielt noch immer das Breitbeil in der Hand. Er fühlte den glatten Stiel fest in seiner Handfläche und versuchte, darin Trost zu finden. Das ist wirklich. Doch seine Hand schien kaum zu ihm zu gehören; die Axt schien weit entfernt. Sie sah zu ihm auf, den Kopf hoch erhoben, mit starrem Gesichtsausdruck, den er nicht entziffern konnte. Er nahm die Axt und schlug sie so fest in den Hackklotz, daß das Blatt im Holz steckenblieb.

»Ich dachte gerade, ich könnte mal was jagen gehen«, sagte er. »Wir brauchen frisches Fleisch.« Er blickte über ihren Kopf hinweg und wollte ihr nicht in die Augen sehen.

»Wir haben genug Fleisch«, erwiderte sie.

»Nein«, sagte er mit tonloser Stimme. »Ich gehe.«

Er nahm sein Gewehr, seinen Kartuschenbeutel und zusätzliche Munition. Nadya bat ihn, zu bleiben, doch er hörte nicht auf sie. Er ging fort, ohne sich umzublicken.

Neben dem Bach, der aus ihrer Quelle entsprang, hatte er Spuren eines Wolfes entdeckt: Abdrücke im feuchten Boden, dort, wo der Schnee geschmolzen war, zertrampeltes Gras an der Stelle, an der ein Wolf gelagert hatte.

Eine halbe Meile von der Hütte entfernt fand er Wolfsspuren im Schlamm. Der Boden war von der Nässe des geschmolzenen Schnees aufgeweicht, und er folgte der Fährte bis in den Wald hinein. Unter den Bäumen, in deren Schatten der Boden noch immer stellenweise mit Schnee bedeckt war, fand er Pfotenabdrücke im Schnee. Das Tier lief in Richtung der Bergkette im Osten des Tales.

Eichelhäher keiften in den Tannenzweigen über seinem Kopf. Plötzliches Geflatter ließ ihn zusammenzucken — ein Schwarm Wachteln zerstreute sich im Unterholz. Der Boden war ansteigend und führte zum Grat hinauf. Er folgte einem Wildpfad, der von Rehen und Wapitis ausgetreten war. Hier war der Boden trocken und festgetrampelt; er fand keine Pfotenabdrücke mehr. Einmal entdeckte er neben dem Pfad ein weißes Pelzbüschel, das sich im Gezweig verfangen hatte — ein Beweis dafür, daß der Wolf einmal hier entlanggelaufen war, doch das konnte schon Wochen her sein. Die Bäume lichteten sich — der Boden war felsig, und nur einigen wenigen robusten Bäumen war es gelungen, hier Wurzeln zu schlagen.

Auf halbem Wege zum Grat glaubte er, die Spur verloren zu haben. Er blieb stehen und überlegte sich, seinen Fußspuren entlang zurückzugehen. Neben dem Pferd lag ein Felsbrocken, und er setzte sich auf den sonnendurchwärmten Stein und blickte hinunter über das Tal. Tief unter sich sah er eine dünne Rauchsäule aus der Hütte aufsteigen. Sein Vieh graste auf der Weide. Das Holzgatter hob sich als graue Linie gegen das frische grüne Gras ab. Er konnte Nadya sehen, die eine Parzelle vom Gestrüpp befreite, um dort ihren Küchengarten anzulegen. Während er sie beobachtete, richtete sie sich auf und streckte sich — eine anmutige, natürliche Bewegung. Sie schob ihren Hut zurück auf den Kopf und sah zu dem grasenden Vieh hinüber.

Jem saß in der Sonne und wurde langsam ruhiger. Die Wut, die ihn gepackt hatte, als sie ihm von ihrer Schwangerschaft erzählte, war verraucht. Er beobachtete, wie sie an ihre Arbeit zurückkehrte. Er sah das Blatt der Rodehacke in der Sonne aufblitzen, als sie sie hob, um damit einen widerspenstigen Busch umzuhacken. Er würde Vater werden, dachte er. Das war wirklich.

Er wollte sich gerade umdrehen, als er in der Nähe des Felsbrockens eine Stelle entdeckte, an der sich der Wildpfad verbreiterte. Hier zweigte eine andere Spur ab, kaum mehr als ein bißchen aufgescharrte Erde und ein paar kahle Stellen am Boden. Nur die Andeutung eines Pfades, der sich den Abhang hinaufzog.

Prüfend musterte er den Pfad über ihm. Auf einem Felsvorsprung schrie ein Rabe und glotzte ihn an. Eine Wanderdrossel landete auf einem niedrigen Busch, pickte mit ihrem Schnabel etwas Weißes auf und flog fort, um ein Nest zu bauen.

Jem folgte dem Pfad den Abhang hinauf bis zu der Stelle, wo die Wanderdrossel gelandet war. Zuerst fand er den Schlafplatz des Wolfes. Das harte Gras war niedergedrückt, weiße Haare hatten sich unter das Grün gemischt. Von hier aus hatte der Wolf einen guten Blick über das Tal, auf die Hütte tief unten.

Vom Schlafplatz aus fiel der Pfad ein wenig ab, führte den Abhang hinunter und wurde noch undeutlicher. Er folgte ihm noch etwa hundert Meter bis zu einer kleinen, dunklen Öffnung, gerade groß genug, um einen ausgewachsenen Wolf durchzulassen. Das

Versteck wurde von einem ausschlagenden Busch halb verdeckt und schien frisch gegraben zu sein.

Jem spähte in die Öffnung hinein. Der Wolf hatte sich tief in die Erde hineingewühlt; der Tunnel endete im Dunkel. Ein sicherer, geschützter Ort für die Jungen. Mit einem Gefühl, als wäre er während dessen Abwesenheit in die Hütte eines anderen Mannes eingedrungen, wandte er sich ab. Er gehörte nicht hierher. Das hier ging ihn nichts an.

Er kehrte ins Tal zurück. Nadya sah ihn kommen und lief auf ihn zu. Sie war bereits langsamer und schwerfälliger geworden.

»Ich hab' nichts gesehen, auf das es sich gelohnt hätte zu schießen«, erklärte er ihr.

»Gut so«, sagte sie. »Sehr gut.«

Manchmal, wenn sie abends beim Feuer saßen oder im Bett unter den dicken Büffeldecken lagen, erzählte er ihr von den Tricks der Fallensteller, mit denen sie ihre todbringenden, mit stählernen Kiefern bewehrten Fallen tarnten. Er erzählte ihr von Fallgruben, Baumfallen und von den Fallen aus Lederschlingen, die die Indianer benutzten. Er erzählte ihr, wie Fallensteller oft den frischen Kadaver eines Tieres mit Gift durchtränkten. Und wenn sie nachts draußen war, bei Vollmond, lag er wach und dachte an andere Dinge, die er ihr erzählen mußte.

Sie schien ihm so klein, fast selbst noch ein Kind. Ihr Bauch wölbte sich, und ihre Brüste wurden schwer. Es schien Jem, als ginge alles sehr schnell, doch er wußte nicht viel über diese Frauensachen. Wenn sie neben ihm im Bett lag, liebkoste er ihren Leib und staunte über seine Festigkeit und über die Zartheit ihrer Haut.

Sie half ihm nicht mehr bei der schweren Arbeit und ging nicht mehr so häufig auf die Jagd. Bei Vollmond hörte er, wie ein Wolf einmal bellte und dann heulte. Nadya schlüpfte aus dem Bett. Im Dunkeln hörte er das Rascheln ihrer Kleider.

»Mußt du denn gehen?« fragte er.

»Ich kann nicht anders, Jem«, erwiderte sie sanft.

»Sei vorsichtig«, bat er. Und dann sagte er im Schutz der Dunkelheit: »Ich hab' die Höhle gesehen. Er wird sich um dich kümmern, wenn ich nicht bei dir bin, nicht wahr?«

Sie küßte ihn, eine flüchtige Wärme in der kalten Luft. Er reichte hinauf und berührte ihre Schulter, eine nackte Brust, doch dann war sie fort. Als sie die Tür öffnete, konnte er im Mondlicht ihren Umriß sehen, ihren gewölbten Bauch. Sie zog die Tür hinter sich zu.

Jem pflügte den Boden, grub Brachland um und pflanzte doppelt soviel Mais wie im vergangenen Jahr. Nadya blieb mehr in der Nähe des Hauses und pflanzte im Küchengarten Melonen, verschiedene Kürbissorten und Bohnen.

Eines Nachmittags kam Jem vom Feld zurück und fand Nadya in den Wehen. Sie lag auf dem Bett, hielt sich an den hölzernen Seiten fest und keuchte wie ein Tier. Er holte einen Eimer Wasser von der Quelle und rieb ihre Stirn mit einem kühlen, feuchten Lappen. Er blieb bei ihr am Bett. Sie hielt seine Hand fest umklammert und schrie in regelmäßigen Abständen, ohne etwas dagegen tun zu können.

Die Sonne ging unter und es wurde Abend. Er erhob sich vom Bett, um das Feuer anzurichten und Kerzen anzuzünden. Im flackernden Licht sah er eine Bewegung in der halboffenen Tür. Draußen am Zaun des Korrals stand der weiße Wolf wie ein Geist, der in den Wiesen vorbeischwebt. Er ließ die Tür angelehnt.

Das erste Kind war ein Mädchen, rot und mit einem vollen, dunklen Haarschopf wie eine Indianerin. Das zweite war ein Junge, genauso rosig wie seine Schwester und genauso laut schreiend.

»Bring sie zur Tür«, sagte Nadya. »Laß sie rausgucken. Laß sie den Mond anschauen. Sie müssen den Mond kennen. Sie werden mir nachschlagen.«

Er trug sie in seinen Armen – sie waren so klein, fast ohne Gewicht. Der Wolf stand im Hof, am Zaun nahe der Hütte. Jem hielt die Babys hoch. »Seht«, sagte er zu ihnen. »Seht euch die Welt an; seht den Mond.«

Das Mädchen fuhr mit seinen winzigen roten Händchen durch die Luft, streifte dabei seinen Bart und versuchte kraftlos, die rauhen Barthaare zu packen. Wenn die Haare ihrem Griff entglitten, schrie sie, und ihr Bruder stimmte ein. Der Wolf bellte und hob seinen Kopf, um mit den Babys zu heulen.

»Setz dich zu mir«, sagte sie, und er brachte ihr die Kleinen. »Schöne Babys«, sagte sie. »Ich werde ihnen beibringen, wie man jagt.« Ihre Augen suchten sein Gesicht. »Sie werden mir nachschlagen, Jem — das kann ich jetzt schon sehen. Macht es dir was aus?«

»Sie werden gute Jäger sein«, sagte er.

Draußen bellte der Wolf einmal, dann heulte er, ein langes, einsames Heulen, so dünn und kalt wie das Licht des zunehmenden Mondes. Die Babys erschraken und begannen zu schreien.

Jem saß auf einem Baumstumpf in der Sonne und schliff die letzten Splitter von einem Spielzeug ab, das er aus Zedernholz für die Kinder geschnitzt hatte. Das Gras auf der Wiese war saftig und grün. Genau eine Woche nach der Geburt der Zwillinge hatte die Kuh ihr Kalb bekommen. Das Gemüse im Garten und der Mais auf dem Feld standen üppig und grün.

Der Tag war warm, und Nadya saß auf einer Decke im Gras. Das Mädchen trank an ihrer Brust. Der Junge lag auf dem Rücken und fuhr mit seinen Händen durch die Luft. Sie hatten das Mädchen Neka genannt, nach Jems Mutter. Der Junge hieß Alek, nach Nadyas Vater.

»So gierig«, murmelte Nadya Neka zu. »So stürmisch.« Sie sah zu Jem hinüber. »Sie wird eine gute Jägerin.«

Ein Vogel flog über sie hinweg. Alek griff nach seinem vorüberziehenden Schatten und blubberte los, als er ihn nicht erwischte. Jem beugte sich zu ihm hinüber und hielt ihm das Spielzeug hin, die grob geschnitzte Gestalt eines rennenden Wolfes. Alek umschloß es mit seinen Fingern, steckte sich den Wolf in den Mund und saugte dann an seinem Kopf.

»Sie werden beide gute Jäger«, sagte Jem.

Originaltitel: South of Oregon City
Ins Deutsche übertragen von Bela Wohl

Kevin J. Anderson
Besondere Schminke

Der zweite Kameramann sauste los, um die Klappe zu holen. Irgend jemand schrie: »Ruhe auf dem Set! Hey, jetzt alle den Mund halten!« Drei der Statisten husteten noch mal schnell zur gleichen Zeit.

»*Der Werwolf in Casablanca*, Szene dreiundzwanzig. Sind alle bereit für Szene dreiundzwanzig?« Der zweite Kameramann hielt die Klappe auseinander.

»Ahem.« Der Regisseur, Rino Derwell, zog an seiner extra langen Zigarette, die in einer Zigarettenspitze aus Elfenbein steckte, wie es sich für jeden berühmten Filmregisseur gehörte. »Ich würde es vorziehen, die heutige Einstellung auch irgendwann *heute noch* in den Kasten zu kriegen. Ist das vielleicht zuviel verlangt? Wo zur Hölle ist Lance?«

Der Ton-Techniker schwenkte mit dem Mikrofongalgen herum, die Statisten saßen in den Studiobauten für einen Nachtclub und rutschten nervös auf ihren Stühlen hin und her. Der Kameramann schlürfte kaltgewordenen Kaffee aus seiner Tasse und machte dabei einen Lärm wie ein Staubsauger in einer Badewanne.

»Ähm, Lance ist immer noch, ähm, in der Maske«, sagte das Scriptgirl.

»Jesus Christus! Ist hier irgend jemand, der mir zeigen kann, wie ich diesen Film ohne Hauptdarsteller abdrehen kann? Er hätte schon vor über einer halben Stunde fertig sein sollen! Los, sagen Sie Zoltan, daß er sich beeilen soll — das hier ist ein Horrorfilm und nicht die Mona Lisa.« Derwell murmelte vor sich hin, wie froh er darüber wäre, wenn der Zigeuner, der für das Make-up engagiert worden war, in ein oder zwei Tagen verschwinden würde, und sie jemand anderen finden könnten, der sich nicht für einen Perfektionisten hielt. Der Regie-Assistent stürzte sofort los, wobei er über lose herumliegende Kabel stolperte und fast die Lautsprecher-Anlage umstieß. Um sie herum war der Schauplatz eines exotischen Nachtclubs aufgebaut, falsche Lehm-Wände aus Gips und Schaumstoff, tropische Pflanzen in riesigen Blumenkübeln mit arabisch aussehenden Verschnörkelungen auf den Übertöpfen. In der Mitte der Szene stand einsam auf einer Bühne direkt vor der Bar ein Klavier mitten im Scheinwerferlicht und wartete auf den Star des Films, Lance Chandler. Das Ton-Mischpult schmolz beinahe in der sommerlichen Hitze. Die großen Stand-Ventilatoren mußten vor Drehbeginn ausgeschaltet werden; und die Ventilatoren an der Decke — typisch für jeden Nachtclub — verwandelten die nach oben gezogenen Wolken aus Zigarettenqualm in einen grauen Luftstrom, so daß die Statisten selbst dann husten mußten, wenn eigentlich von ihnen erwartet wurde, daß sie sich ruhig verhielten.

Rino Derwell schaute wieder auf seine goldene Armbanduhr. Er hatte sie günstig bei einem Mann in einer Seitenstraße erstanden, aber sein Stolz erlaubte ihm nicht einzugestehen, daß er übers Ohr gehauen worden war, selbst als sie prompt nach dem Kauf nicht mehr ging. Aber Derwell brauchte sie auch gar nicht, um zu wissen, daß er weit über den Zeitplan hinaus war, das Budget überschritten hatte und dabei war, auch noch seine Geduld zu verlieren.

Es sah so aus, als würde es einen ganzen Tag kosten, nur um ein paar Sekunden der letzten Szenen abzudrehen. »Mein Gott, ich hasse diese Wandlungs-Szenen. Warum muß man das Publikum alles sehen lassen? Haben die denn keine Phantasie?« murrte er. »Vielleicht sollte ich besser Liebesfilme machen? Wenigstens will da niemand *alles* sehen!«

»O mein Gott! Bitte nicht! Nicht schon wieder! Nicht JETZT!«
Lance konnte den Ausdruck des Schreckens nicht erkennen, von dem er hoffte, daß er sich auf seinem Gesicht zeigen würde.

»Sie müssen aufhören herumzuzappeln, Mister Lance. Dann wird es viel schneller gehen.« Zoltan trat zurück und inspizierte sein Werk. In seiner Hand hielt er einen großen Schminkspiegel. Sein gutturaler, osteuropäischer Akzent ließ seine Worte undeutlich klingen.

»Ja gut, aber ich muß meinen Text üben. Dieses verdammte Make-up dauert so verdammt lange, daß ich meinen verdammten Text schon wieder vergessen habe, wenn ich vor der Kamera stehe. Soll ich in dieser Szene sagen: Laß es nicht *hier* geschehen!? Geben Sie mir das Drehbuch.«

»Nein, Mister Lance. Dieser Satz kommt viel später – jetzt kommt ›O nein! Ich verwandle mich wieder!‹« Zoltan legte schattige Ränder unter Lances Augen auf. Dies würde den ersten Schritt der Verwandlung darstellen, aber er mußte noch die wirklichen Höhepunkte herausarbeiten. Auf Zoltans knorrigen Händen standen die Venen hervor, aber seine Finger waren ohne das geringste Zittern mit den feineren Einzelheiten beschäftigt.

»Wieso kennen Sie meinen Text?«

»Sie können es für die übernatürliche Fähigkeit eines Zigeuners halten, Mister Lance – oder vielleicht liegt es auch daran, daß Sie jetzt seit einer Woche jeden Morgen während des Schminkens diesen Text wiederholt haben. Er hat sich in mein Gedächtnis gebrannt wie ein Zigeuner-Fluch.«

Wütend schaute Lance den verhutzelten, alten Mann in seinem verwaschenen blauen Hemd und seinem mit bunten Farbklecksen gesprenkelten Kittel an. Zoltans ledrige Finger hatten einen sicheren Instinkt für das richtige Make-up, um das Aussehen eines jeden Schauspielers völlig zu verändern. Aber seine Kunst brauchte Stunden. Lance hatte genug Selbstvertrauen in seine eigene Ausstrahlung auf der Leinwand, um jeden Film zum Erfolg zu machen, egal, wie albern er geschminkt war. Sein kantiger Unterkiefer, seine wohlproportionierte Figur und sein sauberes, ordentliches Aussehen prädestinierten ihn geradezu, der perfekte Darsteller für den ›amerikanischen Helden‹ zu sein. Gerade jetzt, im Krieg mit Deutschland und Japan, brauchten die Amerikaner die starken

Heldengestalten, um die Moral aufrecht zu halten. Indem er Propagandafilme drehte, konnte er obendrein seine patriotischen Pflichten erfüllen, ohne Gefahr zu laufen, eingezogen und irgendwo erschossen zu werden. Kunst-Blut und Platzpatronen gaben für seinen Geschmack genug Hinweise auf echte Gewalt. Mehr wollte er gar nicht erleben.

Lance war besonders stolz auf seine Darstellung in dem Film *Tarzan gegen das dritte Reich*. Obwohl er nur wenig Text in diesem Film hatte, hatten der animalische Ausdruck auf seinem Gesicht und sein eingeölter, durchtrainierter Körper ausgereicht, um ein ganzes Regiment von Hitlers besten Elite-Soldaten in die Flucht zu schlagen, einschließlich eines von Rommels gepanzerten Wüsten-Fahrzeugen. Was einer von Rommels Wüsten-Panzerwagen ausgerechnet im tiefsten Dschungel verloren hatte, war eine Frage, die einzig und allein der Drehbuchautor beantworten konnte.)

Craig Corwyn, U-Boot-Killer, ein Film, der nächsten Monat als Auftakt für eine neue Serie herauskommen sollte, dürfte Lance' Namen für jeden zum Begriff werden lassen. Die Handlung drehte sich um den tapferen Craig Corwyn, der eine Vorliebe dafür hatte, vom Deck seines Zerstörers zu springen, zu den Nazi-U-Booten hinunterzutauchen und sie zu versenken, indem er unter Wasser die Ausstiegsluke öffnete oder einfach mit bloßen Händen die Nieten aus dem Schiffskörper riß.

Aber keiner dieser Filme würde mit ›*Der Werwolf in Casablanca*‹ konkurrieren können. Innerhalb einer Woche würde Bogart vergessen sein. Der Zeitpunkt für diesen Film war geradezu perfekt; er hatte einen gefühlsbetonten Aspekt, den Lance in seinen früheren Filmen nicht hatte zum Ausdruck bringen können. Das Land wartete im Augenblick auf eine neue Heldenfigur, stark, männlich, mit dem Anstrich des Animalischen, Unberechenbaren und einem Herzen aus Gold (und unerschütterlich in seiner Treue zu den Alliierten, selbstverständlich).

Die Geschichte handelte von einem unsteten, aber durchaus patriotischen Werwolf — dargestellt von ihm selbst, Lance Chandler — der sich auf seinen Wanderungen im deutsch besetzten Casablanca wiederfindet. Hier beweist er, was für ein schrecklicher Gegner er für den Feind sein kann, und hier trifft er auch Brigitte, eine wunderschöne Angehörige der Resistance, die in Marokko

Urlaub macht. Es stellt sich heraus, daß Brigitte auch eine Werwölfin ist, Lance' große Liebe. Laut Drehbuch sitzen sie in der letzten Szene zusammen auf den Dächern, heulend, während unter ihnen eine Feuerbrunst die Panzer und Artillerie der Nazis endgültig vernichtet. Allein die Vorstellung ließ Schauder über seinen Rücken laufen. Wenn er das glaubhaft darstellen konnte, würde Hitler selbst noch im Schlaf vor Angst zittern.

Zoltan bestrich die Wangen und die Stirn von Lance mit einer Gummipaste. Selbstvergessen summte er vor sich hin. »Sie wollen bitte mit dem Schwitzen aufhörenm Mister Lance. Ich brauche eine trockene Oberfläche für diese feinen Haare.«

Lance rutschte in seinem Stuhl herum. Zoltan erinnerte ihn an den bösartigen alten Zigeuner in dem Film, derjenige, der ihn dazu verfluchen sollte, ein erstklassiger Werwolf zu werden. »Diese verdammte Wandlungs-Szene wird wohl wieder den ganzen Tag dauern, nicht wahr? Und schon nach der ersten Sekunde darf ich nicht mal ein *bißchen* schauspielern. Still liegen, ein paar Haare mehr werden aufgeklebt, ein paar Bilder werden gemacht, wieder still liegen, noch mehr Haare werden aufgeklebt, noch ein paar Bilder werden gemacht. Und im Studio ist es so heiß. Die Gummipaste brennt und ruiniert meinen Teint. Die Dämpfe des Klebstoffs stechen in meinen Augen, und das falsche Haar juckt auf meiner Haut.«

Er verzog sein Gesicht wieder zu dem erprobten Ausdruck des Schreckens. »O mein Gott! Bitte nicht! Nicht schon wieder! Ähm... ach ja – Laß es nicht *hier* geschehen!« Lance brach ab, machte ein finsteres Gesicht. »Verdammt, das war nicht richtig. Würden Sie sich bitte beeilen, Zoltan! Ich vergesse schon meinen Text. Ich habe es endgültig satt, wie Sie hier herumklüngeln – machen Sie voran!«

Zoltan stieß den Schminkpinsel mit einem lauten Klatsch in den Glaskrug mit Lösungsmittel. Er stemmte seine knorrigen Hände in seine Hüften und funkelte Lance an. Die dunklen Augen des Zigeuners glühten wie Kohlen; noch niemals zuvor, nicht mal in dem Gesicht eines Filmschurken, hatte Lance einen beängstigenden Ausdruck gesehen.

»Jetzt habe ich endgültig meine Geduld mit Ihnen verloren, Mister Lance! Sie ist weg! Puff! Nun muß ich eine schnelle Lösung finden. Ein besonderer Trick, den nur ich kenne. Es wird nur eine Minute dauern, aber es wird Sie zu einem Star machen, für alle Zeiten! Das garantiere ich Ihnen. Sie werden meine Bemühungen nicht mehr länger ertragen müssen — und ich muß Sie nicht mehr ertragen! Die Leute drüben im Studio siebzehn mit dem neuen Frankenstein-Film werden meine Arbeit zu würdigen wissen, ohne Zweifel!«

Lance blinzelte, verwundert über den Zorn des alten Zigeuners, aber bereit, die kleinste Chance zu ergreifen, um schneller aus dem Wohnwagen des Maskenbildners entlassen zu werden. Er hatte bloß die Worte im Ohr ›... es wird Sie zu einem Star machen... das garantiere ich Ihnen.‹

»Na, dann tun Sie es doch! Ich muß noch arbeiten gehen. Der große Lon Chaney hatte es nicht nötig, sich durch solche zeitraubenden Tricks aufzubauschen. Seine Schauspielkunst war sein Make-up. Meine Zuschauer warten darauf zu erleben, welche neue Bedeutung ich der Darstellung eines Werfwolfes geben kann.«

»Sie werden sie niemals enttäuschen Mister Lance!«

Ohne weitere Erklärung riß Zoltan die Haare, die er schon befestigt hatte, mit einem Ruck wieder ab. »Das brauchen Sie nicht mehr.« Lance heulte vor Schmerz, als die Gummipflaster von seiner Haut gelöst wurden. »Das hört sich sehr gut an, Mister Lance. Ganz genauso wie ein Werwolf.«

Lance knurrte ihn an.

Zoltan kramte in einem Pappkarton, der in einer Ecke seines winzigen Wohnwagens stand, förderte einen schmutzigen Steinkrug hervor und schraubte seinen rostigen Deckel ab. Im Inneren befand sich ein brauner, öliger Sirup, in dem sich wie von selbst kleine Wirbel bildeten. Eine in der flüssigen Masse tätige Strömung trieb grüne Flecken an ihre Oberfläche. Der alte Mann steckte seine Finger in die schleimige Brühe und zog sie wieder, von der Flüssigkeit triefend, heraus. »Was ist... Whoa, das riecht wie...« Lance versuchte zurückzuweichen, aber Zoltan patschte den Schleim auf seine Wange und verschmierte ihn in seinem Gesicht.

»Sie können nicht ansatzweise ahnen, wonach es riecht, Mister Lance, weil Sie überhaupt keine Ahnung haben, was ich verwendet habe, um es herzustellen. Wahrscheinlich werden Sie es gar nicht wissen wollen — denn sonst würden Sie endgültig die Fassung verlieren, sich das auf Ihrem Gesicht vorzustellen.«

Zoltan langte wieder in den Krug, holte erneut eine Handvoll Schleim hervor, die er über Lance' Stirn verstrich. »Ugh! Haben Sie das aus der Studio-Cafeteria?« Lance' Haut begann zu kribbeln, als würde sich die Flüssigkeit langsam durch seine Haut ätzen. »Au! Mein Teint!«

»Falls Sie davon Pickel bekommen, können Sie sie als Zeichen für ihren starken Charakter auffassen. Jeder gute Schauspieler hat solche markanten Züge.«

Zoltan zog seine Hand zurück. Lance sah, daß die Finger des alten Mannes sauber waren. »Fertig. Es ist alles tief eingezogen.« Er schraubte wieder den Deckel auf den Krug und stellte ihn in den Pappkarton zurück.

Lance schnappte sich einen kleinen Spiegel in der Erwartung, sein (in baldiger Zukunft) weitbekanntes Gesicht mit einer häßlich-braunen Paste bedeckt zu sehen, aber er konnte überhaupt keine Spur von der Schminke erkennen. »Was ist damit passiert? Er stinkt immer noch!«

»Es ist eine besondere Schminke. Sie funktioniert erst dann, wenn sie benötigt wird.«

Die Tür flog auf, und nach Luft japsend steckte der Regie-Assistent sein hochrotes Gesicht herein. »Lance, Mister Derwell will Sie sofort auf dem Set sehen. Pronto! Wir müssen endlich mit dem Drehen anfangen!«

Zoltan stupste gegen seine Schulter. »Ich bin fertig mit Ihnen, Herr Lance.«

Lance stand auf und versuchte, keinen verblüfften Eindruck zu machen, damit sich Zoltan auf seine Kosten nicht amüsieren könnte. »Aber ich sehe kein ...«

Der alte Zigeuner ließ ein boshaftes Grinsen auf seinen Lippen sehen. »Sie brauchen sich keine Sorgen darüber zu machen. Ich glaube, Ihr Ausdruck dafür ist ›Haut sie um‹.«

Lance setzte sich an das Klavier im Nachtclub und ließ seine Knöchel knacken. Die Statisten und die anderen Hauptdarsteller nahmen ihre Plätze ein. Über den Studiobauten konnte er hören, wie

Männer auf den Metallstegen entlangliefen und ein kühles, blaues Gel über die Scheinwerfer verteilten, um den Vollmond zu simulieren.

»Bist du *jetzt* fertig, Lance?« fragte der Regisseur und befestigte eine neue Zigarette in seiner Zigarettenspitze. »Oder meinst du, wir sollten jetzt eine Kaffeepause machen, vielleicht eine Stunde oder auch länger?«

»Das wird nicht notwendig sein, Mister Derwell. Ich bin soweit. Sie brauchen bloß das Stichwort zu geben, in Ordnung?« Zur Sicherheit ließ er ein böses Brummen hören.

»Jeder auf seinen Platz!«

Lance bewegte seine Finger über die Tastatur des Pianos und ›haute in die Tasten‹, wie es ein echter Klavierspieler nennen würde. Kein Ton war zu hören. Natürlich konnte Lance überhaupt nicht Klavier spielen, also hatte der Requisiteur alle Drähte durchgeschnitten und so dafür gesorgt, daß das Klavier in barmherzigem Schweigen verharren konnte, egal, wie enthusiastisch Lance auch darauf herumhacken würde. Während der Nach-Synchronisation würden sie dem Bild eine wunderschöne Klaviermelodie unterlegen.

»›*Der Werwolf in Casablanca*‹, Szene dreiundzwanzig, erste Einstellung.« Die Klappe schlug zusammen.

»Action!« rief Derwell.

Die Scheinwerfer gingen an und übergossen die Szene mit lodernd weißem Licht. Am Piano sitzend versteifte sich Lance' Rücken, dann begann er zu summen und tat so, als würde er auf den Tasten herumklimpern.

In dieser Szene hatte der Werwolf einen Job als Klavierspieler in dem Nachtclub angenommen, in dem er Brigitte getroffen hatte, die sich auf Urlaub befindliche, französische Widerstandskämpferin. Während er auf dem Klavier ›As Time goes by‹ spielte, gehörte es nun zu Lance' Rolle, nach oben zu sehen und zu erkennen, daß das Licht des Vollmonds direkt durch das Oberlicht auf ihn leuchtete. Um eine Unterkunft beim Drehen zu vermeiden, hatte Derwell geplant, Lance während des Klavierspielens nur von hinten aufzunehmen und nicht eher sein Gesicht zu filmen, bis er beschlossen hätte, mit der Verwandlungs-Szene zu beginnen. Aber jetzt war Lance erschienen, ohne eine Spur von Make-up zu tragen — er hatte sich zwar gefragt, was wohl passieren würde, wenn es Derwell bemerken würde, aber nichtsdestotrotz war er voll in seine Darstellung eingestiegen. Das Make-up war Zoltans Problem, nicht seins.

Zum vorgesehenen Zeitpunkt erstarrte Lance über den Tasten und zwang seine Finger zu zittern, während er auf sie starrte. Bei der Vertonung würde die Melodie mittendrin abbrechen. Das falsche Mondlicht schien auf ihn hinab. Lance verzog sein Gesicht zu seinem besten Ausdruck von überwältigendem Schrecken.

»O mein Gott! Bitte nicht! Nicht schon wieder! Laß es nicht *hier* geschehen!« Lance schlug sich auf die Brust, rutschte seitlich weg und stürzte auf ebenso elegante wie dramatische Weise von der Klavierbank.

Auf dem Boden liegend, konnte Lance nicht mehr damit aufhören, sich vor Schmerz zu winden. Sein Körper fühlte sich an, als wollte er sein Innerstes nach außen kehren. Er war wirklich in der Lage, völlig in seiner Rolle aufzugehen! Auf seinem Gesicht und seinen Händen juckte und brannte es. Seine Finger krümmten sich zusammen und streckten sich wieder. Es fühlte sich schrecklich an. Es fühlte sich *echt* an. Er stieß einen klagenden Schrei aus – und es dauerte eine Moment, bis er begriff, daß das nicht zu seiner Rolle gehörte.

Lance konnte sehen, wie hinter der Kamera Rino Derwell völlig losgelöst vor Begeisterung hin und her hüpfte. In lautloser Bewunderung für Lance' Darstellung hielt er ihm beide Daumen hochgestreckt entgegen. »Schnitt!«

Lance versuchte, ruhig liegen zu bleiben. Nun wäre es wieder nötig, die nächste Schicht Schminke und Haare aufzutragen. Zoltan würde kommen und eine Gummiwulst auf seine Augenbrauen kleben und seine Fingernägel mit schwarzer Schuhcreme bestreichen.

Aber Lance fühlte, wie sich seine Nägel von allein zu scharfen, gekrümmten Klauen verformten. Haare sprossen aus seinen Handrücken. Seine Wangen kribbelten und brannten. Seine Ohren wurden spitz und streckten sich und standen weit von seinem Hinterkopf ab. Sein Gesicht verspannte sich und streckte sich dann nach vorne, und sein Mund füllte sich mit Reißzähnen.

»Nein, warte!« rief Derwell dem Kameramann zu. »Dreh weiter! Dreh weiter!«

»Schauen Sie sich das an!« sagte der Regie-Assistent. Lance versuchte, etwas zu sagen, aber er konnte nur knurren. Sein Körper verkrampfte sich und schien jeden Moment vor Wut auseinanderzubersten. Es fiel ihm schwer, sich zu konzentrieren, aber etwas in seinem Bewußtsein wußte, was er zu tun hatte. Schließlich hatte er das Drehbuch gelesen.

Lance sprang von dem Tanzparkett des Nachtclubs hoch. Er reckte und krümmte sich solange, bis eine Kleidung von den anschwellenden Wolfsmuskeln zerrissen wurde. Während aus seinen mit Reißzähnen gespickten Kiefern ein Sprühnebel aus Speichel spritzte, verwandelte er brüllend die Klaiverbank zu Kleinholz, trat die Überreste beiseite.

Vier der Statisten schrien laut, ohne daß sie das Stichwort dazu bekommen hatten.

Lance hob das schwere, stumme Klavier hoch und schmetterte es auf den Boden. Die durchtrennten Klavierdrähte rasselten, als wollte er eine alte Frau mit krächzender Stimme zu singen versuchen. Der Barmixer stand auf und zog eine Pistole heraus. Kurz hintereinander gab es vier Schüsse ab, aber es waren natürlich nur Platzpatronen und erst recht keine Silberkugeln. Lance schlug die Pistole aus dessen Hand, packte den Arm des Barmixers und schleuderte ihn über die ganze Dekoration. Mit der routinierten Bewegung eines Stuntmans rollte sich dieser über den Boden ab.

Lance stand genau unter den Scheinwerfern, in einem Kreis aus künstlichem, blauem Licht, der durch das Oberlicht hereinfiel und den Vollmond simulieren sollte.

Er ließ das schönste Wolfsgeheul hören, während alle anderen schreiend aus der Dekoration flüchteten.

»Schnitt! Schnitt! Lance, das war wunderbar!« rief Derwell und klatschte Beifall.

Die Scheinwerfer verblaßten und überließen die Beleuchtung der Trümmer dem normalen Tageslicht. Lance spürte, wie ihm wieder alle Energie entzogen wurde. Wellenförmig zog sich sein Gesicht zusammen, und seine Ohren schrumpften wieder auf normale Größe. Von dem anhaltenden Geheule fühlte sich sein Hals rauh an, aber die Reißzähne waren aus seinem Mund verschwunden. Er rieb sich mit den Händen über seine Wangen. Der ganze dichte Pelz war wie weggeschmolzen.

Derwell war in die Dekoration gerannt und klopfte ihm auf die Schultern. »Das war *unglaublich!* Eine Oscarreife Darstellung!«

Der alte Zoltan stand am Rand der Szene und grinste. Seine dunklen Augen leuchteten. Derwell wandte sich dem Zigeuner zu und spendete ihm ebenfalls Beifall.

»Phantastisch, Zoltan! Ich kann es nicht glauben. Wie, um alles in der Welt, haben Sie das gemacht?«

Zoltan zuckte mit den Achseln, aber sein Grinsen wurde noch breiter. »Eine besondere Schminke«, sagte er. »Zigeuner-Geheimnis. Ich freue mich, daß es funktioniert hat.«

Er drehte sich um schlurfte durch den Ausgang des Studios davon.

»Glauben Sie wirklich, das war oscarreif?« fragte Lance.

Die anderen Schauspieler behandelten Lance mit einer Art Ehrfurcht, obwohl einige wenige es vorzogen, seine Nähe zu meiden. Die Schauspielerin, die Brigitte darstellte, verfolgte ihn jedoch ständig mit ihren Blicken, wobei ihre hochgewachsenen Augenbrauen ihre anzüglichen Gedanken verrieten. Nachdem Derwell die Wandlungs-Szene in einer perfekten Einstellung abgedreht hatte, obwohl er eigentlich angenommen hatte, das würde mindestens einen Tag in Anspruch nehmen, verlangte er, daß die Requisiteure den Schaden, den der Werwolf verursacht hatte, sofort reparierten. So konnten sie als Belohnung für jeden auch gleich noch die große Liebesszene in den Kasten bringen.

Zoltan sagte nichts zu Lance, als er ihm eine dicke Schicht Gesichtscreme auftrug und mit Haarspray seine Frisur in Form brachte. Lance hatte keine Vorstellung, wie der Zigeuner es bewirkt hatte, daß die Wandlungs-Szene so funktioniert hatte, aber er wußte, wann es besser war, keine Fragen zu stellen. Derwell hatte gesagt, seine Darstellung wäre oscarreif gewesen! Er grinste in sich hinein und freute sich schon auf die Kuß-Szene mit Brigitte. Lance versuchte jedesmal, dafür zu sorgen, daß sie Kuß-Szenen mehrere Male gefilmt werden mußten. So machte ihm seine Arbeit Spaß und (zweifellos) auch seinen Partnerinnen.

Zoltan legte Brigitte eine extra-dicke Schicht dunkelroten Lippenstift auf, dann strich er noch zusätzlich eine besondere

Wachsschicht darüber, so daß er während der vorgetäuschten Leidenschaft nicht verschmieren konnte.

»Also dann, ihr zwei«, sagte Derwell und lehnte sich in seinem Regie-Stuhl zurück, »fangt damit an, euch verliebt anzustarren und Stielaugen zu bekommen. Jeder auf seinen Platz!«

Zoltan packte seine Utensilien zusammen und verließ das Studio. Er verabschiedete sich von dem Regisseur, aber der winkte ihm nur unkonzentriert zu.

Lance blickte unverwandt in die Augen von Brigitte und zuckte mit seinen Augenbrauen. Er hoffte, es würde wie eine unwiderstehliche Aufforderung wirken. Er hatte nur wenige Sätze in dieser Szene, nur ab und zu ein leises Stöhnen und ein gemurmeltes ›Ja, mein Liebes‹ während des Küssens.

Brigitte erwiderte seinen Blick mit der gleichen Intensität, klimperte mit den Wimpern und versuchte, ihn mit ihren tiefbraunen Augen zu hypnotisieren.

»*Der Werwolf in Casablanca*, Szene neunundreißig, erste Einstellung.«

Lance tat einen tiefen Atemzug, so daß sein Kuß länger dauern würde.

»Action!« Die Scheinwerfer gingen an.

In tiefem Schweigen starrten sich Lance und Brigitte gegenseitig an. Bei der Vertonung würde romantische Musik eingespielt werden. Sie rückten näher zusammen. Sie erschauderten vor kaum beherrschter Erregung. Nachdem sie einen tiefen Atemzug gemacht hatte, sprach Brigitte mit ihrem heißblütigen, sinnlich französischen Akzent. »Du bist die Art Mann, die ich brauche. Wir sind seelenverwandt. Küß mich. Ich will, daß du mich küßt.«

Er beugte sich zu ihr vor. »Ja, mein Liebes.«

Plötzlich fühlten sich seine Gelenke an, als wären sie zu Eiswasser gefroren. Seine Haut juckte und brannte. Er küßte sie, zog sie ganz fest an sich heran. Er fühlte, wie seine Leidenschaft eine Grenze überschritt, die er nicht mehr kontrollieren konnte.

Brigitte zuckte zurück. »Au! Lance, du hast mich gebissen!« Ihre Finger berührten einen dünnen Blutfaden auf ihren Lippen.

Er spürte, wie sich seine Hände zu Krallen verformten und seine Nägel hart und schwarz wurden. Überall auf seinem Körper sprossen Haare hervor. Er versuchte, die Wandlung zu verhindern, aber er wußte nicht, wie. Er stolperte rückwärts. »O mein Gott! Bitte nicht! Nicht schon wieder!«

»Nein, Lance – das ist jetzt nicht dein Text!« flüsterte ihm Brigitte zu.

Seine Muskeln traten hervor: Sein Gesicht streckte sich zu einem langen Maul mit scharfen Zähnen. In seinem Hals gurgelte es, dann knurrte er bedrohlich. Er schaute sich nach etwas um, das er zerstören konnte. Brigitte schrie, obwohl das nicht im Drehbuch stand. Lance stieß sie beiseite, riß eine der Zierpalmen samt Wurzel aus einem der Blumenkübel und schleuderte den Übertopf an das andere Ende des Studios.

»Schnitt!« rief der Regisseur. »Was zur Hölle soll das bedeuten? Das ist doch nur eine ganz normale Szene!«

Die Scheinwerfer verblaßten wieder. Lance spürte, wie der Werwolf in ihm sich zurückzog und verschwand. Er ließ ihn einfach wieder frei, am ganzen Körper zitternd, seine Kleidung schweißdurchtränkt und an einigen peinlichen Stellen zerrissen.

»O Lance, hör doch damit auf, diesen Nummer abzuziehen!« sagte Derwell. »Geh in die Garderobe und zieh dir um Himmels willen ein paar neue Sachen an! Los, irgend jemand, holt eine neue Palme und räumt den Dreck weg. Holt den Erste-Hilfe-Kasten und kümmert euch um Brigittes Lippe. »Warum schmeiß ich nicht endlich den Kram hin und mach' Informationsfilme für die Armee?«

Lance befolgte nicht die Anweisung, in seine Garderobe zu gehen, sondern eilte statt dessen zu Zoltans Wohnwagen. Er wußte nicht, wie er sich mit dem Zeigefinger verständigen sollte, aber wenn nichts anderes half, konnte er den alten Mann immer noch im Stile von Craig Corwin, dem U-Boot-Killer, mit einem ordentlichen Rundumschlag zu Boden schicken.

Als er gegen die dünne Tür hämmerte, ging sie ganz von allein auf. Ein kleiner Zettel hing an dem Türknauf. In Zoltans krakeliger Handschrift stand darauf: »Lebt wohl, liebe Kollegen. Zeit, weiterzuziehen. Das Zigeunerblut ruft!«

Lance trat ein. »Also gut, Zoltan. Ich weiß, daß du hier bist!«

Aber er wußte es natürlich nicht, und es stellte sich tatsächlich heraus, daß der winzige Wohnwagen leer war. Die meisten

Flaschen waren von den Regalen verschwunden; die Pinsel und Bürsten, die Gummi-Prothesen, alles war zusammengepackt und mitgenommen worden. Zoltan hatte auch den alten Pappkarton mitgehen lassen, der in der Ecke gestanden hatte, der Karton, der den Krug mit der besonderen Schminke für Lance enthalten hatte.

In dem Schminksessel fand Lance ein einzelnes Blatt Papier, das für ihn zurückgelassen worden war. Er hob es auf und starrte es an. Während er er las, bewegte er seine Lippen.

Mister Lance,
das Mittel, das ich selbst erfunden und hergestellt habe, wird letztendlich seine Wirkung verlieren, sobald Sie gelernt haben, sich etwas mehr in Geduld zu üben. Oder auch nicht. Ich kann es Ihnen nicht sagen. Ich hatte immer Bedenken, diese besondere Schminke auch anzuwenden, bis ich Sie getroffen habe.

Versuchen Sie nicht, mich zu finden. Ich habe mich der Mannschaft für den Film *Frankenstein auf dem Lande* angeschlossen, um Außenaufnahmen in Iowa zu drehen. Ich werde für einige Zeit unterwegs sein. Regisseur Derwell hat mich gegeben zu gehen, damit er Zeit und Geld sparen kann. Seien Sie trotzdem nicht traurig, Mister Lance. Sie haben es nicht mehr nötig, daß ich Sie schminke.

Ich habe Ihnen versprochen, daß Sie ein Star werden. Jedesmal, wenn das Scheinwerferlicht in Ihr Gesicht scheint, werden Sie sich in einen Werwolf verwandeln. Sie werden bestimmt in jedem Werwolf-Film eine Hauptrolle bekommen, der von jetzt an gedreht wird. Wie kann man auf Sie verzichten?

P. S.: Sie sollten hoffen, daß Werwölfe nicht eine vorübergehende Laune des Publikums bleiben werden. Sie wissen, wie unzuverlässig deren Geschmack ist.

Lance Chandler knüllte den Zettel zusammen, dann faltete er ihn wieder auseinander, um ihn in kleine Fetzen zu zerreißen. Dieses Mal war es nicht nötig, daß er sich in einen Werwolf verwandelte, um vor Wut zu knurren.

Zornig blickte er sich in dem leeren Wohnwagen um. Er spürte, daß seine Karriere um ihn herum in kleine Stücke zerfiel. Es würde keine Rolle mehr als Tarzan für ihn geben, keine aufregenden Abenteuer von Craiy Corwyn. Seine Hoffnungen, seine Wunschträume waren zerstört, und sein Wutgeschrei klang wie das klagende Heulen eines Wolfes.

»Jetzt bin ich für immer auf eine Rolle festgelegt!«

Originaltitel: Special Make up
Ins Deutsche übersetzt von Rüdiger Jenter

Ich sah den Werwolf zum ersten Mal an einem Mittwoch, um vier Uhr nachmittags, als ich im Metrobus A-8 von der New York Avenue zu meinem alten Einzimmerapartment auf der Morris Road in Anacostia fuhr. Es war einer dieser Tage gewesen ... bei meinem Beruf gab es keine anderen. Ich war erschöpft und döste vor mich hin, während wir dahinruckelten. Aber plötzlich öffnete ich meine Augen, und da war er, mir gegenüber, auf der anderen Seite vom Gang.

Ich wußte sofort, was er war — aber so bin ich eben. Ich sehe in jedem das Tier. Ich treffe jemanden und sehe tief in seinem Inneren gleich einen Falken oder eine Spinne, vielleicht einen Otter oder ein Reh. Aber das hier war etwas anderes. Dieser Kerl hatte nicht nur den *Geist* eines Tieres in sich ... nein! Obwohl ich nie vorher einen gesehen hatte, erkannte ich, daß er ein echter Werwolf war. Ich *wußte* es, wußte es so sicher, wie ich weiß, daß ich ein Meter siebzig groß bin und rötlichblondes Haar habe.

Sein Haar war blaßsilbern, mit einem ausgeprägten, spitzen Haaransatz, der sich tief in die Stirn herunterzog. Es war nicht bloß dick, es war *dicht* — wie ein Fell. Über seiner schmalen, gebogenen Nase berührten sich zottige, weiße Brauen. Die Augen, die darunter funkelten, waren stahlgrau und dunkel umrandet ... wie meine. Der Werwolf war alt, ich schätzte ihn auf siebzig, mehr als doppelt so alt wie ich, aber seine Augen glänzten ... zeitlos.

Sein grauer Stoppelbart begann auf den hervorstehenden Backenknochen, zog sich hinunter über ein feingeschnittenes Gesicht und verschwand schließlich im Kragen eines riesigen, schlammfarbenen Mantels. Ich warf einen Blick auf seine Hände; sie waren von rauhem, meliertem Haar bedeckt. Seine Fingernägel waren dick, ungepflegt und spitz.

Ich senkte meinen Blick, versuchte, den Werwolf zu ignorieren, sagte mir, daß es so etwas nicht gebe, daß ich an so einen Quatsch nicht glaube. Ich ging in keine Horrorfilme, las keine gruseligen Bücher und hatte keine Geduld mit Kristallen, Pyramiden, Channeling oder sonst irgend so einem Blödsinn. Ich glaubte nicht einmal an Geister... dabei sah ich die jeden Tag.

Als ich zurück in sein Gesicht blickte, trafen sich unsere Augen. Schnell sah ich hinauf zu der ›Washington DC – hier schreibt man Hauptstadt groß‹-Anzeige, aber es war zu spät. Jetzt starrte er mich an.

Ist schon in Ordnung, dachte ich ruhig, *er wird sich mit mir nicht anlegen. Er wird glauben, ich bin ein Bulle.* Ich rückte meine schwere, marineblaue Bomberjacke aus Nylon mit ihrem unechten Pelzkragen zurecht. Meine Marinehose, schwarze Vinylschuhe, ein blaues Hemd und ein Gürtel aus Lederimitat vervollständigten die Uniform. Ich sorgte dafür, daß er das silberne Abzeichen über meiner linken Brust sehen konnte. Ich wünschte nur, daß mein Name nicht darunter wäre. *Schutzbeamte Therese (nicht* Theresa, vielen Dank*) Norris.*

Natürlich war mein Gürtel nicht gespickt mit Bullenspielzeug, ich hatte nur eine lange, schwarze Taschenlampe und zwei alte Hundeleinen. Vielleicht sah ich wie ein Bulle aus, aber ich arbeitete für die T.S.K.G. und war verantwortlich für die Durchsetzung der Tierschutz- und -kontrollgesetze im District of Columbia. Für die Öffentlichkeit war ich – im besten Falle – ein Hundefänger; im schlimmsten Falle jemand, der von Berufs wegen kleine Hunde vergast.

Nicht, daß wir sie vergasten. Unsere Tiere wurden auf humane Weise eingeschläfert, indem wir ihnen eine schmerzlose Spritze mit Sodiumpentobarbitol gaben, ein hochwirksames Betäubungsmittel, das von einem geschickten Techniker in die Vene des Vorderbeines gepumpt wurde. Daß es rücksichtsvoll war, machte es nicht leichter.

Die heutige Nachtschicht war *beschissen* gewesen. Das städtische Tierkontrollzentrum arbeitet rund um die Uhr. Ich übernahm die Nachtschicht, fuhr von Dienstag bis Samstag, siebzehn Uhr bis ein Uhr nachts, einen großen, weißen Transporter. Wir nannten sie die ›Idiotenschicht‹; die schlimmste Zeit, um auf der Straße zu sein, bei all den Drogenhändlern, Prostituierten, Junkies, Pennern, schlagzeilenhungrigen Politikern und − schlimmer noch − Touristen.

Diese Nacht hatte ich über vierzig Anrufe bekommen, zweiunddreißig Tiere aufgelesen und siebenundzwanzig einschläfern müssen, bevor ich nach Hause gehen konnte. Die Sicherheit hatte mich noch bis drei Uhr aufgehalten.

Kaum war ich zur Tür hereingekommen, da mußte ich sechs drei Tage alte Kätzchen mit Katzenstaupe töten. Dann erledigte ich sieben gesunde Schäferhundmischlinge, deren Zeit abgelaufen war. Wir gaben den Tieren vier Tage mehr als es bei den meisten Heimen üblich war, so daß wir immer wenig Platz hatten.

Gegen halb sieben las ich in weniger als einer Stunde drei schwerverletzte streunende Hunde (keine Halsbänder, keine Marken) auf, die von Autos angefahren worden waren. Einer von ihnen war dabei sauber ausgeweidet worden. Er sah mich dankbar an, als ich beruhigend auf ihn einsprach und dann die Spritze setzte.

Um neun meinte Linda, die Leiterin der Nachtschicht, daß sie die alte, herrenlose Jagdhündin nicht mehr halten könnten. Ich hatte sie zehn Tage zuvor aufgelesen. Trotz unserer Plakate und der Anzeigen in der ›Post‹ hatte sie niemand abgeholt. Ich mochte sie sehr, konnte sie aber nicht nehmen. Mein Kater Alfred war im Jahr zuvor mit siebzehn gestorben, und meinen fünfzehn Jahre alten Dobermann Dove hatte ich gerade vor sechs Monaten eingeschläfert. Aber mein Vermieter hatte mir eine ›Keine Haustiere‹-Klausel verpaßt, noch bevor Dove kalt war.

Die Jagdhündin leckte unsere Hände, als Linda und ich sie holen kamen. Zweifellos fragte sie sich, wo ihre Leute waren, als sie diese Welt verließ.

Um viertel nach zehn tötete ich drei Waschbären, die in unsere Fallen geraten waren, und eine kleine, braune Fledermaus. Ihre Flügel waren von einem verängstigten Reserve-Linebacker der Redskins mit einem Besen zerschmettert worden. Alle Tiere mußten auf Tollwut untersucht werden.

Aber das Schlimmste, was heute nacht passiert war, war dieser verdammte Welpe. Selbst noch Stunden später fiel es mir schwer, an ihn zu denken. Eine halbe Stunde lang hatte ich seine Mutter gejagt und sie schließlich in einer Gasse in die Enge getrieben. Sie war nur noch graue Haut und Knochen, und riesige Zitzen.

Sie führte mich zu ihrem Nest, wo ich ihre Welpen sicher und warm in einem Haufen von Lumpen, Papier und Abfall fand. Er war dick und kuschelig, ungefähr zwei Wochen alt, die Augen kaum erst offen — ein Beaglemischling. Ich befreite ihn von dem Unrat ... dann sah ich es.

Mir wurde übel, obwohl mich nach zehn Jahren in diesem Beruf nicht viel schocken konnte. Er mußte gleich nach seiner Geburt durch einen dieser Plastikhalter für Sechserpackungen gekrochen sein. Sein Kopf und sein rechtes Vorderbein steckten in einem der Ringe, und er trug ihn wie einen seltsamen Schultergurt um seinen pummeligen Oberkörper. Als er einmal drinnen war, konnte er nicht wieder raus, und er war gewachsen, aber das Plastik nicht. Der Ring schnitt ihn sauber in zwei Hälften. Nackte Muskeln glänzten rot und geschwollen ... die Organe waren klar sichtbar. Wenn ich das verdammte Ding aufgeschnitten hätte, wären seine Eingeweide herausgequollen. Ich dachte nur noch an Lindas Lieblingssatz: Es gibt Schlimmeres als den Tod.

Ich steckte Mami in den Transporter und saß dann, trotz aller Gefahr, in der Gasse und suchte beim Licht der Straßenlaterne die winzige Vene. Saubere Nadeln locken Junkies aus ihren Bretterbuden, wie Kakerlaken, die Zucker gerochen haben, und ich war schon einmal dafür zusammengeschlagen und mit einer Waffe bedroht worden. Aber seine Mutter konnte ich nicht zuschauen lassen.

Mami und ich weinten beide auf dem ganzen Weg zurück zum Heim. Man hätte denken können, es sei meine erste Woche bei dieser Arbeit. Wenigstens würde sie eine Woche lang ein warmes Bett haben, und eine Nahrungsquelle, die nicht versiegte. Dann würde ich sie wahrscheinlich erledigen müssen. Ich ertrug kaum den Gedanken, daß diese sieben Tage wahrscheinlich die besten in ihrem kurzen, bitteren Leben sein würden.

Ich dachte an all das zurück und schluckte schwer. Jede Nacht lebte ich mit Geistern. Auf meinem Schoß lag dieser Welpe mit dem Ring; ich konnte fühlen, wie er sich auf meinen Beinen drehte und wendete. Zu meinen Füßen wedelte die alte Jagdhündin mit ihrem Schwanz. Die Schäferhundmischlinge und kranken Kätzchen beobachteten mich traurig. Die Waschbären starrten mich an. Auf meiner Schulter kauerte die kleine Fledermaus. Jede Nacht brachte ich einen ganzen Haufen mit nach Hause — die Geister all der Tiere, die ich tötete. Jede Nacht, zehn Jahre lang.

Versteht mich nicht falsch, ich haßte meine Arbeit nicht, aber ich mochte sie auch nicht. Es war etwas, was ich tun mußte, weil ich Tiere liebte. Irgendeiner *mußte* die Tausende von kranken, verletzten und ungewollten Tieren töten, die jährlich ausgesetzt wurden, und wer konnte das besser als jemand, der sie liebte. Ich weiß. *Du* liebst Tiere, und *du* könntest das nicht tun — nun, deswegen mußte *ich* es ja.

Während mir diese Gedanken durch den Kopf gingen, berührte mich der alte Werwolf an der Schulter und erschreckte mich beinahe zu Tode. Er hielt sich an der Stange über unseren Köpfen fest und starrte mich an. Sein Ausdruck war freundlich, aber ich fingerte nach meiner Taschenlampe. Ich hatte sie schon einmal als Waffe benutzen müssen.

»Du hast eine schwere Nacht gehabt, nicht wahr, Bubeleh?« sagte er mit nüchterner, ernster Stimme, die einen schweren, europäischen Akzent hatte. Das war das letzte, was ich erwartet hatte. Ein jüdischer Werwolf? In New York vielleicht, aber in DC?

Sein unerwartetes Mitleid traf mich schwer; Tränen schossen mir in die Augen. Ich konnte nicht sprechen, vor lauter Angst, ich könnte mir zehn Jahre zurückgestellten Kummer von der Seele heulen, deswegen nickte ich nur. Da war dieser alte Mann, obdachlos, wie es den Anschein hatte, und er tröstete *mich*. Ich atmete tief ein, blickte woanders hin und versuchte, mich zusammenzunehmen. Da bemerkte ich, als er sich an der Stange festhielt, die Nummer, die auf die Unterseite seines haarigen Armes tätowiert war. Es war die alte, verblaßte Nummer aus dem Konzentrationslager, die Überlebende des Holocaust tragen.

»Sie sollten nicht so hart arbeiten, ein nettes Mädchen wie Sie«, brummte der alte Mann. Er lächelte immer noch. »Gute Nacht,

Therese.« Therese. Nicht Theresa. Alle sagten Theresa. Dann stieg er aus dem Bus.

Als ich an der Morris Road ausstieg, schüttelte ich immer noch meinen Kopf. Ich glaubte nicht an Monster – genausowenig wie ich an Geister glaubte – aber wenn ich an diesen alten Mann dachte, war alles, was ich sah, ein Werwolf. Ein liebenswürdiger, jüdischer Werwolf... ja. Klar.

Ich ging nach Hause, die Geister von siebenundzwanzig Tieren hinter mir, und fragte mich, ob heute nacht Vollmond gewesen war.

»Hey, Tee, schön, dich zu sehen«, sagte der Bulle in der darauffolgenden Nacht, als er die Tür meines Transporters öffnete. Joseph WhiteCrane war ein Bulle von der K-9 bei der Washingtoner Polizei. Das Heim versorgte die Polizei oft mit Hunden, und Joes Hund Chief, ein großer, weißer Schäferhund, war einer meiner Funde gewesen.

Joe war zum Teil Sioux, zum Teil Lateinamerikaner und zum Teil Ire. Er war ungefähr ein Meter fünfundachtzig groß und mit seiner Hakennase und dem pockennarbigen Gesicht nicht schön, aber seine dunkle Haut, sein schwarzes Haar und die eisschwarzen Augen schienen magnetisch zu sein und sprühten vor Leben. In seinem Inneren war Joe ein rotschwänziger Habicht.

Eine erholsame Nacht hatte mit diesem komischen Gefühl aufgeräumt, das ich seit meiner merkwürdigen Wahnvorstellung im Bus hatte. Zurück auf der Arbeit und im Umgang mit der normalen Serie von Greueln des wirklichen Lebens fühlte ich mich sicher.

»Ich hab' den Anruf gerade bekommen«, sagte ich. »Einen Hund beschlagnahmt?« Drogenhändler schützten sich oft mit bissigen Hunden, deswegen war es nicht ungewöhnlich, zu einem Polizeieinsatz gerufen zu werden, um Hunde abzuholen. Aber das hier sah nicht aus wie eine Drogenrazzia – denn zunächst einmal stand der Wagen des Untersuchungsbeamten für nicht geklärte Todesfälle neben Joes Auto. Im Auto wütete und wirbelte Chief herum, wobei er wie verrückt bellte.

Wir befanden uns im Geschäftsbezirk, auf der Höhe der Hausnummer Eintausendvierhundert der I-Straße, so daß es zu dieser

Nachtzeit nicht viele Zuschauer gab. Neben der Handvoll Penner und Nutten, die in die Szene glotzten, gab es ein paar Geschäftsleute, die in der nahen Bar gewesen sein mußten, die den Angestellten tagsüber Mittagessen servierten und den Bossen abends Obenohne-Shows.

»Kein Hund für dich heute nacht — jedenfalls noch nicht«, sagte Joe, dann sah er mich an und runzelte die Stirn. »Was ist das für ein Geruch?«

Ich hatte gehofft, er würde es nicht bemerken. »Benzin und verbranntes Haar. Ein paar Kinder haben eine Katze gekocht. Ich fand sie mit dem Schwanz an einen Laternenpfahl gebunden. Sie qualmte immer noch ... und schrie.« Ich strich mit der Hand über meine Hose und fühlte, daß Teile von ihr immer noch an mir klebten. Ihre Haut hatte sich abgelöst, als ich die Vene traf.

Joe sah weg. Er hütete sich, Mitgefühl zu zeigen. »Na ja, wie du schon sagst, es gibt Schlimmeres als den Tod. Hör mal, wir brauchen die Meinung eines Experten. Ein alter Mann ist umgebracht worden, vielleicht von Tieren. Wir haben im Zoo angerufen, und nichts ist entlaufen. Würdest du dir die Leiche mal ansehen und dem Beamten sagen, was du von den Wunden hältst?«

Ich nickte. Nach der gegrillten Katze konnte mich nichts mehr erschüttern. Zuerst wollte mir der Beamte nur die Bisse an den Armen zeigen, aber Joe überzeugte ihn schließlich davon, die Leiche zu enthüllen. Verdammt ja, es gibt Schlimmeres als den Tod. Dem Mann war die Kehle herausgerissen worden, aber der Beamte meinte, er habe das überlebt, nur um den Rest zu ertragen, ohne schreien zu können. Seine Brust war aufgeschlitzt ... sein Herz herausgerissen.

»Ich habe gesehen, wie wilde Hunde so was miteinander machen«, sagte ich, »aber *nur* das Herz essen? Komisch.« Ich starrte auf die Bisse. »Große Kiefer, breites Maul, das Gesicht beinah flach.«

»Eine Meute von Pitbull-Terriern?« fragte Joe.

»Vielleicht ... oder Bulldoggen. Wie groß sind die Abdrücke der Pfoten?«

Joe und der Beamte sahen sich an. »Es gibt keine Pfotenabdrücke«, sagte der Bulle schließlich.

»Red keinen Blödsinn. Der Typ muß geblutet haben wie ein Springbrunnen.«

»*Fuß*abdrücke«, sagte Joe. »Vom Opfer. Sonst nichts.«
»Gebt ihr das an die Presse weiter?« fragte ich ruhig.
Joe zuckte mit den Schultern. »Weiß nicht.«
»Jetzt mach aber mal 'nen Punkt«, drängte ich ihn. »Erinnerst du dich an den Ausbruch der Tollwut? Die Stadt wird durchdrehen, wenn die Medien eine verrückt gewordene Meute von Killerhunden herbeireden.«

Joe lächelte. »Ich red' mal mit dem Captain. Wir können das vielleicht zurückhalten, bis wir mehr über das Opfer wissen.«

Als wir den Wagen des Beamten verließen, sah ich Joes Hund, der immer noch außer Rand und Band war.

»Was ist mit Chief los? Ich habe ihn noch nie so gesehen.«

Der Bulle zuckte mit den Schultern. »Seit wir hier angekommen sind, spielt er verrückt. Holen wir ihn raus. Hast du deine Stange?«

»Ja.« Ich holte die Tollwutstange aus Aluminium, mit ihrer in Plastik eingefaßten Seilschlaufe, die es mir ermöglichte, Tiere zu fangen und auf Distanz zu halten.

Joe legte Chief an eine kurze Leine und ließ ihn raus. Der Hund war angespannt, sein Fell sträubte sich, er jaulte. Normalerweise war der große Schäferhund ebenso schwer zu beunruhigen wie ein Ziegelstein.

»Glaubst du, er kann diese Hunde riechen?« fragte ich.

Joe zuckte mit den Schultern. »Wenn wir sie finden, fangen wir sie aus der Ferne.« Er klopfte auf die Pistole an seiner Hüfte.

Chief zog Joe ein paar Häuserblocks weit und ging dann eine Gasse hinauf. Plötzlich fuhr er herum zu einem Hauseingang und bellte wie verrückt. Eine Gestalt kauerte in den Schatten versteckt. Ich ging näher heran. Graue Augen, silbernes Haar, schmutziger Mantel... der alte Mann aus dem Bus... und, verdammt noch mal, er sah *immer noch* wie ein Werwolf aus!

»Ruhig, Chief, ruhig!« sagte Joe zu dem aufgebrachten Hund. »Hey, Opa, was machen Sie hier?«

»Ausruhen, Herr Wachtmeister«, murmelte er müde. »Halten Sie bitte Ihren Hund fest! Ach Therese, sagen Sie ihm, er soll den Hund nicht losmachen!«

»Kennst du diesen Typ?« fragte mich Joe.

Irgend etwas ließ mich mit dem Kopf nicken. »Opa«, sagte ich, Joes Bezeichnung aufnehmend, »hier ist es nicht sicher. Nicht weit von hier ist ein Mann getötet worden. Haben Sie etwas gesehen oder gehört?«

»Ts, Ts.« Er schüttelte seinen Kopf. »Getötet? *Was* für eine Welt!«

»Wir nehmen Sie mit zum Heim in der D-Straße«, bot Joe an.

»Im selben Auto mit solch einem Hund? Danke, nein.«

Ich starrte den alten Mann an. Er schien erschöpft, müde bis in die Seele, und mein Herz öffnete sich ihm. Normalerweise fühlte ich nur Tieren gegenüber eine solche Sorge, nur ... er war anders. »Haben Sie heute abend schon etwas zu Essen gehabt, Opa? Eine warme Mahlzeit?«

Er lächelte. »Sagen Sie ›Zeyde‹, Therese. Ja, ich habe gut und warm gegessen. Nicht koscher, aber ... nett, daß Sie sich Sorgen machen.«

Ich war mir nicht sicher, ob ich ihm glauben sollte. Ich steckte ihm spontan drei Dollar in seine Tasche. »Dann nimm das zum Frühstücken, Zeyde.«

Joe und ich gingen zu meinem Transporter zurück. Chief mußten wir den ganzen Weg ziehen.

»Also heißt er Zeyde?« fragte ich Joe.

Er schüttelte den Kopf. »Das heißt ›Großvater‹. Es ist Jiddisch.«

Joe wußte so etwas einfach. Er hatte ein schier unerschöpfliches Kulturwissen.

»Was heißt ›Bubeleh‹?«

»›Enkel‹. Es ist ein Kosename.« Joe machte eine Pause. »Hast du etwas gerochen, als du in seine Nähe kamst?«

»Ich? Alles, was ich riechen kann, ist diese arme Katze. Warum?«

Joe blickte zurück in Richtung Gasse. »Ich dachte, ich hätte einen Hauch von Blut bemerkt. Ich hab' allerdings keins gesehen. Vielleicht hatte Chief deswegen so eine schreckliche Angst. Könnte sein Atem gewesen sein.«

Ich sah Joe an mit weit offenen Augen. »Sein *Atem*?«

»Viele Obdachlose sind krank ... Magengeschwüre, was weiß ich.«

Oh, dachte ich. Meine merkwürdigen Gedanken waren mir peinlich.

Der nächste Tag war ein Freitag, und eine Viertelstunde vor Mitternacht half mir Linda gerade bei meiner zwanzigsten Tötung an diesem Abend. Es ging um einen ausgewachsenen Dobermann, der dreißig Pfund wog. Er hätte achtzig wiegen müssen. Die Besitzer sagten, das Hundefutter sei ihnen ausgegangen und sie könnten sich kein neues leisten. Sie hörten einfach auf, ihn zu füttern. Er konnte nicht einmal stehen. Nur seine Augen sahen lebendig aus.

Linda nahm ihn in die Arme. »Hey, hübscher Hund«, säuselte sie und streichelte ihn, wobei ihr die blonden Locken ins Gesicht fielen. Wir hänselten Linda damit, daß sie wie Jane Fonda aussah. Nett, schnell und klug ... innen war sie ein grauer Fuchs.

Als ich die Spritze vorbereitet hatte, wandte ich mich dem Hund zu. Er hatte kein Fleisch mehr übrig, nur Haare, Haut und Knochen. Ich hatte ihn angebunden in einem Schrank gefunden, abgelegt wie ein paar alte Schuhe. Er warf mir einen Blick aus seinen wässerigen, braunen Augen zu, und sie waren voll Vertrauen, bereit, wieder zu lieben, trotz allem, was er durchgemacht hatte. Plötzlich sah ich Zeyde vor mir, im Konzentrationslager, abgemagert bis auf die Rippen.

»Tee, alles in Ordnung?« fragte Linda.

Ich schluckte. »Hör mal ... äh, können wir den nicht behalten?«

Sie seufzte müde. »Er braucht einen eigenen Stall, tierärztliche Behandlung, es würde *sechs Monate* dauern, bevor er adoptiert werden könnte.«

Plötzlich war es mir sehr wichtig, diesen Hund zu retten. »Ich kann den nicht umbringen«, sagte ich bestimmt. »Er ist so verdammt hungrig.«

Linda schüttelte ihren Kopf. »Wenn wir anfangen würden, jeden Fall von Unterernährung zu retten, wären wir voll bis unters Dach...« Dann mußte sie etwas in meinen Gesicht gesehen haben, etwas, das sie kannte, denn sie unterbrach sich und gab nach. »Ich weiß nicht, warum ich mir so was von dir aufschwatzen lasse. Wir werden ein Bett hinter meinen Schreibtisch stellen...«

Das Telefon klingelte, und sie nickte mir zu, ranzugehen, während sie hinausging, um den Hund in ihrem Büro unterzubringen und ihm etwas zum Essen zu holen.

»D. C. Tierkontrolle, Norris.«

»Hier ist Joe«, sagte eine bekannte, tiefe Stimme. »Der Typ, der von diesen Hunden umgebracht wurde, war im Bundesprogramm für Zeugenschutz. Wir haben's gerade erfahren.«

»Merkwürdig«, sagte ich. »Eine Art Mafia-Coup?«

»Noch merkwürdiger«, sagte Joe. »Er war ein ehemaliger Nazi. Am Ende des Krieges hat er dem Außenministerium ein paar Gefallen getan. Die Mordkommission nennt es einen zufälligen Überfall wilder Hunde.«

Meine Finger umklammerten den Hörer fester, und ich dachte, wie seltsam es war, in ein und derselben Nacht einem Nazi und einem Überlebenden des Holocaust zu begegnen. »Glaubst du, das hat etwas mit Zeyde zu tun?« fragte ich schließlich.

»Glaub' ich nicht, aber wenn du mit ihm sprichst, ruf mich an.«

Ich beherrschte mich und fragte Joe nicht, ob in der letzten Nacht Vollmond gewesen war. Joe wüßte Bescheid.

»Sei heute nacht vorsichtig auf der Straße, Tee«, warnte mich Joe.

»Ich bin immer vorsichtig«, sagte ich abwehrend.

»Nichts bist du. Ich habe dich bei der Arbeit gesehen. Du gehst viel zu viele Risiken ein. Ehrlich, Tee.«

»Ja, ja«, stimmte ich ungeduldig zu. »Hör mal, ich muß gehen.«

»Warum kannst du zu diesem armen Kerl nicht etwas netter sein?« fragte Linda, als ich den Hörer auflegte. »Jede normale Frau in dieser Stadt würde alles dafür geben, wenn er ihr nur halb so viel Aufmerksamkeit schenkte, wie er dir schenkt.«

»Laß mich in Ruhe«, sagte ich freundlich.

Es war eine wahre Freude zu sehen, wie der Dobermann auf einem weichen Bett aus alten Decken eine kleine Mahlzeit zu sich nahm. Man mußte sie langsam beginnen lassen, kleine Mahlzeiten alle zwei Stunden, um ihre Körper wieder an Essen zu gewöhnen. Vielleicht war es an der Zeit, nach einer Wohnung zu suchen, in der Haustiere erlaubt waren, dachte ich, als ich zum Transporter hinausging.

Ich wurde aus meiner geistigen Wohnungssuche aufgeschreckt, als ich Zeyde bemerkte, der neben dem Fahrzeug wartete, und plötzlich hatte ich das unangenehme Gefühl, daß meine Erwähnung seines Namens ihn heraufbeschworen hatte. Wie in Filmen tauchte der alte Werwolf lautlos aus der feuchten Nachtluft auf.

Ich gab mir einen geistigen Ruck, wütend auf meine blöde

Zwangsvorstellung über diesen hilflosen alten Mann. Das Heim war nur ein paar Straßen vom Hecht Company Kaufhaus entfernt. Alle Obdachlosen wußten, daß die den besten Container in der Stadt hatten. Er mußte da unten herumgewühlt haben und war nun auf seinem Weg zurück in die Innenstadt.

»Therese, Bubeleh«, grüßte er mich warm, als ob wir alte Freunde wären, »arbeiten Sie immer noch so schwer?«

»Immer noch, Zeyde«, gab ich zu. »Was kann ich für Sie tun? Haben Sie heute nacht was zu Essen gehabt?«

»So ein nettes Mädchen, daß sie sich um einen alten Mann Sorgen macht. Ich kam gerade vorbei... Ich habe Ihren Transporter wiedererkannt.« Er mußte in der Mordnacht beobachtet haben, wie ich mit Joe zu ihm zurückgekehrt war. Er lächelte, und ich fühlte mich komisch. Warum machte ich mir bloß Sorgen um ihn? Ich hatte genug zu tun mit den ungewollten Tieren in der Stadt, um die ich mich kümmern mußte. »Hier arbeiten Sie also, in diesem Haus?« Er zeigte auf das Heim.

»Ja, das ist es.«

»Und warum übt ein nettes Mädchen wie Sie so einen schweren, gefährlichen Beruf aus, nachts Tiere auf der Straße zu jagen?«

Ich zuckte mit den Schultern. »Einer muß es ja machen.«

»Aber Sie könnten von großen Hunden verletzt werden, fürchterlich gebissen!«

»Ich nicht, Zeyde«, versicherte ich ihm. »Ich werde nicht gebissen. Seit acht Jahren schon nicht. Ich kann das gut.«

Ich betrachtete das alte, senffarbene Heim aus Ascheplatten. Das riesige Kühlhaus stach grell aus seiner Seite hervor, brandneuer rostfreier Stahl kontrastierte mit dem alten Stein. Dort, im Kühlhaus, endeten die meisten meiner nächtlichen Arbeitseinsätze mit dem Warten auf die Kraftfahrer. Große Plastikfässer, gefüllt mit starren Tieren, die zusammengerollt dalagen, als stellten sie sich schlafend.

Plötzlich wurde mir auf unangenehme Weise die Ähnlichkeit zwischen dem Heim und einem Konzentrationslager bewußt. Wir lagerten Tiere, bis wir zu viele hatten, und töteten dann die kränksten, schwächsten und ältesten. Dann schickten wir die Leichen fort, um sie zu Seife und Dünger verarbeiten zu lassen. Ich betrachtete mich nicht gerne als einen *humanen* Nazi.

»Ach, ich habe Sie geärgert, habe Jenta gespielt und nach Sachen gefragt, die mich nichts angehen.«

»Zeyde, ich mache diese Arbeit, weil ich *muß*, weil ich Tiere liebe... ich *helfe* ihnen...« Zumindest setzte ich ihren Leiden ein Ende. Er sah mich traurig an und nickte. Ich dachte an den Dobermann, der jetzt hinter Lindas Schreibtisch schlief und nie wieder unter Hunger, Durst oder Kälte leiden würde. »Ich bin ein hundertprozentiger Vegetarier. Ich esse keine Tiere und trage auch keine Tierprodukte.«

Er sah mich freundlich an. »Und Menschen? Die lieben Sie auch?«

Ich biß die Zähne zusammen. An guten Tagen konnte ich Menschen ertragen. Nach einer harten Schicht, wenn ich zu viele Tiere wie diesen Dobermann aufgelesen hatte, verachtete ich sie. Der einzige Grund dafür, daß es meinen Job gab, lag in der Grausamkeit und Gleichgültigkeit der Menschen. Aber selbst bevor ich diese Stelle angenommen hatte, hatte ich nie enge Beziehungen gehabt. Ich hatte den Tod von Dove und Alfred immer noch nicht verwunden, während ich mich an den Todestag meines Vaters, der zehn Jahre zuvor gestorben war, nicht einmal mehr erinnern konnte.

Dann dachte ich an Joe. Ich wußte, was er für mich empfand, aber ich *wollte* mir einfach nichts daraus machen. »Wie lange leben Sie denn schon auf der Straße?« fragte ich den alten Mann, um das Thema zu wechseln.

»Seit dem Krieg«, gestand er mit einem seltsamen Lächeln.

»Dem *Zweiten Weltkrieg*?« So lange hatte er überlebt, obdachlos?

»Sie haben alles genommen«, sagte er leise. »Eltern, Frau, Kinder, Enkel... unseren Reichtum, unser Erbe... unsere ganze Identität. Unsere ganze Zukunft.«

»Andere Leute haben neu angefangen, wieder geheiratet, etwas Neues aufgebaut«, sagte ich.

Er nickte. »Ja, aber zu sehen, wie die, die man liebt, vernichtet werden, eine alte Familie wie die unsere... ich habe es nicht fertiggebracht.«

»Was haben Sie denn dann all die Jahre gemacht?«

Er lächelte, wobei er lange, gelbe Zähne zeigte. »Ich bin dem Wind gefolgt, Bubeleh.«

»Zeyde, wie heißen Sie?«

»Joshua Tobeck«, antwortete er. »Es gibt viele Tobecks, aber unser Zweig dieses ehrwürdigen Geschlechts war... etwas Besonderes... sehr alt. Heilig, haben wir oft gesagt.« Er kicherte vor sich hin – ein kurzer, schriller Laut.

»Hören Sie mal Zeyde, neulich in der Nacht, als dieser Mann umgebracht wurde... waren Sie da nicht nahe genug, um etwas zu hören?«

»Ob *ich* nahe genug war?« fragte er verschmitzt.

Ich beobachtete ihn unbehaglich. »Wußten Sie, daß er ein Nazi war?«

»Ob ich *wußte*, daß er ein Nazi war?« wiederholte er sarkastisch.

Ich runzelte die Stirn. Er reizte mich. Meine Nackenhaare standen zu Berge. Er war kein hilfloser alter Mann mehr... und wir wußten es beide. Er war ein Werwolf. Ich hatte dieses Gefühl stärker als je zuvor, wie ein Instinkt, wie ein sechster Sinn. »Haben Sie diesen Nazi getötet?« fragte ich leise, ohne es wissen zu wollen.

»Ob ich den Nazi *getötet* habe?« Er grinste wütend. »Ob ich seine Kehle *herausgerissen* habe? Ob ich sein Herz *gefressen* habe? Solch ein Tod ist zu *gut* für einen Nazi!« Er spuckte aufgebracht auf die Straße. »Ob *ich* diesen Nazi getötet habe?« In seinen grauen Augen glühte ein wildes Feuer.

Vor Angst bekam ich eine Gänsehaut, aber nur einen kurzen Moment lang. Ich hatte mich wieder unter Kontrolle und schämte mich. Das sah mir gar nicht ähnlich, meine Fantasie so durchgehen zu lassen. Ich betrachtete Zeydes magere Gestalt, seine knotigen Hände und gebückten Schultern. Er war so alt, so verbraucht.

Natürlich wußte Zeyde von der Leiche. Auf der Straße verbreiten sich Neuigkeiten in Windeseile, und die Obdachlosen, die dagewesen waren, hatten darüber wohl miteinander gesprochen und die grausigen Details ausgetauscht. Das war alles. Er tobte nur herum, um mir Angst einzujagen.

»Wie geht's denn Ihrem Polizisten, Bubeleh?« fragte Zeyde, wieder einmal der nette alte Mann, als ob nichts passiert wäre. »Seien Sie nett zu ihm, er hat ein gutes Herz.«

Ich sah der gebückten Figur nach, als sie davonschlurfte, und sagte mir, daß solche Gespräche typisch für Obdachlose waren –

wirre Erinnerungen verbunden mit Verfolgungswahn. Aber als ich in den Fahrersitz schlüpfte, drehte ich das Radio an, um Joe zu rufen.

Ich habe Joe nie viel gesagt... nur daß Zeyde kein zuverlässiger Zeuge war. Ich dachte nicht einmal daran, über meine unangenehmen Fantasien zu sprechen... ich hätte noch verrückter geklungen als der alte Mann. Ich konnte Joes Gesicht vor mir sehen. Werwölfe, ja, was sonst!

Aus einer Laune heraus ließ ich mich allerdings von Joe zum Frühstück einladen. In den nächsten paar Wochen nahmen wir auch andere Mahlzeiten gemeinsam ein. Wir trafen uns am Restaurant, zahlten jeder für sich und trennten uns dann dort wieder. Er mußte der geduldigste Mann der Welt sein, aber ich glaube, er konnte sich denken, daß das alles war, wozu ich Lust hatte. Nach der zweiten Woche fing ich an, mich wirklich auf ihn und Chief zu freuen, obwohl ich Joe im Verdacht hatte, meine Liebe zu dem Hund dazu zu benutzen, mich für sich zu gewinnen. Linda konnte nicht glauben, daß ich noch nicht mit ihm schlief.

Überall in der Stadt traf ich immer wieder auf Zeyde. Manchmal war er bei klarem Verstand; dann wieder keineswegs. Er erzählte mir von seiner Familie, wie die Nazis sie abholten, wie sie zusammen waren und dann von einer Minute zur anderen nur noch er lebte. Einmal deutete er an, daß er anderen Gefangenen bei der Flucht geholfen hatte.

»... wenn ich stark genug war, ihnen zu helfen«, sagte er. »Die Wachtposten fürchteten sich vor diesen hellen, silbernen Nächten.«

»Hellsilbern? Sie meinen Mondli...« Ich unterbrach mich.

»Suchscheinwerfer!« fiel er lächelnd ein. Gedankenverloren und mit leerem Blick murmelte er: »Sechs andere, sie waren bei mir... drei Juden, zwei Zigeuner, ein politischer Dissident... in den schlechten Zeiten haben sie mich versteckt, und ich habe ihnen geholfen, zu verschwinden... und in süßen, silbernen Nächten genossen wir Rache...«

»Aber Zeyde«, sagte ich, als er verstummte, »warum sind *Sie* nicht geflohen?«

Er gab keine Antwort.

Ich konnte die verrückte Idee, daß er ein Werwolf war, immer noch nicht abschütteln. Besonders wenn er grinste, mit all diesen langen, gelben Zähnen. Wie konnte ein Mann in seinem Alter niemals einen Zahn verloren haben, vor allem, wenn er in den Lagern gewesen war?

Wir fanden keine große Hundemeute, die den Tod des Nazis erklärte, aber unter dem Druck der Arbeit vergaß man leicht. Pro Nacht nahm ich fünfzehn bis fünfundzwanzig Einschläferungen vor, der Durchschnitt im Herbst. Und dann, an einem kühlen Freitag, fast genau einen Monat nach dem Tag, an dem ich ihm zum ersten Mal begegnet war, erschien Zeyde wieder beim Heim. Er wartete an meinem Transporter.

»Hallo!« grüßte ich lächelnd. »Haben Sie schon gegessen?«

Er nickte. »Die Leute von *Essen auf Rädern* hatten schon früh ihre Wagen draußen. Die Suppe ist nicht koscher, aber...« Er zuckte vielsagend mit den Schultern. »Haben Sie mal eine Minute Zeit, um mit mir zu reden, Therese?«

»*Norris!*« brüllte Linda zur Vordertür hinaus. »Telefon! 'S ist *er*!« Sie schlug ihre langen Wimpern auf. Ich zeigte ihr einen Vogel.

»Klar, sobald ich diesen Anruf angenommen habe. Kommen Sie rein, hier ist's warm.« Ich ging hinein ans Telefon. »Hier Norris.«

»White Crane«, sagte der Bariton. »Wie wär's mit Frühstücken?«

Ich lächelte, dann wurde mir klar, daß Zeyde nicht mit mir hereingekommen war. Ich stupste Linda an, die sich an mich lehnte und versuchte, mitzuhören. »Hol Zeyde rein«, zischte ich. »Klar«, sagte ich zu Joe. »Können wir Chief später im Park ausführen?«

»Ja«, sagte er sanft. »Nach dem Park... können Chief und ich... dich nach Hause bringen? Sag's uns beim Frühstück. Paß gut auf, heute nacht.« Er legte schnell auf.

So, so, der geduldigste Mann der Welt hatte schließlich seine Geduld verloren. Ich war überrascht, wie versucht ich war, nachzugeben. Dann sah ich, wie Linda immer noch dem alten Mann winkte.

»Hey, komm rein, Zeyde«, rief ich. »Hier drinnen ist es warm!«

Zögernd betrat er den Empfangsbereich und warf einen kurzen Blick auf die Ansammlung leuchtend bunter Plakate, die die Kunden dazu ermahnten, ihre Tiere kastrieren oder sterilisieren zu lassen: ›Kastriert und steril — sonst werden's zuviel‹. Der Katzenstall war links hinter einer Glaswand, so daß die Kunden die kleinen Kätzchen sehen konnten. Der Hundezwinger war außer Sichtweite und durch einen weiter hinten gelegenen Flur erreichbar. Zwei kleine Hunde kläfften, aber die anderen sechzig waren still.

»Setzen Sie sich, Zeyde, und erzählen Sie mal...«

In dem ruhigen Heim brach ein wildes Geheul aus. Der Hundezwinger explodierte in hysterischem Gebell. Linda und ich starrten mit aufgerissenen Augen die Katzen an. Jede von ihnen hatte einen Buckel gemacht und ihren Blick spuckend und zischend auf Zeyde gerichtet.

Ich griff nach seinem Ellbogen und drängte ihn nach draußen. Zeyde zitterte. Er sah alt und krank aus. Ich setzte ihn auf den Beifahrersitz meines Transporters und drehte dann die Heizung höher.

»Ich hab's nie so mit Tieren gehabt«, murmelte er. Es folgte eine lange, unangenehme Pause, bis er schließlich sagte: »Therese, ich bin gekommen, um Ihnen etwas zu geben. Ein Geschenk.«

Ich war verwirrt, als er in den Taschen seines riesigen Mantels herumfummelte. Er zog etwas Glänzendes heraus, einen kleinen Dolch mit einer etwa zehn Zentimeter langen Klinge. Er hatte einen schweren, kunstvoll geschnitzten Griff.

»Reines Silber«, sagte er und berührte ihn ehrfürchtig. »Er befindet sich im Besitz meiner Familie seit... seit die Familie entstanden ist, wie lang das her ist, weiß keiner. Dieses Messer ist ein Teil unseres Erbes, wie unser Name, und... unser Segen. Dem stärksten Enkel wird das Messer vom Großvater, dem Zeyde, vermacht. Mit dem Messer wird gleichzeitig das Erbe, der Segen, weitergegeben.«

Zitternd holte er Atem, und seine jungen, grauen Augen füllten sich mit Tränen. »*Sie* haben alles genommen, außer dem hier. Ich habe es in der Erde versteckt, und nach dem Krieg beinahe zurückgelassen. Wer brauchte das Messer noch, wenn es keine Familie mehr gab, kein Vermächtnis mehr weiterzugeben war? Aber ich wußte, daß ich es eines Tages weitergeben wollte, deshalb habe ich es mitgenommen. Und nun gebe ich es Ihnen, Bubeleh. Ich kann nicht viel länger leben. Wenn ich auf der Straße sterbe, wer wird dann das Messer bekommen? Sie sind die einzige Familie, die ich habe.«

Ich rührte das Messer nicht an, denn ich war nicht sicher, ob

Zeyde klar genug war im Kopf, um mir den einzigen wertvollen Gegenstand, den er besaß, zu geben. »Äh... Zeyde, ich fühle mich geehrt. Aber... ich bin keine Jüdin.«

Er kicherte. »Nicht einmal ein bißchen? Vielleicht bist du einmal mit einem netten jüdischen jungen Mann gegangen, und wir könnten sagen, daß dir das Judentum eingespritzt wurde?«

»Vielleicht einmal«, gab ich lächelnd zu.

»Nehmen Sie das Messer, Therese«, bat er, »mit meiner Liebe, meinem Segen. Dann weiß ich, daß das Vermächtnis gesichert ist, wenn ich heute abend sterbe.«

Vor einem Monat hätte ich nicht so viel Verbindung zu dem alten Mann gewollt. Vor einem Monat wäre ich nicht mit Joe ausgegangen. Ich streckte meine Hand aus. Er legte den Griff in meine Handfläche.

»Die Inschrift ist auf Hebräisch.« Er zeigte auf die kunstvoll eingravierten Buchstaben, die man von rechts nach links lesen mußte. »Da steht *yod, he, vau, he*. Auf Deutsch steht da JHWH – man würde sagen ›Jahwe‹.«

Ich legte meine Hand um das kleine, alte Messer und fühlte den eingravierten Namen Gottes. Plötzlich war es mir sehr wichtig, ob Zeyde die Nacht überlebte oder nicht. »Ich bring' Sie zum Obdachlosenheim, okay?« Das Messer ließ ich in meine Jackentasche gleiten.

Seine Augen glitzerten merkwürdig. »Nein. Der Wind weht süß heute abend, wie angeschimmeltes, frisches Heu. Haben Sie das schon mal gerochen?«

Ich schüttelte den Kopf. Schließlich war ich ein Stadtkind.

»Ich habe es zum ersten Mal in den Lagern gerochen. Es ist *ihr* Geruch, der Nazis, ein Geruch, der dich innerlich krank macht. Nach den KZ's bin ich ihm überall hin auf der Welt gefolgt. In jeder Stadt habe ich den Geruch gefunden... habe ich sie gefunden. Aber hier... hier dringt er durch die Erde, aus den großen schicken Gebäuden. Sie kommen, um Geschäfte zu machen, und sie tragen den Geruch. Diktatoren kommen, um sich beim Präsidenten einzuschmeicheln. Letzte Woche der aus Südafrika – pah! Dieser Geruch! Und die Monster, die die harten Drogen machen...« Er lächelte und schüttelte gedankenverloren seinen Kopf. »Einen Nazi in dieser Stadt zu finden, ist keine leichte Sache.

Sie haben so viel Konkurrenz. Ach, heut' nacht weht der Wind süß und ekelerregend, und ich werde ihm folgen.«

Dann lächelte er, als hätte er gar nichts Ungewöhnliches gesagt, und sagte: »Wie geht's denn Ihrem Typen, Bubeleh? Er ist doch kein Jude, oder?«

Nachdem Zeyde davongeschlurft war, warf ich den Transporter an und ging wieder an die Arbeit. Für einen Freitag war es keine schlechte Nacht. Gegen Mitternacht war der Transporter erst halb voll. Keine frittierten Katzen, keine schlimmen Verkehrsopfer. Die Luft war kalt und roch sauber. Ich dachte daran, zurückzufahren, vielleicht sogar pünktlich Schluß zu machen. Dann knackte es im Radio.

»Tee, wir hatten einen Anruf von der Polizei«, sagte Lindas Stimme. »In der Gasse zwischen der Vermont Avenue und der Vierzehnten Straße, die an die K- und L-Straße angrenzt. Möglicherweise ein Angriff durch wilde Hunde. Joe und Chief sind unterwegs. Er sagt, bevor du aus dem Transporter aussteigst, sollst du warten, bis er auftaucht. Er sagt, das sein ein Befehl.«

»Klar!« sagte ich gereizt und wendete den Wagen. »Ich bin nicht weit weg.« Joe und ich mußten einmal über seine Art reden, auf mich aufzupassen wie die Glucke auf ihr Küken. Eine Drogenrazzia war schon so eine Sache, aber mit bissigen Hunden umzugehen war *meine* Angelegenheit.

Ich fuhr bis an die Gasse heran, griff nach meiner Stange und meiner Taschenlampe und schlich mich dann auf Zehenspitzen in die Dunkelheit. Ich schaute vorsichtig um einen großen Container herum, der mir fast die ganze Sicht nahm. Wenn ich sie erschreckte, würden sie alle auseinanderlaufen, und ich würde nie auch nur einen fangen. Wenn sie hinter mir herliefen, konnte ich immer noch in den Container springen. Ich hörte ein tiefes Knurren, wie es ein großer Hund mit breitem Brustkorb von sich gibt.

Dann sah ich ihn, und mein Atem stockte. Ich zwinkerte verwirrt. Es war Zeyde. Er bückte sich über jemanden, sein Rücken war mir zugewandt. Die Geräusche mußten von ihm kommen. Der Körper lag auf dem Boden ausgestreckt und zuckte leicht, während der alte Mann dahockte, die Hände an seinem Mund, und knurrte.

»Zeyde!« brüllte ich und lief los. »Was zum Teufel machen Sie da?« Der alte Mann würde eingesperrt werden, wenn er diesen Typ herumdrehte, und ich glaubte nicht, daß Zeyde damit fertig würde, im Washingtoner Knast zu stecken.

Er merkte auf, drehte sich herum und stand auf.

Die ganze Zeit lang, in der ich mit ihm zusammen war, hatte ich den Werwolf gesehen und es mir immer wieder ausgeredet, weil ich es einfach nicht *glauben* wollte. Ich konnte den Mond nicht sehen, aber er mußte voll sein.

Zeyde war total verändert. Er paßte noch gerade in den riesigen Mantel, seine muskulösen Arme beulten die Ärmel aus, und sein Hemd und der Mantel standen weit offen, um seiner riesigen, pelzigen Brust Platz zu machen. Seine Pfoten/Hände mit den Klauen waren blutgetränkt. Er mußte ein Meter neunzig groß sein und mindestens zweihundert Pfund wiegen. Und sein Gesicht! Ein breitschnauziges Tier starrte mich an, und Zeydes Augen glühten aus dem dichten Fell hervor. Seine Zähne waren riesig, wahnsinnig lang und scharf.

Als er mich anschaute, kaute das Biest den letzten Fetzen vom Herzen seines Opfers und schluckte es hinunter.

Du kannst ihm nicht davonlaufen, sagte ich mir und griff nach meiner Tollwutstange und der Taschenlampe. »Ich bin's nur, Zeyde.«

Er antwortete mit einem blutigen Grinsen und ich erinnerte mich daran, wie Joe sich über den Geruch seines Atems gewundert hatte. Meine Knie wurden schwach. Er kam knurrend auf mich zu. Ich konnte nicht anders. Ich fuhr zurück.

»Laß es bleiben, Zeyde«, sagte ich leise. »Joe kommt. Er wird dich umbringen.«

Der Werwolf lachte knurrend und sprang.

Ich schwang die Stange mit aller Kraft, bog sie um, so daß sie doppelt so dick wurde und hielt sie gegen ihn. Aber vergeblich. Ich wich ihm aus und schlug ihn mit der Taschenlampe, aber er beachtete die Schläge nicht und zog mich zu Boden. Instinktiv riß ich meinen linken Arm nach oben, um meine Kehle zu schützen, und er biß sich mit seinen Zähnen in dem dicken Nylonärmel fest und zerriß ihn. Das zähe Material barst wie alter Musselin. Ich rang mit ihm, versuchte mit einer Hand seine Luftröhre zuzudrücken, aber sein Hals war hart wie Stahl und meine Finger versuchten vergeblich, in dem rauhen Fell einen Angriffspunkt zu finden.

Ich zog mein Knie an, ein heftiger Tritt in die Leiste, aber er ignorierte ihn. Er brüllte ohrenbetäubend, und sein heißer Atem brannte auf meiner Hand, als ich mit meiner Faust gegen seine nasse, schwarze Schnauze hämmerte. Er zuckte nicht einmal.

Seine Krallen zerrissen meinen Mantel. »Zeyde!« schrie ich. »Hör auf! Ich bin's, Therese!« Dann kreischte ich auf, als ein glühend heißer Schmerz meinen Arm durchzuckte.

Seit acht Jahren war ich nicht mehr gebissen worden, und ich hatte noch *nie* solche Schmerzen verspürt. Ich schrie wieder, aber er biß weiter zu und zerriß mich. Mein Blut füllte sein Maul, nährte ihn, gab ihm das warme Mahl, das er brauchte. Als nächstes würde meine Kehle dran sein, dann mein klopfendes Herz.

Als er meinen Mantel aufriß, hörte ich plötzlich das Klirren seines silbernen Messers, das zu Boden gefallen war. Ich tastete auf dem Boden herum, suchte blind mit meiner rechten Hand danach.

Meine Finger umschlossen den Griff, und gerade als sein heißer, blutiger Atem meinen Hals streifte und seine Zähne die Haut meiner Kehle küßten, drückte sich der Name Gottes in meine Handfläche ein. Plötzlich blitzten Scheinwerfer auf und erleuchteten unsere absonderliche Paarung, während ich das Messer zwischen seine Rippen und geradewegs in sein Herz stieß. Seine jungen, wilden Augen weiteten sich, starrten in meine. Mit einem müden Seufzer brach er über mir zusammen.

Sein Ausdruck war friedlich, wie bei den kranken Tieren, die ich einschläferte. Ich preßte seinen Körper mit meinem unverletzten Arm gegen mich und weinte.

Nur wenige Stunden später entließen sie mich aus dem Krankenhaus. Als ich den OP erreicht hatte, waren die meisten Wunden verheilt. Ich wußte, daß man morgen nicht einmal mehr eine Narbe sehen würde.

Joe kam mich abholen, aber Chief ließ mich nicht in das Auto. In dem Moment, als er mich witterte, spielte er verrückt, tobte und bellte. Ich kann nicht beschreiben, wie weh das tat.

Einer von Joes Kumpeln kam und brachte Chief zurück zum

Heim, so daß Joe mich nach Hause fahren konnte. Wir fuhren schweigend dahin, aber schließlich überkam es mich doch, und ich ergriff das Wort. »Was hat der Untersuchungsbeamte gesagt, als er Zeyde gesehen hat?«

»Er hat gesagt, es sei erstaunlich, wieviel Kraft ein alter Mann unter den richtigen Umständen haben kann«, antwortete er leise.

»Wie Vollmond?« fragte ich mit einem bitteren Lachen.

»Er meinte, wenn sie den Verstand verlieren. Der Untersuchungsbeamte hat nichts als einen alten, hinfälligen Mann gesehen.«

»Du wußtest Bescheid über Zeyde«, sagte ich.

»Ich habe es vermutet«, sagte er lustlos. »Indianer haben ihre eigenen Wesen, die ihre Gestalt verändern. Ich hatte Angst, du würdest denken, ich sei verrückt. Tut mir leid, Therese.« Seine Kinnmuskeln verhärteten sich.

Sein Mitleid konnte ich jetzt nicht ertragen; ich würde noch zusammenbrechen. Als wir vor meinem Haus ankamen, langte ich nach dem Türgriff.

»Du kannst das nicht mit dir alleine ausmachen, Tee«, sagte Joe und hielt mich am Arm fest. »Laß dir helfen. Laß mich bei dir bleiben.«

Ich antwortete mit tränenerstickter Stimme. »Mir helfen? Wie? Kannst du die Mondphasen abschaffen?«

Er umarmte mich fest und ließ mich weinen. Er roch so gut, wie Mondlicht und Nachtzeit, Gerüche, die ich nie zuvor wahrgenommen hatte. Schließlich entzog ich mich seinen Armen.

»Vielleicht kennen die Navahos einen Ritus«, meinte er eindringlich, »ich erkundige mich mal...«

»Vergiß es, Joe«, sagte ich müde. »Da kann man nichts machen.« Am nächsten Tag mußte ich Linda anrufen und kündigen. Ich würde das Heim nie wieder betreten können. Ich hatte alles verloren. Meinen Beruf, die geliebten Tiere, den Mann, den ich hätte haben können...

»Joe, was ist aus dem Messer geworden?«

»Es gibt eine Anhörung. Danach bringe ich es dir.«

Ich sah mich als alte Frau, die sich einmal im Monat in einen gesunden, strammen Werwolf verwandelte und tötete und tötete. Der Tag danach mußte die Hölle sein, denn der altgewordene Körper bezahlte dafür. Konnte ich das Messer jemand anderem geben, wie die Tobecks es an ihre stärksten Enkel weitergegeben hatten?

»Gib's Linda«, sagte ich bleiern. »Ich werd's bei ihr abholen. Ich kann dich nicht wiedersehen.«

»Schließ mich nicht aus, Tee«, warnte er leise.

»Ich *muß*. Sonst werde ich dich eines nachts tot an meiner Seite finden.«

»Heute abend ist abnehmender Mond. Die nächsten siebenundzwanzig Tage wird nichts passieren. Wir können...«

»Hör auf!« schrie ich. »Die Tobecks haben das über Jahrhunderte, über Generationen mit sich herumgetragen! Du hast damit nichts zu tun, mit meinem Leben nichts zu tun!« Ich hielt inne und holte tief Luft. »Ich möchte nicht dein Blut auf meinen Händen.«

Ich stieg aus dem Auto und ging davon. Joe rief mich nicht zurück. Als ich die Haustür erreichte, kam plötzlich eine silberne Limousine aus einer Seitenstraße und glitt vorbei. Hier in Anacostia, zwischen den alten Gebäuden und den Straßen voll Unrat, schien sie merkwürdig fehl am Platz. Der Geruch traf mich wie ein Schlag und schlug mir auf den Magen. Frisch gemähtes Heu, vom Schimmel befallen. Ich kotzte beinah.

Nach einem Moment öffnete ich die Tür und ging die Treppe hinauf, aber heute nacht folgten mir keine Tiergeister. Ich fragte mich stumpf, ob es in einem Monat zweibeinige geben würde. In der Wohnung waren sogar Doves und Alfreds Geister nicht mehr da. Ich dachte an die langen Jahre, die mir bevorstanden, an eine Arbeit, die getan werden mußte, ohne daß die Wärme eines freundlichen Tieres sie mir erleichterte. Ohne daß Joes Geruch die Nacht mit Duft erfüllte.

Ich zog meinen alten, zerdrückten Koffer hervor und packte ihn mechanisch, ohne auf die Tränen zu achten, die auf ihn hinunterstürzten. Ich fragte mich, wo ich wohl beim nächsten Vollmond sein würde.

Es gibt Schlimmeres als den Tod.

Originaltitel: Pure Silver
Ins Deutsche übertragen von Ellen Zirden

›Nehmt dem Übernatürlichen nicht das Natürliche!‹ Das ist mein Motto, seit ich meine Geschäfte auf die körperliche Seite des Okkulten ausgedehnt habe.

Gestatten Sie mir, mich vorzustellen. Ich bin Alfred Von Booten, Abenteurer ... und Barbier. Haarschnitte, Rasuren, Zahnbehandlungen und kleinere Operationen sind mein Handwerk. Auch nehme ich mir entschlossen Monster aller Art vor. Meine Preise sind vernünftig, und wenn die Not groß genug ist, lasse ich auch mit mir reden.

Nur einmal habe ich einen Kunden enttäuscht, aber das konnte ich schließlich wiedergutmachen. Die frustrierende Folge von Ereignissen begann, als ich in den Bergen Mitteleuropas Urlaub machte. Aus einer Laune heraus beschloß ich, einen alten Freund zu besuchen.

Als ich den Berg hinabstieg, sah ich das kleine Dorf Kaninsburg, zum großen Teil hinter finsteren Wolken versteckt, die so tief hingen, daß sie sich eng an den Boden zu schmiegen schienen. Mit meinem Proviantbeutel über der Schulter – einschließlich zahnärztlicher und frisurtechnischer Präzisionsinstrumente – kletterte ich mit sicherem Schritt wie eine Bergziege über Felsen und Felsspalten (eine Bergziege allerdings, die auf ihre zwei Hinterbeine beschränkt ist).

Ich hatte meine Brille mit einem dünnen Lederriemen festgeschnallt und konnte sehr klar sehen. Als ich das letzte Mal, nämlich im späten Frühjahr, im Dorf gewesen war, war es eine blühende Gemeinschaft kleiner Lebkuchenhäuser, umgeben von grünen Bäumen und bedeckt mit einer dünnen Schicht gelber Pollen, die von den vielen Blumen stammten, die sein Stolz und seine Freude waren. Nun kam ich ein Jahr später, im Hochsommer, und erwartete, es erneut so anzutreffen. Ich machte die jäh abfallende Perspektive auf das Dorf und die Anwesenheit so vieler Wolken verantwortlich für den offensichtlich irreführenden Eindruck, den Kaninsburg auf mich machte: es schien ein trüber Wintertag zu sein, beherrscht von blassen Braun- und Grautönen, eine karge Landschaft, die auf den nächsten Schneefall wartete. Als ich aber bis unter die Wolken geklettert war und mein Blick zum ersten Mal ungehindert umherstreifte, wurde mir klar, daß der Ort tatsächlich *tot* aussah — eine Einöde, mit nur wenigen Bäumen hier und da, deren schwarze Rinde sie beinahe aussätzig erscheinen ließ.

Und doch gab es wenige Meilen jenseits des Dorfes ein grünes Zeugnis für die Jahreszeit des Lebens. Überall war Sommer — außer im Dorf. Dafür gab es nur eine einzige Erklärung: Ärger mit Monstern! Ich hatte meinen Freund Baron Averal Tahlbot gewarnt: immer wenn englischer Adel in kleine europäische Dörfer verpflanzt wird, steigt das Risiko für eine Monsterplage. Der Baron hatte dieses Dorf in einer Walpurgisnacht beim Whistspielen gewonnen, als Vollmond war und er Zahnschmerzen hatte. Er hatte zu gute Laune, um an böse Vorzeichen zu glauben; und ich dachte gar nicht daran, seine Aufforderung abzulehnen, ihm beim Genuß seines bukolischen Lebens Gesellschaft zu leisten (zu Hause hatte er wenig Grundbesitz, trotz seines Titels). Als ich ankam, mußte ich feststellen, daß es in Kaninsburg keinen Barbier gab — denn Baron Tahlbot hatte den ehemaligen wegen Zauberei und mittelmäßiger Haarschneidekunst vertrieben. Während meines damaligen Aufenthalts hatte ich viel zu tun, und ich erwartete für dieses Mal erneut Gelegenheit dazu.

Als ich den Fuß des Berges erreichte, machte ich mich an die Arbeit und suchte nach Hinweisen in der unnachgiebigen Abwesenheit von Leben. Welch Verhängnis war über dieses reizende

Dorf hereingebrochen? Waren es Vampire? Poltergeister? Ghule? Franzosen? Was konnte es nur sein?

Zunächst fand ich Wolfstrapp-Kräuter. Dann bemerkte ich ein Pentagramm, das unbeholfen an einen Zaun gemalt worden war. Diese Hinweise, zusammen mit einem riesigen Schild mit der Aufschrift ›Warnung vor dem Werwolf‹, deuteten stark darauf hin, daß Lykanthropie das Problem war.

»Von Booten, du alter Scharlatan!« Es war die unverkennbare Stimme des Barons, dessen rauchige Stimmbänder die Königin selbst (welchen Landes, kann ich mich nicht erinnern) unterhalten hatten. Wie zu erwarten war, führte er seine Hunde aus, deren knurrende Wildheit mir jetzt genauso sehr das Gefühl gab, zu Hause zu sein, wie damals, als ich den Zombielegionen des Verlorenen Schakals gegenüberstand.

»Hallo, Baron. Wo sind deine Dorfbewohner?«

»Sie zittern hinter verschlossenen Türen, nehme ich an. Zur Zeit haben wir ein bißchen Ärger.«

»Nicht zufälligerweise mit Werwölfen?«

»Erstaunlich, mein Lieber. Wie hast du das bloß herausgefunden?«

»Trivial«, sagte ich mit einer wegwerfenden Handbewegung, »da sind überall diese verdammten Spuren.«

»Phänomenal«, antwortete er, »wenn du nach Spuren suchst, dann ist mein Dorf voll davon. Aber sag mal, was führt dich eigentlich hierher?«

Gelegenheiten wie diese sollte man nicht verpassen. Der geschäftliche Ruf von heute ist nur so gut wie der Zufall von gestern. Ich räusperte mich und verkündete mit lauter Stimme: »Durch fremde Mächte, die wir Menschen uns nicht erklären können, fühlte ich die Schwingungen deines Hilferufes durch den Äther...«

»Zufällig auf der Durchreise, hä?« antwortete er boshaft. »Na ja, ich bin froh, daß du da bist. Wenn ich es recht bedenke, schulde ich dir immer noch Geld seit deinem letzten Besuch. Ich bin sicher, das hat nichts mit deiner Rückkehr zu tun. Komm mit mir zum Schloß, und wir werden die Rechnungen begleichen.«

Wir gaben uns die Hand, und ich mußte bemerken, wie heruntergekommen er war. Seine Tweedjacke war an den Manschetten ausgefranst, und ihr fehlten Knöpfe. Das paßte nicht zu ihm. Obwohl er seit einigen Jahren Witwer war, sah man das seiner Kleidung nie an. Ich bemerkte auch, daß er ungefähr ein Dutzend lange, rauhe Tierhaare an der Jacke hatte. War es möglich...?

»Ich sehe an deinem Blick, daß dir meine Erscheinung mißfällt«, sagte er.

»O nein, es ist nur...«

»Kein Grund zur Heuchelei, alter Freund. Ich geb's ja zu. Ich muß mir dringend die Haare schneiden lassen.«

Und das mußte er tatsächlich. Eine zottelige Mähne ungekämmten Haares war seiner Stellung nicht angemessen. Aber ich hätte eher meine Koteletten abrasiert, als ihn nach diesen Haaren auf seiner Jacke zu fragen. Im Umgang mit einem Tahlbot war höchstes Taktgefühl gefordert.

»Übrigens«, sagte ich, als der schwermütige Schloßturm über den knorrigen Bäumen auftauchte und unser halbherziges Fortkommen bezeugte, »hast du in letzter Zeit Werwölfe gestreichelt?«

»Potztausend«, sagte er, auf seine Zeit als Seefahrer anspielend, »du hast mich durchschaut, Alfred. Vor deinen unerbittlichen Reflexionen kann ich nichts verbergen. Mein Sohn ist der Werwolf des Dorfes, und ich weiß nicht, was ich tun soll.«

Kaum hatte er diese Worte über die Lippen gebracht, da begannen Nebelschwaden in den Wald zu strömen, als ob jemand eine dampfbetriebene Nebelmaschine in Gang gesetzt hätte. Schweigend marschierten wir durch die wabernden Dunstschwaden. Wir durchquerten den Burggraben, gingen durch das riesige Portal (wobei die Hunde in Richtung Küche davonliefen), am stummen englischen Butler und dem Speiseaufzug vorbei, in das Arbeitszimmer und hinüber zu dem kunstvollen Kamin.

Plötzlich kam eine schöne Frau, mit Haaren so golden wie eine Dublone, in fließenden Gewändern die Treppe heruntergeschwebt und fiel direkt in die Arme des Barons. Er stellte sie als seine Nichte vor. Ich dachte daran, daß ich noch keinen Dorfbewohner gesehen hatte.

»O Liebling«, sagte sie mit amerikanischem Akzent, »wer ist dieser süße Mann, den du da mitgebracht hast?«

Es gab weitere Vorstellungen und weitere Begrüßungen wurden ausgetauscht. Man erörterte die Wechselkurse verschiedener europäischer Währungen. Sie servierte Getränke. Sie verteilte Zigarren. Sie massierte mir den Rücken und spielte auf dem Klavier, allerdings nicht in dieser Reihenfolge. Ihr Lachen war wie das Klingen eines Kronleuchters, der in ein Faß Ambrosia getunkt wird. Sie sang. Sie sagte meine Zukunft voraus.

Der letztgenannte Zeitvertreib erwies sich als ein Fehler. Als sie das Pentagramm in meiner Handfläche sah, versuchte sie das Thema zu wechseln und lachte nervös, aber es war vergebens. Irgendwo in der Nacht heulte ein Wolf. Sie wurde ohnmächtig.

Ein Dienstmädchen kam die Treppe heruntergeeilt. Das Dienstmädchen war ebenfalls keine Dorfbewohnerin, sondern eine humorvolle Schwedin. Gemeinsam flossen die zwei Frauen zurück die Treppe hinauf, als ob eine Flutwelle in den Himmel rollen wollte, um die Sterne zu grüßen. Oder so ähnlich.

»Äh, wo waren wir?« fragte ich, »bevor, äh, wie heißt sie noch gleich?«

»Evelyn aus Idaho«, antwortete der Baron mit einem Schulterzucken. »Mach dir deswegen keine Sorgen, Von Booten, sie sieht ein Pentagramm in jeder Hand.«

»Danke. Aber wovon sprachen wir, bevor deine Nichte hereinkam?«

»Von meinem Sohn, dem Werwolf.«

»Ist er Engländer?«

»Natürlich in England geboren, aber aufgewachsen im weiten amerikanischen Westen, wo zwei Fäuste und ein Kopf voll Haare ausreichen, um das Leben zu bezwingen, wie es Davy Crockett einst mit einer großen, alten Grizzlybären tat.«

»Ja, Kolonialisten trinken gerne in schmierigen Kneipen ... aber erzähl mir mehr über deinen Sohn.«

»Er heißt Lonnie, aber die Dorfbewohner haben ihm einen Spitznamen gegeben.«

»Larry?«

»Nein, sie nennen ihn die Schreckliche Bestie, und seit er von einem Werwolf gebissen wurde, gehen sie viel strenger mit ihm um.«

Wir tranken noch etwas. Schließlich platzte ich heraus: »Ist er im Schloß?«

»Das ist er.«

»Er ist unglücklich darüber, ein Monster zu sein, wenn ich recht verstehe.«

»Das ist er.«

»Du weißt ja, daß eine Heilung nicht möglich ist.«

»Das weiß ich.«

»Hast du versucht, ihn von seinem Elend zu befreien?«

»Ja, aber keines der alten Heilmittel funktioniert. Darum bin ich so froh, daß du hier bist.«

»Eine silberne Kugel müßte wirken.«

»Wir haben keine silbernen Kugeln mehr! Er ist so voll davon, daß er sich wie ein Spanier anhört, wenn er herumläuft.«

Ich hatte noch nie von solch einem Phänomen gehört. Was für eine Art Werwolf war das? Er konnte meine Bestürzung sehen, oder vielleicht starrte er nur auf den kleinen Leberfleck auf meiner linken Backe. Er nahm mich beim Arm und führte mich sanft aber bestimmt in Richtung des Familienkerkers.

»Heute nacht ist Vollmond«, sagte er, »wie schon die letzten zwei Wochen lang.«

»Moment mal«, sagte ich, »Astronomie ist nicht mein Fach, aber der Vollmond kann unmöglich...«

»Dafür haben wir jetzt keine Zeit«, antwortete er knapp. »Du mußt mit eigenen Augen sehen, wer die Hälfte der Bewohner meines Dorfes abgeschlachtet und Evelyns Lieblingskleid zerrissen hat.«

»Runter in die unteren Bereiche?«

»Eher die oberen Bereiche«, war seine merkwürdige Antwort. Während ich darüber nachdachte, was der Baron meinen mochte, stiegen wir hinab — in letzter Zeit hatte ich das viel getan —, den Gang entlang und an Wandfackeln vorbei, die schon angezündet worden waren. Ich hätte lieber eine Petroleumlaterne mitgenommen, aber der Baron bestand darauf, daß man sich im Kerker nur auf Fackeln verlassen könne. Das Merkwürdigste war, daß es einen wahren Vorhang aus Spinnweben gab, den wir aus dem Weg schlagen mußten... und doch war keine Spinne zu sehen.

Lonnie, der in die einzige intakte Zelle des Kerkers eingesperrt war, wartete auf uns. Er war ein schwerer, fleischiger Mann und durch und durch amerikanisch, wie eine Bläserkapelle am Unabhängigkeitstag. »Dad!« rief er. »Ich möchte sterben. Bitte laß mich sterben. Wird dieser Mann bei dir mir sterben helfen? Ich kann nicht noch eine Nacht voll unendlicher Qualen durchstehen! Ich will nicht, verstehst du, ich will nicht!«

»Evelyn und Lonnie neigen beide dazu, Szenen zu machen«, flüsterte mir der Baron ins Ohr. Dann verkündete er mit lauterer Stimme: »Dieser Mann wird dir helfen, mein Sohn, aber erst muß er Zeuge der Verwandlung werden.«

»Nur nicht, alles, nur das nicht!« heulte der junge Mann. Glücklicherweise beendete der Vollmond seinen Monolog.

»Jetzt mach dich auf eine Überraschung gefaßt«, warnte der Baron. Ich hatte schon Menschen gesehen, die sich in Wölfe verwandelten, auch in Pferde (ein armer Bauer namens Ed), Schweine, verschiedene Arten von Katzen, Schlangen, und einmal sogar in einen Pavian. Aber so etwas hatte ich noch nie gesehen. Der junge Tahlbot behielt seine menschliche Gestalt — wobei er zusätzliche Charakteristika annahm. Ein menschliches Gesicht zu sehen, das einen wölfischen Zug bekommt... Wolfsfänge zu sehen, die aus menschlichen Lippen hervorbrechen... Hände zu sehen, die sich nicht in Pfoten, sondern in Krallen verwandeln, die immer noch greifen können, aber auch reißen... ein hybrides Ungeheuer zu sehen, das weder Wolf noch Mensch war, erschien mir als eine berufliche Herausforderung, als eine einzigartige Gelegenheit, ein höheres Honorar zu erhalten.

Der Baron hatte eine Weile gesprochen, aber ich hatte nicht zugehört. Da war etwas Starres in seiner Stimme, und ich hörte ihn sagen: »... scheint zu sterben, wenn wir silberne Waffen benutzen, aber wenn der nächste Vollmond kommt, was hier in der Gegend furchtbar oft passiert, dann ist er wieder am Leben.«

»Lykanthropie ist nur ein Teil dieses Problems«, hörte ich mich sagen, »denn diese ganze Gegend ist verflucht. Wann hat das alles angefangen?«

»Da war eine alte Zigeunerin, die...«

»*Sag nichts mehr!*« Jeder unvoreingenommene Beobachter muß zugeben, daß Lykanthropie und Zigeuner zusammenpassen wie Geld und ein Schotte. »Wir müssen dieser gräßlichen Angelegenheit heute nacht ein Ende setzen! Äh... diese Gitterstäbe sind doch stabil genug, um deinen Sohn auszuhalten, oder?«

Ich hatte gute Gründe, solch eine Frage zu stellen, denn dieser dreckige Wolfssohn warf sich mit einer solchen Wucht gegen die Gitterstäbe seines Käfigs, daß Tropfen seines Speichels meine Brillengläser befleckten.

Der Baron antwortete: »Wir setzen ständig neue Gitter ein... da er die alten zerstört.«

Es war Zeit zu handeln! Ich nahm meine beste Schere aus meinem Ranzen, zusammen mit einer Reihe verschiedener Kämme. Die Zahninstrumente würde ich später benutzen.

»Wir werden die Hilfe mehrerer starker Männer brauchen«, sagte ich ihm, »und es wäre von großem Nutzen, wenn sie dumm sind. Wenn wir deinen Sohn nicht durch den Tod befreien können, dann müssen wir das Übel bei der Wurzel packen, egal wie schmerzhaft das sein mag.«

Es war ein grausiger Anblick: all die jungen Männer im Haus des Barons, die unerschrocken Zerstückelung, Infektion und Schlimmeres riskierten, als sie ihr wölfisches Opfer überwältigten und in Ketten legten. Dabei war es auch eine Hilfe, daß Lonnie sich bei seinem Versuch, zu entkommen, erschöpft hatte.

In all den Jahren meines Handwerks hatte ich noch nie vor einer größeren Herausforderung gestanden. Ich machte mich bereit und legte Kamm und Schere an. Kein noch so heftiges Knurren oder Starren der Augen ließ meine Hand erzittern. Der Kunde verdient nur das Beste, vor allem, wenn es unfreiwillig ist. Den Rasierapparat zu benutzen war schwieriger als die Schere, aber als sein ganzes Körperhaar einen Fuß hoch um meine Knöchel lag und meine Arme taub waren, hatte ich das Gefühl, etwas erreicht zu haben. Aber die gefährlichste Aufgabe lag noch vor mir.

Er mußte gespürt haben, was als Nächstes kam. Sein Geheul hätte vielleicht einen weniger gewieften Barbier davon abgehalten, zur notwendigen Operation überzugehen, aber meine Instrumente waren scharf und meine Absicht klar. Zuerst mußten die Zähne weg — wenigstens die gefährlichen. Die waren eine größere Bedrohung als die Krallen. (Die Schneidezähne und Eckzähne sind bis zum heutigen Tage in meinem Besitz geblieben — ein Souvenir, könnte man sagen, sozusagen Fänge der Erinnerung.) Die Fänge zu ziehen war eine blutige Angelegenheit, und es versetzte Lonnie in einen solchen Schockzustand, daß ich auf keinen Widerstand stieß, als es Zeit wurde, ihm seine ›Maniküre‹ zu geben.

Als ich fertig war, gab es vereinzelt Applaus. Ich drehte mich um und sah, daß sich alle Hausbewohner versammelt hatten, um dem Abscheren der Locken beizuwohnen. Aus der Versammlung stach besonders Evelyn hervor, die einen unbekannten jungen Mann umarmte. Ich mußte nicht den Baron fragen, um zu wissen, daß dies ein *weiterer* Fremder war, und wahrscheinlich obendrein ein Amerikaner. Dieses Dorf litt an einer Identitätskrise, die über alles hinausging, was von bloßen Monstern herbeigeführt werden kann.

»Gut gemacht«, sagte der Baron.

»Einfach süß«, sagte Evelyn.

»Rrrrrrrrr«, kommentierte Lonnie im Schlaf.

Die jungen Männer klopften mir auf den Rücken. Der englische Butler hob zustimmend eine Augenbraue. Ein französisches Zimmermädchen, das ich vorher irgendwie übersehen hatte, leckte sich herausfordernd die Lippen.

»Sagt den Dorfbewohnern, daß ihre Tage des Kummers vorbei sind«, verkündete ich. »Diese mutigen Burschen können die frohe Botschaft in ihre Häuser bringen.«

»Tut uns leid, Chef«, antwortete einer der Kerle, »aber Baron Tahlbot hat uns mit sich hierher gebracht.« Der Cockney-Akzent hätte mich nicht überraschen dürfen. Nicht wirklich. Nur hieß das, daß ich noch keinen einzigen Dorfbewohner gesehen hatte! Ich war mir sicher, wenn auch nur wegen meines früheren Besuchs, daß es im Dorf Einwohner gab.

Als könne er meine Gedanken lesen, flüsterte der Baron: »Nur ruhig Blut, Alfred. Es gibt genug Dorfbewohner, um die Bevölkerungszahl wieder auf den ursprünglichen Stand zu bringen, wenn sie die Zeit hinter verschlossenen Türen nicht verschwendet haben. Aber der zahlenmäßige Schwund wird schlimme Folgen haben, wenn die Erntezeit kommt.«

Ich unterließ es, zu fragen, welche Feldfrüchte wohl in der Trostlosigkeit, die ich beobachtet hatte, wachsen könnten. Wir trugen den jungen Tahlbot nach oben. Niemand erwartete den Sonnenaufgang mit größerer Spannung als Ihr unbescheidener Erzähler. Um die Wahrheit zu sagen, ich hatte nicht die leiseste Ahnung, was die nächste Verwandlung mit sich bringen würde.

Die Neugier war stärker als die Erschöpfung. Trotz einer schlaflosen und anstrengenden Nacht fühlte ich mich gestärkt, als ich durch ein Fenster schaute und sah, wie der Nebel begann, sich im ersten Tageslicht zu verflüchtigen. Nun würde es wenigstens einige Antworten geben.

Würden Lonnies natürliche Zähne wiederhergestellt sein, oder würden in seinem Lächeln Lücken bleiben, die an einen Dorfidioten erinnerten? Und würden sich die kleinen, elfenbeinernen Gegenstände in meiner Hand zu normalen Zähnen zurückverwandeln oder Fänge bleiben? Und würde sein natürlicher Haarschopf wieder nachwachsen, oder würde er immer noch kahl sein? Und was für ein Trinkgeld konnte ich eigentlich erwarten?

Dann war es Morgen. Lonnies Gesicht begann sich zu verändern. Schritt für Schritt gewann er alle seine natürlichen Züge zurück. *Heute* waren das gute Nachrichten für ihn; doch bedeutete das gleichzeitig, daß die fehlenden Züge beim nächsten Vollmond genauso leicht wiederhergestellt würden? Hier gab es Rätsel genug, um einen vollständigen Bericht an den Ö.M.V. (Österreichischer Monsterverband) zu rechtfertigen.

Nur der nächste Vollmond konnte die letzten Fragen beantworten. Deswegen zögerte ich, meinem Gastgeber gegenüber das Thema seiner merkwürdigen Mondprobleme anzusprechen. Es gibt jeden Monat nur eine Nacht, in der der Mond wirklich voll ist, obwohl es dem bloßen Auge so scheint, als ob es drei aufeinanderfolgende Nächte gebe, in denen der Mond voll ist. Daß der Fluch dieser verpflanzten britischen Familie alle Naturgesetze an diesem Ort verändert haben könnte, kam mir damals nicht in den Sinn.

Ich wartete nicht lange, um es herauszufinden. Nachdem ich dem guten Baron versichert hatte, daß ich nichts weiter tun könnte, erhielt ich meinen Lohn und nahm meine Reisen wieder auf. Die Nachricht von Lonnies Rettung mußte auf irgendeinem übernatürlichen Wege verbreitet worden sein, denn der Dorfplatz war nun voll mit singenden und tanzenden Überlebenden. Mir fiel auf, daß sich diese Leute nicht so verhielten, als ob ihnen irgend etwas Ungewöhnliches oder Tragisches widerfahren wäre.

Die Geschichte hätte an dieser Stelle enden können, wäre da nicht meine verdammte Neugier gewesen. Ich rechnete sicher damit, schließlich Neuigkeiten aus dem Dorf zu hören, wobei ich allerdings übersah, was das Ausmaß seiner Abgeschiedenheit bedeutete. Als es Spätherbst geworden war, überwältigte mich die Neugier, und ich beschloß zurückzukehren, bevor das Wetter Reisen beschwerlich machte.

In der Nacht, als ich ankam, war alles, was vom Mond zu sehen war, eine dünne Sichel am Himmel. Als aber das Dorf in Sicht kam, wurde mein Blick verschwommen. Nachdem ich meine Augen gerieben und meine Brille wieder aufgesetzt hatte, gewahrte ich das Unmögliche: die ganzen zweitausendeinhundertachtzig Meilen des Monddurchmessers waren klar sichtbar, als ich den runden, silbernen Kreis anstarrte. Ich war nach Kaninsburg zurückgekehrt.

Wenigstens machte die größere Leuchtkraft es mir leichter, den Bergpfad zu überqueren, der zum Dorf zurückführte ... wo der Werwolf auf mich wartete. Es war Lonnie, kein Zweifel. Sein ganzer Körper war behaart, aber es war nicht sein Haar. Ich erkannte Pferdehaare in allen möglichen Färbungen, die willkürlich überall an seinem Körper steckten. Er hatte auch Fänge. Das Mondlicht wurde von einem vollständigen Stahlgebiß zurückgestrahlt. Zusätzlich hatte er Klauen. Anstelle von Krallen war an jedem Finger ein Miniaturdegen befestigt.

Mit einem tiefen Knurren kam er auf mich zu; aber ein Barbier sollte allzeit bereit sein. Ich erschlug ihn mit einem gestreiften Stab, den ich bei der Überwindung des Bergpasses benutzt hatte, um mich abzustützen. Er hatte an seiner Spitze einen silbernen Knopf.

»Das ist lächerlich!« schrie ich dem Nachthimmel entgegen. »Werde ich dieses Monster niemals los sein?«

»Nie«, sprach die Stimme eines Mannes. Ich wandte mich um und sah eine alte Zigeunerin aus dem Nebel auftauchen — es gab natürlich eine Menge Nebel — aber hinter den Ringen und kunterbunten Lumpen erkannte ich das Gesicht eines Mannes. »Sie kennen mich nicht«, sprach er weiter, »aber ich heiße Basil Davies.« Guter Gott, er hörte sich wie ein weiterer verpflanzter Engländer an. »Ich war der Dorfbarbier, bevor Tahlbot mich verbannte.«

Ich fühlte, wie sich mir eine weitere Schlußfolgerung aufdrängte und sagte: »Sie haben die ganze Zeit dahinter gesteckt ...«

»Ja, nachdem der alte Tahlbot jeden mit seinen Geschichten über

Ihr ausgezeichnetes Können gelangweilt hatte, wollte mich keiner mehr. Selbst die verdammten Bauern warteten lieber auf Ihren Besuch oder versuchten zu Hause mit eigenen Händen den Barbier zu spielen – egal wie erbärmlich die Ergebnisse waren – oder ließen einfach lieber ihre Haare wachsen als mir Arbeit zu geben. Beim Versuch, mein Geschäft wieder auf die Beine zu stellen, wandte ich schwarze Magie an, aber nichts half. Wie ich sie haßte. Wie ich Sie haßte!«

»So fanden Sie einen Weg, um Lonnie in ein Monster zu verwandeln«, schloß ich hilfsbereit. »Nun, er ist jetzt vernichtet, und ich werde Sie dem Baron ausliefern.«

Er wollte nichts davon hören: »Du Narr! Ich werde ihm davonlaufen, weil er einen lächerlichen Fehler machen wird. Und Sie haben den armen Lonnie keineswegs vernichtet. Er kommt immer wieder. Das Dorf Kaninsburg steht unter dem Universalfluch, einem mächtigen Zauber, der für Monster sorgt, die immer wiederkehren!«

Seine Sicherheit entmutigte mich. »Das kann nicht sein. Nichts gilt für immer. Es muß einen Weg geben, Sie zu besiegen.«

»Du wirst den Rest deines Lebens damit verbringen, es zu versuchen. Die Dorfbewohner vermehren sich, und der Baron importiert weiterhin Amerikaner und Engländer. Sie sehen also, er ist gezwungen, das Dorf bevölkert zu halten. Das ist Teil des Fluches! Genauso wie Lonnie nie jemanden verletzt hinterläßt und dazu verdammt, selbst ein Werwolf zu werden. Wie Sie vielleicht bemerkt haben, ist Lonnie einzigartig.«

Mit einem wahnsinnigen Lachen eilte der Transvestit/Barbier/Zahnarzt/Chirurg (wobei er einen bösen Mangel an Beachtung für den Anstand, der zu unserem Beruf gehört, unter Beweis stellte) davon in den immer dichter werdenden Nebel. Und ich ging den Weg zurück, den ich gekommen war. Es war offensichtlich, daß vor irgendeiner unbedachten Tat Nachforschungen vonnöten waren, wenn der Universalfluch gebrochen werden sollte.

Das war vor fünf Jahren. In der darauffolgenden Zeit erfuhr ich alles, was ich konnte, über den Fluch. Es gab kein einfaches Heilmittel. Eine vielversprechende Methode bestand darin, andere Monster in das Jagdrevier des Werwolfes einzuführen. Es war keine leichte Angelegenheit, Ghule und Zombies gefangenzunehmen, und sie dann nach Kaninsburg zu transportieren. Vampire waren einfach ein zu schwieriges Unterfangen, sonst hätte ich sie ebenfalls angestellt (zu vernünftigen Löhnen natürlich).

Und dennoch, als ich mich das nächste Mal dorthin wagte, fand ich den wölfischen Sohn Baron Tahlbots so sicher an seinem Platz wie einen Grenzstein. Er schien wahrhaftig unsterblich zu sein. Der Baron hatte damals allen Glauben an mich verloren. Seine amerikanische Nichte hatte ihn sogar zusammen mit ihrem neuen Freund verlassen, um bei einem anderen Onkel in England zu leben — wie ich gehört habe, ist er so etwas wie ein Wissenschaftler, der viel mit elektrischen Geräten forscht.

Es schien, daß meine Trickkiste leer war, jedenfalls, was den Umgang mit dieser Höllenbrut anging. Aber ich hatte eine letzte Idee — und die rettete das Dorf, den Baron und im übrigen auch meinen Ruf.

Um mich gegen die Gefährlichkeit des Werwolfs durchzusetzen, ging ich zur Komödie über. Nur wenige Wegstunden von Kaninsburg entfernt gab es eine kleine Abtei. An diesem stillen und abgeschiedenen Ort fand ich Diener Gottes, die bereit waren, alles zu riskieren, um mir zu helfen. Der Abt, der dem Kloster vorstand, überredete einen seiner Mönche, uns zu begleiten: Ein kleiner, pummeliger Kerl, der Angst vor seinem eigenen Schatten zu haben schien, sich aber als von unschätzbarem Wert gegen die Kräfte der Finsternis erwies.

Ich werde nie vergessen, wie ich den großen Stoffsack packte mit den Waffen, die den Vollendeten Werwolf besiegen würden. Auch werde ich nie die beiden einfachen Worte vergessen, die meine Seele mit Zuversicht erfüllten und mich glauben machten, daß der Universalfluch ein Ende hatte... wie alle Dinge ein Ende haben.

Als wir das Kloster verließen, rief uns der kleine Kerl nach, wir sollten warten: »He, Abt!«

Originaltitel: Close Shave
Ins Deutsche übertragen von Ellen Zirden

Robert J. Randisi
Partner

1

Frank Grey und Lisa Bain waren Partner. Sie waren Polizisten und gingen bereits seit drei Jahren zusammen auf Streife. Lisa war der beste Partner, den Frank je hatte, und Frank war wiederum Lisas erster Partner.

Lisa Bain war fünfundzwanzig, groß und schlank. Ihre Kollegen empfanden sie als dürr, aber sie selbst betrachtete sich eher als schlank, oder sogar ›hochgewachsen‹. Sie trug ihr Haar immer kurz, denn sie wußte nicht, was sie damit anfangen sollte. Und da sie auch nicht sehr geschickt im Schminken war, legte sie immer nur sehr wenig Make-up auf.

Zuerst arbeitete Lisa ein Jahr lang oben am One Place Plaza in der Telefonzentrale. Police Plaza war das Polizeihauptquartier und lag gleich neben der Brooklyn Bridge. In jenem ersten Jahr war Lisa nicht sehr glücklich, da sie zunächst in der Notrufzentrale und dann danach in der Polizeifunkzentrale eingesetzt war. Nach einem Jahr wurde schließlich ihre Versetzung in den siebenundsechzigsten Bezirk genehmigt, wo man sie Frank Grey zuteilte. Schon nach einem Monat Streifendienst mit Frank wußte sie, daß er der ideale Partner für sie war.

Frank Grey war nach neun Jahren beim New York City Police Department schon als Veteran zu bezeichnen, und seit fünf Jahren war er nun im siebenundsechzigsten Bezirk eingesetzt. In diesen fünf Jahren hatte er dort wahrscheinlich fünfzehnhundert Polizisten sowie drei Kommandeure kommen und gehen sehen. Er hatte vier verschiedene Partner gehabt: drei Männer und Lisa Bain.

Frank Grey war vierunddreißig, und mit seiner stattlichen Größe von einem Meter neunzig und einhundertzehn Kilogramm kam er einem etwas schwerfälligen Riesen gleich. Er war nie ein Freund von Frauen in Polizeiuniform gewesen. Aber nachdem er einen Monat mit Lisa Bain zusammengearbeitet hatte, änderte er seine Meinung. Sie hatte sich als außerordentlich geschickt erwiesen, weshalb es ihm nicht schwer fiel, einzugestehen, daß sie der beste Partner war, den er je hatte.

Frank Grey griff in das Schließfach, holte seinen Revolvergürtel hervor und legte ihn an. Er zog seinen Dienstrevolver aus dem Halfter, sah nach, ob er geladen war, und steckte ihn wieder zurück. Er überprüfte, ob die Handschellen und Ersatzpatronen an Ort und Stelle waren, holte dann den Gummiknüppel aus dem Schließfach und ließ ihn in die Halterung am Gürtel gleiten. Danach rückte er den Gürtel zurecht. Als er damit zufrieden war, nahm er die Dienstmütze heraus, setzte sie auf und war somit einsatzbereit.

Der Kollege, der das Schließfach nebenan belegte, war noch nicht lange bei der Polizei. Er wirkte ziemlich nervös, als er sich für den Dienst bereitmachte.

»Heute nacht haben wir Vollmond«, sagte der junge Polizist.

»Ja«, entgegnete Frank.

»Spielt da wirklich alles verrückt, wie immer behauptet wird?« fragte der Neuling. »Ich meine, bei Vollmond? In der Polizeiakademie sagte man uns, daß es Leute gibt, die bei Vollmond durchdrehen.«

»Erste Nachtstreife?« fragte Frank.

»Ja«, antwortete der Neuling. Obwohl er schon den ganzen

Monat beim siebenundsechzigsten Bezirk Dienst getan hatte, war dies seine erste Nachtstreife. Frank erinnerte sich an seine erste Nachtstreife. War das wirklich schon vor neun Jahren? Genau. Vor neun Jahren und vier Kommandeuren. Er war schon seit fünf Jahren im siebenundsechzigsten Bezirk, so lange hatte er zuvor nirgendwo Dienst getan. Aber hier fühlte er sich am wohlsten.

»Betrachte die Nachtstreife wie jede andere Streife, Junge«, sagte Frank und schloß das Schließfach. »Sei auf alles gefaßt!«

Lisa Bain machte ihr Schließfach zu und sah aus dem Fenster. Vollmond, dachte sie und biß sich dabei auf die Lippe. Im Augenblick war der Mond vollkommen hinter den Wolken versteckt, aber irgendwann in der Nacht würde er sicher durchkommen. Sie war die einzige Frau, die heute nacht im Dienst war, weshalb sich niemand außer ihr in dem kleinen, provisorischen Umkleideraum befand. Vor knapp drei Jahren war sie dem siebenundsechzigsten Bezirk zugewiesen worden. Und jetzt mußten sie und zwei weitere Polizistinnen, die erst vor kurzem hinzukamen, sich in dem umfunktionierten Besenschrank im zweiten Stock umziehen, während ihren männlichen Kollegen der Umkleideraum im Untergeschoß zur Verfügung stand. Schon das ganze Jahr lang hatte man den Frauen einen eigenen Umkleideraum versprochen.

Sie verließ den Raum und ging hinunter zum Appell.

Frank sah Lisa aus dem Fahrstuhl kommen. Dabei mußte er sich daran erinnern, wie sie ihm vor drei Jahren als Partner zugewiesen worden war. Er hätte nie geglaubt, daß sie es schaffen würde, aber dann hatte sie es ihm gezeigt: Schon nach einem Monat wußte er, daß kein anderer Partner sie je übertreffen könnte.

Lisa war seit vier Jahren bei der Polizei. Zur Zeit war sie eine von drei Polizistinnen im siebenundsechzigsten Bezirk. Sie war nicht die hübscheste oder klügste, aber als Polizistin einfach unschlagbar und sogar besser als die meisten ihrer männlichen Kollegen.

Lisa war groß, ungefähr einen Meter achtzig, und mager, aber Frank wußte, wie stark sie war. Sie hatte breite Schultern, weshalb ihre kleinen Brüste noch kleiner wirkten. Ihr kurzes Haar hatte einen silbernen Glanz, denn mit fünfundzwanzig Jahren konnte man noch nicht von grauem Haar sprechen.

Frank Grey war ein großer, schwerfälliger Mann, dessen dickes schwarzes Haar nicht nur auf dem Kopf zu finden, sondern über den ganzen Körper verteilt war. Schon in jungen Jahren hatte er einen behaarten Körper und wurde in der High-School im Sportunterricht gnadenlos gehänselt, bis zu dem Tag, an dem die Peiniger seine Fäuste zu spüren bekamen. Er streckte gut ein halbes Dutzend von ihnen nieder und wurde von da an nie wieder verhöhnt. Natürlich wurde er auch von seinen Polizeikollegen im Umkleideraum aufgezogen, aber er war nicht mehr so empfindlich wie damals in der High-School.

Mit seinem stattlichen Gewicht von fast zweihundertzwanzig Pfund konnte er bei Verfolgungsjagden zu Fuß für gewöhnlich nicht mit Lisa Schritt halten. Wenn es jedoch zu Handgreiflichkeiten kam, war Frank aufgrund seiner Stärke fast jedem Widersacher überlegen.

Die für die Nachtstreife eingeteilten Polizisten versammelten sich im Appellraum. Frank und Lisa tauschten kurze Blicke aus. Die anderen Partner klopften sich kameradschaftlich auf den Rücken und erzählten sich, wie sie den Tag verbracht hatten. Doch Frank und Lisa kannten einander zu gut, als daß sie große Worte machen mußten.

Frank hatte nie zuvor in einem besserem Team gearbeitet. Abgesehen von dem eigenartigen Neuling oder einer sporadischen Vertretung waren alle seit sechs Monaten für die Nachtschicht eingesetzt. Sie waren ein eingespieltes Team und wußten, daß sie sich aufeinander verlassen konnten.

Der Sergeant rief die Namen auf und verlas die anliegenden Sonderaufträge. Danach entließ er die Polizisten in den Dienst. »Hey«, rief er, als sich die Gruppe auflöste. Alle sahen ihn an, und er fügte hinzu: »Ich muß Sie wohl nicht daran erinnern, daß wir heute nacht Vollmond haben werden.«

Aus diesem Schweigen konnte man schließen, daß diese Erinnerung nicht notwendig war. Alle waren sich bewußt, daß Vollmond wahrscheinlich eine ›interessante‹ Tour bedeuten würde — für die einen mehr, für die anderen weniger.

2

Jerry Tarkenton sah sich seine ›Gang‹ genau an.

Er kannte Paul DePino seit dreizehn Jahren. Sie lernten sich mit fünf Jahren im Kindergarten kennen. Schon damals tat Pauly alles, was Jerry sagte. Obwohl der einen Meter fünfundsechzig große Pauly genauso alt war, verehrte er den einen Meter fünfundachtzig großen Jerry wie einen Helden. Pauly, der Jerry für seinen ›Freund‹ hielt, war begeistert, wie Jerry die anderen beiden Mitglieder der Bande lenkte und leitete.

Jerry gab Douglas Jenks den Spitznamen ›Pudge‹, da Jenks einen Meter siebzig groß war und fast zweihundert Pfund wog, die sich hauptsächlich um die Körpermitte angesammelt hatten. Pudge hatte immer einige Milky Ways und Hershey Bars dabei.

Das vierte Mitglied dieser zwielichtigen Gruppe wurde abfällig ›Stupid‹ genannt, was wiederum von Jerry stammte, der sich für den einfältigen, zwei Meter großen Willie Carson den Spitznamen ›Stupid‹ einfallen ließ. Er und Pauly hatten Willie auf der Junior High-School kennengelernt. Mit zwölf Jahren konnte Willie Carson schon damals die stolze Größe von einem Meter achtzig vorweisen. Willies Augenbrauen waren ständig nach oben gezogen, da er nur schwer verstehen konnte, was um ihn herum geschah. Aus diesem Grund nannte Jerry ihn ›Stupid‹, und Willie war insgeheim stolz auf diesen Namen.

Jerry hatte die Mitglieder seiner Bande sorgfältig ausgewählt. Alle mußten dumm genug und so abhängig von ihm sein, daß er sie in der Hand hatte. Oft fühlte er sich wie ein Tierdompteur, und sie waren seine Untergebenen.

Natürlich war Jerry der Ansicht, daß er nicht nur der klügste der vier, sondern überhaupt der klügste Mensch war, den er kannte. Im Vergleich zu der Leere, die in den Augen von Pudge, Pauly und Stupid zu erkennen war, konnte der Ausdruck von Jerrys Augen nur als listig bezeichnet werden.

»Was ist in diesem Lagerhaus, Jerry?« fragte Pauly.

»Das werden wir gleich herausfinden, Pauly«, antwortete Jerry.

»Hier ist den ganzen Tag etwas los. Das ist ein riesiger Schuppen, wo den ganzen Tag Hochbetrieb herrscht. Ich weiß, daß da viele

Maschinen drin stehen. Da drin ist soviel los, da muß einfach etwas faul sein.«

»Faul?« fragte Stupid. »Was ist faul?«

»Er meint, daß da drinnen bestimmt krumme Dinger gedreht werden, Stupid«, sagte Pauly. Pauly warf Jerry einen Blick zu und fragte dann eifrig: »Richtig, Jerry?«

»Ja, richtig, Pauly«, antwortete Jerry. »Ich weiß nur, daß da eine Menge Geld drin sein soll, oder zumindest etwas, was eine Menge Geld wert ist.«

»Was ist mit der Polizei, Jerry?« fragte Pudge.

»Was soll mit der Polizei sein?« entgegnete Jerry hämisch. »Ich habe keine Angst vor der Polizei, ihr etwa?«

»Nein«, antwortete Pudge nicht sehr überzeugend, während Pauly und Stupid ebenfalls den Kopf schüttelten.

Mit seinen nur achtzehn Jahren verachtete Jerry Tarkenton die Polizei schon wie ein Berufsverbrecher. Er war der Meinung, daß ihm alle Polizisten intelligenzmäßig unterlegen seien und daß er in jeder Situation mit der Polizei fertig werden würde.

»Was ist, wenn ein Bulle mit 'ner Kanone kommt?« fragte Pudge.

Jerry grinste sadistisch und antwortete: »Dann wird Big Stupe ihm die Kanone eigenhändig in den Rachen schieben, zuerst die Kugeln und dann die Kanone! Nicht wahr, Stupid?«

Stupids Augen zeigten keine Regung, als er antwortete: »Klar, Jerry, ich tu' alles, was du sagst.«

Pudge nahm eine Tafel Schokolade heraus und packte sie aus.

»Nicht hier drin, Pudge«, ermahnte ihn Jerry. »Meine Mutter mag es nicht, wenn in meinem Zimmer gegessen wird.«

3

Frank und Lisa waren auf Streife im Sector Henry, der als übelste Gegend des Bezirks betrachtet wurde und der zu keiner Tageszeit empfehlenswert war. Doch ganz besonders nachts war er besser zu meiden.

Frank fuhr, und Lisa blickte zum Himmel hinauf. Es mochte

zwar Vollmond gewesen sein, aber in jenem Augenblick war der Mond vollkommen hinter einer schwarzen Wolkenbank verschwunden. »Sechs-sieben Henry, 'kay.«

Lisa nahm das Funkgerät zur Hand. Frank fuhr, und Lisa bediente das Funkgerät. Also mußte sie antworten. Sie sah auf die Uhr: Es war zwei Uhr dreißig.

»Henry, 'kay.«

»Sechs-sieben Henry, Einbruch in Avenue D, Nummer zweiundvierzig sechzig. Zeuge gibt an, daß vier Männer in ein verschlossenes Lager eingedrungen sind. Unbekannt, ob bewaffnet oder unbewaffnet.«

»Hier ist Henry«, sagte Lisa. »Zehn-vier.«

»Wahrscheinlich Jugendliche«, sagte Frank. »In der Gegend wimmelt es nur so von Einbrüchen.«

Lisa nickte zustimmend und ließ ihre Blicke wieder nach oben schweifen. Der Mond war noch immer nicht zu sehen.

Frank bog links in Avenue D ein und fuhr an fünf Blocks vorbei, bis sie am Block viertausendzweihundert ankamen. Er hielt an Nummer viertausendzweihundertsechzig an und schaltete die Scheinwerfer aus.

»Vorne oder hinten?« fragte er Lisa, als sie ausstiegen.

»Hinten.«

Beide hatten eine dreißig Zentimeter lange Taschenlampe mit Metallgehäuse in der Hand, die ebenso als Knüppel verwendet werden konnten.

Frank sah zum Himmel hinauf, wo der Mond immer noch verborgen war, und sagte: »Sei vorsichtig.«

»Du auch.«

Frank schlich sich am Block entlang zur Vorderseite des Lagers. Dieser Block war ungewöhnlich, da er einerseits als Lager, andererseits aber auch als Wohnhaus benutzt wurde. Wahrscheinlich hatte ein schlafloser Hausbewohner die Polizei verständigt. Er näherte sich der vorderen Eingangstür, ohne die Taschenlampe einzuschalten. Der Vollmond hatte sich den Weg durch die Wolkendecke noch nicht gebahnt, jedoch war das Licht der Straßenlaternen hell genug, um etwas sehen zu können. Außerdem wollte er die Einbrecher nicht mit dem Licht der Taschenlampe auf sich aufmerksam machen.

Er griff nach der Türklinke und stellte fest, daß die Eisentür aufgebrochen worden war, wahrscheinlich mit einem Reifenheber. Er öffnete die Tür einen Spalt, zog seine Waffe, blickte noch einmal zum Himmel und ging hinein.

Nun konnte er nicht mehr sehen, ob der Mond durchkam oder nicht. Er würde es also auf unliebsame Art und Weise herausfinden müssen.

Lisa schlich zur Rückseite des Gebäudes, wo das Licht der Straßenlaternen keine Hilfe mehr bot. Sie schaltete die Taschenlampe ein und dämpfte das Licht mit der Handfläche. Auf der Rückseite des Gebäudes befanden sich mehrere Türen sowie Laderampen mit Wellblechtoren, die nach oben aufzuschieben waren. Vergeblich versuchte sie, eine der Türen zu öffnen. Sie kletterte auf eine der Rampen, um es bei der zweiten Tür zu versuchen, gleich neben einem der Wellblechtore. Aber auch diese war verschlossen. Als sie die Tür genauer in Augenschein nahm, bemerkte sie, daß ein Vorhängeschloß daran angebracht war. Sie schlich zu der Tür am anderen Ende des Gebäudes und achtete dabei immer darauf, ob irgendwelche Geräusche aus dem Inneren des Gebäudes drangen. Sie hätte Frank gerne per Funk gerufen, aber falls er im Gebäude war, würde ihn das verraten.

Wenn nun auch die dritte Tür verschlossen wäre, würde sie versuchen, durch ein Fenster einzusteigen. Sie blickte kurz zum Himmel hinauf und griff nach der Klinke der dritten Tür.

Das war eine gefährliche Angelegenheit. Im Inneren des Gebäudes konnte man die Hand vor Augen nicht sehen, und Frank wagte es nicht, die Taschenlampe einzuschalten, um sich nicht selbst zu verraten, falls noch jemand im Gebäude sein sollte.

Langsam und vorsichtig tastete er sich vorwärts, um nicht eine Kiste oder ein Regal umzustoßen und sich dadurch zu verraten. Was er jedoch nicht voraussahen konnte, war die riesige Öllache direkt vor ihm. Als er mit dem rechten Fuß hineintrat, rutschte er aus und kam sehr unsanft darin zum Sitzen. Trotz des Sturzes hielt er die Taschenlampe fest in der linken Hand, während ihm die

Pistole aus der rechten Hand glitt, als er versuchte, den Sturz abzufangen. Er hörte die Waffe in der Dunkelheit über den Boden schlittern, mit einem Geräusch — wie eine verängstigte Ratte.

Er hatte einen schrecklichen Lärm verursacht. Plötzlich fand er sich inmitten von Taschenlampen wieder, die auf ihn gerichtet waren.

»Seht ihr?« sagte eine Stimme mit großer Genugtuung, »ich habe euch doch gesagt, daß ich was gehört habe.«

»Das hast du, Pudge«, entgegnete eine andere Stimme. »Sieht so aus, als hätten wir hier einen Bullen gefangen.«

»Was machen wir mit ihm, Jerry?« fragte Pudge.

»Keine Ahnung«, antwortete Jerry. »Laßt mich mal nachdenken.«

Frank hielt sich die schmierige rechte Hand vor das Gesicht, um seine Augen vor dem Licht zu schützen. Er konnte die Gesichter zwar nicht klar erkennen, aber den Stimmen nach zu urteilen handelte es sich um jugendliche Einbrecher, vielleicht achtzehn bis zwanzig Jahre alt. Er wäre sehr viel ruhiger gewesen, wenn er es mit älteren, erfahreneren Einbrechern zu tun gehabt hätte. Die jungen waren einfach zu unberechenbar.

»Pauly, überwach die Vordertür«, ordnete Jerry an.

»In Ordnung.«

»Lehn etwas dagegen, damit man sie nicht öffnen kann. Wir wollen nicht von seinem Partner überrascht werden.«

»In Ordnung.«

»Stupid«, sagte Jerry, »versuch, seinen Partner zu finden.«

»Äh... okay, Jerry.«

Frank konnte erkennen, daß Jerry und Pudge diejenigen waren, die die Taschenlampen hielten. Jerry, offensichtlich der Anführer der Bande, stand links von ihm. Frank verstärkte den Griff um die Taschenlampe, die hinter ihm lag und noch nicht entdeckt worden war.

»Steh auf, Bulle«, sagte Jerry.

»Du heißt Jerry, nicht wahr?« fragte Frank. »Du bist der Anführer, richtig?«

»Richtig. Was geht es dich an?«

»Jerry...« Frank drückte seine Absätze in den Boden, um aufstehen zu können, was ihm aber in der Schmiere nicht gelang.

»Hör mal, Jerry, du willst es doch nicht mit einem Polizisten zu tun bekommen.«

»Nein«, entgegnete Jerry, »du hast recht. Ich will es mit keinem Polizisten zu tun bekommen. Ich will überhaupt nichts von der Polizei wissen! Steh jetzt auf!«

»Ich versuch's ja«, antwortete Frank, »aber das ist nicht so leicht in der Schmiere.«

Frank hatte bisher noch keine Pistole oder irgendeine andere Waffe entdecken können. Sobald er wieder stehen würde, könnte sich die Taschenlampe als sehr nützlich erweisen. Er hatte Jerry dennoch keine Lüge erzählt. Es war schwer genug, auf dem Boden ausreichend Halt zu finden, um wieder auf die Beine zu kommen. Aber er mußte es einfach schaffen. Solange er dort auf dem Boden saß, war er einfach zu verwundbar.

»Ich habe die Tür geschlossen«, sagte Pauly, als er zurückkam, »und seht mal, was ich gefunden habe.«

Jerry leuchtete mit der Taschenlampe auf den Gegenstand, den Pauly in der Hand hatte. Als Frank erkennen konnte, was es war, gefror ihm das Blut in den Adern.

Es war seine eigene Dienstwaffe.

Wo zum Teufel steckte Lisa?

Auf der Rückseite des Gebäudes hatte Lisa festgestellt, daß alle Türen verschlossen waren. Als sie nachsah, ob sie irgendein Fenster öffnen konnte, dachte sie, ein Licht im Gebäude gesehen zu haben. Es war nur ein kurzes Aufblitzen, das durch eines der Fenster kam. Also schlich sie zum nächsten Fenster und weiter, bis sie die Lichtquelle entdeckte. Sie konnte erkennen, wie das Licht von zwei Taschenlampen etwas auf dem Fußboden beleuchtete. Dieses Etwas war ihr Partner.

Sie versuchte, einen Gegenstand zu finden, mit dem sie eine Tür aufstemmen konnte... Doch plötzlich wurde das Gelände vom Licht des Vollmonds hell erleuchtet.

Sie blickte nach oben und sah den Mond, der sich nun seinen Weg durch die Wolken gebahnt hatte.

»Um Himmels willen«, sagte sie. Ihr Herz pochte wie wild, und sie war plötzlich schweißgebadet.

Sie drehte sich zur Tür um und trat heftig dagegen, während sie mit zittrigen Händen nach dem Funkgerät am Gürtel griff.

»Zehn-dreizehn!« rief sie. »Hier ist sechs-sieben Henry! Zehn-dreizehn!«

Sie wollte noch mehr sagen, aber das Funkgerät glitt aus ihren zittrigen Händen ...

Die Tritte gegen die Tür hallten durch das Gebäude. Jerry, Pauly und Pudge sahen in die Richtung, aus der der Lärm kam. Zur gleichen Zeit fing Stupid, der vierte Einbrecher, an zu schreien: »Da ist noch ein Bulle auf der Rückseite!«

»Die Hintertüren sind alle verschlossen...« setzte Jerry an und bemerkte plötzlich, daß sie den Polizisten aus den Augen gelassen hatten.

»Mist!« schimpfte er und drehte sich zu Frank um, der gerade die Taschenlampe warf.

Jerry drückte den Abzug von Franks Revolver...

Die Bestie hörte den Schuß. Das Geräusch drang tief in ihr Innerstes vor, und als der zweite Schuß ertönte, warf sie sich gegen die Tür, gegen die nur einige Augenblicke zuvor Lisa Bain getreten war ...

Frank rutschte in der Öllache umher, als seine Taschenlampe Pudge genau auf der Stirn traf. Pudge verdrehte die Augen und brach zusammen. Nun zielte Jerry auf Frank. Diesmal hielt er die Pistole mit beiden Händen fest, um nicht vorbeizuschießen.

»Stirb, Bulle!«

Frank Grey stockte der Atem. Schützend hielt er eine Hand hoch, um die Kugel abzuwehren, die seinem Leben ein sicheres Ende setzen sollte.

Bevor Jerry jedoch abdrücken konnte, wurde die Hintertür mit einer ungeheuren Wucht aus den Angeln gerissen.

»Was zum Teufel...« schrie Jerry.

Als er sich umdrehte, sah er, wie ein riesiges, schwerfälliges Wesen den zweihundert Pfund schweren Stupid mühelos hochhob und buchstäblich durch die Luft in die Dunkelheit schleuderte, wo er mit lautem Getöse landete.

»Mein Gott!« schrie Pauly entsetzt. »Jerry, was zum Teufel ist das?«

Jerry wußte keine Antwort, richtete jedoch seine Taschenlampe auf das Wesen, um es herauszufinden. Als er es sah, wünschte er sich, es besser nicht getan zu haben.

Das Licht erleuchtete das Gesicht der Bestie, das mit braunem und silbernem Haar bedeckt war und eine lange Schnauze mit scharfen Zähnen und gelbe, furchterregende Augen hatte. Es sah aus wie ein Wolf, stand jedoch aufrecht auf zwei Beinen.

»Um Himmels willen, Jerry...« schrie Pauly, aber die Bestie schlug ihn mit einer Pranke nieder, so daß er kein Wort mehr sagen konnte. Blut spritzte durch die Luft, als die scharfen Klauen Paulys Kehle und seine Brust aufschlitzten.

Ein Blutspritzer landete auch auf Jerrys Gesicht und Brust. Nun kam er wieder zu sich. Er war wie versteinert gewesen, als er die Bestie sah, aber jetzt hob er die Waffe an, die er immer noch mit beiden Händen festhielt, und drückte ab, als die Bestie auf ihn zukam. Er wußte, daß er sie getroffen hatte, aber das Tier, das wie ein Mensch ging, kam immer näher. Er drückte noch mal ab... und noch mal... und noch mal... bis der Hammer nur noch auf leere Hülsen schlug.

Die Bestie versetzte ihm einen Schlag, und Jerrys Leben wurde abrupt beendet. Ein kurzer Schmerz, und dann sackte er in sich zusammen, als ob seine Knochen geschmolzen wären.

Jetzt war Frank Grey mit der Bestie allein.

Frank rutschte hin und her und schaffte es schließlich, sich aus der Öllache zu befreien, in der er seinem Gefühl nach stundenlang gesessen hatte.

Er sah die Bestie an, die ihm mit erhobenem Haupt gegenüberstand und ihn betrachtete.

Er streckte der Bestie die Hand entgegen. Davor hatte er immer am meisten Angst, denn er fürchtete, daß ihn diese furchterregenden Augen nicht wiedererkennen würden — aber gleichzeitig wußte er, daß diese Angst unbegründet war.

Er hörte die Sirenen und folgerte daraus, daß Lisa über Funk Hilfe angefordert hatte.

»Komm schon«, sagte er zu der Bestie, »verschwinde. Ich werde dich decken!«

Als die Bestie durch die Hintertür lief, legte er sich eine Geschichte zurecht. Er nahm sie immer in Schutz, schaffte es stets, eine glaubwürdige Geschichte zu erfinden. Oft hatte er jedoch den Eindruck, daß seine Kollegen, die Vorgesetzten und sogar der Captain Bescheid wußten, denn sie akzeptierten seine ›Erklärungen‹ immer, ohne nachzuhaken. Es gab zwar fragende Blicke, aber keine Frage wurde ausgesprochen, nicht seit den ersten Zwischenfällen vor fast drei Jahren.

Obwohl die anderen das Geheimnis vielleicht für sich behalten würden, so war es doch Frank, der zuerst die Wahrheit über Lisa Bain akzeptieren mußte, und er setzte alles daran, daß Lisas Geheimnis nicht aufgedeckt wurde.

Denn schließlich und endlich waren sie Partner.

Originaltitel: Partners
Ins Deutsche übertragen von Herbert Blank

Hört mir zu. Ihr tätet besser daran, mir zuzuhören.

Ihr Narren, die Ihr da glaubt, so vieles zu wissen. Weltraumfahrt, Computertechnologie, Gen-Manipulation... das alles nehmt Ihr heute als selbstverständlich hin. Doch einst habt Ihr das alles verspottet, habt Euch geweigert, auch nur an die Möglichkeit der Existenz all dessen zu glauben. Ihr mußtet einsehen, Ihr hattet Euch geirrt.

Ihr glaubt nicht mehr an uns. Wir werden Euch beweisen, wie sehr Ihr Euch irrt.

Wir existieren. Wir haben schon so lange existiert, wie Ihr existiert. Wir sind nicht Einbildung, nicht Folklore, und Wir sind ebensowenig ein Terror, der nur in Eurer Phantasie lebt. Wir sind der reale Terror, der wahre Terror. Wir sind alle Eure Wirklichkeit gewordenen Alpträume.

Glaubt es nur. Glaubt mir. Ich bin der Beweis.

Wir sehen aus wie Menschen, Wir wandeln einher und reden wie Menschen, und seid Ihr zugegen, handeln wir wie Menschen. Aber Wir sind keine Menschen. Glaubt das bitte auch.

Wir sind das uralte Böse...

Vielleicht hätten sie ihn nie entdeckt, hätte sich Hixon nicht von den anderen abgesondert, um zu pinkeln.

Drei Tage lang hatten sie die bewaldete Hügellandschaft oberhalb des Tales abgesucht, in dem sie ihre Schafherde weideten. Durch dichtes Gehölz waren sie gegangen und durch die dumpfe Spätsommerhitze, die erfüllt gewesen war vom Schwirren der Fliegen und Moskitos, wobei sie den wenigen von Menschen ausgetretenen Trampelpfaden und den Wildwechseln gefolgt waren und immer wieder neue Schneisen ins Gehölz gebrochen hatten. Sie hatten etliches Wild aufgeschreckt, waren beinahe über den halb verwesten Kadaver eines jungen Elchs gestolpert, hatten einen Braunbären gesichtet und waren seiner Spur gefolgt, bis sie sie in dem Gewirr aus Wasserläufen verloren hatten. Aber das war alles gewesen. Kein Zeichen von einem Wolf oder einem Berglöwen. Hixon und DeVries blieben dabei, es müsse sich bei der Bestie, die die Schafe gerissen hatte, um einen Wolf oder um einen Berglöwen gehandelt haben. Larrabee war da nicht so sicher. Andererseits: Was, zur Hölle, hätte es sonst sein sollen?

Dann, am Morgen des vierten Tages, als sie über umgestürzte Pinien entlang einer Bergschulter gegangen waren, trat Hixon einen Moment beiseite, um zu pinkeln. Und kam nur Minuten später mit vor Aufregung rotem Gesicht zu den anderen zurück, ohne sich den Reißverschluß seiner Hose ganz hochgezogen zu haben.

»Ich hab' da hinten was geseh'n«, sagte er. »Ein gottverdammichtes Ding — da hinten in 'ner Klamm.«

»Was haste denn nu' geseh'n?« fragte Larrabee ihn. Er hatte sich selbst zum Anführer gemacht; immerhin hatte er die meisten Schafe verloren und war der wütendste von ihnen.

»Na, ich denk' mir, das müßte 'n Mensch gewesen sein.«

»Glaubst du?«

»Er war schon weg, als ich das Fernglas am Auge hatte.«

»Vielleicht 'n Jäger«, meinte DeVries.

Hixon wiegte den Kopf. »War kein Jäger nich'. Überhaupt kein normaler Mensch.«

»Du red'st Blech, Mann. Was soll er denn sonst gewesen sein?«

»Weiß ich nich'«, sagte Hixon. »Hab' so was noch nie geseh'n.«

»Was hatte er an?«

»Gar nix — wenigstens keine Klamotten. Ich schwör' dir, der

hatte so was wie'n Tierfell um. Und überall Haare — im Gesicht und auf'm Kopf, lange, verfilzte Haare.«

»Der Yeti«, sagte DeVries und lachte.

»Verdammt noch mal, Hank, ich mach' kein' Quatsch. Er hat ungefähr deine Größe, oder meine.«

»Sonne und Schatten verzerren alles.«

»Nein, bei Gott. Ich weiß doch, was ich geseh'n habe.«

»Wo isser denn hingegangen?« fragte Larrabee ungeduldig.

»In die Klamm rein. Da unten is'n kleiner Fluß.«

»Hat er dich geseh'n oder gehört?«

»Glaub' ich nich'. Ich war ganz still.«

DeVries lachte wieder. »Dann biste also 'n stiller Pisser.«

Larrabee ordnete die Last neu, die er auf der Schulter trug und ließ dann seine Rechte über den langen Lauf seiner dreihunderter Savage Rifle wandern. Seine Lippen waren fest zusammengepreßt. »Also gut«, sagte er, »gehen wir hin und seh'n uns das mal an.«

»Zur Hölle, Ben«, sagte DeVries, »du glaubst doch wohl nich', da bringt 'n Mensch andauernd unsere Schafe um?«

»Wär' doch möglich — oder nich'? Ich war ja immer anderer Meinung als du und Charley. Kein Wolf und auch keine Katze reißt 'n Schaf auf diese Art und nimmt es dann auch noch so aus'nander. Und haut dann auch nich' ab, ohne die geringste Spur zu hinterlassen.«

»Das tut'n Mensch auch nich'.«

»Kein normaler Mensch. Kein Mensch, der seinen Verstand beisammen hat.«

»Jesus, Ben . . .«

»Nu komm schon«, sagte Larrabee. »Wir verlieren nur Zeit.«

. . . Wie viele von uns gibt es? Nicht viele. Ein paar Hundert vielleicht . . . Wir sind nie mehr als ein paar Hundert gewesen. Verstreut über die Kontinente. In großen und kleinen Städten, in der Wildnis. In heißen Klimazonen und in kalten. In Bewegung, immer in Bewegung, nie zu lange an ein und demselben Ort. Versteckt unter deinesgleichen sind die tapferen und die gerissenen von Uns. Allein versteckt — jene wie ich.

Das ist unser Vermächtnis:

Sich verstecken.
Jagen.
Hungern.
Du glaubst, Du kenntest den Hunger, aber du kennst ihn nicht. Du weißt nicht, was es bedeutet, steten Hunger zu haben, den Blutgeschmack im Mund zu spüren und das Verlangen nach Blut im Hirn und die Hitze des Blutes in den Lenden.

Aber einige von Euch werden es erfahren. Viele von Euch. Eines Tages. Es sei denn, Ihr hört mir zu und glaubt mir.

Jede neue Generation der Unsrigen ist kühner als die vorangegangene.

Und hungriger...

Die Schlucht war mehrere hundert Yards lang, eng, überwachsen mit Bäumen und Sträuchern. Der Strom war nicht viel mehr als ein Rinnsal über glitzernden Felsen. Sie folgten ihm, ohne das geringste Anzeichen von dem Mann zu entdecken, den Hixon gesehen hatte, wenn das, was er gesehen haben wollte, überhaupt ein Mensch gewesen war; ohne etwas zu hören außer dem aufreizenden Summen von Insekten und den klagenden Rufen der Eichelhäher und der Elstern.

Die Ufer der Schlucht verengten sich, schwangen sich leicht hinauf und erreichten bald normales Niveau: eine schmale Waldwiese öffnete sich vor ihnen, umsäumt von Kiefern und niederem Gebüsch und vom Sommer braun verbranntem Farn. Hier hielten sie an, um Rast zu machen und sich den Schweiß von den Gesichtern zu wischen.

»Nicht der allergeringste verdammte Hinweis«, sagte Hixon. »Wie konnte er da nur hindurchkommen, ohne die geringste Spur zu hinterlassen?«

»Es gibt ihn einfach nicht, das ist die Erklärung«, erwiderte DeVries.

»Und ich sag' dir, ich hab' ihn geseh'n. Ich weiß, was ich sage.«

Larrabee schenkte ihnen keine Aufmerksamkeit. Bisher hatte er die Umgebung allein mit seinen Augen beobachtet. Jetzt führte er das Fernglas in die Höhe, das um seinen Hals baumelte, und setzte die Beobachtung mit seiner Hilfe fort. Nirgends konnte er etwas entdecken. Da war nicht einmal eine Brise, die die Zweige der Bäume hätte in Bewegung setzen können.

»Wo jetzt entlang?« fragte Hixon ihn.

Larrabee deutete Richtung Westen, wo sich ein kahler Felsen aus dem Land ringsum erhob. »Dort hinauf. Wegen der Aussicht.«

»Wennste mich fragst«, sagte DeVries, »dann sind wir auf der Jagd nach 'nem Phantom.«

»Haste 'n besser'n Vorschlag?«

»Nein. Aber selbst wenn da wer ist, und mal angenommen, wir würden den wirklich auch noch finden... also, ich glaub' noch immer nich', daß wir hinter 'nem Menschen her sind. Diese ganzen Schafe mit den aufgeschlitzten Kehlen, den herausgerissenen und weggebrachten Fleischstücken... das würde doch ein Mensch nie machen.«

»Nich' mal 'n Verrückter?«

»... Was soll'n das für 'n Verrückter sein, der sich aufs Schafeschlachten verlegt hat?«

»Einer auf'm Psychotrip«, sagte Hixon. »Vielleicht voll mit Drogen.«

Larrabee nickte. Dasselbe hatte er auf dem Weg hierher auch schon gedacht. »Oder 'n Vietnam-Veteran, oder einer von diesen Zurück-zur-Natur-Aussteigern. Die kommen in ein wildes Land wie das hier, ganz alleine, und dann kommt so das eine zum anderen, bis sie endgültig durchdrehen.«

DeVries mochte es einfach nicht glauben. »Ich behaupte weiter, das is'n Tier, 'n Wolf oder 'ne Katze.«

»In der Wildnis wird der Mensch bekloppt«, sagte Larrabee, »und dann wird er genau dazu – zu 'nem Tier, zu 'nem verdammten Wolf auf Jagd.«

Er wischte sich die Hände an der Hose ab, faßte die Savage fester und ging den anderen voran zu dem Aussichtspunkt.

... Wir sind nicht alle gleich. Ihr stupiden Leute sagt, es gibt Uns, aber es gibt Uns nicht. Durch die Jahrhunderte hindurch waren Wir genetischen Veränderungen unterworfen, genau wie Ihr auch; Wir haben an der Evolution teilgenommen. Ihr seid Kinder Eurer Zeit. Wir nicht weniger.

Mein Hunger richtet sich auf tierisches Fleisch. Schafe. Rinder. Hunde. Kleinere Kreaturen mit Fell und pulsendem Herzen. Sie sind meine Jagdbeute. Eines hier, zwei da, zehn im County, fünfzig oder hundert in diesem Land. Ihr denkt, hier tötet ein Tier das andere — natürliche Auslese, Überleben nur für den Stärkeren. Ihr habt recht — und doch auch wieder nicht.

Glaubt es.

Wir sind nicht alle gleich. Andere von Uns verspüren andere Formen des Hungers. Nach menschlichem Fleisch, menschlichem Blut — ja. Aber das ist noch nicht alles. Wir haben uns fortentwickelt; unsere Geschmäcker haben sich gewandelt, sind diskriminierender geworden. Männliches Fleisch und männliches Blut. Weibliches. Kindliches. Und nicht immer verlangt Uns nach dem zarten Fleisch der Kehle, dem süßen, schweren Blut der Aorta. Und nicht immer bedienen Wir uns unserer Zähne, um unsere Opfer aufzureißen. Und nicht immer verschlingen Wir nur gierig unsere Mahlzeit.

Ich bin einer von der alten Art — nicht gerade einer der furchtsamsten von Uns. Und krank angesichts der Dinge, die zu tun ich mich verdammt sehe; und deshalb warne ich Euch. Die neue Art... es ist die neue Art, mit der der ultimative Terror kommt.

Wir sind nicht alle gleich...

Larrabee stand auf der kahlen Anhöhe und schaute durch sein Fernglas, während er ständig versuchte, es noch ein wenig schärfer einzustellen. Unter ihm, jenseits einer Senke voller Gebüsch und umgestürzter Bäume, schwang sich eine sanfte grasbewachsene Erhebung hinauf zu einem Tannenwald. Die Sonne schien voll auf den Hang, und der heiße Nachmittagsglanz ließ die Felsen wie mit silbernen Plättchen übersät glitzern, warf tiefe Schatten um andere und machte es ihm schwer, Einzelheiten zu erkennen. Dort drüben regte sich nichts in der grellen Sonne. Es war weiter nichts als ein verlassener Hang — und doch war er von irgend etwas umgeben...

Oben, nahe der Spitze, wo der Wald begann: Felsen wie gebündelt im hohen Gras, die Art, wie das Gebüsch direkt unter der mächtigen Felsnadel dort aufgeschichtet war. Natürlichen Ursprungs oder nicht? Er konnte es aus dieser Entfernung nicht mit letzter Sicherheit sagen.

»Was ist das, Ben?« fragte Hixon neben ihm. »Siehst du was da drüben?«

»Kann sein.« Larrabee reichte ihm das Fernglas und erklärte ihm, wohin er es richten mußte. Kurz darauf sagte er: »Scheint, als hätte da jemand das Gestrüpp unter dem Felsvorsprung aufgeschichtet.«

»Ja, könnte sein. Die verdammte Sonne...«

»Laß mich auch mal gucken«, sagte DeVries, aber er war seiner Sache dann ebenfalls nicht sicher.

Sie stiegen hinunter in die tiefe Senke, und wieder ging Larrabee vor den beiden anderen her. Die vermodernden Stämme aus dem letzten Windbruch erinnerten ein wenig an einen großen Knochenhaufen mit vorstehenden Spitzen und federnden, trügerischen Abdeckungen über tiefen Felsspalten. Er brauchte fast zehn Minuten, um einen sicheren Weg zum gegenüberliegenden Hang zu finden. Hatte er zunächst sein Gewehr in der Armbeuge getragen, so richtete er die Mündung jetzt, als es wieder bergauf ging, direkt vor sich auf den Hang, den Finger immer dicht am Abzug.

Der Aufstieg gestaltete sich recht einfach. Sie bewältigten ihn Seite an Seite, nicht übermäßig schnell, aber auch nicht gerade langsam. Eine Elster stieß schreiend auf sie herunter; DeVries fluchte und schlug mit dem Gewehrlauf nach ihr. Larrabee wandte nicht einmal den Kopf. Seine Augen waren starr auf die Felsen und das Buschwerk gerichtet, das den Waldsaum umgab.

Sie waren noch etwa fünfzig Schritte von der überhängenden Felsnadel entfernt, als sich eine leichte Brise hangabwärts aufmachte. Kaum hatte sie sie erreicht, als sie alle drei auf einmal stehenblieben.

»Großer Gott«, sagte Hixon, »riecht ihr das auch?«

»Wolfsgeruch«, erwiderte DeVries.

»Schlimmer als das. Da oben liegt was Totes...«

»Haltet den Mund«, sagte Larrabee, »alle beide!« Sein Finger lag jetzt direkt am Abzug der Savage. Er holte noch einmal Luft und setzte den Anstieg dann wieder fort, jetzt aber langsamer und noch vorsichtiger als zuvor.

Die Brise hatte sich wieder gelegt, aber nach weiteren dreißig Schritten hatte er den Geruch in der Nase, auch ohne daß er ihm durch einen Windhauch zugetragen wurde. Hixon hatte recht: Leichengeruch. Er schien sich mit der Hitze zu vermengen und mit ihr gemeinsam einen Gifthauch zu erzeugen, der seine Augen brennen ließ. Hinter ihm hörte er DeVries würgen, etwas murmeln, spucken.

Irgendwo ganz in der Nähe kreischte noch immer die Elster. Aber sie flog ihnen nicht mehr um die Köpfe herum — als habe sie Angst, dem Felsvorsprung zu nahe zu kommen.

Larrabee kletterte bis auf zwanzig Yards an diesen heran. Das war nahe genug, um ihn endgültig sicher sein zu lassen, daß das Gebüsch von Menschenhand dorthin gebracht worden war. Einige der kleineren Felsbrocken schienen ebenfalls hierher getragen worden zu sein, um als Teil der kleinen Befestigungsanlage zu dienen.

Hixon und DeVries waren einige Schritte unter ihm stehengeblieben. »Kannst du was sehen, Ben?« fragte DeVries im halben Flüsterton.

Larrabee erwiderte nichts. Er hatte genug damit zu tun, seinen Speichel in den ausgetrockneten Mund zurückkehren zu lassen, während er angestrengt in den stinkenden, dunklen Zugang zu einer Höhle starrte.

... Habt Ihr Euch eigentlich nie gewundert, warum es in den letzten Dekaden so viele nie aufgeklärte Fälle gegeben hat, in denen Menschen einfach verschwunden sind? Warum so viele Kinder entführt werden? Warum es so selten eine Spur der Verschwundenen gibt?

Habt Ihr Euch eigentlich schon einmal über die vielen sinnlosen Morde Gedanken gemacht, darüber, daß es heute so viele mehr gibt als in der Vergangenheit, und warum die blutigen Überreste der Opfer einfach zurückgelassen werden?

Ihr Narren, Ihr blinden Narren, wer, glaubt Ihr wohl, sind diese Serienmörder wirklich...

Sie starrten jetzt alle in die Höhle hinein, Seite an Seite, mit Gewehren, die auf die Öffnung zeigten, und atmeten nur noch flach durch den Mund. Der Leichengeruch schien der Höhle zu entströmen, so daß er beinahe zu einem faßbaren Teil der Tageshitze geworden war.

Larrabee brach sein Schweigen: »Wenn Sie da drinnen sind, sollten Sie am besten herauskommen!« rief er. »Wir sind bewaffnet.«
Nichts. Stille.
»Was jetzt?« fragte DeVries.
»Wir werfen mal einen Blick hinein.«
»Ohne mich. Ich gehe da nicht rein.«
»Wir brauchen auch gar nicht reinzugehen. Es reicht, wenn wir mal hineinleuchten.«
»Das ist mir immer noch zu nahe.«
»Dann mach' ich es eben allein«, sagte Larrabee ärgerlich. »Charley, hol doch mal die Taschenlampe aus meinem Rucksack.«
Hixon trat hinter ihn, öffnete seine Packtasche und holte die Taschenlampe mit den sechs Batterien hervor; er testete sie, indem er ihren Strahl auf seine Handfläche fallen ließ, um sicher zu sein, daß die Batterien noch in Ordnung waren. »Zur Hölle«, sagte er, »ich werde die Lampe halten. Du bist ein besserer Schütze als ich, Ben.«
Larrabee band sich das Taschentuch vor die Nase und den Mund; das half ein wenig gegen den Gestank. Hixon machte es ihm nach. »Also denn, bringen wir's hinter uns. Hank, du hältst dein Gewehr schußbereit und die Augen offen.«
»Verlaß dich drauf«, sagte DeVries.
Sie mußten noch etliches Gestrüpp aus dem Weg räumen, um an den Zugang zur Höhle zu gelangen. Sie war größer, als es aus der Entfernung den Anschein gehabt hatte, gut vier Fuß hoch und drei Fuß breit – groß genug, daß ein Mann nicht auf allen vieren hinunter mußte, um ins Innere zu kriechen. Der helle Sonnenschein ließ die Dunkelheit im Innern wie eine schwarze Wand erscheinen.
Larrabee trat ein klein wenig zur Seite, brachte die Savage an der Schulter in Anschlag und zielte auf den Eingang. »Okay«, sagte er zu Hixon. »Jetzt leuchte mal hinein.«
Hixon schaltete die Lampe an und richtete ihren starken Strahl ins Innere der Höhle.
Fast augenblicklich erfaßte der Lichtstrahl einen kriechenden Schatten – groß, behaart und mit wild flackernden Augen. Das Ding knurrte, ein Geräusch, das nur zur Hälfte menschlich war, und kam dann mit gefletschten Zähnen und mit Händen, die wie Klauen gekrümmt waren, nach draußen und auf sie zugeschossen.

Hixon schrie, ließ die Lampe fallen und versuchte, zur Seite zu entkommen. Larrabee zog den Abzug durch, aber die Blitzesschnelle des Angriffs ließ ihn nicht genau genug zielen, und er schoß vorbei. Das menschenähnliche Biest stürzte sich auf Hixon und warf ihn zu Boden; es schlug auf ihn ein und brachte ihm eine klaffende Wunde über Hals und Schulter bei; dann wandte es sich knurrend Larrabee zu und stürzte sich wie ein wildes Tier auf ihn, während dieser bereits eine neue Patrone in den Lauf hebelte.

Er hätte keine Zeit mehr für einen zweiten Schuß bekommen, hätte DeVries nicht seine Stellung ein Stück weiter unten gehalten, hätte DeVries nicht zweimal abgedrückt, als das Menschenbiest noch mitten im Sprung war.

Die erste Kugel schleuderte es zur Seite und ließ es laut aufheulen, als es seitwärts ins Gestrüpp flog. Die zweite Kugel verfehlte ihr Ziel und schlug jaulend als Querschläger hoch oben vom Fels ab. Aber da hatte Larrabee sich auch schon wieder gefangen, und er zielte erneut. Er feuerte aus kürzester Entfernung auf das Ding – und pustete ihm die ganze linke Seite des Kopfes weg. Noch immer war seine Wut so groß, daß er eine weitere Patrone in den Lauf hebelte und einen weiteren Schuß abgab, ohne weiter darüber nachzudenken, diesmal direkt in die Brust, daß dem Untier das Herz explodierte.

Das letzte Echo erstarb und ließ eine Stille zurück, die Larrabees Ohren weh tat – wie ein schepperndes Geräusch knapp jenseits der Grenze des Hörbaren. Langsam gewann er die Kontrolle über seinen Atem zurück und ging auf unsicheren Beinen hinüber zu der Stelle, an der Hixon auf dem Boden lag, sich in Schmerzen wand und sich immer wieder an den blutenden Nacken faßte. DeVries war auch schon da, das Gesicht bleich und schweißüberströmt; er sagte immer wieder ›Jesus Christus‹ – wieder und immer wieder, als spreche er ein Gebet.

Hixons Wunde erwies sich als nicht so schlimm, wie es zuerst den Anschein gehabt hatte; er hatte zwar viel Blut verloren, aber es war keine größere Ader verletzt worden. DeVries hatte einen Erste-Hilfe-Kasten im Gepäck; Larrabee holte ihn heraus, schüttete etwas von einer desinfizierenden Lösung auf die Wunde und verband sie dann mit einer Mullbinde. Hixon stand noch ganz unter dem Eindruck des Schocks, und deshalb führten sie ihn in den

Schatten des Felsens. Dann schickten sie sich an, in Augenschein zu nehmen, was sie da getötet hatten.

Es war ein Mensch, ganz ohne Zweifel. Sechs Fuß, zweihundert Pfund, schwarzer Bart und Haare so dicht und verfilzt, daß sie fast seine ganze Gestalt einhüllten. Fingernägel so lang und scharf wie Raubtierkrallen. Das verbliebene Auge war von einem schmutzigen Braun, und das Weiße darin so voller Äderchen, daß es blutunterlaufen aussah. Häute verschiedener Tiere, roh zusammengenäht, bedeckten teilweise den muskulösen Körper; die Felle wie die nackte Haut des Mannes waren von eingetrocknetem Schmutz überzogen, wie er sich nur in Monaten, vielleicht sogar in Jahren, angesammelt haben konnte. Der Gestank, der von dem Leichnam ausging, ließ Brechreiz in Larrabee hochsteigen.

DeVries räusperte sich. »Hast du je schon mal so was im Leben gesehen?« fragte er mit heiserer Stimme.

»Ich will so was auch nie wieder sehen.«

»Verrückt – der muß wahnsinnig wie die Hölle selbst gewesen sein. Wie der aus der Höhle rausgeschossen kam...«

»Allerdings«, sagte Larrabee.

»Der hätte dich getötet, wenn ich ihn nicht erschossen hätte. Dich und Charley und dann mich, uns alle drei. In seinen Augen, da lag was... ein gottverdammter Wahnsinniger.«

Larrabee erwiderte nichts darauf. Ein paar Sekunden später wandte er sich um und ging davon.

»Wo willst du hin?« fragte DeVries hinter ihm.

»Ich will rauskriegen, was in der Höhle ist.«

... Ich bin noch einer von der alten Art – nicht gerade der Furchterregendste von Uns. Und angewidert von dem, was zu tun ich verdammt bin; deshalb warne ich Euch. Die neue Art... es ist jene neue Art, in der der ultimative Terror liegt.

Wir sind nicht alle gleich...

DeVries war nicht zu bewegen, in die Höhle hineinzugehen, ja, er wollte nicht einmal in die Nähe des Eingangs kommen, und so ging Larrabee allein hinein. Außer der Savage nahm er auch noch die

Taschenlampe mit, und er ging langsam und vorsichtig. An weiteren Überraschungen war er nicht interessiert.

Die ersten paar Schritte mußte er gebückt zurücklegen. Doch dann weitete sich die Höhle zu einer Kammer von annähernd sechs Fuß Höhe und mit einer Tiefe, die nicht weit über der einer Gefängniszelle lag. Er ließ den Lichtkegel über die Wände und über den Fußboden wandern: noch mehr Tierfelle, abgenagte Knochen und überall die Spuren von eingetrocknetem Blut. Die Opfer waren hier drinnen getötet und verspeist worden, und Gott allein wußte, was alles zu diesen Opfern gezählt haben mochte.

Der Gestank war so schlimm, daß er es nicht länger als einige Sekunden lang aushielt. Als er sich umwandte, um den Rückweg anzutreten, fiel der Strahl der Taschenlampe zufällig auf eine Art natürlichen Sims entlang einer der Wände. Auf diesem Sims standen einige Gegenstände – ein Kerzenstummel, der mit dem eigenen geschmolzenen Wachs auf dem Gestein befestigt war, etwas, das wie ein zerfleddertes Notizbuch aussah, und noch verschiedenes andere, das näher zu untersuchen er nicht die mindeste Lust hatte. Einem Impuls folgend nahm er das Notizbuch an sich und trug es mit hinaus in die klare, heiße Luft dort draußen.

Hixon war wieder auf den Beinen und stand zusammen mit DeVries etwa zwanzig Schritt vom Eingang entfernt; er war noch ein wenig wackelig auf den Beinen, aber der glasige Ausdruck seiner Augen war wenigstens gewichen. »Schlimm da drinnen?« fragte er.

»So schlimm es nur irgend geht.«

»Was haste denn da entdeckt?« fragte DeVries. Er deutete auf das Etwas, das Larrabee vorsichtig zwischen Daumen und Zeigefinger hielt.

Larrabee schaute es an, wobei er es wegen des Gestanks ein Stück von sich fort hielt. Lose Blätter, mit einer Spirale zusammengehalten, ein Notizbuch, wie es Kinder zuweilen benutzen, die Deckel zerrissen und vor Dreck starrend, die linierten Blätter im Innern fast schwarz vor Dreck und getrocknetem Blut. Aber auf einem halben Dutzend Seiten war etwas geschrieben worden, alte Schriftzeichen, fest mit einem Bleistift in das Papier gepreßt, so daß die Worte noch immer zu lesen waren. Larrabee stellte sich mit dem Rücken zur Sonne, um besser lesen zu können.

... Glaubt es nur. Glaubt mir. Ich bin der Beweis.

Wir sehen aus wie Menschen, Wir wandeln einher und reden wie Menschen, und seid Ihr zugegen, handeln wir wie Menschen. Aber Wir sind keine Menschen. Glaubt das bitte auch.

Wir sind das uralte Böse ...

Wortlos reichte Larrabee DeVries das Notizbuch, der ein widerwilliges Knurren hören ließ, als er es zur Hand nahm. Doch er las, was dort geschrieben stand. Danach Hixon gleichfalls.

»Mann, o Mann«, sagte Hixon mit leichtem Entsetzen in der Stimme, als er fertig war. »Ben, glaubst du vielleicht ...«

»Alles Scheiße«, sagte Larrabee. »Ausgeburten der kranken Phantasie eines Wahnsinnigen.«

»Sicher, sicher. Nur ...«

»Nur — was?«

»Ich weiß nicht ... ich weiß es wirklich nicht, es ...«

»Ach komm schon, Charley«, sagte DeVries. »Du glaubst doch wohl hoffentlich nicht an so 'nen Scheiß, oder? Irgendeine Art Monster — ein Werwolf vielleicht — wie?«

»Nein. Es ist nur ... vielleicht sollten wir das mit nach Hause nehmen und es dem Sheriff geben.«

Larrabee sah ihn strafend an. »Die Leiche vielleicht auch noch, wie? Zwanzig Meilen bei dieser Hitze durch die Landschaft schleppen, so wie der stinkt, und dann das Blut?«

»Das nicht, nein. Aber wir müssen das doch melden, oder? Wir müssen doch dem Gesetz berichten, was passiert ist.«

»Den Teufel werden wir tun. Wie wird es am Ende aussehen? Er hat drei Kugeln im Leib, zwei aus meiner Knarre und eine aus Hanks Schießprügel. Er hat uns aus einer Höhle heraus angefallen, uns, die wir alle drei Gewehre hatten, während er unbewaffnet war, und wir haben ihm das Licht ausgeblasen — na, wie klingt das?«

»Aber es war Notwehr. Der Sheriff wird uns glauben ...«

»Wirklich? Ich würde es lieber nicht drauf ankommen lassen.«

»Ben hat recht«, sagte DeVries. »Ich bin auch nicht scharf drauf, es auszuprobieren.«

»Und was machen wir statt dessen?«

»Ihn begraben«, sagte Larrabee. »Und dann vergessen, daß das alles je passiert ist.«

»Das Notizbuch auch vergraben?«

»Was für ein Notizbuch?« fragte Larrabee.

... *Ihr Narren, ihr blinden Narren* ...

Sie schaufelten das Grab für den wahnsinnigen, Schafe reißenden Mann und seine verrückte Hinterlassenschaft im Grasland oberhalb des Felsvorsprungs. Tief, sechs Fuß tief, damit die Raubtiere nicht bis zu ihm gelangen konnten.

Originaltitel: Ancient Evil
Ins Deutsche übertragen von Bernhard Willms

Brad Strickland

Und der Mond scheint hell und klar

Monduntergang.

Kazak verlor die Klauen. Die Krallen. Das Fell.

In seiner Wolfsgestalt hätten die Beinmuskeln ihn dreimal schneller durch den Wald getragen, als ein Mensch zu rennen vermochte. Nun aber waren sie ihm unter der Haut geschrumpft, wie schlaffe Fäden hingen sie an den Knochen. Sie nutzten ihm nichts mehr, er stürzte. Der Untergrund gab nach, hüllte seine verkümmernde Gestalt ein, verfestigte sich wieder und formte sich links zum Rand einer warmen, schützenden Mulde. In völliger Lautlosigkeit, unmerklich fast, bereitete der Boden ihm das Bett, hievte ihn in die richtige Höhe eines Krankenlagers, und dann bewegte sich nichts mehr. Allmählich wurde es ein wenig wärmer, er brauchte das, er war ja nackt und bloß.

Noch war es zu kalt, schrecklich kalt. Er zitterte und wimmerte, sein Magen zog sich zu einem schmerzhaften Klumpen zusammen. Er fühlte sich benommen und spürte ein Trudeln im Kopf. Grelles, feindseliges Licht stach ihm in die Augen, die nach den Spasmen der Umformung noch trübe und verhangen waren. In seinen Lungen brannte es wie Feuer, hektisch hob und senkte sich sein Brustkorb. Eisig kalt fuhr ihm die Luft in die Nüstern — Nasenlöcher waren es nun, die Nasenlöcher eines Menschen, obwohl sie doch vor wenigen Augenblicken noch vermocht hatten, jede Witterung aufzunehmen, den eigenen strengen Tiergeruch genauso wie den viel feineren Geruch von Dr. Iglace.

Noch halb ohnmächtig lag Kazak auf dem Bett und rang nach Atem; er war nackt, abwechselnd schüttelten ihn Schweißausbrüche und Kälteschübe.

Die Wand öffnete sich, und wie in einem Traum hörte Kazak behutsame Schritte, die sich seinem Bett näherten. Er fühlte eine warme hohle Hand auf der Stirn. Sanft zogen neugierige Finger ein Augenlid in die Höhe; das grelle Licht schmerzte.

»Wiegen«, ordnete Dr. Iglace an. »Fünfundfünfzig Kilo und achthundert Gramm«, meldete das Zimmer mit seiner gewissenhaften, kindlich-hohen Stimme. »Das entspricht einem Gesamtgewichtsverlust von dreiundzwanzig Kilo und siebenhundert Gramm innerhalb von vierundzwanzig Stunden.«

»Füttern«, befahl Dr. Iglace als nächstes.

Aus dem Bett wuchsen Fangarme und Schläuche, die sich wanden und krümmten, als seien sie lebendig. Einige davon packten Kazaks linken Arm und banden ihn so fest ans Bett, daß er sich nicht mehr rühren konnte. Eins der Tentakel ertastete Kazaks Armvene, stach mit seiner scharfen Spitze hinein und begann, synthetische Nährstoffverbindungen, Glukose, Proteine und Aminosäuren in Kazaks Blut zu pumpen. Die Mischung zeigte sehr schnell Wirkung, Kazak durchlief ein Schaudern – wie ein heftiger Ruck. Er war wieder bei vollem Bewußtsein.

Der Arzt beugte sich über ihn. Aus seinen dunklen, asketischen Gesichtszügen sprach teilnahmsloses professionelles Interesse. Weder sein Gesichtsausdruck noch seine außergewöhnlich blaßblauen Augen verrieten eine Spur von Mitleid.

»Warum nur?« ächzte Kazak.

»Weil Sie«, antwortete Dr. Iglace sehr sachlich, »der letzte Werwolf der Welt sind.«

Es hatte eine Zeit gegeben, in der er frei gewesen war. Frei – in einer jener Gegenden, die man früher als Osteuropa bezeichnet hatte. Kazak saß nackt am Fuße einer Eberesche und wartete. Er erwartete seine eigene Verwandlung, sobald Väterchen Mond sich im vollen Lichte zeigte.

Er befand sich inmitten einer Parklandschaft mit sanft abfallenden Hügeln, überall Bäume – keine Menschen.

Unten im Tal waren Schafe zu sehen.

Sonnenuntergang. Rot- und Goldtöne im Westen, Purpurfarben im Osten.

Es wurde dunkel.

Noch dunkler.

Tiefste Nacht.

Wie geschmolzenes Kupfer hing die Kugel des Mondes am Himmel, und das Licht schien ihm voll ins Gesicht; es spiegelte sich in seinen Augen wider und löste jenen kurzen, heftigen Schmerzzustand aus, der die Verwandlung jedesmal begleitete. Er spürte, wie das tiefe Erdreich unter seinen Pfoten federte; es war durchsetzt mit den vermodernden Resten von Wäldern aus grauer Vorzeit. Mit seinen neuen Augen nahm er die Welt nur noch in Schwarz-Weiß-Tönen und Grauschattierungen wahr. Dafür eröffnete sich ihm ein ganzes Universum über seine Nüstern, es war wundervoll! Der Geruch von vermodernden Blättern und Ameisenhaufen, von Menschen, die irgendwo ein Picknick abgehalten hatten, von kaltem Metall und anderen Gegenständen, die sie benutzt hatten; er witterte das warme pulsierende Blut und das wollene Fell von Hammeln.

Er spürte die Sprungkraft seiner sich straffenden Muskeln unter dem Fell, das Strecken und Knacken der Gelenke. Er gähnte mit weit offen klaffendem Maul. Einem uraltem Instinkt folgend hob er sein Bein gegen den Baum, um diese Stelle als sein Reich zu markieren, obwohl ihm niemals zuvor andere seiner Spezies begegnet waren. Er erwartete das auch nicht.

Er begann zu laufen, völlig lautlos, den Hügel hinunter, durch den links und rechts von ihm im Mondlicht silbern glänzenden Wald. In einiger Entfernung witterte er Wasser und Schafe. Es roch nach Futter. Ihm lief der Geifer im Maul zusammen.

Seine Pfoten wußten von selbst, wie sie aufsetzen mußten, um den Körper mit einem Minimum an Kraftaufwand fortzubewegen und ihn sicher an Bäumen und Steinen vorbeizuleiten. Sie machten dabei nicht mehr Lärm, als wären Regentropfen auf den tiefen Humusboden des Waldes geprasselt.

Unter ihm weideten die Schafe; sie sahen aus wie klumpige, erdgebundene Wolken. Der trockene, nach verfaulendem Gras riechende Gestank von Dung drang ihm in die Nüstern, und in seinen

Ohren hallte das vibrierende, ängstliche Blöken der Schafe wider. Er war nun nahe genug herangekommen: Im Schutze des Unterholzes wählte er sich schnell ein Tier aus der Herde und brach aus dem Unterholz hervor – er hörte die hohen Angstschreie und sah, wie die Schafe auseinanderstoben. Seine Vermutung war richtig gewesen, das ausgewählte Tier schlug tatsächlich die Richtung ein, die er vorausgesehen hatte – dann war nur noch das schnelle, barmherzige Zuschnappen der Kiefer zu hören.

Die Beute war reichlich gewesen, er hatte sich sattfressen können. Zum letzten Mal.

Davon träumte er jetzt oft – in diesem kalten Labor, das nun seine Welt war.

Im Schlaf knirschte er mit den Zähnen, auf seiner Zunge spürte er noch einmal den Geschmack von warmem Blut, dem Lebenssaft allen Fleisches.

Aber wenn er aufwachte, erwarteten ihn zu seiner großen Enttäuschung nur das teilnahmslose, trostlose Wohlwollen von Dr. Iglace sowie weitere Untersuchungen in diesem schrecklichen Zimmer, das in geradezu obszöner Weise lebendig zu sein schien.

»Ihr Bildungsgrad ist zwar unterdurchschnittlich, aber Sie sind nicht unintelligent«, sagte Dr. Iglace eines Morgens nach einigen weiteren Untersuchungen zu Kazak; es war ein Morgen, der zwischen den vollen Mondzyklen lag. Das Gespräch fand in Kazaks Zimmer statt. Der Boden hatte Möbelstücke geformt, einen Tisch, Stühle, sogar einen Fensterersatz, der die holographische Darstellung eines Morgens auf dem Lande zeigte. Kazak war das alles vollkommen gleichgültig.

Als er nichts erwiderte, fuhr der Arzt, der es sich auf einem gerade neu geformten Stuhl bequem gemacht hatte, ungerührt fort: »Ich glaube, Sie können begreifen, wie wichtig Sie für uns sind und in welcher Lage Sie sich befinden.«

Kazak schritt hoffnungslos im Zimmer auf und ab. »Lassen Sie mich gehen. Ich habe doch auch meine Rechte.«

Ein lautloses Lachen schüttelte Dr. Iglace. »Sie haben keinerlei Rechte. Die *Planetarische Verfassung* garantiert jedem menschlichen Lebewesen Rechte, aber Sie sind ein *Lykanthrop*, einer, der in seiner Wahnvorstellung glaubt, ein Werwolf zu sein, und das ist ja wohl etwas anderes. Vielleicht ein *Homo sapiens ferox*.«

»Aber ich bin doch ein Mensch. Außer in Vollmondnächten bin ich immer ein Mensch.«

»Dem äußeren Anschein nach, ja. Aber Sie sind es nicht wirklich. Soll ich Ihnen die Unterschiede in der *DNS-* und *RNS-Struktur*, den hormonellen Werten und den einzelnen Körpersystemen vorlesen? Das ist eine sehr informative Liste, kann ich Ihnen versichern. Wissen Sie, daß *Lykanthropie* erblich ist, Mister Kazak?«

Kazak nickte. »Meine Familie«, murmelte er. »Sie wurde mit einem Fluch belegt, nachdem ein Werwolf einen meiner Vorfahren gebissen hatte. Ein Fluch, der vierhundert Jahre andauern soll.«

»Ja«, sagte Dr. Iglace nachdenklich, »Ihre Familie ist wirklich ein besonderer Fall.«

Das unechte Fenster flimmerte und zeigte nun einen Sonnenuntergang über dem Meer. Friedliche Stimmung über einer ruhigen Wasseroberfläche. Kazak hatte nur einen angewiderten Blick dafür übrig. »Ich kann hier nicht bleiben. Ich kann es nicht ertragen, eingeschlossen zu sein. Sie bringen mich um.«

»Unsinn. Wir kümmern uns gut um Sie. Wo war ich stehengeblieben?«

»Der Zustand ist erblich bedingt«, antwortete die kindliche Sopranstimme des Zimmers.

»Ja, das ist sicher. Aber er ist auch ansteckend. *Lykanthropen* sind eigentlich genetische Varianten von ursprünglich menschlicher Abstammung. Die Gene, die Sie in einen Werwolf verwandeln, sind überall in der menschlichen Spezies verbreitet. Natürlich hat sie nicht jeder; nach neuesten Computeranalysen sind sie heute bei weniger als einem unter dreißigtausend zu finden.«

»Und ich bin einer dieser Glücklichen.«

»Na ja, nicht ganz so, denn in Ihrer Familie haben sich die Gene als dominant erwiesen, während sie bei allen anderen noch überlebenden Fällen rezessiv, gewissermaßen schlafend, waren. Wußten Sie, Mister Kazak, daß der Biß eines *Lykanthropen* in Wolfsgestalt ein Speichelsekret freisetzt, das die Struktur der *DNS*, also der *Desoxyribonucleinsäure*, verändert? Kaum merklich, aber ausgesprochen kritisch für Leute, die das rezessive *Lykanthropen*-Gen in sich tragen. Das ist der Grund, weshalb sich *Lykanthropie* überträgt, obwohl zugegebenermaßen die Chancen, daß Sie jemand mit diesem Gen finden und beißen würden, sehr gering sind.«

»Ich habe niemals einem menschlichen Wesen etwas zuleide getan.«

»Warum nicht?«

Kazak schlug die Augen nieder. »Vielleicht, weil ich nie hungrig genug war.«

»Und wenn Sie hungrig waren, haben Sie sich mit bescheidenerer Kost wie Schafen und den Tieren des Waldes begnügt.« Dr. Iglace seufzte. »Zeig uns den Szamos-Park«, befahl er.

Beflissen vergrößerte sich das Fenster und dehnte sich aus, bis es eine ganze Zimmerseite einnahm. Das Bild veränderte sich; es zeigte nun die wilde unberührte Landschaft, in der Kazak umhergestreift und eingefangen worden war.

Kazak wußte, daß es sich wieder nur um eine Holographie handelte. Aber dennoch begannen seine Nasenflügel zu zittern, und er mußte sich zwingen, seinem Impuls zur Flucht nicht zu folgen, nicht den vergeblichen Versuch zu unternehmen, in diese Szenerie hineinzuflüchten.

»Sie erkennen es, wie ich sehe«, sagte Dr. Iglace. »Was ist es?«

»Meine Heimat«, entgegnete Kazak, »die Wildnis.«

Wieder wurde Dr. Iglace von einem lautlosen Lachen geschüttelt. »Machen Sie sich nicht lächerlich. Die Wildnis gibt es seit vierhundert Jahren nicht mehr. Das hier ist ein Park, und die Tiere sind entweder Haustiere oder es handelt sich um genetische Reproduktionen, biologisch so konstruiert, daß sie dem Menschen nicht gefährlich werden können.«

»Aber ich war frei in der Wildnis.«

»Sie haben niemals in der Wildnis gelebt. Es gibt keine Wildnis mehr, Mister Kazak. Ja, natürlich, die Regierung behauptet, daß es sich bei den innerplanetarischen Kolonien um Siedlungsprogramme in der Wildnis handelt. Aber das ist nur eine Lüge, damit sich mehr Freiwillige melden. Mars und Venus sind zwar nur halbzivilisierte Grenz-Planeten unseres Sonnensystems, aber es gibt dort keine ursprüngliche ›Wildnis‹. Es gibt dort überhaupt keine einheimischen Lebewesen, außer den genetisch reproduzierten Pflanzen und Tieren, die wir dort angesiedelt haben.«

Der Arzt beugte sich sehr nahe über ihn, so daß Kazak sogar in seiner menschlichen Gestalt den feinen süßlichen Körpergeruch riechen konnte. »Wollen Sie etwa behaupten, daß diese Tiere Wildtiere sind? Sie sind im Reagenzröhrchen entstanden und die Ergebnisse genetischer Manipulationen, keine wilden Tiere. Um es ganz deutlich zu sagen, Mister Kazak, die ›Natur‹ gibt es auf den besiedelten Planeten des Sonnensystems schon seit Jahrhunderten nicht mehr, am allerwenigsten hier bei uns.«

Die Szenerie im Fenster zeigte nun den Planeten Erde aus dem All gesehen. Er hing inmitten der kalt funkelnden Sterne, die die samtschwarze Dunkelheit durchlöcherten. »Die Erde ist vollkommen urbar gemacht worden, Mister Kazak, und wird bereits überall von Menschen bewohnt. Sie hätten kein Recht, dort zu leben.«

»Dann töten Sie mich«, sagte Kazak. »Sie brauchen dazu nur eine silberne Kugel.«

Aber die Wissenschaftler hatten Schlimmeres mit Kazak vor: Sie wollten ihn erforschen.

In seinen Träumen durchlebte er immer wieder seine Gefangennahme.

Er war in Wolfsgestalt und rannte; er rannte im kalten Antlitz des Vollmondes über die knirschende Oberfläche hartgefrorenen Schnees; die weichen Ballen seiner Pfoten schmerzten. Plötzlich bemerkte er sie: Sie flogen hinter ihm her — in kleinen Maschinen — nur wenige Meter über den höchsten Baumwipfeln. Er konnte sie nicht riechen oder hören, erhaschte nur dann und wann einen kurzen Blick, aber er spürte, daß er verfolgt wurde.

Die mondhellen Blitze, die sie aus den silbernen, eiförmigen Maschinen abfeuerten, blendeten ihn und durchbohrten das schwarze Firmament des Waldes. Zwar waren seine Energiereserven groß, jedoch nicht unbegrenzt, und er brauchte jedes Jota Kraft. Aufhören zu laufen, zu Boden zu gehen — das hätte das Ende bedeutet. Die Hetzjagd war gnadenlos.

Als Wolf konnte er nicht zählen, aber er wußte, daß ihn mehr dieser fliegenden Gegenstände verfolgten, als er Beine hatte. Immer wieder suchte er Deckung, lief dorthin, wo der Wald am dichtesten war. Aber wo er sich auch hinwandte, traf er auf die verräterischen hellen Blitze eines weiteren Verfolgers, der über ihm kreiste, um seine Flucht zu vereiteln. Schließlich begannen sogar sein eiserner Wille und seine Nerven ihn im Stich zu lassen. In seinen Lungen brannte es wie Feuer; die Kniegelenke der Vorderläufe zitterten vor Erschöpfung. Ein- oder zweimal, als er eine Lichtung überquerte, hielt er an, um den Kampf aufzunehmen – ein einsamer Wolf, der auf eine Gelegenheit wartete, zurückzuschlagen. Aber die da oben nahmen die Herausforderung nicht an. Sie verharrten lediglich, lautlos über den Baumwipfeln schwebend, in dem Ring, den sie um ihn gezogen hatten.

In solchen Momenten begann er wieder zu rennen, um im Wald Schutz und Deckung zu finden. Ein verzweifelter Teil von ihm wußte, daß es ein hoffnungsloses Unterfangen war. Die Menschen brauchten nur lange genug zu warten, denn wenn der Vollmond zu Ende ging, war jegliche Hoffnung auf ein Entkommen dahin.

Das Ende kam rasch. Er war buchstäblich in die Enge getrieben, denn er befand sich in einer Felsnische, die Teil eines hohen, fast senkrecht abfallenden Klippenmassivs war. Hinabklettern war unmöglich, und als er herumwirbelte, um wegzurennen, entdeckte er, daß sie inzwischen gelandet waren. Aus zwei der eiförmigen Maschinen waren bereits bewaffnete Männer herausgeklettert, die langsam auf ihn zukamen.

Trotz der Verzweiflung stieg plötzlich ein Glücksgefühl in ihm auf, denn gegen Menschen konnte er doch kämpfen! Mit einem heiseren Knurren sprang er nach vorne, um den Nächstbesten in Stücke zu reißen...

Da ertönte ein Schrei von einem der Umstehenden und aus den Waffen kam ein dröhnendes Geräusch. Als Folge prallte der Wolf gegen eine dicke, unsichtbare Mauer, unfaßbar und dennoch vorhanden. Er hatte das Gefühl, ausweglos in einem Dickicht verstrickt zu sein, wie in einem Alptraum, in dem man verzweifelt versucht, sich fortzubewegen.

Noch mehr Waffen waren mit diesem dröhnenden Geräusch auf ihn gerichtet. Sie verursachten eine so völlige körperliche Lethargie, daß er sich nicht mehr bewegen konnte. Er fiel auf die Seite in den Schnee, sein Brustkorb hob und senkte sich wie ein Blasebalg, sein Herz pochte rasend schnell, Wut und Angst durchzuckten ihn gleichzeitig. Er konnte sich immer noch nicht bewegen, keinen einzigen Muskel rühren.

Der widerwärtige Geruch von Menschen stieg ihm in die Nüstern. Einer von ihnen war unbewaffnet, kam auf ihn zu und kniete nieder. Kazak spürte die Berührung einer Hand auf seinem Fell; jemand streichelte seinen Nacken. »Sehr gut«, hatte er ihn sagen hören, »wirklich sehr gut. Ladet ihn auf.« Das war Kazaks erste Begegnung mit Dr. Iglace gewesen.

Jetzt, nachdem der Wolf am Boden lag, reichte das dröhnende Geräusch einer einzigen Waffe aus, um ihn bewegungsunfähig zu halten. Vier andere Männer hoben ihn auf, trugen ihn zu einer der silbernen, eiförmigen Maschinen, warteten, während eine Seite sich öffnete, und verfrachteten ihn in ein enges Abteil. Der eine mit der Waffe schloß die Tür eine Sekunde zu früh, denn in dem Moment, in dem das Waffengeräusch erstarb, sprang der Wolf auf, um seiner Gefangenschaft zu entkommen – aber die Öffnung in der Seite schloß sich wieder, und er prallte nur gegen eine harte Wand. Er knurrte und heulte, aber er war gefangen. Noch Stunden danach versuchte er, der engen Zelle zu entkommen, solange bis die Metamorphose wieder einsetzte. Er versank in Bewußtlosigkeit – ungefüttert, geschwächt, dem Verrücktwerden nahe.

Wenn er heute aus seinen Träumen erwachte, war er immer in seiner menschlichen Gestalt, nackt, auf dieses Zimmer begrenzt, das irgendwie lebendig zu sein schien, seine Bedürfnisse erfüllte und ihn doch gefangenhielt. Gleichgültig wie oft der Traum wiederkehrte, wenn er aufwachte, glaubte Kazak im ersten Moment immer, er sei gerade gefangengenommen worden. Dann kam die Erinnerung wieder – und mit ihr Tränen der Wut und Verzweiflung.

Die Verwandlung kam und ging, unzählige Male. Kazak hatte längst den Überblick verloren. Die Stunden in Wolfsgestalt waren die schlimmsten, weil die Enge des Zimmers ihn so grausam festhielt wie die Stahlzähne von Beinfesseln. Nach der ersten Metamorphose in Gefangenschaft fütterten sie ihn während der Umwandlung mit rohem Fleisch. Instinktiv fraß er, gierig und heißhungrig.

Später erklärte ihm Dr. Iglace, warum der Instinkt so wichtig war. »Die Transformation verbraucht beträchtliche Energien. Bei der Umwandlung von einem Menschen in einen Wolf verlieren Sie an Körpergewicht. Einiges wird für die Bildung des Fells verbraucht, ein größerer Teil jedoch für die Bildung der Knochen- und Muskelmasse. Sie müssen mindestens ein Drittel Ihres normalen

Körpergewichtes als Mensch zu sich nehmen, um die Umwandlung von einem Menschen in einen Wolf zu überstehen — d. h. ohne schädliche Nebenwirkungen.«

»Lebendfutter wäre besser«, sagte Kazak.

Dr. Iglace schaute gequält drein. »Mister Kazak, wir gehen bereits bis an die Grenzen des Möglichen mit dem Fleisch, das wir Ihnen geben: Kadaver von Haustieren aus dem Park, die an natürlichen Todesursachen gestorben sind. Ihnen ist doch sicherlich bekannt, daß kein menschliches Wesen Fleisch essen würde. Die ›Recht-auf-Leben-Lobby‹ würde uns zwingen, unsere Arbeit aufzugeben, wenn sie Sie als Mensch betrachten würde. So, wie die Dinge jetzt liegen, gelten Sie als Raubtier; daher konnten wir eine Sondergenehmigung erhalten, um Ihren... äh... besonderen Ernährungsgewohnheiten entgegenzukommen.« Mit einem angedeuteten Lächeln fügte Dr. Iglace hinzu: »Es macht wohl wenig Sinn, Sie nochmals danach zu fragen...«

»Ich kann Ihnen nicht sagen, wie man sich als Werwolf fühlt«, insistierte Kazak.

»Dann haben Sie gar keine Erinnerung an Ihre Wolfsgestalt?«

Kazak ging auf und ab. Er setzte sich nie in Gegenwart des Doktors, wenn er nicht ausdrücklich dazu aufgefordert wurde. »Ich habe schon eine Erinnerung. Aber mir fehlen die Worte. Es ist mehr eine Art von Instinkt, von Erfassen mit dem ganzen Körper, von Bewußtheit statt Intellekt.« Er streckte seine leere Hand aus. »Wie würden Sie einem Blinden ein Gemälde beschreiben oder einem Tauben eine Symphonie? Dafür gibt es keine Worte.«

»Und wenn Sie ein Wolf sind? Erinnern Sie sich dann an Ihre menschliche Gestalt?«

»Ja, verschwommen, weit weg, wie in einem Traum, in dem man von einem Traum träumt; wie der Nebel am Morgen, in dem Moment, in dem Sie erkennen, daß die Sonne ihn im nächsten Augenblick verbrennen wird, und wenn Sie den Gedanken zu Ende gedacht haben, ist er auch schon weg.«

»Sehr poetisch. Allerdings wissenschaftlich kaum haltbar.«

Kazak hörte für einen Moment auf, ständig hin- und herzulaufen und bat mit gefaßterer Stimme: »Lassen Sie mir doch einen Rest an Würde. Geben Sie mir wenigstens Kleider — für die Zeiten, in denen ich ein Mensch bin.«

Der Doktor zog die Augenbrauen hoch: »Sie glauben, daß Kleider Würde verleihen? Also, Sie sind wirklich altmodisch. Ihnen ist doch sicher bekannt, daß es an zivilisierten, von Menschen bewohnten Orten jedem schon seit langem freigestellt ist, ob er Kleider trägt oder nicht. Warum auch nicht, seitdem das Klima vollständig kontrolliert werden kann und die Reproduktion auf wissenschaftlichem Wege stattfindet?« Er zeigte auf seine maßgeschneiderten Schuhe, seine weiße Hose, sein weißes Jackett. »Das hier ist eine Uniform, aber keine Kleidung. Sie weist mich als ein Mitglied der wissenschaftlichen Zunft aus. Wenn es Ihnen hilft, könnte ich ebenfalls nackt herumlaufen.«

»Nein«, sagte Kazak, »dadurch würde ich mich nicht besser fühlen.«

»Bekleidung«, wiederholte der Wissenschaftler. »Das ist wirklich interessant. Aber dennoch, wenn Sie gerne Kleider hätten − kein Problem. Legen Sie sich auf Ihr Bett. Es hat uns zugehört und weiß, worum es geht.«

Kazak legte sich nieder. Das Bett wuchs über ihm zusammen und streifte einen dünnen Zellstoff über Brust und Arme, Lenden und Beine. Nach wenigen Augenblicken stand er wieder auf, bekleidet mit einem weißen Unterhemd, einer Hose sowie Schuhen aus weichem, weißen Material. »Danke«, sagte er ergeben.

»Keine Ursache. Ich hoffe, Sie fühlen sich jetzt...« Dr. Iglaces dünne Lippen verzogen sich spöttisch »menschlicher.«

Sie hatten ihm ein ›richtiges‹ Fenster gegeben, ein Hologramm, das die Aussicht auf die Stadt freigab, in der sie sich befanden: ein Ort mit nicht endenwollenden turmartigen Gebäuden und tiefen Straßenschluchten. Die Zeiten zwischen den Untersuchungen beobachtete Kazak das Fenster begierig, zählte Tag für Tag die Intervalle und fürchtete das Herannahen des nächsten Vollmondes.

Einmal saß er davor und beobachtete den östlichen Horizont. Er hatte genau gezählt, und heute war Vollmond. Er wußte zwar nicht, welcher Monat es war, denn die Stadt war sicherlich auch ›domestiziert‹ und zeigte deshalb genausowenig Jahreszeiten an wie das ewig gleichbleibende Gesicht des Mondes; aber er wußte, daß die Umwandlung anstand, die sechste oder achte seit seiner Gefangennahme.

Der Mond ging langsam auf, blaß im Licht dieser riesigen Stadt.

Kazak schrak innerlich zusammen, als der Mond über den zackigen Horizont von Turm- und Dachspitzen kletterte — aber die Umwandlung fand nicht statt. Er blieb Mensch.

Kazak wurde von Erleichterung und Angst geschüttelt. Als der Mond so hoch geklettert war, daß er ihn durch das Fenster nicht mehr sehen konnte, öffnete sich die Wand und Dr. Iglace trat ins Zimmer. »Fühlen Sie sich nun geheilt?« fragte er.

»Was haben Sie mit mir gemacht?« fragte Kazak zurück.

»Vielleicht ein neues Medikament. Wie fühlen Sie sich? Vermissen Sie die Transformation?«

Kazak sah finster drein: »Ich vermisse...« hub er an, »... ich vermisse — meine Freiheit.«

Iglace schüttelte den Kopf: »Noch eine von diesen überholten Ideen.«

»Bitte«, sagte Kazak, »ich habe niemals einen Menschen getötet, niemals irgend jemandem etwas zuleide getan.«

»Doch, der Wissenschaft«, entgegnete Iglace, »dadurch, daß Sie eine Anomalie sind, ein Frevel, der letzte Mensch-Werwolf. Nein, es tut mir leid.« Er schaute auf das Fenster. »Zeig ihm, wie es draußen wirklich aussieht«, befahl er.

Im Fenster wurde es hell. Draußen war es nicht Mitternacht, sondern die Sonne ging gerade über der Stadt unter. Kazak betrachtete die Szene mit finsterem Blick: »Sie haben mich also zum Narren gehalten.«

Iglace zuckte mit den Schultern. »Es wäre möglich gewesen, daß der Auslöser für die Metamorphose ausschließlich psychologischen Ursprungs gewesen wäre, daß Sie nur geglaubt hätten, daß der Mond die Verwandlung auslösen würde. Während des vergangenen Monats haben wir den Tag-/Nacht-Zyklus des Zimmers geändert und sind in der Zeit ein bißchen schneller vorangegangen, so daß Ihre Wahrnehmung der tatsächlichen Zeit ungefähr neun Stunden voraus ist. Sie haben nur eine Abbildung des Vollmondes gesehen, nicht den Mond selbst. Wie dem auch sei, er wird bald aufgehen. Bitte konzentrieren Sie sich nun auf meine Fragen; sie verfolgen einen bestimmten Zweck. Sagen Sie mir, was Sie gefühlt haben, als Sie annahmen, daß die Umwandlung nicht stattfinden würde.«

Kazak runzelte die Stirn. »Ich hatte Angst und war gleichzeitig glücklich. Und traurig. Ich wollte frei sein, auch wenn das bedeuten sollte, daß ich nie wieder die Stimme des Blutes hören würde.«

»Ein *Lykanthrop* und ein Poet. Mein Freund, Sie sind wirklich ein lebendes Fossil — in zweifacher Hinsicht. Aber jetzt muß ich Sie verlassen, Mister Kazak. Die Sonne wird nun wirklich bald untergehen.«

Eine Tür erschien und verschwand wieder, nachdem Dr. Iglace durch sie hinausgegangen war. Das Fenster war ebenfalls nicht mehr sichtbar, so daß nur noch die vier Wände, die Decke und der Boden übrig blieben. Kazak ging aufgebracht im Zimmer auf und ab.

Doch plötzlich spürte er im Gehen den ersten knirschenden Schlag; es war ein Gefühl, als würden sich die zersplitterten Enden von gebrochenen Knochen in sämtlichen Gliedern gegeneinander reiben. Verzweifelt riß er sich die Kleider vom Leibe. Er fiel auf Hände und Füße nieder; er spürte, wie sein Puls raste; sein Atem ging heiß und stechend. Einen kurzen Augenblick lang, der jedoch eine Ewigkeit zu umspannen schien, schwebte er mit fest angespannten, zitternden Muskeln — wie ein Mensch, der kurz vor dem Orgasmus steht oder mit dem Tode ringt.

Seine Knochen wurden biegsam und formten sich um; ihm wuchs ein dichtes Fell, sein Schädel verformte sich. Aus seinen Zähnen wurden Hauer und aus seinen Nägeln Klauen. Energie durchströmte ihn, und sein Körpergewicht schrumpfte zusammen, als seine Muskeln die neue Form annahmen, seine Knochen sich verschoben und seine Wirbelsäule sich zu einem Schwanz verlängerte.

Er nahm das verhaßte Zimmer nun durch seine Nüstern auf: Der Geruch von Plastik, Metall, Synthetik, Chemikalien — keimfrei — nichts Lebendiges. In seiner Wolfsgestalt konnte Kazak spüren, daß das Zimmer nicht wirklich lebte. Es war alles künstlich erzeugt. Er spürte das Pulsieren der Flüssigkeiten, die durch Mikroporen liefen, hörte das schneidende Geräusch von Elektrizität — wie ein Messer, das gerade auf einem zehn Kilometer entfernten Schleifstein gewetzt wird. Der Raum kannte ihn und hielt ihn gefangen. Er war sein Feind. Ein Feind, der nicht getötet werden konnte, weil er nicht lebte.

Kazak schrie auf, und der Schrei erstarb in Wolfsgeheul.

In längst vergangenen Zeiten hatte Kazak oft erfolglos versucht, sich vor dem Mond zu verstecken. Aber wie tief er sich auch in Höhlen verkroch, sich unter Erdmassen und Steinen verbarg – irgendwie fand Väterchen Mond ihn immer, und er wandte sich an die Stimme seines Blutes, an seinen Drang zu laufen und frei zu sein, und jedesmal, ja, jedesmal war sein wildes Blut dem Ruf gefolgt.

Er lebte schon seit langer Zeit – wie lange genau, daran konnte er sich nicht mehr erinnern. Lebewesen seiner Spezies alterten langsam und ihre Lebenserwartung war höher als die normaler Menschen. Seine Mutter, an die er sich kaum erinnerte, hatte in grauer Vorzeit von solchen Dingen gesprochen: ›Du wirst ein hohes Alter erreichen und dich doch niemals alt oder schwach fühlen. Und wenn die Zeit für dich gekommen ist, wirst du dich Mutter Erde ohne Schmerzen und Angst wieder anvertrauen.‹

Später dann erfuhr er aus Büchern von einem Zauber, dem alle seiner Spezies ausgeliefert waren, dem *Bann des Silbers*. Einmal – in einer Stadt am Mittelmeer – hatte er diesem Zauber auf den Grund gehen wollen: Er ging in ein Antiquitätengeschäft, das sich auf alte Stücke aus Silber spezialisiert hatte. Sobald er den kühlen düsteren Laden, in dem es nach Knoblauch und Staub roch, betreten hatte, fühlte er augenblicklich die Wirkung, die Bedrohung, die von dem Metall, das ihn überall umgab, ausging; scharf wie Messer, die ihm nach dem Leben trachteten. Er spürte geradezu körperlich, wie sich die silbernen Schmucknadeln in ihren Kartons aufrichteten, um ihn anzugreifen, seine Haut zu durchbohren. Er spürte die Feindseligkeit der Silberringe, die sich wie Schlangen auseinanderrollen wollten, um zuzubeißen.

Die ungeheure körperliche Wahrnehmung des feindseligen Elementes hätte ihn damals fast erschlagen. Der Ladenbesitzer war plötzlich aus dem hintersten Teil des Ladens aufgetaucht – fett, mit einem großen Schnurrbart – und hatte gefragt: »Silber, *Signore*? Möchten Sie etwas Schönes aus Silber?«

Er war – ohne Erklärung oder Entschuldigung – aus dem Geschäft in das helle Sonnenlicht und das draußen pulsierende Leben geflüchtet. Später hatte er sich nach Norden in die Wälder zurückgezogen, wo er ein einfaches Leben führen konnte und sogar eine Anstellung als Aufseher erhielt. Für diese Arbeit waren keine besonderen Zeugnisse erforderlich. Man hatte ihm sogar eine kleine schattige Einsiedlerklause zur Verfügung gestellt.

Die Küche war mit Gegenständen aus Aluminium eingerichtet, und die Messer und Gabeln waren aus Stahl. Er war nie in die Fänge des Silbers geraten — mit Ausnahme des silbernen Mondes, einmal im Monat, und dessen Ruf ging tiefer als jedes noch so scharfe Chirurgenmesser vordringen konnte.

»Silber«, sagte Dr. Iglace, »wirkt als Katalysator.«

»Das verstehe ich nicht«, sagte Kazak.

Dr. Iglace kam der Beantwortung der Frage bereitwillig nach. »Es destabilisiert mindestens zwei Ihrer Hormone. Das Silber selbst wird von der Reaktion nicht berührt, aber es beschleunigt sie. Normalerweise heilt Ihr Körper Verletzungen erstaunlich schnell aus, ganz egal wie schwerwiegend die Verletzung war. Schauen Sie sich nur Ihren rechten Unterarm an — sehen Sie die Narbe?«

Kazak starrte erstaunt auf seinen Arm, und als er den Blick hob, sah er in die eiskalten blauen Augen von Dr. Iglace, die ihn lauernd beobachteten.

»Welche Narbe?«

»Genau das ist es ja. Wir haben mehrfach Gewebeproben aus Ihrem Unterarm entnommen und innerhalb weniger Stunden sind die Wunden ohne jede Narbe verheilt. Es mag für Sie interessant sein zu erfahren, daß die chemische Zusammensetzung Ihres Körpers medizinisch sehr wertvoll ist. Vielleicht werden wir aus Ihrem Blut ein Serum herstellen können, das die Wundheilung beim Menschen beschleunigt.«

Kazak hatte wieder begonnen, rastlos im Zimmer auf und ab zu gehen; ein eingeschlossenes Tier in einem Käfig. »Aber was ist mit der Wirkung des Silbers?«

Dr. Iglace machte eine wegwerfende Handbewegung. »Es zersetzt den Heilungsprozeß und reduziert Ihre Selbstheilungsfähigkeiten auf die eines normalen Menschen. Das heißt also, daß Sie durch ein silbernes Messer oder durch eine silberne Kugel getötet werden könnten, weil Sie der Wundwirkung nichts entgegenzusetzen hätten. Ein normales Messer oder eine Kugel würde Sie nicht schwerwiegend verletzen, sogar wenn es Ihr Herz durchbohren würde, denn das Muskelgewebe würde sofort wieder zusammenwachsen, und das Loch würde sich schließen. Damit wäre Ihr Leben gerettet.«

Kazak ging jetzt nicht länger aufrecht, sondern kroch über den Boden und fragte: »Wie lange bin ich jetzt schon hier?«

»Heute genau ein ganzes *Mondjahr*. Heute nacht ist Vollmond.«

»Ich weiß«, sagte Kazak und warf sich auf den freien Stuhl. »Wahrscheinlich haben Sie über den Mond auch eine Ihrer Theorien.«

Dr. Iglaces gebräuntes Gesicht strahlte, und er lächelte. »Natürlich. Sie stehen unter dem Einfluß von Strahlung. Eine milde Form der Strahlung, ausgelöst durch das Sonnenlicht, wenn es auf die Mondoberfläche trifft. Die Energie des Sonnenlichts aktiviert einen Prozeß, der wiederum zur Folge hat, daß bestimmte Teilchen, die kleiner sind als Atome, vom Mond freigesetzt werden. Verzeihen Sie mir bitte, aber das ist nicht mein Fachgebiet.«

Kazak schüttelte nur benommen den Kopf.

Der Doktor fuhr fort. »Wenn der Mond dreiviertel voll ist, ist die Strahlung zu schwach, um Einfluß auf Sie auszuüben. Nur bei Vollmond erreicht die Strahlung die Erde mit ausreichender Intensität, um die Transformation auszulösen.«

»Wie wäre es mit einem Schutzschild?« fragte Kazak.

»Mein lieber Freund, natürlich haben wir daran auch gedacht. Unsere Berechnungen haben ergeben, daß der Schutzschild für Sie mehrere tausend Kilometer dick sein müßte, um die Wirkung abzuschwächen. Wahrscheinlich wäre es eher möglich, daß Sie einmal im Monat mit einem sehr schnellen Raumschiff die Erde umrunden, um die Erde als Schutzschild zwischen sich und dem Mond zu haben. Das wäre denkbar, dürfte aber kaum praktikabel sein.« Der Arzt schaute auf sein Handgelenk, auf dem rote Leuchtziffern, die wie beseelte Tätowierungen aussahen, die Uhrzeit angaben. »Ich muß jetzt gehen. Wissen Sie, ich mache mir Sorgen um Sie. Sie verlieren in beiden Gestalten an Körpergewicht.«

Kazak saß angespannt auf seinem Stuhl. In dem Moment, in dem sich Iglace der Wand näherte, in dem Augenblick, in dem die Wand sich zu einer Türöffnung ausdehnte, rannte er los. Er sprang dem Wissenschaftler zwischen die Schulterblätter und riß ihn mit nach vorne; er hörte seinen keuchenden Atem. Sie taumelten und stürzten zu Boden. Dr. Iglace lag regungslos, aber er atmete noch.

Kazak richtete sich auf und sah, daß er sich in einem langen, weißen Korridor befand, der im Gegensatz zu seinem Zimmer nicht aus diesem künstlich belebten Imitat bestand, sondern aus ganz normalen Metallen und Legierungen. Er begann zu rennen.

Er fand ein Fenster, diesmal ein richtiges, und schaute hinaus. Die Stadt erstreckte sich weit unter ihm, aber nur einige Meter unterhalb des Fensters führte einer jener röhrenförmigen Lufttunnel von dem Gebäude, in dem er sich befand, zu dem gegenüberliegenden. Kazak versuchte, das Fenster zu öffnen; es schwenkte einen Spaltbreit auf, gerade breit genug für ihn, um sich hindurchzuzwängen.

Die Sonne stand tief und war glutrot.

Er ließ sich auf das Dach des Lufttunnels fallen, wobei er fast abgerutscht wäre, konnte jedoch in letzter Sekunde noch den Absturz aus neunzig Metern Höhe verhindern. Er hielt sich fest und kroch außen an dem glühend heißen Metall entlang, bis zum gegenüberliegenden Gebäude. Es gelang ihm, sich in den Lufttunnel hineinzuzwängen. Die Flure des anderen Gebäudes waren voll von Menschen. Die meisten von ihnen waren bekleidet, einige von ihnen aber auch nur halb oder gar nicht. Keiner nahm Notiz von ihm, und er fand den Weg zum Aufzug.

Draußen versank die Sonne gerade hinter dem Horizont. Er glitt hinunter ins Erdgeschoß. Sein Herz hämmerte wild, und er fragte sich die ganze Zeit, ob Iglace irgendeinen ferngesteuerten Sensor in seinen Körper eingebaut hatte, und ob er inzwischen wieder bei Bewußtsein war. Hatten sie die Verfolgungsjagd bereits aufgenommen?

Die Straße lag vollkommen im Schatten, denn die Gebäude ließen kein Sonnenlicht auf das Straßenpflaster durchdringen, aber fast genau in dem Augenblick, als Kazak aus dem Gebäude trat, leuchteten die Vorderseiten der Bauten in kaltem, künstlichem Licht auf, das die Dämmerung von der breiten Straße vertrieb. Menschenmassen drängten sich in entgegengesetzten Richtungen. Die Menge öffnete sich und schloß sich hinter ihm; er rannte um sein Leben.

Er rannte auch um ihr Leben.

Bevor es ihm bewußt wurde, war er aus den überfüllten Gebäuden und Straßen in einen Park hineingerannt, ein Park mit richtigem Gras und echten Bäumen, obwohl auch hier der Sonnenuntergang nicht zu sehen war; der verschwand hinter einer Skyline von Gebäuden auf der anderen Straßenseite. Der Geruch von Gras stieg ihm stechend in die Nase; er lief tiefer in den Park hinein. Plötzlich spürte er wieder jenen ersten, heftigen Schmerz, der die bevorstehende Verwandlung ankündigte.

Gebüsch und Felsen. Er kroch an eine Stelle, die wie ein Nest anmutete und riß sich seine Kleider herunter; er fühlte, wie seine Nägel härter und schärfer wurden. In der kühlen Luft des Parks stieg am Boden ein feiner Nebel auf, besudelt von den Ausdünstungen der Stadt.

Er hörte die Stimme des Mondes, die ihn rief. Sein Atem ging rasselnd, und er erkannte an dem Geräusch, daß er der menschlichen Sprache nicht länger mächtig war. Er war aller Einengungen entledigt. Er war endlich frei.

Er war hungrig.

Es tat so gut, über Erdreich und Steine zu laufen. Er nahm die Witterung des sich verdichtenden Nebels auf. Der Gestank der Stadt nahm ihm fast den Atem. Der staubige, widerwärtige Geruch von Menschen und all ihren Werken und Machenschaften schnürte ihm das Maul zu. Er rannte los. Jetzt bemerkten ihn die Menschen, die auf den Wegen, die sich durch den Park schlängelten, spazieren gingen. Sie schrien und zeigten auf ihn, und er stürmte gegen sie an und trieb die Herde auseinander. Seine Gedärme zogen sich vor Hunger zusammen. Er schnitt ein Junges von der Herde ab, ein *weibliches*. Erfahren und gewandt jagte er es und trieb es in die Enge — bis es mit dem Rücken gegen einen Zaun stand. Augen und Mund waren weit aufgerissen — der Mund stieß schrille Schreie aus ...

Er nahm den Geruch der jungen Frau auf. Der Geruch von Fleisch und Blut, von pulsierendem Leben, stieg ihm scharf und stechend in die Nüstern. Er roch ihre Todesangst.

Sie zu töten, wäre so leicht. Sie war eine einfache Beute; warm und lebendig.

Er brauchte sie so sehr. Aber in irgendwelchen dunklen Verästelungen seines Geistes rührte sich etwas. Er hatte es *den Traum von einem Traum* genannt — die vage, schimmernde Erinnerung an etwas, das er mit seinem Opfer gemeinsam hatte.

Er war keiner Sprache mächtig, um es auszudrücken und als Menschlichkeit zu bezeichnen, aber er erkannte es.

Er wandte sich ab.

Seine Rückenhaare sträubten sich, und ein Jaulen entfuhr seinem Rachen.

Sie warteten schon auf ihn. Ein Dutzend Männer oder noch mehr, alle in weißen Anzügen, jeder von ihnen mit einer Waffe in der Hand. An ihrer Spitze — knietief in dem aufsteigenden Nebel — stand Dr. Iglace, unbewaffnet. Verschwommen, und ohne es in der Sprache der Menschen ausdrücken zu können, erinnerte sich Kazak daran, daß Dr. Iglace und die anderen alles über die Wirkung des Silbers wußten...

Er hoffte, daß sie silberne Pistolenkugeln hatten.

Er sprang auf sie los.

»Es hat sich nur um einen weiteren Test gehandelt«, erklärte Dr. Iglace. »Wir mußten sicherstellen, daß Sie dem Wunsch zu töten widerstehen würden, bevor wir Sie in die Freiheit entlassen können.«

»Frei?« fragte Kazak. Es war am nächsten Morgen. Er erinnerte sich vage an die Waffen, an die von ihnen ausgesandte Energie, die ihn erfaßte und seine Bewegungen verlangsamte. Das hatte ihn davon abgehalten, Dr. Iglace die Kehle durchzubeißen. Diesmal hatten sie ihn so lange ruhiggestellt, bis er wieder in Menschengestalt war und seine Venen mit Nährstoffen vollgepumpt waren. Er fühlte sich sehr schwach an diesem Morgen, aber nicht zerstört. Dr. Iglace war so damit beschäftigt, eine Reihe von Zahlen auszuwerten, die auf einer Schautafel an der Zimmerwand erschienen, daß er auf Kazaks Frage nicht antwortete; daher wiederholte Kazak: »Sie lassen mich frei?«

Iglace kam wie aus einem Tagtraum zurück. »Ja. Sie sind die ganze Zeit über bestens überwacht worden. Sie hätten sowieso niemanden verletzen können. Allerdings hätte es passieren können, daß selbst Ihre bemerkenswerten Heilungskräfte nicht ausgereicht hätten, wenn Sie von dem Lufttunnel heruntergefallen wären. Wir hatten angenommen, daß Sie die Aufzüge am Ende des Flurs benutzen würden.«

Kazak schüttelte den Kopf. »Ich habe sie nicht gesehen.«

»Na ja, als Sie dort nicht ankamen, haben wir uns gleich anders angeordnet und andere Vorkehrungen getroffen.«

»Meine Flucht war geplant?«

»Natürlich. Es war, wie ich schon sagte, ein Test. Wir wollten feststellen, ob Sie einen Menschen töten bzw. es versuchen würden. Das haben Sie nicht getan. Wobei ich mich selbst ausschließe.« Die blauen Augen blickten kalt, das Lächeln war eisig. »Sie halten mich wohl kaum für einen Menschen. Aber jetzt wissen wir es besser, nicht wahr? Und daher werden Sie in die Freiheit entlassen.«

»Zurück ... in die Wälder?«

Iglace schüttelte sich.

»Jetzt hören Sie aber auf! Nein, natürlich nicht. Sie wissen doch, daß die Welt domestiziert worden ist, Mister Kazak. Wir können wohl kaum einen Wolf in unserer Mitte dulden. Nein, wir schicken Sie auf den Planeten Venus.«

Kazak kniff die Augen zu. »Nein.«

»Ja. Der Planet Venus ist einer der Grenzplaneten unseres Sonnensystems, eine Grenzwelt, Mister Kazak. Zugegebenermaßen ist es dort immer noch sehr heiß, aber man wird Sie am Nordpol aussetzen, wo die Sommerhitze nur etwa achtunddreißig Grad Celsius erreicht, also kaum mehr als die durchschnittliche Körpertemperatur. Gravitationsbeschleuniger haben die Rotationsgeschwindigkeit des Planeten während der vergangenen Jahrhunderte erhöht. Ein Tag auf der Venus dauert deshalb nur dreißig Stunden. Sie werden vielleicht der einzige Siedler sein, der lange genug leben wird, um mitzuerleben, daß der Tag vierundzwanzig Stunden andauert — in etwa hundert Jahren.«

»Nein«, wiederholte Kazak.

Dr. Iglace breitete die Arme aus: »Auf der Venus gibt es Flüsse und Seen, die zwar klein sind, aber immerhin. Es gibt große sauerstoffproduzierende Wälder, wenn auch die Bäume natürlich alle künstlich aus dem Erbgut der Erde angelegt wurden. Was die Bevölkerung angeht, so handelt es sich um — sagen wir — Individualisten, die in dieser Grenzlandsituation sehr vergnügt und fröhlich leben. Sie sehen, es ist ein idealer Ort für Sie. Wer weiß, vielleicht können Sie dort sogar ...«, das plötzliche Lächeln zeigte eine Andeutung von mildem Spott, »die Stimme des Blutes hören.«

Kazak begegnete dem Lächeln mit einem bitteren Lachen. »Ein Ort, der über keine Schutzmöglichkeiten verfügt, so wie sie auf der Erde zu finden sind? Wo Männer und Frauen nicht diese verdammten, lebendigen Häuser haben, die sie hätscheln und schützen? Wo ein Wolf töten könnte, ohne Angst zu haben, eingesperrt zu werden?«

»Genau«, sagte Dr. Iglace. »Aber, wie dem auch sei, Sie werden nicht töten. Das haben Sie doch letzte Nacht bewiesen. Sogar wenn Sie in Wolfsgestalt sind, haben Sie genug Kontrolle über sich selbst, um nicht zu töten.«

»Aber ich kann dessen doch nicht sicher sein. Wenn ich nun völlig verzweifelt oder hungrig genug wäre...«

Dr. Iglace warf einen Blick auf die Uhr. »Sie müssen jetzt mitkommen. Wenn wir jetzt nicht gehen, werden wir das Raumschiff verpassen. Machen Sie sich keine Sorgen, Mister Kazak. Sie werden die harte Arbeit auf dem Planeten Venus mögen, diese Herausforderung, in einem Grenzgebiet zu überleben. Warum auch nicht – Sie können ein normales Leben führen, sogar heiraten...«

»Der Zustand ist erblich bedingt«, stieß Kazak wütend hervor.

»Oh, niemand von Ihrer Familie wird jemals auf die Erde zurückkehren, dafür werden wir schon sorgen.«

»Sind Sie verrückt geworden? Eine Rasse von Werwölfen auf einem ungeschützten Grenzplaneten?«

»Ob *ich* verrückt bin? Sind *Sie* es nicht eher? Sie lehnen die Freiheit ab!« Nochmals durchzuckte ein kaltes, eisiges Lächeln Dr. Iglaces Gesicht. »Das Ganze hat übrigens auch noch einen weiteren Vorteil, einen, den Sie sicherlich zu schätzen wissen. Die Waagschale neigt sich dadurch wirklich zu Ihren Gunsten. Mit Ihren natürlichen Fähigkeiten, Ihrer Hartnäckigkeit und Ihrem Intellekt, Ihrer Zähigkeit und Vitalität wäre ich nicht überrascht, wenn Sie aus diesem letzten Vorteil soviel Nutzen zögen, daß Sie zum mächtigsten Siedler auf dem Planeten Venus würden.«

»Und welcher ist das?« fragte Kazak.

»Der Planet Venus«, sagte der Wissenschaftler, »hat keinen Mond.«

Originaltitel: And The Moon Shines Full And Bright
Ins Deutsche übertragen von Birgit Dederichs-Bain

Stuart M. Kaminsky

Vollmond über Moskau

Katarina Iwanowa hastete entlang der Moskwa über das schneebedeckte Taras-Schewtschenko-Ufer. Sie hatte gerade ihre Schicht als Fahrstuhlführerin im Hotel Ukraina beendet, als sie auf die Uhr am Angestellten-Eingang blickte und sah, daß es fast Mitternacht war. Das ließ ihr eine halbe Stunde Zeit, um das Ufer entlangzueilen, unter der Borodino-Brücke herzugehen, durch den Garten am Kiew-Bahnhof zu laufen und die Kiewskaja-Metro-Station zu erreichen. Falls sie die letzte Metro verpaßte, müßte sie entweder ein Taxi nehmen, was sie sich kaum leisten konnte, oder aber zurück zum Hotel gehen und Molka Lew um Hilfe dabei bitten, für diese Nacht heimlich in ein leeres Zimmer zu schleichen. Katarina wollte Molka Lew nicht um Hilfe bitten. Sie wollte niemanden um Hilfe bitten. Mit ihren zweiunddreißig Jahren war sie mehr als unzufrieden mit der Hilfe, die ihr bis jetzt von Männern oder Frauen angeboten worden war. Man mußte immer einen Preis zahlen. Abgesehen davon hatte Katarina eine kleine Tüte dabei, deren Inhalt sie weder mit Molka noch sonst jemandem von den Angestellten teilen wollte. Es war ein Geschenk, ein Geschenk, das sie auf Agdas Kissen legen wollte, auf dem Agda es am Morgen finden würde. Katarina liebte es, Agda Geschenk zu machen, die sich selbst über eine kleine Dose Zitronendrops von Herzen freute.

Es war Dezember, und leichter Schnee fiel auf das Weiß des alten

Schnees, der in den letzten zwei Tagen liegengeblieben war und der jetzt von einem schneidenden Wind vom Fluß her aufgewirbelt wurde. Katarina störten weder Kälte noch Schnee. Je kälter es war, desto unwahrscheinlicher war es, von einem Betrunkenen belästigt oder von sonst jemandem überfallen zu werden, wie es seit neuestem geschehen konnte. Sie bemerkte erfreut, daß sie um diese Stunde und bei diesem Wetter ziemlich ungestört sein würde.

Ein Hund heulte, und der Absatz von Katarinas linkem Stiefel traf auf ein Stück Eis unter einem dünnen Fleckchen Schnee. Sie wäre fast ausgerutscht, behielt aber ihr Gleichgewicht und schaffte es, nicht hinzufallen oder ihr wertvolles Päckchen zu verlieren.

Katarina war fest eingepackt in Agdas gefütterten Stoffmantel, den sie über ihrem eigenen Wollpullover mit dem hohen Kragen trug. Einen Wollhut hatte sie tief ins Gesicht gezogen und zugeschnürt, um ihre Ohren und rosigen Wangen zu schützen. Katarina Iwanowa war keine Schönheit. Das wußte sie, aber sie war bestimmt nicht häßlich. Ihr Körper war gerade und stark, wenn auch ein bißchen schwer, und ihre Haut war rosig und klar. Ihr Haar war genauso blond wie damals an ihrem dritten Geburtstag, als das Foto auf der Ankleidekommode aufgenommen worden war.

Ein Geräusch hinter ihr. Das Rascheln von Wind und Schnee in den Bäumen, oder etwas Lebendiges, ein Hund, ja, ein Hund. Die Zahl der Übergriffe gegen Frauen war seit Gorbatschows neuer Sowjetunion in die Höhe geschnellt, ein Anstieg von vierundsechzig Prozent innerhalb eines Jahres, insgesamt dreihundertsechs Angriffe in Moskau, einschließlich dreiundfünfzig versuchten und dreiundfünfzig erfolgten Vergewaltigungen.

Der Hund bellte wieder, nahe, während Katarina weiterging.

Sie kannte sich gut aus mit Statistiken. Katarina liebte Statistiken. In ihnen lag Sicherheit. Wenn sie einmal aufgestellt waren, veränderten sie sich nicht und blieben einfach, was sie waren. Durch den weißen Dunst konnte sie vor sich die Lichter der Bolschaja Dorogomilowskaja-Straße sehen, bei der die Brücke ins Herz der Stadt führte.

Sie entschied, daß es ein sehr großer Hund war, und er bewegte sich von hinten auf sie zu, machte sehr komische, tiefe Geräusche, als ob seine Kiefer gegen irgend etwas klatschten...

Die Einwohner Moskaus besitzen fünfundsechzigtausend

Hunde, zweihundertfünfzigtausend Katzen und mehrere hunderttausend Vögel, dachte sie, um ihre Phantasie etwas abzulenken. Andere Tiere waren selten, obwohl sie ein paar Affen gesehen hatte. Katarina bemerkte ohne große Befriedigung, daß es in Moskau fünfunddreißigtausend Iwanows und Iwanowas mehr gab als Hunde. Es gab sogar fünfundzwanzigtausend mehr Kusnetsows als Hunde in Moskau. Es war wahrscheinlicher, daß einem ein Kusnetsow folgte, als ein Terrier.

Es war kein Hund. Der Gedanke war Katarina ziemlich unwillkommen.

Noch fünfzig Meter. Niemand war zu sehen. Die Straßenlampen am Ufer waren angeschaltet, obwohl ihr Licht durch das Schneetreiben gedämpft wurde. Sie konnte sich beeilen und riskieren, zu fallen, oder sie konnte ein bißchen langsamer gehen, um etwas fußsicherer zu sein, und so riskieren, daß das Tier sie erreichte, bevor sie auf die Hauptstraße gelangte.

Katarina entschied sich dazu, sich zu beeilen. Hinter sich, durch das Sausen einer Windböe hindurch, hörte sie, wie das Tier ihr nachsetzte, hörte das Knirschen des Schnees unter seinen Pfoten.

Katarina hatte Angst. Das konnte sie jetzt nicht mehr bezweifeln, sie konnte sich nicht mehr selbst belügen. Irgendein Tier vom Zirkus oder von einem nahegelegenen Labor war ausgebrochen. Sie würde es der Presse und dem Fernsehen melden. Die PRAWDA druckte jetzt alle möglichen Beschwerden.

Katarina verschob ihr Paket unter dem Arm, griff in ihre schwere rote Plastikhandtasche und holte die automatische Tokarew-7,62-mm-Pistole heraus, die Agda ihr vor weniger als einem Jahr gegeben hatte, als Katarina die neuesten Überfallstatistiken entdeckt hatte. Agda war schrecklich abergläubisch, aber auch ziemlich praktisch.

Katarina Iwanowa ließ ihre Tasche sanft in den Schnee gleiten, umklammerte den Revolver in ihren Händen, die in Wollhandschuhen steckten, drehte sich um und richtete die Waffe auf das Tier, von dem sie wußte, daß es hinter ihr war. Agda wäre sehr stolz auf sie gewesen.

Das Wesen, das sie auf sich zukommen sah wie einen überraschenden schwarzen Strich auf der weißen Leinwand des Schnees, war ein Tier, das Katarina niemals zuvor gesehen hatte. Es sprang auf sie zu, und es war so groß wie ein hochgewachsener Mann. Es war mit grobem grauen Haar bedeckt, das im Licht des Vollmondes bebte. Sein großer Mund war geöffnet, seine Zähne ... Katarina feuerte, als das Wesen sich duckte und sie ansprang, indem es seine starken Hinterläufe benutzte, um sich in die Luft zu katapultieren. Sie schoß noch einmal. Die Kreatur stöhnte, traf auf den Boden und landete direkt vor Katarina, richtete sich auf und überragte sie, die Vorderpfoten erhoben, gebogene Klauen dunkel gegen den grauen Pelz, die Zähne scharf und ... war das Blut? Katarina schoß noch einmal in die hämmernde Brust des Wesens, als es sie angriff. Schmerz raste wie eine Injektion von Eis durch Katarinas Schulter, brachte sie dazu, rückwärts zu stolpern und die Waffe vor Angst im Schnee zu verlieren.

Sie lag auf dem Rücken, versuchte sich auf den gesunden Arm zu stützen und schaute hoch, während das Wesen einen Schritt in ihre Richtung machte. Der Mond umrahmte grell seinen hochgerissenen Kopf, und es heulte so laut auf, daß Katarina sich die Ohren zuhielt, die Augen zusammenkniff und schrie.

Sie wartete auf die Zähne, die Krallen, den grauenhaften Atem der Kreatur, aber nichts geschah. Und dann käme das äußerste Entsetzen, weil sie die Augen öffnen würde und es da wäre, nur Zentimeter von ihrem Gesicht entfernt. Es spielte mit ihr, wartete darauf, daß sie es anblickte, damit es ihr Gesicht mit seinen Zähnen zerreißen konnte.

Katarina wimmerte und öffnete ihre Augen mit einem Keuchen. Vor ihr war nichts, außer dem Schnee und dem Dach eines Gebäudes. Vielleicht war es hinter ihr?

Sie drehte ihren Kopf und erwartete jetzt, daß ihr Kehlkopf mit einer einzigen Bewegung dieser Klauen herausgerissen werden würde. Aber nichts. Katarina setzte sich auf und berührte ihren zerfetzten Arm, in dem sie kein Gefühl hatte. Und dann sah sie es. Vor ihr im Schnee lag kein Monster, sondern eine nackte Frau. Die Frau lag mit dem Gesicht nach unten, und Blut kam aus einem Loch in ihrem Rücken. Das Bild war unerwarteterweise recht schön, denn die Frau war schlank, hatte blaßweiße Haut und dunkles Haar, das sich zart im Wind bewegte.

Katarina kroch vorwärts, erkämpfte Zentimeter um Zentimeter auf ihren Knien, während sie den vor Schmerz schreienden Arm gegen ihre Brust drückte. Sie berührte die Frau, die noch warm war und offensichtlich tot. Das konnte nicht sein. Diese Frau hatte sie nicht angegriffen. Katarina Iwanowa glaubte an Fakten, Beweise, Statistiken. Agda war die abergläubische, Agda aus der Ukraine, die die silbernen Kerzenständer eingeschmolzen hatte, die ihr Großvater während der Revolution aus dem Sommerpalast des Zaren mitgenommen hatte. Diese Kerzenständer waren der kostbarste Besitz ihrer Mutter gewesen. Agda war diejenige, die darauf bestanden hatte, daß sie zu Kugeln geformt wurden für die Pistole, die sie Katarina gegeben hatte.

Katarina stand auf. Sie hatte Angst, ohnmächtig zu werden. Sie blickte umher und entschied, daß die nächste mögliche Hilfe auf der Straße vor ihr zu erreichen wäre. Sie taumelte auf die Lichter zu und bedachte die Möglichkeit, diesen Alptraum nicht anzuzeigen, einfach in ein Taxi zu steigen und nach Hause zu fahren. Dann erinnerte sie sich an ihre Beute, ihr Geschenk für Agda, und es wurde sehr wichtig, wichtiger als Hilfe, denn es bedeutete so etwas wie geistige Gesundheit für sie. Ihr Fuß berührte die Pistole im Schnee, aber Katarina blieb nicht stehen, um sie aufzuheben. Ihre Augen suchten krampfhaft den Schnee ab, prägten sich das Bild vom Körper der toten Frau ein.

Sie wollte weinen. Sie konnte das Päckchen nicht sehen. Aber sie konnte es auch nicht zurücklassen. Und dann, da, neben der ausgestreckten rechten Hand der toten Frau lag es auf der Seite. Sie nahm es und hob den Kopf, um einem Gott zu danken, den sie vor einem Jahr noch nicht öffentlich anzuerkennen gewagt hatte.

»Ihr Name war Olga Staschowa«, sagte der Mann, der wie eine Eule aussah und sich als Polizist ausgewiesen hatte.

Sein Name war Inspektor Nikulin. Er sagte nie seinen Vornamen. Er hatte zugesehen, wie die Ärztin Katarina Iwanowas Arm behandelt und genäht hatte, ihr Medikamente gegeben und festgestellt hatte...

»Hundebiß. Ich habe ihr eine Tetanusspritze gegeben. Wenn Sie das Tier nicht bis zum Morgen finden, damit wir es auf Tollwut untersuchen können, braucht sie auch noch eine Spritze gegen Tollwut.«

»Es gab nur zwei Tollwutfälle durch Hundebisse in Moskau in den letzten vier Jahren«, sagte Katarina schwach, als die Ärztin ihr aufhalf. »Vierzehn andere Fälle, wahrscheinlich von Ratten verursacht.«

»Sehr interessant«, sagte Inspektor Nikulin, »jetzt werde ich Ihnen etwas sagen, Genossin. Wissen Sie, wie alt ich bin?«

»Nein«, sagte Katarina, während sie hinüber in die Ecke zu ihrem Mantel und Päckchen sah.

»Ich bin fast sechzig Jahre alt«, sagte er. »Ich sollte nachts nicht arbeiten. Ich sollte mit ein bißchen Achtung behandelt werden, aber ich bin politisch das, was man einen Reaktionär nennt.«

»Ich fühle mich...« begann Katarina, als die Ärztin sie unterbrach und mit einem »Ich habe andere Patienten« den kleinen, heißen Notfall-OP verließ.

»Ich werde nächstes Jahr in Rente gehen«, sagte Nikulin, »und ich habe jedes Interesse am Zustand der Menschen verloren. Ich habe zuviel gesehen.«

Seine Augen weiteten sich, und Katarina versuchte, aufzustehen.

»Ich fühle mich nicht gut«, sagte sie, »ich bin müde.«

»Natürlich sind Sie müde. Es war eine anstrengende Nacht für Sie. Ein Hund hat Sie gebissen und Sie haben eine nackte Frau im Schnee erschossen«, sagte er und ließ sich dabei schwer auf den einzigen Stuhl im Raum fallen, die Hände trotz der Hitze tief in seinen Taschen vergraben. »Sie haben sie mit goldenen Kugeln erschossen.«

»Silbernen«, verbesserte Katarina und setzte ihre Füße auf den Boden.

»Ja, natürlich. Entschuldigung. Sie ermordeten eine Frau, die um Mitternacht nackt durch den Schnee spazierte. Sie erschossen sie mit einer Silberkugel. Das war, nachdem der Hund...«

»Es war kein Hund«, beharrte Katarina und ging zu ihrem Mantel. »Und ich habe nicht sie erschossen. Ich habe das... das Ding erschossen.«

»Das weglief, ohne eine einzige Spur Blut zu hinterlassen, aber dafür die Leiche einer gerade ermordeten Frau hinlegte, die zufälligerweise auch mit silbernen Kugeln erschossen worden war.«

»Ich lüge nicht«, sagte Katarina. »So wahr mir Gott helfe.«

»Katarina Iwanowa«, sagte der Inspektor, schüttelte seinen Kopf und nahm eine Schreibunterlage mit einem Blatt Papier und einer kleinen Fotografie, die daran geheftet war. »Trotz der Dummheiten des letzten Jahres bin ich immer noch der Überzeugung, daß es keinen Gott gibt, der uns zusieht, aber in den letzten vierzig Jahren habe ich ungewöhnliche Tode gesehen. Kopflose Leichen, geheime Rituale, sexuelle Manipulationen, die einen qualvollen Tod nach sich zogen, aber dies hier macht keinen Sinn. Wir konnten die Kleidung der Frau nicht finden. Haben Sie sie in den Fluß geworfen? Wir werden sie finden.«

»Nein«, sagte Katarina.

»War sie Ihre Geliebte?« versuchte Nikulin.

»Was?« Katarina drehte sich empört um. Die Bewegung sandte Pfeile des Schmerzes durch ihren Arm, der jetzt bandagiert und in einer Schlinge war, und sie mußte sich an der Seite des Bettes festhalten.

»Würden Sie gerne wissen, wer diese tote Frau war?« fragte er.

»Nein«, sagte Katarina, und dann: »Ja.«

»Olga Staschowa ist eine Ballerina beim Bolschoi-Ballett«, sagte er mit einem äußerst übertriebenen Seufzer und zeigte Katarina das Blatt Papier auf der Schreibunterlage in seiner Hand. Katarina sah es an, und die daran angeheftete Fotografie einer sehr blassen, wunderschönen Frau mit tiefliegenden dunklen Augen und noch dunklerem Haar. »Das heißt, wenn die Zeitungen und das Fernsehen davon erfahren, werden sie mir das Leben zur Hölle machen, und meine Vorgesetzten werden mir Fragen stellen, die ich nicht beantworten kann. Ich sage Ihnen, unter Stalin war es einfacher. Keine Zeitung hätte darüber berichten dürfen, und wir würden Sie einfach in einem Gefängnis für Geisteskranke wegschließen.«

»Es tut mir leid«, sagte Katarina.

Nikulin zog ärgerlich die Schultern hoch.

»Wissen Sie, warum ich Sie nicht einfach in das Irrenhaus werfe, trotz Ihrer irren Geschichte?« fragte er, aber bevor sie antworten oder eine Geste machen konnte, fuhr er fort: »Wegen Ihres Armes. Irgend etwas hat Ihnen das zugefügt, und es geschah in der Nähe des Körpers der Frau. Es hat aufgehört zu schneien. Wir sind Ihrer Blutspur gefolgt. Kam ein Hubschrauber vom Himmel und verschwand mit dem Hund? Geben Sie mir Antworten, Iwanowa. Ich bin nicht neugierig, bitteschön. Ich bin nur erschöpft. Erfinden Sie eine Lüge. Ich wäre glücklich, sie Ihnen zu glauben, damit ich nach Hause gehen kann.«

»Ich habe keine Lüge für Sie«, sagte sie. Sie wußte, daß sie fieberte. »Ich lüge nicht.«

Der Inspektor stand auf und strich die kleine grau-schwarze Haarlocke zurück, die über seine Stirn fiel.

»Gut«, sagte er. »Wir haben Ihre Waffe. Wir haben Ihre Adresse. Sie sind zu krank, um gefährlich zu sein. Gehen Sie nach Hause. Bitten Sie die Ärztin, Ihnen ein Taxi zu besorgen. Wir werden kommen und Sie holen, wenn wir Sie brauchen, oder das Krankenhaus wird Sie anrufen, falls wir den Hund nicht finden können und Sie die Spritzen brauchen.«

»Aber die tote Frau«, sagte Katarina verwundert. »Ich ... Sie denken, ich habe sie erschossen ...«

»Ich denke, sie hat Selbstmord begangen«, sagte der Inspektor und sah Katarina an. »Sie kam erst vor ein paar Monaten aus einem Urlaub in Rumänien zurück. Sie hatte eine Art von Nervenzusammenbruch. Das war auch im Fernsehen. Sie ging an den Fluß, warf ihre Kleider hinein und erschoß sich.«

»Aber das Wesen«, sagte Katarina.

»Genossin Iwanowa«, sagte der Inspektor mit großer Geduld. »Sie sind nicht im Besitz eines Waffenscheins, dürfen eine Waffe also weder besitzen, noch bei sich tragen. Die Strafen dafür sind hart. Machen Sie unser Leben leichter. Gehen Sie nach Hause. Wenn wir Sie brauchen, werden wir wissen, wo wir Sie finden. Es ist fast Morgen. In ein paar Stunden werde ich in Olga Staschowas Apartment gehen und Beweise suchen für ihren Geisteszustand und auch dafür, daß die Waffe ihr gehörte. Wer weiß? Vielleicht finde ich Kugeln. Ich bin ziemlich sicher, daß ich das tun werde, obwohl sie nicht aus Silber sein werden. Was halten Sie davon?«

»Ich fühle mich nicht gut«, sagte Katarina. »Ich muß nach Hause gehen und mich ausruhen.«

Zum ersten Mal, seit sie ihn kennengelernt hatte, lächelte Inspektor Nikulin, ein ziemlich deprimiertes Lächeln, aber immerhin doch ein Lächeln. Katarina Iwanowa wollte unbedingt nach Hause gehen, Agda aufwecken, ihr diese Geschichte erzählen. Sie wollte Trost und Mitleid und Agda das Geschenk geben, das sie immer noch in der Tüte umklammerte, die sie zusammen mit ihrer Handtasche aufnahm.

Aber Katarina ging nicht nach Hause. Als Inspektor Nikulin ihr die Schreibunterlage mit der Fotografie des getriebenen Gesichts von Olga Staschowa gezeigt hatte, hatte Katarina die Adresse gelesen. Und obwohl es sehr ungewöhnlich für sie war, hatte sich etwas in Katarina Iwanowas Gedanken eingenistet, und sie war sich ziemlich sicher, daß sie an diesem Morgen nicht schlafen würde, bis sie die Antwort auf die Frage wußte, die der Polizist ignorieren wollte. Katarina war sich ziemlich sicher, daß ihre geistige Gesundheit davon abhing, daß sie diese Antwort fand.

Der Polizist hatte nicht angeboten, sie heimzufahren, und da sie nicht nach Hause wollte, hatte sie das nicht geärgert.

Es war fast zwei Uhr morgens, als sie auf die Straße trat, um ein Taxi zu finden. Glücklicherweise stand eines vor dem Krankenhaus. Der Fahrer war ein kleiner Mann mit Haarbüscheln, die von seinem kahl werdenden, sommersprossigen Kopf abstanden. Ein viel zu großer Mantel war um seinen Körper drapiert, und er nahm gerade einen heimlichen Schluck aus einer Flasche Wodka, wie Katarina erkannte, als sie die hintere Tür öffnete. Der Fahrer, der den potentiellen Fahrgast nicht bemerkt hatte, war so überrascht, daß er den Wodka fallen ließ. Als Katarina die Tür schloß, hob der Fahrer die Flasche fluchend auf und sagte: »Ich fahre jetzt nach Hause. Ich bin für heute nacht fertig. Steigen Sie aus.«

Ruhig gab Katarina ihm die Adresse an der Malaja Molchanovka-Straße, nicht weit von dem Ufer entfernt, an dem Olga Staschowa vor zwei Stunden erschossen worden war.

»Ich fahre nach Hause«, wiederholte er und drehte sich dabei um, um sie über die Lehne hinweg anzusehen. »Nach Hause. Nehmen Sie sich ein anderes Taxi. Es gibt dreitausend Taxis in Moskau.«

»Es gibt sechzehntausendeinhundertvierundfünfzig Taxis in Moskau. Das, in dem ich sitze, fährt mich zum Kalinin Prospekt«, sagte sie. »Ich steige nicht aus.«

Der Mann starrte sie an, aber Katarina rührte sich nicht von der Stelle. In Anbetracht dessen, was ihr diese Nacht zugestoßen war, war sein Versuch sie einzuschüchtern ein Witz, der so blaß war wie das Gesicht der toten Ballerina in dem wirbelnden Schnee. Sie legte ihre Handtasche und die Tüte mit dem Geschenk für Agda auf ihren Schoß.

»Was ist mit Ihrem Arm passiert?« fragte der Taxifahrer. Sein verdrießlicher Ton war jetzt gemildert und nicht mehr so scharf.

»Ich bin von einem Tier angegriffen worden«, erklärte sie.

»Möchten Sie eine Flasche Wodka? Ich kann Ihnen welchen verkaufen...«

»Fahren Sie, bitte«, sagte Katarina.

Der Fahrer zuckte mit den Achseln, tätschelte ein paar Haarbüschel flach, die diesen Versuch ignorierten, und fuhr los. Er fuhr durch die leeren Straßen zum Kalinin Prospekt, bog vor der Simon Styliten-Kirche rechts in die Worowsky-Straße ab, und dann schnell nach links in die Malaja Molchanowka-Straße. Ungefähr hundert Meter vor dem Haus, in dem der Dichter Michail Lermontow einst gelebt hatte, stoppte der Fahrer das Taxi und zeigte auf ein vierstöckiges Apartment-Gebäude.

»Das ist es«, sagte er. »Vier Rubel.«

Katarina bezahlte, ohne sich zu beschweren, und stieg aus. Der Wagen war schlecht beheizt gewesen, aber die Kälte, die ihr entgegenschlug, als sie mit schmerzpochendem Arm ausstieg, ließ sie überlegen, doch wieder einzusteigen. Der Fahrer gab ihr dazu keine Gelegenheit. Er fuhr schnell wieder an, und die durchdrehenden Reifen brachten das Taxi für einen Moment zum Schleudern, bis der Fahrer es wieder ausrichtete und die kurvige Straße hinunter verschwand.

Es bestand die sehr reale Möglichkeit, daß Katarina nicht in das Gebäude hereinkommen konnte. Selbst wenn ihr das gelänge, wäre es unwahrscheinlich, daß sie das Apartment betreten könnte, sogar wenn sich jemand darin aufhielte. Aber sie mußte es versuchen. Wenn die Sonne aufging, würde Nikulin, der Polizist, kommen, würde finden, was er finden wollte, und damit wäre es dann gut für ihn und die Welt, aber nicht für Katarina. Sie hatte gesehen, was sie gesehen hatte. Sie war eine praktisch veranlagte Frau mit einem schmerzenden Arm. Sie war eine Frau, die verstehen mußte, die wissen mußte, wie diese Frau aufgetaucht war mit Katarinas Kugeln in ihrem Körper.

Katarina ging auf die Tür des Gebäudes zu, drückte gegen sie, und fand sie offen. Das kleine Foyer innen war warm, und die

Namen der Mieter — es waren nicht viele — waren deutlich getippt in den kleinen Spalten an der sauberen Wand. Ein kleines Telefon hing an einem Haken neben einer Reihe von Knöpfen für jede Wohnung. Katarina drückte auf den Knopf mit dem Namen ›Staschow‹ und nahm den Hörer. Nichts. Sie drückte noch mal. Wieder nichts. Sie wollte gerade aufgeben, als eine Stimme knarrend in der Leitung zu hören war.

»Gott sei Dank«, sagte ein Mann am anderen Ende.

»Mein Name ist ...« begann Katarina, aber der Mann, der anscheinend schluchzte, unterbrach sie.

»Haben Sie einen Schlüssel?«

»Nein«, sagte sie.

»Keinen Schlüssel für die Tür, irgendeinen Schlüssel?« fragte der Mann unter Tränen.

»Ja.«

»Stecken Sie ihn so weit wie möglich ins Schloß und drehen Sie ihn langsam nach rechts, bis das Schloß klickt. Dann ziehen Sie fest an der Tür. Beeilen Sie sich. Um Gottes willen, beeilen Sie sich.«

Katarina legte den Hörer wieder auf die Gabel und ging zur inneren Tür, während sie den Schlüssel zu ihrer eigenen Wohnung aus der Handtasche zog und die Tasche und ihre kostbare Tüte auf den Boden legte. Sie tat, was ihr der weinende Mann gesagt hatte, aber es war nicht einfach. Sie hatte nur eine gute Hand, und man brauchte zwei Hände; eine, um den Schlüssel zu drehen, und die andere, um an der Tür zu ziehen. Trotz des wütenden Schmerzes nahm sie ihren linken Arm aus der Schlinge und zog an der Tür, als das Schloß klickte. Es tat bei weitem nicht so weh, wie sie gedacht hatte, aber sie hoffte, daß sie nicht noch einmal eine solche Anstrengung vor sich hatte. Sie hob ihre Sachen auf und trat ein.

Das Apartment zu finden war nicht schwer. Es war im Erdgeschoß. Schon bevor Katarina klopfte, sah sie, daß die Tür leicht offen stand. Aber sie klopfte dennoch. Da war ein Geräusch, ein klagendes Geräusch von innen. Sie klopfte noch einmal, und das Geräusch wiederholte sich, aber der Mann kam nicht, um die Tür zu öffnen. Sie drückte sie einen Spaltbreit auf und rief: »Sind Sie da?«

Diesmal hörte sie einen Mann rufen, durch eine weitere Tür gedämpft: »Ja, ja, o Gott, ja. Kommen Sie herein.«

Und Katarina trat ein.

Die Wohnung war dunkel, abgesehen von einem sehr kleinen Licht in einem anderen Zimmer. Katarina blieb stehen, und als sich ihre Augen an die Dunkelheit gewöhnten, konnte sie sehen, daß sie in einem wirklich sehr großen Apartment war. Sie stand in einer großen Eingangshalle, genau vor dem Wohnzimmer, dessen Gardinen ganz zugezogen waren. Sie ging vorsichtig und langsam weiter, als der Mann rief:

»Wo sind Sie? Kommen Sie her. Kommen Sie her. Schnell.«

Katarina ging weiter, fand die halboffene Tür, aus der die Stimme kam, und machte sie auf. Der Geruch war ein saurer Schlag gegen ihre Brust, tierisch und widerlich, angefüllt mit der Erinnerung an tote Katzen und eine Ratte, die sie einmal hinter einer Dose Pfirsiche in der Vorratskammer ihrer Mutter gefunden hatte.

Von dieser Tür war das entfernte Licht gekommen, ein Licht, das den Raum in dumpfes Gelb tauchte und Schatten aussandte, die Katarina niemals vergessen würde. Vor ihr stand ein Käfig, ein einfacher Käfig wie jene im Zoo, ein Käfig, der groß genug war für einen Affen, mit Gitterstäben so dick wie ihre Handknöchel; und in dem Käfig stand ein Mann, ein Mann in einem Anzug, der mit weißgedrückten Fäusten zwei der Stäbe umklammerte und Katarina ansah.

»Lassen Sie mich raus«, sagte er. »Beeilen Sie sich.«

Katarina zögerte.

»Lassen Sie mich raus«, bat er. »Ich muß sie finden.«

»Sie finden?«

»Olga, meine Frau«, sagte der Mann.

Er war ein großer Mann, um die vierzig, mit einem Ein-Tages-Bart und den wilden Augen eines Mannes, der wirklich Angst hatte. Katarina sah das Türtelefon an der Wand genau neben dem Käfig, so daß der Mann es erreichen konnte.

»Was tun Sie da drin?« fragte Katarina und trat auf ihn zu.

»Was ich hier ... Lassen Sie mich raus, verdammt noch mal. Lassen Sie mich raus, Sie Kuh!« schrie er und zerrte an den Gitterstäben, die sich nicht rührten. »Es tut mir leid. Ich bin ... dies ist schrecklich. Bitte lassen Sie mich raus. Ich werde betteln, wenn Sie das wollen. Ich knie vor Ihnen. Sehen Sie, so.«

»Nein«, sagte Katarina. »Warum sind Sie da drin?«

Der kniende Mann wurde plötzlich mißtrauisch.

»Wer sind Sie?« fragte er, ohne aufzustehen. »Was tun Sie hier mitten in der Nacht?«

»Mein Name ist Katarina Iwanowa.«

»Ihr Arm??? Was... Nein!« schrie er, immer noch auf den Knien, und schlug sich mit den Handinnenflächen. »Olga. Wo ist meine Olga?«

»Sie ist tot«, sagte Katarina.

»Tot«, sagte der Mann und schüttelte den Kopf. »Tot. Sie kann nicht tot sein.«

»Es tut mir leid«, sagte Katarina und ging nach vorne, damit sie vor der Käfigtür stand.

»Nein«, sagte er. »Sie verstehen nicht. Sie kann nicht sterben. Es ist unmöglich für sie, zu sterben.«

»Ich glaube, ich habe sie getötet«, sagte Katarina. Sie wollte unbedingt von diesem Ort fliehen, doch sie war unfähig, ihre Augen von denen des eingeschlossenen Irrsinnigen abzuwenden.

Der Mann lachte und schüttelte seinen Kopf. Es war ein lautes, verrücktes Lachen.

»Ich habe sie mit zwei silbernen Kugeln erschossen«, sagte Katarina, und das Gelächter des Mannes hörte plötzlich auf.

»Wer sind Sie?« fragte er und sah wieder ängstlich aus.

»Katarina Iwanowa«, sagte sie. »Ich bin Fahrstuhlführerin im Hotel Ukraina.«

»Und Sie haben eine Waffe mit silbernen Kugeln?« fragte er ungläubig.

»Agda hat die Kugeln gemacht«, sagte Katarina. Und dann verstand sie und sagte: »Sie... Olga Staschowa war ein Werwolf.«

Der Mann antwortete nicht, aber Katarina konnte sehen, daß es die Wahrheit war. Er saß mit dem Rücken an den Gitterstäben, seine Knie angezogen, das Gesicht in den Händen verborgen.

»Sie hat versucht, mich zu töten«, erklärte Katarina, aber der Mann antwortete nicht. »Ich werde Sie rauslassen.«

»Es ist nicht mehr wichtig«, sagte er. »Es ist jetzt nicht mehr wichtig.«

Er hob den Kopf aus den Händen und blickte im Käfig umher.

»Ich bin ein Schriftsteller, Katarina Iwanowa«, sagte er. »Ich kann von keiner Ironie schreiben, die so auserlesen ist wie diese hier. Ich habe diesen Käfig selber gebaut. Ich lernte extra, ihn zu bauen. Ich baute ihn, damit meine Olga in den Vollmondnächten darin eingeschlossen werden konnte. Und dann, diesmal, dieses eine Mal war ich zu spät, und ich mußte zum Käfig rennen und mich selbst einschließen, um ihren Klauen und Zähnen zu entgehen. Wenn sie mich getötet hätte und meinen Körper am Morgen gefunden hätte, hätte es sie ... Ich weiß nicht.«

»Wie kam es, daß sie ...?«

»Wir waren in Rumänien, eine Tournee, eine Aufführung in Bukarest ... Wen interessiert das jetzt noch? Das Tier kam aus einer Gasse hinter dem Theater herausgerannt, griff Olga an. Ich versuchte, das scheußliche und widerlich riechende ... Andere kamen, um zu helfen, und es rannte, kletterte, nein, es sprang die Mauer eines nahen Gebäudes hoch und machte dabei Geräusche wie Schreie. Olga war von den Klauen verletzt worden, in den Hals und den Körper gebissen worden. Sie war voller Blut. Ich wußte, daß sie auf dem Weg ins Krankenhaus sterben würde, aber sie überlebte, und ihre Genesung war ein Wunder. Eine dumme Krankenschwester sagte, Olga sei gesegnet. Als wir nach Moskau zurückkamen, fanden wir in der nächsten Vollmondnacht heraus, daß es ein Fluch war. Olga tötete. Ich war weg ... Als ich nach Hause kam ... Wen interessiert das?«

»Wo ist der Schlüssel?« fragte Katarina.

»Der Tisch bei der Tür«, sagte er und sah auf eine Stelle an der Wand, die weit entfernt vom Tisch war.

Katarina ging zum Tisch.

»Hier ist kein Schlüssel«, sagte sie.

Der Mann schüttelte seinen Kopf.

»Sie hat ihn mitgenommen. Es ist mir egal. Mit ihrem Fluch hätte Olga eine Ewigkeit leben können. Wie viele Leute in Moskau werden auch nur hundert? Mit meinem Schutz und denen, die ich gefunden hätte, um mir nachzufolgen, hätte sie für Jahrhunderte leben können. Können Sie sich vorstellen, welches Können eine Jahrhunderte alte Ballerina entwickeln könnte? Können Sie sich vorstellen, was ihr endloses Leiden dazu beigetragen hätte, um ein exquisites Pathos in ihrer Kunst hervorzubringen? Dieser Fluch hätte sie zur größten Tänzerin aller Zeiten machen können.«

»Einhundertdreizehn«, sagte Katarina.

»Was?« fragte der Mann, erhob sich halb und sah sie an.

»Es gibt jetzt einhundertdreizehn Menschen in Moskau, die älter als hundert Jahre sind«, sagte sie. »Die Polizei wird in ein paar Stunden hier sein. Sie werden einen Weg finden, um Sie rauszulassen. Kann ich Ihnen etwas bringen?«

»Wenn Sie den Schlüssel gefunden hätten«, sagte er, »ich glaube, ich hätte Sie umgebracht, wenn Sie mich rausgelassen hätten. Ich hätte Sie dafür getötet, daß Sie mir und der Zukunft Olga genommen haben. Was wäre es für ein Verlust gewesen, wenn meine schöne Olga Ihr kleines Leben genommen hätte?«

Katarina ging zur Tür und begann, sie zu öffnen. Ihr Arm tat nicht mehr so weh wie vorher, als sie die Wohnung betreten hatte. Sie wollte das Zimmer gerade verlassen, als sie den Schlüssel auf dem Boden liegen sah und sich entschied, daß sie ein besseres Geschenk für Agda hatte als die Quarkknödel in der Papiertüte.

Es war kurz vor halb vier morgens, als Katarina leise die Tür der Wohnung öffnete, die sie mit Agda teilte. Sie stellte ihre Handtasche ab, und ohne das Licht anzumachen, ging sie auf Zehenspitzen durch die sehr kleine Wohnküche zu dem noch kleineren Schlafzimmer. Die Tür war offen, und sie ging mit Hilfe des Mondlichtes, das durch das Schlafzimmerfenster schien.

Agda bewegte sich und drehte sich um. Katarina kletterte auf das Bett und wartete geduldig, daß ihre Freundin aufwachte. In ihrer Hand hielt Katarina das Geschenk.

»Katarina«, sagte Agda verschlafen. »Was ist das für ein schrecklicher ...«

»Ich habe etwas für dich«, sagte Katarina aufgeregt. »Etwas, was ich dir erzählen muß.«

»Du hast entdeckt, daß die Moskwa zweihundert Nebenflüsse hat«, murmelte Agda.

»Sie hat über sechshundert Nebenflüsse«, sagte Katarina. »Ich habe etwas für dich.«

»Am Morgen«, sagte Agda entnervt. »Laß es sein, auf dem Bett herumzuhüpfen. Es ist mitten in der Nacht. Ich muß morgen früh zur Arbeit.«

»Es wird nur einen Moment dauern«, sagte Katarina. »Bestimmt.«

Mit einem resignierten Seufzer setzte sich Agda auf und sah ihre Freundin an und das Geschenk, das sie ihr entgegenhielt, aber nichts war deutlich, noch nicht einmal Katarinas Stimme. Agda streckte den Arm aus, griff hinüber zum kleinen Tisch neben dem Bett, zog ihre Brille auf und machte das kleine Nachtlicht an.

Als sie sich wieder umdrehte, sah sie etwas, das einmal ihre Freundin Katarina gewesen war und teilweise auch noch war. Das Wesen vor Agda kauerte auf seinen Hinterbeinen auf dem Bett und hüpfte auf und nieder. Die Hände waren keine Hände, sondern verdrehte dunkle Klauen, die nervös zitterten, während sie das Geschenk anboten. Aber das war nicht das Schlimmste. Das Schlimmste war der Blick in diesem Gesicht, einem Gesicht, das gleichzeitig das von Katarina und das von einem haarigen Tier war, mit gefletschten Lefzen, um große, scharfe, blutige Zähne zu zeigen. Es gab keinen Zweifel. Das Monster war glücklich. Das Monster lächelte, während es Agda das Herz von Olga Staschowas Ehemann gab.

Originaltitel: Full Moon over Moscow
Ins Deutsche übertragen von Claudia Weber

»'n abend«, sagte Carl Jones, der Leiter der Nachtcrew, als Otto durch die Hintertür gestapft kam. »Wie ist das Wetter draußen?«

»Fängt zu schneien an«, antwortete Otto und steckte die Karte in die Stechuhr. Carl plauderte gerne noch, bevor er ging. Für gewöhnlich unterhielten sie sich über Sport und den letzten politischen Skandal. Aber heute nacht hatte er andere Dinge im Kopf.

»Mister Galliano hat vor, morgen früh, bevor das Kaufhaus aufmacht, vorbeizuschauen«, sagte er schnell, um es hinter sich zu bringen. »Er bat besonders darum, daß du da bist, wenn er kommt.«

»Er will mich sehen?« fragte Otto, der nicht sicher war, ob er richtig gehört hatte. Er hängte seinen abgetragenen Mantel bedächtig in den Spind. Dann stellte er den Papierbeutel mit seinem Lunch auf den Boden neben seine Überschuhe, die mit heißem Kaffee gefüllte Thermoskanne daneben, befeuchtete nervös seine Lippen und fragte: »Hat er auch gesagt, weshalb?«

Er nahm die Uniformjacke und die Mütze heraus und zog sich rasch um. Otto war ein kleiner, stämmiger Mann mit breiten Schultern und einem massigen Brustkorb. Er bekam kaum die Druckknöpfe an seiner Jacke zu. Er hatte in den letzten Monaten an Gewicht zugenommen.

Eine leistungsstarke Taschenlampe und ein Gummiknüppel rundeten sein Outfit ab. Einige Nachtwächter trugen Pistolen, aber Otto nicht. Er mochte keine Waffen, gleich welchen Typs. Der Gummiknüppel war nur Show. Er benutzte ihn nie.

»Nicht ein Wort«, sagte Carl mit einer Spur von Besorgnis in der Stimme. »Der Boß war noch nie in unserem Abschnitt. Er hat immer alles mir überlassen.« Er schüttelte den Kopf. »Das ist nicht normal. Überhaupt nicht normal. Es gefällt mir nicht.«

»Es gefällt *dir* nicht?« fragte Otto mit einem Seufzer. »Er kommt, um mich zu sehen. Ich bin nur Teilzeit-Arbeiter. Mein Job wird nicht von den Gesetzen der Gewerkschaft geschützt. Ich kann überhaupt erst nächste Woche, nach Weihnachten, Mitglied werden.«

»Nun«, sagte Carl, »sobald einer drei Monate lang bei uns gearbeitet hat, schaut sich der Boß seine Akte an.« Er zog seinen Wintermantel an und schlang sich einen Schal um den Hals. »Kommt mir vor, als wärst du schon so lange hier.«

»Ungefähr«, sagte Otto, während er unbewußt die Hände zu Fäusten ballte. »Meinst du, der Alte hat vor, mich zu feuern? Ich hab' gehört, daß er die blauen Briefe gern selbst verteilt.«

»Stimmt«, erwiderte Carl. »Mister Galliano ist stolz darauf, alle Neuigkeiten selbst zu überbringen, die guten und die schlechten. Er ist der Boß.«

Der Nachtwächter zog ein Paar Ohrenschützer an und bedeckte den kahlen Schädel mit einer Pelzmütze. »Die Putzfrauen sind vor einer halben Stunde gegangen. Ich sehe dich morgen früh um sieben. Ich drücke dir die Daumen.«

»Gute Nacht, Carl«, sagte Otto und hob seinen Gummiknüppel zum Abschied. Als der Leiter der Nachtcrew die Tür öffnete, wirbelte Schnee in den Umkleideraum. Das Schneegestöber draußen war stärker geworden. »Und danke.«

Otto schloß und verriegelte die Hintertür des Kaufhauses sorgsam. Dann warf er einen Blick auf die Stechuhr. Es war kurz vor dreiundzwanzig Uhr. Die nächsten acht Stunden bis zur Ankunft der Morgencrew war er der einzige Mensch, der sich legal im *Big-G*-Kaufhaus aufhalten durfte. Es war sein Job, die anderen draußen zu halten.

Er verbrachte die meiste Zeit damit, über endlose Flure zu patrouillieren, nur mit seinen Gedanken als Gesellschaft. Es war eine einsame, langweilige Routinearbeit, aber das störte Otto nicht. Es war schön, wieder zu arbeiten.

Er war ein ruhiger, zurückgezogen lebender Mann, der die Einsamkeit des verlassenen Gebäudes genoß. Er konnte nicht gut arbeiten, wenn noch andere da waren. Die Geräusche und Gerüche einer Menschenmenge stellten eine dauernde Ablenkung dar und erschwerten die Arbeit. Er war zwar nicht sehr helle, aber er kannte seine Grenzen und versuchte, sie bei der Arbeit zu umgehen.

Vor diesem Job hatte er dreißig Jahre lang die Mitternachtsschicht in den südlich gelegenen Stahlwerken gemacht. Sein Lohn hatte kaum die Lebenshaltungskosten gedeckt. Die einzige zusätzliche Sozialleistung des Arbeitgebers war die alljährliche Weihnachtsfeier gewesen.

Letztes Jahr hatte die Gesellschaft aus heiterem Himmel die Feier gestrichen. Und zu Neujahr verkündete eine kurze Notiz in der Zeitung, daß das Werk geschlossen würde. Jahrzehntelange Mißwirtschaft hatte es in den Bankrott getrieben. Hunderte von Männern mittleren Alters standen plötzlich ohne Arbeit da.

Die Pensionskasse der Gewerkschaft, der die Gesellschaft Millionen schuldete, brach zusammen. Die meisten ihrer Mitglieder bekamen nicht einen einzigen Cent zu sehen. Otto betrachtete sich als einen der Glücklichen. Ihm gehörte das kleine Häuschen, in dem er wohnte. Viele seiner alten Kameraden verloren während der darauffolgenden schweren Monate ihr Heim und ihren Besitz.

Es hatte acht Monate gedauert, ehe er diesen Job bekommen hatte. Als Fünfzigjähriger, dessen einzige Erfahrung darin bestand, Stahl herzustellen, war er für die meisten Stellungen, die in den Zeitungen annonciert wurden, nicht qualifiziert. Wenn er jetzt gefeuert würde, sah die Zukunft nicht gerade rosig aus.

Otto zuckte mit den Schultern, als lüde er sich eine schwere Last auf. Er konnte nichts tun, außer warten. In der Zwischenzeit hatte er einen Job zu erledigen.

Er verdrängte die deprimierenden Gedanken und begann seine Runden. Zuerst überprüfte er alle Türen und Fenster im ersten Stock. Zufrieden, daß sie alle sicher verriegelt waren, nahm er den Aufzug und fuhr in die sechste, die oberste, Etage des Kaufhauses.

Er patrouillierte müßig durch die verlassene Etage und spähte auf der Suche nach Einbrechern hinter jede Ecke, in jede Umkleidekabine, unter jede Auslage. Er schwang seine Taschenlampe wie ein Schwert und durchstach die dunklen Schatten mit ihrem Schein. Wie erwartet, war alles so, wie es sein sollte.

Er fuhr mit dem Aufzug von Etage zu Etage und inspizierte jedes Stockwerk von einem Ende des Gebäudes bis zum anderen. Der gesamte Rundgang dauerte etwas länger als zwei Stunden.

Zufrieden mit seinen Bemühungen, ließ sich Otto im Umkleideraum nieder, um eine Tasse Kaffee zu trinken und ein Hühnersandwich zu essen. Er machte diese Runde dreimal die Nacht. Es war genau ein Uhr. Er hatte jetzt eine Stunde frei. Otto zog ein arg zerknittertes Kreuzworträtsel-Magazin hervor und wandte seine Aufmerksamkeit den darin enthaltenen Geheimnissen zu.

Er liebte Kreuzworträtsel. Er hatte ein halbes Dutzend Rätselmagazine abonniert und verbrachte den größten Teil seiner Freizeit damit, unbekannten Worten nachzujagen, die in die leeren Felder paßten. Oft schrieb er die besten von ihnen ab und heftete den Zettel zu Hause an den Kühlschrank. Jedesmal, wenn er die Küche betrat, ließ er sich seine Lieblingsausdrücke wie guten Wein auf der Zunge zergehen.

Er war ein einfacher Mann mit einfachen Freuden. Fernsehshows waren nichts für ihn. An seinen freien Tagen lauschte er der klassischen Musik im Radio, während er sich durch das Kreuzworträtsel der *New York Times* kämpfte. Gute Musik, ein kaltes Bier und ein Rätsel, das ihn auf die Probe stellte — mehr verlangte er nicht vom Leben.

Zwanzig Minuten verstrichen. Dann schaute er, plötzlich unruhig geworden, auf. Er spürte, daß irgend etwas nicht stimmte. In der vollkommenen Stille des leeren Gebäudes hallte das geringste Geräusch wie eine Kirchenglocke wider. Oft nahm sein Unterbewußtsein Laute wahr, die sein Bewußtsein überhörte.

Otto stand auf, ging zu den Metallspinden und legte ein Ohr an den kalten Stahl. Sekunden später bestätigten die Vibrationen in der Spindtür seinen Verdacht. Es waren Einbrecher im Kaufhaus.

Otto seufzte, ging zum Tisch zurück und säuberte ihn von den Resten seines Lunchs. Das Rätselmagazin und die Thermoskanne wanderten in den Spind. Er nahm die Taschenlampe und drückte die Tür zum Hauptgeschoß auf. Den Gummiknüppel ließ er auf dem Tisch zurück. Er zog es vor, ihn nicht zu tragen, wenn Ärger drohte. Der schwere Knüppel würde nur im Weg sein.

Er bewegte sich geräuschlos vorwärts und überprüfte die Schlösser und Alarmanlagen an jedem Eingang. Verwirrt trat er zurück. Vielleicht hatte er sich verhört.

Dann schüttelte er wütend den Kopf. Möglicherweise war er nicht der beste Nachtwächter, aber er hörte keine imaginären Stimmen. Mit angestrengt zusammengekniffenen Augen überprüfte Otto ein zweites Mal alle Türen. Diesmal fand er die verräterischen Anzeichen eines Einbruchs. Die dritte Schraube trug eindeutige Spuren, daß sich jemand an ihr zu schaffen gemacht hatte. Die Tür war zwar noch immer verriegelt, aber kleine Kratzer am Metall wiesen darauf hin, daß sie mit Gewalt geöffnet und wieder geschlossen worden war.

Er suchte weiter und entdeckte kurze Zeit später, daß die fotoelektrischen Zellen, die den Eingang schützten, ihren Geist aufgegeben hatten. Das System schien in Ordnung zu sein, aber keine der Alarmanlagen funktionierte. Sie waren schon recht alt. Otto war nicht sicher, ob sie jemals funktioniert hatten. Professionelle Diebe konnten sich gewaltsam Zugang zum Kaufhaus verschafft haben. Aber es war genausogut möglich, daß die Einbrecher nicht zu dieser Sorte gehörten.

Bei den meisten Einbrüchen, mit denen er zu tun hatte, handelte es sich um alte Leute von der Straße, die nach einem Schutz vor den rauhen Nachtwinden Ausschau hielten. Otto erlaubte ihnen oft, die Nacht im Umkleideraum zu verbringen. Es fiel ihm nur allzu leicht, sich in sie hineinzuversetzen. Morgens, bevor die Tagescrew anrückte, gab er ihnen eine ernste Warnung, ein paar Dollars und die Richtung zur nächsten Obdachlosenunterkunft mit auf den Weg. Otto gab es ungern zu, aber er hatte ein weiches Herz.

Teenager stellten ein anderes Problem dar. Otto schnappte pro Woche wenigstens zwei oder drei von ihnen, die sich im Kaufhaus zu verstecken suchten. Drogenabhängige, die auf einen großen Treffer hofften, bereiteten ihm die meiste Schwierigkeit. Für sie bestand die Welt aus zwei Lagern – aus ihnen und den anderen.

Wenn man sie schnappte, kämpften, flehten, drohten, schrien sie und versuchten, zu entkommen. Normalerweise boten die Mädchen – und manchmal auch die Jungen – ihre Körper als Lohn für

Ottos Mitarbeit an. Aber er übergab sie alle der Polizei. Er wollte keinen Ärger mit den Behörden.

Unsicher, wer aus welchem Grund eingebrochen war, eilte Otto zum Umkleideraum. Dort befanden sich die Hauptsicherungskästen für den ganzen Komplex. Er wußte genau, welchen Hebel er nach unten drücken mußte. Es dauerte nur Sekunden, bis die Stromzufuhr zu den Aufzügen, den Rolltreppen und dem Polizeiwarnsystem unterbrochen war. Damit war das Kaufhaus vollständig von der Außenwelt abgeriegelt. Jetzt konnte man nur noch über die Feuerleitern aus den oberen Stockwerken entkommen. Otto konnte seine Nachforschungen fortsetzen, ohne befürchten zu müssen, gestört zu werden.

Er setzte sich hin und zog die Schuhe aus. Otto war ein von Natur aus vorsichtiger Mann. Er ging nie ein Risiko ein. Kein Grund, die Verbrecher durch einen Absatz, der über den Boden scharrte, oder einen quietschenden Schuh zu warnen. Außerdem mochte er das Gefühl seiner nackten Füße auf dem Boden.

Ohne ein Geräusch zu machen, stieg er vorsichtig die stillstehende Rolltreppe empor. Die unbenutzte Taschenlampe schaukelte an seinem Gürtel. Er kannte die Anlage des Kaufhauses auswendig.

Otto entdeckte die Einbrecher in der Schmuckabteilung im vierten Stock. Sie umstanden die Ausstellungsvitrinen, in denen sich teure Uhren und Diamantarmbänder befanden: vier schwarzgekleidete Männer, von denen jeder eine Hochleistungstaschenlampe bei sich hatte. Sie unterhielten sich im Flüsterton. Otto mühte sich, ihr Gespräch mit anzuhören.

»Das Alarmsystem ist keinen Pfifferling wert«, erklärte einer. »Ein Zehnjähriger könnte es mit einem Zahnstocher ausschalten.«

»Hab' ich dir doch gesagt«, erwiderte ein anderer. »Der Alte hat in der ganzen Zeit, wo ich hier gearbeitet habe, nicht eine Anlage ersetzen lassen.«

Otto erkannte die Stimme sofort. Sie gehörte Jim Patrick, dem ehemaligen Direktor dieses Kaufhauses, der gerade vor wenigen Wochen wegen Trunkenheit am Arbeitsplatz gefeuert worden war. Otto holte tief Luft und schüttelte entsetzt den Kopf. Loyalität gegenüber der Company bedeutete nichts mehr. Nur Oldtimer wie er fühlten sich ihrem Arbeitgeber selbst dann noch verpflichtet, wenn sie nicht mehr für ihn arbeiteten.

»Bist du fertig?« fragte ein dritter Mann. »Wir haben nicht die ganze Nacht Zeit.«

»Mach dir nicht ins Hemd«, sagte Patrick. »Der alte Kauz, der hier den Nachtwächter spielt, wird keine Schwierigkeiten machen. Er ist langsam und dumm und trägt keine Knarre.«

»Keine Knarre?« fragte der erste, während er in seiner kleinen, schwarzen Tasche herumwühlte. Einige Sekunden später brachte er einen kleinen Glasschneider zum Vorschein. »Wie kann man denn ohne Knarre Nachtwächter sein?«

Otto blieb nicht, um die Frage zu beantworten. Er zog sich geräuschlos in die Herrenabteilung am anderen Ende der Etage zurück. Die Einbrecher sollten die Wahrheit erst erkennen, wenn es zu spät war. Er benutzte keine Pistole, weil er keine brauchte.

Er zog sich vorsichtig aus und legte die sorgfältig gefalteten und gestapelten Kleider neben die Tür zu den Umkleidekabinen. Otto stand völlig nackt inmitten eines Sees aus Hemden, Trainingshosen, Gürtel und Socken und deklamierte den Zauberspruch, der das Monster rief, das in seiner Seele hauste.

Er wiederholte der Reihe nach jene geheimnisvollen Zauberworte, die ihn sein Vater vor Jahren gelehrt hatte. Er war Erbe einer alten Familientradition, die Hunderte von Jahren bis zu den Bergen Transsylvaniens zurückreichte. Mondenschein und Wolfsfluch hatten nichts mit der Veränderung zu tun, die einen Mann in eine Bestie verwandelt. Man brauchte dazu nur die richtigen Zauberworte und den nötigen Willen. Otto besaß beides.

Als er die Beschwörung beendet hatte, strömte eine mächtige Energiewelle durch seinen Körper. Otto atmete erleichtert auf. Ganz gleich, wie oft er die Formel aussprechen mochte, er zweifelte jedesmal einen Moment lang, bevor sie Wirkung zeigte. Er war viel zu nüchtern seiner eigenen Gabe gegenüber.

Otto sah nicht gern fern, aber er bemühte sich, wann immer es ihm möglich war, Werwolf-Filme anzuschauen. Er fand es amüsant, wie man dort die Verwandlung vom Menschen zum Tier darstellte. Das Knurren, das Schmerzgeheul, die sich drehenden, windenden Knochen, das plötzliche Wachstum — all das spiegelte Hollywood, aber nicht die Realität wieder.

In Wahrheit dauerte die Veränderung nur ein paar Sekunden. Es handelte sich hierbei nicht um eine Neuausrichtung oder Neugestaltung. Hier wurde nur eine körperliche Form durch eine andere ersetzt. Wo Otto, der Mensch, gestanden hatte, befand sich jetzt Otto, der große, graue Wolf. Otto, der sehr, sehr hungrige Wolf.

Die Veränderung machte ihn immer hungrig. Als er vor Jahren einmal spätabends durch den Stadtpark gestreift war, war er auf einen Werwolf mit einem Doktorgrad in Molekularbiologie gestoßen. Der Professor – einer von der freundlichen Sorte – hatte versucht, ihm den Mechanismus hinter der geheimnisvollen Veränderung zu erklären. Der größte Teil davon ging über Ottos Verstand, aber er hatte behalten, daß die Veränderung riesige Mengen Körperenergie verbrauchte, die so rasch wie möglich ergänzt werden mußte. Otto hatte vor, dieses Problem umgehend zu lösen.

Er hob den Kopf und schnupperte. Er roch seine Opfer augenblicklich. Sie arbeiteten ungefähr dreißig Meter weiter. Speichel tropfte von seinen monströsen Kiefern, und seine roten Augen glühten vor Erregung. Seine Beute roch köstlich.

Mit einem Freudengeheul jagte er in großen Sprüngen durch die Etage. Starke Beine trieben ihn mit der Geschwindigkeit einer Expreß-Lokomotive vorwärts. Der Boden bebte bei jedem Schritt.

»Was zur Hölle ist das?« schrie einer der Diebe. Sie waren völlig überrascht. Ihnen blieb kaum Zeit, aufzuschauen, bevor Otto unter sie preschte.

Wuchtige Zähne packten Jim Patricks Kopf direkt unter den Ohren. Die Schmerzensschreie des Mannes endeten abrupt, als Ottos Kiefer sich schlossen und Patricks Schädel wie ein Ei zerbrachen. Ein Gemisch aus Blut, Knochen und Gehirn füllte Ottos Mund. Er stieß ein kehliges Knurren aus. Verräter verdienten keinen anderen Tod.

Mit einem Kopfschütteln beförderte Otto den leblosen Körper auf die andere Seite des Korridors. Als er sich umdrehte, wurde er von einem Kugelhagel begrüßt. Die Kugeln bohrten sich wie geschmolzene Nägel in seinen Körper. Er brüllte vor Schmerzen. Dann raste er vorwärts. Nur Silber, der Fluch der Schwarzen Magie, konnte einen Werwolf verletzen.

Der Mann, der den Glasschneider benützt hatte, zeichnete sich drohend vor ihm ab. Er hielt eine schwere Pistole in den Händen, die Feuer und Blei spuckte, und pumpte Kugel auf Kugel in Ottos wuchtigen Körper. Erst als der Werwolf fast über ihm war, erkannte er, daß seine Versuche vergeblich waren. Aber da war es bereits viel zu spät.

Otto setzte sich auf die Hinterbeine und holte mit der rechten Vorderpfote aus. Fünf Zentimeter lange Klauen schnitten durch den Hals und die Brust des Mannes wie durch Papier. Blut spritzte auf die Glasvitrinen.

Otto verzog im Geiste das Gesicht. Klauenwunden hinterließen immer ein Chaos. Es dauerte Stunden, bis man die Blutflecken von der Einrichtung entfernt hatte. Er mußte in Zukunft vorsichtiger sein.

Sein Opfer torkelte schreiend nach hinten und versuchte verzweifelt zu entkommen. Wütend über seine eigene Nachlässigkeit, folgte Otto ihm. Er benutzte seinen gewaltigen Kopf als Rammbock und schickte den Mann zu Boden. Dann stürzte er sich auf ihn wie eine Katze auf die Maus und schickte ihn mit einem Biß, der ihm den größten Teil der Brust fortriß, ins Vergessen.

Einen Augenblick lang überwältigte ihn der Geschmack des warmen Fleisches, und er vergaß, daß es noch zwei Opfer zu erlegen galt. Er zermalmte hungrig die Rippen des Opfers und machte sich über Herz und Leber her. Dann erst fielen ihm die anderen ein. Doch sie schienen nicht mehr in dieser Abteilung zu sein.

Otto stieß ein wütendes Geheul aus. Er wurde alt und ließ sich zu leicht ablenken.

Er versuchte, den Geruch frischen Blutes zu ignorieren, und sog ängstlich die Witterung ein. Es dauerte nur einen Augenblick, bis er die Fährte eines der vermißten Männer aufgenommen hatte. Er raste durch die Etage, wobei er sich völlig auf seinen Geruchssinn verließ.

Er entdeckte den Dieb, als dieser sich gerade über die stillstehende Rolltreppe vorwärtskämpfte. »Verdammter Wachhund«, jammerte er vor sich hin. »Ich habe noch nie einen so großen Hund gesehen. Muß einer von diesen verdammten Freaks sein, die sie extra züchten, um Läden zu bewachen. Verdammt großer Hund, verdammt groß.«

Otto wartete geduldig, bis der Mann am Ende der Rolltreppe angekommen war. Er hatte etwas besseres zu tun, als seine Klauen mit den gefurchten Metallstufen Bekanntschaft schließen zu lassen. Wölfe waren nicht für Rolltreppen geschaffen.

Otto sprang durch die Dunkelheit. Der Dieb in der Etage unter ihm war sich der Gefahr, in der er schwebte, nicht bewußt. Otto fiel ihm mit voller Wucht in den Rücken. Rippen und Rückgrat zerbrachen. Der Mann ging lautlos zu Boden. Ein Schlag mit der riesigen Pfote zerschmetterte den größten Teil seines Schädels.

Doch vom vierten Mann fehlte jede Spur. Es gelang Otto nicht, seine Fährte aufzunehmen. Unfähig zu fluchen, knurrte er. Falls der Einbrecher entkam, bedeutete das ein Ende der nächtlichen Jagden. Selbst die dümmsten Diebe waren nicht verrückt genug, in einen Laden einzubrechen, der von einem Werwolf bewacht wurde.

Verzweifelt durchstreifte Otto auf der Suche nach einer Spur die gesamte Etage. Dem Dieb war es irgendwie gelungen, seinen Eigengeruch zu verbergen. Die Parfüm-Abteilung befand sich im ersten Stock. Doch es war unmöglich, daß der Mann es in der kurzen Zeit bis dort geschafft hatte. Er mußte sich irgendwo im Gebäude verstecken.

Otto konzentrierte sich und ging in Gedanken die gesamten Abteilungen des Kaufhauses durch. Keine davon bot Zuflucht vor seinen Kräften. Dennoch konnte er den Dieb nirgends finden. Plötzlich fiel ihm ein, wo der Mann sich versteckt haben könnte.

Er raste zur Weihnachts-Ausstellung im hinteren Teil der Etage. Der Duft der Wachskerzen und der Kiefergirlanden, mit denen dieser Bereich dekoriert war, lag wie ein Schutzschild über den anderen Düften. Und die Auslagen boten einen scheinbar sicheren Hafen vor den Mächten des Bösen.

Er fand den letzten Mann inmitten eines Stapels aus Weihnachtsschmuck und frommen Statuen. Der Einbrecher war totenblaß, zitterte und hielt mit beiden Händen ein kleines, edelsteinbesetztes Kruzifix umklammert. Als Otto näher kam, begann er, eine wirre Mischung aus Gebeten und Werwolf-Bannsprüchen zu brabbeln, die ihn Hollywood gelehrt hatte.

»Hebe dich hinweg, Satan«, rezitierte er, als Otto nur noch ein paar Schritte entfernt war. Er hielt das Kreuz wie einen Speer von sich gestreckt. »Hebe dich hinweg, Satan.« Otto blieb stehen. Der Dieb spürte sein Zögern und wiederholte den Satz, diesmal lauter. »Hebe dich hinweg, Satan. Hebe dich hinweg.«

Die Worte hallten in Ottos Ohren wieder. Er winselte laut und trat einen Schritt zurück. Dann noch einen. Und noch einen.

»Hebe dich hinweg, Satan!« schrie der Dieb und schwenkte sein Kruzifix hin und her, als wolle er Geister bannen. Seine Stimme zitterte. Er bewegte sich langsam vorwärts, wobei er seine Position zwischen dem Tand und dem Weihnachtsschmuck aufgab.

Mit halbgeschlossenen Augen beobachtete Otto, wie sein Feind näher kam. Er knurrte vor ohnmächtiger Wut und zog sich zurück, bis er weit genug von der Weihnachtsauslage entfernt war. Seine Nemesis folgte ihm und schwang das Kruzifix wie ein Schwert.

Otto schaute sich um und entschied, daß er sich weit genug von dem zerbrechlichen Weihnachtsschmuck entfernt hatte. Der Charade müde, richtete er sich zu seiner vollen Größe auf und erwartete seine ahnungslose Beute.

»Hebe dich hinweg, Satan«, brüllte der Dieb und stieß das Kreuz nach Ottos Schnauze. Ohne zu zögern, öffnete Otto sein Maul und biß dem Mann die Hand samt Kruzifix ab. Kreuze mögen vielleicht Vampire beunruhigen, aber bei Werwölfen zeigen sie keinerlei Wirkung.

Der Dieb brüllte den Satz ein letztes Mal, ehe Otto ihn auf ewig zum Schweigen brachte. Dann störte nur noch das Knirschen der rasiermesserscharfen Zähne die Stille.

Als er sich am Schädel des Diebes gütlich tat, fühlte Otto sich ein wenig besser. Dadurch, daß er den Mann von den Auslagen fortgelockt hatte, hatte er den zerbrechlichen Weihnachtsschmuck vor Schaden bewahrt. Seine rasche Entscheidung hatte dem Kaufhaus einen Batzen Geld gespart. Otto war mit sich zufrieden. Er machte es sich gemütlich. Das Fest konnte beginnen. Es war jetzt fast einen Monat her, daß ihm der letzte Trupp Einbrecher zwischen die Fänge geraten war. In dieser Zeit hatte er einen gewaltigen Appetit entwickelt.

Ein paar Stunden später begutachtete er, wieder in seiner menschlichen Gestalt, die Stätte der letzten Konfrontation. Alles sah perfekt aus. Er hatte die Vitrinen und die Böden so lange geputzt, bis auch nicht ein Blutfleck mehr zu sehen war. Das Kaufhaus führte eine beträchtliche Anzahl jener wundervollen neuen Reinigungsmittel, durch die im Nu alles sauber wurde. Sie entfernten mühelos selbst die zähesten Flecken.

Die gräßlichen Überreste seiner vier Opfer verschwanden in Beuteln, die er hinter den Spinden versteckte. Ein kurzer Anruf bei einigen Ghulen, die im sanitären Bereich Nachtschicht machten, hatte ein unangemeldetes frühes Abholen zur Folge. Otto teilte sein Glück gern mit anderen. Die Ghuls freuten sich auch über die Taschenlampen und die Werkzeuge der Einbrecher, weitere Geschenke Ottos. Als die Morgencrew um sieben Uhr eintraf, waren sämtliche Spuren, die auf einen Einbruch hindeuteten, verschwunden.

Ein strahlender Carl erschien nur wenige Minuten später. Bei ihm war ein kleiner, untersetzter Mann in einem teuren anthrazitgrauen Anzug, den Otto augenblicklich als Mister Galliano erkannte. Der Besitzer hatte ein von Wind und Kälte gerötetes Gesicht und grinste, als er Otto entdeckte.

»Sie müssen Otto Stark sein«, sagte er mit rauher Stimme. Dann kam er näher und streckte die Hand aus. »Ich bin Julius Galliano.«

»Freut mich, Sie kennenzulernen, Sir«, sagte Otto. Ein schmales Schweißrinnsal lief seinen Rücken herunter. Er schüttelte seinem Boß nervös die Hand.

»Das Vergnügen ist ganz auf meiner Seite«, meinte Galliano jovial. Trotz seines Alters hatte er einen festen, zuverlässigen Händedruck.

Er beäugte Otto und zwinkerte. »Sie haben sich wohl ein wenig Sorgen um Ihren Job gemacht, nachdem ich mein Kommen angekündigt habe, oder?«

»Ja, Sir«, erwiderte Otto wahrheitsgemäß.

»Die besten Arbeiter machen sich immer Sorgen um ihre Leistung«, sagte Galliano lachend. »Deshalb sind sie auch die besten. Die langsamen kümmert es nicht.« Er hielt inne, um die Tatsache zu betonen. »Ich bin hier, um Ihnen eine Gehaltserhöhung zu geben, Otto.«

Otto blinzelte erstaunt. »Eine Gehaltserhöhung?« fragte er vorsichtig.

»Sie haben richtig gehört«, sagte Galliano. »Und zwar eine saftige. Sie haben sie verdient. Seit Sie die letzte Wache übernommen haben, ist die Zahl der Einbrüche auf Null zurückgegangen. Ich bin beeindruckt. Und ich drücke meine Anerkennung in kalter, harter Währung aus.«

»Ich habe nur meine Arbeit getan, Sir«, sagte Otto.

»Ich will verdammt sein, wenn ich das könnte«, sagte Galliano und gähnte. »Es ist harte Arbeit, von der Abenddämmerung bis zum Morgengrauen wachsam zu bleiben. Die Friedhof-Schicht, stimmt's?«

»Ja, Sir«, antwortete Otto. Die nächtliche Runde hatte viele Spitznamen: Friedhof-Schicht, Grabstein-Runde, Wolfswache. »Es ist hart, aber ich bin glücklich.«

»Wirklich?« fragte Galliano. Er klang ein wenig überrascht. »Würden Sie nicht lieber tagsüber arbeiten?«

»Überhaupt nicht«, erwiderte Otto. »Ich liebe meine Arbeit. Die Bezahlung ist gut. Die Arbeitszeit paßt mir ausgezeichnet. Und«, er grinste wölfisch, »die zusätzlichen Sozialleistungen sind phantastisch.«

Originaltitel: Wolf Watch
Ins Deutsche übertragen von Inge Holm

Robert Silverberg
Der Werwolf-Gambit

Irgendwann nach dem fünften Martini, als der Barkeeper die Drinks schon im Verhältnis acht oder neun zu eins mixte und der kleine Berg zur Seite gelegter Oliven im Aschenbecher unordentlich auszusehen begann und die Frustration wie Motten an Kellers Nervenkostüm zu nagen anfing, sagte er: »Du solltest mal sehen, was passiert, wenn Vollmond ist.«

Das gelangweilte Mädchen, das ihm gegenüber am Tisch saß, versuchte ein Gähnen zu unterdrücken. »Was mit dem *Mond* passiert, oder mit *dir*, Darling?«

»Mit mir. Ich verwandele mich in einen Wolf.«

»Klar«, sagte sie. »Dafür brauchst du noch nicht einmal den Vollmond.«

Keller runzelte die Stirn, schnippte Asche von seiner Zigarette, nippte ein paarmal an seinem Drink. Nicht zum ersten Mal sagte er sich, daß er diesmal wohl aufs falsche Pferd gesetzt hatte. Dies schien ein langer, vergeudeter, öder, sinnloser Abend zu werden. Er war noch nicht einmal dazu gekommen, durchscheinen zu lassen, was er eigentlich wollte. Lora, die ihm gegenüber am Tisch saß, als ob eine Wand zwischen ihnen wäre, war eine Augenweide, und ihre Art, einem Mann im Verlaufe eines Abends das Geld aus der Tasche zu ziehen, war schon bewundernswert, aber Keller bedauerte inzwischen ehrlich, sie eingeladen zu haben. Es sah nicht so aus, als würden die Investitionen des Abends noch irgendwelche Früchte tragen.

Das Werwolf-Gambit war bereits das Finale. Keller sah es als einen makabren Spaß, als die alles entscheidende Variation des alten Spiels, als eine fast schon zynische Form der Verführung, eine verzweifelte Taktik, die er anwandte, bevor er die nächtliche Jagd aufgab.

»Du verstehst nicht«, sagte er leise. »*Je suis un loup-garou.* Ein Werwolf. Fell und Klauen, glühende gelbe Augen. Jetzt klar?«

Zum ersten Mal an diesem Abend schien das bleiche, maskenhafte Gesicht von Lora eine Spur von Leben zu zeigen. »Sicher, daß du keinen über den Durst getrunken hast, Darling?«

»Ganz im Gegenteil; wenn ich zuviel getrunken hätte, würde ich in diesem Augenblick bereits auf allen Vieren durch die Bude hier toben, das kannst du mir glauben. Ich habe mich jedoch ganz gut unter Kontrolle. Ich werde mich nicht verwandeln, bis... bis...«

Ihre leicht hochgezogenen Augenbrauen zitterten. »*Wann*, Liebling?«

»In meiner Wohnung. Später heute abend, vielleicht.« Er lehnte sich zurück, reckte seinen Hals, um durch den engen Spalt der dicht zugezogenen Vorhänge zu schauen. Auf dem Fenster spiegelte sich ein heller Streifen Mondlicht. »Ja... heute nacht geht es los. Es dauert drei Nächte lang. Ich fühle bereits, wie es in mir hochsteigt.«

Hastig trank er sein Glas leer. Der Barkeeper warf ihm einen fragenden Blick zu, aber Keller gab ihm schnell mit dem Zeigefinger seiner linken Hand zu verstehen, daß es mit dem Trinken an diesem Abend zu Ende war. Die Schlacht würde sich jetzt entscheiden. Keller hatte keine Lust, noch mehr Geld in eine Sache zu investieren, die immer mehr nach einer erfolglosen Jagd auszusehen begann. Außerdem war Loras Durst gewaltig, und Alkohol schien ihn keinesfalls zu stillen.

Das Mädchen lehnte sich nach vorne. Ihr eng anliegender Schal verrutschte an ihrem bleichen Hals und gewährte ihm einen entzückenden Ausblick. »Ich nehme an, du brauchst fünf Martinis, um mit solchen Geheimnissen herauszurücken, Darling. Wenn du mir das schon früher gesagt hättest...«

»Ja?«

»Dann hätten wir uns dieses ganze Vorspiel sparen können. Dann wären wir gleich zu dir gegangen.«

»*Was?*« Soweit Keller sich erinnern konnte, war dies das erste Mal, daß es einer Frau gelang, ihn völlig aus der Fassung zu bringen.

»Ich bin furchtbar interessiert an solchen Sachen«, meinte Lora begierig. »*Loup garou!* Wie faszinierend!« Sie griff nach seiner Hand und zeigte dabei eine Leidenschaft, die er den ganzen Abend über an ihr vermißt hatte. »Wäre es zuviel verlangt«, fragte sie, »wenn du es mir *zeigen* würdest?«

Da treff' mich doch der Schlag! dachte Keller in stiller Verwunderung. *WIE MAN EINE FRAU AUFREISST*, sinnierte er weiter. *Technik 101a: DAS WERWOLF-GAMBIT.*

Das Ganze war nur ein Scherz gewesen, die Krönung eines vergeudeten Abends, und ganz unerwartet hatte es aus einem langweiligen, teilnahmslosen Mädchen eine äußerst neugierige und erregte Frau gemacht. *Eines Tages muß ich meine Memoiren schreiben,* dachte Keller, als er die Rechnung bezahlte. *Und sei es nur, um von dieser Sache zu erzählen!*

»Wenn Sie so freundlich wären, Gnädigste«, sagte Keller und öffnete die Tür zu seinem Apartment.

Lora trat ein und ließ einen leisen Laut des Entzückens vernehmen. »Ein *reizendes* Zimmer«, meinte sie. »Ein wenig nüchtern, aber *reizend!*«

»Mir gefällt's«, sagte Keller. »Ich lebe seit drei Jahren hier.«

»Es zeugt von einem ausgezeichneten Geschmack«, meinte sie enthusiastisch, während sie sich alles genau ansah: die getäfelten Wände, das Regal aus Ebenholz, das bis unter die Decke reichte und mit Kellers umfangreicher Bibliothek bestückt war, die Rundungen des nierenförmigen Kaffeetisches, die kompakte Stereoanlage, die er an der gegenüberliegenden Wand aufgebaut hatte. Mit einer lässigen Bewegung streifte sie sich das Jackett ihres Abendkleides ab; Keller hängte es in die Garderobe im Flur und tänzelte gutgelaunt in die kleine Küche.

»Ein Drink?« fragte er ein wenig angespannt.

»Nein ... danke«, sagte sie. Sie stand am Bücherregal und zog an einem wuchtigen, in rotem Leder eingebundenen Band, seine Ausgabe von *Rites and Mysteries of Goesic Theurgy*. »Was deine Bücher angeht, hast du einen ziemlich ausgefallenen Geschmack«, meinte sie.

»Ausgefallen? Ist es so ausgefallen, wenn ein Werwolf Arthur Waite liest? Find' ich überhaupt nicht.« Er war entschlossen, seinen Scherz so weit wie möglich zu treiben.

Sie kicherte vergnügt. »Natürlich nicht. Ich entschuldige mich.«

Er kam mit zwei Martinis — diesmal ohne Oliven — aus der Küche und stellte sie auf den kleinen angebauten Tisch am Ende des Regals, direkt neben sie. Auf seinem Weg zum Plattenspieler beobachtete er mit professionellem Interesse, daß sie einen der Drinks an ihre Lippen führte, und war zufrieden. Es war eine Regel, die er in der Vergangenheit immer mit großem Erfolg beachtet hatte: *Wenn ein Mädchen, das du in dein Apartment abgeschleppt hast, einen Drink ablehnt, bring ihr trotzdem einen. Sie wird ihn trinken!*

»Legst du eine Platte auf?« fragte sie, noch immer mit der Untersuchung seines Bücherregals beschäftigt.

»Vivaldi. Die passende Musik für diese späte Stunde.«

Er drehte die Lautstärke nach unten, so daß es sich anhörte, als käme die Musik von weiter Ferne. Der Raum war plötzlich erfüllt vom weichen Ton der Geigen und dem silberhellen Klang eines Cembalos. »Na, bitte«, sagte er. »Genau richtig.«

Im schummrigen Licht der einzigen Lampe versuchte er, die Zeiger seiner Uhr zu erkennen. Es war Viertel vor drei. Unvorhergesehenes nicht mit einberechnet, müßte er sie eigentlich spätestens um Viertel nach vier dort haben, wo er sie wollte: im Bett.

Er durchquerte das Zimmer, griff geschickt an ihr vorbei nach seinem Glas und streifte wie zufällig ihren Nacken mit der Spitze seiner Nase, als er sich wieder aufrichtete. »Lust, mir auf jenem Diwan dort Gesellschaft zu leisten?« fragte er und wies auf das Sofa.

Sie lächelte und nickte. Keller reichte ihr seinen Arm in einer formell wirkenden Geste und geleitete sie zum Sofa. Sie streifte sich die Schuhe ab, zog die Knie bis an ihre Brust, schlang die Arme um ihre Beine und ließ ihren Kopf nachdenklich sinken.

»Für gewöhnlich besuche ich zu so später Stunde keine Männer mehr in ihrer Wohnung«, meinte sie. »Eigentlich besuche ich sie zu keiner Zeit.«

»Das ist offensichtlich«, sagte er. »Am strahlenden, reinen Glanz deiner Augen kann ich ablesen, daß . . .« Er ließ den Satz unbeendet, dann fügte er hinzu: »Aber natürlich gibt es immer ein erstes Mal.«

»Natürlich. Was dein Leiden angeht, diese Werwolf-Sache . . .«

»Ach, das. Darüber können wir später reden.« Am nächsten Morgen würde Zeit genug sein für ausführliche Erklärungen, überlegte er. »Was dagegen, wenn ich etwas näher rücke? Es ist ziemlich kalt hier drinnen, wenn man so weit voneinander entfernt sitzt.«

Ohne ihre Antwort abzuwarten, schob er sich direkt neben sie und legte zuvorkommend einen Arm um ihre nackte, kalte Schulter. Es kam ihm so vor, als jage diese Berührung einen leichten Schauder durch ihren Körper, schrieb es aber schnell nur seiner Einbildung zu.

»Man sagt, nur Jungfrauen können auf Einhörnern reiten«, bemerkte er leise und streichelte mit seinen Fingerspitzen ihr Ohrläppchen.

»Da ist etwas Wahres dran«, gab sie zu und stoppte geschickt seine Hand, als sie über ihre Schulter weiter nach unten glitt. »Wie ich hörte, können Einhörner so etwas unfehlbar feststellen.«

»Zu schade, daß wir nicht alle Einhörner sind.«

»Ja«, meinte sie und seufzte. »Zu schade.«

Durch die herabgezogenen Jalousien stahl sich ein einzelner Strahl des Mondlichts und glitzerte kurz auf Kellers Onyx-Manschettenknopf. »Es ist Vollmond«, stellte sie fest. »In dir muß ein furchtbarer Kampf toben. Aber wir sind ja jetzt alleine. Du kannst dich verwandeln, wenn du willst.«

»Hättest du das wirklich gerne?«

»Es sei denn, es ist gefährlich. Dann natürlich nicht. Kannst du dich unter Kontrolle halten, wenn du . . . wenn du dich *verändert* hast?«

»Keine Ahnung. Ich kann mich nie genau daran erinnern, was ich alles tue, wenn ich *anders* bin.«

»Oh«, sagte sie. »Dann werde ich es wohl riskieren müssen. Ich *muß* es einfach sehen. Bitte! Auf was wartest du noch?« Er nestelte an seinem plötzlich viel zu engen Kragen herum. Die Platte war zu

Ende. Vivaldi klang mit einem abrupten Klicken aus und wurde durch ein Quartett von Schubert ersetzt. Das Mondlicht schimmerte noch immer in den Raum.

Das Mädchen trieb die Sache zu weit. »Laß uns jetzt nicht über Lykanthropie reden, meine Schöne«, flüsterte er heiser. Es waren schon genug Worte über Werwölfe gefallen; es war an der Zeit, das einleitende Gambit zu vergessen und mit dem eigentlichen Spiel zu beginnen.

Er rückte ganz nahe an sie heran, und diesmal nahm er deutlich den Schauder der Abneigung wahr, als sein Körper den ihren berührte. Sie wirkte gelassen und distanziert, seine Zärtlichkeiten ließ sie über sich ergehen, als sei sie mit ihren Gedanken ganz woanders.

Nach kurzer Zeit wand sie sich aus seinen Armen. »Du hast mir versprochen, zu zeigen, wie ...«

Keller begann zu lachen, zuerst noch ganz zurückhaltend, dann fast hysterisch. »Lora ... Schätzchen ... für ein intelligentes Mädchen bist du unglaublich naiv! Kannst du denn nicht einen Schwindel erkennen, wenn du auf ihn hereingefallen bist?«

Sie rückte von ihm ab. »Was meinst du damit?« fragte sie beißend.

»Diese Werwolf-Sache ... hast du die *wirklich* geglaubt?«

Vor Erstaunen brachte sie zuerst kein Wort heraus, dann meinte sie: »Ich hätte wissen müssen, daß du lügst. Ich habe mir gleich gedacht, daß du kein *loup-garou* bist ... aber dennoch habe ich dir vertraut. Ich bin mit dir hierher gekommen, um zu sehen ... um zu sehen ...«

Im Winkel eines ihrer Augen glitzerte die erste Andeutung einer Träne. In ihrer Miene spiegelte sich der Blick einer betrogenen Jungfrau. Keller dagegen blickte finster drein; dieser Abend entwickelte sich zum größten Fiasko, das er seit seinem sechzehnten Geburtstag erlebt hatte. Fest entschlossen, einen letzten Versuch zu wagen, seine Ehre zu retten und ihre zu erbeuten, griff er nach ihren kalten Händen.

»Lora, Liebes, das habe ich doch nur getan, weil ich dich so sehr liebe!« Die Worte blieben ihm fast im Halse stecken, aber schließlich brachte er sie doch noch mit so viel Aufrichtigkeit heraus, wie er aufbringen konnte. »Ich wollte dich so sehr, daß ich dir alles gesagt hätte. Nur, damit du mit zu mir kommst. Nur, damit ich eine Weile mit dir zusammen sein kann. Verstehst du? Ich kann dich jetzt nach Hause bringen... wenn du willst.«

Sie warf ihm einen stechenden Blick zu. »Du bist also tatsächlich *kein* Werwolf? Das Ganze war nur Schau?«

Verbittert meinte er: »Ich bin nicht mal ein Ghoul, Darling. Ich bin abscheulich sterblich... und abscheulich verliebt. Weißt du das?«

»Natürlich weiß ich das«, sagte sie plötzlich und rückte näher. Sie schien aufzutauen; zu seiner großen Überraschung stellte Keller fest, daß er trotz allem noch zu seinem Erfolg kommen würde. Ihre Arme berührten seine Schultern, zogen sein Gesicht näher an ihres.

Sie sah auf und blickte ihm in die Augen. »Du bist ganz sicher kein Werwolf?«

Ihre Lippen waren nur Millimeter entfernt, der Sieg schien nahe. Keller schenkte ihr ein bedauerndes Lächeln und schüttelte seinen Kopf. »Es war nur ein Spiel... ein Spiel, wie es Männer manchmal spielen. Nein, ich gestehe, ich bin kein Werwolf und bin es auch nie gewesen, Darling. Ich hoffe, ich habe dich nicht zu sehr enttäuscht. Ich bin noch nicht mal ein Vamp...«

Der Satz wurde nie beendet.

Er fühlte, wie sich plötzlich kleine, nadelscharfe Zähne in das Fleisch seiner Kehle bohrten. Lora hielt ihn in einer leidenschaftlichen Umarmung fest, während sie ihren fürchterlichen, unersättlichen Durst stillte.

Originaltitel: The Werwolf Gambit
Ins Deutsche übertragen von Stefan Bauer

Zuerst eine Bemerkung und dann ein Widerruf.

Die folgende Filmographie hat nicht das Ziel, vollständig zu sein. Sie ist eher eine repräsentative Auflistung der Filme, die zusammengenommen die Spannweite der verschiedenen Ausarbeitungen zeigt, die das Kino dem Werwolf-Thema gewidmet hat.

Jetzt der Widerruf. ›Lycanthropie im Film‹, oder ›Das Werwolf-Kino‹ sollte korrekterweise der Titel dieser Filmographie sein, aber da diese Ausgabe den fünfzigsten Geburtstag des Erscheinens des ›Wolfsmenschen‹ feiert, habe ich mich dazu entschieden, den Titel so wie oben stehenzulassen.

Es ist selbst nach einem äußerst flüchtigen Blick auf das Horror-Kino klar, daß von den drei großen amerikanischen Filmmonstern im Pantheon des Schreckens dem Wolfsmenschen der am wenigsten glorreichste Platz gebührt. Es gibt Hunderte von Filmen, die entweder von Dracula oder Vampirismus handeln, und eine Unmenge erzählen die Geschichte von Frankenstein nach, aber nicht mehr als ein paar Dutzend Filme drehen sich um das Werwolf-Thema. Der Grund hierfür ist ziemlich offensichtlich. Dracula, Frankenstein und sein Geschöpf haben eine bestimmte Identität. Kinobesucher, die ins Kino gehen, um einen Dracula- oder Frankensteinfilm zu sehen, erwarten, von Monstern, die sie bereits kennen, erzählt zu bekommen. Der Film *Der Wolfsmensch* zeigte seinen Protagonisten, Larry Talbot — nicht der erste Werwolf, der im Kino erschien — als Beispiel für einen Mann, der an der Krankheit Lycanthropie leidet; und um diese Krankheit herum, wie sie jeden neuen Helden heimsucht, entwickelten sich die späteren Werwolf-Filme. Mit dem Ergebnis, daß die Kraft des Werwolf-Bildes, das nicht an eine Person mit einem Namen gebunden ist, zersplittert wurde. Werwolf-Filme, mit ein paar schwachen Ausnahmen, müssen sich mehr oder weniger jedesmal von neuem selbst etablieren, statt auf der überlieferten Fama aufzubauen, die frühere Filme erschaffen haben.

The Werewolf of London
1935, (Schwarz-Weiß), USA. 75 Minuten
Universal Pictures
Regisseur: Stuart Walker
Produzent: Stanley Bergerman
Drehbuch: Robert Harris
Kamera: Charles Stumar

Ein Achtzehn-Minuten-›Werwolf‹-Stummfilm aus dem Jahre 1913, in dem eine Navajo-Hexe, die sich an Männern rächen will, ihre Tochter als Werwolf aufzieht, war der wirklich ›erste‹ Film mit einem Werwolf-Thema. ›The Werewolf of London‹ ist die erste lange Ausarbeitung des Mythos.

Der Film erzählt die Geschichte des Botanikers Henry Hull, der in Tibet eine seltene Pflanze sucht, die *marifasa lupina*, dabei von einem Werwolf gebissen wird und so selbst zu einem Werwolf wird. Wir erfahren, daß der Werwolf, der ihn infiziert hat, der Japaner Dr. Yogami ist, ausgezeichnet dargestellt von Warner Oland, den man auch als Charlie Chan kennt.

Yogami folgt Hull nach London, um von ihm die Blume zu bekommen, die das einzige bekannte Heilmittel bei Lycanthropie ist. Dr. Yogami kommt in dem daraufhin entstehenden Kampf ums Leben. Der Botaniker wird in seiner Wolfsgestalt von Polizisten getötet.

Warner Oland ist aalglatt und schmierig und sieht angemessen böse aus, aber fast alles andere an dem Film ist zögerlich und überzeugt nicht. Trotzdem sind ein paar seiner Elemente zum Grundinventar eines jeden nachfolgenden Werwolf-Films geworden: der Widerstand des Menschen dagegen, zum Werwolf zu werden, und seine Reue, wenn er herausfindet, daß er Blut vergossen hat. Das ist eine Formel, die dadurch, daß sie das Monster als ein Opfer definiert, die moralische Autorität aus den Werwolf-Filmen saugt. Ein unschuldiges Monster ist essentiell ein Widerspruch in sich selbst.

The Wolf Man
1941, (Schwarz-Weiß), USA. 71 Minuten
Universal Pictures
Regisseur: George Waggner
Produzent: George Waggner
Drehbuch: Curt Siodmak
Kamera: Joe Valentine
Besetzung: Lon Chaney jr., Claude Rains, Evelyn Ankers, Warren William, Ralph Bellamy, Bela Lugosi, Maria Ouspenskaya

Lon Chaney Senior war als ›Der Mann der tausend Gesichter‹ bekannt, Lon Chaney Junior erbte offensichtlich nur eines davon. Dieses eine hat unbewegliche, kummervolle Züge, auf denen ein Ausdruck von verwunderter Sorge eingeprägt ist, den keiner der Filme, in denen er aufgetreten ist, erklären kann.

Und trotzdem gereicht diese etwas hölzerne Plumpheit Chaney in jenem klassischen Film zur Ehre. Er ist der wirklich gramgebeugte Werwolf mit dem Blick eines Mannes, der die Schlingen und Schläge des ungeheuerlichen Schicksals, denen er ausgesetzt ist, nicht verdient, und der auch nicht mit dem Charakter ausgestattet ist, um gegen dieses Schicksal anzukämpfen.

Die Geschichte des Films muß mittlerweile fast jedem bekannt sein, der ins Kino geht oder einen Fernseher besitzt: Larry Talbot, ein Waliser, der in Amerika gelebt hat, kehrt zurück zu seiner Familie nach Wales. Dort wird er in einer Vollmondnacht, als er versucht, Jenny, die Freundin seiner Verlobten Gwen, vor dem Angriff eines Werwolfes zu retten, selbst gebissen. Der Biß verwandelt ihn in einen Werwolf.

Weil er weiß, daß Silber das einzige Metall ist, mit dem ein Werwolf getötet werden kann, und aus Angst, daß er vielleicht Gwen angreifen könnte, gibt Larry seinem Vater seinen Spazierstock mit dem Silbergriff. Als Larry Gwen angreift, schlägt sein Vater den Werwolf mit dem Spazierstock tot, und Larry, der jetzt eine unschuldige menschliche Leiche ist, kann in Ehren begraben werden.

Selten in der Geschichte des Horrorfilms ist eine einfach gestrickte Geschichte so sehr durch die lyrische Ausarbeitung des Regisseurs aufgewertet worden. Der Film bekam in George Waggners Händen eine dichte Atmosphäre und erscheint wie ein traumgleiches Märchen mit Wurzeln in fernen Urzeiten. Sogar die unechte Poesie, die Maleva, die wahrsagende Zigeunerin, deklamiert, um Talbot vor seiner Zukunft zu warnen, hat ein wunderbares Timbre von falscher, aber jahrhundertealter Wahrheit:

Even the man who is pure at heart
And who says his prayers at night
May become a wolf
when the wolfsbane blooms
And the autumn moon is bright.

(Selbst der Mann, dessen Herz rein ist
und der seine Gebete sagt zur Nacht
kann in einen Wolf sich wandeln,
wenn der Wolfstrapp blüht
und der Herbstmond hell erstrahlt.)

The Undying Monster
1942, (Schwarz-Weiß), USA. 63 Minuten
20th Century Fox
Regisseur: John Brahm
Produzent: Bryan Foy
Drehbuch: Lillie Hayward, Michel Jacoby
Kamera: Lucien Ballard
Besetzung: James Ellison, John Howard, Heather Angel, Heather Thatcher

Statt in einer dunklen und stürmischen Nacht zu beginnen, wie es sich für einen anständigen ›Altes-dunkles-Haus‹-Film gehört, fängt dieser mit einer klaren Nacht an der Küste Cornwalls an. Wir hören, daß das Faktotum des Hauses, Walter, sich sorgt: »Ich kann nur hoffen, daß Mister Oliver heute nacht nicht über den Feldweg geht.« Der Grund für seine Angst ist die Tatsache, daß die Mitglieder der Familie Hammond seit mehreren Generationen in mysteriöse Todesfälle verwickelt waren. Der Familienfluch lautet:

When stars are bright
On a frosty night
Beware thy bane
On a rocky lane.

Wenn die Sterne hell scheinen
in einer frostigen Nacht
Nimm dich in acht vor deinem Fluche
auf dem felsigen Wege.

Und tatsächlich hat es wieder eine Gewalttat gegeben. Eine junge Frau, Kate O'Malley, ist grausam zugerichtet worden. Ein paar Fahnder von Scotland Yard tauchen auf, und der Rest des Films spielt ihre wissenschaftlichen Untersuchungsmethoden gegen die Möglichkeit aus, daß es eine dunkle, okkulte Erklärung für die Gewalt in der Familie gebe. Als der Film zu Ende geht, ist die Lösung eine Erbkrankheit, die die betroffene Person in klaren, frostigen Nächten zum Werwolf macht.

Der Film wirkt statisch und kalt und ist in keiner Hinsicht ein guter Film. Er hat jedoch ein paar Szenen und Regieanweisungen, die so gewieft sind, daß er die Durchschnittlichkeit und wissenschaftliche Banalität des Drehbuchs durchbricht. Brahm hält seine Kamera in ständiger nervöser Bewegung und deutet durch kurze Blicke auf Himmel und Wolken, See und Klippenrand an, daß, egal, was die klugen Leute von Scotland Yard auch entdecken mögen, ominöse alte Geister trotzdem unauslöschlicher Teil der realen Welt sind.

Frankenstein meets the Wolf Man*
1943, (Schwarz-Weiß), USA. 74 Minuten
Universal Pictures
Regisseur: Roy William Neill
Produzent: George Waggner
Drehbuch: Curt Siodmak
Kamera: George Robinson
Besetzung: Lon Chaney jr., Bela Lugosi, Lionel Atwill, Ilona Massey, Maria Ouspenskaya

Hier ist ein Film, der nur deshalb wichtig ist, weil er den Beginn des Niedergangs der filmischen Behandlung der unwiderstehlichen Frankenstein-Idee markiert. Dem Thema des Wolfsmenschen ergeht es nicht viel besser. Wenn der Film eines zeigt, dann dieses: Man kann keinen guten Horrorfilm machen, indem man einfach nur große alte Horror-Darsteller zusammenwürfelt. Lugosi als Monster ruft Mitleid hervor, aber nur, weil seine Darstellung so schäbig ist. Niemanden interessiert es, daß Lon Chaney jr. (als Laurence Talbot) medizinische Hilfe braucht, um dem Fluch des Werwolfismus zu entkommen. Dan ist erleichtert, als beide Monster am Schluß des Filmes getötet werden (soweit die Gesetze der Fortsetzung das erlauben). Dieses Ende kommt bestimmt nicht zu früh.

I was a Teenage Werewolf
1957, (Schwarz-Weiß), USA. 76 Minuten
Sunset Production
Regisseur: Gene Fowler, jr.
Produzent: Herman Cohen
Drehbuch: Ralph Thornton
Kamera: Joseph La Shelle
Besetzung: Michael Landon, Yvonne Lime, Whit Bissell, Tony Marshall, Dawn Richard

* Diese Rezension von ›Frankenstein meets the Wolf Man‹ erscheint auch in dem Band *The Ultimate Frankenstein*.

Dies ist jene hervorragende Zwillingsproduktion, mit der man Hollywoods große Entdeckung der Fünfziger ausnutzen wollte, daß es einen Markt für Teenager-Filme gab.

Es gibt zwei Punkte, die für den Film sprechen. Einer davon ist, daß er eine wirklich bemerkenswerte Szene in einer Schulsporthalle enthält. In dieser Aufnahme sehen wir, wie Tony, der High-School-Schüler mit der Werwolf-Krankheit, sich in eine Bestie verwandelt, weil er die geschmeidige Theresa in enger Sportkleidung auf dem Barren beobachtet, wo sie Turnübungen macht. Der andere Punkt ist – ebenfalls im Zusammenhang mit dieser Szene – daß dieser Film im Gegensatz zu *I was a Teenage Frankenstein* eine gewisse psychologische Glaubhaftigkeit für sich verbuchen kann.

Die unwillkommene Transformation eines Menschen in einen Wolf, die im Bild des Werwolfs enthalten ist, wird von einem gerade Heranwachsenden gut verstanden, dessen eigener Körper überraschenden Veränderungen unterworfen ist, die sich oft genug monströs anfühlen.

Auf jeden Fall verdient ›I was a Teenage Werewolf‹ mit seinem leicht anti-wissenschaftlichen Aspekt aus zwei Gründen Beachtung. Der Film ist unerläßlich für diejenigen, die sich für Werwolf-Filme interessieren, und er ist etwas wie eine Zeitkapsel, in der wir überzeugende Blicke darauf erhaschen, was junge Leute in den faden Fünfzigern empfanden.

Curse of the Werewolf
1960, (Farbe), Großbritannien. 91 Minuten
Hammer Films
Regisseur: Terence Fisher
Produzent: Anthony Hinds
Drehbuch: John Elder (Anthony Hinds)
Kamera: Arthur Grant

Wieder eine von Hammer Films' farbenfrohen Neubelebungen der Horror-Bilder, die Universal Pictures in den Dreißigern einführte. Dieser Film aber basiert nicht direkt auf *The Wolf Man* von Universal, sondern auf Guy Endores Roman *The Werewolf of Paris*, dessen Hauptthema ist, daß keine der Grausamkeiten, die ein Werwolf begeht, an die Unmenschlichkeit des Menschen heranreichen kann.

Die Geschichte zieht sich über Generationen hin. Sie beginnt mit einem spanischen Marquis, der einen Bettler ungerechterweise ins Gefängnis werfen läßt, wo er ihm nur rohes Fleisch zu essen gibt. Dies macht den Bettler zum Tier. Als einige Jahre später ein Dienstmädchen zu ihm in die Zelle gestoßen wird, weil sie sich den Annäherungsversuchen des Marquis widersetzt hat, vergewaltigt der Bettler sie. Das Kind, das bei dieser Vergewaltigung empfangen wird, wird am Heiligen Abend geboren — ironischerweise der Geburtstag von Christus und von Werwölfen — und wird der Werwolf des Filmtitels. Eine Zeitlang werden seine Werwolfinstinkte durch die Fürsorge seiner Adoptiveltern im Zaume gehalten, aber ein Besuch im Bordell entfesselt sowohl seine sexuellen wie auch seine werwölfischen Impulse. Obwohl die Liebe einer guten Frau ihn für eine Weile besänftigt, bricht die Bestie in ihm heraus, als sein Vater ihn gewaltsam davon abhält, sie zu sehen. Wie in ›The Wolf Man‹ ist es wieder der Vater, der seinen vom Fluch des Werwolfs getroffenen Sohn tötet. Dieses Mal ist die Waffe nicht ein Spazierstock mit Silberknauf, sondern ein Gewehr mit Kugeln, die aus einem silbernen Kruzifix gegossen wurden. Wie bei allen Hammer Filmen ist das Niveau der Produktion hoch. Oliver Reed in der Titelrolle schafft es trotz einer Maske, die ihn fast kuschelig erscheinen läßt, gleichzeitig furchterregend und würdevoll auszusehen. Wie auch in seinen anderen Filmen respektiert Fisher in diesem Film das folkloristische Material, auf dem er aufbaut. Das Ergebnis ist ein erstklassiger, aber keinesfalls großer Film.

The Howling
1981, (Farbe), USA. 91 Minuten
Avco Embassy
Regisseur: Joe Dante
Produzenten: Michael Finnell, Jack Conrad
Drehbuch: John Sayles, Terence H. Winkless

Kamera: John Hora
Spezialeffekte: Rob Bottin, Rick Baker
Besetzung: Dee Wallace, Patrick Macnee, Dennis Dugan, Christopher Stone, Belinda Balaski, Kevin McCarthy, John Carradine, Slim Pickens, Elizabeth Brooks

1980 war ein tolles Jahr für Spezialeffekte. In diesem Jahr ließ David Cronenbergs *Scanners* das Publikum mit Szenen erschauern, in denen man wirklich sehen konnte, wie jemandes Haut kribbelt (oder wenigstens Blasen schlägt) und wie der Kopf eines Mannes vor der Kamera explodiert. Wie bei *Scanners* beruht der Anspruch von *The Howling* vor allem auf den Spezialeffekten des Films.

In dieser filmischen Version von Gary Brandners Schundroman sehen wir eine junge Fernsehreporterin, Karen Beatty, als einen Lockvogel auf den Straßenstrich gehen. Sie hofft, an eine gute Nachrichtengeschichte zu kommen, wenn sie die Aufmerksamkeit eines Sexualverbrechers, der die Frauen in Los Angeles terrorisiert, auf sich ziehen kann. Ihre Anstrengungen haben Erfolg. Der Sextäter attackiert und vergewaltigt sie. Um sich von dem grausigen Erlebnis zu erholen, fährt sie mit ihrem Ehemann Roy auf Anraten eines Psychiaters in eine psychotherapeutische Kolonie irgendwo im Nordwesten.

Dort beginnt der zweite Alptraum; wir erfahren, daß der Psychiater *und* die Mitglieder seiner Kolonie allesamt Werwölfe sind. Ab hier wird der Film immer expliziter in bezug auf das Sexleben von Werwölfen.

Uns wird eine Szene gezeigt, in der Roy und Marcia, ein nymphomanisches Mitglied der Kolonie, als Menschen anfangen, miteinander zu schlafen. Sie verwandeln sich jedoch in knurrende und bissige Werwölfe, als sich ihre Leidenschaft dem Orgasmus nähert.

Ein seltsamer Film, der an einigen Stellen mehrmals die Grenze zwischen Erotik und Obszönität überschreitet. Der größte Teil der Obszönität entsteht seltsamerweise durch die Spezialeffekte. Sie erlauben uns, die Transformation von Mensch zur Bestie zu beobachten und lassen sowohl Menschen als auch Tiere wie jene Karikaturen erscheinen, die Heranwachsende in pornographischen

Heftchen finden, welche in Umkleideräumen und bei Übernachtungsparties herumgereicht werden.

Der Film wird durch die Anwesenheit von John Carradine veredelt, der ein bißchen gedankenverloren mit den übrigen Werwölfen heult.

An American Werewolf in London
1981, (Farbe), Großbritannien, 97 Minuten
Poly Gram Pictures — Lycantrophy Films/Universal
Regisseur: John Landis
Produzent: George Folsey
Drehbuch: John Landis
Kamera: Robert Paynter
Spezialeffekte: Rick Baker
Besetzung: David Naughton, Jenny Aguter, Griffin Dunne, Brian Glober, John Woodvine

Manchmal anrührend, manchmal erschreckend, manchmal sehr lustig — *An American Werewolf in London* ist ein anspruchsvoller Film, der die früheren Werwolffilme weit überragt. *The Wolf Man* mag vielleicht die ehrenvolle Ausnahme von dieser Regel sein, obwohl die Stärke des Films mehr in seiner Atmosphäre als in der psychologischen Wahrheit liegt.

An American Werewolf in London beginnt mit einer wunderschön fotografierten Szene, in der wir zwei junge Amerikaner sehen, die während einer Wandertour durch England eine ländliche Gegend durchqueren. Als sie auf einen Werwolf treffen, wird einer der jungen Männer, Jack Goodman, getötet. Sein Freund, David Kessler, wird gebissen und natürlich mit dem Fluch des Werwolfs infiziert.

Der Rest des Films verwebt sauber, treffend und manchmal ziemlich packend die ursprüngliche Werwolfgeschichte mit Davids rastlosem menschlichen Leben im modernen London. In einem unvergeßlichen Moment sehen wir, wie David versucht, aus einer Londoner Telefonzelle seine Familie in Amerika anzurufen. Für David ist dieser Anruf eine Art Abschied vom Totenbett aus. Sein

Problem ist jedoch, daß seine kleine Schwester an den Apparat geht, die ein Witzbold ist. Es ist eine Szene voller Zartheit, Fröhlichkeit und Schmerz.

Die Spezialeffekte für diesen Film brachten Rick Baker, der auch an *The Howling* beteiligt war, einen wohlverdienten Oscar.

Copyrightverzeichnis

›Introduction‹ © 1991 The Kilimanjaro Corporation
Adrift Just off the Islets of Langerhans: Latitude 38° 54' N Longitude 77° 00' 13" W, © 1991
The Kilimanjaro Corporation
›Wolf, Iron, and Moth‹ © 1991 Philip José Farmer
›Angels' Moon‹ © 1991 Kathe Koja
›Unleashed‹ © 1991 Nina Kiriki Hoffman
›The Mark of the Beast‹ © 1991 Kim Antieau
›At War with the Wolf Man‹ © 1991 Jerome Charyn
›Day of the Wolf‹ © 1991 Craig Shaw Garnder
›Moonlight on the Gazebo‹ © 1991 Mel Gilden
›Raymond‹ © 1991 Nancy A. Collins
›There's a Wolf in My Time Machine‹ © 1991 Larry Niven
›South of Oregon City‹ © 1991 Pat Murphy
›Special Makeup‹ © 1991 Kevin J. Anderson
›Pure Silver‹ © 1991 A. C. Crispin and Kathleen O'Malley
›Close Shave‹ © 1991 Brad Linaweaver
›Partners‹ © 1991 Robert J. Randisi
›Ancient Evil‹ © 1991 Bill Pronzini
›And the Moon Shines Full and Bright‹ © 1991 Brad Strickland
›Full Moon Over Moscow‹ © 1991 Stuart Kaminsky
›Wolf Watch‹ © 1991 Robert E. Weinberg
›The Werewolf Gambit‹ © 1991 Agberg, Ltd.
›Selected Filmography‹ © 1991 Leonard Wolf

Band 13 397
Byron Preiss (Hg.)
Das Beste von Dracula

Seit nunmehr über einhundert Jahren saugt der Fürst der Finsternis den Menschen das Blut aus den Adern. Wir garantieren: Die Leser dieses Bandes kommen mit dem Schrecken davon. Der aber ist beträchtlich. Denn das Verzeichnis der Autoren, die sich für diesen Erzählband zu brandneuen Dracula-Geschichten inspirieren ließen, mutet wie ein Who's who der modernen Horrorliteratur an: Dan Simmons, Philip José Farmer, Edward Hoch, Janet Asimov, Dick Lochte und – natürlich – die Königin des zeitgenössischen Vampirromans: Anne Rice.

Sie erhalten diesen Band im Buchhandel, bei Ihrem Zeitschriftenhändler sowie im Bahnhofsbuchhandel.

Band 13 443
Byron Preiss (Hg.)
Das Beste von Frankenstein
Deutsche Erstveröffentlichung

Die Figur des Frankenstein, der von einem Wissenschaftler künstlich zusammengesetzt wird, mit seiner ungeschlachten Häßlichkeit überall nur Angst und Schrecken erregt, während in seiner Brust die Sehnsucht nach Nähe und Liebe immer heftiger schlägt – diese mythische Figur hat bis heute nichts von ihrer Faszination eingebüßt.
Die größten amerikanischen Science-fiction- und Horrorautoren unserer Zeit haben für diesen Band brandneue Erzählungen über die unverwüstliche Schreckensgestalt geschrieben. Isaac Asimov leitet das geistreiche Gruselfest mit einem Essay ein.

Sie erhalten diesen Band im Buchhandel, bei Ihrem Zeitschriftenhändler sowie im Bahnhofsbuchhandel.

Band 13 458
Willy Loderhose

**Das große
Stepen-King-Filmbuch**
Deutsche
Erstveröffentlichung

Die einzigartige Dokumentation über alle verfilmten Romane und Kurzgeschichten des meistgelesenen Autors unserer Zeit – spannend, kenntnisreich und informativ.
WILLY LODERHOSE gewährt faszinierende Einblicke in die Entstehungsgeschichte der Filme, liefert detaillierte Hintergrundberichte zu den vielen ›special effects‹ und verrät, wie Stephen King zu den verschiedenen Verfilmungen seiner Werke steht.
Das besondere Augenmerk des Autors gilt den neuen Stephen-King-Verfilmungen wie MISERY, NACHTSCHICHT, DER RASENMÄHERMANN, DER SCHLAFWANDLER, TÖDLICHE ERNTE u. v. a.

Sie erhalten diesen Band
im Buchhandel, bei Ihrem
Zeitschriftenhändler sowie
im Bahnhofsbuchhandel.

Band 13 464
Cynthia Manson (Hg.)
Weiberrache
Deutsche Erstveröffentlichung

Dieser Erzählband ist ein literarisches Ereignis, vereint er doch die wohl gefragtesten Krimi-Autorinnen unserer Zeit in einem Band:

● **Ruth Rendell,** die in ihrer Erzählung die Spannung ganz aus dem Innenleben der Figuren ableitet und daher auf das gängige Mord-und-Aufklärung-Schema verzichten kann
● **Sara Paretsky,** die in einer ihrer besten Short Stories Privatdetektivin Vic Warshawski Chicagos Männer das Fürchten lehren läßt
● **Amanda Cross** – unter diesem Pseudonym schreibt die Columbia-University-Professorin Carolyn Heilbrunn Geschichten voller spritziger Dialoge und geistreicher Anspielungen auf die Weltliteratur
● **Celia Fremlin,** die Grande Dame des Frauenkrimis, nobel und atmosphärisch dicht in der Form, radikal in der Aussage
● **Mary Higgins Clark,** die Meisterin des Psycho-Krimis

Sie erhalten diesen Band im Buchhandel, bei Ihrem Zeitschriftenhändler sowie im Bahnhofsbuchhandel.

Band 13 473
Richard Prather

Heiße Jobs
Drei Romane in einem Band um den Privatdetektiv Shell Scott

Deutsche Erstveröffentlichung

Richard S. Prather hat mit dem Privatdetektiv Shell Scott eine der humorvollsten Gestalten der Kriminalliteratur geschaffen. Seine durchaus harten Plots mildert der Autor durch augenzwinkernden Sex.
In diesem Buch veröffentlicht Bastei-Lübbe die drei Shell Scott Abenteuer

- ALICE IM MÖRDERLAND
- DES KILLERS TÖCHTERLEIN
- DAS SCHÄTZCHEN AUS DEM SHOW-HOTEL

und hofft, daß die Leser sich von Richard S. Prather faszinieren lassen – für seine frühen Freunde mag es eine spannend-schmunzelnde Wiederentdeckung sein.

Sie erhalten diesen Band im Buchhandel, bei Ihrem Zeitschriftenhändler sowie im Bahnhofsbuchhandel.

Band 20 211

**Das große
Marion-Zimmer-
Bradley-Buch**

Wie in ihren großen Romanen *Die Nebel von Avalon* und *Das Licht von Atlantis* erweist sich MARION ZIMMER BRADLEY auch in ihren Geschichten als eine faszinierende Erzählerin. In ihnen folgt sie den großen Themen ihres Werkes: das Recht jedes Menschen auf Liebe, gleich unter welchem Vorzeichen, und das Recht, sein Schicksal selbst in die Hand zu nehmen. Und ob diese Geschichten in ferner Zukunft oder in mythischer Vorzeit spielen, ob Zauberstäbe und magische Schwerter in ihrem Mittelpunkt stehen oder die übersinnlichen Kräfte von Seherinnen und Schamanen – eines haben sie alle gemeinsam: Ihr Ziel ist es, die verschütteten Dimensionen der menschlichen Psyche wieder ans Licht zu bringen.

**Sie erhalten diesen Band
im Buchhandel, bei Ihrem
Zeitschriftenhändler sowie
im Bahnhofsbuchhandel.**